THOMAS GIFFORD

GOMORRHA

THOMAS GIFFORD

Gomorrha

ROMAN

AUS DEM AMERIKANISCHEN
VON EDDA PETRI

BECHTERMÜNZ

Titel der Originalausgabe: Saints Rest
Originalverlag: Bantam Books, a division of Bantam Doubleday Dell
Publishing Group, Inc., New York

Lizenzausgabe mit Genehmigung der Verlagsgruppe
Lübbe GmbH & Co. KG, Bergisch Gladbach
für Verlagsgruppe Weltbild GmbH,
Steinerne Furt, 86167 Augsburg 2003

Übersetzung: Edda Petri
Umschlaggestaltung: Studio Höpfner-Thoma, München
Gesamtherstellung: Wiener Verlag GmbH
Nachf. KG Druckerei und Großbuchbinderei,
Heideäckerstraße 1, A - 2325 Himberg
Printed in Austria
ISBN 3-8289-6927-5

Für Carly

Immer wieder bin ich erstaunt, wie sehr ich der Gnade der Fernsehregisseure und Journalisten ausgeliefert bin, da mein Bild in der Öffentlichkeit mehr von ihnen abhängt als von mir. Ich kenne Politiker, die gelernt haben, sich nur mit den Augen der Kamera zu sehen. Das Fernsehen hat ihnen ihre Persönlichkeit geraubt und sie zu einer Art Fernsehschatten ihres früheren Ichs gemacht. Manchmal frage ich mich, ob sie auch so schlafen, daß es im Fernsehen gut aussehen würde.

Vaclav Havel

Für das Fernsehen ist die ideale Welt eine, in der das augenblickliche Geschehen auf dem Bildschirm den Betrachter völlig gefangennimmt. Ein Ereignis ist nicht unbedingt wichtiger als ein anderes, weil alle in dem kurzen Moment jetzt, in dem sie existieren, unsere Aufmerksamkeit beanspruchen sollen. Es könnten die Endspiele der Basketballiga sein. Oder Bilder der Explosion in Oklahoma – live. Es könnten die Wahlergebnisse sein, die uns einen neuen Präsidenten schenken … Die Gerichtsverhandlung gegen O. J. Simpson symbolisierte die Vermischung von ›Nachrichten‹ und ›Unterhaltung‹. Diese Vermischung war unausweichlich, solange Sportler, Politiker, Filmstars und Mörder miteinander um den Platz in der kleinen Kiste wetteifern.

James Fallows in seinem Buch
Breaking the News

Wir machen weiter. Wir heilen das amerikanische Volk. Wir schaffen eine phantastische zweite Amtszeit für Charles Bonner – und wir bemühen uns nach Kräften, zu verhindern, daß die Vergangenheit im nachhinein krank und schlecht gemacht wird, damit sie nicht die Gegenwart ansteckt. Wir sind politisch denkende Menschen … Man muß das so sehen: Es ist alles nur Schau. Wir sind – wie alles andere – nur ein Ableger des Showbusiness. Eigentlich ist es zum Lachen. Wir nehmen uns viel zu ernst. Geh schon, Ben! Geh und lebe dein Leben!

Ellery Dunstan Larkspur

Danksagung

Dieser Roman hätte nie geschrieben werden können ohne die Hilfe selbstloser Menschen, die keinerlei Vorteil daraus erwarten konnten, daß ich ihn schrieb. Das Büro des Präsidenten war stets hilfsbereit und freundlich und tolerant, wenn ich meine Nase in die Korridore und Räume im Westflügel des Weißen Hauses steckte und lästige Fragen stellte; ebenso war es im Kongreß und im Justizministerium. Daher schulde ich den folgenden Personen tiefen Dank:

Präsident Bill Clinton

Carl Stern, Caroline Aronovitz und Dan Hamilton, allen in der Abteilung für Öffentlichkeitsarbeit im Justizministerium

Theodore J. ›Tade‹ Sullivan im Büro von Senator Daniel P. Moynihan

Karen Finney im Besucherbüro des Weißen Hauses

Jim Hewf, *The Round Robin Bar, Hotel Willard*

Noreen O'Dowd, Manager des Latham-Hotels

Gene Foley

Chris Warneke

Jim Beem

Ann Stock, Präsident Clintons Sekretärin für gesellschaftliche Anlässe

Lisa Caputo, Pressesekretärin Hillary Clintons

Christine Maloy

Dem verstorbenen Reid Beddow von der *Washington Post*, meinem langjährigen Freund.

Besonderen Dank schulde ich auch Marc Hoberman vom Besucherbüro des Weißen Hauses, der uns nimmermüde im Westflügel beaufsichtigte, unsere endlosen Fragen stets freundlich beantwortete und sogar Schnappschüsse machte, damit ich meinen Freunden und Feinden beweisen konnte, daß ich dort gewesen war.

Viele andere Menschen haben für Interviews stillgehalten. Wir haben gemeinsam bei *Gepetto's* Pizza gegessen, köstlich bei *Citronelle* gespeist, lange und schöne Abende im *Four Season's*, im *Red Sage*, im *Jockey Club*, im *Ritz* und im *Duke Siebert's* verbracht. Am Schluß ging es immer um Politik. Washington ist tatsächlich eine große Firma – und diese Firma ist die ›*Politics, Inc.*‹. Ich kann nur hoffen, daß einige der Erfahrungen und Ängste, die mir diese Menschen mitgeteilt haben, in *Gomorrha* zum Ausdruck kommen. Wenn nicht, habe ich versagt, nicht sie; denn sie konnten sich sehr erfolgreich mitteilen. Charles Hartman war während der gesamten Zeit – wie schon bei meinem früheren Roman *Assassini* – der standfesteste meiner Freunde und Testpersonen. Sein Gefühl für das Geschichtenerzählen ist unübertroffen, und er gibt niemals auf, bis er seinen Standpunkt klargemacht hat. Daß er alles heil überstanden hat, ist ein Beweis seiner Unverwüstlichkeit.

Meine Lektorin Beverly Lewis leistete einen gewaltigen Beitrag und bewältigte eine sehr schwierige Aufgabe, die ich ihr selten erleichterte, obwohl ich guten Willens war. Das beschwöre ich. Und meine Agentin Kathy Robbins tat weit mehr als ihre Pflicht. Sie half mir, viele Schwierigkeiten zu überwinden. Und mein ›politischer Berater‹ Tom Adcock hielt mich immer auf dem laufenden und ermutigte mich, ihm Kontra zu geben, obgleich klar war, daß ich dem nicht gewachsen war. Und letztendlich bin ich allen Leuten bei Bantam verpflichtet, die mir auf jede erdenkliche Weise geholfen haben.

Ihnen allen meinen herzlichen Dank.

Dieser Roman hätte ohne Carly Wisklers Glauben an mich und mein Werk nie das Tageslicht erblickt. Ihre Klugheit und ihr Humor und ihre Überzeugungen haben mein Leben völlig verändert. Und jetzt – zur Erleichterung aller – fehlen mir die Worte.

Thomas Gifford
Dubuque
24. April 1996

PROLOG

Er stand am Rednerpult des Repräsentantenhauses und blickte auf die Kongreßabgeordneten, die Ehrengäste und die Fernsehkameras, die seine Worte in jeden Winkel der Vereinigten Staaten von Amerika und um die ganze Welt trugen. Es war der Abend des 19. Januar. Vielleicht hielt er heute seine letzte Rede zur Lage der Nation. Zu Beginn des vierten Jahres der Präsidentschaft wirkte Charles Bonner gesund, stark und entschlossen. Es gab Leute, die meinten, er habe längst aufgehört, die Meinungsumfragen zu lesen.

Sie irrten sich.

Er hatte die Umfragen genau gelesen und wußte, wohin die Amerikaner marschierten: nach rechts. Es war die Angst vor Arbeitslosigkeit, die Angst um den Lebensstandard und um ihre Kinder, die Angst vor dem Alter und der Konkurrenz, die Angst vor dem Verbrechen und den Drogen, doch was am schnellsten wuchs, das war die Angst um die Sicherung der Landesgrenzen und vor dem Verlust der Stärke und der Unabhängigkeit, wenn es um die innere Sicherheit der Nation ging. Jetzt bedrohten ein Bürgerkrieg in Mexiko und der Aufstieg einer ultrarechten Regierung in China Amerikas Grenzen beziehungsweise die innere Sicherheit. Daher waren die Amerikaner nervös geworden und schielten nach ihrem ersten Mann. In den Meinungsumfragen war er seit Monaten nach unten gerutscht: bis auf 42 Prozent, Tendenz fallend. Und es war kein Ende in Sicht.

Charlie Bonner wußte noch etwas. Er wußte, daß seine Geheimdienstquellen ihn über die Situation in Mexiko und China falsch informiert hatten. Die National Security Agency, das Amt für technische Informationsbeschaffung, hatte eigene Untersuchungen durchgeführt. Ins System waren Falschmeldungen eingeschleust worden. Drei Männer waren deshalb gestorben. Der Geheimdienst war ein

Sieb – und noch schlimmer: ein Sieb, das käuflich war. Jedenfalls sah es so aus. Der Chef der NSA hatte ihm erklärt, daß er nichts dagegen tun könne und daß es bis zur Wahl nicht mehr möglich sei, den Schaden zu beheben.

Nun, es gab etwas, das er tun konnte. Er hatte noch ein Jahr. Er war zu einem Entschluß gekommen. Leise und unauffällig würde er nicht abtreten. Es war noch genügend Zeit, um einen Mordswirbel zu veranstalten.

Nach fünfunddreißig Minuten Rede wich er vom gedruckten Text ab. Auf der Pressetribüne schreckte Anson Dameron von der *Los Angeles Times* aus einem Nickerchen auf und wunderte sich, warum der Präsident nicht mehr sprach. Brenda Halliday von der *St. Paul Pioneer Press* stieß ihn mit dem Ellbogen an und sagte, er habe geschnarcht. »Was ist los?« fragte Dameron gähnend. Sie blickte ihn vielsagend an.

Der Präsident hatte sich aufs Pult gestützt, und sein Ton hatte sich verändert. Plötzlich sah er wieder aus wie der Mann, der vor drei Jahren im Herbst überall im Land Wahlkampf geführt hatte, mit Zügen und Bussen gefahren war, inmitten großer Menschenmengen Rede und Antwort gestanden und auf Heuballen unter dem freien Himmel gesessen hatte, wenn fünfzig Menschen sich versammelt hatten, um ihn zu hören. Er war derselbe Mann, der seine innersten Gedanken preisgegeben hatte: Warum er Präsident werden wollte und warum er die Stimmen verdiente. Auch jetzt las er nicht mehr eine Rede ab. Er war einfach nur Charles Bonner, ein Mann, dem man trauen konnte. Oder nicht. Das blieb jedem selbst überlassen.

»Als wir uns während des Wahlkampfs vor drei Jahren auf die Vorwahlen in Neuengland vorbereiteten, sprach ich in Fort Ticonderoga. Die Geschichte dieses Orts hat mich tief bewegt. Und in letzter Zeit muß ich wieder oft an Ticonderoga denken.

Dort tat eine junge Nation 1775 die ersten Schritte, um für ihre Freiheit zu kämpfen. Damals hat Amerika Gestalt angenommen. Unweit von Ticonderoga empfing Colonel Ethan Allen die Nachrichten über Lexington und Concord und wußte, die Zeit war gekommen, für die Freiheit zu kämpfen … zum erstenmal den offenen Konflikt mit König George zu suchen. Die Zeit war gekommen, daß dieser bewaffnete Pöbel – wie man die Männer damals bezeichnete – sich erhob und seine Forderungen mit Piken und Musketen vertrat … und genau das hat Ethan Allen mit seinen Grünen Jungs aus den Bergen getan.«

Im alten Presseraum sah sich Walter Peterson die Rede im Fernsehen an. Er rauchte eine dicke Zigarre und hatte die Füße auf die zerkratzte Tischplatte gelegt. Er behauptete, die meiste Berufszeit mit ›der AP, der UP und jeder anderen verdammten P‹ verbracht zu haben. Jetzt drehte er sich zu Mike Fulton von *Newsday* um und fragte: »Was redet er da? Muß ich etwa eine neue Schlagzeile schreiben? Gott, diese Politiker!«

»Hör dir das an«, sagte Fulton und deutete auf den Bildschirm. Der Präsident fuhr fort:

»Ethan Allen wußte, daß ein Krieg unvermeidbar war und daß die Rotröcke scharenweise aus Kanada herbeieilen würden, um sich mit ihren königstreuen Kameraden bei Fort Ticonderoga zu verbünden, das damals das Gibraltar Amerikas genannt wurde … Ethan Allen, in seiner grünen Uniform mit den goldenen Epauletten, führte daher im Morgengrauen mit einer Schar von achtzig Mann, die in kleinen Booten im Morgennebel über den See gekommen waren, den ersten Schlag der Amerikanischen Revolution. Als er am Seeufer vor dem Fort stand, sprach er jene Worte, die durch die Korridore der Zeit bis jetzt nachhallen:

›Wir müssen heute entweder aufhören, uns mutig zu nennen, oder diese Festung erobern … Da es ein verzweifelter Versuch ist, den nur die Tapfersten wagen, zwinge ich keinen, gegen seinen Willen mitzumachen. Ihr tut das alles freiwillig – jetzt greift zu den Musketen.‹

Als die Sonne an jenem Tag aufging, war das Fort im Besitz von Ethan Allen und seinen Jungs. Er schrieb in sein Tagebuch, daß er und seine Männer einen überschäumenden Humpen kreisen ließen – ich schätze, sie hatten ziemlichen Durst bekommen – und dem Kongreß Erfolg und Amerika Freiheit wünschten.«

»Schieb mal den überschäumenden Humpen hier rüber«, sagte Bill Steinberg, der Chefredakteur der *Abendnachrichten* mit Phillip Carmichael bei CBS, zu einem Mitarbeiter. Sie saßen in ihrem Büro in New Yorks Siebenundfünfzigster Straße West. »Seht nur, wie er um Aufmerksamkeit hechelt.« Steinberg war ein gutaussehender Mann und glaubte, er hätte einen hervorragenden Präsidenten abgegeben. Dazu brauchte man jede Menge Ego.

Der Präsident lächelte in die Menge. Er sah auch gut aus. Ehemaliger Footballspieler. Quarterback bei Notre Dame. Es war ihm oft gelungen, die Menschen zu begeistern.

»Heute abend beschwöre ich die Erinnerung an Ethan Allen und die Schlacht bei Ticonderoga mit gutem Grund. Heute abend möchte ich euch, liebe Freunde, und der ganzen Welt sagen, daß uns wieder eine Armee bedroht. Wieder aus dem Nebel heraus. Doch diesmal ist es eine Armee aus unseren eigenen Reihen, und deshalb ist sie um so gefährlicher. Diesmal ist es eine geheime Armee, aufgeboten von unserer eigenen geheimen Regierung, bestehend aus den Menschen, die uns abhalten wollen, unsere Ziele zu verfolgen und unsere Bestimmung als die größte, freieste und offenste Gesellschaft der Welt zu erfüllen.«

Leises Raunen zog durch den Saal. Einige schauderten beunruhigt. Im alten Presseraum verschluckte Walter Peterson eine große Rauchwolke und hustete. »Was soll das? Was redet er da? Jetzt *muß* ich einen neuen Leitartikel schreiben, das spüre ich in meinen Knochen.«

»Und ich möchte Ihnen allen versichern«, fuhr der Präsident fort, »daß die zweite Amerikanische Revolution bereits auf dem Weg ist ...

Daß nichts, nicht einmal diese geheime Regierung, unserer Entschlossenheit, die Nation zu retten, zu widerstehen vermag. Ich möchte Sie daran erinnern, daß Ethan Allen nicht nur gegen Rotröcke, sondern auch gegen Verräter gekämpft hat. Und heute muß auch ich von Verrat sprechen – von Verrat und seinen Konsequenzen. Es ist ein sehr bedeutsamer Abend.

Ich bitte Sie, genau zuzuhören, denn der Rest Ihres Lebens und des Lebens ihrer Kinder und Kindeskinder wird davon abhängen, ob Sie mir glauben.

In den letzten Wochen bin ich durch die Bemühungen einiger treuer Beamter – wie unserer Generalstaatsanwältin – darauf aufmerksam gemacht worden, daß einige unserer Geheimdienste ihre eigene Politik – im Ausland und im Inland – betrieben haben, nicht die Ihrer gewählten Führer. Diese Dienste operieren mit finanziellen Mitteln, für die sie keine Rechenschaft ablegen müssen; sie operieren ohne Beratung mit den ausführenden oder gesetzgebenden Organen der Regierung; sie operierten seit vielen Jahren und auch heute noch auf eigene Faust. Diese Dienste haben sich in jüngster Zeit schwerwiegender Verstöße schuldig gemacht, Manipulationen, die dazu dienen sollen, unsere Politik und unsere Entscheidungen zu beeinflussen – gegenüber Mexiko, unserem südlichen Nachbarn, und der gesamten Welt.«

Anson Dameron flüsterte: »Sieht so aus, als würde er da in einen schönen Haufen Scheiße treten. Den Schuh kriegt er nie wieder sauber – gegen diese Jungs kommst du nicht an.«

»Klingt für mich ganz lustig«, meinte Brenda Halliday. »Das Schattenregime. Eine gute Story.«

»Aus Gründen, welche die Sicherheit Amerikas betreffen, kann ich zum jetzigen Zeitpunkt nicht deutlicher werden«, sagte der Präsident.

»Doch die Botschaft, die ich Ihnen heute abend bringe, lautet: Zu lange wurde unser Leben – Ihr Leben, mein Leben, unser aller Leben – von dieser geheimen Regierung kontrolliert, die Sie nicht gewählt haben, die unsichtbar ist, die keinem von uns Rechenschaft schuldet und die bis jetzt unsere großartige Nation im Würgegriff gehalten hat. So viele von uns haben für diese geheime Regierung gekämpft – und sind für sie gestorben –, ohne zu wissen, daß sie überhaupt existierte.

Jetzt ist es an der Zeit, daß wir aufhören, für diese geheime Regierung zu kämpfen!«

Einige Zuhörer husteten nervös. Die Vertreter der Presse warfen sich fragende Blicke zu und hoben die Brauen. Das alles war für sie neu.

Pudge Buchanan von der *Chicago Sun-Times* schrieb auf seinen Notizblock: »Dünnes Eis.« Dann reichte er ihn Sally Ledbetter von der PBS. Sie nickte und schrieb: »Er ist bereits eingebrochen.«

»Ich meine eine geheime Regierung«, sagte der Präsident, »die aus Kräften innerhalb der Geheimdienste, des Militärs und unserer größten Industrien besteht. Und ich kann Ihnen versichern, daß ich nicht metaphorisch spreche, sondern eine reale, lebendige, funktionierende geheime Regierung meine … Es gab keinen Vorabdruck dieses Teils meiner Rede, weil keiner meiner Mitarbeiter von diesem Punkt etwas wußte, damit jede undichte Stelle von vornherein ausgeschlossen ist. Die geheime Regierung hört diese meine Worte – sie sind ihre Totenglocke.«

»Mein Gott!« stöhnte Fulton.

Der Präsident sprach mit Gefühl. »Diese geheime Regierung stützt sich auf die Dienste, die jetzt unter einem Mantel unverletzlicher Geheimhaltung operieren. Sie wissen nicht, was dort vor sich geht. Ihre gewählten Vertreter im Kongreß wissen nicht, was diese Dienste planen – und, glauben Sie mir, Ihr Präsident hat erst angefangen, die

Wahrheit zu entdecken. Diese Dienste betreiben ihre eigene Innen- und Außenpolitik, aus purem Eigennutz und zum Wohl ihrer Anhänger.

Da ich heute abend keine Plattheiten verbreiten will, möchte ich Ihnen klar und deutlich sagen, was ich – mit Ihrer Hilfe – erreichen will.

Seit gestern habe ich laut Präsidialbeschluß die Satzung der CIA außer Kraft gesetzt. Die Macht der alten Geheimdienste muß gebrochen und aufgedeckt werden. Ein wesentlicher Schritt dazu wird sein, daß wir die Akten des National Reconnaissance Office, des Independent Supply Audit und anderer Planungs- und Kontrollinstanzen offenlegen. Doch lassen Sie mich auf diesen Punkt später zurückkommen.«

»Ich glaube das einfach nicht!« sagte Dameron ziemlich laut.

»Ich fürchte, daß er es verdammt ernst meint, Anson«, widersprach Halliday.

Im Presseraum rollte Walter Peterson den Stuhl zurück und stampfte mit den Füßen auf den Boden. »Sunny Jim«, sagte er zu Fulton. So nannte er jeden, der nicht den Pulitzerpreis gewonnen hatte. »Das ist ein Minenfeld. Weißt du was? Die legen ihn um, ehe sie ihn ihre Etats an die Öffentlichkeit bringen lassen! Ich scherze nicht. Denk an meine Worte! Mann, der lebt in einer Traumwelt!«

»Ich wünschte, du würdest so was nicht sagen, Walt.«

Der Präsident fuhr fort:

»Ab morgen ist Samuel Alken Lord, der Leiter der CIA, von seinem Posten enthoben, obgleich ich diese speziellen Übergriffe nicht ihm persönlich anlaste. Er wird ab sofort Vorsitzender einer Friedenssondermission für Mexico City.

Ich habe bereits seine Position im CIA-Hauptquartier in Langley, Virginia, mit einem Mann besetzt, der mein vollstes Vertrauen genießt.

Ebenfalls wurde ab heute die Auflösung der alten CIA

und die Grundlegung für eine neue Geheimdienstorganisation und deren Aufsichtsgremium – die National Security Executive, welche dem Kongreß, dem Präsidenten und dem Volk verantwortlich ist – in die fähigen Hände von Generalstaatsanwältin Teresa Rowan gelegt, der ersten Leiterin dieser nationalen Sicherheitsbehörde.«

Auf den Sitzen der Republikaner ertönte lautes Stöhnen. Die Demokraten waren um Applaus bemüht, doch auch sie waren so aus dem Gleichgewicht geraten, daß ihre Bemühungen lustlos ausfielen. Dameron war vor Staunen der Unterkiefer herabgefallen. »Kann er das machen?«

»Er ist der Präsident, Idiot!« sagte Brenda Halliday. »Und Oberbefehlshaber der Streitkräfte. Versuch mal, ihn aufzuhalten.«

In der Siebenundfünfzigsten West in New York beendete Bill Steinberg seine Tagträume über seine eigene Qualifikation für das Weiße Haus und tippte Notizen in den Computer. Ein Mitarbeiter recherchierte bereits. Hoffentlich beeilte der Knabe sich.

Pudge Buchanan kritzelte: »Jetzt wirst du sehen, wie die Kacke ins Dampfen kommt.«

Sally Ledbetter kritzelte: »Es geht um die Etats, Trottel. Sie müssen ihn stoppen oder den Schuppen zumachen.«

Der Präsident fuhr fort. »Das wird für uns alle ein langer und schmerzlicher Prozeß. Aber er ist nötig. Diese Behörden müssen weiterarbeiten, sogar während sie umstrukturiert werden, und Rechenschaft ablegen. Generalstaatsanwältin Rowan wird zu gegebener Zeit Namen für die wichtigsten Positionen bekanntgeben. Unsere besten Wünsche begleiten sie. Glauben Sie mir – die zweite Amerikanische Revolution hat begonnen!

Und ich gelobe Ihnen feierlich«, fuhr Präsident Bonner fort, »daß Sie, das Volk, von mir persönlich auf dem laufenden gehalten werden, während diese große, neue Revolution fortschreitet.

Ich gelobe ferner, daß unsere noch nie dagewesenen

Friedensinitiativen in der ganzen Welt weitergehen werden – angefangen mit dem Bemühen um eine Vermittlung im tragischen Bürgerkrieg südlich unserer Grenze, in Mexiko. Die jüngsten Morde und das schreckliche Blutvergießen unter der Zivilbevölkerung haben mich zu dieser Entscheidung bewogen. Wir werden eine erneute und verstärkte Friedensinitiative in Mexiko beginnen.

Meine amerikanischen Mitbürger, die alte Ordnung geht unter, und die neue zieht herauf. Wir stehen vor dieser Morgenröte; wir begrüßen sie freudig mit einer klaren Vision unserer Zukunft und der Überzeugung, daß wir der gute Samariter für die Welt sein müssen.

Und jetzt ist es Zeit, gute Nacht zu sagen.

Jetzt, da wir diese neue Ära in der Geschichte unserer Nation betreten, bitte ich Sie um Ihre Gebete.

Gott sei mit Ihnen allen.

Und Gott segne Amerika.«

»In einer gewagten und historischen Rede zur Lage der Nation hat Präsident Charles Bonner am Dienstag abend vor dem amerikanischen Volk vielleicht seine Trumpfkarte ausgespielt, um bei den demokratischen Vorwahlen die hart umkämpfte zweite Nominierung als Präsident zu gewinnen. Vor der Plenarsitzung des Kongresses verkündete Bonner, die Geheimdienste seien die Quelle interner Korruption, hinter der eine ›geheime Regierung‹ – wie er es nannte – stecke, die er als den wahren Feind der Nation identifiziert habe. Er hat die Rolle des heiligen Georg übernommen, der von seinem Roß diesen Drachen, der Amerika peinigt, ersticht. Und nur ein bedingungsloser Sieg kann das Land retten.«

Phillip Carmichael, *CBS-TV*

»In einem letzten, verzweifelten Befreiungsschlag, eine – wie es aussieht – fehlgeschlagene Präsidentschaft zu retten, die auf dem Felsen der Wählerapathie auf Grund gelaufen ist, hat Präsident Charles Bonner vielleicht Hochverrat begangen, indem er

Amerikas beste Verteidigungslinie, die Geheimdienste, aufgelöst hat …«

Arnaldo LaSalle, *On Deadline*

»In der idealistischsten Rede, die ein amerikanischer Präsident gehalten hat, seit John F. Kennedy die Amerikaner aufrief, nicht zu fragen, was ihr Land für sie tun könnte, sondern was sie für ihr Land tun könnten, hat Charles Bonner das amerikanische Volk und die Welt aufgerufen, ihm auf einem langen und schwierigen Weg zu folgen, zu dem auch gehört, die Geheimdienste neu aufzubauen, auf lange Sicht mit den Russen gemeinsame Sache zu machen und eine Reihe von Friedensinitiativen durchzuführen, angefangen mit dem Versuch, den Bürgerkrieg in Mexiko zu beenden …«

Arthur Ryder, *The New York Times*

»Heute abend, während ein Schneesturm in Washington tobte, ließ der in Bedrängnis geratene Präsident Charles Bonner eine Bombe von gewaltiger Größe fallen. Sie landete direkt auf den Geheimdiensten und zerschlug sie in tausend Stücke. Ob Mr. Bonners Kohorten alles in neuer und verantwortungsvoller Art wieder zusammenfügen können, dürfte die Frage der zweiten Amtszeit für den Präsidenten entscheiden. Nachdem die Republikaner sich entschlossen haben, nicht den früheren Präsidenten Shennan Taylor, sondern seinen blassen Vizepräsidenten Price Quarles ins Rennen zu schicken, fragt sich jeder Amerikaner vor dem Einschlafen, ob jemand Bonner für die Nominierung der Demokraten herausfordern wird. Mit Sicherheit wird diese Rede einen alternativen Kandidaten hervorbringen, der für die Stärke und die Macht der Nation eintritt, gegen eine Schwächung durch Bonner.«

Ballard Niles, *World Financial Outlook*

»Will der Bursche Ärger? Hey, Baby, das kannst du laut sagen! Los, kommt und bedient euch! Und denkt dran, ihr Longhorns, damals in der Cotton Bowl hatte Notre Dame mit Char-

lie Bonner als Quarterback kein Fünkchen Mitleid mit Texas! Achtundvierzig zu sechs! Aber jetzt könnt ihr euch alle ein Stück von ihm holen! Er will, daß unser gutes altes Amerika den Bach runtergeht!«

Jim Bob Sterling, *Dallas Drive-Time* DJ

KAPITEL 1

Es war ein Traum oder einfach nur eine Erinnerung, die in der Nacht immer wiederkam. Er war ein Junge, vielleicht zehn oder zwölf. Er ging durch einen langen Korridor mit vielen Schaufenstern, in denen kleine Figuren standen, die er jedoch nicht beachtete. Er ging auf ein Schaufenster zu, das leuchtete und nicht wie die anderen Fenster aussah. Es hatte etwas Besonderes, einen Zauber, dem er nicht zu widerstehen vermochte. Er spürte, wie er schneller ging.

Beim Näherkommen sah er, daß das Fenster eine Art Blase war, eine kopfgroße Blase, die durch eine flache Scheibe nach innen gewölbt war, eine Blase, die einfach unwiderstehlich war. Er steckte mit großen Augen den Kopf in die Blase. Er konnte nicht erwarten, was er sehen würde.

Und da war es:

Die Soldaten auf seiner Bettdecke marschierten auf ihn los. Er war ein kleiner Junge, der die Bettdecke bis zum Kinn hochgezogen hatte und zuschaute, wie sie mit ihren Gewehren und Säbeln vorrückten. Er konnte das Peng-peng der Gewehre beinahe hören und den Pulverdampf in seinem Schlafzimmer riechen ... Da war General Lee bei seinem Fuß, und dort drüben ließ General Grant seine Truppen Aufstellung nehmen ... Sie rückten vor, und der kleine Junge im Bett hatte vor Begeisterung rote Bäckchen ...

Dann war er – in seinem Traum oder in der Erinnerung – kein kleiner Junge mehr. Der Lärm der Schlacht wurde schwächer. Jemand sagte etwas. Er gab sich Mühe, es zu verstehen. »Damals, als Politiker noch Soldaten waren, waren sie etwas wert. Heute taugen die verdammten Politiker nichts mehr. Sie schicken Menschen in den Tod. Sie benutzen andere Menschen, um das Töten für sie zu erledigen ... Du kannst ihnen nicht mehr trauen, Sohn, sie sind nichts als Scharlatane und Volksverhetzer. Die meisten lassen die harte Arbeit von anderen erledigen ...«

Dann wurde die Stimme schwächer, auch die Soldaten verblaßten, und dann war alles weg … Hatte sein Vater zu ihm über die Jahre hinweg gesprochen? Oder jemand, dem er in die Schlacht gefolgt war … Wer war es?

Als der Mann sich fertig angezogen hatte, war er das Paradebeispiel eines Wissenschaftlers, die makellose Verkörperung eines Klischees: Hornbrille, glattes graubraunes Haar, das so geschnitten war, daß es den Kragen des blauen Oxfordhemdes gerade noch berührte, eine braungrün gestreifte Republikanerkrawatte. Der gestutzte Schnurrbart war ebenfalls graubraun. Er trug Hosen, die an den Knien leicht ausgebeult waren, und ein leicht verknittertes Leinenjackett. Durch das Knopfloch im Revers war ein Lederband gezogen. Eine kleine goldene Uhr steckte in der Brusttasche des Jacketts. Er trug braune genarbte Wanderschuhe und unauffällige Wollsocken. Über den Arm hatte er einen billigen, beigen Regenmantel gelegt.

Sein Führerschein war auf den Namen Curtis Westerberg ausgestellt, Professor am Englischen Seminar der Universität Missouri. Er war siebenundvierzig Jahre alt und wohnte 311 Elm Drive, Columbia. Die Dokumente waren vom Feinsten. Niemand hätte vermutet, daß er in Wirklichkeit Thomas Bohannon war, der – wie eine Prüfung der Unterlagen in Washington ergeben hätte – vor einigen Jahren für sein Vaterland gefallen war. Die Akte im Militärregister war beinahe völlig gesäubert: keine Fingerabdrücke, keine Erwähnung der vielen Auszeichnungen, die ihm verliehen wurden, überhaupt kein Lebenslauf. Es gab höchstens zehn derartig keimfrei gemachter Dossiers in der ganzen Kartei. Sie wurden in einer Sonderkartei aufbewahrt, zu der praktisch niemand Zugang hatte.

Er war gestern aus Chicago hergekommen. In Saints Rest war er die gefährlich steilen und engen Haarnadelkurven von der Bluff Street hinabgefahren und hatte sich in einer viktorianischen Villa eingemietet, die jetzt eine Nobelpension war. Morgen würde er wieder ausziehen.

Am ersten Abend war er nach Fever River in Illinois gefahren und hatte sich in der Kingston Inn einen köstlichen Sauerbraten gegönnt. Am folgenden Morgen hatte er lange geschlafen, dann die glänzenden Antiquitäten und den Geruch der Zitronenpolitur und den allgegenwärtigen Duft der getrockneten Blütenblätter in Keramiktöpfen verlassen und war nach unten marschiert, um gemütlich mit dem *Des Moines Register*, der *Chicago Tribune* und *USA Today* zu frühstücken. Es gab wenig Nachrichten, die ihn stolz machten, ein Mitglied der menschlichen Rasse zu sein. Aber das war immer so. Sinnlos, sich darüber den Kopf zu zerbrechen.

Der Nachmittagsspaziergang führte ihn zu dem Laden für Zinnsoldaten in der Nähe des Platzes mit dem Uhrenturm von Saints Rest. Der Himmel war purpurn und wirkte bedrohlich. An diesem Julitag war es über dreißig Grad warm bei neunzigprozentiger Luftfeuchtigkeit. Die Luft erinnerte ihn an das Jahr, das er im Tigerkäfig verbracht hatte; zur Schau gestellt wie ein Tier, hatte er sich bemüht, die spitzen Stöcke zu ignorieren, mit denen Kinder und Frauen durch die Gitterstäbe stocherten. Die Klimaanlage in dem Geschäft brachte kaum Abkühlung. In den alten Vitrinen standen Bataillone, Regimenter und Armeen ein bis zwei Zoll hoher, sorgfältig von Hand bemalter Soldaten, vom alten Ägypten über Vietnam bis zum Persischen Golf, Tausende winziger, wilder Krieger bis an die Zähne bewaffnet, alle in perfekt kopierten Uniformen. Highlander im Kilt. Legionäre der Fremdenlegion. Indianer auf fliehenden Pferden. Siedler, um Planwagen geschart. Quantrill und seine Bande. Er sah sein Gesicht in der Scheibe: Begeistert wie ein Kind, starrte er auf die großartigen Zinnsoldaten des Bürgerkriegs. Die Blauen und die Grauen. Abraham Lincoln mit dem Zylinder, die eine Hand am Revers. Robert E. Lee, der Held der Südstaaten. Und natürlich der große Grant. Er war noch in den Anblick Grants vertieft, als er in der Scheibe den Besitzer von hinten kommen sah.

»Was kann ich für Sie tun? Wenn Sie sich etwas genauer ansehen möchten, mache ich gern die Schränke auf.« Es war ein bulliger Mann mit knappem T-Shirt. Er schwitzte. An seinen Fingern und Händen war Lackfarbe. Draußen grollte Donner. Die ersten Regentropfen prallten vom Gehsteig ab und schlugen gegen die Schaufensterscheibe. »Mal sehen ... Sie sind ein Bürgerkriegs-Fan. Richtig?«

»Als Kind, ja. Jetzt ... Haben Sie hessische Söldner aus dem Unabhängigkeitskrieg? Grün und weiß ...«

»Hm, mal sehen.« Der Mann schob die Brille auf die schweißnasse Stirn. »Die werden nicht oft verlangt. Nur von echten Sammlern. Sie sind ein Mann, der weiß, was er will.«

»Ja, das könnte man wohl sagen.«

»Sie waren Soldat, ja?«

»Ist schon lange her.«

Der Dicke in dem zu engen T-Shirt ging langsam an den Vitrinen vorbei und musterte seine Truppen. Immer wieder schob er die Brille hoch. »Also, die Hessen müßten genau hier sein. Sind sie aber nicht. Sie könnten aber welche bestellen, was meinen Sie? Ich hab' die Figuren, aber sie sind noch nicht bemalt. Das könnte ich schnell erledigen und sie Ihnen nächstes Wochenende schicken. Ich bezahle auch das Porto. Schließlich hätte ich welche vorrätig haben müssen. Na, ist das Dienst am Kunden?«

»Das ist großartig, aber ich fürchte, das geht nicht. Ich weiß selbst nicht, wo ich sein werde. Ich reise durchs Land.«

»Gut, nehmen Sie einen Katalog mit. Sie können mich jederzeit anrufen. Hessen. Ich vergesse Sie nicht. Übrigens – ich heiße Mike.« Er streckte eine der großen, feuchten Hände aus.

»Curtis«, sagte der Mann und schüttelte die Hand.

»Aber ich kann Sie unmöglich ohne einen Soldaten weggehen lassen. Sie haben sich doch General Grant angesehen!«

»Ja. Meine ersten Zinnsoldaten waren aus dem Bürgerkrieg. Mein Großvater hat sie mir geschenkt. Er hatte sie von einem Mann bekommen, der bei Chickamauga mitgekämpft hat.«

»Nein, so was!« sagte der Dicke und bekam einen verträumten Blick.

»Die Soldaten waren das erste, was ich besaß, das mehr als ein Fünfcentstück wert war.«

»Wo sind sie jetzt?«

»Ach, Sie wissen schon ...« Westerberg zuckte die Schultern.

»Ja, ja. Verstehe ... Sie haben sie als Kind verschlampt.« Mike lächelte mit seinem Mund und seinem Dreifachkinn. Diese Geschichten hatte er alle schon gehört. »Oder Ihre Mutter hat sie weggeworfen, als Sie aufs College gingen.«

»Nein, ganz so war es nicht.« Westerberg betrachtete die Figur Ulysses Simpson Grants. Dieser große Mann. Er erinnerte sich, wie die Figur durchs Zimmer gegen die Wand geflogen war, und hörte dazu die Stimme seiner Mutter: *»Nicht die Soldaten des Jungen, Frank, nicht die Soldaten aus dem Bürgerkrieg!«* Er sah General Grant auf dem Linoleumboden aufprallen und sah seinen Vater, der mit wutverzerrtem Gesicht auf den Zinnsoldaten starrte. Langsam, aus Angst den Vater nicht aus den Augen lassend, griff er nach General Grant. Doch da hob sein Vater den Stiefel, und der Junge zog die Hand zurück, weil er wußte, was kommen würde. Dann trat der Stiefel auf die Figur des großen Mannes ...

Es spielte keine Rolle mehr, warum. Sein Alter war ein Mistkerl gewesen, der Frau und Kind verprügelte, aber schließlich hatte er bekommen, was er verdiente, und noch mehr. Westerberg machte daraus keine rührselige

Geschichte, nicht so wie die Leute heutzutage. Wenn es ihnen mal schlechtgegangen war, machten sie daraus für den Rest ihrer Tage eine perfekte Entschuldigung, warum sie ihr Leben versaut hatten. Er hatte vor langer Zeit aufgehört, sich darüber den Kopf zu zerbrechen. Er hatte auch nicht oft an Grant gedacht. Nicht bis jetzt, und das, nachdem er im Kongo gewesen war; in Beirut; im Tigerkäfig, wo er jenes endlose Jahr verbracht hatte, ehe sie den Fehler begingen, ihn herauszulassen, um ihn ordnungsgemäß hinzurichten; nach den Jahren bei den Spezialtruppen des Geheimdienstes; nach dem kleinen Haus auf dem Land, hoch über der Grand Corniche, wo sie ihm ein oder zwei Jahre Ruhe gönnten, ehe sie ihn wieder für einen Einsatz brauchten. Erst jetzt, hier in Iowa, hatte er Sam Grant zufällig wieder getroffen.

»Ich nehme zwei Grants«, sagte er. »Einen für mich und einen als Erinnerung an meinen alten Herrn.« Er lächelte Mike an.

»Das ist wirklich nett von Ihnen.« Mike zuckte bei einem besonders lauten Donnerschlag zusammen. »Ihr Vater hat Ihr Interesse daran geweckt, stimmt's?« Er nahm die beiden Figuren aus der Vitrine. Bohannon dachte über Mike nach und fragte sich, welchen Unterschied es machte, ob Mike sich an ihn erinnerte oder nicht. Mit Sicherheit würde er sich an das Gespräch über Grant und die Hessen erinnern.

»Ja, man könnte sagen, Vater hat mein Interesse geweckt. Auf seine eigene Art.«

Mike brachte ihn zur Tür. Der Regen hatte aufgehört. Die Sonne lugte durch die Wolken und überzog den Uhrturm und den Platz mit geschmolzenem Gold. Aber im Westen standen noch purpurrote Wolkengebirge. »Sie rufen mich auch bestimmt wegen der Hessen an? Es war wirklich ein Vergnügen, mit Ihnen zu plaudern.«

Der Mann schaute Mike lange an, dann das Schmuckkästchen von einem Geschäft.

»Sie sind ein Glückspilz, Mike.«

»Ja, das weiß ich.«

»Nein, nein, das wissen Sie nicht.« Der Mann, der sich Westerberg nannte, lächelte. Er spürte das Gewicht des Messers im Holster unter dem rechten Arm. »Sie haben keine Ahnung.«

Präsident Charles Bonner saß im halbdunklen Arbeitszimmer an Bord der *Air Force One*. Er lehnte sich in dem Ledersessel zurück, nippte einen *Ketel-One*-Martini und blickte aus dem Fenster. Den Lärm der Düsen hörte er kaum. Sie waren schätzungsweise irgendwo über Tennessee oder Kentucky. Er war auf dem Rückweg von seinem Treffen mit den verfeindeten Generälen des mexikanischen Bürgerkriegs. Alles war schiefgelaufen. Die Regierung und die Rebellen, die jetzt über ein Viertel des Landes kontrollierten und in den Außenbezirken von Mexico City kämpften und Acapulco sowie die Garnisonen entlang der Grenze zu Texas bedrohten, waren unnachgiebig. Die Regierung hatte das Gefühl, das Ärgste überstanden zu haben, die Rebellen hingegen hielten ihren Aufstieg für unaufhaltsam. Bonner und Hubert Lassiter, sein Außenminister, waren nach Mexico City gekommen, um einen Kompromiß zu finden, bei dem alle ihr Gesicht wahren könnten. Sie kamen mit leeren Händen zurück. Die Meinungsumfragen brachten ihn um. Er ließ den eisgekühlten Wodka auf der Zunge zergehen und dachte an die unvermeidliche Reaktion der Medien.

BONNER-MISSION EIN FEHLSCHLAG. *Bürgerkrieg in Mexiko tobt weiter. Hazlitt wirft Schwäche vor. Keine Lösung in Sicht.* Es würde wieder ein Alptraum werden.

Er hatte seine Botschaft vom 19. Januar mit Taten bestätigt und bewiesen, daß die Außenpolitik in die falsche Richtung lief. Er hatte seinen Standpunkt nochmals dramatisch vertreten.

Wolken zogen über den Nachthimmel und verschleierten den Mond. Am Horizont zuckten Blitze. Er widmete sich wieder dem Film im Videogerät. Humphrey Bogart in *Beat the Devil*. In dieser schwarzen, exzentrischen Komödie mußte doch irgendwo eine Lektion für ihn enthalten sein. Wenn er sie nur finden könnte!

Linda Bonner, die First Lady, schlief. Auf dieser Reise war ihr Pensum ebenso anstrengend wie seines gewesen: Besuche in Kinderkrankenhäusern, wo sie Verwundeten und Sterbenden Hoffnung zu geben versuchte, obwohl es kaum Hoffnung gab. Sie hatte sich unglaublich für mehr Ärzte, eine bessere Versorgung und mehr Krankenflüge in und aus den Kriegsgebieten eingesetzt. Im Flugzeug war sie nach fünf Minuten ins Bett gefallen. Er beneidete sie um ihren Schlaf.

Auf seinem Schreibtisch lagen die neuesten Zeitungsberichte und Ellen Thorns Analyse der letzten Vorwahlen, der nagelneuen ›Megavorwahl in Neuengland‹, inzwischen uralte Geschichte. Das Fernsehen verlangte ein explosives Ende für die Vorwahlen, worauf man dann den kommenden Parteitag hübsch aufbauen konnte: alle Staaten in Neuengland am selben Tag, vor einer Woche. Der amtierende Präsident, gebeugt, jedoch nicht gebrochen, wie er für die Nominierung der Demokraten von dem – laut *Time Magazine* – ›zweitreichsten Mann der Vereinigten Staaten‹ herausgefordert wurde, von Bob Hazlitt, aus Iowa, ›dem Kaiser der Information‹, wie ihn der *World Financial Outlook* nannte, als er einen Monat nach der Rede zur Lage der Nation seine Kandidatur verkündete. Beide hatten im Wahlkampf Zehntausende in diese Vorwahlen gepumpt. Bonner hatte, zumindest im Augenblick, die steigende Flutwelle von Hazlitts Popularität eingedämmt und ein Patt erreicht – die Delegierten waren genau in der Mitte gespalten. Jetzt blieb nur noch die Wahlversammlung. Doch die sich verschlechternde Situation in Mexiko würde ihn noch einen oder zwei Punkte bei den Meinungsumfragen kosten, und das war schmerzlich, weil es ihn den einen oder anderen schwankenden Delegierten kosten konnte. Am Ende war alles trügerisch.

Nachdem Charlie Bonner die Aufschlüsselung von Ellen Thorn und ihren Mitarbeitern am Meinungsforschungsinstitut gelesen hatte, fragte er sich, warum Gott ausgerechnet ihm dieses Schicksal auferlegt hatte. Auf den Titelseiten grinsten ihm die beiden Standpunkte entgegen, die ihn wie zwei Mühlsteine zwischen sich zerquetschten: Einerseits die wachsende Opposition zu einer wie auch immer gearteten Einmischung der USA in Mexiko und andererseits die heiseren Schreie derer, die der Regierung vorwarfen, nicht bereit zu sein, ihre gewaltige Macht freizusetzen und mit einer gewaltigen Streitmacht einzumarschieren. Charlie Bonner wußte, wo er stand. Und das war das Problem. Bob Hazlitt spielte Teddy Roosevelt, winkte mit einem großen Stock und einem Arsenal taktischer Raketen und sorgte für allgemeine Verwirrung.

Unwillkürlich wanderten die Gedanken des Präsidenten immer wieder zum bevorstehenden Parteitag und dem Kampf, der unausweichlich ziemlich bösartig sein würde.

Wie, im Namen von allem, was ihm heilig war, war es so weit gekommen?

Die Situation der Wirtschaft hatte weiterhin gegen ihn gearbeitet. Die Leute waren geizig geworden, verängstigt und manchmal sogar boshaft. Sie fühlten sich geschwächt, verlassen, beinahe machtlos gegenüber der Dampfwalze der Geschichte. Und Bob Hazlitt konnte einerseits auf seine militante Haltung in Sachen Außenpolitik verweisen, andererseits auf den beachtlichen Wohlfahrtsstaat, den er mit seinem Konzern Heartland in Iowa geschaffen hatte, wo niemand je seinen Job verlor und alle Kinder klug, gesund und stets höflich, dazu noch liberal und auf das Wohl des Nächsten bedacht waren. Es war Charlie ein Rätsel, wie er aus dieser politischen Zwickmühle herauskommen sollte.

Bonner hatte in seiner Rede zur Lage der Nation versucht, den Menschen die Hoffnung zu vermitteln, daß sie rebellieren und ihr Land wieder für sich zurückgewinnen könnten. Hatten sie ihm geglaubt? War es ihnen überhaupt wichtig? Oder war alles zu abstrakt gewesen? Zu weit vom Alltag entfernt? Er hatte ihre Jobs nicht sicherer gemacht. Er hatte sich bemüht, sie aufzurütteln. Ihnen einen gemeinsamen Feind gegeben, gegen den sie kämpfen konnten. Aber war das genug gewesen? Nun, er mußte sich mit dem Wissen bescheiden, daß er auf das Wichtigste von allem hingewiesen hatte, worüber er hätte sprechen können. Es war etwas, das er tatsächlich *kontrollieren* konnte – und bei einigen hatte er genau den Nerv getroffen. Zumindest war dies ein Anfang.

Ein multimilliardenschwerer Medienzar aus Iowa hatte entschieden, was für das Volk am besten war. Bei seinem übermächtigen Ego wollte er natürlich Präsident werden. Bob Hazlitt. Flieger-As Bob Hazlitt mit seiner Sammlung alter Flugzeuge aus dem Krieg. Flieger-As Bob mit dem flatternden weißen Seidenschal, dem abgenutzten Helm und der Lederjacke, wie einer dieser legendären Postflieger aus den zwanziger und dreißiger Jahren. Wie einer dieser tollkühnen Himmelhunde. Das große Arschloch Waldo Pepper.

In den letzten vier Monaten hatten immer mehr Parteigenossen Bonners, die Demokraten, ihm mit den Methoden zugesetzt, die er von den Republikanern erwartet hatte. Eigentlich ist es kein richtiger Alptraum, sondern eher eine Apokalypse, dachte er gequält. Tod, Hungersnot, Pest – darauf stützte sich Bob Hazlitts unaufhaltsamer Erfolg. Und sie schlugen ihn mit einem Knüppel nieder, der ›Bürgerkrieg in Mexiko‹ hieß, genauso wie in der Karikatur neulich in der *Post*. Bonner verkaufe Amerika in die Sklaverei, so lautete der Klartext.

Und jetzt war ein neuer Skandal unter den Regierungsbeamten in Mexiko aufgedeckt worden, gefolgt von einer

Reihe von Meuchelmorden, und Hazlitt zog aus all dem seinen Vorteil. Monatelang hatte er nicht an die Republikaner und ihren sicheren Kandidaten Price Quarles gedacht, der Vizepräsident unter Präsident Sherman Taylor gewesen war, dem Mann, den Bonner aus dem Weißen Haus vertrieben hatte. Nein, es waren die verdammten Demokraten, seine eigene Partei, die ihn erledigen wollten ... Den ganzen Winter und Frühling hatten sie sich von ihm durchfüttern lassen, und jetzt wollten sie im Sommer immer noch mehr.

Der Geheimdienstmann spielte den Zimmerkellner und klopfte gegen Mitternacht an die Tür des Präsidenten. Bonner blickte müde auf und lächelte. »Ziemlich einsam hier heute nacht«, meinte er.

»Möchten Sie noch einen Drink, Mr. President? Oder Sandwiches?«

»Nein, ich denke nicht. Ich trinke den aus. Aber ich könnte ein paar Aspirin brauchen.«

»Heute ist es sehr still, Sir.«

Der Präsident betrachtete den jungen Mann. Er bemühte sich, alle Mitarbeiter persönlich zu kennen. Doch bis jetzt war ihm noch nie aufgefallen, daß Bill aus Iowa stammte. Jetzt sah er es auf dem Namensschild.

»Iowa«, sagte er. »An Iowa muß ich in letzter Zeit viel denken.«

»Jawohl, Sir, das kann ich mir vorstellen. Ich erinnere mich, als Sie beim ersten Wahlkampf da waren.«

»Zweimal.«

»Jawohl, Sir. Einmal für die Wahlvorbereitungen und dann während des allgemeinen Wahlkampfs. Meine Eltern sind beidemal hingegangen, um Sie zu sehen.«

»Damals hat Bob Hazlitt mich *unterstützt*. Kommt mir wie eine Ewigkeit vor. Aus welchem Teil Iowas stammen Sie, Bill?«

»Erinnern Sie sich an *Field of Dreams*, Sir?«

»Bei dem Film habe ich jedesmal geheult.«

»Er spielt in Dyersville. Nicht weit von Saints Rest, das ist die größte Stadt in der Nähe. Ich komme aus einem Nest dazwischen. Epworth. Dad war Superintendent der Schulen in West Saints.«

»Ich werde nie diese Stelle im Film vergessen: *Ist das der Himmel? Nein, Iowa.*« Der Präsident lehnte sich zurück. Er spürte, wie er sich entspannte. »In Dyersville habe ich auf dem Baseballfeld eine Rede gehalten. Direkt beim Kornfeld. Am Rand standen Jungs in alten Baseballklamotten ... Ja, wirklich eine schöne Erinnerung.« Er nahm einen Schluck Martini. »Iowa ist wirklich ein schöner Staat, Bill. Sie sind bestimmt stolz darauf, von dort zu stammen.«

»Ja, Sir, bin ich. Für mich ist Iowa ein Stück vom Himmel, Sir.«

»Wenn ich im Herbst dort bin, müssen Sie mich daran erinnern, daß ich Ihre Eltern anrufe. Ich meine das ernst. Erinnern Sie mich daran! Es würde mich freuen, sie kennenzulernen.«

»Danke, Sir. Sie würden sich auch freuen.«

»So, Bill. Was meinen Sie? Könnten Sie mir ein paar Aspirin besorgen?«

»Jawohl, Sir. Ich hole welche.«

»Prima, Bill. Tausend Dank.«

Wieder Iowa. *Field of Dreams* ... Flieger-As Bob Hazlitt ...

Wer, zum Teufel, hatte Bob Hazlitt eingeflüstert, als Präsident zu kandidieren? Howard Hughes hat sich schließlich auch nie beworben. Aber Bob, das Flieger-As, hatte dieses Fieber erwischt.

Jetzt kam er urplötzlich in einem dieser Flugzeuge aus dem Zweiten Weltkrieg eingeflogen, vielleicht einer P-51 Mustang, mit aufgemaltem Tigermaul, und erzählte den Menschen auf dem Flughafen, er habe eine Vision gehabt, die Vision eines neuen Amerikas, das sich nie wieder vor etwas fürchten und nie wieder Befehle von irgend jemandem annehmen würde, das auch die verdammte UN nicht brauchte, sondern ein Amerika sei, das die ihm zur Verfügung stehende Macht nutzen würde, um eine bessere Welt für alle zu schaffen – aber zuallererst für die Amerikaner. Die Schwachköpfe nahmen ihm das ab, und Bob Hazlitt konnte mit ihrem Heißhunger auf Blödsinn rechnen und ungestört weitermachen.

Es war klar, daß Hazlitt auch das erkannt hatte, was der Präsident ›die Balkanisierung Amerikas‹ genannt hatte. Beinahe jede Interessengruppe im Land hatte sich im letzten Jahrzehnt mit eigenartiger Einigkeit bemüht, die Idee eines rationalen Kompromisses und einer zivilisierten, vernünftigen Debatte sowie des Konzepts eines Allgemeinwohls zu zerstören. Jetzt hatten die wahren Gläubigen die Macht übernommen. *Meine* Sache, *meine* Forderung, *meine* Bedürfnisse – nur darum ging es jetzt noch. Die übrigen konnten zur Hölle gehen. Das *Große Ich* mußte Nummer eins sein, mit stolz hochgereckter Faust. Es war der Triumph der Barbaren.

Bob Hazlitt, der Stolz des Staates mit dem hohen Getreide, hatte die Demokraten gesammelt, die Angst hatten, daß Amerika schwach und unentschlossen geworden sei und sich vom Rest der Welt umherschubsen ließ. Bob Hazlitt hatte sie mit den armen Teufeln vereinigt, die sich nach den guten alten Zeiten sehnten, als die Familie diesen Namen noch verdiente, als der ungeschriebene Vertrag zwischen Firma und Angestelltem noch etwas bedeutete. Und jetzt hatten sie ihr Thema gefunden: Bonners Schlag gegen die Geheimdienste – eine Bedrohung der lebenswichtigen Interessen der Nation – und seine Weigerung, das mexikanische Problem mit Kanonen zu lösen. Und sie – Millionen – waren überzeugt, daß ausgerechnet Bob Hazlitt für sie sprach. Sie glaubten, er würde sich bei ihnen zu Hause an den Küchentisch setzen. Falls sie dann noch Küchentische hatten.

Charlie Bonner hatte keine Ahnung, was der Mann *tatsächlich* sagte. Man hörte im ganzen Land nur sein

Geschwätz als eine Art endloses Hintergrundgeräusch. Zu simpel, um es zu glauben. Tatsache war jedoch, daß seine Botschaft weit über die Worte hinausging, die er von sich gab. Die Menschen da draußen, die ihm lauschten, hörten auch die Zwischentöne.

Aber was hörten sie?

Jemand klopfte an die Tür und machte sie auf.

»Mr. President? Charlie?« Es war Bob McDermott, der Stabschef.

»Ja, Mac ... Ich war gerade mit meinen Gedanken ganz woanders. Was kann ich für dich tun?«

»Charlie, gerade haben wir ein paar Bilder samt Text bekommen. Ehrlich gesagt, es ist einfach grauenvoll ... In Mexiko hat es ein schreckliches Erdbeben gegeben.« Er hielt mehrere Hochglanzfotos und beschriebene Seiten hoch.

Der Präsident nahm die Papiere und studierte sie, während Mac weitersprach.

»Das gottverdammte Ding lag bei sieben Komma zwei, Charlie. Die ersten Meldungen kommen gerade rein. Sieht so aus, daß die Tijuana/Chula-Vista-Falte betroffen ist und ...«

»Verdammt!« rief der Präsident. »Das heißt, es hat Amerikaner erwischt! Willst du das sagen? Wie viele amerikanische Tote?«

»Ein paar, bis jetzt nicht viele.« Mac ging voraus in den Arbeits- und Aufenthaltsbereich des Flugzeugs, wo ein Laserdrucker Seiten ausspuckte. »Auf unserer Seite der Grenze haben wir zwölf Tote. Aber auf der mexikanischen Seite sind es schon fünfzehnhundert, und sie zählen noch. Es hat eine der großen Regierungsgarnisonen getroffen, ein Munitionsdepot ist in die Luft geflogen. Die Freiheitskämpfer dringen in die Dörfer vor. Plünderungen, Massaker unter den regierungsfreundlichen Zivilisten ... Charlie, das ist ein Hammer. Sie schätzen, weitere drei- bis viertausend oder noch mehr Erdbebenopfer. Gott weiß, wie viele bei den Plünderungen und Kämpfen gestorben sind.«

»Weißt du, Mac, am liebsten würde ich umkehren und mit den Friedensvorschlägen weitermachen …«

Mac schüttelte nachdrücklich den Kopf. »Nur über meine Leiche! Du hast genug riskiert. Deine Reise nach Mexiko war für den Sicherheitsdienst ein einziger Alptraum, und außerdem haben dir alle gesagt, daß es gefährlich ist, wenn du deinen Ruf aufs Spiel setzt.«

»Klar, Mac, es gibt Gefahr und Gefahr. Mein politisches Risiko wiegt nichts im Vergleich mit diesen vielen Leben.«

Mac runzelte die Stirn. »Völlig ausgeschlossen. Nicht wieder dahin.«

Der Präsident stand neben dem summenden Drucker und betrachtete die Bilder der zerstörten Häuser. Gliedmaßen ragten zwischen weißen Lehmziegeln hervor, blutige Körper, ein amerikanischer Grenzsoldat mit blutdurchtränkter Uniform … Auf dem Monitor kam ein Live-Bericht. Die atmosphärischen Störungen führten zu Streifen, aber er sah die Kamera über zerstörte Slums schwenken, Mütter schrien in die Kamera und hielten Säuglinge hoch, gleichsam als Beweis für das, was geschehen war. Mein Gott, Bonner war so hundemüde, und jetzt mußte er sich noch mit diesem neuen Horror beschäftigen.

Dann sah er das Foto des kleinen Mädchens im blutigen Kleid, ein unbeschreiblich schönes Kind, in den großen Augen standen Schock und Trauer, das Kleid zerrissen, Blut lief über Arme und Beine. Es reckte der Kamera die dünnen Ärmchen mit den Handflächen nach oben entgegen und flehte, daß ihm jemand doch erklären möge, was geschehen war …

»Ja, ja.« Mac nickte. »Das geht unter die Haut, Charlie.«

Dem Präsidenten traten Tränen in die Augen.

Am Horizont zog die Morgendämmerung wie ein abstraktes Gemälde heran. »Guten Morgen, Mr. President. Wir beginnen jetzt mit dem Landeanflug, Sir.« Die Stimme des Kopiloten ertönte leise aus dem Lautsprecher. »In Washington regnet es. Die Temperatur beträgt zur Zeit fünfundzwanzig Grad, soll aber im Laufe des Tages auf fünfunddreißig steigen. In einunddreißig Minuten werden wir auf der Andrews-Base landen. Ich melde mich dann nochmals, Sir.«

Der Präsident hörte nur mit halbem Ohr zu.

Das kleine Flugzeug geriet in einen Aufwind und schoß vorwärts. Die Motoren dröhnten, hinter dem winzigen Fenster ballten sich dunkle und purpurne Wolken. Sie überflogen den Mississippi. Seltsamerweise hatte Hayes Tarlow ihn noch nie gesehen. Er war von Küste zu Küste geflogen, doch aus siebenunddreißigtausend Fuß sah man nicht viel von dem Planeten unten, und aus – sagen wir – hundert Fuß sah man verflucht zuviel von ihm. Regen prasselte gegen den Zwanzigsitzer, aber dieser Scheißwind ... rauf und runter, hierhin, dahin, vorwärts zurück ... Dann zuckte ein greller Blitz durch die Wolken, streifte die Flügelspitze. Gleichzeitig drückte eine Bö sie erdwärts. Herrgott, war das das Ende von Hayes Tarlow?

Hayes Tarlow war hundeelend. Da saß er in dem zerknitterten cremefarbenen Leinenanzug, Schweißflecken überall, die Krawatte gelockert. Schweiß lief von der Stirn über das rosige Gesicht, durchtränkte die grauen Brauen, brannte in den Augen, tropfte in den graugesprenkelten Schnurrbart, dessen Enden die Mundwinkel umrahmten. Das Gesicht war nicht mehr rosig, sondern leichenblaß. Er war sicher, daß er sich gleich übergeben würde, fand jedoch nicht die Tüte, die für derartige Mißgeschicke vorgesehen war. Seine Knie waren gegen den Vordersitz gestemmt, den irgendein Schweinehund so weit wie möglich zurückgeschoben hatte, ehe er unverschämt tief eingeschlafen war. Vielleicht sollte er auf den Typen draufkotzen, wenn es soweit kam. Wer hätte gedacht, daß Hayes

Tarlow mal so den Löffel abgeben würde, der Veteran tausend kitzliger Situationen, jetzt eingezwängt und hilflos, der Magen in Aufruhr …

Er war morgens aus New York gekommen und in O'Hare bei einem Zwischenstopp in der Sonne eingeschlafen, was ein Fehler gewesen war, denn er hatte sich nach dem Aufwachen wie durch den Fleischwolf gedreht gefühlt. Dann war er mit der Schultertasche zu dem kleinen Flugzeug gegangen, das ihn an die Kisten der Air America erinnerte, mit denen er vor mehreren Jahren einen Diplomaten herausgeholt hatte, der in Bangkok tief in die Scheiße geraten war. Vor langer Zeit, sehr langer Zeit, war er aus einem ähnlichen Flugzeug über einem Dschungel abgesprungen, der so dicht war, daß er einer festen Masse geglichen hatte. Damals hatte er beim Sprung gekotzt und sich bei der Landung den Knöchel verstaucht.

Es gab nicht mehr viele Menschen, die ihm so einen Job schmackhaft machen konnten, aber – ausgerechnet – einer von diesen wenigen hatte ihn gefragt. Saints Rest. Iowa. Politik, logisch. Und es war schmeichelhaft, diese Aufgabe zu erledigen. Er vollführte den politischen Drahtseilakt schon lange, aber jetzt war er dem Ende der Fahnenstange näher als je zuvor … Man konnte sehen, in welcher Verfassung dieses Land war, wenn es Hayes Tarlow rief, um die Welt in der hintersten Provinz zu retten. Es war eine Sauerei. Es gab keine verdammten Wertmaßstäbe mehr. Man konnte alles machen, solange man nur damit durchkam … und dabei dachte er nicht nur an die Politiker. Verflucht, Politiker waren immer gleich, von Julius Caesar bis heute. Es war die Presse – die *Medien,* wie man es heute nannte –, die sich verändert hatte. Es ging um die ersten Anzeichen von Blut, das Rollen der Wogen, das Zerfleischen und die Blutströme, die immer mehr Menschen, die sich Journalisten nannten, in die Nähe eines angeberischen Regierungsbeamten trieben, der seinen Beruf als Vertreter für Familienversicherungen oder die Anwaltskanzlei oder das

Katheder in der netten alten Universität oder die Farm nie hätte verlassen müssen ... Seiner Meinung nach hatte die Menschheit den Verstand verloren.

Charlie Bonner merkte jetzt, worauf er sich eingelassen hatte. Das war ein Scheißspiel! Wem konnte man trauen? Überhaupt jemandem?

Warum hatte er überhaupt Präsident werden wollen? Das war die Frage. Was hat einen Mann dazu gebracht, sein Leben und das seiner Familie auf dem Altar des öffentlichen Dienstes zu opfern, nur um der Angeklagte vor einem Gericht zu werden, wo man stets verlor? Wahnsinn.

Das Flugzeug flog eine Kurve durch die nächste Gewitterfront. Die Blitze trafen mit dem Geräusch einer Kreissäge. Für Hayes Tarlow klang es, als würden die Flügel jeden Moment zum Teufel gehen.

Plötzlich erhoben sich unter ihm die Furchen eines gepflügten Ackers wie eine lehmige Faust. Er rang nach Luft, sein Magen kroch die Speiseröhre hoch. Der Flieger bemühte sich, die Nase hochzuziehen. Und dann waren die Flügel irgendwie wieder eben. Die Felder mit den schwankenden Maisstauden kamen in Augenhöhe. Und dann hörte er das vertraute Poltern, als die Räder die Rollbahn küßten. Erst jetzt wurde ihm bewußt, daß er – Pardon! – vergessen hatte zu kotzen. Das Flugzeug rollte durch die Pfützen, die Propeller bliesen den Regen an den Fenstern entlang. Dann verlangsamte es und blieb vor dem kleinen Terminal stehen.

Als erstes mußte er Nick Wardell anrufen, damit er ihn abholte, und sich dann sofort an die Arbeit machen. Die Sache eilte. Keine Faxen, hatte ihm der Alte gesagt. *Flieg hin, hör dir an, was er zu sagen hat. Dann sofort zurück und bei mir melden, Hayes. Die Zeit läuft uns davon ...*

Er lächelte hinter dem Schnurrbart, als er beinahe auf den schwankenden Stufen ausrutschte, die auf die Rollbahn führten. Mit der verwitterten Ledertasche über der

Schulter stapfte er durch die Pfützen. Regen klatschte ihm ins Gesicht. Nein, er hatte es wieder mal geschafft.

Noch war es nicht Hayes Tarlows Zeit, abzutreten.

Während Nick Wardell am späten Nachmittag Hayes Tarlow am Flughafen von Saints Rest abholte und ins Büro fuhr, zog Herb Varringer einen dunkelblauen Sommeranzug an und setzte den Strohhut auf. Dann setzte er sich in den großen Rattansessel auf der vorderen Veranda des großen alten Hauses, das auf einem der sieben Hügel über der Bluff Street und dem Stadtkern von Saints Rest stand. Die Villa schimmerte weiß und war grün abgesetzt. Manchmal sagten die Leute, daß das Haus, wenn man es vom Park vor dem Postamt aus betrachtete, den Eindruck vermittelte, als würde dem Besitzer die ganze Stadt gehören. Herb Varringer pflegte darauf zu antworten, daß sein Nachbar der eigentliche Besitzer sei. Er sei weit entfernt davon, die gesamte Stadt zu besitzen. Aber die Villa sah in der Tat beeindruckend aus. Ein Riesenkasten. Er hatte sie günstig erstanden, nachdem er zum erstenmal tüchtig abgesahnt hatte und die Immobilienpreise niedrig waren. Im Winter kostete die Heizung ein Vermögen, im Sommer die Klimaanlage.

Die Fahne schlug gegen den Mast. Trotz der Böen war der Nachmittag brütend heiß. In dieser Luftfeuchtigkeit hätte eine Katze ersaufen können. Ein schnelles Gewitter mit vielen Blitzen war gerade durchgezogen, hatte die Temperatur jedoch nicht verändert. Es war dreißig Grad heiß, und die Luftfeuchtigkeit hatte beinahe den Sättigungsgrad erreicht. In der Hitze roch er den Duft seines Bayrum-Cologne. Und er roch, daß noch mehr Regen kommen würde. Er hatte die Morgenzeitung ausgelesen, während er auf seinen Gast wartete. Die Morgenzeitung gehörte ihm, obwohl sie ihn keineswegs begeisterte. Aber er hielt an der Regel fest: Wenn du dich mit Dingen befaßt, von denen du eigentlich nichts verstehst – zum Beispiel als Chefredakteur einer Morgenzeitung –, bekommst du, was du verdienst.

Der jugendliche Redakteur war von dem Milliardär aus Iowa völlig hin- und hergerissen – Verzeihung, dem *populistischen* Milliardär aus Iowa –, der beschlossen hatte, gegen den Präsidenten Charles Bonner für die Nominierung der Demokraten zu kämpfen: Flieger-As Bob Hazlitt.

Herb Varringer und Bob Hazlitt kannten sich aus der Zeit, als beide ins Elektronikgeschäft einstiegen. Damals hatten sie gewußt, daß Transistoren, Mikrochips und Personal Computer in wenigen Jahren möglich werden würden. Mit der Technikwelle waren beide reich geworden: Bob mitten im Staat, nicht weit von der Stadt entfernt, die jetzt Heartland hieß, und Herb hier in Saints Rest am Mississippi. Damals, als der Kalte Krieg die kritische Masse erreichte, hatte es jede Menge Regierungsaufträge gegeben. Doch Herb fehlte die visionäre Art Bob Hazlitts. Für Herb gab es nur die Elektronik, die er und seine Ingenieure erträumten, mit der sie Spaß hatten, die sie entwickelten und dann für beträchtliche Tantiemen verkauften. Für Bob Hazlitt war Elektronik nur das halbe Leben. Die andere Hälfte war die Partnerschaft mit der Regierung der Vereinigten Staaten. Im Lauf der Zeit hatte Herb Varringer zugestimmt, Varringer Electronics in Hazlitts größere Firma einzubringen. Als Gegenleistung bekam er einen Aktionärsposten in der Mutterfirma, die The Heartland Group genannt wurde, sowie eine größere Summe in bar. Herb Varringer hatte seine Führungsposition im Aufsichtsrat von Heartland angetreten, und das Leben war weitergegangen.

Er legte die Zeitung beiseite, als er das Taxi unten auf der Straße hörte. Dann schlug die Tür zu, und jemand fluchte, als das Taxi wegfuhr.

Der Mann, der sich die lange Treppe vom Gehsteig heraufschleppte, kam in Sicht. Sein Gesicht war puterrot von der Anstrengung, mit offenem Mund schnappte er nach der schwülen Luft wie ein Fisch auf dem Trocknen. Er trug einen Leinenanzug, der erbärmlich mitgenommen aussah. Man sah solche Anzüge nicht mehr oft. Völlig verknittert. Das Jackett stand offen, wie eine abgenutzte Erinnerung an alte Abenteuer, rote Hosenträger auf dem weißen Hemd. Der Mann war schweißüberströmt und wischte sich das rote Gesicht mit einem großen Taschentuch ab. Auf dem letzten Treppenstück wurde er noch langsamer. Dann blieb er stehen und blickte zu seinem Gastgeber hinauf.

»Mr. Tarlow, nehme ich an?«

»Ja, und wenn Sie mich jetzt fragen, ob es heiß genug für mich ist, sind Sie der sechste, der mir heute diese Frage stellt, und, bei Gott, dann mache ich kehrt und gehe diese Stufen wieder runter und notfalls zu Fuß bis zu diesem Scheißflughafen, denn ...«

»Ich entnehme ihren Ausführungen, daß es heiß genug für Sie ist. Der Trick, wie ich herausgefunden habe, ist, daß man sich ganz langsam bewegt, wenn es so heiß ist wie heute. Kommen Sie. Setzen Sie sich. Eine Karaffe Eistee steht bereit. Wir wollen doch nicht, daß Sie einen Herzinfarkt bekommen, oder?«

»Da haben Sie recht. Ich möchte wirklich nicht in diesem gottverlassenen Nest sterben.«

»Oh, so gottverlassen ist es nicht, Mr. Tarlow. Bloß ein bißchen schwül heute. Tatsache ist, daß ich überall gewesen bin, wo man nur sein kann, aber Saints Rest ist der schönste Platz, den ich je gesehen habe. Ich war in Monterey, Kapstadt, Sydney, an der Côte d'Azur, in der Hochsaison in Biarritz und in New York, an einem herrlichen Herbsttag ... Ich habe das brennende Laub am Fluß in Cambridge gerochen und bin auf einem See im Schwarzwald gerudert ... Hier ist es am schönsten. Vielleicht hat es aber auch mit meinen Gefühlen zu tun, daß hier meine Heimat ist, mein Zuhause. Man muß den Fluß und die

Berge und das Grün lieben, dann findet man keinen besseren Platz als Saints Rest.«

Tarlow blieb den restlichen Tag auf Herb Varringers Veranda vor der großen alten Villa, trank Eistee und vertilgte Sandwiches mit Gurken und kaltem Huhn und bekam seinen Blutdruck langsam wieder unter Kontrolle. »Sie wissen natürlich, wer mich hergeschickt hat.«

»Ja. Er hat mich angerufen und Sie angemeldet. Sehr rücksichtsvoll. Ich habe ihn noch nie persönlich getroffen, aber es war nett, daß ein Mann wie er meine Bedenken ernst genommen hat.«

»Oh, er nimmt Sie sehr ernst. Und nicht nur das.«

Varringer setzte seinen schönen Strohhut auf. Die leuchtenden blauen Augen paßten gut zum Hutband. Er roch gut: Tarlow stieg ein Hauch von Bayrum in die Nase. Seltsamerweise fand er das beruhigend. Sein Großvater hatte das gleiche Eau de Cologne benutzt.

»So, was halten Sie von einem kleinen Spaziergang? Ich gehe ein großes Risiko mit ihnen ein, Mr. Tarlow. Ich möchte Ihnen eine Geschichte erzählen. Das alles kostet mich einen Haufen Geld und – was noch wichtiger ist – viel Seelenfrieden. Aber es muß getan werden, und jetzt ist der richtige Zeitpunkt. Ich möchte, daß Sie sich meine Welt anschauen, Mr. Tarlow. Ich möchte, daß Sie ein klein wenig meine Werte verstehen: Warum ich traurig bin, daß ein Zeitalter vergeht, und Angst vor dem neuen habe, das heraufzieht und das tausendmal schrecklicher sein wird als alles, was wir uns ausmalen können. Ich möchte, daß Sie wissen, warum ich das Risiko eingehe, Ihnen alles zu erzählen.«

»O Gott, das klingt vielversprechend«, sagte Tarlow.

Varringer lächelte. »Ich werde mir Mühe geben, es möglichst schmerzlos zu machen. Betrachten Sie es als Spaziergang über die Straße der Erinnerungen.«

Varringer ging mit seinem glänzenden Spazierstock, mit einem Bulldoggenkopf als Knauf. Irgendwie funktionierte es: Er wirkte auf Tarlow wie ein alter Aristokrat, allerdings mit dem Gesicht eines Selfmademans.

»Sind Sie sicher, daß ich nach Saints Rest gekommen bin, um das zu hören?«

»Dazu kommen wir später, Mr. Tarlow. Erst das große Bild, der Kontext.«

»Nennen Sie mich bitte Hayes.«

Herb Varringer lächelte und nickte. Dann gingen sie die Straße hinab, im Schatten.

»Ein echtes Stück Amerika«, meinte Varringer. »Diese Bahn hat man für das schnellste Beförderungsmittel gehalten, das der Mensch bauen konnte, um von unten auf die Klippen zu gelangen.« Sie standen auf einer kleinen Aussichtsplattform auf einer Klippe und blickten auf die Stadt hinab und auf die kürzeste Schmalspurbahn der Welt, die heraufführte. »Hier oben haben immer die Reichen gewohnt und die sogenannte Arbeiterklasse unten in der Ebene. Ich war immer darauf bedacht, viele Menschen zu kennen, die unten wohnten. Man weiß ja nie, ob man nicht eines Tages selbst unten wohnen muß und einen Freund braucht. Irgendwie haben wir zusammengehört, die Ebene und die Klippen, irgendwie haben wir uns gegenseitig respektiert. Ach, zum Teufel, das ist jetzt alles vorbei. Keiner respektiert mehr den anderen. In der Ebene wird man nur leichter überflutet.«

Hayes Tarlow blickte über das Dutzend Kirchtürme hinweg, von denen die meisten schwarz waren, einige jedoch auf halber Höhe ein weißes Zierband aufgemalt hatten. So was hatte er noch nicht gesehen. In der Ferne sah er das Reservoir an der Landzunge, wo – laut Herb – der schönste Park der Welt war. Herb schien zu denken, daß alles in Saints Rest das Größte und Schönste war, das er je gesehen hatte. Doch Hayes Tarlow mußte zugeben, als er flußaufwärts, nach Illinois oder Wisconsin, hinüberschaute, daß dieser Teil der Welt wunderschön war. Auf dem Mississippi fuhren mehrere Lastschiffe flußaufwärts. Das Mittelstück einer Brücke, über die offenbar die Eisenbahn fuhr, öffnete sich, um sie hindurchzulassen. Eine andere Brücke, deren Bogen wie der Rücken eines verdammt großen Dinosauriers aussah, führte nach East Saints hinüber, das in Illinois lag.

»Da unten«, Varringer streckte den langen Arm aus und zeigte mit den knochigen Fingern ins Tal, »zwischen dem Geschäftsviertel und dem Fluß, da unten hat meine erste Elektronikfabrik gestanden. Wir haben Bausätze für Hawkeye-Radios gefertigt, starke Endstufen, große Kofferradios in echten Lederfutteralen, mit langen Teleskopantennen. Damals war ich ein Teenager und führte das Geschäft zusammen mit meinem älteren Bruder. Dann hat ihn der Fluß erwischt, in einem schlimmen Sturm, und ich bin aufs College gegangen und Ingenieur geworden ...« Seine Stimme verebbte. Dann sagte er: »Die Menschen haben es längst vergessen, aber damals haben wir Fernseher gebaut und im ganzen Mittelwesten verkauft. Wir machten sogar in den Fernsehsendern in Chicago und Cincinnati und Cleveland und Detroit Werbung ... ›Das schärfste Bild bringt nur Hawkeye‹ ...« Er mußte lächeln.

»Ziemlich guter Werbeslogan, Herb.«

Varringer nickte. »Nicht übel, wenn man Perfektion will.« Er schnaubte und erinnerte sich daran, daß er ein zäher alter Geschäftsmann zu sein hatte. »Na ja, das ist jetzt alles Schnee von gestern. Fortschritt, Sie wissen schon. Die alte, eingeschossige Fabrik hat man abgerissen und ein Lagerhaus hingebaut, das wie eine Schuhschachtel aussieht. Wir waren direkt neben dem Baseballfeld an der Vierten Straße.«

»Ich sehe keinen Sportplatz.«

»Stimmt. Können Sie auch nicht. Den gab es früher dort. Auf dieser Seite vom Schrotturm. Also der Schrotturm – das ist Bürgerkrieg pur. Sie haben das Grobschrot erhitzt und dann durch den ganzen Turm herunterfallen lassen, damit es abkühlte. Jedenfalls so ähnlich. Das war vor meiner Zeit. Beim Schrotturm an der Flutmauer ist es ziemlich einsam. Sehen Sie die Eisenbahnbrücke rechts vom Turm? In Saints Rest haben nachts immer viele Züge gepfiffen. Ich bin damit groß geworden, wahrscheinlich werde ich sie noch im Sterben hören. Ein einsamer Klang – so ähnlich wie die Vorstellung eines Poeten von der Ewigkeit.« Er lachte kurz. »Lassen Sie uns runterfahren.«

Sie warteten, bis eine Schar kleiner Mädchen mit Eiswaffeln aus dem Waggon der Minibahn gestiegen war. Varringer kaufte die Billetts, dann schoben sie sich durch die Drehsperre, stiegen in das Abteil und nahmen auf den stark geneigten Sitzen Platz. Die Fahrt über den ungefähr hundert Meter hohen Abhang war ziemlich holprig, aber immer im Schatten.

Am Fuß des Hügels stiegen sie aus und machten einer Gruppe weißhaariger Touristen Platz. »Wie wär's mit einem Eis, Hayes? Mich würde es bei meiner Abschiedstour stärken.«

Sie wickelten Servietten um die Eiswaffeltüten und gingen durch das einst belebte Geschäftsviertel. »Das große Einkaufszentrum am Highway hat der Innenstadt ziemlich geschadet«, erklärte Varringer. »Mein Gott, die kleinen Geschäfte haben sich einfach vor den Zentren auf den Rücken gelegt und sind gestorben. Aber natürlich passiert das im ganzen Land. Da drüben ist die Zeitung. Die gehört mir. Und der Fernsehsender. Ich habe Hawkeye an Heartland verkauft, und die Firma ist dann ganz aus Saints Rest fortgegangen. Aber ich habe noch die Zeitung und den Sender, um mich zu beschäftigen.«

Hayes Tarlow nickte zustimmend. Herb Varringers leise, anheimelnde Stimme hypnotisierte ihn. Hayes sah Dinge in einer für ihn völlig neuen Perspektive. Er hatte für Kleinstädte nie viel übrig gehabt, sondern war lieber dort gewesen, wo was los war. Erst nachdem er über fünfzig geworden war, hatte er erkannt, daß überall was los war und er nur zu blöd gewesen war, um das zu sehen. Varringer öffnete ein Fenster und zeigte ihm eine Stadt und – für einen Moment – auch ihre Vergangenheit.

»Zugegeben«, fuhr Varringer fort, »einige soziale Ungerechtigkeiten wurden behoben – manches ist nicht mehr so schlimm wie früher –, aber alles ist noch himmelweit davon entfernt, gut zu sein. Man lebt länger, die Medizin hat Fortschritte gemacht. Aber wir enden damit, all die alten Knacker einzulagern, weil es einfach zu viele gibt. So wie mich.« Sein Lächeln war kalt wie der Winter. Beim Zuhören fühlte Hayes Tarlow sich wie ein großer Denker. »Früher hatten wir einen wirklich guten Zug. Man konnte morgens in ihm frühstücken, mit echtem Leinen und schwerem Silberbesteck, alle Zeitungen lesen, in der Union Station in Chicago aussteigen, Geschäfte erledigen, im Pump Room zu Mittag essen, den Abendzug nehmen, ein gutes Steak, Kaffee und Apfelkuchen genießen und wieder in Saints Rest aussteigen.« Er schüttelte den Kopf »Nein, es war eine bessere Welt.«

Hayes Tarlow fragte: »Und das soll ich im Osten erzählen? Ist es das, was ich unserem gemeinsamen Freund von Ihnen ausrichten soll?«

»Das? Nein, zum Teufel. Das habe ich Ihnen nur als Einleitung erzählt. Das kennt er alles. Das ist nur der Hintergrund für das, was ich Ihnen erzählen muß. Wenn Sie die Vergangenheit nicht verstehen, können Sie sich nicht vorstellen, was ich Ihnen über die Zukunft zu sagen habe. Es gibt Schlimmeres, mein Freund, als Giftmüll, und es wird kommen. Darüber will ich sprechen. Das sollen Sie weitergeben.«

»Und wann wird das Ihrer Meinung nach sein, Mr. Varringer?«

»Also, jetzt zeige ich Ihnen erst mal was. Das müssen Sie sich ansehen – es ist wichtig.« Er zeigte auf eine Parkbank vor dem Postamt. Sie setzten sich, und Varringer nahm ein zusammengefaltetes Blatt Papier aus der Brusttasche und reichte es Tarlow. Dieser glättete es auf dem Knie.

»Was ist das? Ich sehe nur Gekritzel.«

»Nein, Herrgott noch mal, das ist kein Gekritzel! Es ist der Schlüssel zu dieser verdammten Sache – na, was sagen Sie jetzt?«

»Dazu müssen Sie mir schon erklären, was es ist.«

Ein Kardinal flog vor ihnen in einen Baum und verschwand im Gewirr der Äste und Blätter. »Alles zu seiner Zeit. Sie müssen aber dieses Gekritzel, wie Sie es nennen, auswendig lernen.«

»Das kann ich nicht auswendig lernen – kann ich es behalten?«

»Nein, aber ... ach was, klar können Sie es haben.«

»Dann will ich es in Sicherheit bringen. Ich bin mit dem beschissensten Flieger hergekommen, den Sie je gesehen haben. Ich will nicht, daß das Papier auf dem Rückflug mit mir abstürzt.« Er blickte sich um. »Gehen wir doch kurz ins Postamt.«

»Einverstanden, Mr. Tarlow. Wissen Sie, ich bin von Ihnen beeindruckt. Sie sind ein Mann, der übervorsichtig ist, wenn's um etwas wirklich Wichtiges geht.«

»Na ja, ich habe auf dem Pfad des Lebens so einige Erfahrungen gemacht.« Die beiden Männer lächelten sich an, sie wußten, worum es ging. Sie gingen ins Postamt und kamen nach fünf Minuten wieder heraus.

Sie standen im Schatten. »Jetzt gehen wir in die Kneipe der Brauerei, essen ein Sandwich und trinken ein gutes Bier oder zwei. Wenn die Sonne untergeht, zeige ich Ihnen den Fluß aus der Nähe. Dann können Sie einen Stein in den mächtigen Mississippi werfen, und dann werde ich Ihnen solche Angst einjagen, daß Sie sich – verzeihen Sie den harten Ausdruck – in die Hosen scheißen.«

Wieder hatten düstere, purpurgesäumte Wolken die Sonne über den Hügeln verdunkelt. Die ersten warmen Regentropfen platschten auf die staubigen Straßen bei der Flutmauer.

Er war ihnen zu Fuß gefolgt. Eine Beschattung allein durchzuführen ist schwierig, wird jedoch erleichtert, wenn die Zielpersonen von der Beschattung nichts ahnen. Sein alter Colonel in der Spezialeinheit – das war damals in den schlimmen Zeiten in Uganda, als er noch ein junger Mann gewesen war und der Diktator Menschen verspeiste, die sich ihm widersetzten –, sein alter Colonel hatte gesagt, er sei der beste Geist, den er je gehabt hätte. Der Colonel meinte damit, daß er jemand war, den man nicht sah.

Er sah, wie die beiden ins Postamt gingen und wie sie in der Kneipe verschwanden. Nach fünfundvierzig Minuten stand Varringer auf, um sich die Beine zu vertreten, und Tarlow warf einen Blick auf das Heartland-Warenlager und das riesige Plakat, von dem Bob Hazlitt auf die Stadt herabblickte. Man konnte es nicht verpassen, wenn man auf der 52 aus Westen in die Stadt fuhr. Hazlitt lächelte mit wehendem Fliegerschal und hielt die Daumen hoch.

Tom Bohannon, der sich Westerberg nannte, wechselte den Standort und stellte sich in das Wartehäuschen bei der Bushaltestelle. In alten Zeiten wäre Tarlow der Mann im Wartehäuschen aufgefallen, der noch dastand, nachdem der Bus gehalten und weitergefahren war. Damals in Beirut hätte Tarlow ihn innerhalb eines Herzschlags ausgemacht. Aber Saints Rest war nicht Beirut, und Tarlow machte keine Observierungen mehr. Und mit Sicherheit vermutete er nicht, daß er heute beschattet wurde. Nicht in Saints Rest, Iowa.

Es regnete jetzt mit Unterbrechungen. Varringer führte Tarlow durch die Eisenbahnunterführung. Sie waren außer Sicht. Wahrscheinlich zeigte Varringer seinem Gast den alten Schrotturm, der vor dem purpurroten Himmel wie die Erinnerung an den Krieg aufragte und Aufmerksamkeit erheischte.

Dann kamen sie am anderen Ende der Unterführung wieder in Sicht und stiegen langsam die Stufen der Flutmauer hinauf. Aha, Varringer zeigte Tarlow den Mississippi. Plötzlich donnerte es. Ein Blitz malte einen grellen gelben Streifen auf die Wolken. Der Wind frischte auf. Es regnete wieder heftiger. Donner grollte ungeduldig und fordernd. Er trat aus dem Schatten und ging schnell durch die dunkle Unterführung. An einer Seite brannte über der Tür zu einem Getreidespeicheraufzug eine einsame Lampe. Darüber lächelte Bob Hazlitt gütig von einem Plakat herab.

Der Parkplatz neben der Flutmauer war leer. Er ging die Stufen hinauf. Ja, wie er sich gedacht hatte, wanderten die beiden Männer rechts am Wasser zwischen den großen Steinen hindurch, die das Fundament der Mauer bildeten. Er spürte einen kurzen Adrenalinstoß, genug, um seine Sinne zu schärfen. Er roch den Fluß, den Regen, das Wasser, das gegen die Steine schlug, den Fischgeruch und den Schlamm. Er hörte den Wind in den Bäumen rauschen, die um die Kneipe im Schlamm wuchsen, und hörte einen Zug weit hinter sich – im Westen – pfeifen. Er verfolgte sie von der Mauerkrone aus. Der warme Regen klatschte ihm ins Gesicht. Von der Mauer aus hörte er, wie eine Regenfront sich auf der Straße näherte. In dem Gebüsch an der Flutmauer und um die Bäume bei der Kneipe sah er die winzigen gelben Lichtpunkte der Leuchtkäfer. Sie gingen an und aus, ihrem eigenen Code folgend. Der Zug kam näher, war jedoch noch nicht zu sehen.

Jetzt hatte die Regenfront sie beinahe erreicht. Sie suchten Schutz unter den Pfeilern der Eisenbahnbrücke, die sich über den großen Fluß nach Illinois hinüberwölbte. Er kletterte zum Wasser hinunter. Jetzt brach der Regen richtig los. Die beiden sahen ihn. Einer winkte und rief etwas.

Er rutschte aus, hielt sich aber an einer Stahlstütze der Brücke fest. Dann war er bei ihnen.

»Im Sturm ist jeder Hafen recht«, sagte er atemlos, nur ein harmloser Spaziergänger.

»Ja, hier können wir in Ruhe abwarten, bis der Regen nachläßt«, sagte Varringer. Tarlow schüttelte sich wie ein großer nasser Hund. Varringer betrachtete seinen Strohhut und wischte den Regen ab. Er trug einen Spazierstock mit einem geschnitzten Hundekopf als Knauf.

»Na ja, Sie wissen doch, wie diese Sommergewitter sind«, meinte der Mann. »Sie kommen und gehen, ehe man sich's versieht.« Der Wind wirbelte über die Steine und trieb ihnen den Regen ins Gesicht.

Tarlow war auf die andere Seite der Brücke gegangen und starrte hinaus in die Nacht. Der Zug pfiff wieder, diesmal lauter. Dann erbebte die Brücke über ihnen. Es donnerte fast ohne Unterlaß.

Der Mann schob sich an Herb Varringer vorbei. Tarlow blickte immer noch hinaus in die Nacht und drehte ihm den Rücken zu. Da stieß er das Messer im Ärmel dem älteren Mann direkt unter dem Brustbein hinein und führte einen schnellen seitlichen Schnitt durch. Er spürte, wie Varringer in seinen Armen starb. Dann hob er den Toten wie einen Sack Zement hoch und schleuderte ihn kraftvoll ins Wasser. Der Stock mit dem Hundekopf tanzte neben der Leiche auf den Wellen. Er schob das Messer zurück in den Ärmel. Dabei spürte er das klebrige Blut an seinem Unterarm.

Endlich drehte Tarlow sich um und rief: »Hier sieht's aus wie beim Weltuntergang ... Herb? Wo ist er?«

»Gerade war er noch da. Ich schätze, er ist weggegangen.«

»Aber doch nicht ohne mich.« Tarlow kam zurück. Verdammt. Er sah den Strohhut, der gegen die Steine klatschte. »Was ist los?«

Der Mann kletterte über die nassen Steine. Tarlow rief:

»O mein Gott, er ist reingefallen. Mann, haben Sie ihn nicht fallen sehen? Herrgott, er schwimmt mit dem Gesicht nach unten ...«

Der Mann hatte Tarlow fast erreicht, als dieser sich umdrehte. Offensichtlich spürte er, daß etwas nicht stimmte. Er stand auf. Ein sehr kräftiger Kerl. Er starrte den Mann an. Blitzartig erkannte er ihn. Das Messer kam auf ihn zu, er spürte, wie die Klinge durch den Oberarm in die linke Seite drang, doch da rutschte der Fremde aus und stürzte rücklings auf die nassen Steine. Gleichzeitig ertönte ein Höllenlärm, als der Zug auf der Brücke die Fundamente erschütterte. Tarlow kletterte zurück. Er wußte, daß er einen Stich in die Lunge davongetragen hatte, schmeckte das Blut im Mund, wußte, daß seine Chancen nicht die besten waren. Der Fremde rollte auf das Wasser zu, schlug mit dem Kopf an einen Felsen, und seine hilfesuchend ausgestreckte Hand traf den Hut, dann Herb Varringers Kopf ...

Hayes Tarlow konnte kaum atmen, die Brust tat scheußlich weh. Er rutschte aus, kroch über den verdammten Beton und die Steine weiter. Er hatte keine Ahnung wohin, wollte sich nur irgendwo in der Dunkelheit verstecken. Aber dann erreichte er die Mauerkrone, taumelte die Stufen hinab. Er war verblüfft, daß er so weit gekommen war, doch da hörte er den Schweinehund hinter sich keuchen. Er kam näher, und der Schweinehund *kannte* ihn. Tarlow glaubte, er laufe, aber im nächsten Moment wurde ihm klar, daß er kroch. Vor sich sah er den Turm, der wie eine seltsame Kirche aufragte, wie ein Ort der Rettung. Er war völlig durchnäßt. Die Donnerschläge waren wie das Kanonenfeuer in alten Zeiten. Der Zug dröhnte. Er dachte: Verfluchte Scheiße, wenn das die Schlußnummer der Hayes-Tarlow-Show ist, verdammt, dann ist sie ziemlich beeindruckend. Er lächelte beinahe, als er am Schrotturm anlangte und dagegensank, als hätte er nach einer langen Reise sein Zuhause erreicht ...

Er blickte zum Plakat hinauf.

Amerikas Lieblingssohn … Iowas Bob Hazlitt.

Das ansprechende Gesicht, die blauen Augen, das Silberhaar und der beschissene weiße Schal … das alte Flugzeug im Hintergrund … Bob Hazlitt …

Tarlow war sich bewußt, daß ihm die Augen den Dienst versagten. Der Mann stand vor ihm. Er blickte in ein Gesicht, das ihm aus längst vergangenen Tagen vertraut war. Der Mann stand nur da und schaute auf ihn herunter.

»O mein Gott«, flüsterte Tarlow. »*Du* … von allen Leuten …? Ich kenne dich aus Beirut. Diese schmuddelige kleine Bar … Was … zum Teufel … machst du hier?«

»Ich wünschte, ich müßte das nicht tun. Ein Job, sonst nichts. Ich habe nichts gegen dich persönlich, Hayes.«

Tarlow schluckte und versuchte zu lachen. »Du wünschst … das ist wirklich komisch …«

Der Mann ging auf ein Knie. »Gib auf, mein Freund. Gib einfach auf.« Er drückte die rechte Hand direkt über Tarlows Herz.

Hayes Tarlow hatte das unbestimmte Gefühl, als sei dieser Mann sein Retter, der sanft das Leben aus seinem sterbenden Körper befreite und in die Nacht hinausschickte. Dieser Gedanke gefiel ihm. Er blickte auf und versuchte, hinter Bohannon etwas zu erkennen. Sein Blick verschmolz mit dem Bob Hazlitts. Er fühlte sich in das Lächeln und die blauen Augen hineingezogen. Ein freundliches Gesicht hieß ihn willkommen. Das war das letzte, was er sah.

Er fühlte nicht mehr als den sanften Druck einer Fingerkuppe, als das Messer in sein Herz eindrang.

KAPITEL 2

Ben Driskill las die *New York Times*. Was er las, war für ihn kein Anlaß zur Freude. Erstens widmete die *Times* beinahe die gesamte Titelseite nationaler Politik. Eine genaue Analyse der letzten Explosion bei den Vorwahlen in Neuengland in der vergangenen Woche, sowie das Trommeln für den bevorstehenden Parteitag. Das gleiche traf auf die Seiten für die nationalen Nachrichten zu, den Kolumnenschreiber, und die Leitartikel …

Es war eine einzige Politik-Lawine. Zu viel. Eine endlose Feuersbrunst aus Wut, widersprüchlichen Versionen und bösartigen Lügen. Das war nicht die Politik früherer Zeiten. Hier war alles von Haß getrieben und kotzte ihn an. Alles existierte nur noch als direkter Konflikt zwischen den Parteien, wobei die Parteigänger die Messer schon gewetzt und gezuckt hatten. Nachdem Ben Driskill sich intensiv mit dem Leben seines Vaters Hugh Driskill und die Rolle des Todes in der Politik befaßt hatte und darüber hinaus selbst tief in die Politik des Vatikans verwickelt worden war, hatte er das Gefühl, für den Rest seines Lebens genug an Politik gehabt zu haben.

Er wäre der letzte gewesen, der sich als Intellektuellen bezeichnet hätte oder sich moralisch überlegen fühlte, aber die Ebene der politischen Gespräche sank jeden Tag tiefer. Es war nicht das gleiche, als hätte jemand damals um 1860 Lincoln einen feigen, dem Pöbel den Arsch küssenden Mörder genannt. Jetzt konnte die ganze Welt so etwas auf dem Fernsehbildschirm mitverfolgen. Alles war von den Medien bestimmt und wurde von den Medien ausgebeutet. Da hörte der Spaß wirklich auf. Er wollte nichts damit zu tun haben.

Und weil er damit nichts zu tun haben wollte, lag ihm noch etwas schwer im Magen. Sein alter Collegefreund Charlie Bonner war vor dreieinhalb Jahren zum Präsidenten dieser Vereinigten Staaten gewählt worden. Auch Ben hatte bei seinem Wahlkampf mitmachen müssen – sonst hätte es einen unheilbaren Bruch zwischen ihm und dem alten Freund gegeben. Charlie hatte ihn gebeten, einige Pflichten beim Sammeln von Spendengeldern zu übernehmen. Ein paarmal hatte er Charlie, der damals Gouverneur von Vermont war, seine Familie und den inneren Freundeskreis auf Wahlreisen begleitet. Ben war unweigerlich eine Art Resonanzboden für Charlie geworden, und er hatte nicht die Kraft aufgebracht, sich während der heißen Wahlschlacht abzusetzen.

Aber jetzt hatte sein Freund vor sechs Monaten diese grandiose, tapfere, aber auch kontroverse Rede zur Lage der Nation gehalten. Charlie hatte seinen Standpunkt vertreten, und Ben Driskill respektierte ihn deshalb. Und es hatte Charlie viel gekostet. Zwar hatte er bei den Umfragen immer noch dreißig Prozent Zustimmung, aber es hatte einen neuen Kandidaten in die Wahlarena gebracht, der mit allen Mitteln für die Nominierung kämpfte. Es ging um den Kern, ums Herzstück. Um die nationale Sicherheit. Die Leute machten sich wegen vieler Dinge Sorgen und gaben für einige Charlie die Schuld, aber ihre Hauptsorge galt der Macht und dem Prestige Amerikas, und daran war ihrer Meinung nach einzig und allein Charlie schuld. Verdammt viele hielten Bob Hazlitt für einen richtigen Kerl. Aber Charlie war von dem überzeugt, was er getan hatte. Er hielt es für eine Haltung moralischen Urgesteins. Wenn er diese Haltung verlor, dann spielte der Sieg keine Rolle mehr. Das hatte er Ben damals klargemacht, als er ihn bat, zu kommen und mit ihm eine Strategie für die Kampagne zur Wiederwahl im März zu entwerfen.

Charlie kannte ihn länger als irgendeinen anderen der Szene. Eigentlich nicht überraschend, dachte Ben, daß Charlie spätabends auf einen Drink und eine Analyse der Situation bei ihm vorbeischaute. Aber Ben zögerte, Charlie zu helfen, weil er seine Zweifel über Politik und den dazugehörigen Klimbim hatte. In grauer Vorzeit hatten sie zusammen bei Notre Dame Football gespielt. Die Tatsache, daß Charlie sich zur Politik hingezogen fühlte und schließlich ins Weiße Haus gewählt worden war, war ein Beweis, daß gutaussehende Quarterbacks beim Schönheitswettbewerb, zu dem Politik manchmal ausartete, sehr viel größere Chancen hatten als ungeschlachte Stürmer. Ben Driskill war das nur recht. Er hatte nie die Fähigkeit entwickelt, leicht Kompromisse zu schließen, oder die Geschmeidigkeit des Verstands, die raffiniertesten Routen zu dem zu finden, was man das Allgemeinwohl nannte. Er eignete sich nicht zum Politiker, weil er nicht genug Blödsinn verzapfen konnte. Als Rechtsanwalt war er ein Schlichter gewesen, ein Mann, mit dem nicht gut Kirschen essen war. Bei seinen Methoden, Wunder zu wirken, fehlte es an der Verschlagenheit und den Taschenspielertricks, die für die Politik auf jeder Ebene erforderlich waren.

Charlie Bonner hatte einmal gesagt: »Ben, du bist der am wenigsten hinterlistige Ire, den ich kenne. Als Präsident brauche ich einen Freund, der mir Perspektiven aufzeigen und mich ein Arschloch nennen kann – für den unwahrscheinlichen Fall, daß diese Beschreibung einmal auf mich zutreffen sollte. Ich möchte einen Mann in meiner Nähe, der mir sagen kann: Leck mich! und dann weggehen kann – mit anderen Worten: jemanden, für den ich nichts tun kann. Jemanden, der mich überhaupt nicht braucht. Die Liste ist sehr kurz, mein Freund. Du wirst der Outsider sein, dem ich trauen kann.«

Charlie kam nie auf den Gedanken, daß er damit Ben zu einem Insider machte, unausweichlich von neidischen Rivalen umgeben. Es gab Leute, die behaupten hätten können, daß Ben bei den politischen Schachzügen in der Bascomb-Kanzlei zu erfolgreich gewesen wäre, um jetzt so zu tun, als möge er Politik nicht, und sie hätten nicht unrecht gehabt. Ben Driskill war eindeutig der Erbe von Drew

Summerhays Stellung in der Firma. Aber er nahm selten Rücksicht auf die Gefühle der Menschen oder machte ein Hehl aus seinen Ansichten, und er hatte klar ausgedrückt, was er über eine weitere Zusammenarbeit dachte, als Charlie – sehr zu Bens Überraschung – zum Präsidenten gewählt worden war. Er hatte sogar Einladungen zum Abendessen ins Weiße Haus abgelehnt, um seinen Standpunkt deutlich zu machen. Aber aufgrund einer sonderbaren Machtosmose konnte Ben nie völlig der Politik fernbleiben. Schließlich war er mit dem Präsidenten befreundet. Ben Driskill war sicher, daß der Mann im Weißen Haus nicht zögern würde, die Alte-Football-Kameraden-bei-Notre-Dame-Karte zu zücken, wenn er in ernstliche Schwierigkeiten geriet. Aber das war nicht alles, was Ben Driskill Kopfschmerzen bereitete, als er die *Times* las.

Der dritte Grund seiner Sorgen ruhte im Herzen und der Seele der Kanzlei, in der er an seinem eleganten antiken Schreibtisch im Eckbüro im neununddreißigsten Stock des Wall-Street-Tower saß, wo die angesehene Sozietät Bascomb, Lufkin und Summerhays residierte. Die Bascomb-Kanzlei war für die Politik der Demokratischen Partei seit langem eine Stütze im Hintergrund. Keiner hatte der Partei und der Nation besser gedient als das regierende Oberhaupt der Kanzlei, der große Drew Summerhays, der, obwohl schon über neunzig, immer noch als ›Berater‹ fungierte und täglich an den Arbeitsbesprechungen teilnahm ... und auch emeritierter Ehrenvorsitzender des Democratic National Comittee war. Das hätte Ben nicht betroffen, hätte das Schicksal nicht Drew Summerhays die Rolle seines Ersatzvaters zugedacht. Nach dem Tod seines leiblichen Vaters, eines Tycoons, und dem seiner geliebten jüngeren Schwester, die Nonne gewesen war, hatte Ben Sicherheit in der Kanzlei gesucht. Selbst seine Heirat mit Elizabeth hatte diese Bindung nicht beeinflußt. Wenn er Unterstützung und einen weisen Rat brauchte, hatte er sich – seit vielen Jahren – an Drew Summerhays gewandt, der ihm tatsächlich eine Art Retter gewesen war. Er liebte und verehrte diesen Mann, was ihm bei seinem Vater nie gelungen war. Aufgrund dieser Tatsachen bemühte sich Drew Summerhays natürlich ständig, Ben in das große Spiel hineinzuziehen: in die Politik.

Drew konnte man nicht so einfach zurückweisen. Driskill hatte oft das Gefühl, eine Enttäuschung für den alten Mann zu sein, weil er sich beharrlich weigerte, bei diesem Spiel – bedeutend oder nicht – mitzumachen. Und an diesem Morgen hatte Drew ihm im Vorbeigehen auf dem Korridor gesagt, er würde nach dem Lunch in Bens Büro vorbeischauen, um mit ihm zu plaudern. Wenn Drew vertraulich mit ihm plaudern wollte, bestand wegen des Themas kein Zweifel.

Komisch, wie sich manchmal alles entwickelte. Wenn es um Politik ging, war Drew ganz vernarrt in Bens Frau. Bei diesem Thema waren sie ein Herz und eine Seele. Es war nicht nur das ganz große Spiel, sondern das einzige. Als Ben Elizabeth kennengelernt hatte, war sie Nonne gewesen, eine liebe Freundin und Kollegin seiner ermordeten Schwester. Elizabeth hatte in Rom gearbeitet, als Korrespondentin des Vatikans für die einflußreiche Zeitung ihres Ordens. Ganz natürlich hatte Ben sie in der labyrinthartigen Welt des Vatikans um Rat gefragt. Sie war eine unschätzbare Goldgrube an Informationen gewesen. Ihre Freundschaft hatte sich vor dem Hintergrund der Intrigen der Kirche entwickelt. Nachdem sie sich ineinander verliebt hatten und Elizabeth die Entscheidung getroffen hatte, den Orden zu verlassen und ihn zu heiraten, war es nur natürlich, daß sie ihren Beruf weiterhin ausübte. Als Mrs. Ben Driskill hatte Elizabeth ihre außergewöhnliche Intelligenz und ihre guten Verbindungen – wie Drew Summerhays – eingesetzt, um erst eine Stellung an der Columbia School of Journalism zu bekommen und danach bei PBS in der Fernsehshow *Opposites Attract* mitzumachen, die sie gemeinsam mit Ballard Niles, dem politisch rechts stehenden, bekannten Kolumnisten des *World Financial Outlook* moderierte. Als sich die Gelegenheit bot, als ›Analytikerin für amerikanische Politik‹ für das Europe News Syndicate zu arbeiten, hatte sie hin und her überlegt und mit Ben diskutiert. Er hatte ihr gesagt, daß jeder Job, bei dem sie nichts mit Ballard Niles zu tun hätte, ein Schritt in die richtige Richtung wäre. Sie hatte die Stellung angenommen. Das Syndikat hatte ihre Kolumne an zweihundert Zeitungen verkauft, von den Britischen Inseln bis in die Türkei, vom Polarkreis bis zum Mittelmeer.

Die Schattenseite war, daß sie sehr oft nicht zu Hause war und er sie vermißte. Manchmal war er auf die Arbeit eifersüchtig, die sie ihm wegnahm, und auch wütend, weil er das Gefühl hatte, die Arbeit sei ihr wichtiger als ihr gemeinsames Leben. Er wußte, wie solide dieses Leben war, wie stark das Fundament, aber er konnte die ständigen Trennungen nicht ignorieren und nicht das Gefühl, daß das Band zwischen ihnen manchmal zu einem dünnen Faden wurde. Wenn er sich in die politische Welt stürzte, würde er ihr wieder näher sein. Vielleicht war sein Wunsch, sich von der Politik fernzuhalten, ebenso stark wie ihrer, mitzumachen und zu berichten, was sich ereignete und was es bedeutete. Was das allerdings für sie beide bedeutete, wußte er nicht genau.

Zur Zeit steckte Präsident Charles Bonner bis zum Hals in Schwierigkeiten; deshalb betete Ben, daß er keinen Hilferuf aus dem Weißen Haus erhalten möge, mit der Bitte, nach Washington zu kommen. Wie es aussah, wurde die Lage mit jedem Tag schlimmer. Vor kurzem hatten die Republikaner durch eine Busladung blutrünstiger Demokraten Verstärkung bekommen, die darauf aus waren, dem Präsidenten die Eingeweide herauszureißen.

Er hatte beinahe einen Monat nichts von Charlie gehört. In diesen Wochen hatte sich Bonners Lage im Kampf gegen den Mann aus Iowa, Bob Hazlitt, um ein Vielfaches verschlechtert. Bis zum Parteitag der Demokraten in Chicago blieben nur noch zwei Wochen. Man konnte die Gerüchte über den bevorstehenden Ruin von Bonners Regierung nicht überhören. Kernpunkt des Ganzen war die Außenpolitik der Regierung – hauptsächlich in Mexiko –, welche die konservativen Flügel beider Parteien als ›Frieden um jeden Preis‹ und ›eine bedeutende verschenkte Gelegenheit‹ nannten. Dabei klang unausgesprochen an, daß sie alles, was bis zur Annektierung Mexikos ging – oder diese auch eingeschlossen –, für eine großartige Idee hielten. Das führte in Washington zu einem konstanten Waffengerassel.

Gleichsam durch Zauberei erschien Drew Summerhays in der halboffenen Tür und klopfte leise. Er war kein sehr großer Mann, aber überschlank und so elegant gekleidet, daß er groß, anmutig und jünger erschien, als er war. Er hatte die Neunzig überschritten, ohne auch nur einen flüchtigen Blick nach hinten zu werfen. Er hielt seinen üblichen Tagesplan ein, beriet langjährige Mandanten, aß zwei- oder dreimal pro Woche in den Four Seasons oder dem Harvard Club und war der Mann, an den sich die Bonner-Regierung als ersten wandte, wenn sie Rat oder Insiderwissen benötigte. Wenn es einen politisch begabten Nachfolger unter der gegenwärtigen Mannschaft der Demokraten an der Ostküste gab, dann kam für Finanzen nur Ellery Dunstan Larkspur in Frage, der aber leider kein juristisches Examen aufzuweisen hatte. Larkspur war ein Genie für Public Relations und kannte Washington wie seine Westentasche. Obwohl er einen völlig anderen Stil als Drew hatte, schien er die größten Chancen zu haben, Drews Nachfolger zu werden. Doch jetzt war Drew noch der Bewahrer der Schlüssel. Niemand schätzte ihn höher als Larkspur, niemand außer Ben Driskill – aber seine Beziehung zu dem alten Herrn war einzigartig.

»Ben, tut mir leid, wenn ich dich störe ...«

»Drew, ich stehe nur am Fenster und glotze in den Weltraum. Nichts los.«

»Ich muß mit dir reden.« Drew hob die schneeweißen Brauen, als wären sie Fragezeichen. »Es ist wichtig.«

»Klar, es geht um Washington … stimmt's? Stimmt etwas nicht?« Ben hatte ein ungutes Gefühl.

»Das ist wirklich komisch, Benjamin. Wann hat dort je was gestimmt, wenn mir die Frage gestattet ist.« Er rieb sich das Kinn, blickte auch aus dem Fenster. Dann wandte er sich wieder an Driskill. »Der Präsident ist aus Mexiko zurück. Ich habe gehört, daß es ziemlich hart war da unten, die Verhandlungen mit den Kriegsparteien – die Morde, die ganze blutige Scheiße. Und jetzt ist da auch noch das Erdbeben.« Er schüttelte den Kopf, als könnte er die Bilder nicht ertragen. In Gedanken verloren wandte er sich ab. »Erst die Ermordung des Direktors des Geheimdienstes und des Polizeichefs von Mexico City – vor zwei Tagen, oder? Und Charlie besucht beide Seiten in diesem Bürgerkrieg. Er ist ein verdammt großes Risiko eingegangen, Ben. Ich habe gerade gelesen, daß siebzig Prozent aller Amerikaner dagegen sind, daß ihr Präsident sich solchen Gefahren aussetzt. Aber andererseits haben sechzig Prozent seine persönliche Tapferkeit gelobt. Das echte Problem sind die vierundfünfzig Prozent, die glauben, seine Politik laufe in die falsche Richtung. Auftritt … Bürger Hazlitt.«

»Ich höre da einen jakobinischen Seitenhieb, Drew.«

»Im Augenblick kann sich jeder die Macht unter den Nagel reißen. Das gefällt mir ganz und gar nicht.«

»Charlie wußte, was er mit seiner Rede zur Lage der Nation tat. Er hat sich entschieden und damit basta.«

»Es war ein gewagtes Spiel, Ben. Und Hazlitt zieht jetzt seinen Vorteil daraus, um selbst kraftvoller zu wirken. Er sagt: Schickt nicht einen Mann los, um die Aufgabe einer Armee zu erledigen.«

»Na ja, Charlie kann sehr stur sein …«

»Stimmt, und vielleicht hat Hazlitt recht. Vielleicht sollten wir da reinmarschieren und den Deckel drauflegen, aber – machen wir uns doch nichts vor – so leicht ist es nicht, stimmt's?«

»Hazlitt ist ein Faschist«, sagte Driskill.

»Vorsicht, rutsche nicht in die Wahlkampfrhetorik.« Summerhays lächelte ihn an. »Charlies Zahlen gehen vielleicht runter, aber er kann sich wieder hochkämpfen. Es wird aber verflucht hart werden. Kannst du so in einer Stunde in mein Büro kommen?« Er lehnte lässig am Türrahmen, die eine Hand in der Hosentasche. Er trug einen grauen Anzug mit einem dezenten Karomuster in Rotblau. Wenn man mit ihm zusammen war, dachte man nie an sein Alter. Es schien aberwitzig zu sein. Doch die Bilder des Erdbebens hatten etwas Elan aus seinem Gesicht vertrieben.

»Leider bin ich in der unglücklichen Lage, dir mitteilen zu müssen, daß ich einen Termin mit den überlebenden Kindern des Brogan-Treuhandvermögens habe. Liam und Carol Brogan geben sich alle Mühe, das Geld wieder in ihre Finger zu bekommen. Sie sind in einer halben Stunde fällig, und du weißt, was das heißt.« Er haßte es, Drew aus irgendeinem Grund abzusagen.

»Ja, ich fürchte, das weiß ich. Der Original-Brogan – sozusagen – war Emmet, und er war mein Klient. Meine Finger waren bei der Einrichtung dieses Treuhandvermögens überall drin. Ich befürchte, sie werden kein Glück an der Geldfront haben.« Er lächelte dünn. »Emmet hat zu Recht Angst vor der Verworfenheit kommender Generationen gehabt, denen seine Charakterstärke fehlt. Ich habe auf jedes i das Pünktchen gesetzt und bei jedem t den Querstrich eigenhändig ausgeführt, um das Vermögen intakt zu halten. Meine Güte, Liam und Carol müssen selbst doch mindestens zwanzig Millionen haben.«

»Halt dich fest. Liam möchte Filmproduzent werden und hat keine Ahnung, wie er das machen soll und ...«

»Du könntest ihn darauf hinweisen, daß die erste Regel

lautet: Benutze nie dein eigenes Geld. Der Mann ist eine Pfeife. Du bist also beschäftigt.«

»Gib mir einen Tip. Worum geht's denn?«

»Ich muß einige Dinge mit dir durchsprechen. Ob es dir gefällt oder nicht.«

»Das heißt, unser Freund …«

»Im Weißen Haus, ja. Ich akzeptiere keinen Widerspruch, Ben. Du kannst also gleich deinen Atem sparen. Diesmal brauche ich dich. Du mußt mir helfen.«

»So schlimm?« Driskill hörte etwas in Summerhays' Stimme, daß bei ihm die Alarmglocken schrillten.

»Aber du hast ja die Brogans …« Drew ignorierte die Frage. »Na ja, wir können auch am Montag drüber sprechen, nehme ich an. Gleich als erstes. Frühstück im Harvard Club?«

»Ich komme. Und ich werde mich ordentlich benehmen.«

»Da bin ich aber erleichtert«, sagte Summerhays trocken. »Acht Uhr. Ich laß mich vom Hubschrauber um halb sieben herbringen.«

»Verbringst du das Wochenende in Big Ram?«

»Ja, da ist es ein bißchen kühler. Außerdem soll ein schöner Sturm kommen. Perfekt zum Nachdenken. Ich lese gerade eine herrliche Biographie Evelyn Waughs.« Der Gedanke schien ihn zu freuen. »Ich fahre ins Cottage, um zu lesen und alles zu überdenken. Vielleicht ist es tatsächlich am besten, wenn wir uns Montag treffen.« Er blickte auf die CNN-Bilder, stumm zeigten sie Zerstörung und Schmerzen. »Ich habe noch nicht Zeit gehabt, alles zu verdauen. Vielleicht habe ich einen Plan … ist ein vertracktes Geschäft, ehrlich.«

»Was für ein Geschäft, Drew?«

»Montag ziehe ich dich ins Vertrauen. Dann kann ich dir auf alle Fälle mehr sagen.«

»In Ordnung, Drew.«

»Möge Gott dich segnen und schützen, Sohn.« Es lief

einem immer kalt über den Rücken, wenn Drew Summerhays Gottes Segen erbat. Es klang jedesmal, als glaubte er, man würde ihn ziemlich nötig haben. Er war schon aus der Tür. Nur seine Stimme ertönte: »Liebe Grüße an Elizabeth.«

Als Driskill mit Liam und Carol fertig war, bemerkte er die Regentropfen auf dem Bürofenster. Die Markisen tief unten über den Tischen der Cafés blähten sich im Wind; die Menschen liefen hinein. Die Wolken waren näher gekommen. Hoffentlich war die Temperatur gefallen. Er warf Lesestoff fürs Wochenende in den Aktenkoffer, nahm seinen Blackwatch-Regenmantel und den Portiersregenschirm, den Elizabeth ihm geschenkt hatte, und stellte vor dem Gebäude fest, daß es immer noch so heiß war.

Er kaufte noch bei J & R Zigarren. Dann fand er, daß es zu heiß war, um die Subway zu nehmen. Er wartete an der Park Row auf ein Taxi und war für den extragroßen Schirm dankbar. Es war ungewöhnlich dunkel geworden, die Taxis fuhren bereits mit Licht durch die Pfützen. Endlich bekam er eins und ließ sich mit den feuchten Sachen auf die Polster sinken. Sie brauchten bis zur oberen East Side eine halbe Stunde. Er hatte das Fenster offen, ab und zu sprühte ihm der Regen ins Gesicht. Er gab sich größte Mühe, nicht an Drew zu denken, sich nicht zu fragen, was in Washington schieflief. Aber es gelang ihm nicht.

Im Radio war eine Talkshow eingestellt. Der Moderator sprach über das Thema des Tages. »In Anbetracht des Erdbebens, das heute morgen die Grenze zu Mexiko erschüttert hat, mag es zynisch klingen, wenn man spekuliert, aber: Wie wird sich diese Naturkatastrophe auf Präsident Bonners Bemühungen auswirken, zu helfen, dort eine Kompromißregierung zu etablieren, die den Bürgerkrieg beendet? Wir müssen an unsere eigene nationale Sicherheit denken – schließlich handelt es sich um Mexiko, nicht um Hindustan. Dieses Erdbeben wird zu Plünderungen führen und zu Übergriffen, wenn nicht zu noch Schlimmerem. Amerikaner sind betroffen und sterben ... So, Leitung eins, ja ... ? Hallo, lieber Anrufer, Sie sind auf Sendung ...«

Der Zirkus ging weiter und weiter. Driskill wurde wieder bewußt, wie tief Charlie in der Scheiße saß. Der Taxifahrer drehte leiser und blickte zurück. »Können Sie sich vorstellen, Sie hätten Verwandte da unten? Meine Frau hat einen Vetter, der in Arizona arbeitet, und sie sagt, daß er halb verrückt vor Angst ist, weil seine Familie da unten ist. Sie sagt, er wünschte, wir würden endlich irgendwas tun, Sie wissen schon, was ich meine, nicht wahr?«

Er ging durch das schwarze schmiedeeiserne Tor an der Straße, schloß die schwere Eingangstür auf und ging in die vordere Halle, stellte den Regenschirm in den Messingbehälter, ging zur Küche und schenkte sich sorgfältig einen großen Wodka-Tonic ein, viel Eis und viel Limone. Das leere Haus machte die üblichen leisen Geräusche: der Kühlschrank, die Klimaanlage, das Summen der Luftbefeuchter, ein Radio spielte leise klassische Musik, auf dem Absatz im ersten Stock tickte die Standuhr. Er wünschte, Elizabeth würde fürs Wochenende heimkommen, aber – falls er ihren Terminplan nicht falsch im Kopf hatte – sie war unterwegs. Vielleicht in Kalifornien, um den Pulsschlag der Wähler zu messen. Oder irgendwo anders. Sie fehlte ihm. Sie fehlte ihm immer.

Er nahm den Drink mit auf die hintere Terrasse, bei den drei hohen Bäumen, und beobachtete, wie der Regen von der Markise tropfte, die angeblich wasserdicht war. Er setzte sich auf einen der Metalltische, schloß die Augen und bemühte sich, den Tag wegzuschieben. Das Rauschen des Regens lullte ihn ein. Drew flog jetzt mit dem Hubschrauber zu seinem Landhaus. Elizabeth beobachtete irgendwo Politiker und überlegte, wie sie diese den Menschen in Europa erklären könnte. Verdammt, er wünschte, er hätte Drew nicht so abblitzen lassen. Er hatte ein schlechtes Gewissen, weil er ihn vertröstet hatte. Außerdem spürte er eine leichte Beklemmung, die von den Fangarmen Washingtons herrührte. All das Zeug in der *Times* hatte ihn bedrückt, dann Drews Bitte, mit ihm zu plaudern: die nervöse Spannung wurde langsam stärker.

Das Klingeln des Telefons bohrte sich in sein Bewußtsein. Er ging in die Küche, um zu antworten. Auf dem kleinen Fernseher lief eine Hetzkampagne Hazlitts – irgendwas wegen des Erdbebens und seine Folgen. Sie waren so verflucht schnell! Er hoffte, der Anruf käme von Elizabeth, aber nein, es war Ellery Larkspur.

»Ben, du klingst, als ob du unter Wasser wärst.«

»Da liegst du gar nicht so falsch.« Es war der Anruf aus Washington, vor dem er sich gefürchtet hatte. Es war beinahe eine Erleichterung, daß er nun da war. »Hier gießt's. Was kann ich für dich tun?«

»Irgendwelche Pläne fürs Wochenende? Fuchsjagd, Drachenfliegen …?«

»Ich komme nicht, falls du das meinst. Ich habe keinerlei Antworten auf deine Fragen. Nein, ich weiß nicht, wie Charlie da rauskommt. Nein, ich weiß über Bob Hazlitt auch nichts Genaues. Ist er Elvis' uneheliches Kind? Vielleicht ja, vielleicht nein – das bringt doch nichts. Sonst noch was?«

»Du unterschätzt dich. Aber selbstverständlich respektiere und verstehe ich, daß du für Blablabla nicht viel übrig hast. Das habe ich alles schon gehört. Also, um Gottes willen, erspare mir dein Gejammer.« Larkspur sprach freundlich und mit einem eigenartigen Akzent. Er war ein Rhodes-Student und hatte einen Großteil seiner Zaubertricks in Public Relations bei einem englischen Meister erlernt, der einen bestimmten Stil hatte. Das alles war schon lange her. Trotzdem vermischte er den heimischen Dialekt Savannahs, seiner Heimat, mit britischen Klängen. Er war ein großer Fan seines Mitbürgers aus Savannah, des großartigen Liedermachers Jimmy Mercer. Es war auch Ellery

Larkspur gewesen, der Charlie Bonner überzeugt hatte, Mercers klassischen Song ›In the Cool, Cool, Cool of the Evening‹ als persönlichen Wahlkampfschlager zu verwenden. Er sah sogar entfernt so ähnlich wie Mercer auf den Fotos aus, die Ben gesehen hatte: eine beginnende Glatze, die Haare straff nach hinten gekämmt, neugierige, listige Augen, in einer Hand eine Zigarette, in der anderen ein Glas Bourbon, Anzüge aus Londons Savile Row.

Ben grinste, während er Larkie zuhörte. Der Wodka-Tonic verwässerte. Während er Larkies Bericht über die grauenvolle Situation von Bonners Wahlkampf lauschte, goß er noch einen Schuß Wodka ins Glas und fügte ein paar Eiswürfel hinzu. Er schwitzte. Es war nicht die Hitze, sondern die Luftfeuchtigkeit. »Komm zum Punkt, Larkie. Was willst du?«

»Na ja, es geht um Drew. Ich gebe zu, daß ich mir wegen deines Freundes Drew Sorgen mache. Als ich ihn zuletzt gesehen habe, wirkte er etwas zittrig, zerbrechlich …«

»Er ist über neunzig, falls du das vergessen hast.«

»Nein, es war mehr als das. Zögernd. Unentschlossen. Sah die Verbindungen nur langsam. Dann hat er mich heute nachmittag noch mal angerufen. Er wollte mit mir reden … aber er sagte, es könnte warten, bis ich nach New York komme. Er meinte, alles sei zu weit gegangen. Die Berichte über das Erdbeben schienen ihn furchtbar mitgenommen zu haben. Ach was, verdammt. Ich sitze hier in Washington, mitten bei einer Unternehmung, die eher einer Lynchjustiz ähnelt als einer Kampagne zur Wiederwahl … Die Reporter machen mich langsam fertig. Es ist, als würde man auf dem Totenbett hofhalten …«

»So schlimm?«

»Na ja, nicht ganz. Wir schaffen's schon irgendwie.«

»Bei mir mußt du nicht den starken Mann spielen.«

»Tut mit leid. Berufsrisiko. Weitermachen … Wie auch immer … Drew, ich wollte nur, daß du dir seinetwegen Gedanken machst. Ich wünschte, er würde wie jeder normale Mensch in der Stadt wohnen – mir gefällt die Vorstellung überhaupt nicht, daß er da mutterseelenallein draußen in Big Ram ist. Außerdem kommt vom Cape Hatteras ein Scheißunwetter. Und verdammt schnell. Und er sitzt da draußen ganz allein – was ist, wenn der Strom ausfällt und er die Treppe runterfällt oder in der Badewanne ausrutscht? Du kannst mich ein altes Waschweib nennen …«

»Du bist ein altes Waschweib.«

»Ja, ich wußte, ich konnte darauf zählen, daß du die Sache wie ein Erwachsener auffaßt.«

»Ehrlich gesagt, mache ich mir auch Sorgen – vor allem wegen des Sturms. Ich bin nicht sicher, ob ich bei solchem Sauwetter allein dort sein möchte. Natürlich ist Elizabeth nicht hier. Wir verbringen also kein wunderschönes Wochenende gemeinsam …«

»Ich wünschte, du und Elizabeth würdet eure Termine endlich mal absprechen – ist bei euch ja wie bei Schiffen, die sich nur durch Zufall begegnen! Ich weiß, sie würde das gern ändern.« Ben hörte, wie Larkie an seinem Bourbon nippte.

»Ich auch. Ehrlich gesagt, bin ich heute abend ein bißchen deprimiert.«

»Benjamin, sie ist doch in ein oder zwei Tagen wieder zu Hause.«

»Ich weiß, Larkie.«

»Rufe mich nicht an. Ich werde mich melden.« Ihr altes Spielchen.

Als Driskill allein im regnerischen Garten hinter dem Haus saß, fühlte er sich nach dem Nickerchen viel frischer. Er ging zum Telefon und rief Drew an. Beim Warten dachte er an Drews guten Scotch und wie gern er mit seinem Seniorpartner einen lüpfte. Keine Antwort. Vielleicht machte Drew auch ein Nickerchen.

Er spülte das Glas aus, ging nach oben und packte ein paar Sachen in eine Reisetasche. Warum bis Montag warten? Er konnte doch jetzt gleich rausfahren. Vielleicht konnte er Drew helfen, wenn das Unwetter zuschlug. Er wählte die Nummer von Elizabeth' Apartment beim Dupont Circle in Washington. Der Anrufbeantworter. Er wartete auf den Pfeifton.

»Hier spricht dein armer Mann, Ben – falls du dich an ihn erinnerst. Ich bin übers Wochenende bei Drew draußen. Jetzt ist es Freitag abend, kurz nach acht. Ich fahre gleich los. Ruf uns doch an, falls du kannst – du weißt doch, wie gern Drew mit dir redet. Ich hätte auch nichts dagegen, deine Stimme zu hören. Ich liebe dich, mein Schatz.« Er versuchte, den bitteren Nachgeschmack von ihrem letzten Gespräch zu mildern. Es war kein richtiger Streit gewesen, er hatte ihr nur erklärt, daß er keine Lust mehr hatte, ständig ohne sie zu sein, daß er dieses halbe Leben satt hatte, die einsamen Wochenenden und überhaupt. Sie versprach ihm, sie würden darüber reden. Dann hatten sie sich mit einem eiligen Kuß verabschiedet, der sich eher wie ein Handschlag angefühlt hatte.

Kaum fuhr er auf dem Long Island Expressway, wurde der Regen stärker. Windböen trafen den Wagen wie Vorschlaghämmer. Was auch immer aus Hatteras heraufkam, war nicht mehr weit weg.

Der Wind stürzte sich hemmungslos auf den großen Buick Roadmaster auf dem regennassen Long Island Expressway. Die Lichtstrahlen der Scheinwerfer prallten an den Regenwänden ab. Der Wind drohte die Scheibenwischer abzureißen. Eine perfekte Nacht für diese Art Unternehmung. Aber der Gedanke an das alte Landhaus, das mit den Kaminen und dicken Polstermöbeln auf ihn wartete, hellte seine Stimmung auf. Falls Drew schon ins Bett gegangen war, würde er sich einen Drink machen, in ein Gästezimmer gehen und lesen, bis er einschlief. Wegen des Regens kam er langsamer als sonst voran, aber es herrschte fast kein Verkehr. Vielleicht kam er noch rechtzeitig, um mit Drew einen Schlummertrunk zu nehmen und über alles zu sprechen. Er war sogar bereit, über Politik zu reden. Mal sehen. Sie hatten ja das ganze Wochenende.

Beim Fahren hörte er sich eine Sendung an, bei der die Hörer anrufen konnten. Es gab kaum noch etwas anderes im Radio. Ein politisch konservativer Moderator spielte geschickt die Vorurteile und den Haß seiner Anhänger aus. Alle benutzten Präsident Bonner als Repräsentanten für den moralischen Verfall, der die Gesellschaft zerfraß. Jetzt sagte ein Mann, daß Präsident Bonner nicht genug tun würde, um das Land vor den ruchlosen Kräften jenseits unserer Grenzen zu schützen, und daß er am Ende dafür zur Verantwortung gezogen würde und es ausbaden müßte. Der Kerl brachte es wie eine persönliche Drohung. »Danke, Eddie aus Brooklyn. Ich bin sicher, daß Sie in Worte gefaßt haben, was die meisten von uns denken.« Und so ging es weiter. Kenne deinen Feind.

In letzter Zeit war dies eine Art nationales Radiospiel geworden. Ben war es ein Rätsel, warum das Medium so wenige Moderatoren mit liberaleren Ansichten hervorgebracht hatte. Zu Elizabeth hatte er gesagt, anscheinend müsse ›gutes Radio‹ die Hörer auf die Palme bringen, damit sie am nächsten Tag etwas zu reden hatten. Konservative schienen die Übung hervorragend zu beherrschen. Elisabeth hatte gemeint, erstens würden die Leute am nächsten Tag über David Lettermans verblödete Lieblingstricks reden und zweitens würden nur konservative Ansichten aufgehetzte, haßerfüllte Fanatiker hervorbringen. »Konservative wollen die Menschen von etwas *abhalten*«, hatte sie vor einigen Monaten in einer Kolumne geschrieben, »während Liberale die Menschen anfeuern wollen, etwas zu tun.«

Ben Driskills politische Verdrossenheit bei so vielen liberalen Ansichten beruhte auf der Tatsache, daß das meiste, wofür er sich einmal eingesetzt hatte, zu Rohrkrepierern geworden war oder korrumpiert oder aufgrund von Vernachlässigung oder auch zuviel Aufmerksamkeit zugrunde gerichtet worden war. Die allgemeine Stimmung war das Gegenteil von dem, was die Wohlmeinenden seiner Generation beabsichtigt hatten. Jetzt war niemand mehr für sein oder ihr Verhalten verantwortlich. Es gab immer einen Weg, sich aus der Realität fortzuschleichen, einen Weg, sich als Opfer darzustellen. Man konnte immer einem anderen die Schuld für das in die Schuhe schieben, was einem im Leben nicht gefiel. *Nicht meine Schuld* hörte man an jeder Ecke. Seiner Meinung nach mußten Liberale wie er ihr – nicht unbeträchtliches – Maß an Schuld schleppen. In letzter Zeit hatte er auf das liberale Dogma früherer Jahre ebenso reagiert wie auf die ultrakonservativen, dogmatischen Praktiken der Kirche: Er hatte sie zurückgewiesen. Empfangene Weisheit, unvergängliche, unveränderliche Doktrin ... Er hätte erklärt, daß jede Doktrin, jede unveränderliche Doktrin, der absolute Glaube, recht zu haben – nichts als ein betrügerisches Spiel sei.

Drew Summerhays war verantwortlich dafür, Ben Driskill und Ellery Larkspur Politik gelehrt zu haben, den einen in der Kanzlei, den anderen auf den verschlungenen Wegen der Demokratischen Partei. Drew hatte sich stets darauf konzentriert, das Bestmögliche aus einer Situation herauszuholen. Das Beste für die Nation, das Beste für die meisten Menschen. Lyndon Johnson, Meister der Kunst des Möglichen, hatte gesagt, Drew Summerhays sei der einzige ihm bekannte Mensch, der es mit Sam Rayburn aufnehmen konnte, wenn es darum ging, die wahre Natur und die wirklichen Ziele der Politik zu verstehen. Das Beste, was Drew aus Ben Driskill herausgeholt hatte, war nicht viel, was Politik betraf. Er sagte immer, Ellery Larkspur sei sein größter Erfolg, der schnellste Lerner, der ihm je untergekommen sei.

Die Fähre von Greenport nach Shelter Island nahm

gerade Passagiere an Bord. Sein Wagen war der sechste in der Reihe. Nur irgendein Auto, nur irgendein Fahrer. Sie standen dicht gedrängt. Der junge Bursche, der kassierte, sah sich die Gesichter nicht an. Er hatte die Kapuze des Anoraks tief ins Gesicht gezogen. Der Sturm blies ziemlich kräftig. Es war starker Seegang, als sie auf die trüben Lichter der gegenüberliegenden Anlegestelle zustampften. Niemand achtete auf seinen Nachbarn. Alle wollten nur nach Hause und die Luken dichtmachen und die Beine auf den Tisch legen. Die Fähre prallte gegen die Poller, legte an, löschte die Ladung, nahm ein paar Autos an Bord und hastete wieder in Richtung Festland hinaus in die Nacht.

Ben lenkte den Roadmaster nach links, vorbei an mehreren Lebensmittelgeschäften und Tankstellen, vorbei am Golfplatz in Richtung der Inselspitze. Der Wind blies auf der Insel kräftiger. Er hatte ein paar kleinere Bäume entwurzelt, die gerade nach einer Kurve in die Fahrbahn hineinragten. Er kam sich vor wie der Mann in der Reifenreklame, dem man die Familie anvertrauen konnte. Gelegentlich sah er hinter sich Scheinwerfer in der stürmischen Dämmerung. Lehmklumpen lagen auf der Straße, und von der Böschung auf der Beifahrerseite rauschten kleine Bäche herab.

Die Scheinwerfer erfaßten den Damm vor ihm. Er fuhr von dem Buckel der Insel hinab auf Meereshöhe. Der dünne Landstreifen, der Shelter Island mit Big Ram verband, stand kurz davor, überflutet zu werden. Immer lagen Muscheln auf ihm. Natur bei der Arbeit. Die vielen Möwen, die in der Nachbarschaft lebten, hatten ihre winzigen Vogelhirne benutzt, sobald der Damm gebaut worden war. Sie stießen blitzschnell hinab, packten die geschlossenen Muscheln, flogen wieder himmelwärts und ließen die harten Muscheln mit erstaunlicher Genauigkeit auf die harte Straße fallen. Die Muscheln platzten und gaben das kleine Fleischstück preis. Die Möwen stießen wieder nach unten und pickten es heraus. Aus derlei Dingen konnte man immer etwas lernen.

An diesem Abend waren keine Möwen unterwegs, trotzdem knirschten die Muscheln unter den Reifen. Rechts und links des Wagens sprühten Wasserfontänen in die Dunkelheit. Dann führte die Straße den Hügel hinauf, vorbei an der Ram's Head Inn. Die hellerleuchteten Fenster durchdrangen die Regenschleier und wirkten einladend. Bis zu Drews Haus waren es nur noch wenige Minuten.

Dann, hinter einer Biegung mit Büschen und Bäumen, sah er das große Tor, das seit dem Zweiten Weltkrieg nicht mehr geschlossen worden war. Das Tor hätte in *Citizen Kane* stehen können, von Büschen und Ranken so zugewachsen, daß man die vertikalen Eisenstangen kaum noch sah. Die schwarze Auffahrt glänzte naß im Licht der Scheinwerfer. Vor ihm erhob sich das dreigeschossige Haus mit dem Spitzdach und mit mehreren Schornsteinen. Im Erdgeschoß waren die Fenster erleuchtet. Drew hatte es immer sein kleines Landhaus genannt. Auch unter dem Dach der offenen Garage brannte Licht. Ben parkte dort.

Niemand antwortete auf die Türglocke. Die Tür war nicht verschlossen. Er machte sie auf. Sogleich hörte er leise Mozarts *Requiem* aus dem Arbeitszimmer.

Er rief ein paarmal und erwartete, Drew aus der Bibliothek oder dem Arbeitszimmer, wo Licht brannte, kommen zu sehen, aber es kam keine Antwort. Er roch das Holz, das in den Kaminen brannte. Es war warm, aber alten Leuten war immer kalt – jedenfalls hatte Drew ihm das gesagt. Drew hatte ein Ehepaar, das nicht auf der Insel wohnte, aber mehrmals in der Woche herkam und das Haus versorgte, alles abstaubte und in perfektem Zustand hielt, sich um die Post kümmerte, Kaminholz vorbereitete, so daß er es nur anzuzünden brauchte, etwas zu essen in den Kühlschrank stellte und die Betten machte. Wenn er weitere Wünsche hatte, konnten sie jederzeit über Nacht bleiben.

Wenn Ben sich richtig erinnerte, hatte das Haus vierzehn Schlafzimmer.

Wahrscheinlich war Drew eingeschlafen und hatte das Licht brennen lassen. Wenn er auf der Insel war, fühlte er sich immer ziemlich selbständig. In seiner eleganten Stadtwohnung am Fuß der Fifth Avenue hatte er ständig ein Ehepaar um sich. Hier draußen gefiel ihm der Gedanke, daß er immer noch alles allein schaffte. Ben warf einen Blick in die Bibliothek, ins Arbeitszimmer, ins Billardzimmer und in die glänzende schwarzweiße Küche. Leer. Mozart folgte ihm, als er die schwere geschnitzte Treppe zu Drews Schlafzimmer hinaufging. Neben dem Bett brannte die Lampe. Das Bett war aufgeschlagen. Schlafanzug und Morgenrock lagen bereit. Aber von Drew keine Spur. Der Regen prasselte gegen die Fenster. Dann sah Ben noch ein Licht. Draußen im Gewächshaus, das seitlich vom Haupthaus stand. Eine komische Zeit, um Blumen umzutopfen. Die Glastür mit dem Metallrahmen stand auf. Licht fiel auf den Kiesweg, der durch die Dunkelheit vom Haus zum Gewächshaus führte. Windstöße peitschten die Tür hin und her. Das Licht war konstant, niemand bewegte sich und warf Schatten.

Warum das Gewächshaus? Eiskalte Finger strichen über seinen Rücken. Die Haare an den Armen stellten sich auf.

Innerhalb von Sekunden war er die Treppe hinuntergelaufen und draußen. Es herrschte richtiger Sturm. Regen schlug ihm ins Gesicht. Er war schweißgebadet. Er stemmte sich gegen den Sturm und ging zum Gewächshaus und der quietschenden Tür. Er konnte sich vorstellen, was passiert war: Drew hatte die Tür schlagen hören, war hinausgegangen, um sie zu schließen, und hatte eine Herzattacke. Mit letzter Kraft hatte er sich ins Gewächshaus geschleppt, das Licht angemacht und war dann zusammengebrochen. Ja, so mußte es gewesen sein …

Die Wellen peitschten gegen die Felsen am Fuß der Klippe, welche die Grundstücksgrenze bildeten. Der Wind trug den Salzgeruch des Meeres mit sich. Irgendwo da draußen war die südliche Gabelung von Long Island. Ebensogut könnte es auch der Krabben-Nebel sein.

Drew war im Gewächshaus.

Ben sah als erstes seine Beine, die Hosen, die glänzenden schwarzen Schuhe, lehmverschmiert und naß. Er ging um den Arbeitstisch herum. Da lag Drew ausgestreckt auf der Seite. Er trug eine dunkelblaue Kaschmirstrickjacke, das weiße Hemd stand am Hals offen. »Drew, um Gottes willen!« rief er und kniete nieder. Dann sah er im trüben Licht, daß es kein Herzinfarkt gewesen war.

In der rechten Schläfe war das kleine, versengte Einschußloch. Am Ende des rechten ausgestreckten Armes, im tiefen Schatten des Arbeitstisches, lag die Waffe. Nur ein kleines Stück neben der entspannten rechten Hand. Ein Revolver, Smith & Wesson, Kaliber 22.

Drew sah im Tod so schrecklich zart und zerbrechlich aus. So klein, nicht nur hager und fit, wie im Leben, sondern mitleiderregend klein. Die Seele, die Lebenskraft des Mannes hatte den Körper verlassen. Das machte deutlich, wie verdammt groß die Seele eines Menschen sein kann.

Ben Driskill kniete neben dem Leichnam. Vor Schock konnte er kaum atmen. Dann fing er an zu schluchzen und spürte, wie sich sein ganzer Körper vor innerem Leid verkrampfte. Tränen liefen über sein Gesicht und fielen auf den toten Drew Summerhays. Ben beweinte das Ende dieses ungewöhnlichen, bedeutenden Lebens, beweinte einfach das Verrinnen der Zeit – ganz gleich wie das Ende kam –, die bei Ben auch schon ein verdammt großes Stück fortgeschritten war. Er beweinte sich selbst, die Hoffnungen der Jugend und die endlose Kette der Zukunftsaussichten, und Drew – er trauerte über das, was am Ende von allem übrig blieb, wenn der Zeitpunkt zu gehen kam. Man tritt ab und – in diesem Moment, in dem das Sein zwischen dem einen und dem anderen Ort schwebt, selbst, wenn der andere Ort das große Nirgendwo ist, muß es für Sekundenbruchteile das Gefühl geben, daß alles sich zu nichts addierte, daß man ebensogut nie gelebt haben könnte, daß alles nur darum ging, die Zeit totzuschlagen; Rauch, den der Wind forttreibt. Du warst Drew Summerhays, ein Gigant unter den Mächtigen der Zeit, und dann – bist du weg.

Ben verabschiedete sich von den sterblichen Resten seines alten Freundes, von dem Mann, der so lange in seinem Leben den Vater gespielt hatte. Er kam sich ziemlich dämlich vor, bis er aufhören konnte zu weinen. Drew hätte so ein Benehmen mit Sicherheit mißbilligt. Was würde Drew in dieser Situation machen? fragte sich Ben und stand auf Vor allem würde er weder die Leiche, den Revolver oder irgend etwas anderes im Gewächshaus berühren. Und er würde an die Demokratische Partei denken.

Ben ging durch den Sturm, der ihn fast umblies, zurück ins Haus. Die Tür zum Gewächshaus ließ er, wie er sie vorgefunden hatte. Der Wind schlug sie weiter hin und her.

Tom Bohannon winkte dem Kassierer der Fähre zu und startete den Motor.

»Ihr Burschen kommt wirklich bei jedem Wetter durch.«

»Besser als die Post, schätze ich«, sagte Bohannon und fuhr den braunen UPS-Lieferwagen von der Fähre auf das nicht gerade trockene Land. Er würde den Lieferwagen in Jamesport verschwinden lassen und mit dem Auto weiterfahren, das dort wartete. Ein limonengrüner Oldmobile, viertürig, Baujahr '79. Er wußte, daß der Wagen dort stand.

Der alte Mann war leicht gewesen. Er seufzte tief. Armer alter Bastard.

Nicht wie sein Vater. Nicht wie der alte Frank … Da war das Töten nicht einfach gewesen, aber das lag schon lange zurück, sinnlos, darüber jetzt zu grübeln. Er hatte sich nur daran erinnert, weil sein Vater jetzt noch jünger als der alte Mann von vorhin wäre. Er dachte nicht gern an seinen

Vater, aber er war nie weit vom Erinnerungszentrum des Großhirns entfernt. Man konnte den großen alten Frank einfach nicht vergessen. Er war ein guter Hasser gewesen, aufgezehrt von seinen diversen Haßgefühlen ... Schwule, Mischlinge, Nigger, Spaghettifresser, Schlitzaugen, Kommunisten, Russen und die Scheißjuden und ... Sein Vater hatte sie alle gehaßt und diesen Haß auch in seinen Sohn hineingeprügelt. Doch der Sohn hatte entdeckt, daß es noch mehr auf der Welt gab, während der Vater weiter in seinen Haßgefühlen geschwelgt hatte, und als er entdeckte, daß sein eigen Fleisch und Blut ein paar eigene Vorstellungen hatte, hatte er zum Lederriemen gegriffen, doch das war ein Fehler gewesen.

Man hatte die sterblichen Reste seines Vaters nie gefunden, weil es sie – wenn man es genau nahm – gar nicht gab. Es war, als hätte der Scheißkerl nie existiert. Er sah immer noch das warme Blut aus den Halsschlagadern auf sein eigenes Hemd und die Hände spritzen, als der alte Bastard sich gewehrt hatte. Er sah ihn immer noch im Sumpf der Everglades versinken, der ihn eingesaugt hatte. Ein großer alter Alligator zischte an, um sich den Leckerbissen zu holen. Sein Vater war der erste und letzte Mensch, den er aus Wut getötet hatte. Nein, niemand würde je seinen Vater finden.

Als er Charlie Bonners Rede zur Lage der Nation gehört hatte, war die gleiche Wut in ihm aufgestiegen. Namenlose Wut. Dann war der Anruf gekommen.

Plötzlich piepte das Telefon in der Tasche seines Overalls. Er holte es heraus und meldete sich, während die Scheibenwischer über die nasse Windschutzscheibe schabten.

»Alles ist perfekt gelaufen«, lautete seine Meldung. Nur eine einzige Person hatte diese Nummer.

Die windgepeitschten Wellen schlugen über die Straße auf den Damm. Die Bäume ächzten im Sturmwind, bogen sich, prallten gegen die Telefondrähte oder brachen und stürzten auf einige Zufahrten. Driskill fuhr wieder an der Ram's Head Inn vorbei, diesmal in der anderen Richtung, in die Stadt, wo einige Leuchtreklamen noch brannten und Straßenlaternen schwankende, unheimliche Schatten im Regen warfen. Neben der Tankstelle, die geschlossen war, war eine offene Telefonzelle.

Er fuhr so dicht wie möglich zum Telefon und duckte sich unter den großen Regenschirm, während er mit der Kreditkarte ein Ferngespräch führte, Ortskennzahl 202. »Ja?« Die Stimme klang beinahe digitalisiert. Diese Nummer war so privat, daß es verboten war, sie aufzuschreiben. Ben haßte diese Spielchen. Er kam sich wie in der Schule vor.

»Hier Erzengel.«

»Ja, Erzengel – in letzter Zeit irgendwelche guten Bücher gelesen?«

»John Steinbeck. *Jenseits von Eden*.« Wieder Code.

»Was kann ich für Sie tun, Erzengel?«

»Fischerkatze. Holen Sie ihn ans Telefon. Sofort.«

»Er hat sich bereits zurückgezogen, Erzengel.«

»Dann wecken Sie ihn auf, verdammt noch mal! Sonst ist Ihr nächster Posten der des Assistenten des Unterkonsulats in Feuerland.«

»Ich sehe, was ich tun kann.«

Klicken, Pause, Klicken, Pause.

»Erzengel, was ist los?« Das war der Präsident der Vereinigten Staaten. »Es ist elf Uhr.«

»Drew Summerhays ist tot.« Driskill gab sich vergeblich Mühe, normal zu atmen. »Erschossen. Nicht klar, ob es Selbstmord oder Mord ist.« Seine Stimme klang verfremdet, als würde die Leitung zusammenbrechen. »Es sieht wie Selbstmord aus, aber warum würde er sich umbringen? Aber es sieht *tatsächlich* aus wie Selbstmord ...«

Eine kurze Pause. Er hörte, wie der Präsident schwer schluckte.

»Also, Scheiße, Ben ... ich habe den Alten geliebt.« Seine Stimme zitterte. Zum Teufel mit Code-Namen, er war der Präsident der Vereinigten Staaten. »Und ich weiß, was er dir bedeutet hat. Das kannst du mir glauben. Was kannst du mir noch sagen?«

Ben berichtete kurz das Wichtigste. Der Regen wurde immer schlimmer und spritzte unter den Schirm. Mein Gott! Es war kein Hurrikan, aber eine teuflische Nacht. »Ben, wo bist du?« Es war Larkspur.

»Mitten in einem scheußlichen Unwetter. Es ist Wahnsinn. Was ist los? Liegst du mit Charlie und Linda im Bett?«

»Wir sind im Arbeitszimmer«, sagte Charlie. »Hast du den Behörden schon etwas gemeldet?«

»Ich mache überhaupt nichts, ehe ich nicht mit dir geredet habe. Deshalb rufe ich ja an. Ich will dich nicht reinziehen, aber wenn die Zeitungen das spitzkriegen – Ben Driskill und ein toter Drew Summerhays –, na, dann steckst du bis über den Kopf drin. Es geht jetzt darum: Was soll ich deiner Meinung nach tun und ...«

»Deine Instinkte sind absolut richtig, Ben«, unterbrach ihn der Präsident. »Was meinen Sie, Larkie?«

»Kein Wort, Ben.«

Der Präsident fragte Larkie: »Können Sie das für mich erledigen?«

»Selbstverständlich.«

»Die Idee des Selbstmords schmeckt dir nicht, oder?« Wieder der Präsident.

»Ich kann mir einfach keinen unwahrscheinlicheren Selbstmordkandidaten vorstellen. Das ist alles. Warum? Warum würde er das tun?«

»Ich weiß es nicht, Ben, aber du hast doch gehört, daß ich mir vor ein paar Stunden noch Sorgen um ihn gemacht habe.« Das war wieder Larkspur. »Im Gehirn eines Mannes in seinem Alter gehen manchmal seltsame Dinge vor.«

»Hör zu, ich kann von dieser Scheißinsel nicht vor morgen früh weg. Dann bin ich nur irgendein Auto auf der Fähre.«

»Ben, haben wir uns verstanden? Ich bitte dich, keinem etwas zu sagen. Erst müssen wir gemeinsam darüber sprechen. Ich muß überlegen, was wir unternehmen.« Der Präsident brach ab und sagte leise etwas zu den anderen.

»Dir ist klar, daß immer die Möglichkeit besteht, daß die Sache kitzlig wird«, sagte Driskill und ließ seine Worte einsinken. »Diesen Punkt möchte ich absolut klarstellen.«

»Bist du nicht meiner Meinung?«

»Nein, nein, Charlie. Das war nur der Rechtsanwalt in mir. Mein Bauch sagt mir, daß du recht hast.«

»Ben, ich möchte, daß du sofort herkommst.« Die Stimme des Präsidenten klang angespannt, kurz vor dem Umschlagen. Er war ein gefühlsbetonter Mann, und er hatte Drew Summerhays verehrt. »Ich möchte einen persönlichen Bericht. Die Sache ist grauenvoll. Wir müssen damit auf die bestmögliche Weise fertig werden.«

»Okay, okay. Ich komme morgen.« Es war nicht der Zeitpunkt, sich gegen Washington zu wehren. Der Präsident rechnete damit, daß Ben Driskill zu seinen Getreuen zählte, wenn es hart auf hart ging. Der Krisenmanagement-Mannschaft. Und Ben wollte auch nicht allein sein und über Drew nachdenken und darüber, was vielleicht geschehen war.

»Auf schnellstem Weg.«

»Okay. Bei dem Sturm fliegen vielleicht keine Shuttles. Ich nehme den Metroliner von der Penn Station. Gegen Mittag sollte ich da sein.«

»Auf Wiedersehen, Ben. Und, Ben ... es tut mir verflucht leid.« Die Leitung war tot.

Na ja, jetzt fängt das Vertuschen an, dachte Ben, als er aus der Stadt hinausfuhr.

Drew hätte den eingeschlagenen Pfad gewiß gebilligt. Im Zusammenhang mit seinem Tod würde mit Sicherheit der Name des Präsidenten ins Spiel kommen, aber das war nichts im Vergleich zu dem Geschrei, das sich erheben würde, wenn herauskam, daß Ben Driskill am Schauplatz gewesen war. Er konnte sich die Geschichten jetzt schon vorstellen, all die bohrenden Fragen, die vernichtenden Folgen. Warum war Ben Driskill bei diesem Unwetter mitten in der Nacht dort draußen? Was hatte das alles mit der Partei zu tun? Was war so wichtig gewesen, daß es nicht bis zum nächsten Tag hatte warten können? Steckte der Präsident in einer neuen Krise?

Es bestand natürlich die Möglichkeit, daß sie es herausfanden – daß er den Selbstmord nicht gemeldet hatte –, doch die Chancen waren so gering, daß es das Risiko wert war, den Namen des Präsidenten aus dem Kern der Geschichte herauszuhalten. Er behinderte die Justiz nicht. Er würde nie etwas zurechtrücken, verändern oder wegnehmen. Jemand mußte schon ganz genau hinschauen, um einen Hinweis auf ein Vertuschen zu entdecken. Was vertuschen? Einen Selbstmord? Niemand würde je wissen, daß er da gewesen war. So hätte Drew es gewollt.

Er fuhr durch den heftigen Regen zurück über die dunkle Insel. Die Wellen tobten in den Buchten, Gischt sprühte über den Damm. Im Haus zog er den Mantel aus, legte ihn auf die Couch im Arbeitszimmer, ging in die Küche und machte sich eine Tasse Kaffee. Mit der Tasse in der Hand ging er zurück ins Arbeitszimmer, wo das Feuer noch brannte. Zu verdammt heiß. Er riß mit dem Schürhaken die Holzscheite auseinander, schlug drauf und sah zu, wie die Flammen erloschen. Er wischte sich die Schweißtropfen von der Stirn. Nicht an Drews Leiche im Gewächshaus denken. Du darfst nicht daran denken. Es ist nicht Drew. Drew ist jetzt tot …

Drews Aktentasche – ein Prachtstück aus grünbraunem Leder, von Madler in der Park Avenue, dreitausend Dollar hatte sie schon vor Jahren gekostet, das Geschenk eines Mandanten – lehnte an einem Ledersessel. Eine halbe Macanudo Churchill mit einer fünf Zentimeter langen weißen Aschenspitze lag im Kristallaschenbecher. Sie war noch warm. Eine dicke Zigarre blieb lange warm. Eine Stunde, vielleicht sogar zwei.

Er stocherte wieder in den Holzscheiten herum, um sie auszulöschen. Ein Käfer huschte unter einem Scheit heraus und verschmorte im eigenen Saft. Nur ein Hellseher konnte erklären, warum Drew sich umgebracht hatte. Hatte er draußen jemanden gehört, einen Einbrecher, und war mit der Smith & Wesson hinausgegangen, um nachzusehen? War er vielleicht gestolpert und gefallen, und war dabei die Waffe losgegangen? Konnte es möglicherweise doch ein Unfall gewesen sein?

Um keine Fingerabdrücke zu hinterlassen, wickelte er sich sein Taschentuch um die Hand und öffnete den eleganten Aktenkoffer. Viel war nicht drin. Nur zwei Aktenordner. In einem waren Computerausdrucke, hauptsächlich Zahlen. Vielleicht ein Code, den man elektronisch per Computer entschlüsseln konnte. Ben konnte damit nichts anfangen.

Der andere Ordner war dicker und mit einem Gummiband zusammengehalten. Die Ecken einiger Seiten ragten heraus. Offensichtlich war es eine Sammlung von Zeitungsausschnitten, Notizen und Berichten über das logische Thema Nummer eins, über den Mann, der Präsident Bonner herausgefordert hatte: Flieger-As Bob Hazlitt. Vater des drittgrößten Kommunikationsimperiums der Welt. Iowas Lieblingssohn. Der Mann mit einer Antwort. Der Mann, der König sein würde. Ben hatte von Bob Hazlitt die Schnauze gestrichen voll. Er blätterte weiter. Die Standardmappe des Wahlkampfs. Drew wollte sie durchsehen, vielleicht als Anregung für die kreativen grauen

Zellen, in der Hoffnung, etwas zu finden, worüber er mit dem Präsidenten sprechen könnte, vielleicht eine Antwort auf Hazlitts ständige Angriffe.

Auf dem Schreibtisch lagen ein zusammengefaltetes Fax und ein Vorabdruck des montags erscheinenden *World Financial Outlook*. Diese wichtige Wochenzeitschrift für Politik, Wirtschaft und Finanzen wurde in Washington ebenso gierig verschlungen wie die *Post* oder die *Times* und hatte eine größere landesweite Auflage als die letzteren beiden. Sie machte einen antiquierten Eindruck, als sei sie eine Zeitung aus einem Roman von Dickens: wenige Fotos, endlose Spalten ohne Absätze, seitenlange Graphiken und Aktienkurse, die für einige Menschen ein Buch mit sieben Siegeln, für andere so lebensnotwendig wie Blut und Sauerstoff waren. Sie hatte eine finanzpolitisch konservative Haltung und stand rechts. Die Herausgeber hatten noch nie einen Republikaner getroffen, den sie nicht gemocht hätten, es sei denn, der Republikaner – wie im Fall von Präsident George Bush – bewegte sich auf die Mitte zu. Demokraten wurden normalerweise irgendwo an einer ideologischen Meßlatte plaziert, die von den guten alten Schurken bis zur modernen Verkörperung des Antichristen reichte. Der Präsident hatte im Augenblick – nach dieser langen Zeit der Unzufriedenheit mit Charles Bonner – ungefähr fünfundsiebzig Prozent auf dem Weg zum Antichristen hinter sich.

Mit dem unermüdlichen Aufstieg Bob Hazlitts, der sich für den ›gesunden Menschenverstand des kleinen Mannes‹ aussprach, hatte Ballard Niles – ein Mann, der praktisch und theoretisch die Seele der *WFO* war – den Kreuzzug gegen Bonner begonnen und brachte seine eigenen Knüppel mit. Das Republican National Committee war ein Haufen Schwächlinge, verbunden durch gute Manieren und die ständige Angst, was die anderen über sie sagen könnten, und durch ihren eigenen schwachen Kandidaten Price Quarles – jedenfalls in den Augen Ballard Niles, der vor niemandem Angst zu haben schien, wenn man sah, wie heftig er auf die Regierung eindrosch.

All das erinnerte an die Attacken gegen Franklin Roosevelt oder – in jüngerer Zeit – gegen Bill Clinton. Beim Gridiron Dinner hatte der Präsident noch vor kurzem in einem Sketch Witze über Niles gemacht und ihn ›den Großen Hai, einen Einzelfischfresserfanatiker‹ genannt. Alles zu Melodien aus Sondheims blutigem Musical *Sweeney Todd, der dämonische Friseur der Fleet Street*. Das Publikum hatte gebrüllt vor Lachen bei der Vorstellung, daß der Präsident in Ballard Niles' Friseurladen ging, um sich rasieren zu lassen. Die Scheinwerfer hatten die Klinge von Niles' Rasiermesser aufblitzen lassen. Clint Spencer von der *Washington Post* hatte dazu geschrieben: »Der Sketch war nahe an der Grenze des guten Geschmacks, selbst für so eine Posse, doch der Präsident fand ihn offensichtlich amüsant. Kunst, die das Leben imitiert. Bonners Regierung blutet bereits wie ein abgestochenes Schwein. Doch der Präsident blieb ruhig und war kein Spielverderber – vielleicht ist das sein Problem. Vielleicht wird es Zeit, die schwere Artillerie herauszuholen und sich die zu kaufen, die ihn in seiner eigenen Partei verraten – sie mit Flammenwerfern zu vertilgen.«

Und jetzt hatte jemand Drew Summerhays einen Vorabdruck von Ballard Niles' nächster Kolumne gefaxt. Es wurde seltsamer und seltsamer. Alice hinter den Spiegeln. Wer konnte so etwas tun?

Niles schrieb dreimal pro Woche. Seit Monaten hetzte er gegen die Regierung, doch in den letzten drei oder vier Wochen waren seine Attacken noch heftiger geworden. Der Präsident hatte vorige Woche bei einem Interview zum Moderator gesagt: »Der Schaum vor Ballards Maul ist wirklich nicht besonders kleidsam, oder?« Jemand – wahrscheinlich Drew – hatte die gefaxte Kolumne mit einem gelben Leuchtstift angestrichen. Der Standardtitel der Kolumne war *Niles To Go*. Ben Driskill spürte, wie seine Knie beim Lesen weicher wurden.

... Die Gerüchte über das drohende Unheil, die sich um das Weiße Haus und die Regierung von Präsident Charles Bonner drehen, werden – ich zitiere den verstorbenen großartigen Staatsmann Ross Perot – ein ›riesiges Schmatzen‹ hervorbringen, wenn der ethische Brunnen versiegt und dem verwesenden Körper das immer noch schlagende ethische Herz aus der Brust gerissen wird. Vorstellung wird zur Realität – in Washington mehr als anderswo. Und ich möchte hinzufügen – sie enthüllt auch die Realität. Jemand – vielleicht auch mehrere – war sehr, sehr ungezogen. In der Vergangenheit und in der Gegenwart. Wir haben erfahren, daß es nur noch eine Angelegenheit von einem oder zwei Tagen ist, bis ein Riesenskandal ausbricht. Gaswolken werden von diesem besonders stinkenden Politsumpf aufsteigen. Ihre Form ist noch nicht deutlich, auch die Namensschilder kann man noch nicht lesen, aber sie sind unvermeidlich. Sie stinken wie das Schicksal von Charles Bonner.

Wir hören Gerüchte über illegale Wahlkampfgelder – was gibt es sonst Neues? Zugegeben, die Demokraten haben nicht das Patent auf dieses Vergehen –, Unter-dem-Tisch-Abkommen mit Mexiko und Japan und Rußland über Umwelt, Handel, Menschenrechte, über Geldwäsche von Riesensummen aus Drogengeschäften – was Sie wollen. Und dann gibt es noch pikante Histörchen über Liebesnester in Virginia, an der Küste Marylands und wer weiß, wo noch. Über all diese Gerüchte diskutiert man ganz offen beim Abendessen in Privathäusern, im Duke Siebert's, im Citronelle und dem Jockey Club. Und gestern – das können Sie glauben, oder auch nicht – bot man mir an, ich könnte mir ein paar nette Schnappschüsse anschauen. Nein, beileibe nichts Pikantes oder Anstößiges!

Man sagte, es handele sich um keinen anderen als die höchste Graue Eminenz Drew Summerhays, über neunzig, aber frisch und munter wie eh und je, in tiefem Gespräch mit Nestor ›Tony‹ Sarrabian auf dessen Besitz in Virginia. Für diejenigen, die es vielleicht vergessen haben: Tony Sarrabian, der als ›Handelspartner‹ eines prominenten arabischen Prinzen anfing, welcher dafür berüchtigt war, auf den Straßen Washingtons Jugendli-

chen nachzustellen, und welcher der strafrechtlichen Verfolgung aufgrund des alten Spiels diplomatischer Immunität entkam, ist – wie man es früher nannte – ein ›Fixer‹. Er hat aus allem seinen Vorteil gezogen. Angenommen, Sie möchten einen Aufstand mit Waffen versorgen oder einen niederschlagen, brauchen Sie nur zu Tony in die Sozietät Sarrabian zu gehen ... und bringen Sie Geld mit. Oder sagen wir, Sie möchten jemandem helfen, eine Sendelizenz von der FCC zu bekommen, treffen Sie sich mit unserem lieben Jungen Tony ... und bringen Sie Geld mit. Sie hätten gern eine Anklage niedergeschlagen oder diese praktisch unmöglich zu bekommenden Karten für die Redskins oder Sie möchten ein paar Atomsprengköpfe, die nie benutzt wurden und im Weg sind, beseitigt haben ... gehen Sie einfach mit dem Hut in der Hand zu Tony Sarrabian. Aber bringen Sie unbedingt Geld mit. Oder Sie möchten die politischen Ambitionen Charles Bonners und seiner fröhlichen Truppe unterstützen, dann ist Tony Ihr Mann, Ihr garantierter Eintritt ins Weiße Haus.

Aber woher kommt Tonys Einfluß, fragen Sie? Von seinen Verbindungen zu den Leithunden des Rudels, zu Hunden, die so gewaltig einschüchtern, daß sie nie zu kämpfen brauchen, Hunde – verzeihen Sie den Ausdruck – wie Charles Bonner und seine Bande, Hunde wie Drew Summerhays, der trotz seines hohen Alters immer noch als ›Berater‹ des Präsidenten dieser Vereinigten Staaten tätig ist.

Nun, habe ich mir diese Schnappschüsse angeschaut? Selbstverständlich. Ich habe sie nicht vom Tisch aufgenommen, wohin sie mein Informant gelegt hatte, aber ich habe sie mir angeschaut. Und da waren sie: Summerhays und Sarrabian. Es ist schlimm genug, sich vorzustellen, daß eine Säule des Establishments auch nur eine Minute mit Tony Sarrabian verbringt. Worüber mögen die beiden in der Abgeschiedenheit von Tonys Landhaus in den Blue Ridge Mountains gesprochen haben? Oder wurden die Bilder vor diesem architektonischen Alptraum, den Tony sein Heim nennt, am Potomac geschossen?

Wie gesagt, ich habe die Fotos nicht angefaßt, aber ich schlug meinem Informanten vor, die Bilder vielleicht an unsere Büros zu schicken, und dann – falls wir in der richtigen Stimmung wären – könnte es durchaus sein, daß sie neben meiner Kolumne erscheinen. Als Beweis, daß Sie mir trauen können, meine Freunde.

Keine Angst, geneigter Leser. Es wird nicht lange dauern, bis wir auch den zweiten Schlag hören werden. Das ist so sicher wie Tod, Steuern und der politische Sturz von Charlie Bonner. Doch frage ich mich – was macht Drew Summerhays am Ende des Tages? Falls Sie ihm in New York im Harvard Club oder im Four Seasons begegnen – woanders sieht man ihn kaum –, können Sie ihn ja fragen.

Das hatte Drew gerade gelesen, ehe er sich eine Kugel in den Kopf jagte. Ballard Niles hatte wieder eine Kerbe mehr in seinem Schießeisen. In diesem Moment hätte Ben Driskill mit Freuden Ballard Niles eigenhändig den Hals umgedreht. Was dieser Kerl machte – die Zerstörung von Menschen durch Unterstellungen und bösartige Gerüchte –, war in Bens Augen ein Verbrechen, das die Todesstrafe verdiente.

Als seltene Ausnahme von der üblichen Aufmachung brachte die Zeitung neben Niles' Kolumne zwei Schwarzweißfotos. Das Licht war nicht perfekt, und die Auflösung ließ auch zu wünschen übrig, aber sie zeigten eindeutig Drew Summerhays und Tony Sarrabian. Auf dem einen standen sie auf dem Potomac an der Reling von Sarrabians Jacht. Sie stützten die Ellbogen auf die Reling und lächelten den Fotografen an. Das nächste wirkte intimer. Sie saßen auf einem steinernen Geländer, von dem aus man wahrscheinlich auf den Fluß blicken konnte. Sie hatten die Köpfe nahe beieinander, Sarrabian schien zu sprechen und Summerhays zuzuhören. Sarrabian trug auf beiden Fotos ein am Hals offenes Polohemd. Summerhays trug einen Zweireiher mit weißem Hemd und Krawatte. Ben hätte wetten können, daß er dazu Schuhe mit weißen Spitzen trug, genau wie Bens Vater, als er noch ein kleiner Junge war. Die logische Frage stellte sich ganz offen: Worüber – um alles auf der Welt – redeten die beiden? Und bei welcher Gelegenheit? Wer hatte die Fotos gemacht? Und am allerwichtigsten: Wer hatte Ballard Niles die Bilder gegeben? Wer hatte Drew das Fax geschickt? Oben auf der Seite war kein Absender, nur die allgemeine Angabe ›G-3‹.

Komisch, wie schnell man in etwas geriet. Ehe man sich's versah, hatte man den sicheren Boden verlassen und trat in eine Schlucht, wo alles rauchig und verschwommen war, wie unmittelbar nach einem Flugzeugabsturz, wenn man spürte, wie sich im Innern ein Schrei bildete, wo andere Gesetzmäßigkeiten herrschten und man keine Ahnung hatte, wo man sich befand … So bot sich Driskill die Welt dar, als Regen und Sturm in dieser feuchtschwülen Nacht über die Insel fegten.

Es war eine lange Nacht, die er im Haus eines Toten verbrachte. Gegen vier Uhr morgens döste er endlich ein. Die Regenschauer wurden zu Nebelfetzen. Der Morgen zog grau und schlaff auf. Die Temperatur stieg wie verrückt. Er fuhr über den verlassenen Damm zurück. Kein Verkehr. Er parkte in Sichtweite der Fähre und verließ mit der dritten Ladung Shelter Island.

KAPITEL 3

Es war zum Ersticken heiß, als Ben Driskill aus dem Metroliner stieg und auf dem Bahnsteig in die Union Station ging. Er hatte im Zug nicht schlafen können, sondern hatte auf die vorbeiziehende Landschaft gestarrt, während er innerlich den Tod Drew Summerhays zu bewältigen versuchte. Er wollte mit jemandem sprechen und konnte nicht warten, bis er im Weißen Haus war. Ihm war heiß, er war müde und frustriert, als er das prächtige Gebäude aus der Gründerzeit betrat, das man erhalten und renoviert hatte, so daß es jetzt ein beliebter Treffpunkt der Hauptstadt war. Es war Mittagspause. Die Menschen drängten sich zum Lunch in die Restaurants. Touristen und Schulkinder schlenderten durch die Boutiquen. Auf allen Gesichtern lag der Glanz von Schweiß, der in Washington den ganzen Sommer hindurch bis in den Herbst anhielt. Kaum lag die Ladenpassage hinter ihm, sah er das Empfangskomitee.

Ellery Dunstan Larkspur war der einzige Mensch im Bahnhof, der nicht schwitzte. Er war immer frisch, mit gestärktem Hemdkragen, Fliege, makellos glatten Manschetten und messerscharfen Bügelfalten. Er strich sich das über der hohen Stirn glatt zurückgekämmte Haar, winkte und kam auf Ben zu. »Also ehrlich, was tue ich nicht alles aus Liebe zu meinen Mitmenschen.« Er lispelte etwas, sein Markenzeichen. »Ich bin mit Wagen und Fahrer hier, alter Junge. Ich kann es doch nicht zulassen, daß der große Ben Driskill verschwitzt auf ein Taxi wartet.« Das Lispeln machte ihn irgendwie liebenswürdig. Sämtliche Interviews im Fernsehen und im Radio hatten sein Lispeln berühmt gemacht.

Die joviale Maske fiel plötzlich von ihm ab. »Es tut mir so furchtbar leid, Ben. Ich weiß, was du für ihn empfunden hast«, sagte er leise und legte kurz die Hand auf Driskills Arm. »Gib mir das.« Er nahm Driskills Aktenkoffer, eine

Willkommensgeste. Larkspur war groß, mit hängenden Schultern. Er vermittelte den Eindruck, als betrachtete er alles von oben herab. Sein Gesicht war rosig, die Wimpern hell, die Augen blau und warm.

»Nett, daß du mich abholst, Larkie. Erzähle mir bloß nicht, daß du es aus reiner Freundschaft tust.«

»Hast du alles im Griff, Ben?«

»Nein, wenn ich es mir recht überlege. Ich wünschte, Drew wäre hier.«

»Ich auch, Benjamin, ich auch. Er wäre eine große Hilfe.«

Sie gingen zum riesigen Eingang, wo die Konturen der Taxis sich in den vom Gehsteig aufwabernden Hitzeschlieren aufzulösen schienen. Am hinteren Ende der Taxischlange wartete eine schwarze Limousine im Schatten. Mächtige weiße Wolken ballten sich über Washington. Ein Mann stand auf dem Mittelstreifen und musterte sie mit bösen Blicken. Er sah nicht aus wie ein Wähler, eher wie ein Meuchelmörder. Er trug ein T-Shirt, auf dessen Brust geschrieben stand:

Hitze ist schlimm,
Dummheit ist schlimmer.

Larkspur ging schnell weiter. »Einen gibt's immer. Noch zwei Wochen.« Er lächelte. »Außer der schrecklichen persönlichen Tragödie haben wir ein politisches PR-Problem.«

»Es ist eine Schweinerei.«

»Du weißt kaum die Hälfte, junger Ben. Nicht die Hälfte.« Sein rosiges Kinn sank über die geblümte Fliege, die einem kleinen exotischen Blumenstrauß ähnelte. Normalerweise lächelte Larkspur oft. Daher kam es immer überraschend, wenn er ein besorgtes Gesicht machte.

»Was soll das denn heißen? Ich hasse es, wenn du dich in dunklen Andeutungen ergehst.«

Larkspur bedeutete dem Fahrer, im Auto zu bleiben, und öffnete selbst die Tür für Driskill. Die Sonne war schrecklich grell, irgendwie gehässig. Selbst im Schatten tat es Ben weh, die Tür beim Einsteigen anzufassen. Die Scheiben waren getönt, das Leder war kühl, die Klimaanlage summte. Er holte tief Luft, während Larkspur sich setzte und an die Verbindungsscheibe klopfte, um dem Fahrer das Zeichen zu geben, loszufahren.

»Ich kann dem Präsidenten nicht die Show stehlen. Er möchte dieses Treffen dirigieren. Er wird dir das Bild auf seine Art in großen Zügen schildern. Die Umfrageergebnisse gehen nicht rauf. Aber der Wahlkampf war ohnehin äußerst schwierig, Ben, und jetzt das ...« Gedankenverloren zupfte er an seiner Fliege und legte das Kinn in die Hand, eine charakteristische Haltung für ihn, wenn er nachdachte. Er trommelte mit den Fingern aufs Kinn. »Verdammt, ich versuche das Rauchen aufzugeben. Es ist die Hölle. Ich nehme diese Nikotinpflaster. Ich weiß, daß es funktionieren wird – und ich denke nicht im Traum dran, mich von irgendeinem Quacksalber hypnotisieren zu lassen. Nein, Sir, für mich ist das Pflaster genau das richtige. Ich schaffe es. Jeder kann es schaffen.« Er äußerte seine Gedanken oft, als sei er noch der PR-Mann von früher, der einem Kunden etwas schmackhaft machen wollte, ehe Larkspur & Company die Englisch sprechende Welt erobert hatte. Er war ein Verkäufer, der sich auf Ideen spezialisiert hatte. Sein Genie, sein Status in der Welt – alles rührte von seiner Fähigkeit her, das Abstrakte real und greifbar zu machen. Er vertrat immer den Standpunkt, daß er lediglich die Menschen anleitete, sie die Situation richtig erkennen ließ, die Fakten so sorgfältig drehte, daß man sie von allen Seiten sehen konnte – der Rest kam dann von ganz allein. Das alles machte er ausgesprochen gut. Er hatte Ben sehr geholfen, als Hugh Driskill gewaltsam ums

Leben kam. Seit dieser Zeit waren sie Freunde. Sie beteuerten sich nicht täglich ihre Freundschaft, waren sich aber dieser Beziehung bewußt, die mit dem Dahinscheiden des älteren Driskill begonnen hatte. Von allen Freunden waren nur Larkspur und Drew Summerhays zu Bens und Elizabeths Trauung in der kleinen Familienkapelle auf dem Driskill-Besitz in Princeton eingeladen gewesen. »Es sieht schlimm aus, Ben ... aber« – er lächelte wieder zaghaft – »wir werden es am Ende schon schaffen. Darum bete ich.«

Driskill hörte im Fond der Limousine die Besorgnis, die Larkspur eifersüchtig hütete und niemals in der Öffentlichkeit preisgab. Selbst wenn er mit dem Präsidenten allein war, gab er sich Mühe, von der unangenehmen Wahrheit nur soviel zu sagen, wie unbedingt nötig war. Von allen Menschen mußte der Präsident vor einigen harten Realitäten geschützt werden. Sein Kampfgeist durfte nicht erlahmen, wenn in der Endphase des Wahlkampfs die großen Kanonen abgefeuert wurden. Ellery Larkspur war der letzte, eine Niederlage einzuräumen. Das Privatmotto im Larkspur-Büro war sein Credo: *Du kämpfst, bis der letzte Hund tot ist ... und wenn du nicht der letzte Hund bist, dann hast du dich dafür vor mir zu verantworten.*

»Du willst mir doch nicht sagen ...«

»Ach, Scheiße, du hörst alles noch bald genug. Ich wollte dir nur etwas Zeit zum Luftschöpfen geben, damit du nicht zu überrascht bist. Der Präsident hält große Stücke auf deine Gedanken und Reaktionen – ich will nicht, daß du vor Schreck den Unterkiefer hängen läßt und losheulst und den schicken neuen Teppich mit dem Amtssiegel zwischen die Zähne schiebst. Aber es steht *viel schlimmer*, als du denkst. Ach ja, sei auf Publikum vorbereitet. Landesmann wird auch da sein. Du, ich, Landesmann und der Präsident.«

»Großartig. Ich kann's kaum erwarten. Was ist mit Mac?«

»Erwähne Mac nicht. Er ist irgendwie in Ungnade gefallen. Charlie scheint ihm nicht mehr so bedingungslos zu trauen wie früher. Vielleicht wegen Macs Affäre mit Ellen Thorn – weil die beiden seiner Meinung nach ihre Prioritäten anders verteilen und nicht so viel Zeit für Charlie aufwenden, wie er das gern hätte. Aber das ist dünnes Eis, du verstehst. Sie könnten nicht mehr Zeit für Charlie aufwenden, wenn jeder im Zölibat lebte. Nein, Ben, ich weiß nicht, woher das kommt, aber Charlie leidet in letzter Zeit – darf ich das sagen? – ein bißchen unter Verfolgungswahn. Aber wer würde das nicht in seiner Position? Hazlitt hat an drei von vier Tagen Erfolg – auf Charlies Kosten. Vielleicht ist Mac nur ein unglückliches Opfer. Wie dem auch sei – misch dich nicht ein. Ich möchte, daß du die Weltuntergangsstimmung, die der Präsident von Ollie und Ellen bekommt, ausgleichst. Die beiden treiben mich zum Wahnsinn. Gerade jetzt, wo er soviel Ermutigung wie möglich braucht.«

Die Limousine bog langsam von der Pennsylvania Avenue ab und fuhr, am Wachposten vorbei, die Auffahrt unter den ausladenden Bäumen entlang, die zum Eingang im Westflügel des Weißen Hauses führte. Links, im heißen Schatten, standen die Korrespondenten sämtlicher Sender und Kabeldienste auf ihrem Stammplatz und litten unter der Hitze. Ihre Scheinwerfer, Reflektorschirme und die Tonausrüstung vermittelten den Eindruck, als hätte eine Safari ihr Lager aufgeschlagen und sich auf einen längeren Aufenthalt eingerichtet. Neugierig musterten sie die Limousine. Wer saß hinter den getönten Scheiben? Als der Wagen zum Säulengang rollte und die Uniformierten heraustraten, um die Tür aufzuhalten, schauten die Korrespondenten herüber, registrierten die Ankunft Larkspurs – die wirklich keine Nachricht wert war – und Ben Driskills, Freund des Präsidenten, ebenfalls nicht wichtig. Die Nachricht über Drews Tod war offensichtlich noch nicht an die Öffentlichkeit gedrungen.

Larkspur nickte in Richtung Presse, die aber wegen der

Hitze kaum reagierte. Er flüsterte Ben während des Moments, in dem sie zu sehen waren, zu: »Ha, wenn die wüßten ...«

»Das werden sie bald genug«, sagte Driskill.

»Ja, dazu müssen wir uns etwas einfallen lassen.«

Sobald man den Westflügel des Weißen Hauses betreten hatte, spürte man nichts mehr von der Außenwelt. Das ganze Jahr hindurch herrschte hier durch die Vasen mit den frischen Blumen Frühling. Die Offiziellen, welche die Besucher durch die Scanner geleiteten, lächelten immer und plauderten fröhlich, als hätten sie keine Sorgen. Der lächelnde Schwarze, der Driskill begrüßte, war angeblich der stärkste Mann Washingtons, ein Vorzug, den er in der Vergangenheit bei ein oder zwei widerspenstigen Gästen unter Beweis gestellt hatte. Ein Fremdenführer und eine Sekretärin standen mit einer berühmten Schauspielerin da, die dem Präsidenten nur schnell guten Tag gesagt hatte.

Charlie Bonner hatte einmal bemerkt, es sei ein eigenartiges Gefühl, wenn man so im Zentrum der Welt stand, daß das Leben ruhig, ja sogar glücklich weiterzugehen schien. »Es ist ein Büro, das ist alles, und manchmal fällt es einem schwer, sich daran zu erinnern. Man neigt dazu, zu denken, alles sei in Ordnung, nur weil alle so zivilisiert sind, keiner jemanden auf der Treppe umbringt ... doch die Wahrheit ist, daß du hier immer an einem seidenen Faden hängst.«

Larkspur führte Ben Driskill den mit Teppich ausgelegten Korridor entlang und die Treppe hinauf. Gelegentlich nickte er jemandem zu oder murmelte ein schnelles Hallo. Cremefarbene Wände, Gemälde siegreicher blutiger Schlachten, tapfere Männer auf dem Weg in den Kampf. Die Wachen waren wie Möbelstücke, wie die Palmen in den Töpfen. Hinter den Wänden summte leise die Klimaanlage. Der Cabinet Room links war durch ein Seil getrennt. Durch die offene Tür konnte man den großen Tisch sehen und den Stuhl, der höher als die anderen war.

Larkspur blieb vor den Türen stehen, die ins Oval Office führten. »Ich überprüfe immer meinen Reißverschluß, ehe ich reingehe«, erklärte er und lächelte Driskill an. »Einmal bin ich mit offenem Reißverschluß reingegangen, und am Hemd hing noch der Zettel von der Wäscherei. Mrs. Colfax, die damals UNO-Botschafterin war, besaß die Freundlichkeit, es nicht zu erwähnen, aber ich dachte, Charlie würde gleich einen Veitstanz aufführen.« Er sprach mit dem Wachposten. Ihre Namen standen in dem ›Buch der Toten‹, wie der Präsident es nannte. Der Posten trat vor und öffnete die Tür.

Der Präsident saß auf der Kante des riesigen dunklen Schreibtisches, hinter dem einst Teddy Roosevelt gesessen hatte. Er war hemdsärmelig und hatte die Manschetten hochgerollt. Er stieß sich vom Tisch ab und ging mit ausgestreckter Hand auf Driskill zu. Wenn man nicht genau hinschaute, hätte man ihn für den Jungen halten können, der damals, als man das Rad erfand und man eine Schweinsblase als Ball aufblies, im Notre-Dame-Team Football gespielt hatte. In seinem blonden Haar waren nur wenige graue Strähnen. Vor dem letzten Ansturm des Wahlkampfs mußte es noch gefärbt werden. In den Augenwinkeln und um die Mundecken waren ein paar Krähenfüße. Er war immer gebräunt, entweder vom Skifahren oder vom Golf. Unter der Hose trug er eine Kniebandage, nur für den Fall, daß das alte Footballsouvenir sich wieder meldete. Würde er vor laufender Kamera hinfallen, müßte er sich mit dem anschließenden Börsencrash befassen, und dazu hatte er keine Lust.

»Wie schön, daß du da bist, Ben.« Das Telefon auf dem historischen Schreibtisch klingelte, und Bonner griff zum Hörer. »Was, verdammt noch mal?« Er hörte zu. »Ah, in Ordnung. Alles klar. Aber ich möchte jede Stunde über die amerikanischen Toten unterrichtet werden.« Er blickte auf die Armbanduhr. »Später, später. Okay.« Er legte auf.

»Ben, du stehst heute ganz oben auf der Liste, aber angesichts der Situation in Mexiko ... wir haben in ein paar Minuten die tägliche Wahlkampfanalyse. Ich möchte, daß ihr beide hierbleibt. Ich zähle auf euch. Aber kein Wort über die Summerhays-Sache – das erzähle ich Mac und Ellen später.«

Jemand klopfte an die Tür.

Charles Bonner ging selbst, um zu öffnen. Dabei sagte er: »Warte, bis du das hörst!«

Bob McDermott kannte Charlie Bonner noch aus jenen fernen Tagen in Vermont, als er eine kleine, aggressive Werbeagentur geleitet hatte, welche die Familienbank der Bonners betreute, die um 1860 von einem früheren Charles Bonner, dem Ururgroßvater des Präsidenten, gegründet worden war. Als Charlie in den Kongreß ging und danach Gouverneur von Vermont und schließlich Präsident geworden war, hatte er McDermott immer an seiner Seite behalten. Zwischen beiden bestand eine Art Seelenverwandtschaft, die bis jetzt die Belastungen von Charlie Bonners Aufstieg zum Präsidenten überdauert hatte. Als Ben jetzt McDermott die Hand schüttelte, fielen ihm zum erstenmal die dicken Tränensäcke unter den Augen und die Müdigkeit in der Stimme auf, die McDermott zu bekämpfen versuchte. McDermott wollte immer den optimistischen Eindruck vermitteln, er befinde sich obenauf und genieße jede Minute davon. Im Augenblick bröckelte diese Fassade. Seine grauen Haare hingen ihm in die Stirn, und auch die Sommersprossen auf der Nase verliehen ihm kein jungenhaftes Aussehen mehr. Er schien wütend zu sein.

»Ben, wie schön, Sie zu sehen. Hoffentlich bringen Sie etwas Sonnenschein mit.«

»Verlassen Sie sich nicht drauf«, sagte Driskill.

McDermott lächelte reflexmäßig, aber es war offensichtlich, daß ihm keineswegs danach zumute war. »Es ist eine Ewigkeit her, seit wir gute Nachrichten gehört haben. Ich würde eine nicht erkennen, wenn sie mich in meine Eier beißen würde.« Seine Augen waren wegen Schlafmangels blutunterlaufen. Er trug graue Hosen, einen blauen Blazer, ein blaues Hemd mit dunkelroter Foulardkrawatte, schwarze Slipper mit Quasten, die so glänzten, daß man sie für Lackschuhe halten konnte. Überhaupt gab es im Weißen Haus die glänzendsten Schuhe im bekannten Universum, sogar noch glänzender als die bei Bascomb, Lufkin und Summerhays, wo ein Schuhputzer jeden Morgen kam, um allen die Schuhe zu wienern.

»Das ist jetzt der letzte Kriegsrat, ehe Ellen morgen losfährt. Sie kommt erst nach dem Parteitag nach Washington zurück. Für uns steht als nächstes Boston auf dem Programm.« Er hatte angenehme Züge, war immer wie aus dem Ei gepellt gekleidet, ganz gleich, wie müde er sein mochte. Der einzige Makel war, daß er trotz des Rasierwassers immer leicht nach Zigarettenrauch roch. Auch seiner Stimme merkte man an, daß er ein starker Raucher war. Er war gern in Gesellschaft und genoß Gespräche bis zum Morgengrauen, dabei verschmähte er keineswegs Single Malt oder exquisiten Bourbon oder ein Pokerspiel, bei dem er mit teuflischem Geschick, wenn es hart auf hart ging, so bluffte, daß er den Pott kassierte.

Mit ihm kam Ellen Thorn. Sie war eine politische Strategin von Stanford und Harvard, hatte Kolumnen geschrieben, war Beraterin bei Lobbyisten und arbeitete schließlich als ›Söldnerin‹ für Menschen, die gewählt werden wollten. Sie hatte sich durch eine Reihe unwahrscheinlicher Siege ihrer Klienten einen Namen gemacht, darunter drei Senatoren, die vor der sicheren Niederlage zu stehen schienen, und ein Gouverneurskandidat, der von ganz hinten kam und als Sieger ging. Zu Bonners Team war sie bei seiner letzten Wahl zum Gouverneur gestoßen und hatte bei seiner erfolgreichen Präsidentschaftskampagne gegen den amtierenden Republikaner, Sherman Taylor, eine Schlüsselrolle gespielt. Vielleicht war sie die einzige Person im Raum mit einer wahrhaft skrupellosen Begabung für Politik, mit dem Killerinstinkt. Sie war, wie ihre Gegner zu sagen pflegten, kein Gentleman. Sie war beinahe vierzig, gepflegt, mit kurzen schwarzen Haaren, durchdringenden schwarzen Augen und einem etwas schiefen sexy Lächeln. Sie trug eine dicke Hornbrille, die ein großartiges Requisit abgab. Heute erinnerte ihr rotes Kostüm an Chanel.

Ellery Larkspur sprach mit ihr, während sie sich im Halbkreis um den Schreibtisch des Präsidenten scharten. Der Nachmittag hinter den hohen Fenstern war bereits dunkel. Es sah so aus, als würde das Unwetter, das über der Ostküste wütete, wieder anfangen. Larkspur zählte die einzelnen Punkte mit den Fingern ab. Ellen stand in dem Ruf, mit unangenehmen Nachrichten vertraut zu sein. Larkspur nicht. Er war der Guru, der Mann, der in jeder Situation einen Hoffnungsschimmer sah. Er war überzeugt, daß, wenn der Überbringer schlechter Nachrichten den Kopf verlor, er – Ellery Larkspur – lieber auf Nummer Sicher gehen und die Dinge aus einem anderen Blickwinkel betrachten wollte. Im Augenblick – Driskill war sicher – bemühte er sich, Ellen Thorn zu überreden, ihre Rhetorik etwas zu dämpfen. »Du mußt den Kandidaten immer die Hoffnung erhalten«, hatte er oft gesagt, »sonst treiben sie auf Nimmerwiedersehen davon. Die Egos sind bei ihnen so riesig und so zerbrechlich – sobald sie die Hoffnung aufgeben, sterben sie dir unter den Händen weg.« Ellen Thorn dagegen stand auf dem Standpunkt, die Kandidaten seien große Jungs und müßten lernen, das Bittere wie das Süße zu schlucken.

Driskill wollte sich aus der Diskussion um den Wahlkampf heraushalten. Dazu gehörte auch, daß er Charlies Drängen nicht nachgeben wollte. Jetzt lief der Regen die hohen Fenster herab, es donnerte laut, dünne Blitze zuckten über den purpurfarbenen Himmel.

Begonnen hatten sie mit der Analyse von Ellen Thorns Umfrageergebnissen der vergangenen Nacht. Dann sprachen sie, unter Einbeziehung der keineswegs vielversprechenden Ergebnisse, den Terminplan der kommenden Woche ab. Sie arrangierten eine Bustour – wie früher die Eisenbahnkampagnen – quer durchs Land, bis Chicago. Prominente Demokraten sollten daran teilnehmen und der Präsident, wann immer es ihm möglich war. Damit bekämen sie eine Menge Fernsehzeit. Driskill hatte den Eindruck, als würden alle ausgesprochen verzweifelt planen.

»Ich finde, wir müssen uns den Fakten stellen«, erklärte Ellen Thorn in ihrer schmallippigen Art. Larkspur schaute finster drein und hatte das Kinn aufgestützt. »Bestenfalls machen wir in diesem Sommer Geschichte und ziehen in Chicago ein, wenn die Nominierung noch offen ist. Es ist über ein halbes Jahrhundert her, daß die Nominierung offen war. Unsere Umfrageergebnisse zeigen, daß sich seit Neuengland viel bewegt hat, nichts Großartiges – aber wir müssen ein paar kräftige Schläge landen, sonst bringt Hazlitt sein Schwung bei den Delegierten den Sieg. In Neuengland haben wir getan, was wir mußten; wir haben ihm den Preis streitig gemacht. Und jetzt müssen wir tief in die Trickkiste greifen und ihm den Sieg beim Lügen und Betrügen in Chicago wegnehmen.«

Charlie schien ihre deutlichen Worte nicht übermäßig zu schätzen, aber sie bohrte weiter. »Wir müssen vorbereitet sein, daß er mit sämtlichen schmutzigen Tricks arbeitet – er gewinnt *ständig*. Er gewinnt, seit er seine Kandidatur verkündet hat, und wir haben uns geweigert, ihn so ernst zu nehmen, wie es notwendig gewesen wäre.« Sie meinte, daß Charlie Hazlitt nicht ernst genug genommen hatte. »Charlie hat in Pennsylvania, Massachusetts und New York immer viele Anhänger gehabt. Wir müssen die Neuengland-Vorwahlen da mit einbeziehen. Aber Hazlitt legt bei allen Umfragen zu, wir steigen ab. Wir müssen um jede Delegation kämpfen, um jede Stimme, um jeden einzelnen Delegierten.« Sie seufzte. Sie hatte das alles denselben Schülern schon mehrfach erklärt, hielt es jedoch für unverantwortlich, es nicht weiterhin zu tun. Ohne sie würden die Männer sich vielleicht weigern, zuzugeben, wie drastisch die Situation war. Vielleicht würden sie den relativen Optimismus aufsaugen, den Larkspur versprühte – und wenn sie das taten, waren sie verloren. »Ich bringe das zur Sprache, damit es als Überraschung kommt. Kein Grund, sich Sorgen zu machen ...«

Der Präsident lächelte und verzog das Gesicht. »Was? Ich und Sorgen machen?«

Alle lachten, mit Ausnahme von Ellen. Sie ließ sich auf keinen Scherz des Präsidenten ein. Erst nach der Wiederwahl konnte man lachen und scherzen, soviel man wollte.

»Sie müssen etwas Drastisches tun – vielleicht in Mexiko. Ihre politische Linie kommt bei den Leuten offensichtlich nicht an, das zeigen alle Zahlen.«

»Was schlagen Sie vor, Ellen? Möchten Sie, daß ich da hineinspringe und mehr als nur einen Bürgerkrieg draus mache?«

»Die Wähler sind über Ihren Besuch in Mexiko und das Chaos da unten völlig aus dem Häuschen.« Sie blickte ihn ernst an. »Vielleicht hat Hazlitt in dieser Sache recht. Viele mögen seine Einstellung ...«

»Verdammt. Er hat *nicht* recht«, unterbrach sie der Präsident. »Er ist ein schießwütiger Cowboy ...«

»Es wäre eine gute Idee gewesen, wenn Sie uns über Ihre Rede zur Lage der Nation vorher unterrichtet hätten.« Darüber stritten sie bereits seit Monaten.

»Nicht schon wieder ... Ich wußte, Sie würden dagegen sein.«

»Möglich, Mr. President, aber wenn Sie nicht wiedergewählt werden, führen Sie überhaupt keine politische Änderung durch. Dann *werden* wir Krieg haben.«

»Danke für dieses kleine Juwel der Weisheit, Ellen.«

»Ich meine es ernst, Mr. President.«

»Daran brauchen Sie mich nicht zu erinnern. Sie meinen immer alles ernst, Ellen.«

»Ich sage ja nicht, daß Sie jetzt schon tot sind, Mr. President.«

»Ah«, meinte Charlie. »Ein Lichtstrahl von der Dame mit dem Lötkolben.«

Er konnte sie nicht einschüchtern. Sie ignorierte ihn. »Diese Zahlen haben sich noch nicht in die Stimmen der Delegierten verwandelt, noch nicht. Hazlitt hat berechtigte Aussichten auf einen Erdrutschsieg, aber es besteht auch noch durchaus die Chance, daß wir einen Sieg herausschinden können. Das muß unser Ziel sein. Sie *sind* der Präsident. Das ist unsere Trumpfkarte. Das allein wird einige Delegierte kontrollieren.«

McDermott blickte von dem Klemmbrett mit Computerausdrucken und handgeschriebenen Notizen auf. »Hazlitt und Sie, Mr. President, geben sich jetzt alle Mühe, dem anderen einen Schritt vorauszukommen. Die Meinungsumfragen sind sehr flatterhaft. Wir können nur unser Bestes geben. Wir haben eine gute Strategie.« Er blickte den Präsidenten scharf an. »Jedenfalls sollte sie es sein.«

»Das ist also Ihre Meinung, Mac, ja?« Der Präsident grinste beinahe.

Ellen Thorn mischte sich wieder ein. »Bei den Umfrageergebnissen und dem absteigenden Trend müssen Sie irgendeinen Knüller bringen, der Sie mit Schwung nach Chicago führt. Eine Rede über die Weltbank oder über den Krieg in Mexiko genügt da nicht, auch nicht über Giftmüll. Vergessen Sie auch den Plan zur Bekämpfung von Kriminalität oder Drogen – den Scheiß glaubt keiner mehr, ganz gleich, wer Präsident ist …«

Der Präsident schlug mit der flachen Hand auf den Schreibtisch. Alle zuckten zusammen, nur Ellen nicht. »Herrgott, Ellen … ich bin doch kein Idiot! Ich habe eine vage Vorstellung von dem, was ich tue! Wir sind längst über den Punkt hinaus, Reden zu schwingen! Wir müssen den Leuten die Arme auf den Rücken drehen und ihnen zeigen, wie Hazlitt wirklich ist!«

Ellen Thorn gab nicht nach. Das lag nicht in ihrem Charakter. Driskills Meinung nach war der Todeswunsch bei ihr zu stark. »Mr. President, Sie können mich anbrüllen, solange Sie wollen, aber die Wähler wissen, daß sie von der Regierung beschissen werden – das ist eine allbekannte Tatsache. Sie entscheiden lediglich, wen sie von den Typen, die sie bescheißen, lieber haben.« Larkspur verzog schmerzlich das Gesicht und nahm sich noch ein Glas Eistee. Driskill mußte sich zusammenreißen, um nicht zu lächeln, und blickte auf seine Schuhe. »Entweder geben Sie den Delegierten etwas, damit diese bei der Wahl sagen: ›Dieser Bonner ist ein Schlaukopf oder ein zäher Bursche oder ein verwegener Scheißkerl. Wir sollten in unserer Delegation alle für ihn stimmen.‹ Oder Sie sind am nächsten Tag erledigt. Das ist die brutale Wahrheit.« Der Präsident hatte seinen hochlehnigen Stuhl gedreht und betrachtete den Regen und die Blitze. Er spielte mit dem Kugelschreiber, der das Siegel des Präsidenten trug. Ellen Thorn war noch nicht fertig.

»Sie können uns Tag und Nacht zuhören, wie ich Strategien entwickle und Mac Fahrpläne für Flugzeuge, Busse und Züge wälzt, bis er sich unter einen schmeißt. Ellery kann sich über Gerüchte sorgen und Oliver vor allem die Augen schließen und onkelhaft lächeln – aber am Schluß liegt die Entscheidung allein bei Ihnen. Wenn alles gut läuft, haben Sie eine Chance. Sie müssen die Menschen dazu bringen, Sie zu *lieben*. Einige Politiker blenden die Leute mit Seriosität oder mit Brillanz, aber Sie sind mehr wie ein Filmstar, alles läuft über die Gefühlsschiene. Sie müssen Sie *lieben*, schlicht und einfach.«

Driskill hatte erlebt, wenn Charlie Bonner einen Wutausbruch bekam. Er fragte sich jetzt, ob so eine Explosion bevorstand. Seine Augen schwenkten von den zusammengebissenen Kinnladen des Präsidenten zu den Porträts an den Wänden, die Charles Bonner selbst ausgewählt hatte. Ulysses S. Grant dominierte den Raum, der Lieblingsheld des Präsidenten. Ein großartiger General, ein mittelmäßiger Präsident, ausgezeichneter Historiker und begnadeter Schriftsteller. Und Franklin Roosevelt, lässig mit Zigarettenspitze, eine große Schwarzweißfotografie. Auf dem Schreibtisch stand neben den Bildern von Charlies Frau Linda und den beiden Kindern ein Foto, auf dem der damalige Gouverneur von Vermont, Charles Bonner, zwischen Joe DiMaggio und Ted Williams stand.

Beide Baseballstars hatten eine persönliche Widmung draufgeschrieben. »Präsidenten gibt es im Dutzend billiger«, hatte Bonner mal gesagt, »gewöhnliche Menschen mit dem Hunger nach Macht, aber DiMaggio und Williams sind für ein ganzes Leben. Ihre Größe ist ewig. Welches Talent ist seltener, Ben? Ein paar Stimmen sammeln oder tun, was sie getan haben? Fall geschlossen, Amigo.«

Die Explosion kam nicht. Der Präsident stand auf und nickte Ellen und Mac zu. »Sehr aufbauend, wie immer. Halten Sie mich über die Umfrageergebnisse auf dem laufenden, Ellen, aber, bitte, überlassen Sie mir die Themen meiner Reden. Mac ... Sie beide können gehen. Ich muß noch ein paar Dinge mit Ben und Larkie besprechen.« Er brachte sie zur Tür. Beide wirkten über diese Reaktion auf Ellens Worte erleichtert.

Als der Präsident wieder am Schreibtisch war, hatte sein Gesicht die Frische verloren, und er sah so alt aus, wie er war. Er sprach mit brüchiger Stimme.

»Gott sei Dank! Das ist vorbei ... Ich weiß nicht, was ich wegen Drew sagen soll. Es ist einfach nicht zu begreifen.« Er wendete sich beiseite, um sich den Gefühlen zu überlassen. Dann legte er Driskill die Arme um die Schultern, führte ihn zu dem Fenster mit schußsicherer Scheibe, durch das man in den Rosengarten schaute. »Wir wußten, daß er nicht ewig leben würde, aber so … Das ist wirklich übel, hundertprozentig übel. Ich brauche deine Hilfe, Ben. Verstehst du?«

Driskill nickte. Charlie legte den Köder aus, indem er sich auf ihre alte Freundschaft berief.

»Es ist für Drew, Ben.« Er machte eine Pause. Ben wünschte, er würde aufhören, aber Bonner tat ihm nicht den Gefallen. »Darum geht es eigentlich.« Er griff zum Telefon und sagte: »Mary Lou, sagen Sie Ollie, er soll seinen Arsch hereinbewegen.«

Ben paßte das gar nicht. »Was hat Landesmann dabei verloren, wenn ich dir berichte?«

»Ben, wir brauchen einen Anwalt …«

»Ich weiß, es ist schwierig, die Übersicht zu behalten, Mr. President, aber erinnere dich mal – ich bin Anwalt. Abgeschlossenes Jurastudium.«

»Nun sei keine Mimose, Ben. Du bist involviert. Aber Ollie …«

»*Involviert*. Das klingt ominös.«

»Ben, du warst da. Du hast den Schauplatz eines gewaltsamen Todes verlassen. Technisch gesehen, ist das Vertuschen, wenn du verstehst, was ich meine. Aber Ollie ist unbeteiligt. Objektiv.«

»Der Präsident der Vereinigten Staaten hat mir befohlen, abzuhauen. Hat mir eingeschärft, niemandem etwas zu sagen. Mir scheint, daß wir beide involviert sind.« Er haßte dieses Gerangel, um die eigene Haut zu retten. »Drei … Larkie war auch dabei. Nein, vier mit Linda.« Er und der Präsident kannten sich seit über dreißig Jahren, aber jetzt ging es darum, daß der eine Präsident war und der andere den Tatort eines gewaltsamen Todes verlassen hatte. Der Präsident blieb Präsident, aber die andere Person war ein potentielles Bauernopfer. Das brachte die Stellung so mit sich.

»Niemand will dich am nächsten Laternenmast aufhängen, Ben. Aber wir haben ein Problem, und ich finde, der Rechtsberater des Weißen Hauses sollte hinzugezogen werden. Bleib ruhig. Wir deichseln das schon.«

Sie hatten über den Tod Drew Summerhays gesprochen, und nach einem Moment des Gefühls und der Trauer war es ein Problem geworden. Etwas, das man *deichseln* mußte. Er spürte die Hand des Präsidenten am Ärmel und fühlte sich gleichzeitig angewidert und geschmeichelt. Er wußte, daß er verführt wurde, und ein Teil von ihm mochte das. Und das haßte er.

Oliver Landesmann kam ins Oval Office aus dem Kämmerchen, wo Mary Lou Daniels, die Sekretärin des Präsidenten, mehr oder weniger fürstlich residierte. Landesmann war der Rechtsberater des Weißen Hauses – das bedeutete, Rechtsberatung für das Amt des Präsidenten –, während Drew Summerhays Charlie Bonners persönlicher Rechtsbeistand gewesen war. Landesmann war in Washington ein Insider und verfügte über beachtliche Referenzen. Er war klein und rundlich, mit grauem Kraushaar. Für gewöhnlich saß er reglos wie ein kleiner Buddha da, die Hände über dem Bauch gefaltet, die Lider halb geschlossen. Man hätte geschworen, er schlief, aber er war immer hellwach. Seine Stimme war weich und überzeugend. Er trug eine Halbbrille an einer Kette um den Hals. Er liebte es, Bösewichter mit seinen Fragen einzuschüchtern. In einem Prozeß, der als Alabaster-Industries-Untersuchung bekannt wurde, hatte er angeblich ›in einem Gerichtssaal vier sich selbst bereichernde Gentlemen der Reagan-Revolution und der achtziger, der Go-go-Jahre, öffentlich hingerichtet‹. Danach war er nicht nur als ein legendärer Insider bekannt gewesen, sondern als der Mann, dem *Time* eine Titelseite gewidmet hatte. Ein Held der Liberalen. Ein Starjurist. Er wußte allerdings, daß der Posten des Rechtsberaters des Präsidenten vor ihm Ben Driskill angeboten worden war, der jedoch abgelehnt hatte. Erst dann hatte Oliver Landesmann ihn bekommen.

Und Oliver Landesmann war es nicht gewohnt, sich von den Brosamen anderer Leute zu nähren. Logischerweise war die Beziehung zwischen den beiden Männern eher unterkühlt.

»Ben«, sagte Landesmann. Seine kleine manikürte Hand verschwand in Driskills Pranke.

»Ich hoffe, es geht Ihnen gut, Ollie.«

»Na, war schon mal besser. Politisch gesprochen. Ansonsten ist mein zu hohes Cholesterin gesunken, die Blutglukose ebenfalls, und die Prostatapillen helfen auch. Letzte Nacht mußte ich nur zweimal raus.« Seine schläfrigen Augen strichen über Driskills Gesicht. »Aber ich bin sicher, daß Sie sich nur Sorgen machen müssen, die Testosteron- und Adrenalinpegel zu maximieren.«

»Dazu brauche ich nur nach Washington zu kommen. Da würde ich jedesmal am liebsten jemanden am Hals packen und fürchterlich verprügeln.«

Der Präsident lachte leise. »Ihr beiden! Ich könnte mich totlachen.« Ein Adjutant erschien und brachte eine Karaffe Eistee, hohe Gläser mit Eiswürfeln und einem Pfefferminzzweig. Ben ersetzte einen Teil der Flüssigkeit, die er im heißen Zug verbraucht hatte. Der Tee schmeckte leicht nach Johannisbeeren.

Der Präsident erklärte die Sitzung für eröffnet. »Ollie, ich habe Sie im dunkeln gelassen, weil ich wollte, daß Sie die Geschichte aus erster Hand hören. Von Ben. Ich brauchte Ihre spontane Reaktion, weil wir Ihren Rat als Jurist brauchen, welche Möglichkeiten wir haben. Wir wollen nicht, daß man uns mit herabgelassenen Hosen erwischt – aber, ich greife bereits vor.« Alle hatten sich gesetzt. Der Präsident in einen Armstuhl, dessen Bezug jägergrün mit goldenen Streifen war, Larkspur und Landesmann auf die Couch, deren Muster eine Art goldene Säulen aus Blättern und verschlungenen Ranken bildete. Driskills Sessel ähnelte dem des Präsidenten. Das Siegel des Präsidenten war in den neuen dunkelgrün-beigen Teppich eingewoben. Abe Lincoln und Harry Truman und Roosevelt beobachteten alles von ihren Podesten aus. Über dem Kamin hing ein großes Gemälde: Die Seeschlacht im Korallenmeer aus dem Zweiten Weltkrieg. Der Präsident hatte das Bild eingelagert gefunden und aufgehängt. Sein Vater, Thomas Bonner, hatte als junger Leutnant diese Schlacht überlebt. Die Gravur auf der kleinen ovalen Messingtafel darunter erwähnte diese Tatsache. Charles Bonner hatte sie als Erinnerung anbringen lassen. »So, Ben, schieß los, und erzähle uns alles.«

Zum ersten Mal berichtete Driskill über alles, was geschehen war. Daß er Summerhays leider an jenem Nachmittag nicht hatte treffen können, Larkspurs Besorgnis bezüglich der Gesundheit des alten Mannes, wie er Drews Leiche fand, den Anruf im Weißen Haus und die Diskussion mit dem Präsidenten und Larkspur, wie er den Vorabdruck von Ballard Niles' bösartiger Kolumne gefunden hatte und wie er am nächsten Morgen die Insel verlassen hatte.

Landesmann machte die Augen auf, als Ben mit seiner Geschichte fertig war. Seine Hände blieben über dem Bauch verschränkt, der sich beim Atmen leicht hob und senkte. »Nun, Benjamin, wurde er ermordet, oder hat er Selbstmord begangen?« Ansonsten zeigte er kein Interesse für Summerhays Schicksal, obgleich er ihn das ganze Berufsleben lang gekannt hatte. Ollie Landesmann führte das Prinzip des Pokergesichts bis ins Absurde, als würde jedwede Gefühlsregung seine Urteilskraft schwächen.

»Es hat *ausgesehen* wie Selbstmord. Aber ... ich glaube nicht daran.«

»Und Sie haben nichts angefaßt?«

»Nichts im Gewächshaus. Im Haus habe ich alles abgewischt, was ich berührt hatte. Was nicht viel war.«

»Sie haben mich verwirrt. ›Es hat ausgesehen wie Selbstmord.‹ Sie haben die Niles-Kolumne mit den Fotos gefunden, die Drew vielleicht tief getroffen haben – eine gemeine Attacke. Drew war sehr alt, Larkspur sagt, er hätte sich benommen, daß man sich Sorgen machen mußte … wie auch immer. Drew war schockiert, nachdem er es gelesen hatte, hatte Angst um seinen guten Ruf, ging ins Gewächshaus, um im Haus keine Schweinerei zu machen, und erschoß sich.« Er machte eine Pause. Effekthascherei, als wollte er mit seinem Plädoyer den Fall gewinnen. »Es sah aus wie Selbstmord. Es roch wie Selbstmord. Es ging wie Selbstmord. Ich bin verwirrt, wieso Sie zu denken scheinen, es könnte sich um … Mord handeln.«

»Offen gesagt, haben wir meiner Meinung nach Probleme mit der Erklärung, es wäre ein Unfall, Ollie.«

Landesmann ignorierte die Bemerkung. »Mir scheint, Sie suchen nach Schwierigkeiten – ja, natürlich gibt es Schwierigkeiten, aber nicht die Art, an die Sie denken. Wodurch wird es ein Mord?«

»Weil er nur wenige Stunden zuvor völlig normal war, sich in Gedanken mit etwas beschäftigte, worüber er mit mir sprechen wollte, etwas, das mit ›unserem Freund im Weißen Haus‹ zu tun hatte, wie er sich ausdrückte, und das er für wichtig hielt. Wir hatten uns am Montag zum Frühstück verabredet. Er war nicht in der Stimmung, sich umzubringen. Deshalb kommt es mir wie Mord vor.«

»Aber lassen Sie mich anheimstellen«, sagte Landesmann – seine Augen gingen wieder auf halbmast –, »daß er Niles' Kolumne noch nicht gelesen hatte, als er mit Ihnen in Ihrem Büro gesprochen hat. Es scheint doch nicht unvernünftig zu sein, anzunehmen, daß die Kolumne ihn so tief getroffen hat, daß er tat, was undenkbar erscheint. So stellt sich mir der Fall dar.«

»Wir unterscheiden uns, Ollie. Er würde sich nie von einem Scheißer wie Niles so aus der Fassung bringen lassen.«

Landesmann lächelte. »Nun kommen wir dazu, daß Sie den Tatort verlassen haben. Ich muß Ihnen sagen, Benjamin, daß ich darüber keineswegs begeistert bin.«

»Herrgott, das ist ein Schlag, Ollie.« Aus dem Augenwinkel sah Driskill, wie der Präsident die Stirn runzelte und den Kopf über diese streitenden Kinder schüttelte. »Schauen Sie, es war das beste, was ich tun konnte. Niemand konnte wissen, daß ich dort war ...«

»Bitte, keine absoluten Behauptungen. Niemals.«

»Das ist aber absolut, Ollie.«

»Ja, das ist das einzige gute Absolutum. Wenn es herauskommt ...« Er zuckte die Schultern. »Holen Sie schon mal die hohen Gummistiefel raus. Sie werden bald knöcheltief dort stehen, wo es höllisch stinkt, mein Junge.«

»Ja, direkt neben Charlie und Larkie. Langsam geht es mir auf den Geist, hier den Sündenbock zu spielen. Verstehen Sie, was ich meine? Die beiden haben mir eingeschärft, niemandem etwas zu sagen und so schnell wie möglich von der Insel abzuhauen.«

»In einem hypothetischen Sinn«, murmelte Landesmann, »wäre das ziemlich schwer zu beweisen. Und überhaupt sind sie keine Juristen. Sie aber sind Anwalt. Um Himmels willen, Benjamin, kam Ihnen denn nicht der eine oder andere Zweifel?«

»Verflucht, Oliver!« fuhr Driskill auf. »Machen Sie gefälligst die Augen auf.« Landesmann machte sie auf. »Ich weiß, was das Gesetz von mir in solch einer Situation verlangt. Ich weiß auch, daß ein Mann, der in enger Verbindung zum Präsidenten stand, auf gewaltsame Weise starb. Ich habe getan, was ich für das beste hielt. Und ich mußte an die Interessen des Präsidenten denken. Ich habe mich entschieden, einen Präsidenten zu schützen, der in einem brutalen Wahlkampf riesige Schwierigkeiten hat. Es ist daher sinnlos, zu überlegen, was wäre, wenn ...«

»Gut, mein Freund«, unterbrach Landesmann ihn blinzelnd. »Das *ist* ein Punkt. Sie haben uns erklärt, daß Sie aus rein politischen Gründen, aus *parteipolitischen* Gründen, etwas getan haben, was Sie nicht hätten tun dürfen. Ich möchte nicht daran denken, was der Hazlitt-Flügel in unserer Partei oder unsere republikanischen Freunde mit diesem Leckerbissen anfangen könnten. Sie haben auch den Präsidenten unterrichtet. Unter Eid – sollte es zu einer Untersuchung dieses Selbstmordes kommen, falls diese ungünstig läuft – wären wir alle gezwungen, die Wahrheit zu sagen. Das hätten Sie bedenken sollen. Jetzt haben wir ein Problem.«

»So viele George Washingtons in einem Raum! Erstaunlich. Das ist doch alles Blödsinn!« Driskill war sich bewußt, daß er auszuflippen drohte. Landesmann hatte ja eigentlich recht. Deshalb wollte Ben es ja nicht hören. »Ich habe keinerlei Beweise hinterlassen, daß ich dort war. Und Sie sind so verflucht sicher, daß es Selbstmord war, ein offensichtlicher Selbstmord, kein Mord – was ist denn dann das große Problem? Langsam gehen Sie mir auf den Sack, Ollie.«

»Ach, wirklich? Das wollte ich bestimmt nicht, Benjamin.« Landesmann schloß die Augen und faltete die Hände über seinem Phi-Beta-Kappa-Schlüsselanhänger. »Ich glaube, Ihr Testosteron spielt verrückt – seien Sie vorsichtig, damit keine Arterie platzt. Ich weise lediglich auf die Fakten hin. Ob diese Ihnen auf den Sack gehen oder nicht, Benjamin, ist mir ziemlich egal. Was Sie getan haben, könnte man durchaus berechtigt als vertuschen bezeichnen. Schlicht und einfach. Mehr sage ich nicht.«

»Das war knapp«, sagte Driskill.

»Habt ihr jetzt alles ausgekotzt, Jungs?« Der Präsident blickte sie ohne jede Spur von Humor an.

»Ich verstehe es nicht«, sagte Larkspur nachdenklich und drehte das Problem, um eine andere Facette zu betrachten. »Keine Nachricht. Wenn Drew beschlossen hätte, sich umzubringen, hätte er eine Nachricht hinterlassen. Zumindest für diejenigen von uns, die ihm nahestanden. Er hätte gewollt, daß wir es verstehen. Er war ebensowenig ein Selbstmordkandidat wie ich. Egomanie hält uns alle am Leben. Sobald man die Fünfzig und Sechzig überschritten hat, fängt man an zu glauben, daß man noch lange leben würde. Drew hat sich auf den Wahlkampf gefreut, auf die Versammlungen, die Wahl – seine Gedanken waren auf die Zukunft ausgerichtet ...« Er schüttelte den Kopf und ging langsam zum Fenster.

Der Präsident hatte nochmals das Fax mit Niles' Kolumne gelesen, das sie herumgereicht hatten, während Driskill seine Geschichte erzählt hatte. Charles Bonner wischte sich die Augen mit einem frischen weißen Taschentuch und räusperte sich. »Ben, ich weiß es zu schätzen, daß du daran denkst, was für mich das beste ist und für dieses Amt. Ich verstehe auch Olivers Argument, aber ...« Er zuckte mit den Schultern. »Dein Herz war am rechten Fleck, Ben.«

Driskill mochte Bonners Tonfall nicht, als würde er seinem Kumpel eine Fehleinschätzung verzeihen, aber er wußte, Charlie wollte nur Landesmann beruhigen. Driskill sagte: »Ich glaube, wir sollten uns lieber mal die Fotos auf dem Fax genauer ansehen. Oliver, wenn Sie glauben, es würde Sie kompromittieren, wenn Sie an diesem Gespräch länger teilnehmen, dann gehen Sie doch!«

Landesmann lachte leise. »Also, Ben, nun seien Sie doch nicht so. Ich bin nicht Ihr Feind. Als Berater des Präsidenten habe ich eine Aufgabe. Und ich mache mir wirklich keine Sorgen, daß ich kompromittiert werden könnte. Es gibt nur eine Person hier im Raum, die wichtig ist, wenn Sie verstehen, was ich meine. Jetzt habe ich alles Notwendige gesagt. Nur zu! Der Schaden – wenn es einen gibt – ist bereits angerichtet.« Seine runden Äuglein waren offen und blinzelten.

»Sie sind schlimmer als Hämorrhoiden.«

»Bitte, Berater, fahren Sie fort.«

»Diese Fotografien. Drew mit Tony Sarrabian. Weiß jemand, was er mit Sarrabian zu tun hatte? Niles' Kolumne dreht sich um das Treffen der beiden. Sarrabian wohnt drüben in Virginia in dem klotzigen Villenkomplex. Wann war Drew dort? Larkie? Hat er mit Ihnen gesprochen? Oder Sie angerufen? Haben Sie sich mit ihm getroffen, Charlie?«

»Nein«, antwortete der Präsident. »Er hat mich seit Monaten nicht mehr besucht, Wir haben alles Geschäftliche telefonisch erledigt. Ich glaube, er hatte gemerkt, daß das viele Reisen ihm nicht guttat. Larkie?«

Larkspur schüttelte den Kopf »Vielleicht sind es alte Fotos. Dem Bastard Niles ist alles zuzutrauen: uralte Fotos auszugraben – oder vielleicht auch zu fälschen!«

Der Präsident sagte: »Aber warum würde Drew überhaupt mit Sarrabian reden? Der Kerl paßt nicht zu Drews Stil. Und wer hat Niles die Fotos gegeben? Irgend etwas geht da vor, und wir sehen nur noch die Schwanzspitze durch die Tür verschwinden. Wer hat Drew die Kolumne gefaxt? Kein Absender.«

»Ich muß zugeben, daß ich ganz schön erschüttert bin«, sagte Landesmann. »Diese Bosheit ist sogar für Niles extrem. Aber diese Bosheit ist überall, Mr. President. Arnaldo LaSalle – so was gibt sich als Fernsehjournalist aus – verbreitet in der ganzen Stadt, daß er an diesem Wochenende den Himmel über Sie einstürzen läßt. Dieses Gerücht ist überall, aber niemand scheint eine Ahnung zu haben, worum es geht …«

»Was ist sonst noch neu?« sagte der Präsident müde. »Dieser Bastard ist seit sechs Monaten auf Teufel komm raus hinter mir her – bei Gott, ich schwöre, der saugt sich das Zeug aus den Fingern.«

»Aber eine erstaunliche Zahl von Menschen glaubt ihm«, meinte Landesmann leise. Er kam wieder auf das eigentliche Thema zu sprechen. »Ich bin über diese Fotos von Drew und Sarrabian äußerst beunruhigt. Natürlich ist das nur ein Fax, sie *könnten* manipuliert sein …«

»Und wegen LaSalles Gerüchten gibt es keinerlei Hinweise?« Der Präsident konnte Landesmanns letzte Bemerkung nicht so schnell vergessen.

»Kümmern Sie sich nicht darum, Mr. President«, sagte Larkspur. »Gerüchte gibt es immer. Dagegen kann man nichts machen. Sie kommen und gehen ...«

»Aber meistens bleiben sie kleben«, unterbrach ihn Landesmann. »Zumindest teilweise. Nur meine Beobachtung.«

»Alles, was diese Mistkerle, Niles, LaSalle oder wie sie alle heißen, sagen, scheint immer kleben zu bleiben.« Der Präsident schüttelte den Kopf »Machen Sie weiter, Ollie.«

»Gut, zurück zu Drew. Ich kannte ihn wohl von allen hier Anwesenden am wenigsten gut. Jetzt schreien Sie nicht gleich los, aber: Was ist, wenn Niles' Beschuldigungen – vage, wie sie sind – keine Lügen sind?« Er hielt die kleine Hand hoch, als wollte er Widerspruch abwehren. »Wenn Drew etwas plante, etwas, von dem keiner von uns etwas ahnte ... und wenn Niles zu tief in einen wunden Punkt gebohrt hatte? Und Drew sich lieber das Leben genommen hat, um der Schande oder Schlimmerem zu entgehen? Ist das möglich? Selbstverständlich ist das *möglich*. Ich schlage lediglich vor, alle Möglichkeiten in Betracht zu ziehen und uns nicht durch unsere Zuneigung zu diesem Mann blenden zu lassen.«

Larkspur stellte das leere Glas auf den Tisch und blickte die anderen an. »Aber was wirft Niles Drew vor? Daß er sich auf Sarrabians Besitz fotografieren ließ? Na und? Ich war in der einen oder anderen Angelegenheit ein halbes Dutzend mal da draußen. Der Präsident und die First Lady haben Sarrabians Gartenparty besucht. Wir alle waren irgendwann mal dort Gäste.«

»Ich nicht, verdammt noch mal«, warf Driskill ein. »Ich verkehre anscheinend nicht in den richtigen Kreisen.«

»Gut für dich, Ben«, sagte der Präsident. »Aber du mußt zugeben, daß du kein Teil dieser verrückten Szene hier bist. Die Menschen in Washington brauchen Geld, Sarrabian ist ein Kanal für Geld. Amerikanisches Geld, ausländisches Geld – und so kommt er in den Wahlkampf, mehr oder weniger legal. Vielleicht eher weniger.« Der Präsident stellte klipp und klar fest: »Entferne die Schleimscheißer aus dieser Stadt, dann ist das gesellschaftliche Leben auf die Hälfte reduziert. Und Wahlkämpfe würden mit Kreditkarten geführt werden. Ich bin mit allen möglichen Leuten gesehen worden, und mehr wirft Niles Drew auch nicht vor. Nein, es muß etwas anderes sein – und ich sage: Drew hat sich nicht selbst umgebracht. Punktum. Nicht Drew Summerhays. Niles konnte überhaupt nichts gegen ihn in der Hand haben, weil es nichts in der Hand zu haben gibt. Drew hat niemals Abdrücke hinterlassen. Er war zu vorsichtig. Ben, ich glaube, du hast den Nagel auf den Kopf getroffen.«

»Du meinst auch, er wurde ermordet?«

»Genau *das* sage ich.«

Der Präsident ging zu den Drinks und holte Eiswürfel aus dem Kühlschrank unter dem Tisch, auf dem die Gläser standen. »Eine kleine Stärkung?« Landesmann war zu einer anderen Besprechung gegangen. Nur Driskill und Larkspur waren noch da. Beide nickten. Er warf die Eiswürfel in die Bleikristallgläser, goß Bombay-Gin darüber und fügte Tonic und Limonenstücke hinzu. »*Das* ist es, was an diesem Wochenende über uns hereinbrechen sollte. *Darum* drehten sich Ollies Gerüchte. Drew Summerhays, mein persönlicher Anwalt, Chef des DNC. Morgen werden die Sonntagszeitungen und das Fernsehen voll davon sein.« Er seufzte, trank einen Schluck und schüttelte das Eis. »Welche Wirkung wird das bei den Delegierten auf Mr. und Mrs. Unentschlossen haben?«

»Das Problem ist«, sagte Ellery Larkspur, »daß keine Zeit mehr bleibt, um wieder auf die Beine zu kommen. Wir werden in den Umfragen weiter abrutschen, wenn die Sonntagszeitungen die Sache ausschlachten oder es zu einer Reihe von Untersuchungen während der Woche kommt. Und ihr könnt euch darauf verlassen, daß die *Times* und die *Washington Post* das ganz groß herausbringen. Uns bleibt keine Zeit, diese Scharte auszuwetzen.«

»Moment mal«, sagte der Präsident. »Wie kann LaSalles Gerücht stimmen? Wie konnte irgend jemand wissen, daß das passieren würde? Die Kerle sind doch keine Hellseher ...«

»Der Einwand ist verdammt gut«, sagte Larkspur. »Wenn *das* die Wochenendkatastrophe ist, die sie in den letzten beiden Tagen vorausgesagt haben, dann müssen sie gewußt haben, daß Drew sterben würde. Und richtig, Mr. President, das ist unmöglich, oder?«

Der Präsident blickte langsam auf. »Es sei denn, sie haben ihn umgebracht. Das ist keineswegs unmöglich – wenn sie *sichergehen* wollten, daß wir an diesem Wochenende ein Problem haben würden.« Er schüttelte den Kopf. »Bin ich verrückt, oder habe ich gerade etwas völlig Verrücktes gesagt? Wir sind doch noch nicht so weit, daß wir uns im Namen des Zweiparteiensystems gegenseitig umbringen, oder?« Er wartete. »Und dennoch ... jemand hat Drew umgebracht.«

Die drei saßen stumm da und betrachteten die Regenstreifen auf den Fenstern. Die Luft im Oval Office war stickig, aber kühl.

Der Präsident wechselte das Thema. »Ellen Thorn geht mir langsam auf die Nerven, Freunde. Sehr klug, aber etwas zu geradeheraus. Manchmal brauche ich eine, sagen wir, sanfte Behandlung. Sie ist wie eine verdammte wandernde Krebsdiagnose. Wir werden überleben, das ist meine feste Überzeugung, aber wenn nicht, wenn wir auf dem Parteitag bei der Stimmenauszählung feststellen müssen, daß wir geschlagen sind, müssen wir eben einpacken.«

»Bitte, Mr. President, keine verfrühte Beerdigung für Sie.«

»Das ist Krisenmanagement, Ellery. Nichts sollte als Überraschung kommen. Darin hat Ellen recht. Wenn wir überrascht sind, haben die anderen einen Riesenvorteil. Das ist alles. So … und was sage ich jetzt über Drew?«

»Das Übliche. Hervorragende Dienste für sein Land, ein guter Freund. Einen Mann wie ihn werden wir nie wieder sehen.«

Der Präsident gewann seine Energie zurück. »Sobald die Leiche freigegeben ist, machen wir eine große Beerdigung. Ich nehme teil. Das bringt wohl etwas Mitgefühl. Drews Vermächtnis an die Partei. Ellery, Sie werden wohl die Grabrede halten müssen. Das möchte ich mir nicht zumuten. Ich möchte nicht im Fernsehen irgend etwas quatschen. Und was ist mit seinem Testament? Hat er Familie? Gibt es einen Testamentsvollstrecker? Ellery, würden Sie das alles für uns herausfinden? Oder besser, Ben. Wo habe ich nur meine Gedanken. Das ist doch der Amtsbezirk der Bascomb-Kanzlei. Hört zu. Morgen früh müssen wir loslegen. Ich werde in Florida sein – die Delegation dort ist noch zu haben.« Woher bezog er diese Energiemengen? Vielleicht kamen sie aus dem Brunnen seines Egos, das ihn glauben ließ, er sollte Präsident sein.

Der Präsident blickte Larkspur an. »Nur zu, Ellery.«

»Hazlitt hat eine große Kundgebung in der Faneuil Hall in Boston, morgen fährt er nach New York auf eine Veranstaltung, um Spenden zu sammeln. Sie sind Anfang der Woche in Boston, dann oben in Sugar Bush. Danach treffen wir uns alle wieder in Washington, ehe es nach Chicago geht … Das wär's in etwa, Mr. President.«

Die Stimmung hatte sich von Depression zu entschlossenem Optimismus gewandelt. Driskill verstand nicht genau, wie dieser Trick möglich gewesen war. Das war Politik. Den Geruch mit der Nase aufnehmen und losmarschieren. Die Ohren anlegen und einfach angreifen, zum Teufel mit den Zivilisten. Es war die Politik des Unterlegenen. Ben war kein politisches Tier, ihm fehlten die Instinkte, aber er hatte im Lauf der Zeit so einiges aufgeschnappt. Und jetzt spürte auch er, wie das Adrenalin pumpte.

Charlie hatte drei dicke Zigarren aus dem Humidor genommen und die Spitzen gekappt. Larkspur lehnte die Zigarre ab. Die beiden anderen zündeten sich eine an und füllten den Raum mit dickem, blauem Rauch und schwerem Duft. Der Präsident hatte die Flasche Gin und den Eiskühler auf den Schreibtisch gestellt, und jeder bediente sich. Hinter den Fenstern waren die Wolken noch dunkler geworden. Die Straßenbeleuchtung war eingeschaltet, ebenso die Lichter ums Weiße Haus. Der Regen prasselte gegen die Scheiben. Ben und der Präsident saßen jeweils an einem Ende der Couch und hatten die Beine auf den niedrigen Tisch gelegt. Ellery Larkspur hatte das Jackett ausgezogen und die Krawatte gelockert. Sein Kragen stand offen. Er wirkte unnatürlich ruhig, aber das war sein Stil.

»Ben«, sagte der Präsident, »ich wette, du hast gedacht, ich würde dich nach Washington zitieren und in die Scheiße reinziehen, in der wir stecken. Stimmt das nicht? Sag die Wahrheit.«

»Der Gedanke ist mir durch den Kopf gegangen, ja.«

»Nun, alter Freund, entspanne dich. Ich brauche nicht irgendeinen Rat für den Wahlkampf. Ich muß eine Riesenschweinerei beseitigen. Du kannst mir am besten helfen, wenn du zurück nach New York fährst und Bascomb, Lufkin und Summerhays übernimmst. Du weißt, wie die Kanzlei immer in die übergeordnete Idee der Partei gepaßt hat. Wir brauchen dich jetzt dort, damit du alles stabilisierst, nachdem Drew tot ist. Du übernimmst den Laden doch sowieso.«

Charles Bonner stand auf, drückte sein lädiertes Knie durch und nahm Driskills Hand. Charlie war ein großartiger Händeschüttler – schon immer. Auf dem College hatte er einem manchmal die Hand geschüttelt, obwohl man sich erst eine halbe Stunde zuvor auf dem Campus gesehen hatte. Bloß so zum Spaß. Driskill war nicht sicher, ob die menschliche Berührung einem Kraft spendete oder entzog. Vielleicht funktionierte es in beide Richtungen. Das Footballteam wäre damals durch die sprichwörtliche Ziegelmauer für Charlie Bonner gestürmt, weil alle wußten, daß er niemals aufgab und sie deshalb auch nicht. »Alte Freunde sind die besten, Ben. Ich schwöre dir, daß ich vor dir keinerlei Geheimnisse habe. Du hast meine Unterstützung. Du weißt, was ich weiß.«

»Gut, dann lassen wir es auch so«, sagte Ben. »Nur eine Sache liegt mir im Magen. Du scheinst verdammt sicher zu sein, daß Drew sich nicht umgebracht hat. Woher weißt du das?«

Der Präsident tippte sich an den Kopf und dann aufs Herz. »Es erscheint mir einfach logisch, nehme ich an. Aber wenn du in New York bist, hast du ja Verbindung mit den Bullen, die auf alle Fälle mit dir reden wollen. Du bist Drews Nachfolger, du hattest einen Termin mit ihm zum Frühstück am Montag. Halte Augen und Ohren offen. Du findest bestimmt heraus, ob sie den Tod als Mord behandeln. Wir bleiben ständig in Verbindung, wenn es dir recht ist.«

»In Ordnung, Charlie.« Der Präsident hatte recht gehabt: Ben war erstaunt, daß er nach New York zurückfuhr. Erstaunt und erleichtert. Er hatte über den Wahlkampf gelesen und war froh, nicht dabei zu sein.

»Du bist ein Pitbull, Ben. Das ist das Großartige an dir.« Der Präsident sah auf die Uhr. »Ich muß Mac über Summerhays aufklären, sonst explodiert er spontan. Gute Fahrt, Ben. Larkie, bleiben Sie in meiner Nähe, und schirmen Sie mich ab, wenn Mac einen seiner Wutanfälle bekommt. Nein, warum gehen Sie nicht zu ihm und holen ihn her. Dabei können Sie ihn ja schon ein bißchen beschwichtigen.« Nachdem der Präsident diese Mission erledigt hatte, widmete er sich wieder anderen Aufgaben. Er griff zum Telefon und winkte Larkspur und Ben Driskill zu, als diese das Oval Office verließen.

»Ich kann es nicht fassen«, sagte Driskill leise. »Ich bin entkommen. Endlich frei.«

»Na, sei nicht so sicher. Washington streckt sogar noch aus dem Grab die Hand nach dir und packt dich.« Larkspur lachte. »Und er meint das ernst: Er will, daß du uns über alles auf dem laufenden hältst, was die Summerhays-Untersuchung betrifft. Offen gesagt, würde ich es höchst ungern Ollie Landesmann überlassen, für uns geheime Nachrichten zu sammeln.«

KAPITEL 4

Auf dem Gang vor dem Oval Office drehte Larkspur sich zu Driskill um. »Nachdem der Präsident mit dem armen Mac fertig ist, mache ich mich an die Rede, die Charlie – oder, wenn es sein muß, ich – am Grab halten kann. Wenn du mich brauchst oder nur quatschen willst, ruf mich an!«

»Wo?«

»In meinem Haus in Virginia. Ich bin kaputt. Nach deinem Anruf gestern waren wir praktisch die ganze Nacht auf. Ich habe gegen sechs Uhr morgens ein Nickerchen gemacht. Und Charlie steckt noch der Flug aus Mexico City in den Knochen ...«

»Wie groß ist die Sauerei da unten?«

»Könnte nicht größer sein, Ben. Ich war nicht dabei, muß ich sagen. Aber ich habe mit Linda geredet. Sie hat all die Krankenhäuser besucht und setzt sich jetzt für verstärkte medizinische Hilfe ein, für mehr Ärzte. Ich kann es nicht glauben, daß die Komitees sie abweisen, aber sie werden sich eine Zeitlang zieren. Charlie hat sich mit dem Präsidenten von Mexiko und seinen Militärs und einigen anderen Führern Zentralamerikas getroffen – wir haben den Friedensprozeß unterstützt. Charlie macht sich Sorgen, daß wir vielleicht den *falschen* Prozeß unterstützt haben, daß es für uns aussichtslos ist, wirklich zu kapieren, was sich da unten tut.« Larkspur zuckte mit den Schultern. »Im Augenblick würde ich meine über alles geliebte Großmutter für eine Zigarette umbringen. Verflucht, es ist alles nur in meinem Kopf.«

Bob McDermott kam um die Ecke. Vor dem Oval Office blieb er stehen und zog seinen Blazer an.

Larkspur schüttelte den Kopf. »Nicht so schnell, mein stürmischer junger Freund. Große Dinge harren Ihrer im Oval Office. Ich wurde ausgesandt, um Sie persönlich hineinzugeleiten.«

McDermott legte den Kopf schief. »Keine Andeutungen, nehme ich an? Geben Sie mir eine Minute, Larkie. Ich möchte kurz mit Ben sprechen.«

Larkspur nickte und lehnte sich an die Wand. Er summte eines von Mercers Liedern, ›Laura‹. Nicht viele Menschen wußten, daß er ein hervorragender Jazzpianist war. Er steckte die rechte Hand in die Hosentasche und klimperte mit dem Kleingeld. »Geht nicht zu weit weg. Nehmt das Roosevelt-Zimmer.«

»Ich habe gerade einen Anruf von der Generalstaatsanwältin bekommen«, sagte McDermott zu Driskill. »Sie bittet Sie um Rückruf. Hier ist ihre Privatnummer. Sie ist drüben im Justizpalast.« Mac zog Driskill ins leere Roosevelt-Zimmer, wo niemand sie hören konnte, der zufällig vorbeiging.

»Danke, Mac. Mache ich.«

»Ich habe den Eindruck, daß sie ziemlich durcheinander ist. Etwas, das sie im Fernsehen gesehen hat. Hören Sie, Ben, ich muß unbedingt mit Ihnen sprechen. Können wir später zusammen einen Drink nehmen? Wo wohnen Sie?«

»Ich will gleich nach Hause, Mac.«

»Hören Sie, das ist ernst. Wie wär's um sieben im *Willard*? Dann erwischen Sie immer noch einen Zug.«

Driskill wollte weder mit Mac noch mit sonst jemandem einen heben. McDermott las ihm das vom Gesicht ab.

»Es ist *sehr* ernst«, sagte Mac. »Für mich, für Charlie, für Ellen. Ich muß es mir von der Seele reden.« Er seufzte tief. Seine blutunterlaufenen Augen flackerten unruhig hin und her. »Er wartet auf mich ... Hören Sie, nur auf einen Drink. Ich warte auf Sie. Sieben Uhr, Ben.«

»Okay, okay – nun gehen Sie schon rein.«

Mac nickte. »Ich frage mich, was, zum Teufel, er von mir will.« Larkspur machte die Tür auf und geleitete den Stabschef ins innere Heiligtum.

Driskill stellte sich das Gespräch vor, in dem der Präsident Mac mitteilte, daß Summerhays tot war. Mac würde kräftig schlucken. Dann ging er den Gang hinunter zu Macs Büro und fragte die Sekretärin, ob er das Telefon benutzen dürfte. »Aber selbstverständlich, Mr. Driskill«, sagte sie und zeigte auf die offene Tür zu Macs Büro. Auf dem Schreibtisch und dem Fußboden waren Stapel von Papieren, Aktenordnern, Schreibblöcken, Zeitungen, Illustrierten und Büchern. Ben drückte die Tasten. Sofort kam Antwort: »Ja?«

»Hallo, Partner, ich bin's. Ben.«

»Oh, Ben ...« Sie klang, als wäre sie erkältet. »Ich habe geheult – gerade habe ich in den Nachrichten von Drew gehört. Hast du es auch gehört?«

»Ich weiß, daß er tot ist.« Er hatte die Nachricht nicht so bald erwartet.

»Bist du deshalb in der Stadt? Jemand hat mir heute gesagt, daß du ganz überraschend zum Präsidenten kommen solltest.«

»Ja, deshalb bin ich hier.« Was mußte man tun, um in dieser Stadt ein Geheimnis zu wahren?

»Bist du jetzt frei?« Er hatte immer die weiche, kraftvolle Stimme Teresa Rowans geliebt, früher bei Bascomb, Lufkin und Summerhays tätig, jetzt Generalstaatsanwältin der Vereinigten Staaten. Sie war eine beeindruckende Frau. Während der Collegezeit war sie erfolgreiches Model gewesen, dann die erste afroamerikanische Partnerin in Summerhays' Kanzlei und die erste ihrer Rasse und die zweite Frau, die Generalstaatsanwältin geworden war.

»Für ein paar Stunden«, antwortete er.

»Das mit Drew ist so schrecklich ... nicht wahr, Ben? So ein Schock.«

»Ja, schlimm.«

»Bist du beim Präsidenten fertig?«

»Ja, alles erledigt.«

»Warum kommst du nicht zur Justiz rüber – ich muß mit dir reden. Die Sache hat mich wirklich hart getroffen.«

»Kannst du die Mannschaft unten warnen, daß ich

komme? Bei meinem letzten Besuch haben sie mich so gründlich überprüft, daß nur noch eine Darmspiegelung gefehlt hat, ehe sie mich reingelassen haben.«

»Weil du so ein Arschloch bist«, flüsterte sie.

»Noël Coward wäre so stolz auf dich ...«

»Ich sage Bescheid, daß sie nach New Yorks distinguiertestem Anwalt Ausschau halten sollen.«

»Übrigens ... er ist gestern abend gestorben.«

Larkspur hatte dafür gesorgt, daß ein Wagen auf Driskill wartete. Der Regen trommelte auf die lange schwarze Limousine und den Parkplatz. Die Journalisten hatten sich in den Presseraum verzogen. Die Hitze hatte nicht nachgelassen. Driskill setzte sich müde auf die kühlen Lederpolster im Fond und betrachtete die Scheibenwischer, die sich durch die Regenschlieren bewegten, die wie Schleim an der Scheibe klebten.

Würde Charlie es schaffen? Konnte er wieder etwas aus dem Hut zaubern? Driskill konnte die Zeichen nicht ganz deuten oder den Puls und den Blutdruck der Wähler so messen wie Ellen Thorn. Er hatte den Eindruck, daß es ihr näherging als Charlie. Die beiden hatten nicht denselben Stil. Ellen Thorn ging die Sache verkehrt an.

Teresa Rowan erwartete ihn in dem langen Raum im vierten Stock, den Bobby Kennedy als Büro benutzt hatte. In den Jahren nach Kennedy hatten die nachfolgenden Justizminister ihn als Konferenzraum verwendet. Die großartigen Proportionen verliehen ihm eine Würde, die sogar die egozentrischsten Amtsinhaber einschüchterte. Alle waren sich der historischen Bedeutung bewußt gewesen, beinahe, als gehöre der Raum jetzt für immer zu dem Märtyrerbruder des Märtyrerpräsidenten. Nachdem Teresa Rowan ernannt und bestätigt worden war, hatte sie keine Zeit verschwendet, hier ihr Büro einzurichten, eben weil es früher Robert E. Kennedys gewesen war. Er war einer ihrer Helden, vielleicht der Hauptheld. Und es war nicht ihre Art, etwas zu vergessen.

Ihre Position in diesen Korridoren der Macht beruhte nicht nur auf ihrem Geschlecht oder ihrer Hautfarbe oder ihrem Verstand und ihrem scharfen Urteilsvermögen, sondern auf der Tatsache, daß Drew Summerhays sie einfach angebetet hatte. Er respektierte sie, war von ihr beeindruckt, arbeitete gern mit ihr zusammen und, bei Gott, war von ihr verzaubert.

Sie war klein, ihre Haut hatte die Farbe von *café au lait*, in ihren Zügen und den obsidianschwarzen Augen funkelte koboldartiger Übermut. Sie trug das Haar immer kurz geschnitten, wie eine Badekappe mit schwarzen Spitzen auf der Stirn. Sie war schlank; präzise, perfekt organisiert und exquisit zusammengebaut. Sie konnte ein kleines Luder sein und kam damit durch, weil sie schwarz und schön war und zu gescheit und zu lustig und zu bissig bei ihren Attacken. Kein potentieller Kritiker wollte sich auf einen Kampf *mano a mano* einlassen, dazu zählten auch Menschen, mit denen Driskill nie in den Ring gestiegen wäre.

Als sie zur Generalstaatsanwältin ernannt wurde, war sie überrascht, daß die Presse so eine Riesensache aus ihrer Hautfarbe machte. Sie war eine anerkannte Anwältin, die in einigen von Drews sehr delikaten Gebieten tätig gewesen war: die Regierung, besonders die Geheimdienste. Ihr beruflicher Werdegang und ihr Hintergrund machten sie zur logischen Kandidatin für das Justizministerium. Einige Leute wollten sie sogar im Obersten Gericht sehen. Aber ihre Hautfarbe war es gewesen, die sie auf die Titelseiten von *Time* und *Newsweek* und des *New York Times Magazine* gebracht hatte.

Teresa Rowan war nicht verheiratet. Die Karriere war immer zuerst gekommen. Die Anforderungen waren streng, aber es machte ihr Freude. Vor langer Zeit, noch in der Bascomb-Kanzlei, hatte sie geglaubt, in Ben Driskill verliebt zu sein. Und wer wäre eine logischere Wahl gewesen als einer von Drew Summerhays' Protégés aus einer anderen Generation? Beide waren ledig und konventionell genug, um eine schwarzweiße Verbindung ungemein aufregend zu finden, Driskill wurde Teresas Vertrauter, nach Drew ihr zweiter Mentor, ein Verbündeter auf der Karriereleiter. Nach einem Jahr harter Arbeit wechselte ihre Beziehung den Charakter und wurde zu einer tiefen Freundschaft. Beide hielten eine Ehe für unwahrscheinlich – Ben hatte noch nicht seinen Endkampf mit der Kirche begonnen, noch nicht seine geliebte jüngere Schwester verloren, Elizabeth noch nicht kennengelernt. Beide waren unglaublich beschäftigt und meist viel zu erschöpft, um eine romantische Beziehung zu hegen und zu pflegen.

Daher entschieden sie sich, Freunde zu sein.

All das ging Ben Driskill durch den Kopf, als er durch das riesige Büro ging und Teresa ihm entgegenkommen sah. Das alles lag sehr lange zurück. Als er sie wie üblich umarmte, spürte er die kleinen festen Brüste und die zarten Schulterknochen. Begierde flackerte in ihm auf. Sie blickte zu ihm auf und lächelte schelmisch. Ihre Augen glänzten. Sie dachte, was er dachte. Und dann verschwand ihr Lächeln. Sie seufzte. »Was für ein Tag. Was für ein Tag.«

Sie führte ihn über den karmesinroten Teppich zu ihrem Schreibtisch, einem langen Tisch, wo sie mit dem Rücken zu den schußsicheren Fenstern saß. Links davon war ein Kamin. Der Teppich hatte ein paar kaum sichtbare Flecken, eine Hinterlassenschaft von Bobby Kennedys Hunden, die samstags mit ihm und den Kindern manchmal mit zur Arbeit gegangen waren und nicht Gassi geführt wurden, wenn sie es dringend nötig hatten. Beim Betrachten des Kamins konnte Ben sich ausmalen, was für einen Spaß Bobby mit seinen Kindern an Wochenenden hier gehabt hatte. Sie hatten Picknicks veranstaltet, Hamburger über dem Feuer gebraten. Man hatte die Düfte noch draußen auf dem Korridor gerochen. Vor langer, langer Zeit. Geschichte. Die Mitwirkenden waren längst von den Titelseiten und von der Bühne verschwunden.

»Ich gebe mir Mühe, Drews Tod so gut wie möglich zu verarbeiten«, sagte sie. »Ich mußte dich sehen. Da gibt es einiges; wir müssen darüber reden. Wie hat der Präsident es aufgenommen?«

»Na ja, er hat im Augenblick so viele Probleme, daß er nicht weiß, wo ihm der Kopf steht.«

»Das brauchst du mir nicht zu sagen – du hast keine Ahnung, was für Sorgen er hat.«

»Was redest du da?«

»Ben, der *Wahlkampf* ... wenn ich schon ausgebrannt bin, mußt du dir mal vorstellen, wie man sich fühlt, wenn man Präsident ist. Und meine Arbeit draußen in Langley. Es war brutal.« Sie seufzte.

Dann führte sie ihn in ein kleines Zimmer hinter dem großen Büro. Während der Clinton-Regierung hatte Janet Reno ihr Büro hier gehabt. Teresa hatte es ziemlich unverändert gelassen, benutzte es jetzt als eine Art Lesezimmer. Immer noch lag der cremefarbene Teppich da, der alle zwei Wochen gereinigt werden mußte. Die Bilder aus Renos Zeit – viele Fotos auf dem Land mit Freunden oder mit ihrer Mutter auf den Wasserstraßen Floridas – waren natürlich verschwunden und durch ähnliche Fotos aus Teresas Leben ersetzt worden. Ben sah ein Bild, wo er mit Teresa an der Reling eines Schiffs der Circle Line Cruises stand, mit dem sie nachts eine Fahrt um Manhattan gemacht hatten. Sie lächelten. Er hatte den Arm um sie gelegt, im Hintergrund die erleuchtete Skyline.

Teresa ging weiter in ein noch kleineres Zimmer mit schwarzen Ledermöbeln, einem Fernseher und einer Bar. Sie machte zwei Wodka-Tonic. Von Gin bekam sie immer Kopfschmerzen.

»Ich habe seine Leiche gefunden.«

Sie zuckte zusammen und blickte auf.

»Du? Ich dachte, es sei der Hubschrauberpilot oder der Hausmann ...«

»Nein, ich war zuerst da.«

»Wann?«

»Mitten in der Nacht.«

»Warum?« Sie schien ihren Ohren nicht zu trauen. Eine zweite Frage brach hervor. »Weiß das der Präsident?«

»Ich habe ihn sofort angerufen, nachdem ich die Leiche gefunden hatte. Er hat mir gesagt, ich sollte schleunigst abhauen und keiner Menschenseele etwas sagen. Er wollte, daß ich sofort herkomme. Und so bin ich gekommen.«

Auf Teresas Gesicht stand Staunen, Trauer, Schock. Ben erzählte ihr die ganze Geschichte. Sie stellte die gleichen Fragen wie die anderen, stellte die gleichen Mutmaßungen an, machte Ballard Niles und der Gerüchtekampagne, die den Präsidenten angriff, schwere Vorwürfe. Sie lehnte sich im Ledersessel zurück, schlug die Beine übereinander und machte die Knöpfe bei dem Marinejackett auf, das große Goldknöpfe, Streifen an den Ärmeln und einen steifen Kragen hatte. Sie war schon so lange im Geschäft und hatte so viel gesehen, daß sie ihren Schmerz über Summerhays' Tod unterdrücken konnte. Sie war bereits weiter, jenseits ihrer Gefühle.

»Ich wünschte, ich könnte noch mal mit Drew sprechen«, sagte sie. »Aus verschiedenen Ecken habe ich gehört, daß die Republikaner eine Art Untersuchung wegen dieser blinden Gerüchte erwägen, Untersuchungen über das Weiße Haus und Drew, in Zusammenhang mit irgendwelchen vagen Unregelmäßigkeiten. Einige Leutchen möchten auch eine Überprüfung von Bascomb, Lufkin und Summerhays – nein, ich mache keine Witze – wegen unzulässiger Beeinflussung der Politik und Gefälligkeiten für Mandanten. Alles natürlich ›zum Wohl des Landes‹. Der Minderheitenführer des Repräsentantenhauses, Arch Leyden, hat angeblich vor, mir einen Besuch abzustatten, um mit mir zu plaudern – du hast ihn doch gehört, diese brüchige hohe Stimme: *Gibt es irgendwelche faktischen Gründe für diese Gerüchte? Sitzen wir auf einem Pulverfaß?* Er wird von mir einen speziellen Staatsanwalt vom Justizministerium verlangen. Ich habe vor zehn Tagen mit Drew über die Wahlkampfbedingungen gesprochen, und er hat gesagt, wir müßten planen, Verteidigungen um die Regierung aufzubauen – doch zuvor – diesen Punkt hielt er für ungemein wichtig – müßten wir herausfinden, wogegen wir uns verteidigen. Der Präsident ist eine lebende Schießscheibe, eine Silhouette vor dem Mond – so hat er es beschrieben. Wir wollten uns bald wieder darüber unterhalten.« Sie schluckte den plötzlichen Wunsch, zu weinen, hinunter.

»Ich habe nochmals mit ihm geredet«, fuhr sie fort, »vor drei oder vier Tagen. Ich war darauf vorbereitet, ein fundiertes Gespräch über unsere Sorgen zu führen. Aber er war nicht so spezifisch, wie ich erwartet hatte, nachdem er so nachdrücklich auf diesem Gespräch bestanden hatte. Nein, es war alles allgemein und vage. Damals dachte ich, es käme daher, daß er vielleicht mit jemand anderem gesprochen hatte, dem er irgendwie mehr traute, und deshalb beschlossen hatte, mit mir nicht so offen zu sprechen, wie ursprünglich geplant. Wie auch immer – er sagte, diese ganze Kampagne gegen Bonner sei ... ein Taschenspielertrick. Ja, so drückte er sich aus. Jetzt siehst du's, jetzt siehst du's nicht. Ich erinnere mich an seine genauen Worte: ›Wir sind alle in einer riskanten Situation. Wir alle. Wir laufen Gefahr, eingeschmolzen zu werden. So etwas habe ich noch nie gesehen.‹ Das hat er tatsächlich gesagt, und er hat alles in einer Million Jahren gesehen. Ja, ›so etwas habe ich noch nie gesehen‹.«

»Aber was? Was hat er noch nie gesehen?«

»Er wollte nicht mehr sagen«, antwortete Teresa. »Aber kurz ehe er auflegte, sagte er noch: ›Glauben Sie ja nicht, daß Sie immun sind oder sicher, Tessa, denn das sind Sie nicht. Sie hängen an demselben Faden wie wir alle – das sind ernste Probleme.‹ Ben, er hatte den vollen Durchblick, aber es war, als könnte er nicht zum Punkt kommen – oder der Punkt war zu groß oder zu nebulös oder zu schrecklich, um ihn auszusprechen. Als ich heute nachmittag die Meldung hörte und mich einer von CBS wegen einer Reaktion anrief, habe ich die Standardsätze gebracht, aber mein erster Gedanke war, daß Drew ein Opfer dessen geworden war, wovor er mich gewarnt hatte. Und du hast die Leiche gefunden und bist sofort abgehauen.«

»Er wollte auch mit mir sprechen – über den Präsidenten –, er hat gesagt, Charlie steckte in der Klemme, aber er, Drew, meinte, wir könnten ihm raushelfen. Ich wünschte, ich wüßte, was er gemeint hat.«

»Du stehst auf verdammt dünnem Eis, wenn jemand herausfindet, daß ...«

»Landesmann hat mir deshalb schon den Kopf gewaschen.«

»Er hat dir nie verziehen, daß du Charlies Freund bist.«

»Ich mußte den Präsidenten raushalten.«

»Ich hätte es ebenso gemacht. Und dennoch – du hast mit der Vertuschung angefangen. Das ist gefährlich. Aber es ist unwichtig, solange niemand herausfindet, daß du dort warst. Wer weiß Bescheid?«

»Der Präsident. Larkspur. Ollie Landesmann. Und ich denke, Charlie hat es später McDermott und Ellen Thorn erzählt.«

»Und ich. Das sind sechs. Eine Menge Leute, wenn man ein Geheimnis wahren will.« Sie bemerkte, daß er seinen Drink nicht angerührt hatte. Sie warf noch einen Eiswürfel hinein.

»Ich hatte genügend Eistee und Gin-Tonic, um ein Schlachtschiff zu fluten«, entschuldigte er sich. In seinem Kopf pochte es.

»Wenn du dich besser fühlst, erkläre ich, daß ich, was

die Vertuschung betrifft, ebenfalls schuldig bin. Ich bin der oberste Justizbeamte des Landes und beuge für dich die Regeln. Manchmal frage ich mich, wie lange ein Mensch diesen Job machen und sich morgens im Spiegel in die Augen schauen kann. Verdammt. Es ist eine Vertuschung, Ben. Die obersten Leute in dieser Regierung wissen jetzt, daß du Drews Leiche gefunden hast und mit Rücksicht auf die Politik abgehauen bist.« Plötzlich grinste sie. »Ja, ja, so ist das nun mal, Seniorpartner. Politik.«

»Der Präsident und Larkspur haben mir gesagt, ich sollte sofort den Schauplatz verlassen und ...«

»Beweise es, großer Junge.«

»Das hat Landesmann auch gesagt.«

»Nicht gerade eine Überraschung.«

»Sieh mal, Drew hat als letztes das Fax mit Ballard Niles' Kolumne gelesen, die eine herbe Kritik an ihm war ... sie erscheint erst am Montag. Dir hat keiner zufällig eine Kopie geschickt?«

Teresa schüttelte den Kopf. »Wer würde Drew das schicken?«

»Das weiß niemand. Aber jetzt sage ich dir, was der Präsident denkt: Er denkt, Drew wurde ermordet. Er meint das ernst.«

»Na schön, Ben«, sagte sie nach einer langen, nachdenklichen Pause. »Jetzt, was ich denke: Ich denke, der Präsident hat vielleicht recht. Der Drew, mit dem ich neulich geredet habe, hatte vielleicht Angst ... aber er fühlte sich dem Spiel gewachsen. Er war aufgeregt. Er war bereit. Er hätte nie Selbstmord begangen.«

»Das Gefühl habe ich ebenfalls. Aber ich bin draußen. Charlie hat mich zurück nach New York geschickt, um die Kanzlei zu übernehmen und mich um Drews Sachen zu kümmern. Ich soll Augen und Ohren offen halten.« Er zuckte mit den Schultern.

Sie legte ihre Hand auf sein Knie und blickte ihm in die Augen. »Du bist immer dein eigener Herr, Ben. Aber Charlie spielt mit dir wie ein hervorragender Angler. Mach es dir in New York nicht allzu gemütlich, mehr kann ich dir nicht sagen. Wenn er dich braucht, hilft dir kein Gott und kein Teufel. Du mußt an Bord. Du glaubst, du wärst aus der Sache raus und frei – du bist ein alter Freund Charlie Bonners –, was ich dir jetzt sage, wirst du ungern akzeptieren. Aber er hat dich direkt an den Eiern, mein Freund. Er braucht nur zu sagen: *Ich habe versucht dich rauszuhalten, Ben, du weißt, ich habe dich zurück nach New York geschickt ... aber jetzt brauche ich dich, Sportskamerad.* Du bist ihm viel stärker verpflichtet als ich. Eure Beziehung ist älter. Aber du kannst glauben, was ich dir jetzt sage. Du kannst niemandem trauen, Ben. Vergiß das nie. Wie war's denn mit Prinz Hal und Falstaff? Du magst mit Charlie Bonner gemeinsam nachts den Mond angeheult haben. Ihr seid Freunde, aber ... aber er ist der Präsident. Das allein zählt. Er hat dich *jetzt bereits* dazu gebracht, einen Mord zu vertuschen, und wir sind erst am Anfang, die Wahrheit herauszufinden. Erinnerst du dich, was Drew uns gesagt hat: Kein Präsident ist ein verständnisvoller Mann. Am Abend der Amtseinführung hat er zu Charlie gesagt: *Mach es dir nicht zu gemütlich, Sohn. Ehe du dich versiehst, ist's Zeit zu gehen. Wir sind alle nur auf der Durchreise.* Präsidenten glauben im Lauf der Zeit, sie gehörten dorthin, wo sie sind, daß ihr Job ewig dauert – und sie tun alles, um ihn zu behalten.«

»Heute abend liegt einer der größten Männer Amerikas tot auf Big Ram Island am Ende von Long Island in New York. Drew Summerhays, zweiundneunzig Jahre alt, ein politisches Kraftwerk für den Großteil des zwanzigsten Jahrhunderts, wurde heute im Gewächshaus seines wunderbaren Besitzes tot aufgefunden. Offenbar starb er von eigener Hand. Geoffrey Dickason ist unser Reporter in Big Ram. Geoffrey, viele Geheimnisse scheinen das Ableben

Drew Summerhays'zu umgeben. Was geht dort draußen jetzt vor?« John Hunter war im New Yorker Studio und sprach mit Dickason, einem jungen Neuling bei WCBS.

»*Alles* hier ist mysteriös, John. Mr. Summerhays' Leiche wurde von dem Mann entdeckt, der sich mit seiner Frau um das große Haus kümmert. Er heißt Burt Molder.« Die Kamera fuhr zurück. Jetzt sah man das Eingangstor, bewacht von Polizisten, mehrere Streifenwagen standen da und blockierten die Straße. »Mr. Molder, sagen Sie uns, was Sie heute morgen sahen, als Sie hier ankamen.«

Burt Molder rieb sich die Nase und schnüffelte. »Ich konnte Mr. Summerhays nicht finden, als ich herkam. Da haben meine Frau und ich nach ihm gesucht. Die Tür vom Gewächshaus schlug hin und her. Wir sind hingegangen, und da haben wir ihn gefunden. Er war tot.« Molder war Mitte Sechzig und trug ein Arbeitshemd mit dem Aufdruck: Big Yank. Er war unrasiert. »Ich schätze, er hat sich erschossen. Aber ich kapiere es nicht, wirklich nicht. Das kann ich Ihnen sagen.«

»Die Waffe lag neben seiner Hand?«

»Ja, da war 'ne Waffe, logisch. Ich weiß nicht. Ich schätze, es war der Revolver, der ...« Plötzlich liefen Tränen über das Gesicht des Mannes. »Er war ein feiner Mann. Drew Summerhays. Ich habe keinen besseren Mann gekannt.«

»Danke, Mr. Molder. Nun, John, es sieht wie ein klarer Fall von Selbstmord aus, aber Genaues weiß man nicht. Die Polizei hält sich sehr bedeckt. Sie ist seit zehn Uhr morgens im Haus. Was sie dort tut, vermag ich nicht zu sagen. Wir wissen nur, daß Mr. Summerhays mit dem Hubschrauber heute früh zurück nach Washington fliegen wollte, um mit einem Kollegen im Harvard Club zu frühstücken. Summerhays war ein enger Berater Präsident Bonners. Das ist alles, was wir im Augenblick wissen. Zurück zu Ihnen, John.«

Hunter ließ ihn noch nicht los. »Sagt irgend jemand

etwas darüber, daß Summerhays dem Präsidenten so nahestand?«

»Nein, eigentlich nicht. Bis jetzt gibt es noch keinen offiziellen Sprecher für Summerhays, aber – meiner Meinung nach – wird seine Kanzlei, Boscomb, Lufkin und Summerhays, eine der angesehensten Sozietäten in New York City, heute abend einen offiziellen Sprecher herschicken.«

»Noch ein Wort zum Schluß, Geoffrey – gibt es irgendwelche Theorien, warum Drew Summerhays sich umgebracht haben könnte?«

»Noch nicht, John.« Regentropfen trafen auf die Kameralinse.

»Gut, danke, Geoffrey. Wie Sie sehen, recherchieren wir weiterhin sehr sorgfältig. Nochmals: Drew Summerhays ist tot. Ursache: ein Kopfschuß. Gerade jetzt hat sich in Washington die Pressesekretärin des Weißen Hauses, Alexandra Davidson, der Presse gegenüber geäußert.« Schnitt. Alexandra, in dunkelblauem Blazer, stand am Pult des Presseraums und sagte:

»Der Präsident ist über das Hinscheiden seines alten Freundes und langjährigen Beraters tief betroffen. Als Präsident Bonner die traurige Meldung erhielt, sagte er – ich zitiere: ›Drew Summerhays war ein Gigant in Zeiten, als wir von Giganten umgeben waren, und auch in Zeiten, als nur er allein von allen Männern unseres Landes einen gigantischen Schatten warf. Sein langes Leben war für uns alle ein Segen, beinahe siebzig Jahre hat er seinem Land gedient. Als Vermächtnis hat er uns hinterlassen: ein Amerika im Frieden, wirtschaftlich mächtig, mit einem moralischen Standard, der Beispiel für die Welt ist. Die Welt wird einen Führer vermissen. Ich werde ihn beinahe so vermissen wie meinen Vater.‹«

Ben Driskill seufzte. »Ich vermisse ihn verflucht mehr als meinen Vater …«

Britt Yamamoto, Expertin für Meinungsumfragen beim Sender, berichtete. Sie sah sehr gut aus, wirkte gefaßt, aber

Bens Meinung nach hätte sie besser an eine Universität gepaßt. Sie sprach zu dem unsichtbaren Moderator.

»Für den Präsidenten sieht es immer düsterer aus, John«, sagte Miss Yamamoto. »Aufgrund unserer Umfragen der vergangenen Nacht beträgt der Vorsprung des Präsidenten in New York und Pennsylvania – noch vor einem Monat fast zehn Prozent – jetzt nur noch ein Prozent, und das liegt, wie alle wissen, innerhalb der Grenzen eines statistischen Irrtums. Das heißt, daß Präsident Bonner und sein Herausforderer Bob Hazlitt in diesen großen Staaten, wo die Vorwahlen so hart umkämpft waren, praktisch Kopf an Kopf liegen, wobei sich für Hazlitt ein Aufwärtstrend abzeichnet. Ich habe heute mit Clark Beckerman gesprochen, dem Vorsitzenden des Democratic National Comittee. Er meinte, er sei nicht beunruhigt, der neue Junge in der Klasse bekomme immer Aufmerksamkeit. Aber, fügte er hinzu, er sei fest überzeugt, daß die Delegierten auf dem Parteitag in Chicago, wenn sie ihre Stimmen abgeben, sich an alles erinnern, was Präsident Bonner für sie und dieses Land getan hat, und dann werden sie das Richtige tun.« Miss Yamamoto blickte zweifelnd drein, allerdings nicht weniger schön als wenige Sekunden zuvor. »Außerdem habe ich mich bei Arch Leyden erkundigt, dem republikanischen Minderheitenführer des Hauses, der heute hier in New York gesprochen hat, er meinte nur, es sähe für Bob Hazlitt recht gut aus, seine Republikaner müßten nur weiter ackern. Er machte allerdings nicht klar, ob zugunsten von Price Quarles oder ob er dem Schwenk der Demokraten zugunsten Bob Hazlitts folgen wollte. Eine Nominierung Hazlitts würde die Republikaner zweifellos Stimmen kosten. John?«

»Noch eins, Britt. Hat jemand gesagt, welche Wirkung die Meldung von Drew Summerhays' Tod wohl auf den Parteitag haben könnte?«

»Nein, John. Die Meldung war noch nicht durchgekommen. Aber morgen haben wir mit Sicherheit etwas für Sie.«

Es regnete immer noch, als Ben vor dem *Willard* ausstieg, das renoviert worden war, um im ursprünglichen Glanz – oder noch heller – zu erstrahlen. Der Marmor und die Palmen und das glänzende Messing machten die Eingangshalle zu einer der schönsten der Welt. In seiner Glanzzeit war das *Willard* das Hotel des Präsidenten gewesen, das Zentrum eines Großteils des politischen Lebens in Washington. Jetzt war es nicht mehr so. Die Zeit war weitergewandert, andere Lokalitäten waren in Mode gekommen. Trotzdem war der Anblick des Hotels immer noch atemberaubend. Driskill ging durch die Halle, dann den langen, von Palmen gesäumten Korridor entlang. Die Palmen waren so regelmäßig aufgestellt, als sollten sie als Übung für die Wahrnehmung von Perspektive dienen. Er bog nach rechts und betrat die kleine *Round Robin Bar*, wo seit langem Jimmy residierte, den Gore Vidal den großartigsten Barkeeper der Welt genannt hatte. Jimmy war auf seinem Posten. Ben sah ihn zwischen den Menschen, die sich um die Bar drängten. Er polierte irgend etwas, wenn er nicht gerade einen Drink mixte oder einen seiner geliebten Weine dekantierte. Die Tische unter den Karikaturen der großen Männer der Republik waren besetzt.

Driskill bahnte sich einen Weg durch die Menge und fand einen leeren Barhocker. Fünf Sitze weiter saßen zwei Senatoren, und der Vorsitzende des Bewilligungskomitees des Repräsentantenhauses hielt in einer Ecke hof.

»Guten Abend, Mr. Driskill. Wie schön, Sie in Washington zu sehen.« Er hätte ein Stammgast sein können. Jimmys Gedächtnis war phänomenal. »Es tut mir wegen Mr. Summerhays furchtbar leid. Zeitweise war er sehr oft hier.«

»Danke, Jim.«

»Was darf ich Ihnen bringen?«

»Wodka-Tonic, aber schwach auf der Brust, bitte.«

Jimmy ließ die Eiswürfel ins hohe Glas fallen. Es war eine Labsal, seine ruhige Stimme zu hören. Nachdem Driskill ihn ermuntert hatte, erzählte er von einer Reise, die er vor kurzem nach Kalifornien zu seinen Lieblingswinzern gemacht hatte. Es war faszinierend. Jimmy wußte, welche Reben auf welcher Straßenseite in welchen Weinbergen wuchsen, wieviel Sonne jedes Anbaugebiet bekam, einfach alles.

»Und was erzählt man sich denn so in letzter Zeit, Jim?«

Jimmy hatte Driskill den Drink hingestellt und blickte jetzt hingebungsvoll auf den perfekten Manhattan, den er mixte. »Die Lage in der Stadt ist etwas gespannt, Mr. Driskill. Die Gäste haben mir gesagt, daß irgend etwas Großes passieren würde. Sie wissen, ich höre vieles, ob ich will oder nicht. Ich weiß auch nicht – aber das höre ich schon seit mehreren Tagen.«

»Vielleicht war es Mr. Summerhays' Tod?«

»Nein, der hat alle geschockt. Nein, es ist etwas Politisches.«

»Gut?«

»Für wen?«

»Für den Präsidenten.«

»Na ja, so hat es nicht geklungen, Mr. Driskill.«

»Ja, ich schätze, wir müssen abwarten.«

»Ah, da ist Mr. McDermott – ich lasse Sie beide allein.«

»Erst geben Sie mir aber noch einen Wodka-Collins, Jimmy.« McDermott ließ sich an der Bar nieder. »Ben, Sie kennen Jimmy – Gore Vidals Liebling?« Driskill nickte. »Herrgott, Ben, was für ein scheußlicher Tag.« McDermotts Gesicht war gerötet, Schweißperlen standen ihm auf der Stirn. »Scheußlich, beschissen ...« Er klang irgendwie seltsam. Dann kam Ben die Erkenntnis: Mac war betrunken. Der Stabschef war voll wie eine Haubitze.

»Sie klingen, als hätten Sie bereits etwas flüssigen Trost gefunden. Aber Sie haben recht. Es war ein ziemlich schlimmer Tag.«

Vor nicht ganz vierundzwanzig Stunden hatte er Drew im Gewächshaus gefunden.

»Ja, die Sache mit Drew ist schrecklich, klar, klar …« Mac sprach langsam und vorsichtig. »Aber was mir persönlich stinkt, wissen Sie, mir *ganz persönlich*, ist, daß ich praktisch der letzte Mensch in Washington bin, der das von Drew hört! Ehrlich, Herrgott, es war im Scheißfernsehen, ehe der Präsident es dem Stabschef mitteilt – was glauben Sie, wie ich mich fühle? Wie Scheiße. Ich weiß nicht, was zur Zeit mit Charlie los ist. Manchmal habe ich das Gefühl, er läßt mich am ausgestreckten Arm verhungern.« Er zündete eine Zigarette an, wobei er sie in den zitternden Händen barg und den Rauch nach oben blies. Er hatte Probleme, die Augen zu fokussieren. Er wedelte heftig mit der Zigarette und nahm einen kräftigen Schluck. »Sie wußten genau über Drew Bescheid, stimmt's? Ihnen hat er es erzählt und Sie eigens deshalb aus New York hergerufen – war ja auch wichtig, daß Ben Driskill Bescheid weiß –, zum Teufel mit seinem Stabschef!«

»Ja, ich weiß es.«

»Na klar. Ach was, gehen Sie doch zum Teufel!« Er blinzelte durch den Rauch. Die Haare hingen ihm in die Augen. Er sah viel älter aus, als er tatsächlich war. Bereits im Wahlkampf vor vier Jahren war sein Haar grau geworden. Die Hand, welche die Zigarette hielt, zitterte.

»Sie haben mich gebeten herzukommen, damit Sie mich zum Teufel jagen können?« Driskill rutschte vom Hocker und wollte gehen.

»Nein, Ben – mein Gott, seien Sie nicht so empfindlich.« Mac fiel in sich zusammen, als hätte jemand an einer Schnur gezogen, als wäre er innen hohl. »Es tut mir leid … Sie haben recht. Ich hatte ein paar Drinks. Geben Sie mir eine Chance, Ben. Ich muß mit Ihnen reden, ehrlich.« Er zupfte an Driskills Revers.

»Reißen Sie sich zusammen, Mann. Mein Gott. Wenn Sie sich im *Willard* betrinken, ist das keine große Hilfe für den Präsidenten.«

»Darf ich sagen – ohne Ihre zarten Gefühle zu verletzen …« Er stolperte über die Wörter. »Daß es mir scheißegal ist, ob ich dem Präsidenten helfe oder nicht!« Er nahm noch einen kräftigen Schluck. Dann holte er aus der Gesäßtasche ein Taschentuch, das ihm auf den Boden fiel. Mühsam und umständlich hob er es wieder auf und betupfte die Stirn. »Scheiß auf ihn, sage ich. Ich brauche Ihre Hilfe, Ben … sonst begeht er einen furchtbaren Fehler.« Er flüsterte. Jimmy blickte herüber. Driskill schüttelte den Kopf »Jemand muß ihm sagen, daß er mich nicht einfach kaltstellen und den Wahlkampf selbst in die Hand nehmen kann. Er versaut alles.« Sein Mund berührte beinahe Driskills Ohr. »In den letzten Wochen war ich immer der letzte, der etwas erfahren hat.« Er rülpste leise in seine Faust.

»Ich weiß nicht, was ich für Sie tun kann, Mac. Er hat mir davon auch nichts gesagt.« Also darum ging es. McDermott – betrunken oder nüchtern – brauchte einen Fürsprecher. Das war, als würde man in Treibsand marschieren. Driskill wußte, wenn er es tat, würde er bei lebendigem Leib verschlungen werden, dann steckte er auf Gedeih und Verderb im Wahlkampf. »Ich war nur auf eine Stippvisite hier und muß heute abend noch den Zug nach New York erreichen.«

»Hören Sie, Ben, Sie sind sein ältester Freund. Sie können mich – uns – nicht einfach im Stich lassen. Ich schlage ja nichts Drastisches vor … nur ein Wort zur rechten Zeit.« Wieder wischte er sich das Gesicht.

»Ich weiß nicht, Mac …«

»Hören Sie, Ben: Er wird verlieren. Mit Pauken und Trompeten. Alles läuft gegen ihn. Hazlitt zerquetscht ihn langsam in seiner Hand. Er wendet sich gegen seine engsten Verbündeten. Gegen mich … und Ellen zum Beispiel. Er wird sie rausschmeißen, weil er die ganzen schlechten Nachrichten nicht mehr aushält. Er wird den Überbringer der schlechten Nachricht töten.« Mac nahm sich eine Handvoll Käsechips aus der Schale und steckte sie in den

Mund und kaute. »Wenn er Ellen feuert – und das sage ich Ihnen ganz offen –, dann werde ich wahrscheinlich auch gehen.«

Seine Affäre mit Ellen hatte in den Anfangstagen des Wahlkampfs begonnen. Seine Frau hatte einen Buchladen in Maryland und kümmerte sich nicht viel darum, was Mac trieb. Sie war eine reiche Erbin. Vielleicht war es ihr inzwischen egal. Niemand bezweifelte, daß Mac und Ellen sich liebten. Mac war Katholik und hatte daher ein Problem, wenn es um Scheidung ging.

»Mac, ich würde mir das zweimal überlegen, ehe ich ginge. Vielleicht geht sie ihm etwas auf die Nerven – sie kann ziemlich lästig sein, wenn sie wild entschlossen ist.«

»Er hat Ihnen etwas gesagt! Na schön, wenn er einen Einpeitscher will – und einen, den er in den Arsch treten kann –, findet er immer jemanden. Herrgott, er ist schließlich der Präsident.«

Driskill hatte McDermott noch nie so verbittert, so kampflüstern erlebt.

Driskill schüttelte den Kopf. »Ich bin auf dem Weg nach New York und werde ihn nicht mehr sehen. Ich glaube wirklich nicht, daß ...«

Samstag abend. Alle Menschen um sie herum unterhielten sich angeregt.

»Sie sind raus – so läuft der Hase.«

»Das ist die Wahrheit, Mac.«

»Blödsinn! Sie sind wirklich ein glattzüngiger Schleimscheißer, Mr. Aufrichtig – nein, warten Sie, Ben. Es tut mir leid ... warten Sie ... aber Sie sind ein aalglatter New Yorker Rechtsanwalt. Ihr Typen denkt immer, daß ihr alles wißt, ihr größenwahnsinnigen Insider ...«

»Sie sehen das völlig falsch, Mac. Ich bin so weit von einem Insider entfernt wie ...«

»Sie sind ein Insider, ein hundertprozentiger Insider, aber Sie können Charlie nicht mehr trauen. Verdammt, ich wette, Sie haben keine Ahnung von Hayes Tarlow, na?

Habe ich recht? Vom alten Hayes hat er ihnen nichts erzählt, was?«

»Worüber reden Sie?«

»Sehen Sie, Ben ... er hat vor allen Geheimnisse! Er spielt jeden gegen jeden aus ... und reitet sich damit in die Scheiße. Nur sich.«

»Was ist mit Tarlow? Er ist ein Freund von mir. Er hat für uns gearbeitet ...«

»Er war ein Freund von Ihnen, alter Junge. *War.*« Wieder flüsterte er und wischte sich das Gesicht ab. »Er ist tot ... mausetot. Der alte Krieger hat den Löffel weggelegt. Vor ein paar Tagen. Tot. Der alte Hayes ist tot.«

McDermotts Ellbogen rutschte von der Bar, das Eis aus seinem Glas fiel auf die polierte Theke. Er rutschte und wäre vom Hocker gefallen, wäre Driskill nicht aufgestanden und hätte seinen Arm genommen. Mehrere Leute in der Nähe hatten es gesehen und flüsterten, ohne Bob McDermott, einen Mann des Präsidenten, aus den Augen zu lassen.

Hayes Tarlow ... Konnte Hayes tot sein? Hayes und Drew starben gleichzeitig?

»Mac, Sie brauchen Schlaf, Sie sind völlig fertig, da sieht alles schrecklich düster aus. Zeit zu gehen.« Er gab Jimmy, der wie die Verkörperung wahrer Gastfreundschaft sofort erschienen war, ein paar Scheine.

»Sie bringen ihn lieber ins Bett, Mr. Driskill«, sagte der Barkeeper. »Er ist heute abend eine Zeitbombe und könnte morgen in allen Zeitungen stehen.«

»Sie haben recht, Jim. Mit Ihrer Verschwiegenheit kann ich doch rechnen?«

Jimmy nickte ernst. Er war wahrscheinlich der diskreteste Mensch in ganz Washington.

Mac seufzte, sank zusammen und trank aus. Dann blickte er auf die Uhr. »Ich muß zurück ins Büro. Der große Mann könnte anrufen.«

»Ich komme mit. Wir nehmen ein Taxi.«

»Ben, alter Freund, ich muß in der Halle noch telefonieren. Besorgen Sie uns inzwischen ein Taxi.«

Driskill blieb in der Halle und betrachtete die Menschen, die unter dem Vordach auf Taxis warteten. Die Lichter glänzten auf der regennassen Straße. Er behielt auch McDermott im Auge. Dieser stand mit dem Rücken zur Halle und sprach in ein Telefon. Driskill war sicher, daß er mit Ellen Thorn sprach.

Seine Schultern bebten, als würde er weinen.

Herrgott, es wurde immer schlimmer. Und jetzt noch Hayes Tarlow?

KAPITEL 5

Driskill führte Bob McDermott aus der Halle des *Willard* hinaus in ein Taxi. »Wo fahren wir hin? Hilfe, Officer, ich werde entführt.« Er lachte leise, rückte sich die Krawatte zurecht und wischte sich wieder mit dem Taschentuch langsam über die Stirn und den Rest des Gesichts. Er suchte nach einer Zigarette, gab aber auf. »Ich fühle mich nicht besonders, Ben, wenn ich ehrlich sein soll. Wohin fahren wir?«

»Ich kenne einen Ort. Da wird es Ihnen gefallen.«

»Nicht zu Chief lke's Mambo Bar … Room oder so … nicht dorthin. Heißt die Kneipe so? Ben? Hallo? Sind Sie noch da, alter Freund?«

»Ich meine einen anderen Ort.«

Dreißig Sekunden später war McDermott eingeschlafen.

Das Taxi fuhr zum Dupont Circle und hielt vor einem älteren viergeschössigen Haus, das immer noch wie das Heim eines altersschwachen Multimillionärs aussah. Driskill löste sich von den düsteren, schrecklichen Gedanken über Hayes Tarlow, verdrängte die aufsteigende Wut, daß man ihm diese Tatsache vorenthalten hatte, zahlte den Fahrer und bemühte sich mehrere Minuten lang, McDermott wieder ins Leben zurückzurütteln. »Verdammt, Mac, nun reißen Sie sich doch zusammen.«

Es goß in Strömen. Er wollte nicht in Washington sein. Und auf keinen Fall machte es ihm Spaß, einen Betrunkenen durch die Nacht zu schleppen, schon gar nicht den Stabschef des Weißen Hauses. Aber jetzt war er hier. Dabei hatte er wirklich gehofft, zurück nach New York fahren zu können. Er wollte das Apartment nicht benutzen, das Elizabeth in Washington hatte. Sie verbrachte viel Zeit hier, er aber nur wenig, und nur, wenn er etwas in der Hauptstadt zu erledigen hatte. Es lag im ersten Stock. Er fühlte sich hier nie heimisch. Und wenn er allein darin war, fand er es besonders schlimm. Alles erinnerte ihn an Elizabeth. Er haßte es, daß sie nicht bei ihm war, und sie war die meiste Zeit nicht bei ihm.

Er half Mac die Treppe hinauf und in die völlig überheizte Wohnung.

»Himmel, ist das hier heiß«, maulte Mac.

Driskill stellte ihn in eine Ecke. »So, bleiben Sie stehen.«

Er schaltete die Klimaanlage im Wohnzimmer ein, dann die im Schlafzimmer. Als die kalte Luft hereinströmte und die Schwüle vertrieb, ging er wieder zu Mac, der immer noch auf dem Flur stand, tief schlief und leise schnarchte. Er führte ihn zur Couch vor dem Kamin und legte ihn dort nieder. Machte Mac das oft? Hoffentlich nicht. Es lag gewiß am Streß heute, der Sorge um Ellen und daß Charlie ihn ausgeschlossen hatte. Ja, das mußte es sein.

»So ist's recht, Mac, schlafen Sie den Schlaf des Gerechten. Es war ein langer und anstrengender Tag.«

Mac schnarchte und rülpste leise wie ein Gentleman.

Driskill setzte sich an den Schreibtisch vor dem Fenster und blickte hinaus in den Garten und zu den Platanen, die dahinter aufragten. Er drückte auf den Knopf des Anrufbeantworters und lauschte.

Zwei Anrufe waren für Elizabeth, nur für den Fall, daß sie in Washington vorbeischaute. Damit war klar, daß sie noch einen oder zwei Tage in Los Angeles bleiben würde, um über ›Frauen in der Politik‹ zu berichten, die sich dort trafen und sich fragten, ob Charles Bonner genug für sie getan hatte. Das Anliegen der Frauen war natürlich das wichtigste und das einzige, das zählte, und Gott steh dir bei, falls du nicht ihren Lackmustest bestehst. Es war immer das gleiche, egal um welche Gruppe es sich handelte. Viel Glück, Elizabeth … Dann ertönte eine andere Stimme, freundlich, mit einem leichten Akzent des Mittelwestens. »Mr. Driskill, hier ist Nick Wardell in Saints Rest, Iowa. Ich weiß nicht, ob Sie sich an mich erinnern. Wir haben uns vor vier Jahren auf dem Parteitag die Hände geschüttelt. Würden Sie mich bitte, sobald Sie können, zurückrufen?«

Driskill wählte sofort seine Wohnung in New York und hörte in etwa die gleiche Nachricht. Er stand auf und ging in die Küche. Er fand das Pulver für den Eistee und mixte sich ein Glas mit viel Eiswürfeln. Dann ging er zurück an den Schreibtisch.

Gleich waren seine Gedanken wieder bei Hayes Tarlow, den er seit zehn Jahren kannte. Er hatte viel Detektivarbeit für Bascomb, Lufkin und Summerhays geleistet. Drew Summerhays hatte sie miteinander bekannt gemacht, wobei er Hayes einen ›Schnüffler‹ und Ben einen ›Straßenräuber‹ genannt hatte. Hayes hatte gelacht. ›Er meint Privatdetektiv, Mr. Driskill.‹ Driskill und Summerhays hatten ihn dem Democratic National Comittee und dem Weißen Haus für Aufgaben empfohlen. Und, wenn Mac in seinem Suff nicht alles durcheinandergebracht hatte, war Hayes jetzt tot. Hayes und Drew …

Mac schnarchte friedlich. Ab und zu murmelte er etwas Unverständliches, das er jedoch gleich wieder zu vergessen schien. Driskill saß am Schreibtisch und dachte an Elizabeth und verfluchte Washington, weil es sie ihm so oft wegnahm. Sie machte dauernd Andeutungen, er sollte sich wieder – wie Drew – in Washington in die Politik stürzen. Sie bedrängte ihn nie, hinterließ jedoch Spuren für ihn, wie parfümierte, schicke Dessous auf einer Treppe, die ins Paradies führte. Elizabeth … Na ja, der heutige Tag würde auf ihrer Engagiere-dich-in-Washington-Skala als großartig verzeichnet werden. Aber am Schluß würde sie doch enttäuscht sein.

Er beugte sich über den Schreibtisch und schaltete den kleinen Fernseher ein. Er nippte am Eistee. Jawohl, da war es … Arnaldo LaSalles *On Deadline* fing gerade an. Ben Driskill zündete sich eine Zigarre aus der Kiste an, die im Kühlschrank lagerte.

Ein paar Worte zu Arnaldo LaSalle: Er war der letzte Schrei. Er war ein Händler des Hasses. Er gab sich als dein Freund aus, als der Freund des Volkes … in der Tat, als die *Stimme* des Volkes. Als der *Verstand* des Volkes. Er gedieh an Haß, zog Leben aus Haß, wie eine Spinne Wärme brauchte. Wenn er die Menschen haßte, die du auch haßtest, war er ein Held – wenn du dir morgens noch ins Gesicht schauen konntest. Wenn nicht, beschäftigte er Anwälte, die eilends ihre Bücher wälzten, um Präzedenzfälle zu finden, um diesen Mistkerl vom Rand des Planeten zu klagen. Bis jetzt war es niemandem gelungen, ihn aufzuhalten, aber jedesmal, wenn man ihn sah, fragte man sich, warum. Das Publikum liebte ihn. Seine Einschaltquoten waren phantastisch. Haß, Haß, Haß. Das neue Aphrodisiakum.

Arnaldo LaSalle hatte die Bedeutung des ersten Zusatzes zur Verfassung so verbogen, daß er wie ein Möbius-Band aussah, eine Lizenz zu töten. LaSalle hatte mit seiner Show so viel Erfolg, weil er nach Belieben alles über jeden sagte oder andeutete, der ihm auffiel und der Zuschauer anlockte. Obwohl seine Show in Washington produziert wurde, waren hauptsächlich Politiker seine Opfer. Einige Leute, die Ben kannte, sahen sich die Sendung an, weil sie sie für lustig hielten. Für sie war Arnaldo eigentlich nur ein Entertainer. Nun, vielleicht war er unterhaltsam, wenn man ein öffentliches Aufs-Rad-Flechten und Vierteilen als Unterhaltung betrachtete.

Bis jetzt hatte Arnaldo die verschiedenen Gerüchte maximal ausgeschlachtet, die Charlie Bonner seit sechs Monaten zu ertränken drohten, aber es hatte ihm an Fakten gefehlt und an Resultaten und an Blut. Doch die Show heute abend löste das Versprechen von bluttriefendem Fleisch am Haken ein.

Innerhalb weniger Stunden nach Eintreffen der Nachricht von Drew Summerhays' Tod hatten seine Mitarbeiter Hubschrauber gemietet und kreisten bei dem stürmischen

Wetter über dem Besitz auf Big Ram und filmten alles, was sich beim Eingang abspielte. LaSalle war selbst hingeflogen, aber Polizei und Sicherheitsdienst hatten ihn weggeschickt, während er lautstark fragte, was sie denn hinter diesem Tor zu verbergen hätten – warum sie Angst hätten, daß die Amerikaner es sehen könnten. Alles war auf Videoband und eine klassische Lasalle-Leistung.

Jetzt – im Fernsehen – brachte Arnaldo sofort in seiner typischen Art den Stein ins Rollen: jemand mit Macht und Geld verbarg etwas Pikantes vor dem amerikanischen Volk, Arnaldo hatte keine Ahnung, was es war, aber er war sicher, daß jemand versuchte, die Menschen zu betrügen – die wahren Menschen –, und für diese ging er auf die Barrikaden. Jemand würde dafür bezahlen.

Aus Arnaldo LaSalles Nachrufarchiv kam ein Lebensbild von Summerhays: an der Seite der amerikanischen Präsidenten, beginnend mit der ersten Amtsperiode Franklin Roosevelts, durch den Zweiten Weltkrieg, dann, wie er mit Hilfe des Marshall-Plans half, Europa wieder aufzurichten, John F. Kennedy und Lyndon B. Johnson und Jimmy Carter, Verhandlungen mit den Terroristen des Ajatollah, Bill und Hillary Clinton und schließlich als Präsidentenberater bei Charles Bonner. Danach richtete sich die Kamera wieder auf LaSalle: Ernst stand er in Wind und Regen vor dem Tor auf Big Ram.

»Innerhalb dieser Mauern, verborgen vor Ihren Augen und vor meinen, wird der Tod von Drew Summerhays chemisch gereinigt, ehe man ihn der Öffentlichkeit präsentiert. Er wird ein Staatsbegräbnis bekommen, Fahnen auf halbmast im ganzen Land, überall Nachrufe auf das Leben dieses Mannes. Doch die Geheimnisse, die seinen Tod umgeben, werden im dunkeln gehalten und in einem der üblichen Vertuschungsmanöver erstickt. Wovor hat man Angst? Wohin würden diese Geheimnisse uns führen? Bereits jetzt gibt es Gerüchte, daß die Polizei sich nicht mit Selbstmord zufriedengibt. Meine Informanten haben mir gesagt, daß an seinen Ärmeln keine Schmauchspuren waren, was heißt, daß er nicht auf den Abzug drückte – ist das wahr? *On Deadline* berichtet exklusiv! Wir wissen, mit wem Drew Summerhays sich Montag früh im Harvard Club treffen wollte: Mit keinem anderen als seinem Partner in der Kanzlei und Präsident Bonners ältestem Freund, Ben Driskill, der wohl Summerhays' Stellung als Pate bei Rascomb, Lufkin und Summerhays übernehmen wird. Was geht da zwischen den Zeilen vor? Wurde Drew Summerhays ermordet? Vielleicht erinnern Sie sich, daß ich vor einigen Tagen erklärte, daß an diesem Wochenende über den Wahlkampf Bonners Katastrophen hereinbrechen würden? Offensichtlich konnte ich von dieser schrecklichen Tragödie nichts wissen – aber was kommt noch auf den Wahlkampf Bonners zu? Gemeinsam werden Sie und ich das herausfinden …

Lassen Sie mich gleich jetzt die Frage stellen, die politischen Insidern auf der Zunge liegt. Sie ist einfach: Führt der mysteriöse Tod von Drew Summerhays bis ins Weiße Haus? Zu der in großen Schwierigkeiten steckenden Regierung von Präsident Charles Bonner?

Morgen abend wissen wir mehr … hier … *On Deadline* mit Arnaldo LaSalle.« Musik, Trommelwirbel, martialische Klänge für die Armee der Zuschauer LaSalles, während LaSalle durch das Tor zu der im Nebel liegenden Villa schaute.

Driskill schlief tief, als das Telefon klingelte. Er riß die Augen auf und sah, wie der Regen über die Fensterscheiben strömte. Er erinnerte sich, daß McDermott im Wohnzimmer schlief, und verspürte keine Lust, ihn nach der Sauftour zu wecken. Beim zweiten Klingeln nahm er den Hörer auf. Vielleicht war es Elizabeth. Auf der Uhr auf dem Nachttisch war es elf, in Los Angeles erst acht. Beinahe eifrig meldete er sich.

»Bist du das, Ben? Hier ist Charlie.« Er klang, als wollte er ein längeres Gespräch beginnen.

»Ja, ich bin's, Charlie.«

»Du hast doch noch nicht geschlafen, oder?«

»Nein, selbstverständlich nicht. Ich schlafe nie, wenn mein Land mich braucht.«

»Dir fehlt es an Respekt, Kleiner ...«

»Mir fehlt Schlaf, Charlie. Hör mal, wir sind alte Freunde ...« Er holte tief Luft. »Vergessen wir den ganzen Scheiß. Warum hast du mir nichts von Hayes Tarlow erzählt? Er war ein Freund von mir – er hat für Bascomb gearbeitet ...«

»Was soll mit Hayes Tarlow sein?« Plötzlich klang die Stimme des Präsidenten kühl und distanziert.

»Er ist tot, verdammt tot. Das ist mit Hayes Tarlow los! Was für eine Show versuchst du da abzuziehen? Bin ich der Feind? Warum sollte ich das nicht erfahren? Soll ich ab jetzt draußen in der Kälte stehen?« Sein Mund war trocken. Er wollte Mac nicht wecken, aber er platzte fast vor Wut. Am liebsten hätte er etwas durchs Fenster geworfen.

»Du bist nicht der Feind – sei nicht kindisch! Ich muß jederzeit mit dir rechnen können.«

»Was gibt's da zu rechnen, wenn ich nichts weiß? Wie gut ist der Rat eines Nichtinformierten, verdammt?«

»Du mußt Geduld haben, Ben. Kann ich offen sein?«

»Das ist deine einzige Chance, das schwöre ich.«

»Okay.« Der Präsident trank noch einen Schluck. Driskill hörte die Eiswürfel im Glas. Bei Charlie zeigte sich jedoch nie eine Wirkung. Niemals. »Das wird dir nicht gefallen ...«

»Mir gefällt jetzt schon nichts. Komm zum Punkt.«

»Tatsache ist, daß die Chancen gut stehen, daß du die große Nummer eins bei Bascomb, Lufkin und Summerhays wirst. Und ich muß dir sagen, daß das ein Ganztagsjob ist, und ich sage dir auch, warum. Weil in den letzten

Tagen zwei Männer auf mysteriöse Weise gestorben sind: Drew und Hayes Tarlow. Alle wissen, daß Hayes für Drew gearbeitet hat und auch für die Regierung ein Mann für kritische Fälle war. Es gibt Verbindungen zum Weißen Haus, wenn sie tief genug bohren – und das werden sie! Dein Problem bei alledem ist, daß bald eine dunkle Wolke über der Bascomb-Kanzlei schweben wird. Der Laden wird schlecht aussehen, die Medien werden sich darauf stürzen …«

»Wie kommst du auf solch eine schwachsinnige Idee? Oh, warte … o Gott, es ist Ollie! Ollie hat schlecht über die Kanzlei geredet, und du hast das alles brav geschluckt! Charlie, vielleicht verlierst du tatsächlich den …«

»Du mußt endlich mal diesen Scheiß mit Ollie vergessen. Der Berater des Weißen Hauses hat mir lediglich einige Fakten klargemacht. Was ist so schrecklich, wenn man sich wegen des guten Rufs deiner Kanzlei Sorgen macht? Er hat recht, Ben, schlicht und einfach.«

»Er redet nur Scheiße, schlicht und einfach, und er ist stinksauer, weil wir Freunde sind. Er glaubt, er spielte die zweite Geige bei dir – nach mir –, und das macht ihn verrückt. Diese kleine Sabotage sollte ihn aber beruhigen.«

»Hör zu, du wolltest doch nicht in die Probleme in Washington reingezogen werden – warum regst du dich jetzt so auf? Und wer hat dir von Tarlow erzählt?«

»Das ist unwichtig.«

»War es Larkie?«

»Nein, es war nicht Larkie.«

»Verflucht, Mac, dieser Scheißkerl. Es war doch Mac, oder?«

»Ich habe es in der Bar im *Willard* gehört. Es ist in Washington allgemein bekannt. Alle – außer mir – wissen es.«

»Erzähl mir keinen Blödsinn.«

»Charlie, du mußt schon den Geheimdienst herschicken, um es aus mir rauszupressen.«

»Ben, Herrgott noch mal!«

»Erzähle du mir doch die Geschichte. Was ist mit Hayes passiert?«

»Ich kann es dir jetzt nicht sagen, Ehrenwort. Hab Geduld.«

»Null Chancen. Entweder du erzählst mir jetzt, was passiert ist, Charlie, oder du kannst mich endgültig am Arsch lecken. Ich meine das ernst: Ich werde nie wieder einen Anruf von dir entgegennehmen. Ich werde keinen Finger mehr für dich rühren. Ich bin der Ex-Kumpel des Präsidenten. Glaube mir. Du kennst mich.«

»Du bist ein blödes Arschloch«, sagte der Präsident ruhig. »Du glaubst, ich würde dich *brauchen* …«

»Sage mir, was mit Hayes passiert ist, sonst gute Nacht, Charlie … und Lebewohl.«

»Na schön … Ich bin kein Mensch, der die alten Zeiten vergißt. Und ich hoffe, daß die Zukunft noch besser wird. Ich sage dir, was passiert ist. Dann bist du im Bilde, wenn dir das so verdammt wichtig ist.« Er nahm noch einen Schluck. »Wir haben heute morgen erfahren, daß Hayes Tarlow vor zwei Tagen erstochen wurde.«

»Mord …? Wo ist es passiert? Woran hat er gearbeitet?«

»Er wurde in der Stadt Saints Rest ermordet …«

»Iowa.«

»Stimmt, Iowa.«

»Nicht direkt Tarlows Revier. Was hat er da gemacht?«

»Er hat einen Mann namens Herb Varringer getroffen. Er war nicht auf einer Mission für uns oder das Democratic National Comittee. Man nimmt an, daß er Donnerstag abend getötet wurde. Drew ist Freitag abend gestorben. Ich weiß, was du jetzt denkst: Hat Tarlow für Drew gearbeitet? Wir haben keine Ahnung. Was meinst du? Hast du Hayes in letzter Zeit gesehen?«

»Nein, und Drew hat ihn auch seit einer Ewigkeit nicht erwähnt. Ich glaube, Hayes war vorigen Herbst das letzte Mal in der Kanzlei. Aber wer ist Herb Varringer?«

»Soweit ich weiß, ist er ein Freund Bob Hazlitts. Und Aufsichtsratsmitglied bei Heartland.«

»Gut, und was denkt Varringer über die Sache?«

»Keine Ahnung, wir können ihn nicht finden.«

»Tarlow wollte einen Freund von Hazlitt besuchen? Was steckt dahinter?«

»Ich weiß es nicht, Ben. Alle Wörter haben nur eine Silbe: Ich … weiß … es … nicht.«

»Wie habt ihr von dem Mord erfahren?«

»Der Vorsitzende der Demokratischen Partei in Saints Rest hat angerufen. Er hatte es von den Bullen gehört, welche die Leiche gefunden haben, glaube ich. Wie auch immer, er hat Clark Beckermann vom Komitee angerufen – sie sind gute Bekannte. Und Clark hat Mac am Samstag gegen sechs Uhr morgens angerufen … mein Gott, das war heute morgen. Mann, vom Regen in die Traufe.«

»Irgendwelche Anhaltspunkte, wer ihn ermordet hat?«

»Keine.«

»Deshalb glaubst du, daß Drew ermordet wurde.«

»Ben, ich sehe das so: Wenn sie Hayes umgebracht haben, können sie auch Drew umbringen. Ich halte Zufälle für Blödsinn.«

»Was wirst du tun?«

»Wir können uns nicht in einen Mordfall in Iowa einmischen.«

»Aber Drew – er betrifft mich sogar sehr persönlich …«

»Tut er nicht, verflucht noch mal! Jetzt höre mir genau zu, Ben: Ich kann unmöglich alles mit dir durchkauen. Fahre du zurück nach New York und sorge dafür, daß in der Firma alles glattgeht.« Er machte eine Pause. »So, jetzt haben wir reinen Tisch gemacht.«

»Ich schlage vor, daß du Ollie Landesmann im Auge behältst, mein Freund. Wenn du einen Ochsenziemer benutzen mußt, tu es. Wenn du einen Feind im Inneren hast, sieh dir als ersten Ollie an.«

»Gute Nacht, Ben.«

Driskill hörte das Klicken. Er war erleichtert, daß die Freundschaft noch mal gerettet war. Charlie hatte erkannt, daß er es ernst gemeint hatte.

Er war zu wach, um wieder einzuschlafen. Er ging in die Küche, um sich ein Glas Eiswasser zu holen. Dabei kam er an dem schlafenden, friedlich schnarchenden Mac vorbei. Wieder im Schlafzimmer, überlegte er die nächsten Schritte. Landesmann hatte die Kanzlei, seine ›Familie‹, beim Präsidenten schlechtgemacht. Lag jetzt eine dunkle Mißtrauenswolke darüber? Möglich. Wenn Ollie etwas damit zu schaffen hatte, könnte er etwas an die Presse durchsickern lassen. Aber die Bascomb-Kanzlei konnte auf sich selbst aufpassen. Keine Kanzlei in Amerika konnte herrischer und eisig selbstgerechter sein als die Bascomb-Sozietät. Das Problem war der Mord an Hayes Tarlow. Was hatte er in Iowa, Bob Hazlitts Staat, gewollt? Wer hatte seinen Tod gewollt?

Er schaltete den kleinen Fernseher neben dem Bett ein. Vielleicht kam etwas von der Westküste. Es war halb zwölf. Er fand eine Sondersendung von *Nightline.* Ted Koppel sprach mit sehr ernstem Gesicht.

»Dicht auf den Fersen des Todes von Drew Summerhays, dem langjährigen Berater des Präsidenten, dessen Tod die Long-Island-Polizei als ›mysteriös‹ betrachtet, haben wir vielleicht noch wichtigere und schlimmere Nachrichten für Präsident Charles Bonner. Der frühere Präsident Sherman Taylor ist heute abend in St. Louis bei einer Rede vor den Veteranen der Kriege im Ausland in die Arena getreten, doch nicht für die Kandidatur seines ehemaligen Vizepräsidenten Price Quarles, eines Republikaners. Vor weniger als einer Stunde hat Sherman Taylor die größte Bombe des Wahlkampfes geworfen: Er hat die Partei gewechselt. Seit heute abend ist Sherman Taylor Demokrat und hat seine gesamte beträchtliche Unterstützung dem Milliardär aus Iowa, Bob Hazlitt, zugesagt, der Präsident Bonner die Nominierung der Demokratischen Partei streitig macht. Doch sehen wir selbst.«

Auf dem Bildschirm war plötzlich das Podium in St. Louis aus einiger Entfernung zu sehen, dann – in Nahaufnahme – das hagere, entschlossene, etwas herrschsüchtige Gesicht des einstigen Generals der Marineinfanterie, des republikanischen Präsidenten Sherman Taylor. Der kühle Blick der klaren Augen, in denen Führungsstärke leuchtete, das kurzgeschnittene Haar mit grauen Schläfen. Er lächelte und nickte, als die Menge jubelte. Dann Schnitt: Taylor mitten in der Rede, die Zähne unnatürlich weiß, Muskelspiel an den Kinnladen. »Sie alle … und ich … wissen, was es bedeutet, Amerikaner unter Beschuß zu sein. Wir wissen, daß die Zeit voller Gefahren ist. Und wir müssen den besten Mann für die Aufgabe finden, diese großartige Nation zu führen. Lassen Sie mich sagen, daß ich für den ehrenwerten Price Quarles, den mit Sicherheit nominierten Kandidaten der Republikanischen Partei, größte persönliche Hochachtung hege und daß ich Achtung, ja sogar freundschaftliche Gefühle für den Mann empfinde, der vor vier Jahren meine Kandidatur zu Fall gebracht hat: Charles Bonner. Aber aus Gewissensgründen muß ich bekanntgeben, daß mein klarer Wunschkandidat als nächster Präsident … Bob Hazlitt ist, der Mann aus dem großartigen Nachbarstaat im Norden: Iowa!« Langer Applaus übertönte ihn.

Koppel war wieder auf dem Bildschirm. »Wir haben Parker Dennis in St. Louis und werden nach der Werbung von ihm einen Bericht hören …«

Driskill hatte Kopfschmerzen bekommen. So, noch ein Knaller. Das mußte die Katastrophe sein, über die LaSalle gemunkelt hatte. Sherm Taylor, der heldische General, der Präsident geworden war, unterstützte jetzt einen Demokraten, nur um Bonner aufzuhalten – aber wie sollte das laufen? Würden die Demokraten auf den früheren republikanischen Präsidenten hören? Würde er Republikaner mitziehen?

Jetzt meldete sich Parker Dennis aus St. Louis, und Koppel fragte ihn, was er in diesem Moment empfinde.

»Ja, Ted, ich habe mit General Taylor gesprochen, und er hat die Absicht geäußert, morgen nach Minneapolis zu fliegen, wo Hazlitt im Hubert H. Humphrey Metrodome eine Wahlversammlung abhält. Er sagte, er werde mit Hazlitt auf dem Podium sein und in der Tat zu der erwarteten Menge von nahezu fünfzigtausend Menschen sprechen. Dann wird er bis zum Parteitag bei Hazlitt bleiben. Ich glaube, man schlägt folgende Strategie ein: Durch das Hinzukommen dieses Zweiparteienmitglieds will man Bonners Nominierung verhindern, indem man das absolute Zentrum der Parteiideologie für sich beansprucht, das sich ständig nach rechts verschiebt. Wenn man Bonner erfolgreich nach links schieben oder ihn als einen politischen Trittbrettfahrer erscheinen lassen kann, werden die Delegierten in Chicago in großer Zahl von ihm abfallen. Wir müssen jetzt abwarten und sehen, was passiert, Ted.«

Parker und Ted redeten noch weiter, aber es kam nichts Wichtiges mehr.

Driskill schaltete den Fernseher und die Nachttischlampe aus und lauschte im Dunkeln dem Regen. Dabei sagte er sich, daß er ein Riesenidiot sei. Teresa Rowan hatte ihn gewarnt, daß der Präsident nur darauf aus war, wiedergewählt zu werden. Zum Besten des Kandidaten konnte jeder geopfert werden.

Das hatte sie verdammt richtig erkannt.

Er hatte große Mühe einzuschlafen. Drew tot. Tarlow tot, draußen in Iowa. Taylor unterstützte plötzlich den Demokraten Hazlitt … *Jemand hatte ihn aus Iowa angerufen. Aus Saints Rest?*

Über dem Dupont Circle donnerte es, Blitze flammten auf, während der Regen über die Fensterscheiben strömte. Endlich war er an der Schwelle zum Einschlafen.

Was ging hier eigentlich vor?

KAPITEL 6

Die Scheiben waren innen beschlagen. Kondenswasser lief herab. Die Sonntagsreisenden blickten bereits bei Tagesanbruch mürrisch drein – mehr sah Ben Driskill nicht, als er sich zurücklehnte und der Flieger abhob. Unter ihm wurde Washington immer kleiner.

Gegen das Fenster gepreßt, machte er sich ans Werk, die *New York Times* durchzuarbeiten. Es war verwirrend, deren Version der Ereignisse zu lesen, an denen er beteiligt gewesen war.

Driskill faltete die Zeitung zusammen und konzentrierte die Gedanken auf die Ereignisse, die ihn seit seiner Ankunft in Washington gestern – vor weniger als vierundzwanzig Stunden – verschlungen hatten. Der Präsident hatte ihn gebeten, zurück nach New York zu fliegen und die Zügel in der Bascomb-Kanzlei zu übernehmen. Er sollte in New York Schadensbegrenzung durchführen in bezug auf Summerhays' und Hayes Tarlows Verbindungen zur Kanzlei und – stillschweigend inbegriffen – zur Demokratischen Partei und zum Weißen Haus. So weit, so gut – vom Standpunkt des Präsidenten aus. Driskill war aus dem Weg und mit einer drittrangigen Funktion beschäftigt, die im Prinzip nicht viel bringen würde. *Wir können den alten Ben jederzeit wieder ins Spiel zurückbringen, falls wir ihn brauchen sollten.*

Das Problem war, daß der Präsident ihm etwas verheimlicht hatte. Er hatte Driskill wegen Drews Tod nach Washington zitiert, aber ehe er sich's versah, hielten ihm alle in Hörweite vor, daß er etwas vertusche. Je länger er darüber nachdachte, desto ärgerlicher wurde er. Er wußte, daß man in Washington auf seinen Rücken aufpassen mußte. Dazu brauchte er nicht Teresa Rowans Warnung. Aber Charlie ... nie wäre er auf die Idee gekommen, daß Charlie ihn als möglichen Sündenbock benutzen würde.

Aber Charlie hatte ihm den Tod von Hayes Tarlow verheimlicht.

Und Hayes Tarlow war ein Mann, den Driskill im Laufe der Jahre schätzen gelernt hatte. Eine Art Aasfresser an der überladenen Tafel der Politik. Ein alter Freibeuter, jederzeit bereit, sich auf ein neues Abenteuer einzulassen und für eine gute Sache ein Ding zu drehen. Hayes war ein tollkühner Bursche der alten Schule gewesen, der jedes Risiko für seinen Souverän einging. Früher hatte das britische Imperium massenhaft solche Männer hervorgebracht. Diesen Männern schuldete man Loyalität und besuchte die Schlachtfelder, wo sie gefallen waren, man zollte Männern Respekt, die in den Frontmeldungen erwähnt wurden, und – verdammt – man erinnerte sich an Männer wie Hayes Tarlow, wenn die Fahne vorbeigetragen wurde.

Als Ben Driskill wieder in La Guardia war, hatte er einige Entschlüsse gefaßt. Wenn dem Präsidenten die Konsequenzen nicht gefallen sollten, mußte er sich nur daran erinnern, daß er Ben Driskill ausgegrenzt hatte.

Er stieg in den Buick, den er bei der Penn Station geparkt hatte, fuhr in die Stadtwohnung, deren Leere widerhallte, warf ein paar Kleidungsstücke in die Reisetasche und fuhr auf dem West Side Highway nach Norden, den Hudson entlang, durch die hübschen Kleinstädte wie Dobbs Ferry, Nyack und Tarrytown. Jetzt fühlte er sich schon besser.

Seine Gedanken durchwanderten andere Korridore, liefen in diese oder jene Zimmer und andere Städte, erinnerten sich an Hayes Tarlow, der – ganz gleich, wie man es auch ansah – ein bemerkenswerter Bursche gewesen war.

Hayes Tarlow war seine eigene Kreation, so gut wie jeder Roman, vielleicht sogar besser. Es war, als hätte er sich selbst aus Rauch und Schatten geformt, ein Gebilde aus den Händen eines Zauberers. Er war ein Genie der Selbstdarstellung, wodurch er ein angenehmer Gesellschafter war. Man glaubte, die Zeit mit dem echten Tarlow zu verbringen, und stellte erst später fest, daß man reingelegt worden war. Seine Version der Vergangenheit unterschied sich von Jahr zu Jahr. Man konnte ihn nicht überprüfen, weil alles, was er je getan hatte, sich unter der Hand, hinter jemandes Rücken, im geheimen ereignet hatte. Keine Geschichte, die er erzählte, paßte zu irgend etwas, doch sie klangen alle wahr.

Er hatte in seinem Leben viele seltsame Aufgaben gehabt, die meisten im Dienst seines Landes – auf die eine oder andere Art. »Nicht gerade die Sachen, die sie je zugeben würden, Ben«, hatte er eines Abends in Tommy Makems Bar in der Siebenundfünfzigsten Ost gemeint. »Dementieren ist immer das Paßwort, wenn sie sich an den letzten der Tarlows wenden. Ich habe in einer Zwielichtzone gelebt, das kann ich dir versichern. Das Land, das Dementieren heißt, wo man immer auf sich allein gestellt ist, direkt vor dem bodenlosen Abgrund. Mach dir um mich keine Sorgen, Ben. Genauso mag ich es. Wenn ich Mist baue, ist das mein Problem, und die Jungs können zum Gedenken an Hayes Tarlow einen heben.«

Dieses Gespräch in der Bar hatte vor drei Jahren stattgefunden. Wie üblich war Hayes aus heiterem Himmel in die Kanzlei hereingeschneit und hatte Driskill zu *Makem* mitgeschleppt. Er wollte unbedingt mit Driskill ihre Verbindung zum frisch gewählten Präsidenten feiern.

Sie hatten sich in eine dunkle Nische zurückgezogen und bei mehreren Bieren Kriegserlebnisse aus dem Wahlkampf ausgetauscht. Hayes Tarlow hatte Feuerwehr gespielt und auf der Gegenseite Schmutz aufgewühlt, als plötzlich Bonner öffentlich beschuldigt wurde, früher – in grauer Vorzeit – seine erste Frau geschlagen zu haben. Damals war Bonner ein junger Kongreßabgeordneter aus Vermont gewesen und noch lange nicht Gouverneur, und er hatte die Vorwürfe entkräftet. Als er dreißig Jahre später verbissen um den Weg ins Weiße Haus kämpfte, mußte er wieder dagegen kämpfen. Hayes Tarlow hatte eine Anklage wegen Kindesbelästigung gegen den Stabschef des amtierenden Präsidenten ausgegraben und damit das Lügenmärchen vom prügelnden Ehemann vom Tisch geräumt. Wie sich herausstellte, hatte niemand tatsächlich jemanden belästigt, aber als die *Time*, die *Post*, *Hard Copy*, *A Current Affair* und *On Deadline* mit dem armen Schwein fertig waren, war dieses bereits auf dem Weg zurück nach Kalifornien und Bonner gewählt. Damals hatte die Opposition gelernt, daß es keine gute Idee war, sich mit Hayes Tarlows Auftraggeber anzulegen, sondern daß er mit harten Bandagen spielte – ein Spiel, wie Hayes Tarlow es liebte.

»Machen wir uns doch nichts vor, Ben, manchmal ist es alles andere als schön«, hatte er gesagt. »Nehmen Sie unseren Freund Charlie Bonner: Der netteste Bursche der Welt, aber kaum ist er gewählt und sein Arsch sitzt auf dem Präsidentenstuhl, verfügt er über magische Kräfte. Er kann Menschen ... *verschwinden* lassen. Ich möchte, daß Sie über ein paar Dinge Bescheid wissen, falls ich mal verschwinden sollte. Sollte ich je nach Westen gehen, jenseits des Horizonts – sagen wir in Suche nach Amelia Earhart oder Howard Hughes –, stellen Sie sich vor, daß ich auf einer Mission für meine Herren war und den Löffel bei dem Versuch, meinen Job zu tun, weggelegt habe.« Er lächelte strahlend. »Wir wollen doch nicht, daß der letzte Tarlow vergessen und unbeweint dahinscheidet, oder?«

Und jetzt war er endgültig verschwunden.

»Sie sind Privatdetektiv«, hatte Driskill nachdenklich gemeint. »Der Privatdetektiv des Präsidenten. Im öffentlichen Dienst. Eine eigenartige Stellung. Orden nicht wahrscheinlich.«

»Sie haben es auf den Punkt gebracht, mein Lieber. *Genau*. Ein kleiner Job hier, ein kleiner Job da, nach einem Unfall mit Fahrerflucht die Straße reinigen. Ich bin seine Augen und Ohren im Land. Ich bin unsichtbar. Ich bin nachts unterwegs.« Er zupfte an der Unterlippe und verzierte sie dann mit der letzten Lucky Strike der Packung. Er summte: *While I've a Lucifer to light my fag, I'll smile, damn you, smile.* Dann zündete er die Zigarette an. »Wir, die wir auf den Feldern der Dementierung schuften, rechnen nicht mit Orden.« Er hatte Driskills Gesicht mit einem besorgten Blick gestreift und seine Hand getätschelt. »Keine Bange, alter Freund. Ich kenne mich auf den Feldern der Dementierung aus. Wenn ich endgültig abtrete, zaubern Sie ein Lächeln auf mein Gesicht. Ich hatte ein gutes Leben. Begraben Sie mich in der Nähe eines Flusses. Das würde mir gefallen. Jeder Fluß ist der Fluß des Lebens, wenn Sie darüber nachdenken.«

Vor drei Jahren.

Hayes Tarlow hatte ein geheimes Versteck. Driskill wußte davon nur durch Zufall. Ob noch jemand davon wußte, oder war er der einzige? Die meiste Zeit hatte Tarlow in Hotels gelebt oder in Häusern von Freunden oder in sicheren Regierungswohnungen. Er war immer in Bewegung und stets bemüht, keine Spur zu hinterlassen. So war es seit Jahren gewesen. Doch manchmal kam er zur Ruhe, dachte Probleme durch, schmiedete Pläne, sammelte seine Gedanken und hörte Musik. An einem Wochenende hatte er spontan Driskill in sein Versteck oben am Hudson eingeladen, und Driskill hatte den uncharakteristischen Impuls mitzufahren.

Dort mußte er anfangen, nach den Antworten auf alle Fragen zu suchen, die Hayes Tarlow zurückgelassen hatte. Warum war er nach Saints Rest gefahren? Für wen hatte er gearbeitet? Warum hatte er sterben müssen? Warum mußten beide, Hayes Tarlow und Drew Summerhays, sterben?

Ben Driskill würde es herausfinden.

Was danach passieren würde, war ihm egal.

Endlich erreichte Driskill die Abzweigung mit der Bar und dem Restaurant, wo die Straße hinaufführte, sich nach oben schlängelte, zurück über den Hudson River verlief, den die Maler verewigt hatten, seit sie ihn erblickt und von seiner Wärme und Majestät überwältigt worden waren. Die Sonne stand noch hoch, der Fluß lag wie ein träges, golden schimmerndes Band da. Die enge Straße verließ die letzten Gebäude der Stadt und schlängelte sich immer weiter den Berg hinauf. Sobald er im Wald war, dämpften die Fichten und Kiefern das Licht des Nachmittags.

Er bog von der zweispurigen Straße auf einen schmalen Feldweg ein. Dabei hoffte er inständig, daß er sich richtig erinnerte. Zweige schlugen gegen Kotflügel und Türen, als der Wagen sich wie ein großes Tier mit der Schnauze tiefer und tiefer in den Wald hineingrub. Dann landete der Roadmaster unvermittelt wie ein Korken, der aus einer Flasche springt, auf einer fast kreisförmigen Lichtung.

Ja, rechts stand die baufällige Scheune, die einst rote Farbe ziemlich verwittert, vor der Tür ein Vorhängeschloß, und auf der anderen Seite der Lichtung, zum Fluß hin, das Haus. Von Gebüsch und Ranken überwuchert, stand es im nassen Laub, aus dem einige gelbgrüne Grasbüschel hervorsprossen. Die Winde des vergangenen Winters hatten einige Schindeln auf die Wiese davor geworfen.

Das dunkelbraune Haus war niedrig und stellenweise seltsam verschachtelt gebaut. An den Rahmen der Sommerfliegengitter war durch das Wetter die Farbe abgeblättert, aber sie hingen noch vor den Fenstern. Aus der Regenrinne quoll Laub. Driskill ging den Plattenweg zur Tür, deren Fliegengitter leicht schräg hing. Es war der verlassenste Ort, den er je gesehen hatte.

Driskill probierte die Tür. Sie war unverschlossen, natürlich. Warum sollte man ein so abgelegenes Haus abschließen? Er ging hinein und schaltete im Flur das Licht ein. Die Küche war rechts, und nach ein paar Stufen kam er in den Wohnraum, auf dessen Holzboden große Teppiche lagen. Dort standen rustikale Stühle und antike Möbel, die ein kleines, doch ansehnliches Vermögen wert waren. Hayes hatte das auch gewußt, denn er hatte erklärt, die

Möbel seien ein Teil seiner Altersvorsorge. Er hatte auch gesagt, daß er im Haus, in der Scheune und im Wald ein Vermögen versteckt hätte, das Millionen wert sei – nicht in Geld oder Gold, sondern Informationen, und daß er hoffte, er müsse nie darauf zurückgreifen. Aber falls es ihm im Alter dreckig gehen sollte und einige seiner alten Auftraggeber und Freunde ihn vergessen und ohne einen Penny oder Liebe dahinwelken ließen – »Nun, dann heize ich ihnen ein«, hatte er gesagt. »Ich werde einige meiner Informationen zum Kauf anbieten. Nein, nicht an die alten Auftraggeber, sondern an einen Verleger, der mich mit einem Schriftsteller zusammenbringt – denken Sie doch nur an *Die Pentagon-Papiere*, das war völlig legal. Würde ich sie den alten Auftraggebern anbieten, verdammt, das wäre Erpressung, Ben. Und Hayes Tarlow ist kein Erpresser.«

Als Driskill jetzt im Wohnraum stand und durch das große, unterteilte Fenster bis tief hinab zum Hudson blickte, überlegte er, was Hayes hier wohl versteckt hatte und wo es sein konnte und was damit geschehen würde, nachdem der alte Hayes die Augen für immer geschlossen hatte. In diesem Gewerbe konnte man nie nur trauern: Immer mußte man an alle Eventualitäten denken, alle Möglichkeiten, die wie eine Rohrbombe unter dem Auto in die Luft gehen konnten. All diese Informationen – irgendwo im Haus, in der Scheune, vergraben im Wald. Alles verrottete im Lauf der Jahre ... Es war verrückt. Was hatte Hayes gewußt? Wer wußte, daß er es wußte? Aber das war wieder eine andere Geschichte. Das hatte nichts mit diesem Wahlkampf zu tun, diese Scheiße, die Hayes das Leben gekostet hatte. Was hatte er diesmal gemacht? Das war die Frage.

Driskill schaltete alle Lampen im Wohnraum und in der Küche ein und machte sich aus Hayes' Vorräten einen kräftigen Gin Tonic. Die Küche war sauber. Die Zeitungen ordentlich gestapelt. Dritter Mai, vierter, fünfter ... Es war kaum zu fassen, daß Hayes nicht wiederkommen würde.

Driskill erinnerte sich, daß Drew eines Tages ganz nebenbei gesagt hatte: *Ich habe gehört, daß er ein paar Wochen weg war* ... jetzt fragte er sich: Wieso wußte Drew Summerhays etwas über Hayes Tarlows Reisepläne? Es sei denn, er wirkte mit. Wo und wann hatte Driskill gehört, daß Drew das gesagt hatte? Ja, im Büro, ganz nebenbei. Wahrscheinlich hatte jemand Tarlow für eine Aufgabe gebraucht. Drew hatte ihn *Bruder* Tarlow genannt ... liebevoll.

Er setzte sich mit dem Drink auf den Fußboden, mit dem Rücken an die Couch, mitten auf den großen Teppich, umgeben vom Inhalt von Tarlows Schreibtisch. Eine Riesenmenge – Papiere, Akten, zusammengehalten mit Gummibändern, Adreßbücher, Zeitungsausschnitte und all der sonstige Krimskrams.

Langsam trank er zum Gedenken an Hayes Tarlow.

Eine Stunde später sichtete er, was er gefunden hatte, und bemühte sich, alles zu etwas Bedeutungsvollem zusammenzusetzen.

Ein billiges gelbes Blatt, auf das »R'D N C« geschrieben war. Es klang wie eine Rap-Gruppe, bedeutete jedoch nur Democratic National Committee. Darunter war eine Telefonnummer gekritzelt. Driskill kontrollierte sie mit seinem eigenen Adreßbuch: Es war Clark Beckermans Nummer in Arlington, Virginia. Er war der Vorsitzende des DNC. Vielleicht wußte er, was R' bedeutete? Die Notiz führte zu der Frage: Was hatte Tarlow mit dem DNC zu tun? Arbeitete er für die Leute? Spionierte er sie aus? Wen? War er mit einer DNC-Mission in Iowa gewesen?

Auf einem anderen Blatt standen noch drei Buchstaben, die mehrfach nachgezogen waren.

ISO.

Die Satellitenbehörde.

Plötzlich hörte er in der totalen Stille einen Motor und das Klatschen der Zweige. Angst traf ihn wie ein Schlag in den Magen. Er sprang auf, ging in den Flur und lugte seitlich durch die Fliegengittertür.

Die Schnauze eines alten Pontiacs tauchte im Gebüsch auf und richtete sich aufs Haus. Offenbar kannte noch jemand das Versteck. Driskill bemühte sich, ruhig zu atmen. Der Motor lief noch, als ein großer Mann ausstieg und zum Haus ging.

»Hallo, da drinnen? Ist jemand zu Hause? Hayes, sind Sie da?«

Driskill trat auf die Schwelle. »Hayes ist nicht da«, sagte er. »Er hat mir das Haus fürs Wochenende überlassen.«

»Und wer sind Sie?«

»Bob Janowitz«, antwortete er, ein Mannschaftskamerad bei Notre Dame. »Ich komme aus Ohio. Canton. War in der Stadt, und Hayes hat mir gesagt, ich sollte mir mal die Gegend ansehen. Deshalb bin ich jetzt hier.« Driskill wußte, daß er es zu kompliziert machte, aber er konnte nicht bremsen. »Verflucht schwer zu finden, das muß ich ihm lassen.«

»Das stimmt. Also Sie sind Mr. Janowitz.«

»Und wer sind Sie?«

»Cyrus. Ich leite das Postamt in der Stadt. Gestern kam verspätet ein Einschreiben – verdammt, der Aufkleber ist zwei Tage alt –, hat ein Vermögen gekostet. Da habe ich gedacht, ich bringe es an meinem freien Tag herauf. Soweit ich sehen kann, muß Hayes es sich selbst geschickt haben. Aber Sie können es wohl annehmen und auf dem Küchentisch liegenlassen.« Cyrus sah knapp über siebzig aus, schlank und zäh wie ein alter Vogel. Er hätte aus der *Andy Griffith Show* oder aus *Psycho* stammen können. Man konnte es nicht sagen.

»Gern. Morgen fahre ich wieder. Er bekommt es, sobald er durch die Tür geht.«

»Dann unterschreiben Sie bitte hier.« Er gab Driskill ein Klemmbrett und einen Kugelschreiber. »Sie müssen Hayes sehr gut kennen, Mr. Janowitz. Das ist das erste Mal, daß ich erlebe, daß er einen Gast hat.«

»Wirklich? Ich fühle mich geschmeichelt. Im Herbst hat

er mich zum erstenmal heraufgebracht. Ein herrlicher Platz zum Entspannen. Aber man muß die Einsamkeit lieben.« Er gab das Brett zurück. Cyrus händigte ihm den Umschlag aus, der fast ganz mit Marken beklebt war. Normale Geschäftsgröße. Er fühlte sich an, als wäre nur ein Blatt drin.

Cyrus musterte Driskill abschätzend. »Na ja, ich schätze, das geht dann schon in Ordnung. Eigentlich muß ich ein Einschreiben ja direkt an den Empfänger übergeben, aber ... ach was, Sie haben ja unterschrieben. Und Sie sehen wie ein ehrlicher Kerl aus.«

»Nun, ich tue mein Bestes.«

»Dann wünsche ich einen schönen guten Abend. Meine Frau bringt mich um, weil ich an meinem freien Tag eine Zustellung mache. Genießen Sie mal schön die ... wie war das? Die Einsamkeit?«

»So ist es.« Driskill stand lächelnd auf der Schwelle und winkte, als der alte Wagen drehte und wieder im Tunnel der Bäume und Büsche verschwand. Dann holte er tief Luft. Er hoffte, daß Cyrus nicht die Nummernschilder des Buicks gesehen hatte. Sie waren aus dem Scheiß-Washington. Sobald man den kleinen Zeh ins Wasser steckte, um die Temperatur zu testen, packte ein riesiges Ungeheuer das Bein und zog einen hinein, ohne daß man wußte, wie oder warum das geschah. Vor weniger als achtundvierzig Stunden hatte er Drew Summerhays' Leiche gefunden. Und jetzt machte er sich Sorgen wegen seiner Nummernschilder.

Kaum war der Wagen weg, öffnete Driskill den Umschlag. Was immer er erwartet hatte, das eine Blatt in seiner Hand war es nicht.

Keine Worte, keine Nachricht.

Nur eine einzige, von Hand gezogene Linie schlängelte sich über die Seite. Vielleicht der Verlauf eines Flusses? Oder eine Landstraße? Nur eine wirre Linie, ungefähr zwanzig Zentimeter lang, zog sich von der oberen linken zur unteren rechten Ecke, wenn er das Blatt nicht falsch herum hielt.

Driskill betrachtete beide Seiten des Blatts genau. Dann legte er es beiseite und schaute in den Umschlag. Aufgegeben war er in Saints Rest, Iowa. Was immer es war, es war wichtig genug, um es ins Versteck zu schicken, und andererseits zu wichtig, um es bei sich zu tragen. Absender waren nur die hingekritzelten Buchstaben HT, wenn man genau hinsah. ›Einschreiben‹ und die Adresse waren in Druckbuchstaben geschrieben. Ansonsten war nichts zu sehen. Die Briefmarken, die Stempel. Sonst nichts.

Und ein gefaltetes weißes Blatt Papier.

Eine einzige Linie.

Trotzdem war es wichtig. Wichtig für Hayes Tarlow. Vielleicht so wichtig, daß er deshalb hatte sterben müssen.

Aber für Ben Driskill hatte das Scheißding keinerlei Bedeutung.

Er wollte noch einen Blick ins Schlafzimmer werfen. Als er das Licht einschaltete, war er überrascht, was gegenüber am Fußende des Betts an der Wand hing. Es war an die Bohlenwand genagelt. Offensichtlich war das Schlafzimmer nachträglich ans Haus angebaut worden.

Es war das riesige Plakat, das Sherman Taylor im Wahlkampf benutzt hatte, als er sich um eine zweite Amtszeit beworben hatte, aber von Charlie Bonner geschlagen worden war. Es war eines der besten politischen Plakate, die je entworfen worden waren, ein Triumph der teuersten kreativen Köpfe der Madison Avenue.

Taylor, sehr heroisch, zweimal im Halbprofil. Einmal als Held der Marineinfanterie in Ausgehuniform, offensichtlich aufgenommen, als er kommandierender Offizier am Persischen Golf gewesen war – das beste Plakat, um Rekruten zu werben, das Gesicht wie aus Granit gemeißelt und gerade so weit gedreht, daß man das stahlharte Glänzen der zusammengekniffenen Augen sah, wie er auf den Feind hinabblickte. Der andere Taylor, ebenfalls der Plakatmitte zugewendet, war der willensstarke, aber auch sensible Weltführer, hager und gut aussehend wie Clint Eastwood, die tiefen Linien im Gesicht spiegelten den Charakter der Heldenseele des Mannes wider, gleichzeitig war da aber auch eine wundersame Aura von Wärme in den stahlharten Augen.

Driskill kannte das Plakat wie sein eigenes Gesicht. Es war allgegenwärtig gewesen. An Reklametafeln, im Fernsehen, auf Wahlkampfabzeichen, in Zeitungen, darunter die berühmte farbige Doppelseite in *USA Today* – jeder konnte sich das Gesicht Taylors heraussuchen, das ihm am besten gefiel. Unter den beiden Gesichtern war ein schlankes, blitzendes Marineinfanterieschwert, das wie eine Samurai-Waffe aus Spiegelglas aussah. In Karmesinrot war auf der Klinge eingraviert: *Im Frieden und im Krieg.* Darunter stand ganz groß: WÄHLT FÜR EIN GRÖSSERES AMERIKA! Nirgends war der Name des Kandidaten oder seine Partei erwähnt, wahrscheinlich zum erstenmal in der Geschichte des politischen Wahlkampfes in Amerika.

Das Beste, das die Bonner-Kampagne gegen dieses Plakat tun konnte, war eine Bemerkung, die der Kandidat zum Vizepräsidenten, David Manders, Anfang Oktober machte. Er blickte auf die Menge und fragte, was sie über das Plakat dächten. Alle buhten wie gute Demokraten, und Manders sagte: »Es repräsentiert den Mann perfekt … doppelgesichtig … und ohne jegliche Hinweise, um den wahren Mann zu identifizieren.« Die Demokraten hatten diesen Satz für den Rest des Wahlkampfes mit unbegrenzter Laufzeit benutzt.

Aber irgend etwas stimmte nicht mit Taylors Plakat. Als Driskill es erkannte, lachte er laut. Tarlow hatte daraus eine Schießscheibe für Pfeile gemacht. Außerdem hatte er über und zwischen die beiden Gesichter Sherman Taylors Bob Hazlitts Kopf – eine schwarzweiße Zeitungsaufnahme – geklebt. Mehrere uralte Pfeile steckten im Plakat. Tarlows letzter Scherz.

Driskill nahm die karierte Decke vom Bett, als er neben dem Telefon den Stapel Klebezettel mit Eselsohren sah. Auf dem neunten Blatt entdeckte er etwas, das ihn an etwas erinnerte, wenngleich sehr schwach.

Eine Telefonnummer mit der Ortsnetzkennzahl von Boston: 617.

Diese Nummer kannte Driskill. Er kramte in der Erinnerung und murmelte die Nummer vor sich hin. Dann kam ihm die Erleuchtung: Sie stammte aus dem Wahlkampf vor drei Jahren. Es war die Telefonnummer von Brad Hokansen, dem Vorsitzenden des Spendenkomitees für Bonners Kampagne in Neuengland. Tarlow hatte mit Hokansen zu tun gehabt. Jedenfalls sah es so aus.

Plötzlich war Driskill hellwach. Das war etwas Handfestes. Etwas, das eine Bedeutung für Driskill hatte. Ein weiterer Name außer dem Beckermans, des Vorsitzenden des DNC.

Jetzt war es kurz nach halb fünf. Er wählte die Nummer und sprach kurz mit Brad Hokansen. Tatsache war, daß er ihn halb zu Tode erschreckte. Lächelnd legte er auf.

Er spülte sein Glas aus und trocknete es ab. Er vergewisserte sich, daß er den Umschlag mit dem Blatt mit der seltsamen Schlangenlinie bei sich hatte, ließ den Buick an und fuhr langsam durch den dunklen Wald zurück.

Endlich erreichte er die Straße und dann den Highway. Dort nahm er die erste vielversprechend aussehende Abzweigung. Auf dem Saw Mill River Parkway fuhr er nach Norden, in Richtung Boston.

KAPITEL 7

Driskill fuhr in Boston mit starkem Rückenwind ein, der ihn von hinten mit Regen peitschte, aber auch einen Funken Hoffnung in sein Herz brachte. Auf den nassen Straßen glänzten die Rücklichter der Autos. Er schlängelte sich durch den dichten Verkehr die Mass Avenue hinauf, verirrte sich und fuhr in die allgemeine Richtung Radcliffe weiter, dann zurück zum Harvard Square. Er parkte an einer großen Rampe, die zu einem Motel gehörte, ging zurück zum Platz und telefonierte von einem öffentlichen Telefon aus. Hokansen nahm nach dem ersten Klingeln ab.

»Hier bin ich, Brad. Reißen Sie sich vom Sonntagabendspiel der Red Sox los, und kommen Sie in den Muffinladen an der Ecke des Platzes.«

»Driskill, Sie sind ein unglaubliches Arschloch!« Er flüsterte. Es klang, als hätte man gerade einen Vakuumverschluß durchbohrt. »Was machen Sie?«

»Ich bin fröhlich wie immer. Regen Sie sich ab.«

»Sie meinen, den Laden, wo wir uns beim letztenmal getroffen haben?«

»Keinen anderen, Kumpel. Und beeilen Sie sich. Ich muß heute noch zurück nach New York.«

Brad Hokansen war Präsident einer uralten Bostoner Finanzinstitution, der North Shore Treuhand. Er kümmerte sich um die netten Vermögen, die in den Händen überzüchteter, ungebildeter und nur wenig motivierter Abkömmlinge der Aristokraten von Beacon Hill lagen. Das Geld war vor langer Zeit verdient worden, als die Genpools der Familien gesund und reich bestückt gewesen waren. Als die Haie in den Teichen ausgestorben waren und Elritzen und Goldfische ihren Platz eingenommen hatten, war Brad Hokansen ins Spiel gekommen. Ursprünglich waren die Bankiers den Geldmachern gegenüber Befehlsempfänger gewesen. Jetzt hatte Brad

Hokansen Oberwasser. Er gab denen, die Geld hatten, Befehle. Er tat, was für sie das beste war, und gab sich Mühe, es ihnen zu erklären. Darin war er gut. Durch Heirat war er mit einer sehr feinen Familie verbunden. Er selbst stammte von einem Mann ab, der seine Karriere als Geschäftsmann damit begonnen hatte, für den alten Joe Kennedy Schnaps zu liefern. Seine Frau war zwischen Kopfsteinpflaster und Gaslaternen am Louisburg Square aufgewachsen. Ihre Familie hatte ihn zwischen die Säulen des Myopia Hunt Clubs versetzt. Zweifellos befand sich Brad da in bester Gesellschaft. Er hatte ein Kinn wie Dick Tracy und langes braunes Haar, das über der hohen flachen Stirn glatt nach hinten gekämmt und so dick wie eine Perücke war. In seinem Kreis war er wohl der einzige Demokrat.

Driskill hatte Hokansen recht gut kennengelernt, als dieser für den Bonner-Wahlkampf die Spendenaufrufe in Neuengland koordiniert hatte. Er glich viel mehr einer Maschine der Demokraten als Driskill, der ein Bonner-Mann war, sich aber ansonsten aus der Politik heraushielt. Hokansen hätte beinahe für jeden, den die Partei nominiert hatte, die Spenden eingetrieben. Tatsächlich war Hokansens Lieblingskandidat der Gouverneur Georgias, Claude Dalrymple, gewesen.

Nachdem Ben die Telefonnummer mit Hokansen verknüpft hatte, ergab es *ein bißchen* Sinn, daß Hayes Tarlow sie besaß. Hokansen und Driskill hatten beide mit Clark Beckerman gearbeitet, dem Vorsitzenden des Democratic National Committee, und Hayes hatte gelegentlich auch Aufgaben für das DNC übernommen.

Tarlow war der Bursche, den Clark Beckerman und seine Vorgänger beim DNC angeheuert hatten, um die schmutzigen Tricks der Republikaner mit eigenen schmutzigen Tricks auszuschalten. Damit war das Weiße Haus aus dem Schneider und die gesegnete Dementierung möglich – was allerdings am Ende keine große Rolle spielte.

Die Demokraten erlernten das schmutzige Spiel nie so richtig. Indem sie Hayes kauften, brachten sie es zumindest zu Pattsituationen: Wenn du deinen schmutzigen Trick läßt, tun wir auch nichts – so ähnlich. Das Republican National Comittee beäugte Hayes sehr mißtrauisch. Es mißfiel ihnen sehr, daß er mitarbeitete.

Und jetzt wird Hayes Tarlow ermordet und hat Brad Hokansens Telefonnummer auf dem Nachttisch. Das machte neugierig.

Hokansen betrat das Muffincafé. Driskill winkte ihm zu. Hokansen blickte irritiert auf seine schwarze computerisierte Armbanduhr und schob sich zwischen den Tischen durch. Dann schüttelte er die Uhr, musterte sie mit bösem Blick und streckte die Hand aus. »Benjamin, wie geht es Ihnen? Ich bin nicht sicher, ob ich mich freue, Sie zu sehen.« Dabei streckte er auch das Kinn angriffslustig vor, die Parodie des dynamischen Bostoners. Durch und durch Protestant, die verkörperte entschlossene Selbstgerechtigkeit.

»Setzen Sie sich, Brad. Immer mit der Ruhe.« Driskill winkte der Kellnerin. »Blaubeermuffins für meinen Freund.«

»Und koffeeinfreien Kaffee.«

»Wie Sie meinen«, sagte sie und ging.

Hokansen beugte sich vor. »Und was denken Sie darüber, daß Taylor die Partei gewechselt hat und jetzt Hazlitt unterstützt? Herrgott, so was hat's noch nie gegeben. Ich meine, was ist eigentlich los? Was wissen Sie darüber?«

»Ich weiß darüber überhaupt nichts, Brad. Ich habe es wie alle anderen im Fernsehen gesehen …«

»Aber Sie müssen doch mit dem Präsidenten geredet haben und mit Larkspur und mit Mac …«

»Ich habe mit niemandem gesprochen, Brad. Jetzt beruhigen Sie sich!«

»Ich bin ruhig, ganz ruhig.«

»Hayes Tarlow ist ermordet worden, Brad. Das mußte ich loswerden. In Iowa, in Saints Rest. Sie haben doch mit ihm zusammengearbeitet ...«

»Herrgott noch mal, lassen Sie mich Luft holen – Hayes Tarlow. Sie wollen mir sagen, daß er ... o mein Gott ... ist Tarlow *wirklich* tot?«

»Sie haben mit ihm zusammengearbeitet – Sie könnten der nächste sein, mein Freund. Ich schlage vor, Sie vertrauen sich dem alten Ben an. Vielleicht können wir Sie lebendig aus der Sache rausholen.«

»*Bitte,* reden Sie doch nicht so daher«, flehte Hokansen Driskill an. Sein Gesicht hatte die übliche gesunde Farbe verloren. »Herrgott. Sind Sie für den Präsidenten an dieser Sache dran?«

»Sie wissen, daß ich darauf nicht antworten kann. Was ich wissen muß ist: Warum hatte Hayes Ihre Telefonnummer neben dem Bett? Was hattet ihr Kerle vor? Warum ist er tot? Stehen Sie als nächster auf jemandes Liste?«

Hokansen betrachtete seinen Blaubeermuffin, als hätte er sich in einen kläglichen sterbenden Schellfisch verwandelt. »Was ... Ben, Sie müssen ehrlich mit mir sein. Was wissen Sie? Sie wandeln da auf sehr dünnem Eis ...« Diesmal gereichte es Driskill zum Vorteil, daß die Leute ihn wegen seiner Freundschaft mit dem Präsidenten für einen Insider hielten.

»Brad, Brad, hören Sie ...« Driskill bemühte sich, so unausstehlich wie möglich zu klingen. Brad gefiel es, wichtige, unausstehliche Menschen zu kennen. »Diese Auskünfte sind das absolute Muß. Sie verstehen. Weihen Sie mich nur in diese Tarlow-Sache ein. Wie immer haben die innerhalb des Beltways keinen blassen Schimmer.« Brad liebte dieses Beltway-Typ-Gequatsche.

Hokansens Gesicht färbte sich vor Aufregung wieder rosig. Sein dichtes braunes Haar war sichtbar lebendig und erhob sich. »Herrgott, es ist Washington. O Mann, ist es wegen Summerhays? Ben, sehen Sie eine Verbindung zwischen dem Mord an Hayes Tarlow und Summerhays' ... Selbstmord? *Mord?* Sie wollen mir doch nicht etwa sagen, daß Drew auch ermordet wurde, oder?«

»Sie haben mich mit keinem Wort etwas Derartiges sagen hören. Schalten Sie einen Gang zurück, Brad. Versuchen Sie nicht, einen neuen Geschwindigkeitsrekord zu Land aufzustellen, okay? Sie würden nur verwirrt werden. Ich muß nur Ihr Stückchen Information haben – es ist wie ein Puzzleteil. Geben Sie mir Ihr Stück, dann können Sie getrost vergessen, daß wir uns je unterhalten haben. Klären Sie mich nur wegen Hayes auf.«

Doch nachdem Hokansen angefangen hatte, wollte er nicht mehr aufhören. Driskill fühlte sich bald wie ein Therapeut, als Brad alles bei ihm ablud. Es war eine Drei-Muffins-und-sechs-Tassen-Kaffee-Geschichte – und das war nur, was Brad verzehrte.

»Ben, Sie müssen mir versprechen – das geht nur in die oberste Etage, okay? Die Sache ist sehr kitzlig, und jetzt, wo Tarlow und Summerhays tot sind, wer weiß, in welche Scheiße wir geraten? Ich habe eine Familie, ich habe die Bank – damit bin ich verwundbar. Ich möchte nicht, daß jemand erfährt, daß ich ein Sterbenswörtchen von allem ...«

»Keine Sorge, Brad. Bleiben Sie ruhig, und erzählen Sie mir die Geschichte.«

»Eigentlich fängt alles mit Bob Hazlitt an. Nicht mit ihm persönlich, aber mit seinem geistigen Kind, seinem Baby: Heartland Industries. Seit mehreren Jahren der größte Konzern für Kommunikationstechnik der Welt. All diese Satelliten, die da oben herumschwirren, all die Fernsehstationen, die Zeitungen, die Radiosender, die Computerprogramme und Interaktiv-Videos und Virtuelle Realität – zum Teufel, Bob Hazlitt hat eine Menge Gesetze dieses Landes gebeugt und verändert, damit er auf seinem Weg zum Imperium weitergehen konnte. In North Shore haben wir Heartland Industries strikt als Investitionsphänomen betrachtet.

Dann haben wir letzten Herbst einen Tip bekommen, daß sich bei Heartland komische Dinge abspielen – irgendwelche dunkle Machenschaften, Absahnen, riesige Bestechungen, Erpressung, was weiß ich –, um Gesetze durchzupauken, mit deren Hilfe Heartland dicke Kontrakte an Land ziehen könnte. Klar, jeder große Spieler im Big-Business hat das schon gemacht – das weiß jeder. So läuft der Hase nun mal. Und dann kommt Hazlitt daher und will plötzlich Präsident werden. Wer hätte vorigen Herbst gedacht, er würde Bonner herausfordern? Und dann hält der Präsident diese Rede – und peng! haben wir ein völlig neues Spiel. Die Leute fingen an, Hazlitt ernst zu nehmen, und wir fingen an, uns über den Tip zu wundern, den wir erhalten hatten. Und dann bekamen wir noch einen. Irgendeine Art von Leichen im Keller, irgendwo da draußen in Iowa, und ob wir nicht besorgt wären, weil wir so viel in Heartland hineingepumpt hätten. Ich spreche jetzt von North Shore Treuhand. Wir hatten schwer investiert, verstehen Sie, und es erschien mir als eine ziemlich wichtige Frage …«

»Brad – kommen wir zurück auf Tarlow …«

»Dazu komme ich, ganz bestimmt. Das DNC hat auch ein Portefeuille, und ich bin der Mann, der es managt. Und das DNC steckt auch tief in Heartland – zum Teufel, es war ja auch sehr lange eine hervorragende Geldanlage.« Er schützte fest und verteidigungsbereit die Lippen, als erwartete er Widerspruch.

»Ich verstehe«, sagte Driskill. »Niemand will Ihnen an den Kragen, Brad. Ich sammle nur ein paar Informationen. Das DNC – ja, das führt die Geschichte zurück zu Tarlow.«

»Nur Geduld, Ben. Ich komme dazu – ich möchte nur, daß Sie das große Bild sehen. Also … wer vertritt praktisch alle juristischen Belange des DNC? Nun, eindeutig Bascomb, Lufkin und Summerhays – und besonders Drew

Summerhays persönlich. Außerdem haben wir noch das Harvard-Portefeuille, eine ziemliche Menge. Harvard-Geld steckt bis zum Rand in Heartland. Wenn etwas Unschönes passiert und Heartland wie dreckige Ware dasteht, dann stehen wir bis zum Kinn in der Scheiße.« Er aß das Blaubeermuffin Nummer eins und winkte der Kellnerin, noch mehr zu bringen.

»Was hat das mit Hayes zu tun? Und wer hat euch diese Tips über Heartland gegeben? Wer ist mit dem ersten angekommen?«

»Na ja, das ist auch so ein delikater Punkt – ich will nicht, daß jemand von alledem etwas erfährt.« Er flehte geradezu, und Driskill gab sich Mühe, wohlmeinend dreinzuschauen.

»Wer?«

»Tony Sarrabian ...«

Driskill starrte ihn über die Kaffeetasse an. Die Fotos von Summerhays mit Sarrabian ... »Sagen Sie, daß der großmächtige Tony Sarrabian ein Kunde von North Shore ist?«

»Ja, warum auch nicht? Er ist ein Bürger, und er hat eine Menge Geld, und er repräsentiert eine Menge Leute, die – glauben Sie mir – auf derselben Ebene wie die Kirche und Harvard stehen, was Investitionen anbelangt.«

»Er sollte lebenslänglich plus tausend Jahre absitzen.«

Hokansen und Sarrabian. Noch mehr seltsame Verbindungen. Summerhays hatte gewußt, daß Tarlow nicht in der Stadt war. Sarrabian plauderte fröhlich mit Brad Hokansen und Drew Summerhays. Driskill sagte: »Aber das kapiere ich nicht. Sarrabian unterstützt doch angeblich die Republikaner – Price Quarles – in großem Stil. Das erzählt man sich jedenfalls seit mehreren Monaten. Wollen Sie mir sagen, daß er Hazlitt erledigen will, um den armen Quarles wieder auferstehen zu lassen?« Driskill schüttelte zweifelnd den Kopf. »Nein, das kapiere ich nicht.«

Hokansen zuckte dramatisch mit den Schultern. »Sie

wissen doch, wie diese Burschen denken, wie ihre Gehirne funktionieren – sie sind nicht wie wir. Sie haben eine Million Winkelzüge, nichts ist so, wie es aussieht. Quarles wird nicht Präsident werden, aber das heißt nicht, daß er nicht Sarrabian helfen kann – als eine Art Bezahlung für treue Dienste, die ihm persönlich etwas einbringen. Schauen Sie, ich weiß nicht, was Sie während Ihrer Karriere alles erlebt haben, aber ich wette, daß Sie fast alles schon gesehen haben. Ich, in der Welt des Geldes? Sie würden nicht glauben, was ich schon gesehen habe, manchmal mußte ich die Augen schließen, Ben, und so tun, als *sähe* ich nichts. Aber ich bin sauberer als die meisten. So ist nun mal die Welt, in der wir leben. Korruption ist wie Technologie, sie wächst exponentiell. Sie müssen einfach damit umgehen lernen. Wie auch immer, Sarrabian hat mir jenen Tip gegeben – mehrere Monate, bevor das Hazlitt-Ding zu brodeln anfing, wissen Sie.«

»Hat er Sie je in sein Haus eingeladen?«

»Machen Sie Scherze? Diese Einladungen sind für seine *Kunden*, nicht für seinen Bankier. Ich war geschäftlich in Washington. Er hörte davon, rief mich an und bat mich, mich mit ihm eines Abends in den Four Seasons auf einen Drink zu treffen. Nichts Ungewöhnliches, nur Drinks. Wir sitzen da, gedämpfte Beleuchtung, stinkgemütlich – Sie kennen den Laden ja. Da läßt er so nebenbei eine Bemerkung fallen. Ein Wort an den Wissenden, so klang es. Du hast mir einen Gefallen getan, jetzt erwidere ich die Gefälligkeit – Sie wissen ja, wie es ist. Sie können tun und lassen, was Sie wollen, hat er gesagt, aber vielleicht möchten Sie mal bei Heartland nach dem Rechten sehen … Das war im Januar. Ich erinnere mich genau, weil es ein selten beschissener Abend war. Schnee. Kurz nach der Rede des Präsidenten. Hazlitt hatte gerade damit begonnen, die Runde zu machen und Hände zu schütteln, um auf die Liste für die Vorwahlen zu kommen. Ein paar Leute dachten damals schon, daß er es ernst meinen könnte, aber der

Präsident tat immer noch so, als würde er nicht existieren. Sollen wir sagen, Sarrabian weckte meine Aufmerksamkeit? Tips von Tony sollte man beachten, ich bin sicher, daß Sie mir recht geben.« Der zweite Muffin war weg, und Brad wischte sich eine entkommene Blaubeere vom Mundwinkel. Diesmal winkte Driskill der Kellnerin.

»Und – nachdem Sie den Tip bekommen haben – was haben Sie dann gemacht?«

»Na ja, ich habe darüber nachgedacht und dann beschlossen, am Ball zu bleiben und Augen und Ohren offenzuhalten. Dann legte Hazlitt plötzlich los und bewarb sich um die Nominierung der Demokraten. Verdammt, sehen Sie es mal so: Es ist besser, wenn *wir* die schmutzige Wäsche bei Heartland entdecken und nicht die Republikaner und dieser Idiot Price Quarles. Gerade wollte ich Tony anrufen, als ich seinen Anruf erhielt.«

»In Ordnung. Wer kam mit dem zweiten Tip?«

»Na ja, da wird die Sache etwas gespenstisch – besonders, nachdem Sie mir von dem Mord an Hayes erzählt haben und wo es passiert ist.« Er stärkte sich mit einem Schluck heißen Kaffee. »Der zweite Tip kam von einem Kerl aus Saints Rest … ja, vor zwei Wochen. Ein Mann namens Herb Varringer. Er sitzt im Aufsichtsrat von Heartland, das ist das Aufsichtsgremium der Muttergesellschaft, der große Aufsichtsrat. Ein alter Kämpe, hat mit Hazlitt von Anfang an gearbeitet – ich glaube, er hat seine eigene Firma vor vielen Jahren in Heartland einverleibt. Er hat mich angerufen und gesagt, er wäre besorgt wegen irgend etwas bei Heartland … wirklich besorgt, Ben …«

»Aber warum Sie? Warum hat er nicht jemand anderen angerufen?«

»Einfach deshalb. Ich war da draußen und habe mit den höchsten Finanzleuten geredet, ich habe diese Firma kennengelernt – selbstverständlich ist eine Menge geheim: Verträge für die Verteidigung und das wirkliche High-

Tech-Satelliten-und-Kommunikations-Zeug. Es ist nicht nur eine gesunde Firma, sondern die gesundeste Firma, die es gibt. Es ist die Zukunft, Ben, mit einem großen Z. Modernste Forschung und Entwicklung, Geld immer für das aktuelle Produkt ... alles vom Feinsten. Ich durfte sogar Hazlitt die Hand schütteln, aber besonders eingehend habe ich mich mit Herb Varringer unterhalten. Ich hatte ihn ausgewählt, weil er Hazlitt so viele Jahre kannte, als alles noch anders war. Jedenfalls beschäftigte sich Hazlitt nicht mit Politik ... und Herb Varringer sprach gut über Hazlitt und Heartland. Gut, Herb liebte Bob nicht gerade, aber er respektierte sein Genie, und – offen gesagt – Herb wurde durch Bob Hazlitt reicher als er sich es je hätte träumen lassen.

Nach dieser ersten Begegnung habe ich ihn gelegentlich angerufen, um mich wegen der Spenden für die Demokraten zu erkundigen. Keine große Sache. Ich habe ihn und auch Nick Wardell angerufen. Ich habe mit allen möglichen Leuten in vielen Staaten telefoniert. Aber vor ein paar Wochen erhielt ich diesen Anruf von Herb Varringer, und das war nicht der Herb, den ich kannte. Er war sehr ernst, kein Plaudern. Er sagte mir, daß er von einigen Heartland-Aktivitäten erfahren hätte, die ihm große Sorge machten, und daß er nicht so recht wüßte, was er deswegen unternehmen sollte, und ob ich ihm einen Rat geben könnte. Na ja, meine Alarmglocken schrillten los, aber ich wollte nicht zu viel wissen – ich wolle mir lieber selbst ein Bild machen. Wenn Herb sich so große Sorgen machte, würde ich die Heartland-Investitionen unter die Lupe nehmen – ich hatte nämlich zu Herbs Einstellung und Moral großes Vertrauen. Er wollte unbedingt einen Namen, einen Mann in hoher Stellung, mit Zugang zum Präsidenten, jemanden, der dieses Zeug, was ihm im Magen lag, verstand und es als Hürde für Hazlitts Kampagne einsetzen könnte. Falls – ich wiederhole: falls – man das für den richtigen Weg halten sollte. Ich sage ihnen, Ben, das war ein Wahnsinnsgespräch.« Er biß ein großes Stück Muffin ab und blickte Driskill tief in die Augen.

»Na schön, und wen haben Sie ihm genannt?«

»Na ja, ein Raketenwissenschaftler war nicht nötig ... ich habe ihm gesagt, er sollte sich an Drew Summerhays wenden.«

Driskill spürte ein flaues Gefühl im Magen. »Hat Varringer Drew gekannt?«

»Nein. Ich versprach ihm, alles zu arrangieren und Drew auf Herbs Anruf vorzubereiten – das ist alles. Ich habe den Inhalt nicht erwähnt. Ich habe Drew lediglich gesagt, daß es klänge, als sei es sehr wichtig.«

»Und was dann?«

»Na ja, das alles war vor mehr als drei Tagen. Ich habe mit Varringer nicht mehr gesprochen, obwohl er bei meiner Sekretärin eine Nachricht hinterlassen hatte, daß er mir für meine Hilfe danke. Aber ich habe mit Drew geredet – nur ein Kontrollanruf, ob die beiden miteinander gesprochen hätten und, ehrlich gesagt, um herauszufinden, was Drew von der Sache hielt. Nicht den Inhalt, aber ob Varringers Sorge tatsächlich berechtigt wäre. Drew hüllte sich in kühles Schweigen, Sie wissen ja, wie er ist – *war*. Er meinte nur, es könnte etwas dran sein, aber er sei nicht sicher, und es sei eine Aufgabe für Bruder Tarlow. Das ist das letzte, was ich gehört habe, bis ich dann von Drews Tod erfuhr. Und jetzt tauchen Sie hier aus heiterem Himmel auf und erzählen mir von Tarlows Tod in Saints Rest. Ich kann Ihnen sagen, Ben, ich könnte mir vor Angst in die Hosen scheißen.« Dann fiel ihm etwas ein. »Wo ist Herb Varringer? Er ist der Mann, mit dem Sie reden sollten ...«

»Brad, wir wissen nicht, wo er ist. Tarlow ist tot, und wir können Varringer nicht finden. Da wäre nur noch eine Sache: Sehen Sie sich das mal an.« Driskill holte das zusammengefaltete Blatt aus der Jackettasche und reichte es über den Tisch.

Hokansen entfaltete das Papier und betrachtete es.

Dann drehte er es um, als würde es einen großen Unterschied machen, wenn man es andersherum hielt. »Was ist das? Ich habe keine Ahnung.«

»Sie sind absolut sicher, daß es Ihnen nichts sagt?«

»Ben, damit kann *niemand* etwas anfangen. Es ist nur eine Linie … eine komische Linie, wie von einem Betrunkenen gezogen.« Er gab das Blatt zurück.

»Genau das habe ich auch gedacht, Brad.«

Sie gingen nach draußen, schüttelten sich die Hand, und Driskill sah Brad Hokansen nach, wie er zum Eingang vom MTA marschierte, in der Mitte des Harvard Squares. Er setzte die Füße leicht nach außen, außerdem hatte er Plattfüße. Er sah aus wie ein ganz normaler Mann, aber er wußte viel mehr als die meisten Männer. Und er hatte Angst.

KAPITEL 8

Driskill ließ den Wagen in Logan. Er konnte jemand aus der Kanzlei nach Boston schicken, um ihn zurückzufahren. Er wollte noch vor Tagesanbruch in New York sein.

Jetzt wußte er, warum Hayes Tarlow nach Saints Rest gefahren war.

Jetzt wußte er, daß Drew Summerhays ihn geschickt hatte.

Er wußte, daß ein Mann namens Herb Varringer, ein langjähriger Freund und Verbündeter Bob Hazlitts, der Grund dafür war. Varringer glaubte, daß bei Heartland irgend etwas nicht ganz sauber war, aber es lebte niemand mehr, der wußte, was ... niemand außer Herb Varringer. Hatte Varringer mit Tarlow gesprochen? War Tarlow deshalb ermordet worden? Was hatte diese seltsame Schlangenlinie mit alledem zu tun? Und wo war Herb Varringer jetzt?

Was hatte Heartland vor? Der Konzern war so riesig, wie konnte ein Mensch da durchblicken? Und warum war der erste Tip ausgerechnet von Tony Sarrabian gekommen? Driskill haßte es jedesmal, wenn Sarrabian auftauchte, und jetzt sah es langsam so aus, als hätte er bei dieser Sache überall seine Fingerabdrücke hinterlassen.

Und warum schlug Sarrabian jetzt Hazlitt mit einem Sandsack nieder? Wie der Skorpion in der Fabel? War es einfach seine Natur? Oder gab es unter der Oberfläche eine Sturmflut, die jeden mitriß, den sie fand?

Driskill nahm in La Guardia ein Taxi und lehnte sich zurück. Bei der Fahrt in die Stadt blies ihm durchs offene Fenster eine feuchte Brise ins Gesicht. Die erleuchtete Skyline schimmerte wie zarte Spitze in der Ferne, unendlich verführerisch und doch so grob und grausam aus der Nähe. Überall roch es nach Regen. Ab und zu machte ein Regentropfen einen großen Fleck auf die Windschutzscheibe. Das Unwetter, das die Ostküste heraufzog, hatte vor Long Island angehalten. Die Menschen, die an der oberen East Side spazierengingen, machten mürrische und trübsinnige Gesichter.

Brad Hokansen war nie in Tony Sarrabians Stadtwohnung in New York gewesen, konnte aber Ben die Adresse geben. Sarrabians Operationsbasis in New York war ein doppeltes Penthouse, von dem aus man auf den Central Park, das Metropolitan Museum of Art und hinüber zu den Art-Deco-Türmen des Central Park West schauen konnte. Ben sprach mit dem Portier, der zu den Aufzügen zeigte. So weit, so gut. Es war beinahe elf Uhr abends, aber späte Besucher schienen hier keineswegs ungewöhnlich zu sein.

Der Butler erwies sich als ein Gentleman aus Korea, der den Eindruck vermittelte, daß er jedem, der frech wurde, einmal den Kopf komplett herumdrehen und ihn dann unangespitzt in den Boden rammen würde. Er geleitete Driskill aus dem verspiegelten Foyer, vorbei an zwei großen Picasso-Zeichnungen, einem Monet, so schön wie der Frühling, einem Pissarro und einem – wie üblich – beunruhigenden Bacon, über zwei Stufen ins Wohnzimmer, das bewußt zurückhaltend mit japanischen Kunstobjekten, Wandschirmen, cremefarbenen Couchen und Sesseln und einem streng wirkenden Kamin mit schwarzer Marmorumrandung eingerichtet war. Leise, beinahe unirdisch, hörte er die Klänge des *Mikado*. Sarrabian dekorierte eindeutig gegensätzlich zu seinem Typ.

Durch die offenen Terrassentüren hoch über der Fifth Avenue fiel ein schwacher Lichtschein herein. Von der mühevollen Außenwelt drang buchstäblich nichts herein. Driskill bewunderte gerade drei kleine Gemälde von Wayne Norman, portugiesische Fischerdörfer, als jemand seinen Namen nannte.

»Mr. Driskill, was für eine Freude, Sie zu sehen, Sir. Ich bin Raymond, Mr. Sarrabians Sekretär und Adlatus. Ich glaube, Sie haben keinen Termin. Könnte es sein, daß ich mich irre?«

Driskill drehte sich um und machte große Augen. Raymond trug tatsächlich um diese späte Stunde an einem Sonntag einen olivgrünen Armani-Anzug mit dick gepolsterten Schultern. Seine blonden Haare waren zu einer kurzen Bürste geschnitten. Vielleicht hatte er vor, noch ein paar Clubs zu besuchen.

»Ich bin ganz spontan gekommen, Raymond. Ich hatte gedacht, vielleicht würde ich ihn zu Hause erwischen.«

»Es tut mir schrecklich leid, Sir. Er ißt mit Leuten von den Vereinten Nationen zu Abend. Eine Wohltätigkeitssache, Kinder in Not, wenn ich mich recht erinnere. Mr. Sarrabian hat so viele Anliegen, die er unterstützt. Vielleicht könnte ich …«

»Nein, danke. Sie können ihm höchstens ausrichten, daß ich da war und ich ihn gern sprechen würde.« Ben holte eine Visitenkarte heraus und schrieb seine Durchwahl darauf. »Hier kann er mich erreichen.«

Raymond nahm die Karte ehrerbietig entgegen. »Darf ich Ihnen noch sagen, wie schrecklich leid es mir wegen Mr. Summerhays tut, Sir. Ein großer Führer. Ein echter Mann.« Er machte eine Kunstpause, ehe er fortfuhr: »Mr. Sarrabian war von der traurigen Nachricht sehr betroffen.«

»Ich wußte gar nicht, daß die beiden sich kannten.«

»Mr. Sarrabian kennt jeden, nicht wahr?«

Driskill stand auf der Schwelle zur Terrasse und fühlte die Brise, als er auf das New York der Macht und des großen Reichtums hinausblickte, das Plaza-Hotel links unten, den Skulpturgarten der Met, das Delacorte-Theater und den Rest. Das Empire State Building und die Zwillingstürme des World Trade Center, die nach dem zweiten Bombenattentat vor drei Monaten noch standen, schimmerten geisterhaft im Dunst.

»Ein wunderschöner Blick, nicht wahr?« Raymond war irgendwie lustlos begeistert. »Mr. Sarrabian sitzt abends oft hier und denkt nach. Er sagt, er würde mit den Geistern seiner Familie kommunizieren. Seine Familie ist sehr alt, wissen Sie.«

»Das ist sie bestimmt«, sagte Driskill. »Nun überlasse ich Sie Ihren eigenen Plänen, Raymond.«

»Wie Sie meinen, Sir. Ich bringe Sie hinaus.«

Raymond verneigte sich leicht im Foyer. Driskill sah ihn in den Hunderten von Spiegelstreifen. Tausend Raymonds, wie es schien. Ein ganzes Regiment.

»Gute Nacht, Raymond.«

»Gute Nacht, Sir.«

Während der Fahrstuhl nach unten fuhr, kam es Driskill wie ein kurzer Ausflug in Alice' Wunderland vor, durch das Kaninchenloch zum verrückten Hutmacher. Aber Tony Sarrabian war berühmt dafür, die Menschen zu überraschen und ihre Annahmen Lügen zu strafen.

Aber diese Mit-den-Geistern-der-Familie-Kommunikation war etwas zu überzogen gewesen.

Zu Hause schaltete Ben den Anrufbeantworter in der Küche ein, während er sich ein Glas mit Eiswasser machte. Die erste Nachricht kam von Elizabeth. Sie klang angespannt, als hätte sie geweint. »Ach, Ben, ich werde wahnsinnig, weil ich dich nicht erwische. Ich bin wegen Drew am Boden zerstört. Und dann sitze ich hier in L. A. fest. Ich habe das Gefühl, auf einem anderen Planeten zu sein – auf dem falschen Planeten. Ich habe mich richtig ausgeheult. Er war so ein großartiger alter Mann. Ach, verdammt! Wie hältst du dich? Liebling, erzähle mir, was los ist – wo bist du gewesen? Morgen abend bin ich in Washington. Aber rufe mich bitte hier im Hilton in L. A. an. Ich warte auf deinen Anruf.«

Er lauschte, um die gefühlsmäßige Entfernung zu hören, die zwischen ihnen entstanden war. Er glaubte, sie in und zwischen den Worten zu hören. Der endlose

Kampf: Ben wollte, daß Elizabeth sich näher bei New York auf Dauer niederließ, und sie wollte, daß er mehr am politischen Leben teilnahm, das sie so unwiderstehlich fand, damit sie mehr Zeit gemeinsam durchs Land fahren könnten. Immer wieder flammte dieses Feuer in den Nächten ihrer Beziehung auf, jetzt hatte der Wahlkampf mit seinen Forderungen an Elizabeth alles noch viel schlimmer gemacht. Ihr Streit lag jedesmal zwischen ihnen, wenn sie sich trafen. Sie schienen nicht imstande zu sein, ihn zu vermeiden, ihn zu übersehen.

Er rief sie in L. A. an. Sie war nicht da. Sie wartete nicht neben dem Telefon. Selbstverständlich nicht. Wahrscheinlich aß sie mit Kollegen zu Abend. Er hinterließ seinen Namen bei der Vermittlung und legte auf.

Er nahm sein Glas Eiswasser mit in den Innenhof und setzte sich an den Tisch unter den Bäumen. Die Blätter raschelten im Wind. Mehrere Fenster zum Hof waren noch hell. Jemand spielte eine Aufnahme von Stan Getz. Er erkannte das Stück. ›Her‹. Ein für Getz charakteristisches Werk. Er wischte sich mit dem Handtuch das Gesicht ab und trank einen Schluck Wasser, um die Flüssigkeit zu ersetzen, die ihm ein sehr, sehr langer Sonntag entzogen hatte. Washington, Tarlows Versteck, das Gespräch mit Hokansen, der Flug zurück nach New York, das seltsame Intermezzo bei Sarrabian. Und jetzt konnte er sich nicht entspannen. Er ging wieder hinein und schaltete den kleinen Fernseher ein und sah auf CNN das aktuelle ›Rennen um die Präsidentschaft‹, die Wiederholung der Abendsendung.

Der Präsident landete in Miami, um auf dem Flughafen und beim anschließenden Mittagessen zu sprechen. Dann kam eine Rede am Abend in Disney World und um einundzwanzig Uhr ein Besuch in der Stadt, den das Fernsehen im gesamten Süden ausstrahlte.

Charlie sah gut aus. Er lächelte und winkte. Linda dicht hinter ihm, ihr Haar mit den honigblonden Strähnen wehte genau richtig im Wind, das Chanel-Kostüm ließ ihre Hüften, über die sie sich ständig ärgerte, schmaler erscheinen. Perfekt, hörte er sie sagen, na ja, okay, nicht perfekt, aber in Anbetracht der Umstände ziemlich gut, »aber die größte Kombüse der Christenheit!« Ihre Bereitschaft, sich nicht ernst zu nehmen, machte sie zu einer unendlich liebenswerten Frau. Ihre Intelligenz sprach für sie. Letztendlich war sie wohl klüger als Charlie. Aber er war Politiker, und er konnte besser Schwachsinn erzählen, und er war Präsident.

Die Menge am Flughafen war in Ordnung. Sie hatte sich mit Transparenten ›Bonner ist unser Mann‹ und ›Keine Reparaturen, wenn nichts kaputt ist‹ ausgestattet, aber nichts war okay. Ein Reporter fragte den Präsidenten, ob er wüßte, warum die Polizei von Long Island so ein Geheimnis um den Tod von Drew Summerhays machte. Ein Hauch von Irritation huschte über Bonners Gesicht. Dann erklärte er, er hätte keine Ahnung. Er sagte noch ein paar Worte darüber, wie sehr er Drew vermisse. Nur dieser Teil des Auftritts auf dem Flughafen wurde gesendet.

Driskill war von der leuchtenden Kiste völlig hypnotisiert. Ein Höhlenmensch vor dem eigenen kleinen Lagerfeuer hörte sich die Geschichten des Tages an: Wie es Og bei der Suche nach dem Seismosaurus ergangen war und ob das Dorf Bogs den Angriff des Pterodaktylos überlebt hatte. Auf dem Bildschirm fingen jetzt die Interviews an.

Der erste Gast war kein geringerer als Flieger-As Bob Hazlitt. Driskill hatte sich nie die Zeit genommen, den Mann in Ruhe aus der Nähe zu betrachten, ohne gleichzeitig etwas anderes zu tun. Jetzt war die perfekte Gelegenheit. Hazlitt sprach vom Campus der Yale-Universität, aus einem mit Bücherregalen bestückten Arbeitszimmer irgendeines Professors. Er war mittelgroß, solide gebaut, mit von Natur aus rosiger Gesichtsfarbe und einem silbernen Haarschopf, der immer ein bißchen zerzaust war. Er hatte eine kurze, breite Nase, Augen so blau wie der Sommerhimmel und ein breites Lächeln. Gelegentlich trug er ein Hörgerät im Ohr, eine Folge des Fliegens von extrem lauten Düsenjägern in mehreren Kriegen. Man wußte, daß er Pfeifenraucher war, aber er rauchte nie in der Öffentlichkeit, weil er – wie er oft sagte – ›dann wie ein Pferdearsch aussehe‹. An diesem Abend saß er in einem Ohrensessel mit einem karierten Bezug in gedämpftem Grünrot. Er trug ein ausgebleichtes blaues Leinenhemd mit offenem Kragen und graue Hosen, das Bilderbuchbild eines Kandidaten, der sich abends erholt, nachdem er den ganzen Tag am Käfig des Feindes gerüttelt hat.

Bernard Shaws erste Frage war genial zugespielt. »Mr. Hazlitt, ich bin sicher, daß wir alle uns wegen der Zuspitzung des Streits im Wahlkampf Sorgen machen. Daher frage ich Sie, als jemanden, der Vorteil aus diesen beinahe täglichen Gerüchten und Enthüllungen in der Bonner-Kampagne zieht, was sollen wir davon halten? Haben diese Gerüchte irgendeine Substanz, oder ertrinken wir in einer Flut von Anspielungen und Messerstichen in den Rücken und purem Quatsch?«

»Nun, Bernie«, sagte Hazlitt, »das ist eine Fünfzehn-Dollar-Frage …«

»Sir, da Sie laut *Forbes*-Magazin der zweitreichste Mann in Amerika sein sollen, können Sie die fünfzehn Dollar bestimmt verschmerzen.«

»Ich habe mich nur gefragt, ob Sie die Frage für einen schlichten Geschäftsmann vom Land nicht ein bißchen einfacher formulieren könnten.«

»Sollte ich einen schlichten Geschäftsmann vom Land finden, würde ich es versuchen. Aber ich frage Sie, Mr. Hazlitt, und offen gesagt, halte ich es für unwahrscheinlich, daß Sie jemanden in diesem Land überzeugen können, daß Sie der Bauernbursche sind, den Sie anscheinend so gern spielen …«

»Aber, Bernie …« Der Bauernbursche lachte. Es fehlte

nur noch der Grashalm, auf dem er hätte kauen können. Ansonsten waren die Requisiten großartig.

»… aber ich werde eine einfache Frage daraus machen. Was halten Sie von dieser Tarlow-Sache? Wie Sie wissen – aber vielleicht einige unserer Zuschauer nicht –, kam die sensationelle Meldung, daß in Saints Rest, Iowa, Mr. Tarlow vor wenigen Tagen ermordet wurde – Mr. Tarlow, der manchmal für das Democratic National Committee als Privatdetektiv tätig war, ebenso für die Kanzlei Bascomb, Lufkin und Summerhays … Er soll auch dem Präsidenten bekannt gewesen sein. Was könnte dieser Mord Ihrer Meinung nach für den Wahlkampf bedeuten?«

»Nun, bei dieser Sache liegt mir nur eins schwer im Magen – ich sage keineswegs, daß es tatsächlich so schrecklich ist, aber wir wissen nicht, wie weit das Weiße Haus oder die Demokraten sich mit diesem Mann eingelassen haben –, aber anscheinend ist da immer *irgend etwas*, wenn Charlie betroffen ist, ich meine *Präsident* Bonner. Immer ist da etwas versteckt, das herauskommt, und dann gibt es ein Riesengeschrei, und wir müssen uns alle Sorgen machen und Zeit damit verschwenden, uns am Kopf zu kratzen und uns zu fragen, was das alles bedeutet. Genaugenommen geht es doch um Charakter, glaube ich. Immer fällt etwas auf den Urheber zurück. Es ist auch eine Frage der Leute, mit denen er sich umgibt. Innerhalb weniger Tage haben wir einen Mord und den Tod von Drew Summerhays. Da fängt man doch an, sich zu fragen, was geht da vor? In der Kampagne für die Vorwahlen serviert man uns diese verrückte Anklage wegen Mißhandlung der Ehefrau – ich sage damit nicht, daß ich dieser Sache irgendwelchen Glauben schenke, Bernie –, aber Sie haben all die Gerüchte gehört. Ständig schwirren diese ekelhaften Meldungen um diese Regierung. Ich weiß nicht, was ich davon halten soll, Bernie, und das ist eine Tatsache.«

»Moment mal, Mr. Hazlitt. Wollen Sie etwa andeuten,

daß es zwischen dem Tod von Summerhays und dem von Tarlow einen Zusammenhang gibt?«

Driskill war jetzt ganz bei der Sache. Hatten die Medien den Varringer-Faktor entdeckt?

»Sie sind der Mann mit dem Finger am Puls, Mr. Shaw. Sie müssen uns sagen, ob es irgendeine Verbindung gibt. Ich bin nur ein Bursche, der durchs Land fährt und sich bemüht, alles wieder in Ordnung zu bringen und den Leuten einen Weg aus dem Schlamassel zu zeigen, in dem wir uns befinden. Einen Weg, die Sache in Mexiko zu beenden … einen Weg, unsere nationale Sicherheit zu gewährleisten und unsere Grenzen ganz allgemein zu sichern. Charlie Bonner liegt da völlig falsch. Gibt es eine Verbindung zwischen dem Tod von Summerhays und Tarlows? Sagen Sie es mir!« Hazlitt bemühte sich vergebens, besorgt auszusehen. Er hatte ein gutmütiges Gesicht, kein ernstes.

»Nicht daß ich wüßte, Mr. Hazlitt. Aber Sie scheinen zu sagen, daß die Tode dieser beiden Männer irgendwie mit dem Weißen Haus verknüpft sind – ihr Pressesekretär hat das gestern angedeutet und heute nochmals. Ich möchte gern wissen, ob Sie über Informationen verfügen, die Sie zu dieser Schlußfolgerung geführt haben, und wenn ja, ob Sie die Absicht haben, diese an die Öffentlichkeit zu bringen und der Generalstaatsanwältin zu übergeben?«

»Nun, ich bin nicht sicher, daß es sinnvoll wäre, dieser Generalstaatsanwältin so etwas zu übergeben …«

»Verzeihung, Mr. Hazlitt, aber was soll das heißen?«

»Du meine Güte, Bernie … wachen Sie auf, und riechen Sie den Braten! Sie entspricht nicht gerade meiner Vorstellung einer harten Kämpferin. Zweifellos ist sie eine hervorragende Juristin, aber Generalstaatsanwältin? Außerdem kommt sie direkt aus der Bascomb-Kanzlei, ein Schützling Summerhays', und jetzt ist sie plötzlich Chefin dieser Geheimdienst-CIA-Sache. Ich bitte Sie, mein Freund! Ich glaube nicht, daß sie objektiv sein kann. Meiner Meinung nach ist da irgend etwas faul, aber ich spreche nur als schlichter Amerikaner, einfach und geradeheraus. Seit meiner Jugend habe ich Harry Truman verehrt. Das war ein Mann der klaren Worte wie kein anderer. Ich bemühe mich, ebenso klar und einfach mit Ihnen zu sprechen: Ich habe keinerlei Informationen, die Sie nicht auch haben. Ich besitze keinerlei Informationen, die nicht auch jeder Amerikaner hat, der aufmerksam ist und die Zeitung liest und Programme wie Ihres anschaut ...«

»Bei all den Heartland-Satelliten, die unseren Planeten umschwirren, habe ich diese Frage keineswegs müßig gestellt, Sir. Ich bin sicher, daß Sie Zugang zu Informationen haben, die uns anderen nicht zur Verfügung stehen. Und ich frage Sie daher noch mal: Haben Sie irgendwelche Erkenntnisse, die das Weiße Haus mit den beiden Tragödien direkt verknüpfen?«

»Sie glauben, ich hätte Informationen, die Sie nicht haben? Das halte ich für höchst unwahrscheinlich, Bernie. Wenn wir schon über Satelliten sprechen – was ist mit Satelliten von CNN?«

»Aber das sind doch *ebenfalls* Heartland-Satelliten, Mr. Hazlitt ...«

»Schauen Sie, hier ist, was ich weiß: Zücken Sie Ihren Bleistift, und schreiben Sie mit. Ich weiß, daß zwei Männer tot sind. Ich weiß, daß der Detektiv, der für das Democratic National Committee und das Weiße Haus gearbeitet hat, ermordet wurde. Ich weiß, daß er als Privatdetektiv eine Lizenz hatte, weil mir das Fernsehen das erzählt hat. Niemand bestreitet, daß er für das DNC und für den Präsidenten – oder für das Weiße Haus, wenn Sie wollen – gearbeitet hat. Zumindest habe ich keine Dementis gehört.« Er beugte sich in dem karierten Ohrensessel vor.

»Wenn Sie gestatten, will ich Ihnen etwas über Bob Hazlitt erzählen. Ich habe zeitlebens in Iowa festgestellt – es ist ein kleiner Staat, und wir sind nur einfache Menschen –, daß unser Erbe in der Scholle ruht, die uns ernährt. Ich habe auch festgestellt, und meine liebe Mutter – wir nennen sie Lady Jane, beim Parteitag wird sie ihren hundertsten Geburtstag feiern, Bernie – hat auch immer gesagt, daß man manchmal die Menschen nach dem Umgang beurteilen muß, den sie pflegen. Das habe ich auf ihren Knien gelernt, und, bei Gott, ich halte diese Auffassung für vernünftig. Und in letzter Zeit geraten die Freunde des Präsidenten, die Menschen, mit denen er Umgang pflegt, immer mehr ins Kreuzfeuer, oder etwa nicht?«

Er holte tief Luft. Sofort war Shaw wieder da. »Nur zur Aufklärung unserer Zuschauer, die Sie vielleicht schon als den schlichten Sohn der Scholle sehen, für den Sie sich ausgeben, möchte ich sagen, daß Sie am MIT und in Oxford studiert haben und, wenn ich mich nicht irre, sogar Rhodes-Stipendiat waren. Aber, bitte, sprechen Sie weiter.«

»Nun, wegen Rhodes bekenne ich mich schuldig, aber ich war jung und wußte es nicht besser – doch lassen Sie mich meinen Gedanken über den Präsidenten und seine Probleme zu Ende führen. Wir alle wissen, wie sehr er es auf die Geheimdienste und die Landesverteidigung abgesehen hat.« Er zählte seine Ideen an den Fingern ab. »Nun, wir brauchen die neuesten Waffen und die beste Armee und Marine und Luftwaffe der Erde. Wir brauchen die CIA, daran besteht gar kein Zweifel. Wir brauchen den besten Geheimdienst, den wir in dieser unberechenbaren und oft feindseligen Welt bekommen können. Wir brauchen diese Eckpfeiler der nationalen Sicherheit. Genug gesagt. Sicher ist, daß wir die CIA und ihre Behörden aufmöbeln müssen. Wir müssen sie stärker machen, nicht geknechtet von Aufsichtskomitees, die sich verschworen haben, sie von ihrer Arbeit abzuhalten – und ich kann Ihnen versichern, daß in einer Hazlitt-Regierung die CIA und ihre Behörden die Hände frei haben werden. Die CIA würde genügend Spielraum haben, um effektiv zu operieren und verläßlich die Arbeit zu leisten, welche die Amerikaner von ihr verlangen können. Im Grund läuft alles darauf hinaus, Bernie, daß ich es bis oben hin satt habe, mir wegen des Präsidenten und seiner Busenfreunde Sorgen zu machen und Angst zu haben, in welchen Schlamassel sie als nächstes geraten. Jede Woche, beinahe jeden Tag.«

Shaw machte ein ernstes Gesicht, ein beeindruckender Anblick. »Sie deuten an, daß noch etwas herauskommen könnte. Sir, legen Sie die Karten auf den Tisch, wenn ich das sagen darf. Wollen Sie das sagen?«

»Nun, warum sollten die Überraschungen jetzt aufhören? Ich stehe zu dem, was ich hier gesagt habe, und mehr werde ich im Augenblick nicht dazu sagen. Aber ich frage mich, warum die Polizei nicht mit der Wahrheit herausrückt. Ist Drew Summerhays ermordet worden, wie die Leute sagen?«

»Ja, unsere Zeit ist vorbei. Ich danke Ihnen, daß Sie heute abend bei uns waren, Mr. Hazlitt, obwohl der Parteitag der Demokraten naht. Dann – und erst dann – werden wir das Ergebnis dieses unglaublichen Kampfes um die Nominierung der Demokraten erfahren. Wir sind gleich wieder da, mit einem Vertreter für die andere Seite. Jetzt die Werbung.«

Als er wieder im Studio in Washington erschien, war sein zweiter Gast kein anderer als Ellery Dunstan Larkspur. In dem blauen dreiteiligen Nadelstreifenanzug und der leuchtendroten Fliege wirkte er groß, mit hängenden Schultern. Er fühlte sich in der Rolle des Interviewpartners wohl und hatte offensichtlich Hazlitts Auftritt gesehen. Mit der runzligen Hand massierte er sich das Kinn. Shaw stellte ihn vor: ... als möglicherweise der engste Berater Präsident Bonners, ein Mann, völlig vertraut mit den Mächtigen der ganzen Welt, Gründer und Vorstand des – wie es in Washington genannt wird – ›Larkspur-Büros‹, der herausragenden Werbefirma in der Stadt. Ein Mann, der in der Welt der Politik zu Hause ist. Guten Abend, Mr. Larkspur.«

Ellery Larkspur hatte, was man früher ›Fundament‹ nannte. Mehr konnte man sich nicht wünschen. Er war einer der weisen Männer. Eigentlich war er der einzige Weise, der noch übrig war. Drew Summerhays hatte diesen Typ unnachahmlich verkörpert.

Shaw sagte: »Tja, Mr. Larkspur, Sie haben gehört, was Mr. Hazlitt soeben gesagt hat. Was können Sie uns zu seiner Beschreibung der Woche des Präsidenten in bezug auf den Tod dieser beiden Männer sagen?«

»Erstens. Die einzige Verbindung zwischen den beiden Tragödien ist der zeitliche Rahmen, in dem sie sich ereignet haben. Drew Summerhays war – meiner Meinung nach – der größte lebende Amerikaner. Er war für den Großteil meines Lebens mein Mentor und danach mein wohl engster Freund, mein intimster Vertrauter – ich habe keinen Mann höher geschätzt. Es mißfällt mir sehr, daß ein Neuling, der sich noch nicht bewährt hat, in der Öffentlichkeit oder privat über ihn ein Urteil abgibt. Mehr habe ich über Mr. Hazlitts unqualifizierte Meinungen nicht zu sagen. Am Ende des Tages werden die Historiker entscheiden müssen, welcher der beiden Männer – Drew Summerhays oder Bob Hazlitt – den größeren Beitrag zum Wohl seines Landes geleistet hat. Ich hege keinerlei Zweifel, wie dieses Urteil ausfallen wird.«

»Und Hayes Tarlow – nicht gerade Drew Summerhays' Liga –, wo paßt er ins Puzzle dieser Bonner-Regierung?«

»Mr. Shaw, da haben Sie mich kalt erwischt. Ich glaube zwar, daß ich Mr. Tarlow vom Sehen kenne, aber ich bezweifle, daß ich jemals ein ernsthaftes Gespräch mit ihm geführt habe. Wenn ich mich recht erinnere, hat er gelegentlich für das Democratic National Committee einige Recherchen durchgeführt, aber ich verbinde ihn wirklich nicht mit dem Weißen Haus oder dem Oval Office.«

»Wollen Sie damit sagen, daß Präsident Bonner ihn nicht kannte?«

»Bitte, legen Sie mir keine Worte in den Mund, Mr. Shaw. Ich spreche nicht für den Präsidenten. Wie um alles auf der Welt sollte ich das wissen? Der Präsident der Vereinigten Staaten kennt sehr viele Menschen, die ich nicht kenne.«

»Demnach sind Sie also nicht wegen einer politischen Schadensbegrenzung im Kielwasser dieser beiden Todesfälle besorgt?«

»Mein Gott, ich sehe wirklich nicht, was diese Todesfälle mit den politischen Reaktionen des Präsidenten zu tun haben oder mit seiner Fähigkeit zu regieren oder den Programmen, für die er eintritt. Vielleicht können Sie mich über etwaige Verbindungen aufklären, Mr. Shaw – ich bin stets bereit, dazuzulernen, und ich bilde mir ein, ein aufgeschlossener Mensch zu sein.«

»Tja, bei allem fälligen Respekt, Mr. Larkspur, wenn Sie keinerlei Verbindung sehen, müssen Sie der einzige Mensch in Washington sein, der das nicht tut. Der Präsident steckt in Schwierigkeiten – Mr. Hazlitt holt sehr schnell auf ...«

»Sehen Sie, Mr. Shaw, es hat mich noch nie besonders gestört, allein zu stehen, wenn ich im Recht war. Es tut mir leid, aber ich kann Ihre Auffassung, daß der Präsident in Schwierigkeiten steckt, nicht teilen. Der Präsident scheint alles unter Kontrolle zu haben. Er genießt den Wahlkampf, mit Freude und Begeisterung stellt er sich dieser Herausforderung. Er ist ausgesprochen froh, bei einem so faszinierenden Rennen mitzumachen, das ihm Gelegenheit gibt, ein paar Dinge auszusprechen, die er vielleicht bei einer mühelosen Nominierung nicht sagen würde. Er ist in der Lage, seine Positionen in den Augen der Wähler deutlich zu machen – um sich für die Kampagne gegen den Kandidaten der Republikaner zu stärken, ganz gleich, ob nun Price Quarles oder sonst ein Ehrenmann nominiert wird.« Larkspur hatte schon Hunderte – wenn nicht Tausende – solcher Interviews gegeben. Seine Beherrschung der dazu notwendigen Geometrie war beeindruckend. Immer ruhig, immer die Perimeter der Diskussion im Blick, immer sicher, wie weit er gehen konnte, ohne jemanden zu beleidigen, immer die nächste Frage so vorbereitend, daß er wußte, er hatte die perfekte Antwort parat, wie ein Billard-As, das stets einen Stoß in Reserve hat. Jetzt mit Shaw ging er vor wie ein Mann, der mit Thunfisch aus der Dose einen Hummersalat machen wollte. Er hatte verdammt wenig, mit dem er arbeiten konnte. Und er wußte das. Shaw wußte es auch. Aber trotzdem gab es für beide kein Halten.

»Das ist alles gut und schön, Mr. Larkspur, aber wenn ich sage, daß der Präsident in Schwierigkeiten steckt, wissen Sie haargenau, worüber ich spreche. Seit Monaten wird diese Stadt von Gerüchten über eine kommende Katastrophe überschwemmt. Gerüchte, nach denen bei der Präsidentschaft ein Krebsgeschwür wuchere, Gerüchte, daß das tödlich enden würde …«

»Aber, aber, Mr. Shaw, ich kann es nicht glauben, daß Sie mich heute abend hergebeten haben, um … Gerüchte zu kommentieren. Gerüchte sind nur Gerüchte, nichts anderes, und daher Unsinn und nicht wert, daß wir damit unsere Zeit verschwenden.«

»Vielleicht Unsinn für Sie, nicht aber für die amerikanische Öffentlichkeit. Die Existenz von Gerüchten ist eine Tatsache.« Shaw blickte in eine Mappe mit Zeitungsausschnitten, dann schaute er auf und sagte langsam und deutlich: »Ballard Niles' Kolumne im *World Financial Outlook* zum Beispiel, die morgen erscheint, ist heute abend in ganz Washington bekannt. Niles behauptet, Summerhays sei in irgendeine geheime Machenschaft mit Tony Sarrabian verwickelt. Niles behauptet ferner, daß dies eine unglaubliche Ebene der Korruption darstelle, auf die Mr. Summerhays zum Ende seines Lebens gesunken sei. Was halten Sie davon?«

»Die Hunde bellen, aber die Karawane zieht weiter, Mr. Shaw. Sie haben genau meinen Standpunkt demonstriert: Sehen Sie sich als erstes die Quelle an. Soweit ich weiß, hat Ballard Niles nicht mal eine flüchtige Beziehung zur Wahrheit. Er zieht es vor, sich etwas aus den Fingern zu saugen, es auszuschmücken und falsch zu interpretieren. Zum zweiten. Es hätte genausogut ein Foto von mir sein können, in tiefem Gespräch mit Tony Sarrabian. Ach ja, ich habe *Sie* doch mit demselben Tony Sarrabian neulich im Jockey Club in ein Gespräch vertieft gesehen – warten Sie mal, war das nicht vor zwei Wochen?«

Shaw lächelte plötzlich. »Vor drei.«

»Soll ich daraus folgern, daß Sie plötzlich ein gesellschaftlicher Paria sind? Und Geschichten so formen, wie Sarrabian es will? Ich glaube nicht. Ballard Niles ist ein Gerüchtekoch übelster Sorte, wie ich ihm oft ins Gesicht gesagt habe, zum letztenmal vor zehn Tagen bei einem Abendessen im Citronelle in Georgetown. Die Gerüchte, von denen Sie sprechen, habe ich während meiner Erfahrung im öffentlichen Leben noch nie kennengelernt … über *dieses* Thema sollten wir diskutieren. Dieses Phänomen – der Einsatz von Gerüchten als politische Keule. Sie sehen, *es gibt Gerüchte über Gerüchte*. Da ist keinerlei Substanz vorhanden, nicht einmal eine imaginäre Substanz. Ja, man braucht schon sehr viel mehr als derartige Taktiken, um Charles Bonner eine schlaflose Nacht zu bereiten … oder das amerikanische Volk zu täuschen. Gerüchte über Gerüchte.« Larkspur schnaubte verächtlich. »Was für eine verrückte Idee!«

»Nun, aber die Meinungsumfragen sind keine Gerüchte, und gestern abend zeigten die CNN-Umfragen einen weiterhin beunruhigenden Trend, der seit Januar immer schneller geworden ist. Präsident Bonner …«

»Aber, aber, Mr. Shaw. Meinungsumfragen. Nein, *wirklich*!«

»Und Sie sagen heute abend, daß der Präsident über all

das keinen Schlaf verliert? Vielleicht hat er den Ernst der Situation nicht erkannt? Was kann er tun, um die Katastrophe, die offensichtlich über ihn hereinbricht, abzuwenden?«

»Ich sagte, er würde wegen der Gerüchte keine schlaflosen Nächte haben«, erklärte Larkspur und lachte kurz. »Der Kampf um die Nominierung ist sehr hart.«

Shaw konnte nicht widerstehen einzuwerfen: »Und er steht immer noch zu seiner Rede zur Lage der Nation? Ganz gleich, was es ihn kostet?«

»Dazu steht er. Er glaubt daran und ist bereit, einen unpopulären Standpunkt einzunehmen.« Für einen Moment hatte er die Spannung lindern können. Er fühlte sich erleichtert. Er mauerte nicht. »Aber diese Meinungsumfragen – und es sind doch nur die Meinungsumfragen, oder? –, sie sind zum jetzigen Zeitpunkt sehr schwankend, nicht wahr?« Pause. »Jedenfalls sollten sie es sein.« Er lächelte. »Sie hüpfen auf und nieder und verändern sich. Sie müssen sich der Tatsache bewußt sein, daß der Präsident eine bekannte Größe ist, daß er praktisch hundert Prozent Vorsprung über den ›Anonymus‹ hatte, ehe Bob Hazlitt ins Rennen kam. Bob ist ein dynamischer Bursche. Ja, in der Tat ist er ein Genie. Er hat sogar seine eigene technologische Revolution geschaffen.« Das war reines Geschleime, aber der alte Ellery verkaufte es erfolgreich. »Bob hat eine ungemein gewinnende Art, und offen gesagt, wäre ich nicht überrascht, wenn der Präsident ihn bitten würde, in seiner zweiten Amtszeit den Posten eines Direktors bei einer der sehr wichtigen Kommissionen einzunehmen. Unsere Stichproben bei den Demokraten haben ergeben, daß die meisten davon ausgehen, daß der Präsident wieder nominiert wird. Aber bis dahin halten sie Bob Hazlitt für einen durchaus interessanten Mann ...«

»Wenn ihn aber zu viele so interessant finden, könnte er sich diese Nominierung sichern, ehe das Spiel anfängt.

Besteht eine Möglichkeit, daß der Präsident – falls eine Sondierung der Delegierten ergeben sollte, daß sie gegen ihn sind – seine Zelte abbricht und aufgibt?«

»Nein, Bernie, das halte ich für ausgeschlossen. Er hat doch noch nie eine Wahl verloren. Wie es jedoch aussieht, werden wir mit einem Unentschieden zum Parteitag gehen. Unter den gegebenen Umständen ist der Präsident jedoch mit seinen Chancen zufrieden. Da bin ich sicher. Vielleicht werden Sie erleben, daß die Partei zusammenrückt – wie wir Demokraten das nach einem guten Kampf zu tun pflegen. Vielleicht hält Bob Hazlitt sogar die Nominierungsrede für den Präsidenten. Ihnen brauche ich doch nicht zu sagen, was für ein komisches Geschäft die Politik ist, Bernie.«

»Wahrere Worte wurden nie gesprochen«, sagte Shaw und blickte in die Kamera. »Bob Hazlitt und Ellery Dunstan Larkspur, zwei Männer, die bei der Suche der Demokratischen Partei nach einem Kandidaten viel zu verlieren haben. Noch vor wenigen Monaten gab es keinen Kampf um die Nominierung. Heute abend haben wir ein Kopf-an-Kopf-Rennen. Bernard Shaw, CNN in Atlanta, wünscht Ihnen noch einen schönen Abend.«

Es donnerte über der Stadt. Blitze zuckten. Es war kurz vor ein Uhr morgens. Ben betrachtete das Schauspiel der elektrischen Kräfte, als das Telefon klingelte. Bestimmt war es Elizabeth, die an der Westküste vom Abendessen zurückgekommen war und seinen Anruf erwiderte.

Es war Ellery Larkspur.

»Gerade habe ich dich mit Shaw gesehen. Bist du auch mal *nicht* im Fernsehen? Dein Auftritt war gut. Wo bist du jetzt?«

»Wieder in Virginia. Wir haben das Interview um sieben gemacht. Hör mal, Ben …«

»Larkie, wieso mischt jetzt Taylor mit? Was soll das?« Er

hatte mit Larkspur seit Samstag abend nicht gesprochen, als Taylor erklärt hatte, er werde nicht nur Hazlitts Kampagne mit aller Kraft unterstützen, sondern Nägel mit Köpfen machen und Demokrat werden.

Larkspur seufzte ungeduldig am anderen Ende. »Ben, es wäre gut, wenn du der Politik mehr Aufmerksamkeit widmen würdest. Wirklich.«

»Ach ja? Du klingst wie Elizabeth …«

»Okay, ich gebe dir die Kurzfassung, Benjamin – aber eigentlich habe ich dich aus einem anderen Grund angerufen. Sherm Taylors Niederlage gegen Bonner war die knappste der Geschichte. Weniger als ein Punkt. In gewisser Hinsicht gab Sherman sich selbst die Schuld – er glaubte, er hätte seine Popularität zu ernst genommen und zu lange gewartet, loszulegen, und hätte der Wahlkampf noch ein paar Tage länger gedauert, hätte er gewonnen. Natürlich hätte er nicht gewonnen. Er hatte den Höhepunkt schon überschritten und sank stetig. Aber sicher ist, daß Taylor gewonnen hätte, wenn er früher aus den Startlöchern gekommen wäre. Taylor glaubt daher, er sollte ein zweites Mal gewählt werden. Er ist tatsächlich der festen Überzeugung, daß Charlie Bonner ihm die Wahl gestohlen hat, als er nicht aufgepaßt hat. Aber das ist nicht alles …

Sherman Taylor glaubt, er hätte einen zweiten Wettkampf mit Bonner ehrlich verdient. Und wenn man die Sache objektiv betrachtet, hat er, glaube ich, nicht ganz unrecht. Aber die Strategen der Großen Alten Partei sagten nein. Sie sagten, Taylor sei ein abgenutzter Anstecker und die Wähler hätten Angst und wollten diesmal einen Techniker, keinen Star. Deshalb haben sie sich – mit ihrer grenzenlosen Fähigkeit, eine Situation falsch einzuschätzen – auf Price Quarles geeinigt, Taylors Vize. Darüber war Taylor natürlich stinksauer. Er wird zugunsten eines Trottels wie Quarles kaltgestellt. Quarles wirkte beruhigend, wie der perfekte Buchhalter, bis zu der Plastikschutzhülle in der Hemdtasche, aus der die Kugelschreiber wie winzige Raketen herausragten. Abgesehen von diesen Schreiben hatte Quarles keine nähere Bekanntschaft mit Raketen. Von Begeisterung und dem Kitzel der Führungsmacht war bei Quarles nichts zu spüren. Ihn umgaben keinerlei Gefahr und keine Spur von Größe – jedenfalls nicht in den Augen Sherm Taylors. Das ist nicht gerade ein Geheimnis, Ben. Lies George Will. Jede Umfrage zeigt, daß Sherm recht hat. In einem Rennen gegen Quarles stehen die Chancen für Charlie fünfundsechzig zu fünfunddreißig. So ... Benjamin, die Republikaner haben unseren Freund General Taylor beschissen, und jetzt bescheißt er sie – und macht gleichzeitig Charlie Ärger.«

Driskill lächelte. »Dann ist er wohl ein ziemlich glücklicher Mann.«

»Falls er *fähig* ist, glücklich zu sein, würde ich sagen: ja. Aber jetzt, Benjamin, ich habe dich angerufen, weil ...«

»Jawohl, großer Meister.«

»Ich habe gerade mit Brad Hokansen telefoniert. Er ist völlig von der Rolle, und wie es aussieht, ist das dein Verdienst. Sein ganzes Leben zieht vor seinen Augen vorbei. Und was noch schlimmer ist: Nachdem ich mit ihm geredet habe, zieht sein Leben auch vor meinen Augen vorbei. Er hat Angst, daß die Morde an Tarlow und Summerhays zu einer größeren politischen Untersuchung führen, in die er hineingezogen und vernichtet wird ...«

»Ach wirklich?«

»Er sagt, es würde irgendwann herauskommen, daß er zugelassen hat, daß durch die gute North Shore Treuhand Geld gewaschen wurde – während des Bonner-Wahlkampfes.«

»Bonner-Geld?«

»Vielleicht. Wie soll ich das wissen? Ich sage dir nur, was er mir gesagt hat.«

»Dieser blöde Hund! Wenn er nur das Maul halten

würde! Damit wird sich die Untersuchung überhaupt nicht befassen.«

»Wieso weißt du, worum sich die Untersuchung kümmern wird? Nein, ich kann ihn nicht ganz verurteilen, Ben. Sag mal ehrlich, warum hast du überhaupt mit ihm geredet? Du solltest doch zurück nach New York fahren …«

»Verdammt! Als ich mich das letzte Mal erkundigt habe, konnte ich noch überall hinfahren, wohin ich wollte. Und das kannst du Charlie auch ausrichten.« Driskill holte tief Luft. Es war nicht richtig, seinen Ärger an Larkie auszulassen. »Ich hielt es für eine gute Idee, herauszufinden, was Tarlow gemacht hat, als man ihn ermordet hat. Und daran arbeite ich. Wie sich herausstellte, hat er für das Weiße Haus oder das DNC gearbeitet. Er hat für Drew gearbeitet; Drew hat ihn gebeten, nach Saints Rest zu fahren …«

»Und was sollte er dort, Herrgott noch mal?«

»Irgendwelche Probleme bei Heartland untersuchen. Brad hatte einen Tip von einem Mitglied des Aufsichtsrats von Heartland – angeblich fischte Heartland irgendwie im trüben, und North Shore hatte einige Großkunden, die bis zum Hals in Heartland steckten …«

»Wie das DNC«, meinte Larkspur mürrisch. »Und Harvard – diese Dinge behalte ich im Auge.« Er seufzte. »Na und … hat er irgendwas herausgefunden?«

»Wer will das wissen, Larkie?«

»Der Präsident, du Klugscheißer.« Larkspur lachte mühsam.

»Wie soll ich das wissen? Er ist tot, und es gibt keinen Bericht.« Es war nicht nötig, Larkspur von dem Blatt mit der rätselhaften Schlangenlinie zu erzählen. Die Sache war so schon verrückt genug.

»Ben, nur eine Warnung: Wenn du die Absicht hast, weiter in dieser Scheiße zu rühren, solltest du daran denken, was Drew und Tarlow passiert ist. Sieht wie ein gefährliches Unternehmen aus – aber ich bin sicher, daß du genau das machst, was du willst, du sturer Scheißire!«

»Der Gedanke ist mir auch schon gekommen, wenn ich ehrlich bin. Ich bin kein Idiot.«

»Ire ist schon schlimm genug.«

»Warum sagst du, daß Drew ermordet wurde?«

»Selbstverständlich ist er ermordet worden, Ben. Mir ist scheißegal, was die Bullen öffentlich sagen – für mich ist es klar. Und wir haben Quellen, die uns bestätigt haben, daß es Mord war. Ich bitte dich! Drew würde sich niemals von etwas, das so ein Arschloch wie Niles geschrieben hat, zum Selbstmord treiben lassen – die Idee ist doch absurd. Ich habe darüber nachgedacht und auch darüber geschlafen: Der Präsident hat recht. Es ist Mord.«

»Warum hast du mich angerufen, Larkie?«

»Hör zu, Ben. Der Präsident möchte mit dir reden. Er ist nicht gerade entzückt, daß du in Boston in dieser Sache herumstocherst und …«

»Ach du meine Güte! Und ich wollte so, daß er entzückt ist. Quatsch.«

»Du weißt, wie er während des Wahlkampfes ist. Er kann sich nicht dazu durchringen, jemandem völlig zu vertrauen. Er glaubt, alle würden ihn sabotieren. Du und ich und Ellen und Mac und alle anderen in seiner Nähe. Er mag es nicht, daß die Nachrichten über Tarlows Tod so große Beachtung finden – morgen werden die Zeitungen voll davon sein. Er sieht ständig diese Schlagzeilen: *Schnüffler des Weißen Hauses ermordet.* Und immer mehr Spekulationen über Drews Tod. Du weißt doch …«

»Ach, der arme Charlie! Warum hebt er nicht gleich die Pressefreiheit auf und macht die Zeitungen dicht? In der Dritten Welt funktioniert das wunderbar! Larkie, für wen hält er sich eigentlich, verdammt noch mal?« Driskill erinnerte sich an das, was Teresa Rowan ihm über Präsidenten erzählt hatte, daß sie alles tun würden, um oben zu bleiben, ganz gleich, wer dabei auf der Strecke blieb. Sie hatte ihn gewarnt, niemandem zu trauen und auf seinen Rücken aufzupassen.

»Beruhige dich, Benjamin. Das ist nur seine Angst, die da redet. Das legt sich wieder. Es geht weiter. Ich kümmere mich schon um den Präsidenten. Morgen ist er in Boston: Eine Wahlversammlung in Harvard und ein großes Interview mit Koppel. Er möchte, daß du nach Boston kommst.«

»Ein befohlener Auftritt? Will er mich selbst auf die Guillotine schicken?«

»Er möchte gern mit dir reden. Wenn *du* ein Problem hast, hat *er* auch ein Problem – Ben, sprecht euch aus, zieht wieder am selben Strick. Und, Ben?«

»Was?«

»Ich empfehle dir, deine Wut nicht am Präsidenten der Vereinigten Staaten auszulassen. Das würde ein Rohrkrepierer, das garantiere ich dir.«

»In anderen Worten: Komm nach Boston, oder verkrieche dich.«

»Benjamin, du mußt unbedingt deine Einstellung ändern.« Larkspur klang amüsiert. »Glaube mir: Ich war schon in deiner Lage und wollte ins Oval Office stürmen und laut ›Scheiße‹ schreien ... aber das ist im Augenblick nicht angebracht. Einverstanden?«

»Na klar. Aber Charlie sollte sich klarmachen, daß er im Augenblick jeden Freund braucht, den er hat. Er sollte vorsichtig sein, wem er auf die Zehen tritt ...«

»Warum bringst du nicht Elizabeth mit nach Boston? Ganz im Vertrauen – und jetzt klettere nicht gleich wieder auf die Palme –, er möchte auch mit ihr reden, da sie Journalistin ist und Zugang zu dir hat. Er will nicht, daß durch sie etwas durchsickert ...«

»Das reicht, Larkie! Kein Wort mehr! Wenn er Elizabeth da mit reinzieht, bin ich weg vom Fenster. Dann bin ich nur noch eine Erinnerung. Das kannst du ihm ins Ohr flüstern, kapiert?«

»Natürlich, Ben. Ich bemühe mich nur, dich ins Bild zu setzen, damit du nicht überrascht bist …«

»Sage ihm nur, was ich gesagt habe. Sonst nichts. Er ist nicht der einzige, der die Leute überraschen kann.«

»In der Tat. Ich werde im Ritz sein. Ich sehe dich dann morgen, Ben.«

»Das wird ein wahres Freudenfest.«

Larkie lachte leise, als Driskill auflegte.

KAPITEL 9

Ben war schon früh im Büro, weil er vor den anderen dort sein wollte. Heute mußte er einige Regeln festlegen. Dazu wollte er in der richtigen Stimmung sein und diktieren, nicht diskutieren.

Die Atmosphäre in der Kanzlei war spürbar bedrückt. So etwas hatte er noch nie erlebt. Es wurde gearbeitet, aber wie unter einem dunklen Trauerschleier. Alle schienen sich ruckartig zu bewegen und nervös umherzublicken, ob irgendwo ein Hinweis war, was sie zu erwarten hatten. Er konnte die unausgesprochenen Fragen in ihren Augen sehen. Was ist los? Wir wissen, daß Sie es uns sagen können, Mr. Driskill. Sie wollten von ihm hören, daß alles gut werden würde.

Er nickte und lächelte traurig und gleichzeitig tröstend, während er umherging, um sich den Angestellten zu zeigen. Mit einigen langjährigen Mitarbeitern wechselte er ein paar ehrende Worte über Summerhays, teilte seine Erinnerungen mit ihnen. Er hatte das Gefühl, als sei Drew schon lange tot, nicht erst zwei Tage. Nachdem er seine Sekretärin Helen Faber tröstend in die Arme genommen hatte, bat er sie, sofort die beiden Reporter anzurufen, die auf seinem Anrufbeantworter eine Nachricht hinterlassen hatten. »Die werden Ihnen den Tag nicht leichter machen«, warnte sie. Sie war erst Anfang Dreißig, spürte aber, daß Driskill etwas Fürsorge brauchte, da seine Frau so oft unterwegs war.

»Sie sagen mir doch immer, ich soll die unangenehmen Dinge als erste erledigen«, sagte er. »Überhaupt. Es ist eine Aufwärmübung.« Er grinste und ging in sein Büro. Dann rief er seinen alten Freund Bert Rawlegh zu sich. Er wollte den Partnern mitteilen, daß in genau einer Stunde eine Konferenz stattfinden würde. Nach Drews Tod übernahm er jetzt die Rolle des Führers in der Kanzlei. Dabei vermied er Komitees, wie Drew es auch immer getan hatte, und zwang allen seinen Willen auf. Es war am besten, den ersten Streich zu führen, den Stacheldraht wegzuschaffen und die Anhöhe hinaufzustürmen – und erst dann nach Ärger Ausschau zu halten.

Rawlegh strich sich das Kinn. »Damit bist du so populär geworden: Angst und Einschüchterung.« Er hatte eine kleine Nase, Knopfaugen, ein säuerliches Lächeln und leichtes Asthma. Er war ein besserer und aufrichtigerer Freund, als es den Anschein hatte. Aus diesem Grund war er für Driskill so wertvoll.

»Sie werden mit dem Herzen und dem Verstand folgen«, sagte Driskill.

»Bist du bereit für Percival? Es wird ihm ganz und gar nicht gefallen, daß du die Konferenz einberufen hast.«

»Du lieber Himmel, ich hoffe, er denkt nicht, daß er die Partner zusammenrufen sollte.«

»Na ja, du kennst Dade Percival. Er hält dich für ein hochnäsiges Arschloch.«

»Ein Herausforderer aus dem Nebel: unser Percival auf seinem Streithengst.«

»Mehr oder weniger. Selbstverständlich stimmen alle Partner ab.«

»Also ich werde für mich stimmen, ganz gleich, worum es geht. Bitte, sage ihnen wegen der Konferenz Bescheid, Bert.«

»Es ist mir eine Ehre, leitender Senior-Partner.«

Als Rawlegh hinausging, streckte Helen die Daumen in die Höhe, um ihm Glück zu wünschen. Die beiden Reporter waren am Telefon und feuerten Fragen ab, sobald er sich meldete. »Moment mal«, sagte Driskill. »Ich zähle bis drei, dann lege ich auf, wenn ihr euch nicht benehmt.« Die beiden schwiegen. »Okay, eigentlich belohne ich keine Reporter, die mich zu Hause anrufen, aber dann habe ich Ihre Namen von denen auf meinem Anrufbeantworter herausgesucht. So, hier ist meine Geschichte: Ich sollte am

Montag mit Drew Summerhays im Harvard Club frühstücken. Thema – normale Kanzleiangelegenheiten. Nichts deutete bei ihm darauf hin, was später in Big Ram geschehen ist. Das ist meine Geschichte, bei der bleibe ich. Danke, Gentlemen.«

»Noch ein Punkt, Mr. Driskill. Wir haben gehört, daß in der Bascomb-Kanzlei Chaos herrscht. Alle machen sich wegen des Wahlkampfes des Präsidenten Sorgen. Dann noch Summerhays' Tod – von der Polizei ist durchgesickert, daß er ermordet worden sei. Was können Sie uns zu alledem sagen?«

»In der Bascomb-Kanzlei geht es allen gut. So war es, und so wird es bleiben. Das verdanken wir Menschen wie Drew Summerhays. Die Mühlen des Gesetzes mahlen weiter, Gentlemen.« Er machte eine kurze Pause. »Und ich habe von Ihrer undichten Stelle bei der Polizei nichts gehört, aber wenn es bei seinem Tod nicht mit rechten Dingen zugegangen ist, werden die Behörden alles in ihrer Macht Stehende tun, um den Schuldigen zu verhaften. Da bin ich ganz sicher.«

»Können Sie uns etwas zu Mr. Summerhays' Dahinscheiden sagen?«

»Ja – und jetzt passen Sie gut auf. Sind Sie bereit?«

»Schießen Sie los.«

»Er war der größte Mann, den ich je kennengelernt habe. Punkt.«

»Möchten Sie uns mehr dazu sagen?«

Driskill legte auf, weil die Fragen so lange kommen würden, wie er noch etwas sagte.

Er sah die Papiere durch, die Helen auf seinen Schreibtisch gelegt hatte, faßte mehrere kurz zusammen, machte sich Notizen und nahm drei Aspirin mit Eiswasser. Dann ging er zur Konferenz der Partner.

Obwohl der Tower im unteren Manhattan eine grandiose Schöpfung der achtziger Jahre war, bot der Konferenzraum ein ganz anderes Bild. Wenn man nicht die

Kanzleien im gesamten Nordosten kannte, war man nicht besonders beeindruckt: Ein langer Mahagonitisch, passende Armstühle mit jagdgrünen Bezügen, an einem Ende Fenster, durch die man auf den Battery Park und die Freiheitsstatue und Staten Island sehen konnte. Antike englische Jagdstiche an den Wänden, ein noch älterer Perser bedeckte beinahe den ganzen Boden. Nirgends war etwas, das den Besucher beeindrucken sollte. Das war der Konferenzraum der Partner. Als erstes Stück Weisheit empfing man in der Kanzlei schlicht folgendes: *Nichts* war in der Rechtsanwaltspraxis eindrucksvoller als die Partner von Bascomb, Lufkin und Summerhays.

Die Partner saßen um den Tisch, als Driskill eintrat. Zwei Zigarren brannten und rochen gut. Es erinnerte daran, wie früher Recht gehandhabt wurde oder wie Ben Driskill es aus seiner Jugend kannte. Alle blickten auf.

»Guten Morgen«, sagte Driskill. »Ein trauriger Morgen auf dem Olymp.«

Dade Percival sah aus wie ein Nachrichtensprecher, eine wirkungsvolle Tarnung seines messerscharfen Verstands. Er sagte: »Sehr amüsant, Ben. Wir alle wissen Ihre scherzhaften Bemerkungen zu schätzen, aber ...«

»Gut. Es sind nur Bemerkungen, wie Sie ganz richtig gesagt haben, und manchmal bin ich besorgt, daß sie nicht geschätzt werden. Ich werde mich kurz und bündig fassen. Sie wissen alle, daß nichts diesen Raum verläßt. Es ist das erste Mal, daß wir seit dem Tod unseres Anführers zusammenkommen. Ich habe eine sehr kurze Tagesordnung. Erstens, das Konferenzzimmer. Für diejenigen unter uns, die ihr Leben dieser Kanzlei verschworen haben und diesen Raum um der Bedeutung willen, die er hat, lieben, ist es ein heiliger Ort. Ich schlage vor, daß wir ihm einen Namen geben. Einen richtigen Namen. Das Drew-Summerhays-Zimmer. Darüber möchte ich jetzt aber nicht abstimmen. Ich schlage vor, daß Sie darüber nachdenken.

Ich wäre froh, wenn Sie alle meiner Meinung wären. Zweitens, sobald die Polizei von Long Island den Leichnam freigibt, wird die Kirche gewiß mit einem Staatsbegräbnis in St. Pat's rechnen, und ich glaube, daß es Drew Spaß gemacht hätte. Die Kirche hat jedes Recht, die Beerdigung pompös zu gestalten – er war ein rühmlicher Sohn Roms. Zweifellos sieht er von oben herab und macht Nixon wegen irgend etwas Vorwürfe. Wieder möchte ich jetzt nicht abstimmen. Es sollte nur ein Denkanstoß sein. Familie gibt es nicht – nein, ich lüge. Wir alle in diesem Zimmer sind seine Söhne und Töchter, wir sind das Herz seiner Familie. Er ist als einer von uns gestorben ... darüber möchte ich keine Diskussion hören. Jetzt ist es an uns, diejenigen, die nach uns kommen, zu lehren, was für ein Mensch er gewesen ist. Kämpfer für die Armen und Unterdrückten, Berater der Mächtigsten der Mächtigen. Er war ihr Gewissen und sorgte dafür, daß sie die Zeche bezahlten.«

»Amen«, sagte Joe Cochrane. »So sei es.«

»In Ordnung. Offensichtlich schafft Drews Tod eine Art Vakuum im Herzen dieser Kanzlei. Wir sollten alle lange und eindringlich nachdenken, wie wir es füllen wollen. Es ist natürlich absurd, zu denken, ihn *ersetzen* zu können. Wir müssen uns jetzt Gedanken machen, wie Drew gearbeitet hat, und über unsere Beziehung zur Demokratischen Partei und über die Beziehung dieser Kanzlei zur Kirche nachdenken. Das hat alles keine Eile. Lassen Sie uns in Ruhe nachdenken.«

Percival nickte. Noch waren seine Chancen, Drews Rolle einzunehmen, nicht ganz geschwunden. Er hatte Zeit, Verbündete zu sammeln und Brücken zu bauen, die das Gewicht seines Ehrgeizes tragen konnten.

»Es gibt Leute, die denken, daß die ... Ungewißheit ... die Drews Tod umgibt, einen Schatten auf die Kanzlei geworfen hat, während die Partei auf den Parteitag zumarschiert. Als Kanzlei sind wir mit dem Präsidenten eng verbunden. Vielleicht ist er nicht mehr lange Präsident, ja, in der Tat, vielleicht nicht einmal der Kandidat der Demokratischen Partei. Wir müssen diese sehr reale Möglichkeit in Betracht ziehen und überlegen, wie wir unsere Bande zur Partei erhalten. Es ist möglich, daß wir es vorziehen, für eine Zeitlang in der Versenkung zu verschwinden. Was die Partei und die Politik betrifft, kann ich Ihnen versichern, daß diese Versenkung bestimmt nur vorübergehend sein wird. Das sind alles Punkte, über die wir genau und sorgfältig nachdenken müssen. Einverstanden?«

Ted Flanagan strich sich mit der schmalen Hand durch das schütter werdende rote Haar und fing Ben Driskills Blick auf. »Selbstverständlich sind wir einverstanden. Aber ich sehe keine Möglichkeit, wie wir mit Hazlitt zusammenarbeiten sollen … nicht nach dem, was er dem Präsidenten angetan hat. Bin ich kurzsichtig?« Bert Rawlegh nickte mit ernstem Gesicht zustimmend.

»Unsere Beziehung zur Partei ist wichtiger als unsere Abneigung gegen Mr. Hazlitt«, erklärte Dade Percival. Er rückte die große rote Fliege zurecht und lugte über die Halbbrille. »Das sollten wir vielleicht bedenken, Partner. Möglicherweise wären wir gut beraten, mit Mr. Hazlitt zu arbeiten, und ich könnte damit leben. Lassen Sie uns nicht die Brücken einreißen oder vorschnell urteilen, wenn Sie wissen, was ich meine.«

»Deshalb braucht jeder von uns Gelegenheit, nachzudenken und die Angelegenheiten mit den anderen zu diskutieren. Ich schlage vor, daß wir zur Presse nichts sagen, aber das möglichst behutsam. Wir wollen nicht, daß die Medien uns verfolgen. Aber wir wollen auch nicht, daß unsere Eingeweide einfach auf dem Boden herumliegen. Jetzt eine persönliche Bemerkung. Hayes Tarlow. Falls einer von Ihnen in den vergangenen fünf Monaten etwas mit Hayes zu tun hatte, wäre ich dankbar, wenn er es mir sagen würde. Ich bin die nächsten Stunden in meinem Büro.«

»Werden Sie mit dem Präsidenten Verbindung haben?« Percival war neugierig.

»Vielleicht laufe ich ihm über den Weg. Vielleicht nicht. Ich werde sehr beschäftigt sein.« Er blickte in die Runde. »Das wäre im Augenblick alles, glaube ich. Natürlich soll alles in der Kanzlei wie gewöhnlich weitergehen. Und machen Sie keine langen Gesichter – die Bascomb-Kanzlei feiert offiziell das Leben und die Karriere eines großen Mannes. Falls Drew etwas anhängig hatte, kann das entweder warten, oder Sie sollten mich informieren. Aber ich erwarte nichts Dringliches.«

Driskill schüttelte jedem Partner die Hand. Als er zu Patricia Adair und Bert Rawlegh kam und die anderen ihre Papiere zusammensuchten, um zu gehen, sagte er leise: »Pat, Bert, ich habe mit Helen gesprochen und ihr gesagt, sie sollte alles, was nicht warten kann, Ihnen geben. Ich bin vielleicht ein paar Tage außer Haus, aber ich melde mich bei Ihnen. Sie können alle Mandanten betreuen, die aus irgendeinem Grund wirklich die Tür einrennen. Ich weiß, Sie werden das Richtige tun.«

»Danke, Ben, ich weiß Ihr Vertrauen zu schätzen.« Adair lächelte. Rawlegh nickte durch seinen Zigarrenrauch. »Selbstverständlich«, sagte er.

»Es ist nur die Wahrheit, Partner.« Dann verließ Ben Driskill den Konferenzraum und ging in sein Büro. Helen winkte ihm, sich zu beeilen.

»Es ist Elizabeth«, sagte sie, als er an ihr vorbeistürmte. Sie blickte hoffnungsvoll drein. Was immer sie tun konnte, um den beiden zu helfen, zusammenzubleiben, würde sie tun.

»Oh, Ben«, stieß seine Frau erleichtert hervor. »Gott sei Dank, daß du da bist.«

»Ich habe dich gestern abend in L. A. zurückgerufen, aber du warst wohl ausgegangen.«

»Ich hatte mich entschlossen, nach Washington zu fliegen. Ich bin gestern spät abends angekommen. Ben – ich kann es nicht glauben, daß Drew tot ist.«

Er zögerte. Es gab Dinge, die er ihr nicht sagen wollte, bis er sie sah.

»Ben, ist alles in Ordnung?«

»Mir geht's gut.«

»Seit ich wieder in Washington bin, höre ich nur noch das Wort ›Mord‹ ...«

Er schilderte ihr kurz die Ereignisse der letzten Tage.

»Du bist also gleich zum Präsidenten gefahren?« Sie hatte den springenden Punkt sofort erkannt. Das war ihm klar. Er hörte die unausgesprochene Frage: *Wirst du wieder mitspielen?* hinter den anderen Fragen: »Und, wie geht's ihm? Wie kommt er damit zurecht? Und dann Tarlow. Ich habe keine Ahnung, was als Nächstes kommt.«

»Charlie geht's gut«, sagte er. »Ich rede darüber nicht gern am Telefon, Elizabeth. Wie es aussieht, wurden zwei Männer ermordet, und – verdammt! – ich halte es durchaus für möglich, daß diejenigen, die dafür verantwortlich sind, auch Leitungen anzapfen ...«

»Ben, geht es dir wirklich gut?«

»Nein. Nicht wirklich. In der Kanzlei stehen mir Machtkämpfe bevor. Und ich habe Angst, daß sich das alles auf den Wahlkampf ungünstig auswirken wird.« Machte er sich tatsächlich um den Wahlkampf Sorgen? Er war nicht mehr sicher.

»Charlie *nimmt* es sehr schwer, hab' ich recht?«

»Wer kennt sich mit Charlie aus? Er ist nicht nur Charlie – er ist der Präsident. Ich weiß nicht, ob er selbst weiß, was er fühlt – er muß als zwei Männer reagieren, nicht nur als einer. Alle sagen, seine Kampagne sei schon tot.« Er nahm einen großen Schluck Wasser und überlegte, wie er es am besten ausdrücken sollte. »Es gibt da noch ein paar Probleme im Wahlkampf, die sich jetzt zuspitzen.« Er mußte ihr wenigstens etwas sagen, damit sie wußte, daß er ihr nichts verheimlichte, weil er auf sie und ihre Arbeit sauer war. Es war nicht ihre Schuld. Na ja, eigentlich schon. Aber er liebte sie. »Charlie kann Ellen nicht mehr sehen und den endlosen Strom schlechter Nachrichten nicht mehr hören ...«

»Das ist nicht *ihre* Schuld!«

»Schon möglich, aber, ehrlich gesagt, sie braucht einen Kurs in Diplomatie und Takt, was den Umgang mit dem mächtigsten Mann der Erde angeht. So sehe ich das jedenfalls. Mac denkt, der Präsident wird sie rausschmeißen. Und wenn Ellen geht, will Mac auch gehen, das weißt du doch.«

Elizabeth seufzte. Er hörte, wie sie mit dem Bleistift gegen die Kaffeetasse trommelte. Bestimmt saß sie an ihrem Schreibtisch in der Washingtoner Wohnung. »Es ist schlimm, wenn das Team auseinanderfällt. Das Team ist wohl das einzige, das Charlie geblieben ist. Ben – bitte, werde nicht gleich wütend. Ich will dich nicht drängen, aber ... er *braucht* dich. *Er* braucht dich ...«

»Fein, aber ich habe auch ein paar Probleme.«

»Was in aller Welt redest du da?«

»Landesmann scheint in einer dieser Warum-treten-wir-Driskill-nicht-in-den-Arsch-Phase zu sein. Er haßt mich und jubelt mir das ständig unter. Und ich muß ihm sagen, was er mich kann. Keine nette Atmosphäre, und wenn ich mich recht erinnere, war Charlie über keinen von uns sehr erfreut.«

»Ben, das ist doch kein Schulhof.«

»Erkläre das diesem miesen Arschloch Landesmann.« Er lachte leise. »Und überhaupt – ich werde dort nicht gebraucht.«

»Was soll das heißen? Wer sagt das?«

»Ich war bereit. Ich wußte, daß Charlie mich in den Wahlkampf hineinziehen würde, damit ich in Washington sein getreuer alter Resonanzboden bin. Wahrscheinlich hätte ich ja gesagt. Und dann ruft er mich mitten in der

Nacht in der Wohnung an – Mac schläft auf der Couch im Wohnzimmer seinen Rausch aus; frage nicht, das ist eine lange Geschichte –, und du glaubst nicht, was der alte Charlie mir gesagt hat. Er hat mir laut und deutlich erklärt, ich soll mich aus allem raushalten.«

»Das hat er nicht!«

»Er hat mir gesagt, Drews Tod würde die Kanzlei in Bedrängnis bringen. Er meinte, die Kanzlei stände nun offiziell unter einer dunklen Wolke: das Geheimnis um Drews Tod, dann Tarlows Tod – den er mir verheimlichen wollte, verdammt noch mal – und ihre Verbindung mit dem Weißen Haus und der Partei ...«

»Also irgend jemand in dieser Gleichung hat den Verstand verloren.« Jetzt ging sie in der Küche umher, drehte das Wasser auf und kochte noch eine Tasse Kaffee.

»Und er hat gesagt, er wollte, daß ich hier die Kanzlei leite und die Probleme begrenze.«

»Was für Probleme? Eine oder zwei Fragen? Das ist doch völliger Blödsinn.«

»Ist mir auch nicht entgangen.«

»Was ist denn in ihn gefahren?«

»Unser Freund Landesmann. Ollie hat ihm diese Idee einer dunklen Wolke über der Kanzlei eingeflüstert, und Charlie hat den Köder geschluckt.« Er seufzte. »Aber ich beklage mich eigentlich nicht. Ich wollte mich nicht gegen meinen Willen in den Wahlkampf ziehen lassen. Aber festzustellen, daß er mich nicht *wollte* – das ist ein verdammt dicker Brocken.«

»Oh, Ben ...«

»Es ist nicht nur die Halte-dich-raus-Masche. Charlie hat mir ziemlich übel mitgespielt, als ich in Washington war. Er hat tatsächlich versucht, vor mir zu verheimlichen, daß Hayes Tarlow ermordet worden ist! Kannst du das glauben? Heute steht's in allen Zeitungen, verdammt noch mal! Aber nein, Mac hat es mir erzählt – als er im *Willard* stinkbesoffen war und mich überzeugen wollte, daß Charlie ein mieser Dreckskerl sei. Er wollte mich für die Pro-Ellen-Truppe gewinnen. Als Charlie mich mitten in der Nacht anrief, habe ich es ihm sofort an den Kopf geworfen – was er sich gedacht habe, den alten Ben so zu hintergehen? Er hat mir Theater vorgespielt, aber da ist etwas, das der Präsident nicht weiß: Der Himmel wird über ihm einstürzen, wenn wir nicht herausfinden, was da vor sich geht – und zwar sehr schnell. Deshalb untersuche ich auf eigene Faust, was Hayes in Iowa gemacht hat.«

Er hörte, wie sie eine der drei täglichen Zigaretten ansteckte und den Rauch ausatmete. Er dachte an Larkie, der ein Nikotinpflaster benutzte, um sich das Rauchen abzugewöhnen. Larkie hatte tief im Innern einen stahlharten Willen. Wenn er sagte, er würde aufhören, hörte er auf.

»Ben, hier geht etwas Seltsames vor. Heute morgen habe ich einen Anruf bekommen – eine junge Frau. Sie heißt Rachel Patton. Sie klang furchtbar aufgeregt und bestand darauf, daß sie mit *dir* reden müsse. Sie will über mich an dich gelangen; ich nehme an, sie hat gedacht, du würdest ihren Anruf nicht entgegennehmen ... ich weiß nicht.«

Driskill hörte sein Alarmsystem leise klingeln. »Wer ist sie? Worüber will sie mit mir reden? Kannst du sie überprüfen? Sie soll dir vorher alles erzählen ...«

»Sie sagte nur, es ginge um Hayes Tarlow. Sie sagte auch, daß es den Präsidenten beträfe ... *aber ihre Instruktionen lauten, mit dir Kontakt aufzunehmen*. Und es kann nicht warten.«

»Ist das alles? Welche Instruktionen? Worüber will sie mit mir reden?«

»Das wollte sie nicht sagen. Aber sie hat Todesangst – ich scherze nicht. Das habe ich an ihrer Stimme gehört. Sie sagte, sie würde beschattet.«

»Ist sie verrückt?«

»Nein, ich glaube nicht, daß sie verrückt ist. Sie ... ich

kapiere es auch nicht, aber sie hat Angst, direkt zu dir zu kommen. Sie möchte mich auch ins Vertrauen ziehen, aber sie muß unbedingt mir dir reden.«

»Elizabeth, hör mir zu. Halt dich da raus! Hast du mich verstanden?«

»Sie sagte, sie hätte Angst, daß man sie auch ermorden würde. Wörtliches Zitat. Also, höre mir gut zu, Ben. Ich werde sie nicht im Stich lassen. Ich werde mich mit ihr treffen und mit ihr reden ...«

»Sie ist entweder verrückt, oder jemand beschattet sie tatsächlich und will sie womöglich umbringen ... Wie auch immer, halt dich da raus, verdammt noch mal!«

»Mit allem gebotenen Respekt, Herr Anwalt, ich bin die Journalistin. Das klingt überhaupt nicht nach dir. Kannst du mich nicht einfach meine Arbeit tun lassen?«

Die ganze Frustration, der aufgestaute Mißklang – er hörte es in ihrer Stimme.

»Irrtum. Es klingt *genau* nach mir.«

»Ben, sie hat Angst, und sie ist zu mir gekommen, und ich glaube, daß sie etwas weiß ...«

»Wann triffst du dich mit ihr?« Er gab auf. Es hatte keinen Zweck, mit ihr zu streiten.

»Ich weiß nicht ...«

»Du weißt es nicht?«

»Ben, du greifst mich völlig grundlos an. Hör auf damit. Ich bin ein großes Mädchen und weiß, was ich tue. Sie hat gesagt, sie würde sich wieder bei mir melden, wenn sie sicher wäre, nicht beschattet zu werden. Ich warte auf ihren Anruf. So machen wir es.«

»Paß auf dich auf. Wir haben schon zwei Tote, laß uns die Zahlen niedrig halten.«

»Ben, du hast sie nicht gehört, ich schon. Und warum muß sie unbedingt dich sprechen? Das zumindest werde ich herausfinden.« Sie bemühte sich, ruhig zu sprechen und den Streit zu übertünchen, so zu tun, als hätte er nicht stattgefunden. »Jetzt hab'ich's! Warum kommst du nicht nach Washington und triffst Rachel Patton mit mir zusammen?«

»Ich muß nach Boston zu Charlie. Larkie hat angerufen und gesagt, Charlie wolle mit mir sprechen. Er macht da oben ein Rieseninterview.«

»Ben«, sagte sie sanft. »Ben, bist du wieder im Team?«

Er lächelte. »Wir beide sind das einzige Team, bei dem ich mitspiele ...«

»Aber du versuchst es«, neckte sie.

»Für Zielstrebigkeit bekommst du gute Noten, Elizabeth. Aber ich möchte in dieser Scheiße nur herausfinden, wer Hayes und Drew umgebracht hat. Der arme Hayes war ein Freund von mir, aber was jetzt wichtiger ist: Er hat für die Kanzlei und für den Präsidenten gearbeitet, aber um seinen Tod kümmern sich nicht die Spitzenleute wie um Drews. Meiner Meinung nach ist Hayes bei der Erfüllung seiner Pflicht gestorben – und ich möchte wissen, warum. Das ist alles.«

»Ich bin froh, daß du nicht am Spielfeldrand stehst, Ben.«

Er seufzte. »Sei um Himmels willen vorsichtig mit dieser Rachel Patton. Wir wissen nicht, aus welcher Ecke sie kommt.«

KAPITEL 10

Der Verkehrsstau um den Boston Public Garden sah so schlimm aus, als würde er sich im Leben nicht mehr auflösen, aber es war nur der übliche Rummel um den Präsidenten. Die gesamte Gegend war abgesperrt, Schutzgitter, Seile. Die Polizisten plauderten gut gelaunt mit Passanten. Die Anwesenheit des größten Aufgebots an Geheimdienstleuten mit elektrischen Spaghettis in den Ohren erstickte jeden Gedanken an Rebellion auf den Straßen. Es war bewölkt und schwül. Die Bäume waren üppig grün und glänzten im Schein der künstlichen Lampen, die entlang der Arlington Street aufgestellt waren. Von den großen Rasenflächen um den Froschteich stieg der Duft des heißen, schwülen Sommers auf. Wie eine Abgaswolke schwebte über allem der einzigartige Geruch der Tonnen elektronischer Ausrüstung. Entlang der Arlington und der Commonwealth Street standen sechs Fernsehübertragungswagen. Ihre Schüsseln ragten seitlich heraus, Antennen streckten ihre Fühler wie große, weiße Insekten aus. Überall schwankten die Peitschenantennen im Wind. Kabel, dick wie aufgeblähte Boas constrictor, schlängelten sich unter den Füßen in die schönen Gartenanlagen, wo Ted Koppel das Interview mit dem Präsidenten vorbereitete, das um Punkt neunzehn Uhr live gesendet werden sollte. Koppel, dessen früher rötliches Haar inzwischen schlohweiß war, war die graue Eminenz in der neuen Nachrichtentruppe, nachdem Dan Rather und David Brinkley im Nebel der Geschichte verschwunden waren.

Driskill fand den Kontrollpunkt und zeigte den Ausweis vor, den Mac für ihn im Ritz hinterlegt hatte. Bostons Polizei war für das Grobe da, während die Männer vom Geheimdienst ruhmreicheren Tätigkeiten nachgingen, zum Beispiel den Himmel abzusuchen, ob nicht ein Raketenangriff drohte, oder die Büsche nach möglichen Meuchelmördern zu durchstöbern. Der Polizist fragte Driskill nach dem Namen. Ein Geheimdienstler überprüfte ihn auf einer Computerliste.

Bei so viel Sicherheitskräften schien sich der Großteil der Bostoner Bürger auf den Nebenstraßen zu drängen. Driskill bahnte sich mit den Ellbogen den Weg durch die Menge der Geladenen. Dann sah er den Präsidenten und Koppel, die vor der großen Reiterstatue George Washingtons standen. Das Standbild war so massiv, so realistisch, daß man den Eindruck hatte, das Roß bewege sich langsam mit erhobenem Huf vorwärts, den Giganten auf dem breiten Rücken. Man vermeinte das Schnauben zu hören.

Driskill überquerte die Arlington Street zum großen Wohnwagen, auf dem *PresCom1* stand. Der Typ an der Tür schoß heraus, erkannte ihn, überprüfte trotzdem seinen Ausweis, ehe er ihn hereinwinkte. Drinnen hingen zwanzig Fernsehmonitore an den Wänden, zwanzig Bilder flimmerten auf den Sonys. Sechs Bildschirme waren den Vorgängen im Schatten Washingtons und seines Pferdes gewidmet.

Bob McDermott drehte sich um und nickte Driskill zum Schneidetisch. Ein Team Techniker bereiteten die Werbespots vor. Mac sah selten schlecht aus.

»Was ist los, Alter?«

»Alles läuft schief – alles und noch mehr«, antwortete Mac leise. »Charlie rutscht bei allen Umfragen in den Keller, Hazlitt steigt ständig. Einen Punkt pro Tag – verdammt, beinahe ein freier Fall. Ich wünschte, er hätte nie diese verdammte Rede gehalten.«

Driskill nickte. McDermott war von Ellen Thorn ziemlich indoktriniert worden. Oft gab er sich derartiger Verzweiflung nicht hin.

»Ich habe ihn gebeten, ein Dutzend verschiedene Dinge zu tun, aber er lächelt nur wie die verdammte Sphinx, sagt nein und daß ich mir keine Sorgen machen soll. Dieses Lächeln kotzt mich langsam an, während die Kampagne in den Arsch geht. Er scheint sich nicht darüber klar zu sein, was für ein Glück wir mit dem Pattergebnis bei den Vorwahlen in Neuengland gehabt haben.« Mac fuhr sich durchs Haar. Er sprach wie unter Zwang. Er mußte sich Luft machen. Als er das merkte, brach er ab.

Es hatte zu nieseln begonnen, als könnte die Luft die Feuchtigkeit nicht mehr halten. Plötzlich tauchten Männer mit Regenschirmen auf und vollführten eine Art Tanz um den Präsidenten und Koppel und dessen Mitarbeiter mit den Notizen. Dann trat Linda aus dem Haufen der ABC-Größen, und Charlie legte den Arm um sie. Sie schüttelte Koppel die Hand, der eine Geste machte, mit der er seine Hoffnung ausdrückte, sie möge beim Interview mitmachen. Sie trat lächelnd zurück – nein, keine Chance. Charlie küßte sie. Dann ging sie zurück zu den Fernsehbossen. Ellen Thorn kam zu ihr und flüsterte ihr etwas ins Ohr. Alles war bestens. Alles war normal. Natürlich war alles eine Illusion.

Dann fing die Show an.

McDermott zündete sich eine Zigarette an und bestellte Cheeseburger und Bier bei einem Assistenten. Sie spitzten die Ohren, um zu hören, was auf den Monitoren gesagt wurde, als der Präsident und Koppel langsam unter den Trauerweiden zum Froschteich schlenderten. Schwanenboote schaukelten auf dem Wasser. Jemand drehte die Lautstärke auf.

Es ging um Außenpolitik, hauptsächlich um Mexiko. Die Antworten waren so vorhersehbar wie die Fragen. Koppel kam so schnell wie möglich zum Thema Gerüchte und welche Wirkung diese auf Bonners Wahlkampf gehabt hätten. Er bemühte sich, den Präsidenten zu Spekulationen über die mögliche Quelle zu verleiten.

»Was möchten Sie, daß ich sage, Ted? Daß Bob Hazlitts diese Lügen gutheißt? Wie soll ich das wissen?«

»Nun, Mr. President, heute wird sich Mr. Hazlitt zum erstenmal gegen die Gerüchte und Andeutungen aussprechen, sich von ihnen distanzieren und sie so deutlich wie möglich verurteilen.«

»Freut mich, das zu hören, Ted. Wieviel es wert ist, werden wir sehen.«

»Was haben Sie dazu zu sagen, daß Sherman Taylor aus dem Republikanerrudel ausgebrochen ist und Hazlitt unterstützt?«

Der Präsident schenkte ihm ein Lächeln. Diese Zähne! »Es ist ein freies Land, Ted. Ich habe mit dem bevorstehenden Parteitag alle Hände voll zu tun. Da kann ich mir wirklich nicht den Kopf darüber zerbrechen, was General Taylor und Mr. Hazlitt tun oder nicht tun. Wir können gewinnen. Es liegt bei uns, dem Team der Demokraten.«

»Nun gut, lassen Sie uns über das Team der Demokraten reden. Viele Beobachter haben den Eindruck, daß es ziemlich in Auflösung begriffen ist. In den letzten Tagen hat die Nation vom Tod – die Polizei von Long Island spricht jetzt von Mord – der legendären Gestalt Drew Summerhays erfahren. Und gestern und heute ist dazu noch der Bericht über einen Mord gekommen, der sich einen halben Kontinent entfernt abgespielt hat. Der Mord an dem langjährigen Privatdetektiv für die Demokratische Partei, Hayes Tarlow. Das ›Team‹ hat zwei Spieler verloren, Mr. President, und heute stand noch eine damit zusammenhängende Meldung in dem *World Financial Outlook,* die Drew Summerhays mit dem Finanzier und Lobbyisten Tony Sarrabian verbindet – und deshalb muß ich Ihnen jetzt die Frage stellen: Was hatte Drew Summerhays mit einem Mann zu tun, der eigentlich von Natur aus ein Feind sein sollte: Tony Sarrabian?«

»Ted, ich habe keine Ahnung. Aber Tony Sarrabian ist in Washington ein Fakt des Lebens. Er kennt jeden, alle kennen ihn, er gibt Riesenparties, und wie Sie selbst genau wissen, sind Parties für die Arbeit in Washington lebenswichtig. Ich halte es für völlig irrelevant, was er und Drew gemacht haben. Daher halte ich das, was Ballard Niles heute über Drews im *Outlook* geschrieben hat, für unbegründet und unverzeihlich. Ansonsten«, der Präsident zuckte mit den Schultern, »habe ich dazu nichts mehr zu sagen.«

»Ich muß aber noch die Frage über Hayes Tarlow stellen, der vorige Woche in Iowa ums Leben kam – einen Tag vor Drew Summerhays' Tod. Kannten Sie Hayes Tarlow, Mr. President?«

»Wenn ich mich recht erinnere, ist mir Mr. Tarlow vor beinahe dreieinhalb Jahren nach der Wahl vorgestellt worden. Sie wissen schon ... so ganz allgemein. Tarlow hat dem DNC geholfen, aber ich erinnere mich nur vage, nicht genau. Es war keine Angelegenheit, die man sich hätte einprägen müssen.«

Die nächsten Fragen brachten auch nichts Konkreteres über Hayes Tarlow. Dann folgte Werbung. Mac schluckte den Rest des Cheeseburgers runter und blickte Driskill an.

»Es gibt Rädchen in den Rädern, Ben. Und ich laufe nur noch im Kreis herum. Herrgott, ich komme mir so ausgegrenzt vor, und es ist sicher, daß wir alle im Stab dieses Gefühl haben.« Er drückte die Zigarette in einem uralten Aschenbecher aus.

Koppel und der Präsident kamen zum Schluß. Koppel stellte die abschließende Frage: »Werden Sie gewinnen? Wird man Sie auf dem Parteitag der Demokraten nominieren? Das ist doch der springende Punkt, nicht wahr, Mr. President?«

»Ich möchte hier auf einige Fragen antworten, Ted, die ich in letzter Zeit gehört und gelesen habe. Offenbar fragen sich einige Leute, ob ich – in Anbetracht der Angriffe gegen mich danach – bedaure, was ich vor sechs Monaten in meiner Rede zur Situation der Nation gesagt habe. Lassen Sie mich all denen, die an mir zweifeln, versichern, daß nötig war, was ich gesagt habe. Was ich gesagt habe, ist immer noch gültig. Und was ich gesagt habe, wird der einzige

Grund sein, der zweifellos meinen Dienst im Weißen Haus zu einem Teil der amerikanischen Geschichte machen wird. Viel klarer kann ich es nicht ausdrücken. Die geheime Regierung mußte erfahren, daß sich die Zeiten, in denen sie in unserem großen Land nach Belieben schalten und walten konnte, dem Ende zuneigen. Und wir alle werden danach glücklicher sein und freier und besser leben. Eine Nation kann ihr größtes Potential nicht einsetzen, wenn ein Krebsgeschwür an ihrem Herzen wächst, und wir haben begonnen, dieses Geschwür zu entfernen und Amerika wieder gesund zu machen. Das garantiere ich.« Der Präsident holte tief Luft. Koppel wollte etwas sagen, spürte dann jedoch mit seinem untrügbaren Zeitgefühl, daß sie fertig waren.

»Ich danke Ihnen, Mr. President.«

»Es war ein Vergnügen – wie immer, Ted.«

Mac trank einen Schluck Bier und sprach dann das Mantra des Tages laut aus: »Charlie versucht gleichzeitig mit dem Abpfiff einen Treffer zu landen.« Er schüttelte den Kopf. »Diese Scheißrede ...«

Ellen Thorn saß mit grimmigem Gesicht am Ende der Couch im Hotel und blätterte in Ordnern mit Computerausdrucken. Noch mehr Untersuchungen. Nur zum Sammeln von Daten war sie noch da – man konnte ihr die Enttäuschung am Gesicht ablesen. Die Strategieplanung hatte man ihr aus den Händen genommen. Sie durfte keine Ratschläge mehr geben, die auf den Daten basierten. Sie konnte keine Schachzüge mehr einsetzen, um das Ergebnis zu beeinflussen. Sie sah aus, als glaubte sie den Meinungsumfragen, daß Bob Hazlitt vielleicht doch der beste Mann sei, um die Partei in die Zukunft zu führen, ein Mann fürs Volk. Sie sah aus, als glaubte sie, daß Charles Bonner erledigt sei.

Bob McDermott rauchte eine Zigarette und starrte auf

den Fernsehschirm, wo CNN bereits Koppels Interview mit dem Präsidenten analysierte.

Überraschenderweise verteidigte Ellen Thorn Bonner. »Er spielt seine Karten so gut wie möglich aus: Aus der Rede ein Plus machen, stolz darauf sein – als Retter des Vaterlandes auftreten. Wer weiß? Wir nehmen, was wir kriegen können. Das ist harter Patriotismus. Hazlitt hat den Markt des leichten Patriotismus erobert.« Das war ihre Stärke. Sie sah die Wahrheit glasklar.

Larkspur seufzte. »Ich habe Ihre Zahlen angesehen und die Delegierten: Wir haben an Boden verloren. Das liegt nicht daran, was Hazlitt uns antut, sondern daran, was mit uns geschieht. Wie viele Katastrophen werden noch über unsere tapfere Schar hereinbrechen? Ich fühle mich so hilflos.« Ein derartiges Eingeständnis kostete ihn viel Überwindung. Er war ein stolzer Mann, aber jetzt war er ein Mann ohne Antworten.

Der Präsident und die First Lady aßen mit dem Präsidenten von Harvard und seiner Gattin zu Abend, ehe sie zur Kundgebung ins Stadion fuhren. Driskill war sicher, daß die beiden sich besser amüsierten als ihr Stab im Hotelzimmer. Vielleicht legten Charlie und Linda ihre Unterlagen vor, um sich für die Zeit nach dem Tag der Abrechnung einen weichen Platz an der Universität zu sichern. Wahrscheinlich lachten sie genau jetzt über irgend etwas. Charlie war verflucht gut darin, unangenehmen Realitäten den Rücken zuzuwenden. Ellen würde sagen, er verneinte das alles einfach.

Driskill trank seinen Drink aus, schenkte sich noch einen ein und ging wieder ans Fenster, um in die neblige Nacht hinauszublicken. Oliver Landesmann stand neben ihm und schaute zu Driskill durch die dicke Halbbrille auf.

»Ben, ich muß sagen, Sie kommen rum – jetzt sind Sie hier in Boston. Ich habe gehört, Sie sollen dem Präsidenten Meldung erstatten. Da frage ich mich: Worüber?«

»Sie hören verflucht viel. Wer ist Ihre Quelle?«

»Ich habe viele Quellen. Haben Sie sich schon beim Präsidenten gemeldet?«

»Fragen Sie Ihre Quellen.«

»Ich frage Sie, Ben. Seien Sie doch nicht so feindselig oder widerborstig. Ich habe mich erkältet. Mir tut der Hals schon weh. Nichts Schlimmes, nur eine Sommergrippe.«

Das Abendessen kam, und alle – bis auf Landesmann, der Hunger hatte – betrachteten es lustlos. Der Kellner servierte ein Büfett und baute alles so umständlich auf, daß Driskill ernsthaft überlegte, ihn aus dem Fenster zu werfen. Larkspur unterschrieb die Rechnung. Ellen blickte auf die Uhr und meinte, es sei Zeit für Arnaldo LaSalles Show. Mac stöhnte, schaltete aber den Fernseher wieder ein.

Man merkte sofort, daß etwas nicht stimmte. LaSalles finsteres Gesicht, die Brauen zusammengezogen, um theatralisch tiefe Sorge auszudrücken. Er war live auf Sendung. Ellen gebot allen Schweigen.

»Wir wollten am heutigen Abend eine Diskussion um den runden Tisch bringen, bei der politische Reporter und Kolumnisten aus dem ganzen Land analysieren sollten, wo die Kandidaten so kurz vor dem Parteitag der Demokraten in Chicago stehen. Wir haben diese Runde bereits heute nachmittag in Washington aufgezeichnet.

Doch in der Nachrichtenberichterstattung muß man immer flexibel sein: Nichts darf uns von unserer Verantwortung Ihnen, dem Volk, gegenüber abhalten, und heute abend sind wir mitten in einer atemberaubenden Geschichte, die – Sie werden uns zustimmen – Vorrang vor unseren ursprünglichen Plänen haben muß. Es ist eine Geschichte, die wieder großen Ärger für die Bonner-Regierung verspricht – und insbesondere für diesen Wahlkampf. Wir sind gleich nach der Werbung wieder da – gehen Sie nicht weg.«

»Was ist das für eine Scheiße?« flüsterte Ellen und leckte sich die Mayonnaise von der Unterlippe. Larkspur machte ein besorgtes Gesicht. Mac sagte: »Herrgott noch mal, jemand sollte gegen dieses Arschloch etwas unternehmen.« Er packte sein Glas so heftig, daß der Drink herausschwappte, und kippte die Hälfte mit einem Zug weg. Larkspur murmelte: »Was hat er jetzt wieder vor?« Landesmann fuhr sich mit der Hand über die krausen Locken und blinzelte wie ein schläfriger Frosch. Dabei schüttelte er langsam den Kopf hin und her.

LaSalle erschien wieder. Nahaufnahme seines Gesichts. Dann fuhr die Kamera zurück. Man sah hinter ihm ein riesiges Foto von Drew Summerhays' Haus auf Big Ram. »Sie erinnern sich gewiß, daß hier, in seinem Landhaus auf Long Island, Drew Summerhays in der Nacht von Freitag auf Samstag ums Leben kam. Vielleicht haben Sie die Meldungen gehört, wonach die Polizei jetzt offiziell erklärt hat, daß Mr. Summerhays das Opfer einer Gewalttat wurde.« Drews Gesicht füllte den Bildschirm. Dann verwandelte es sich langsam in Hayes Tarlow. »Und Sie wissen inzwischen auch, daß ein kleiner Privatdetektiv namens Hayes Tarlow in Iowa ermordet wurde, in einer Kleinstadt am Mississippi, in Saints Rest. Vielleicht haben Sie auch gehört, daß Mr. Tarlow unter der Bonner-Regierung bekanntermaßen für das Democratic National Committee als auch für das Weiße Haus gearbeitet hat, und – um das Bild vollständig zu machen – es ist ferner bekannt, daß Mr. Tarlow häufig für die bekannte Kanzlei Bascomb, Lufkin und Summerhays tätig war. Ja, derselbe Drew Summerhays. Damit haben wir eine Verbindung zwischen den beiden ermordeten Männern: Beide waren eng verknüpft mit dem DNC, dem Weißen Haus und der Bascomb-Kanzlei. Wir haben mit Leuten gesprochen, die bestätigt haben, daß Summerhays und Tarlow sich kannten, und die es für denkbar halten, daß Summerhays Mr. Tarlows Dienste für die Kanzlei in Anspruch genommen hat …« Er wartete, bis das Foto von Saints Rest, das Tarlows Gesicht verdrängt hatte, verblaßte und sich ein neues Gesicht abzuzeichnen begann, das der Computer langsam und qualvoll deutlich werden ließ.

»Jetzt hat unseren Reportern für *On Deadline* eine private Quelle, die aus Gründen der eigenen Sicherheit anonym bleiben muß, mitgeteilt, daß« – er schaute auf das Gesicht, das immer deutlicher wurde – »dieser Mann ... Anwalt Benjamin Driskill, einer der Senior-Partner der Bascomb-Kanzlei ...« Wieder blickte er auf Driskills Foto. Ben hatte plötzlich das Gefühl, gleich kotzen zu müssen. Landesmann würgte an einem Sandwich. Er wischte sich den Mund ab und schaute Driskill mit großen Augen vorwurfsvoll an. »... und ein geschätzter Berater Präsident Bonners, sein Freund aus alter Zeit, als die beiden bei Notre Dame Football spielten ... Ja, dieser Mann hat sich mit Drew Summerhays auf Big Ram Island in der Todesnacht getroffen.«

Die Kamera kehrte zu LaSalles Gesicht zurück. »Wir haben mit einem Zeugen gesprochen, der Mr. Driskill in jener stürmischen Nacht auf der Fähre nach Shelter und beim Betreten des Besitzes gesehen hat. Doch ich möchte Sie warnen: Unser Zeuge hat klar gesagt, daß er nicht tatsächlich gesehen hat, daß Mr. Driskill Mr. Summerhays ermordet hat. Wir wollen auch keineswegs behaupten, daß Mr. Driskill der Mörder sein muß! Aber wir wüßten gern, was Mr. Driskill in jener Nacht in Big Ram, in Drew Summerhays' Landhaus, zu suchen hatte. Wir möchten wissen, warum Mr. Driskill mit dieser entscheidend wichtigen Aussage nicht vorgetreten ist. Wir verlangen, daß Mr. Driskill jetzt alles auf den Tisch legt. Das verlangen wir im Interesse des amerikanischen Volkes! Die Öffentlichkeit hat das Recht, diesem Murdergate auf den Grund zu gehen.«

Driskills Foto wurde langsam größer, bis es den Bildschirm ausfüllte. Sein Name stand unten, wie auf einem Bild aus der Verbrecherkartei der Polizei.

Driskill hörte, wie er einen Fluch ausstieß, aber einen

Augenblick lang hatte er das Gefühl, nicht im Zimmer zu sein. LaSalle hatte sein Gesicht in den Cyberraum geschossen, auf einen Ausflug um den Mond.

Hinter ihm ertönte Landesmanns Stimme. »Verdammt, Ben. Ich habe Ihnen gesagt, daß Sie auf dünnem Eis wandelten. Herrgott, was haben Sie sich dabei bloß gedacht?«

»Ollie, ich sage es Ihnen nur ein Mal: Noch eine blöde Bemerkung, und Ihre Rückreise nach Washington fängt mit einem Flug durch dieses Fenster an. Ich scherze nicht. Eine zweite Warnung wird es nicht geben.«

Larkspur sprach mit seiner ganzen Autorität: »Gentlemen, das gefällt mir ganz und gar nicht. Also aufhören, beide!«

Ellen Thorn blickte nachdenklich auf und analysierte die Situation. »Hören Sie auf, Ben, Ollie. Wenn ein Mann mal einen umgebracht hat, fällt der zweite Mord viel leichter.«

Sie grinste, aber Ollie musterte Driskill finster und kaute verbissen auf seinem Hühnerbrustsandwich. Er hatte keine Angst vor Driskill. Er würde sich auch nicht fürchten, wenn man ihn durchs Fenster warf. Wahrscheinlich würde er berechnen, wieviel Schmerzensgeld er einklagen könnte, falls er den Aufprall überlebte.

Ellen war zu Driskill gegangen und legte ihm beschützend die Hand auf den Arm. Sie war immer die erste, die anderen zu Hilfe kam.

»Ich kaufe die Geschichte mit dem Scheißzeugen nicht eine Sekunde«, erklärte Mac. »Er wird ihn nie vorzeigen, weil der Mann gar nicht existiert. Irgend jemand hat ihm den Tip gegeben. Glauben Sie mir, Ladies und Gentlemen, so ein Zufallstreffer von eins zu einer Million kommt nicht vor. Vergeßt das Ganze. Aber irgendwo ist eine undichte Stelle.«

Driskill überlegte, wer Ellen und Mac informiert hatte, wer bei diesem Teil des Gesprächs mit dem Präsidenten nicht dabei war. Aber das war Washington. Die Leute erführen alles. Es war, als würden Geheimnisse geflüstert und eingepflanzt, um in der Atmosphäre des Weißen Hauses zu wachsen und zu blühen, bis sie Allgemeinwissen wurden. Es machte angst.

»Aber wer?« Larkspur lehnte sich zurück und zwang sich die Maske der Zivilisiertheit auf. »Der Kreis ist zu klein. Nur wir und …« Er blickte Ben fragend an.

»Die Generalstaatsanwältin.«

»Elizabeth?«

»Nein, Larkie. Sie war an der Westküste. Ich habe sie noch nicht gesehen …«

»Und telefonisch?«

»Absolut nein. Kein Wort.«

Larkspur zuckte mit den Schultern. »Vielleicht *gibt* es diesen Zeugen doch …«

»Glauben Sie doch diesen Scheiß nicht. Vertrauen Sie mir«, sagte Mac.

»Es muß jemand aus dem Hazlitt-Lager sein«, sagte Driskill. »Gibt es im Weißen Haus einen Maulwurf? Jemand, der jetzt hier im Zimmer ist? Lächerlich!«

Driskill hatte Larkspurs Gesicht noch nie so weiß gesehen, obwohl dieser krampfhaft seine Besorgnis verbarg. Einen Moment lang glaubte er, Larkie würde einen Herzinfarkt erleiden. Larkspur wischte sich das Gesicht mit der weißen Leinenserviette ab und sagte: »Die undichte Stelle … wir müssen einen Namen finden … oder die Möglichkeit aufzeigen, wie es geschehen sein könnte. Und wir müssen uns darüber klarwerden, wie wir die Sache behandeln können. Lassen Sie uns mal in Ruhe nachdenken und nicht blind drauflosstürmen.«

»Ich kann nur eines tun«, erklärte Driskill. »Ich muß mauern. Alles bestreiten. Hat der Scheißzeuge mitten in der Nacht ein Foto von mir gemacht? Sollen sie es doch beweisen. Behandeln wir es wie eine Ausgeburt überhitzter Phantasie. Ich kann nichts anderes tun …«

»Das Problem ist, daß die Öffentlichkeit es gehört hat«,

gab Ellen zu bedenken. »Wenn die Zahnpasta mal aus der Tube ist, kannst du sie nicht wieder reindrücken. Man will den Eindruck erwecken, als sei der Präsident irgendwie in einen Mord verstrickt. Wenn Menschen das einmal glauben, gibt es keine Möglichkeit, ihre Meinung zu ändern – es haftet!«

Larkspur hatte sich erholt. Er streckte die langen Beine unter dem Couchtisch aus und legte das Kinn auf die Brust. »Die Generalstaatsanwältin. Sie hat gewußt, daß du dort warst, Ben. Ich würde sie gern fragen, ob sie es für gerechtfertigt hielt, es jemandem zu sagen.«

»Na schön«, meinte Ellen. »Wir können Teresa befragen, aber jetzt sollten wir uns alle unbedingt zu erinnern versuchen, ob einer von uns diese Information mit jemandem geteilt hat. Konnte jemand ein Gespräch belauschen? Irgend jemand?« Sie machte eine Pause. »Ich bin sicher, ich nicht. Es sieht so aus, daß Mac der einzige ist, mit dem ich darüber geredet habe. Was ist mit Ihnen, Larkie?«

Larkspur schüttelte den Kopf »Nicht nach dem Treffen im Weißen Haus. Ich kann mir nicht vorstellen, daß einer von uns geplaudert hat. Ollie?«

»Selbstverständlich nicht. Schließlich war ich der, der gedacht hat ...«

»Wir wissen, was Sie gedacht haben, Ollie«, unterbrach ihn Driskill. »Aber wenn Sie mich jetzt ein Arschloch nennen, hilft uns das auch nicht weiter. Irgend jemand hat geplaudert, und es gibt nicht gerade einen großen Kreis Verdächtiger. Natürlich haben wir eine Person ausgelassen ...«

»Was reden Sie da?« sagte Mac.

»Ja, wir haben den Präsidenten ausgelassen«, sagte Driskill. »Hat er es Linda erzählt? Hat er es irgend jemand in der Regierung erzählt? Ist er selbst die undichte Stelle?« Er hörte Teresa Rowans Stimme: *Paß auf deinen Rücken auf, Ben!* Wollte Charlie die Polizei von sich ablenken? Gab es eine geheime Parole: *Traue niemandem?*

»Nun«, meinte Larkspur ruhig, »wir können der Sache im Augenblick nicht nachgehen, Ben, so gescheit es auch klingt. Aber wir müssen einen Plan erarbeiten, wie wir vorgehen, und uns alle darauf einigen. Wir müssen zum Beispiel davon ausgehen, daß die Bullen auch gehört haben, was LaSalle gesagt hat – falls die Information nicht von ihnen stammt. Wahrscheinlich werden sie dir ein Gespräch aufdrängen, Ben ...«

»Die Bullen sind nichts im Vergleich mit dem, was die Presse mit Ihnen machen wird, Ben«, unterbrach ihn Ellen. »Sie müssen eine Pressekonferenz geben, Ben ...«

»Ich werde keine Pressekonferenz abhalten. Meine einzige Antwort kann nur absolutes Leugnen sein. Alles andere führt zwangsläufig zu einer öffentlichen Kreuzigung in den Medien.«

Landesmann hatte die Lider gesenkt, als schliefe er. »Haben Sie Hayes Tarlow dem Präsidenten vorgestellt, Benjamin?«

»Sie werden begeistert sein, Ollie. Ja, habe ich. Ich habe die Aufmerksamkeit des DNC und des Präsidenten auf Tarlow gelenkt – durch die gute Kanzlei von Drew Summerhays. Ja, ich bin der Meisterkriminelle hinter der ganzen häßlichen Sache. Schuldig, Ollie, schuldig wie die Sünde!«

»Benjamin, reißen Sie sich zusammen ...«

»Herrgott, klinge ich verärgert? Ich kann mir gar nicht vorstellen, was in mich gefahren sein könnte. Wahrscheinlich bin ich übersensibel. Aber Sie sind so ein Oberarschloch, Ollie. Sie fördern das Schlimmste in mir zutage – was soll ich sagen?«

»Mauern, das ist die Antwort. Ben hat recht.« Das war Larkspur. »Ich stamme noch aus den Nixon-Tagen. Darin kannte man sich damals aus: Es war nicht immer eine schlechte Idee. Hätte er diese verdammten Bänder verbrannt und hätten alle eisern gemauert, hätte er wohl überlebt. Seine Präsidentschaft hätte überlebt.«

Landesmann sah ihn mit hochgezogenen Brauen an. »Sind wir jetzt schon so tief gesunken, daß wir uns Nixon als Vorbild nehmen? Darf ich Sie an die seltene Gelegenheit erinnern, als Bob Dole recht hatte? Sie erinnern sich bestimmt daran, wie er Carter, Ford und Nixon nannte: Höre nichts Böses, sieh nichts Böses und das Böse.«

»Bei R.N.s Beerdigung war er tief bewegt«, sagte Larkspur unparteiisch. »Ich übrigens auch. R. N. war in vieler Beziehung ein Schwein, aber auf seine Art auch erstaunlich mutig. Wie er sich gegen diese Jungs aus Bohemia Grove gewehrt hat – o ja, das hat er getan. Er ging das Risiko ein, ermordet zu werden, als er den Krieg in Vietnam beendete. Ehrlich gesagt, hätte ich jeden Betrag gewettet, daß man ihn deshalb umbringen würde. Wenn sie ihren Kopf durchgesetzt hätten, wäre dieser Krieg immer noch Bestandteil unseres täglichen Lebens. Na ja, er hatte auch gute Seiten, nehme ich an. Wie dem auch sei ... mauere, Benjamin. Du warst nie dort. Mr. LaSalle wurde von jemandem getäuscht, dem er zweifellos eine Menge Geld bezahlt hat – schätzungsweise werden wir nie erfahren, wer das war.« Er seufzte. »Es ist etwas beunruhigend, daß dieser geheimnisvolle Fremde so recht hat, aber da es keinerlei fotografische Beweise gibt, kann ich erklären, daß er sich alles nur aus den Fingern gesogen hat.«

»Sie schlagen vor, daß wir lügen?« fragte Landesmann. »Die Presse belügen? Die Öffentlichkeit belügen? Ich traue meinen Ohren nicht.« Es war unmöglich festzustellen, ob er scherzte oder tatsächlich beleidigt war.

Larkspur lächelte. »Lügen für eine gute Sache – das ist Politik. Die Republik ist darauf aufgebaut.«

»Verdammt gute Idee«, sagte Mac.

Kapitel 11

Es war Viertel nach neun Uhr abends, als Driskill wieder sein Zimmer im Ritz betrat, und neun Uhr siebzehn, als das Telefon klingelte. Es war Elizabeth. Sie hatte gerade den LaSalle-Bericht gesehen.

»Es ist doch nicht wahr, Ben, oder? Der Kerl lügt wie gedruckt.«

Er holte tief Luft. »Doch, ich fürchte, es ist wahr. Aber ganz anders, als er angedeutet hat. Ich wollte warten, bis ich dich persönlich treffe. Larkie hat mich an jenem Abend angerufen. Er machte sich Sorgen wegen Drew – sagte, Drew sei in letzter Zeit nicht er selbst gewesen. Ich beschloß, auf die Insel hinauszufahren und ihm am Wochenende Gesellschaft zu leisten. Ein scheußliches Unwetter zog herauf. Ich hielt es für eine gute Idee. Also fuhr ich hin, aber ich bin nicht rechtzeitig gekommen. Er war tot.«

»Mein Gott, Ben! Und dann bist du nach Washington gefahren?«

»Am nächsten Morgen. Nachts bin ich nicht mehr von der Insel runtergekommen. Hör zu, ich erzähle dir alles genau, wenn ich dich sehe. Jetzt zu neulich. Ich möchte deine Rachel Patton so bald wie möglich treffen. Hast du wieder von ihr gehört?

»Nicht nur gehört, ich habe sie hier bei mir.«

»Ich komme nach Washington ...«

»Nein, nein. Hör mir jetzt genau zu, Ben. Es gibt im Weißen Haus einen Geheimkanal ...«

»Was? Um Gottes willen, worüber redest du?«

»Ich habe es von Rachel Patton. Sie hat es mir gesagt.«

»Elizabeth, ich kann dir nicht folgen ...«

»Rachel Patton wurde benutzt, um einen Geheimkanal aufzubauen. Drew und Hayes Tarlow und noch jemand waren daran beteiligt – jemand im Weißen Haus.«

»Was für ein Geheimkanal? Was war in der Pipeline?« Er dachte an die Jahre unter Reagan und unter Nixon. Es gab immer geheime Kanäle …

»Ich weiß es nicht. Das will sie mir nicht sagen.«

»Okay, okay. Hör zu. Ich nehme den nächsten Flug nach Washington. Ich muß mit der Frau sofort sprechen. Sofort.«

»Sie hat Angst, in Washington zu bleiben. Sie ist halb tot vor Angst. Und sie hat mich überzeugt, Ben. Wir sind oben in Middlebury …«

»Vermont? Du bist in *Vermont*?«

»Ich mußte herkommen, um über die Kampagne des Präsidenten zu berichten. Er kommt nach Sugar Bush. Ich konnte sie nicht zurücklassen. Sie hat furchtbare Angst, Ben. Du, da ist eine kleine Komplikation: Jetzt hat sie auch vor dir Angst …«

»Du scherzt.«

»Nein, ich scherze nicht. Wir haben gemeinsam die LaSalle-Sendung angeschaut, und jetzt hat sie Angst, daß du irgendwie in die Morde verwickelt bist – nein, sage es nicht. Ich weiß, daß es verrückt ist, aber sie lebt in einer Welt voll Angst …«

»Dieser Dreckskerl LaSalle!«

»Rachel ist hin- und hergerissen. Mir traut sie, aber sie weiß nicht, ob sie dir trauen kann.«

»Du mußt sie überzeugen, Liebling. Ich muß mit ihr reden.«

»Ich tue mein Bestes.«

Er machte eine Pause und wartete, bis die Stücke in seinem Kopf zusammenpaßten. Etwas quälte ihn. »Und wenn sie dir alles sagt, was sie weiß – wirst du mir dann erklären, du müßtest darüber berichten? Oder nachforschen? Oder sonst irgendeinen verdammten Mist? Das Credo der Journalisten? Ein Geheimkanal im Weißen Haus, was für ein Knüller! Und das kann Charlie hundertprozentig den Job kosten.«

»Mach dir wegen des journalistischen Ethos keine Sorgen, Liebling. Es verlangt von mir, die Fakten dessen zu kennen, worüber ich berichte – wir kennen sie aber nicht. Aber trotzdem frage ich mich, ob Charlie mitgemacht hat. Oder ist der Zweck des Geheimkanals, den Präsidenten zu überlisten?«

»Sie hat die Antworten, nicht wir.«

»Ben, sie hat mir nicht mal eine Andeutung gemacht, worum es geht. Ich habe keine Ahnung, wieviel sie weiß.« Ihre Stimme verklang hilflos. »Ich bin nur sicher, daß sie vor Angst völlig fertig ist, und ich bemühe mich, sie zu beruhigen und ihr klarzumachen, daß Tarlow sie nie zum falschen Mann geschickt hätte.«

»Wir wissen nicht einmal, ob das stimmt. Wir wissen nur das, was sie dir gesagt hat. Sie hat Tarlows Namen nur erwähnt ... na ja, vielleicht ist sie echt, vielleicht nicht. Vergiß nicht, es geht um Politik.«

»Du wirst mich verstehen, wenn du sie siehst, Ben.«

»Okay, halte die Stellung. Ich mache mich gleich auf den Weg.«

»Ja, beeile dich, Liebling. Es ist schon halb zehn. Das Middelbury Inn. Gib Gas.« Sie gab ihm die Zimmernummer.

Eine halbe Stunde später wartete der Pilot mit einem Lear-Jet auf dem Rollfeld in Lexington. Zehn Minuten nach zehn Uhr abends war er in der Luft.

Die Eingangshalle des Middelbury Inn war das reinste Irrenhaus: Reporter, Leute vom Stab, alle, die für die Präsentation des Präsidenten in der Öffentlichkeit lebenswichtig waren. Einige Fernsehleute wurden bevorzugt behandelt, auch einige Kolumnenschreiber der landesweiten Illustrierten. Busenfreunde des Präsidenten. Es war eine Art Party, angeregt durch das Koppel-Interview und die anschließende Sendung LaSalles, der Driskill an den

Tatort des Mordes stellte. Das war genug, um alle an diesem Abend in Schwung zu bringen.

Driskill betrachtete alles von einem Korridor aus. Er fühlte sich wie ein reiferes Semester, das unversehens in einen Kneipenabend einer Burschenschaft geraten ist. Er nahm die Hintertreppe, um der Menge aus dem Weg zu gehen. Er klopfte an die Tür. Elizabeth rief. »Wer ist da?«

»Don Mattingly von den Yankees.« Das war seit vielen Jahren ihre Parole.

Sie machte die Tür auf.

Er war nicht auf die Flut von Gefühlen vorbereitet, die beim Anblick Elizabeths auf ihn einstürmten: ihr breites Lächeln, das glänzende dunkelbraune Haar und der gerade Blick. Sein Herz sprang ihm in der Brust wie damals als Kind. Sie streckte ihm die Arme entgegen. Er preßte sie an sich und vergaß all die Frustrationen, die ihre Karriere ihm gebracht hatte. Er erinnerte sich an das, was sie zusammengeführt hatte: die Wärme ihrer Liebe und Leidenschaft. Er spürte ihren Atem, als sie sich in den Armen hielten. Er roch ihr Haar und ihr Parfüm und küßte sie, bis sie sich atemlos löste und sagte: »Und das ist Rachel Patton. Rachel, das ist mein Mann, damit Sie nicht etwa etwas Falsches denken. Ben, Rachel.« Sie nahm Rachels Hand und zog sie näher. »Versuchen Sie mir zu vertrauen, Rachel. Er wird Ihnen nicht weh tun.«

Die Überraschung auf Rachels Gesicht war nicht zu übersehen. Sie warf einen Seitenblick auf Elizabeth und sagte vorwurfsvoll: »Sie haben mir nicht gesagt ...«

»Ich mußte es tun«, unterbrach Elizabeth sie.

»Sie hätten mir sagen müssen, daß er kommt.«

»Es ist zu wichtig, um sich Sorgen zu machen, ob Sie gekränkt sind«, sagte Driskill.

»Elizabeth und ich wissen, daß ich nicht zu den Schurken gehörte – Sie müssen mir beweisen, daß Sie gute Informationen haben. Die Wahrheit, verstehen Sie?«

»Versuchen Sie nicht, mich einzuschüchtern«, sagte sie und blickte ihm in die Augen. »Ich bin aus freien Stücken gekommen.« Sie hatte die kleinen Fäuste geballt.

Driskill schaute in ihre glänzenden dunklen Augen. Langsam mußte er lächeln. »Miss Patton, wenn ich zu harsch geklungen habe – na ja, Sie sind nicht die einzige, die Probleme hat. Sie haben LaSalle heute abend gehört. Jeder Reporter Amerikas möchte mich in diesem Moment aufstöbern, ganz zu schweigen von den Bullen, die Drew Summerhays' Tod untersuchen. Ich sitze auf dem heißen Stuhl, Sie sitzen auf dem heißen Stuhl, und Menschen werden ermordet. Sie haben Angst. Okay. Aber vor mir brauchen Sie sich nicht zu fürchten. Ich will nur das Beste für den Präsidenten. Er ist doch auch Ihr Kandidat, nicht wahr, Rachel?«

Sie nickte.

»Wir wollen doch seine Chancen nicht ruinieren, oder? Wir wollen doch nicht Bob Hazlitt im Weißen Haus ... oder?«

»Nein, das will ich nicht.«

»Deshalb muß ich ihre Geschichte hören. So einfach ist das.« Er streckte ihr die Hand entgegen.

Rachel Patton schüttelte sie und lächelte probeweise. Ihre dunklen Augen waren immer noch mißtrauisch und wachsam. Sie war klein und kräftig, eines dieser sehr gut gebauten Mädchen. Das glänzende schwarze Haar war straff zurückgebunden. Keine Strähne in Unordnung. Mit gepreßter Stimme sagte sie: »Mr. Driskill, Mrs. Driskill – Elizabeth – hat mir mehr geholfen, als ich sagen kann, und ... ich muß Ihnen vertrauen, oder? Und ich muß auf das vertrauen, was Mr. Tarlow mir gesagt hat: Falls ihm etwas zustieße, sollte ich mich an Sie wenden.«

»Das ist gut, Rachel. Hayes würde Sie nicht in die Irre schicken. Also, kommen wir zur Sache.« Ben streifte das

Jackett ab und warf es auf die Couchlehne. »Mein Gott, das wird ein langer, heißer Sommer«, murmelte er. Elizabeth nickte lächelnd. Er setzte sich in einen Armsessel. »Mal sehen. Ist Ihnen jemand nach Washington gefolgt?«

»Ich bete zu Gott, daß er nicht hier ist«, sagte die junge Frau. »Aber ich denke ... vielleicht schon.« Elizabeth stellte zwei Eisbehälter und das Tablett mit den alkoholfreien Drinks auf den Tisch zwischen den Sofas, die vor dem Kamin der Suite standen.

Elizabeth zog die tabakfarbene Leinenjacke aus und legte sie neben Bens Jackett. »Diät-Cola«, sagte sie und zeigte auf den Couchtisch.

»Traumfrau«, sagte Driskill. »Und zwei Eimer mit Eis. Mir war noch nie so heiß – in Boston ist es grauenvoll.« Er leerte die Cola über die Eiswürfel. »Rachel? Elizabeth?«

Er schenkte ihnen Cola ein. »Okay, Rachel. Lassen Sie uns anfangen. Was ist mit diesem Beschatter?«

»Er verändert sich ständig ... ändert sein Aussehen ... ich habe ihn nur erkannt, wenn ich Gelegenheit hatte, ihn längere Zeit zu beobachten ... Ich weiß nicht, wie er es macht, aber er sieht immer anders aus. Manchmal wie ein Mann in mittleren Jahren, dann wieder wie ein Doktorand in Georgetown.«

»In Ordnung – fangen Sie mit dem Anfang an. Ich möchte darüber etwas hören, dann entscheiden wir, was wir machen, okay?«

Elizabeth beugte sich vor und drückte seine Hand. Es war wie ein Reflex. Er drückte zurück und fragte sich einen Moment lang, warum er wegen ihres engen Terminplans so die Fassung verlor. Aber der Grund war: Er vermißte sie einfach, wenn sie nicht bei ihm war. Unbestreitbar war Elizabeth das Beste, das ihm je widerfahren war. In gewisser Weise hatte sie ihn zivilisiert und die Wut aus ihm herausgezogen – und das tat sie auch weiterhin.

Rachel Pattons Stimme war leise und rauchig. Sie sprach immer noch zögernd, als würde sie sofort aus dem

Zimmer stürzen, wenn man sie erschreckte. »Irgendwie kann ich es nicht begreifen, daß ich jetzt hier bin und mit Ihnen spreche – so viele schreckliche Dinge mußten geschehen, um mich herzubringen ... und Sie geben mir das Gefühl, ein kleines Kind zu sein ... aber ich meine es ernst, das schwöre ich Ihnen. Es gibt nichts Ernsteres. Sie müssen mir glauben.« Sie hatte Angst. Sie war übervorsichtig. Sie war nicht sicher, wie es ausgehen würde, aber sie war bereit, das Risiko einzugehen. Wenn auch nur widerwillig. Das hörte man an ihrer Stimme und in den Pausen.

»Sehen Sie – Hayes hat mir gesagt, ich soll Sie anrufen, sollte ihm je etwas zustoßen. Wenn er ›nach Westen reite‹ – so hat er es immer ausgedrückt. Er sagte, Sie wären in der Bascomb-Kanzlei in New York. Aber als ich hörte, daß er tot war, konnte ich Sie nicht finden. Sie waren nicht in der Kanzlei. Endlich habe ich einen Freund bei der DNC getroffen, der mir Mrs. Driskills Nummer in Washington besorgt hat. Als ich sie erreicht habe, beschloß ich, ihr alles zu erzählen und zu sehen, ob sie mich für verrückt hielt – na ja, ich wußte nicht, was ich sonst hätte tun können.« Sie schaute Elizabeth an. »Sie hat mich aber nicht für verrückt gehalten ... und jetzt bin ich hier.« Sie rang die Hände. Die roten Nägel der beiden Zeigefinger waren abgekaut – der einzige Schönheitsfehler. Sie trug eine marineblaue Bluse, sorgfältig gebügelte Leinenhosen mit Uhrentäschchen. Ein hellgrauer Blazer mit Marineknöpfen lag über einer Stuhllehne. Sie wirkte wie die Tochter aus reichem Hause.

»Ich habe früher bei der Justiz gearbeitet. Aber die Sache hat nichts mit Justiz zu tun, sondern war ganz anders. Hayes hat Ihnen gegenüber keine Andeutungen gemacht?«

»Ich tappe völlig im dunkeln, Rachel. Ich versuche herauszufinden, was er vorgehabt hat – nur so kann ich herausfinden, wer ihn umgebracht hat. Ich nehme an, die Behörden wissen nichts von Ihrer Verbindung zu Hayes?«

»Niemand weiß das.«

»Sie müssen mir helfen, Rachel.«

»Es gab einen geheimen Kanal«, flüsterte sie. Sie war nur schwer zu verstehen, aber er wollte sie nicht durch die Bitte, lauter zu sprechen, verschrecken. »Ich habe schreckliche Angst, daß meine Wohnung abgehört wird ... oder dieses Zimmer. Das ist mein wunder Punkt, Mr. Driskill – es gibt fast keine Chance, sich zu verteidigen, wenn sie wissen, wo man ist, und dieses Zimmer ist nicht elektronisch abgeschirmt. Das habe ich im Justizministerium gelernt. Ich schwöre Ihnen, daß es stimmt.« Sie atmete schwer und gab sich Mühe, ihr Herzklopfen zu beschwichtigen.

»Sprechen Sie weiter. Ein Geheimkanal.« Hinter diesen Augen pochte es. Es gab in Washington kein angsteinflößenderes Wort als *Geheimkanal.* Kissinger hatte einen während der Iran-Contra-Affaire, hinter Reagans Rücken ... alles Geheimkanäle, die irgend jemandem Unglück gebracht hatten.

»Ja, zwischen dem Büro des Präsidenten und Mr. Summerhays und noch jemandem.«

»Zwischen dem Präsidenten und Drew Summerhays?«

»Bitte, hören Sie genau zu, was ich sage. *Das* habe ich nicht gesagt.«

»Schon gut«, meinte er geduldig. »Wie sind Sie in die Sache hineingeraten?«

»Ich habe Untersuchungen über Sarrabian und Konsorten durchgeführt. Dabei bin ich auf eine Firma gestoßen, die LVCO hieß, und damit war das DNC beteiligt. Deshalb habe ich meinen Vorgesetzten im Justizministerium angerufen. Er hat mich mit Mr. Summerhays zusammengebracht. Er hatte mich gerufen, weil er der emeritierte Vorsitzende des DNCs war. Wir haben uns gut verstanden. Schließlich hat er mich gebeten, für ihn zu arbeiten.« Sie seufzte bei dieser Erinnerung.

»Und Sie sind *Sekretärin*?«

»Ich bin *Anwältin*.« Sie zog die Füße hoch und machte es sich im Sessel bequem. »Nicht Sekretärin.«

»Tut mir leid, aber Sie sehen so jung aus.«

»Na ja.« Sie lächelte kurz. »Ich bin auf der Rangleiter so tief, daß ich viel Sekretariatsarbeiten erledige. Gelegentlich halblegale Aufgaben. Mr. Summerhays hat es gefallen, daß ich so jung aussehe. Er meinte, niemand würde Verdacht schöpfen, daß ich an einem Geheimkanal beteiligt sein könnte ... und er wußte, daß ich ehrgeizig bin. Er wußte, daß ich gern mitten drin in einer Sache bin. Und dann haben sie ihn ermordet.«

»Warum sagen Sie das? *Sie* ...«

»Hören Sie, Mr. Driskill, sehen Sie die Fakten: Sie haben ihn ermordet.«

»Wer hat ihn ermordet?«

»Das weiß ich nicht. Ich hoffe zu Gott, Sie glauben nicht, daß ich wüßte, wer es getan hat. Wenn sie Mr. Summerhays und Mr. Tarlow umgebracht haben, werden sie mit Sicherheit nicht zögern, mich auch umzubringen. Niemand würde mich vermissen. Keine Titelseite für Rachel Patton.«

»Wann sind Sie in die Sache hineingezogen worden?«

»Vor etwa sechs Wochen.«

»Dieser geheime Kanal – Summerhays, jemand im Weißen Haus ... und wer war die vierte Person? Wie hat es funktioniert?«

»Ich weiß nicht, wer die vierte Person ist. Ich weiß auch nicht, ob sie im Weißen Haus ist. Ich weiß nur von Mr. Summerhays und Mr. Tarlow. Alles, was ich getan habe, war, Informationen, die ich durch das Justizministerium und das DNC erhielt, weiterzugeben. Es kam Material – mit dem Vermerk: persönlich, vertraulich. Ich habe es als einzige gesehen. Niemand war mißtrauisch, wenn ich etwas aus dem Weißen Haus bekam. Ich war nur eines dieser jungen Dinger im Justizministerium. Jeder bekam irgendwann Sachen aus dem Weißen Haus, nichts Wichtiges. Ich bekam Post und schickte sie an Mr. Summerhays weiter.« Sie holte wieder tief Luft, als näherte sie sich dem Ende eines Marathons. »Ja, ich habe es an Mr. Summerhays weitergeleitet. Oder an Mr. Tarlow. Oder zwischen beiden. Kein Grund, daß jemand davon erfuhr. Es geschah alles offen, nichts, was Mißtrauen erregen könnte. Wäre es an einen der beiden adressiert gewesen, hätte es Aufmerksamkeit erregt.«

»Und das ist nie durch das Büro der Generalstaatsanwältin gegangen?«

»Nein. Ich hatte meine Anweisungen von Mr. Summerhays. Wir haben Privatadressen in Washington und New York benutzt. Und eine in Georgetown.«

»Und Sie haben keine Ahnung, wer der Mann ...«

»Oder die Frau«, unterbrach ihn Elizabeth.

»... im Weißen Haus war? Oder wer der andere Mann war?«

»Manchmal hat Mr. Tarlow die vierte Person ›Spiegelmann‹ genannt, aber ich habe nie erfahren, was das bedeutete. Aber Mr. Summerhays hat mir oft gesagt, daß alles fürs Weiße Haus sehr wichtig sei. Nein, ›lebenswichtig‹ war das Wort, das er benutzt hat ... *lebenswichtig*.«

»Und wo und wie ist Tarlow da hineingekommen?«

»Er hat mir manchmal Material geschickt. Manchmal hat mir Mr. Summerhays Material gegeben, das ich Mr. Tarlow schicken sollte. Ich weiß, daß die beiden in dieser Sache zusammengearbeitet haben. Ab und zu habe ich mich mit Mr. Tarlow auf eine Tasse Kaffee getroffen. Dann haben wir uns unterhalten, und ich habe das eine oder andere Stück aufgeschnappt. Manchmal mußte er nur für ein oder zwei Minuten reden. Er hat von dem Spiegelmann gesprochen. Er hat mir nichts *erklärt*. Ich war nur ein Kurier, ein Postbote für den Geheimkanal. Manchmal mußte ich Pakete aufmachen und sortieren und Nachrichten weiterleiten; sie haben mir vertraut. Ich habe auch nicht versucht, das Material zu lesen. Es war eine Menge chiffrierter Sachen dabei, schätze ich. Das hat mir nichts gesagt, aber ich habe auch nicht viel davon gesehen. Die Arbeitsmethode war ziemlich geschickt. Sie war narrensicher, wenn Sie es recht überlegen.«

»Na ja«, meinte Driskill leise. »Summerhays und Tarlow sind tot. Dieser Teil war nicht narrensicher, Rachel.«

Tränen glitzerten in Rachel Pattons Augen. Sie klang etwas unsicher. »Ich weiß, ich weiß.«

»Sind Sie absolut sicher, daß der Präsident nichts von diesem Geheimkanal gewußt hat?« Es war die erste große Frage. Es durfte keinerlei Zweifel geben. »Denken Sie genau nach, Rachel.«

»Ich glaube nicht. Nein, nein. Bestimmt nicht. Aber es war jemand aus dem Kreis des Präsidenten, jemand, der Zugang zu ihm hat, jemand, der über ihn, Mr. Summerhays und den Spiegelmann berichten konnte.« Sie dachte einen Moment nach und kaute am Zeigefinger. »Ich meine, der Präsident *hätte* wissen können, daß etwas vor sich ging, nehme ich an, aber ich hatte nie das Gefühl, daß er ein Teil des Ganzen war. Nein, ich hatte immer das Gefühl, daß es *um* den Präsidenten ging. Es gab irgendeinen *finstren Plan*, was hätte es sonst sein können? Und dann hat sich vor zwei Wochen – ja, es muß vor zwei Wochen gewesen sein – etwas Sonderbares ereignet. Hayes Tarlow hat nebenbei etwas fallenlassen. Sie wissen schon, eine Bemerkung, die zufällig klingt, aber nicht zufällig ist. Es war, als wollte er mir etwas mitteilen. Er sagte, der Geheimkanal sei ›alles ein Taschenspielertrick‹. Ich habe ihn gefragt, was er damit meinte. Da sagte er: ›Wissen Sie, es ist wie ein Trick, eine schnelle Handbewegung. Ja, es ist alles ein Trick, aber wir rächen uns, mein Mädchen. Vertrauen Sie dem alten Hayes.‹ Das war alles. Ich weiß nicht, was er gemeint hat. Er hatte ein paar Martinis getrunken. Dann hat er mir einen Umschlag gegeben, in irgendeiner Bar in Georgetown, und er hat eigentlich nur laut gedacht …«

»Und das ist alles? ›Es ist ein Taschenspielertrick … wir

werden uns rächen‹ – aber er hat nicht gesagt, an wem? Vielleicht Rache am Präsidenten?«

»Ich habe keine Ahnung, das müssen Sie mir glauben.«

»Schon gut. Inzwischen waren Sie zum DNC aufgestiegen?«

»Ja, aber es spielte für die beiden keine Rolle, wo ich war. *Ich* war das Postamt, nicht mein Arbeitsplatz. Solange ich nur eine Arbeitsbiene war, von der niemand je gehört hatte, vertrauten sie mir. Aber Mr. Summerhays hat mir als erster vertraut.«

»Und jetzt ist der halbe Geheimkanal tot ...«

»Nicht wirklich, finde ich«, mischte Elizabeth sich ein. »Da gab es doch diesen Mann – oder diese Frau – im Weißen Haus, den Spiegelmann, Mr. Summerhays, Mr. Tarlow ... und Rachel. Zwei von fünf sind tot.«

»Der Geheimkanal ist ... erledigt«, sagte Rachel Patton mit erstickter Stimme.

»Sie müssen aber doch gewußt haben, worum es dabei ging ...«

»Nein, habe ich nicht! Jetzt habe ich Angst, jemand denkt, daß ich Bescheid gewußt hätte. Ich weiß nicht, was ich tun soll.«

Das Klopfen an der Tür hallte wie Gewehrfeuer durchs Zimmer. Rachel Patton zuckte zusammen. Ihre Züge waren vor Angst verzerrt. Elizabeth sprang auf und beruhigte sie. »Das ist unser Gepäck. Als wir kamen, hatten sie unten so viel zu tun.« Sie öffnete die Tür. Draußen stand lächelnd der Page mit zwei Koffern. Er stellte sie ins Zimmer, nahm das Trinkgeld und meinte, sie sollten nach Jack fragen, falls sie einen Wunsch hätten. Driskill musterte ihn scharf. Rachel Pattons Augen hingen in Panik ebenfalls wie gebannt auf dem jungen Burschen. Elizabeth schloß die Tür und lehnte sich dagegen.

»Sie haben da einen Moment lang ausgesehen, als würden Sie in Ohnmacht fallen«, sagte Driskill zu Rachel.

»Ja, ich weiß, daß Sie mich für ein Fliegengewicht halten, eine dumme kleine Gans, die in eine ernste Sache verwickelt worden ist – wie ein Mädchen in einem Hitchcock-Film. Sie verstehen das nicht. Ich *habe* Angst, daß man mir hierher gefolgt ist. Ich habe Angst, daß er auf mich wartet, daß ich aus meinem Zimmer komme, aus dem Hotel – er könnte an die Tür klopfen, und wir machen auf und werden alle umgebracht. Wenn sie Mr. Summerhays ermorden können, sind wir im Vergleich dazu kleine Fische – sogar Sie, Mr. Driskill.«

»Haben Sie Angst, daß er Ihnen *tatsächlich* gefolgt ist? Oder nehmen Sie das nur an? Das ist ein Riesenunterschied. Ich sehe nicht, wie er hierherkommen könnte. Woher konnte er wissen, wohin Sie fahren …?«

»Er wußte, wo Mr. Summerhays war. Er wußte, wo Hayes Tarlow war … und die beiden waren weit auseinander. Denken Sie darüber mal nach. Es gibt keinen Grund auf der Welt, warum er nicht hier sein sollte. Schauen Sie, Mr. Driskill, ich bin kein Kind, das sich vor der Dunkelheit fürchtet oder vor dem schwarzen Mann. Ich weiß, daß ich zu Hause beschattet worden bin. Und jetzt denke ich, daß er hier ist oder morgen hier sein wird. Dieser Mann ist mir seit Tagen gefolgt. Menschen wurden ermordet, Menschen, mit denen ich gearbeitet habe. Und dann ist er übers Wochenende verschwunden – Sie müssen mir glauben. Er hat dieses Gesicht …«

»Was meinen Sie? Bitte, etwas langsamer.«

»Ben«, sagte Elizabeth beschwichtigend. »Laß ihr eine Minute Zeit, schrei sie nicht an.«

»Ich schreie sie nicht an, verdammt noch mal!«

»Mein Gott, ich weiß auch nicht«, sagte Rachel. »Sein Gesicht ist jedesmal, wenn ich ihn sehe, verändert.«

»Aber wie wissen Sie dann, daß es derselbe Kerl ist? Wie kann sich sein Gesicht verändern?«

»Na ja, es verändert sich – was soll ich sagen? Aber seine Augen nicht, seine Augen ändern sich nicht jedesmal. Seine Augen sind komisch. Einmal habe ich ihn gesehen, da waren seine Augen hellblau – vielleicht eher hellgrau –, seltsam, wie diese Hunde mit den hellblauen Augen. Beim nächstenmal hat er mich aus dunkelbraunen Augen beobachtet. Beim erstenmal hat er einen Anzug getragen; das war in der Bar im Erdgeschoß im *Willard*. Dann ist er in einer Kneipe in Georgetown aufgetaucht, die Sir Nemos Underground heißt. Da hat er wie einer der ewigen Studenten ausgesehen, die sich bei Dumbarton Oaks herumtreiben – aber es war derselbe Kerl. Fragen Sie mich nicht, wieso ich das weiß. Ich weiß es einfach. Er hat etwas Magnetisches an sich, als würde er einem das Gehirn von der anderen Seite des Raums anzapfen.«

Rachel wischte sich die Augen. Sie entschuldigte sich und ging ins Bad. Elizabeth flüsterte Ben schnell zu: »Ben, mach es gnädig ...«

»Sie muß sich darüber klarwerden, wie wichtig das alles ist.«

»Sie tut ihr Bestes.«

»Sie hat nicht gesagt, daß Charlie *nicht* in die Sache verwickelt ist.«

»Ben, was willst du von ihr? Beruhige dich. Übrigens hat sie recht. Jemand hat sowohl in Saints Rest als auch auf Big Ram einen Mann ermordet. Zeitabstand: nur ein Tag. Und wieso hat LaSalle herausgefunden, daß du in Drews Landhaus warst?«

»Entweder ein Tip oder ein Schuß ins Blaue. Diesen Typen ist die Wahrheit doch nie heilig ...«

»Wärst du nicht rausgefahren, wärst du in die Sache nicht verwickelt.«

»Hör zu. Ich habe getan, was ich für richtig gehalten habe. Und jetzt taucht urplötzlich dieser Geheimkanalscheiß auf ...«

»Du mußt Charlie darüber informieren. Jemand muß es ihm so bald wie möglich sagen.«

»Und wenn Charlie mit drinsteckt? Was ist, wenn *er* selbst diesen Geheimkanal eingerichtet hat, um sich rauszuhalten und die Möglichkeit, alles zu dementieren, zu haben? Was ist dann?«

Rachel kam zurück, mit frisch gewaschenem Gesicht und klaren Augen.

Sofort wandte sich Ben wieder an sie. »Dieses Postfach in Georgetown ... War auf dem Umschlag eine Adresse außer der Nummer?«

»Ja, üblicherweise benutzen sie eine Art Akronym. FKAT.«

Driskill blickte verwirrt Elizabeth an.

»FKAT. F-KAT?« sagte sie. »Fette Katze? Ben, was soll das heißen?«

Er seufzte und schüttelte den Kopf, als wollte er die Antwort verweigern. »Fischerkatze«, sagte er schließlich.

»Na und?« fragte Elizabeth. »Und was soll das bedeuten?«

»Es ist Charlies Code-Name ...«

Rachel Patton schaute beide verwundert an. »Charlie ...?«

»Der Präsident.«

»O nein, er kann damit nichts zu tun haben.«

»Rachel, wir wissen nicht, was es bedeutet, richtig? Es ist alles ein Geheimnis. Die Antworten sind recht spärlich ...«

Driskill holte einen Umschlag aus der Jackettasche und gab ihn Rachel Patton. »Los, machen Sie ihn auf, und sehen Sie sich das an. Es ist nur ein Blatt.«

Sie entnahm das Papier, schaute es an und drehte es um. »Das kapiere ich nicht. Das ist nur eine Schlangenlinie. Bedeutet sie etwas?«

»Geben Sie das Blatt Elizabeth.«

Elizabeth drehte das Papier ebenfalls mehrmals herum. »Nichts, nur eine Schlangenlinie. Hat das irgendwie mit der Sache zu tun?«

»Nun, es muß etwas bedeuten. Hayes Tarlow hat es sich selbst von Saints Rest aus geschickt, per Einschreiben. Am

Tag, an dem er gestorben ist. Es war in seinem Haus, als ich hinkam. Es ist wichtig. Aber man kann es nicht entschlüsseln. Nur ein weiteres unerklärbares Element in dieser Scheiße.« Er faltete das Blatt wieder zusammen und steckte es zurück in den Umschlag. »Schon gut, Rachel, kommen wir zurück zu Ihnen.« Driskill kämpfte gegen die körperliche Müdigkeit, aber er konnte sie noch nicht in Ruhe lassen. Er mußte es bis zum Ende durchziehen. Wenn er jetzt die Stimmung unterbrach, würde sie vielleicht aus Angst einen Rückzieher machen, und er saß mit den Bruchstücken ihrer Geschichte da. Elizabeth war sehr aufmerksam.

»Worum ging es eigentlich, Rachel?«

Sie runzelte die Stirn und konzentrierte sich. »Na ja … ich glaube, es hatte mit Geld zu tun. ich habe ein paarmal Einzahlungsbelege gesehen, mit FKAT als Kontoinhaber. Ich glaube, es ging um Geld – um große Summen, die bewegt wurden.«

»Das ist gut, Rachel«, sagte er. »Aber was kann das ihrer Meinung nach *bedeuten*? Nur für den Fall, daß Sie recht haben.«

Sie schützte die Lippen. »Für mich gibt es nur eine logische Erklärung, ob Sie Ihnen gefällt oder nicht: Ich glaube, daß sie Schwarzgeld angesammelt haben, um es im Wahlkampf einzusetzen.«

»Gut, gehen wir davon mal theoretisch aus. Sagen wir, daß der Präsident Bescheid wußte. Was ist das *quid pro quo*? Niemand spuckt so viel Geld aus Sorge um Charlie Bonners Altersfürsorge aus. Was haben sie als Gegenwert von FKAT bekommen?«

Sie richtete den Zeigefinger auf ihn und sagte: »Sehen Sie, genau das ist der Punkt, Mr. Driskill. Das war der Geheimkanal: Er sollte am Präsidenten vorbeilaufen … nicht für seine Altersrente sorgen. Das Geld war nicht für ihn persönlich bestimmt. Ich glaube nicht, daß er von den FKAT-Konten wußte. Mr. Summerhays wußte Bescheid und der Spiegelmann und Mr. Tarlow … Meiner Meinung nach haben Mr. Summerhays und der Spiegelmann das Geld eingesammelt, dann durch verschiedene Bankkonten in Europa und in Banken in den Vereinigten Staaten geschleust. All die FKAT-Konten. Mr. Tarlow war der Mann fürs Grobe und ich die Isolierung, welche die drei trennte. Tarlow war vielleicht auch der Mann, der bei den Banken die Konten eröffnete und das Geld einzahlte. Weil sie aber möglichst keine Papierspur wollten, haben sie Tarlow persönlich benutzt, zweifellos mit vielen verschiedenen Legenden und den für jede Identität erforderlichen Dokumenten …«

Für Driskill bestand kein Zweifel: Diese Frau war durch und durch eine Rechtsanwältin. »Na und … *was ist der springende Punkt?*«

»Sie wußten, daß der Präsident nicht geduldet hätte, daß sie diese Geldsumme für ihn horteten, und haben es deshalb für ihn auf eigene Faust gemacht.« Sie rümpfte die Nase.

»Sie hoffen, daß es so ist. Das ist Ihre Show, Rachel. Sie haben gesehen, wie das Geld umhergeschwirrt ist. Sie haben FKAT. Sie haben den Geheimkanal. Sie sind Anwältin und verfügen über eine Menge seltsamer Informationen. Vielleicht liegt irgendein Verbrechen vor; jedenfalls klingt es verdammt danach. Steuern, zum Beispiel, vielleicht illegale Finanzierung des Wahlkampfs.«

»Und zwei Morde«, fügte Elizabeth hinzu.

Rachel Patton schüttelt den Kopf. Sie war verstört. »Sie sind ein Freund des Präsidenten und Anwalt. Woher weiß ich, daß Sie nicht auch drinstecken? Vielleicht sind Sie der Mann mit dem Zugang im Weißen Haus … wie kann ich das wirklich wissen?« Plötzlich sah Rachel Patton verloren aus. Sie kaute wieder am Zeigefinger. Elizabeth wendete sich an Driskill.

»Ben, meiner Meinung nach solltest du damit zum Präsidenten gehen.«

»Ich bestreite nicht ...«

»Er ist der einzige, der etwas tun kann.«

»Er hat mir aber bereits gesagt, ich soll mich raushalten ...«

»Ich weiß«, sagte Elizabeth. »Und jetzt ist er wütend, weil LaSalle die Sache an die Öffentlichkeit gebracht hat. Aber er muß sofort im Weißen Haus nachsehen und ausmisten, ehe alles in den Medien breitgetreten wird und LaSalle auf unerforschliche Weise etwas vom Geheimkanal und den Geldtransaktionen erfährt.«

Driskill blickte sie starr an.

»Am liebsten würde ich mich verstecken«, sagte Rachel leise.

»Ich glaube nicht, daß Sie das können«, sagte Driskill. »Komisch ist aber, daß die Leute vom Geheimkanal ermordet werden; *sie* selbst *töten nicht!* Hat der rätselhafte Mensch im Weißen Haus jetzt Angst? Soll er als nächster ermordet werden? Weiß er, wer der Mörder ist – oder wer Sie beschattet? Elizabeth, du gibst dir ständig Mühe, mir klarzumachen, daß die Dinge nie so aussehen wie beim ersten Eindruck, nachdem man erst in der politischen Maschinerie herumgestochert hat. Ja, Elizabeth, du hast recht. Es ist alles viel komplizierter, als sich ein nicht geisteskranker Mensch vorstellen kann.« Er blickte auf die Uhr. »Rachel, können Sie das alles noch mal erzählen – noch ein einziges Mal?«

Sie nickte.

Es würde eine lange Nacht werden.

KAPITEL 12

Um halb drei morgens saß Driskill neben dem Fenster. Rachel Patton schlief auf der Couch im Wohnzimmer der Suite, Elizabeth im Bett. Nur eine kleine Lampe brannte. Er hielt das Telefon in der Hand. Er hatte in der Sugar Bush Inn angerufen, wo inzwischen der Präsident samt Troß eingetroffen war, und sprach mit Bob McDermott.

Der Stabschef war in der Bar ausgerufen worden und benutzte das Telefon in der Empfangshalle. Driskill hörte die üblichen Partygeräusche im Hintergrund. Die Journalisten, PR-Leute und der Stab, welche die täglichen Aktivitäten des Präsidenten verfolgten und die für das Wohlbefinden Bonners sorgten und ihn mit Informationen fütterten.

»Ben, wo sind Sie? Hier ist es teuflisch laut. Larkie hat mir gerade gesagt, daß der Präsident mich noch sehen will, ehe er sich hinlegt. Was ist los?«

»Ich bin in Middelbury. Hören Sie jetzt genau zu, Mac. Sind Sie aufnahmefähig?«

»Nüchtern wie ein Richter. Schießen Sie los.«

»Ich muß Charlie sprechen ...«

»Ben, schauen Sie mal auf die Uhr – es ist gleich drei Uhr früh. Er kann nicht ...«

»Ein ›Kann-nicht‹ akzeptiere ich nicht. Kann-nichts existieren nicht. Das hier hat absoluten Vorrang. Kapiert? Wir sprechen von seinem persönlichen Wohlergehen.«

Macs Antennen fuhren aus. »Persönliche Sicherheit? Was reden Sie da?«

»Nein, es geht nicht um Sicherheit. Sein Wohlergehen. Ich habe Informationen, die er unbedingt erfahren muß – und so schnell wie möglich. Vertrauen Sie mir.«

»Okay.« Mac dehnte die Silben. Er dachte beim Sprechen nach. »Ich bin gegen drei oben und spreche mit ihm. Natürlich möchte er Sie wegen der LaSalle-Sache zusammenscheißen. Normalerweise kommt er zur Zeit mit drei Stunden Schlaf aus. Das Adrenalin tobt wie die Hölle.« Er dachte laut. »Jaa, gut, Ben, ich rufe Sie an, wenn ich das mit ihm geklärt habe, und sage Ihnen, wann Sie ihn besuchen können. Ich schätze mal, so um sechs oder sieben. Alles klar?«

»Das ist großartig, Mac.«

»Ich hoffe nur, daß es mir nicht noch mal leid tun wird.«

Driskill streckte sich in der Unterwäsche auf dem Bett aus, um sich etwas auszuruhen. Er hörte, wie der Regen langsam gegen das Metall der Klimaanlage vor dem Fenster trommelte. Er konnte sich nicht erinnern, wann es nicht heiß gewesen war und nicht geregnet hatte.

»Worum ging's denn?« fragte Elizabeth schlaftrunken.

»Mac. Er ruft mich an, wenn Charlie mich sehen kann. Mach dir keine Sorgen. Es ist erst zum Frühstück. Ich werde ihm von Rachel erzählen.« Er küßte sie, und sie schlief wieder ein.

Er saß in einem Mietwagen, trug Kopfhörer und hörte das Nachtprogramm eines Jazz-Senders aus Boston. Dazu verdrückte er einen Big Mac mit doppelter Portion Käse. Das Middelbury Inn leuchtete wie eine Filmkulisse. Es war eine warme Sommernacht mit leichtem Regen. Viele Studenten trieben sich auf der Straße herum. Im Hotel waren viele Gäste von außerhalb, hauptsächlich Journalisten, die lieber hier übernachteten als im Sugar Bush. Alle saugten die schwindende Energie der Regierung auf, überarbeiteten Pressemitteilungen, taten, was man ihnen aufgetragen hatte – so sah er es jedenfalls. Alles ein Riesenhaufen liberaler Augenwischerei. Das war der Fehler der Zeitungen und des Fernsehens.

Er hatte aufgrund einer abgefangenen Satellitenmeldung gewußt, wohin sie fuhren. Es gab keine Privatsphäre mehr – nicht, wenn man die Koordinaten und Filter und

Zugang zur Technologie hatte. Oder lediglich eine Telefonnummer. Seine Leute hatten an den meisten wichtigen Nummern Sperren. Sie hatten diese Patton observiert, seit einiges schiefgelaufen war – vor ungefähr einer Woche. Sie hatten fast alle angezapft, die in die Sache verwickelt waren. Nachdem sie Kontakt mit Elizabeth Driskill aufgenommen hatte, sah es für sie nicht mehr rosig aus. Und jetzt war er hier und beschattete sie in Middelbury und ernährte sich von Stärke, Kohlenhydraten und Fett.

Die Frage war: Wie konnte er sie von den Driskills trennen? Je früher er das erledigte, desto besser. Er sah Licht in ihrem Zimmer. Dann wurde es dunkel. Aber da war immer noch der bläuliche Schein des Fernsehschirms. Jemand war noch wach. Er schüttelte den Kopf. Fernsehen war zum Kotzen. Wie konnten die Menschen sich bloß diesen Scheiß ansehen? Die Frage beantwortete sich von selbst: Die Zivilisation, die er zeit seines Lebens kennengelernt hatte, stieß ihr Todesröcheln aus, und das Fernsehen war einer der Orte, wo man es hörte. Sein Land wurde von Untermenschen verseucht, denen alles egal war, die ohne Verstand und Werte lebten, die sich nur wie Krebszellen ständig vermehrten und alles töteten, was früher sinnvoll und wichtig gewesen war …

Nur zum Spaß stieg er aus und ging in die Bar, die gerade geschlossen wurde, trank ein letztes Bier, ging nach unten auf die Toilette und stand ein Weilchen auf der vorderen Veranda. Immer noch waren Reporter in der Halle und erzählten sich Lügen und lachten zynisch, als seien sie alle auf eine Schule gegangen, wo man lernte, wie man sich als Reporter zu benehmen hatte. Blutegel, die den Wählern auch den letzten Rest der Fähigkeit aussaugten, die Wahrheit zu erkennen, der noch schwach in der Dunkelheit des Gewissens der Öffentlichkeit flackerte.

Er steckte sich eine Zigarre an, verließ die Veranda und schlenderte langsam um das Hotel herum. Dabei sah er sich genau die Eingänge an – vorne, hinten und an den Seiten – und überlegte, wie er diese Patton im Auge behalten könnte. Es war nicht leicht. Bestimmt hatte sie ihre rührselige Geschichte erzählt und wie sehr sie sich vor ihrem Beschatter fürchtete. Er wußte, daß sie ihn in einer Bar in Georgetown ausgemacht hatte. Er hatte sie dabei erwischt, wie sie ihn anstarrte, und wußte, daß der Groschen gefallen war, daß sie ihn vorher bereits gesehen hatte … und danach Summerhays getötet worden war. Und natürlich auch Tarlow. Sie war nicht dumm. Die Morde hatten sie aktiviert, als hätte er auf einen Knopf gedrückt, und jetzt mußte er den Saustall ausmisten, an dem sie schuld waren. Es war wie in alten Zeiten.

Auf wunderbare Weise hatten seine Leute ihn nicht vergessen. Er hatte ihre Befehle ausgeführt, und sie waren ihm gegenüber loyal gewesen und waren zu ihm gekommen, wenn er gebraucht wurde. Sie kannten seinen Standpunkt und wußten, woran er glaubte, und sie brauchten die Fähigkeiten, die er zu bieten hatte. Sie erinnerten sich, wie er während des Aufruhrs in Nigeria die Menschenkäfige überlebt hatte. Sie erinnerten sich, wie er geflohen war und seine Häscher nur mit der Gürtelschließe getötet hatte. Sie erinnerten sich, wie er den Junta-Generälen Angst und Schrecken eingejagt hatte, als er nicht nur die Vernehmungsbeamten umgebracht hatte, sondern dem Chef der Geheimpolizei das Herz aus der Brust geschnitten und mit den Zähnen zerfetzt und es dann in die Blutlachen geschleudert hatte. In seiner Welt war er zu einer Legende geworden, über die man nur hinter vorgehaltener Hand mit Angst und Ehrfurcht sprach. Geheimhaltung war die Hauptsache. Sein Name war kaum bekannt und wurde niemals erwähnt. Nur wenige Menschen auf diesem Planeten hatten sein Gesicht bei der Arbeit gesehen und hatten überlebt, um darüber zu sprechen. Das alles zählte viel bei seinen Herren. Sie hatten sich erinnert, wie er niemals müde geworden war, die guten Generäle zu unterstützen … und dann planmäßig verschwunden war.

Krieger Nummer eins, hatten sie ihn genannt.

Amerikas Geheimwaffe.

Als Belohnung hatte er eine Villa in Marokko und eine in Südfrankreich bekommen und wurde durch Sicherheitsmaßnahmen geschützt, wie es sich normalerweise nur die Araber leisten konnten. Manchmal hatte er befürchtet, sie würden ihn beseitigen, weil er zuviel wußte, aber dazu war es nie gekommen. Sie vertrauten ihm. Sie sagten, er sei der einzige. Sie sagten ihm, daß es keinen Krieger Nummer zwei gäbe. Sie waren nie sicher, wann sie ihn wieder brauchen würden. Manchmal war über ein Jahr bis zum nächsten Anruf vergangen, aber die Schecks gingen pünktlich auf sein Schweizer Konto in Zürich ein. Sie hatten ihn nie im Stich gelassen. Als seine Gedanken durch diese Korridore wanderten, lächelte er über das Bild, das sie von ihm hatten: wie ein Held aus einem Comic-Heft.

Er war nur mittelgroß und wog ungefähr achtzig Kilo. Er war kein Jüngling mehr. Niemand erinnerte sich nach einer Begegnung an ihn. Höchstens an seine Augen. Seine verstorbene Frau hatte sie Paul-Newman-Augen genannt. Aber nur das eine war blau, das andere andersfarbig. Er kam gerade von West Point, als sie sich verliebt hatten. Das war eine Ewigkeit her. Und außerdem hatte er für alle Fälle jede Menge Kontaktlinsen in seiner Tricktasche. Er war immer jemand anderer.

Vielleicht machte ihn das zu einem Comic-Strip-Helden. Mr. Unscheinbar. Mr. Jedermann. Mr. Niemand.

Sie hatten ihn aus Marokko hergeholt, damit er sein Land rette. Sie hatten ihn auf einer namenlosen Insel vor der Küste Maines einquartiert. Nach zwei Wochen hatten sie ihn erst aktiviert.

Er war eine Tötungsmaschine. Dazu war er ausgebildet. In diesem Job hatte er sich ausgezeichnet. Manchmal, mitten in der Nacht zweifelte er selbst einen Moment lang an seiner geistigen Gesundheit. Selbstverständlich war er geistig absolut gesund – so zurechnungsfähig wie ein Priester oder Mönch. Er folgte seiner Berufung. Er hatte seine Waffen. Gewehre, Sprengstoff. Die Skalpelle …

Er war bei seiner Arbeit glücklich. Die Arbeit war wichtig und wert, gut getan zu werden. Seine Auftraggeber vertrauten ihm. Er arbeitete allein, sowohl aufgrund seines Trainings als auch aufgrund seines Charakters. Er war stets bereit. Das wußten sie. Wenn der Anruf kam, war Tom Bohannon bereit, für sein Land zu töten und zu sterben.

Es wäre ein Kinderspiel, sich in Sugar Bush Zugang zu verschaffen und den Präsidenten zu töten, dessen Hände vom Blut unschuldiger Amerikaner trieften … der Präsident des schwachen, hilflosen Amerikas. Aber so lautete der Plan nicht. Er hatte seine Befehle, und Befehle waren etwas, das er kannte und sehr, sehr ernst nahm.

Er erinnerte sich an den Ausbilder der Spezialeinheit der ihn die Kunst des Nahkampfs gelehrt hatte. Der Offizier hatte einen Lieblingsspruch:

Die Nacht ist immer dein bester Freund.

Er genoß den Rauch der Zigarre, während er auf den ruhigen Straßen in der Nähe des Middelbury Inn spazierenging. Um ihn herum schliefen die Familien sicher, weil er für Amerika Wache hielt. Er wollte keine Anerkennung, aber er fühlte sich gut, weil er wußte, er würde stets sein Bestes für Amerika geben, für ein starkes Amerika, das seine Bürger schützte und verteidigte …

Als er wieder beim Auto war, schaute er nach oben.

Der Fernseher leuchtete immer noch hinter den Fenstern.

Der Anruf aus Sugar Bush erreichte das Middelbury Inn um sieben Uhr morgens. Driskill schreckte aus dem Halbschlaf auf. Elizabeth hatte sich erschöpft, aber entspannt an ihn gekuschelt. Sie murmelte leise etwas vor sich hin und seufzte, ohne die Augen zu öffnen, und drehte sich auf den Bauch. »Jazz«, sagte er leise ins Telefon. Durch die geschlossene Tür hörte er den Fernseher im Wohnzimmer. Rachel Patton war offenbar wach und sah fern. »Hier Driskill.«

»Ich bin's, Mac. Ben, er möchte Sie sehen. Machen Sie sich auf einiges gefaßt. Er steht kurz vor der Explosion. Er kann unmöglich länger als zwei Stunden geschlafen haben. Jetzt bereitet er sich auf diese kleine Wahlkampftour vor. Und er hat gesagt: ›Warum rufen Sie nicht Ben an? Er soll in den Bus steigen und herkommen. Linda schläft noch. Gott schütze sie.‹ Also, sind Sie bereit?«

Driskill zog sich an. Als er ins Wohnzimmer kam, sah er, daß Rachel Patton tief schlief. *The Magus* von John Fowles lag aufgeschlagen auf dem Boden, in der Glotze flimmerten die Marx Brothers. Alle Lampen waren eingeschaltet, das Fenster stand offen. Regen klatschte aufs Fensterbrett.

Das Unausweichliche erwartete Driskill, als er sich dem Bus des Präsidenten näherte. Sam Buckman von der *San Diego Union* sah ihn als erster und schob sofort seine knapp drei Zentner in seine Richtung. Felicia Lang vom *Miami Herald* folgte ihm auf den Fersen. Auch Bill Murge vom *Des Moines Register* war bereits auf dem Vormarsch. Als sie ihn erreichten, bedrängten ihn bereits zwei andere Journalisten, einer von *Time*, einer vom *Rolling Stone*.

»He, Ben«, begann Murge. »Was haben Sie zu dem LaSalle-Bericht zu sagen?«

»Mr. Driskill«, fragte Felicida Lang, »was haben Sie in der Nacht, als Drew Summerhays ermordet wurde, auf Shelter Island gemacht?«

Buckmann fügte keuchend hinzu: »Äußern Sie sich doch gleich hier, Mr. Driskill. Machen Sie reinen Tisch, ansonsten ...« Er zuckte mit den massigen Schultern und ließ die Alternative in der Luft hängen.

Driskill wartete, bis sie keine Fragen mehr stellten.

Mehrere andere Reporter waren aufmerksam geworden und kamen herüber. Wie konnte er sie entschärfen? Er hatte keine Wahl. Es war Nixon-Zeit.

»Wir wissen doch alle genau, wie Mr. LaSalle seine Programme gestaltet. Ich sehe eine Gruppe Männer mit Ideen, die sich in einem dunklen Raum um ihn scharen und Vorschläge machen, wie man eine Geschichte unappetitlich aufbereiten könnte. Wen können wir am tiefsten verletzen? Wo ist der Schmerz? Offensichtlich hat sich jemand diese verrückte Geschichte aus den Fingern gesaugt. Sie hat LaSalle gefallen. Er hat sich überlegt, wie er sie bringt, und ist auf Sendung gegangen. Kein Wunder, daß seine Quelle anonym ist – wahrscheinlich jemand, der für ihn arbeitet, der Typ, der die Idee gehabt hat. Lassen Sie mich eins klarstellen: ich war in jener Nacht nirgendwo nahe Shelter Island, und LaSalle liegt völlig falsch, aber das tut er sich ja ständig an.«

»Dann nennen Sie ihn einen Lügner?« fragte Murge.

»Ist das zu weit hergeholt?« Die Journalisten lächelten, aber keiner lachte. Offenbar war es für Ironie noch zu früh am Morgen. »*Selbstverständlich* nenne ich ihn einen Lügner. Und nun lassen Sie uns den Rest des Tages bewältigen.«

Freundlich lächelnd, schob er sich durch die Menge zum Bus. Es würde noch schlimmer werden. Er mußte die Leute vom Präsidenten ablenken; das war gut und schlecht, nahm er an, aber für Ben Driskill eindeutig schlecht. Am liebsten wäre er in der Versenkung verschwunden und dort geblieben. In Gedanken sah er plötzlich das Gesicht eines hocherfreuten Dade Percivals. Dieser verdammte LaSalle! Und wenn er tatsächlich einen Zeugen hatte ... sinnlos, sich jetzt deshalb Sorgen zu machen. Es war nicht LaSalles Stil, lebende echte Zeugen zu haben.

Sie saßen hinten im Wahlkampfbus des Präsidenten. Linda und der Präsident sprachen vorne zu einer Schar Journalisten.

Linda Bonner fing Driskills Blick auf und hielt strahlend lächelnd die gekreuzten Finger hoch. Die Lage hätte nicht rosiger sein können. Das sah man an ihrem Gesicht. Vielleicht war sie in der Verdrängungsphase, wie Ellen Thorn zu sagen pflegte.

Der erste Halt war in der Kleinstadt Lincoln, Virginia, wo der Präsident geboren war und immer noch eine kleine Rechtsanwaltskanzlei mit irgendwelchen Vettern betrieb. Der Bus fuhr eine große Schleife und hielt vor dem General Store, der direkt aus den alten Zeiten bei MGM zu stammen schien, als Mickey und Judy nach einer Scheune suchten, um eine Show auf die Beine zu stellen. Drei Busladungen Journalisten folgten, ebenso zwei Übertragungswagen des Fernsehens. Alle parkten dicht vor den leuchtend rotgelben Blumenrabatten. In Lincoln war die Zeit stehengeblieben. Zwanzig oder dreißig Einheimische standen vor dem Laden und klatschten laut, als Charlie und Linda erschienen. Sie hatten ihn ihr ganzes Leben lang gekannt. Sie mochten ihn, aber es war nicht, als wäre Clint Eastwood gekommen, um einen Film zu drehen.

»Wie läuft's denn so, Charlie?« rief jemand. Eine Frau hielt ein Baby im Sonnenanzug und Mützchen hoch und rief: »Mr. President, ich habe einen neuen Wähler, der auf ein Küßchen wartet.« Und – ganz klar – Charlie, der aussah, als ginge er zu einer Golfpartie, ging zu ihr und küßte nicht nur das Baby, sondern auch die Mutter, und schüttelte dem Vater die Hand. Anscheinend hatte er etwas Nettes und Lustiges gesagt, denn alle lachten.

Ein Mann nahm den Arm des Präsidenten und stellte sich schnell vor den Leibwächter des Geheimdienstes, der völlig verzweifelt war. In einer Stadt wie Lincoln, in der alten Heimat, verloren die Leibwächter beinahe den Verstand, weil ihr Job hoffnungslos war. Charlie kannte diese

Menschen, und, bei Gott, niemand würde ihn vor ihnen schützen. Es war eine Riesenfotogala. Reporter, Fotografen, Fernsehteams drängten sich auf der Straße unter die Einheimischen und bemühten sich, sie aus dem Weg zu schieben. Der Präsident bat um Ruhe.

»Ein Wort noch an Sie, die Journalisten, damit Ihr Tag gut anfängt: Heute schicke ich einen persönlichen Brief – Sie können es eine Bitte nennen – an den großen Amerikaner Sherman Taylor, in dem ich ihn bitte, bei unserer lebenswichtigen Friedensinitiative in Mexiko mitzumachen. Ich bitte ihn, zusammen mit Admiral Sam Lord, unsere Mission in Mexiko durchzuführen. Ich hoffe, er antwortet schnell – und positiv. Nichts würde mich glücklicher machen, als zu sehen, wie General Taylor, dieser Kriegsheld, den Friedensnobelpreis für seine Bemühungen in Mexiko erhält. Admiral Lord wird mit der Delegation in wenigen Tagen aufbrechen.

Alexandra wird Ihnen allen in den Bussen Kopien des Briefes geben.«

Das Baby fing an zu weinen, aber die Großmutter – jedenfalls sah sie so aus – hatte ein Foto gemacht, als der Präsident es geküßt hatte, und alle waren zufrieden. Der Präsident betrat den General Store. Driskill und Mac waren nahe genug, um im Kielwasser hineingeschoben zu werden. Drinnen war alles eine noch gelungenere Kulisse als draußen. Ein zum Leben erwachtes Bild von Norman Rockwell. Der Kanonenofen, die mit Holz verkleidete Eismaschine, ein Coca-Cola-Automat, der aus den späten vierziger Jahren stammen mußte, mehrere Männer rauchten Cherry-Blend-Tabak in den Pfeifen und, bei Gott, einer hatte einen Lutscher im Mund. Sechs Stammkunden standen mit Kaffeetassen herum und grinsten breit, als der Präsident durch die Tür kam.

Er enttäuschte nicht. »Arthur, wie geht's denn? Dich habe ich seit vorigem Sommer nicht gesehen – was macht dein Bein? Sam, wie geht's, wie steht's? Was macht die

Schule, junger Mann?« Die Fotoapparate klickten, die Kameras surrten. »Betty!« Er ging zu einer älteren Frau, die neben einem Gurkenfaß stand. Dann senkte er die Stimme, damit nur wenige ihn hörten. »Es tut mir so leid wegen Owen.« Die Frau blickte mit bebenden Lippen auf. »Seine Zeit war abgelaufen, Mr. President. Er würde sich freuen, daß Sie sich an ihn erinnern.«

»Er weiß es, Betsy, er weiß es. Sie müssen stark sein, meine Gute.« Dann legte er den Arm um sie, um ihre Tränen vor den Kameras zu verbergen. Sie tätschelte seinen breiten Rücken. Als er zur Ladentheke blickte, stieß er einen Freudenschrei aus. »Maggie, Sie Teufelsweib!« sagte er und beugte sich über die Schlüsselringe, die Schokoriegel und Krüge mit Ahornsirup aus Vermont, um sie auf die Wange zu küssen. Maggie war eine große, kräftige Frau mit langem hellbraunem Haar und einem rotschwarzen Flanellhemd, dessen Ärmel sie hochgerollt hatte. Dazu trug sie eine Weste. Sie war ungefähr fünfzig und hatte das forsche Gesicht, mit dem man einen Laden oder einen Fernfahrertreff führen oder einen Bus fahren konnte. Sie kannte jeden Kunden in- und auswendig.

»Auch mal wieder hier?« fragte sie so laut, daß jeder sie hören konnte. Alle lachten. »Ich glaube, ich habe Sie das letzte Mal vor vier Jahren gesehen. Sie sehen jedesmal, wenn Sie auftauchen, mehr wie einer dieser Politgauner aus den Nordstaaten aus.« Sie fühlte sich sicher genug, um ihn zu necken, und er genoß es. Die Kameras kamen näher und verschlangen die Szene.

Der Präsident kaufte seinen jährlichen Angelschein von Maggie. Dann versuchte er, sein altes Taschenmesser gegen ihre antike Bonbondose einzutauschen. »Sie machen wohl einen Witz!« rief sie. »Ich habe vor fünfzehn Jahren einem Kerl vier Paar dicke Socken und ein Paar lange Unterhosen für diese Dose gegeben. Aber das da brauchen Sie noch.« Sie führte ihn zur Umkleidekabine und gab ihm eine Anglermütze mit grünem Schirm. Er schob sie zurecht und kaufte sie. »Darf ich das Wechselgeld behalten?« fragte sie.

»Sie machen wohl einen Witz!« rief er, und alle lachten los.

Dann sah der Präsident das große Wahlplakat. Bob Hazlitt, mit wehendem weißem Schal, blickte zuversichtlich herab. Alle im Raum sahen, wie der Präsident mit gespieltem Entsetzen zurückwich. »Aber, Maggie, wer hat bei Ihnen so ein Plakat aufgehängt? Zweifellos, während Sie anderweitig beschäftigt waren.«

Maggie biß die Zähne zusammen, blieb jedoch fest. »Nein, Charlie – ich meine, Mr. President – das war ich selbst.«

Er ging auf sie zu, mit einer Hand hielt er die Anglermütze. Dann legte er den Arm um ihre Schulter. »Möchten Sie sich mir anvertrauen, Maggie? Sie sind unzufrieden, stimmt's?« Er lächelte. Die Kameras arbeiteten wie verrückt. Alle waren gespannt. Manche lächelten verkrampft.

»Na ja, ich finde, es wird Zeit, daß ein bodenständiger Mann ins Weiße Haus kommt, jemand, der mit rauchendem Colt vorgeht ... Sie wissen schon: Kriminalität auf den Straßen, die vielen Gauner, die ganzen Probleme im Ausland, die einfach nicht verschwinden ... Amerika muß stark sein.«

Charlie wandte sich an die Menge. »Hören Sie auch, was ich höre? Hier ist eine Frau aus Vermont, die ihr eigenes Geschäft führt. Sie ist weit entfernt von den Dingen, vor denen sie sich fürchtet – sie spricht nicht aus Selbstinteresse. Sie ist eine Frau, die denkt. Ich kenne sie ihr ganzes Leben lang. Sie hat für mich als Gouverneur und als Präsident gestimmt. Stimmt's, Maggie?«

»Stimmt, Charlie, habe ich.«

»Und jetzt hat sie nachgedacht und meinen Freund Bob Hazlitt gehört. Was er sagt, erscheint ihr richtiger – können Sie ihr einen Vorwurf machen? Kann ich ihr einen Vorwurf machen? Nein, keine Minute lang. Aber Bob Hazlitt will unbedingt den gefährlichsten Weg nehmen, den Weg, der zu einem Berg verkohlter Leichen führt – welche Art von Leichen ist unwichtig. Er ist ein brillanter Redner. Das muß ich zugeben. Er wird ein wohlwollender Tyrann sein – ›Folgt mir‹, sagt er, ›wir werden einigen Leuten in den Hintern treten … ‹ aber Tatsache ist, daß er selbst ein Diktator ist, ein Diktator der alten Art, die Sorte Mann, der die geheime Regierung fördert – wie ich in meiner Rede zur Situation der Nation gesagt habe.

Bob Hazlitt ist ein guter Mann – das glaube ich jedenfalls. Er kann wunderbar Witze erzählen … Aber ich bemühe mich, meine Ideen zu vermitteln – über ihn und über mich und unsere Vorstellungen, wie alles durchgeführt werden sollte. Er glaubt daran, alles auf die alte Art machen zu können. Er glaubt, die Vereinigten Staaten können aufgrund eines Machtprinzips tätig werden, ohne Rücksicht auf moralische Führung, ohne Rücksicht auf die Konsequenzen. Ich dagegen glaube, daß es immer Konsequenzen gibt. Und unsere alte Art, die Dinge zu erledigen? All unsere geheimen Kriege und geheimen Bestechungen und geheimen Absprachen und Versuche, Gegner zu ermorden und Regierungen nach unserem Gutdünken und Belieben zu stürzen – hinter alledem verbirgt sich das Schicksal der Menschen, die an Krankheiten, Armut und Hunger sterben, die wegen politischer Ohnmacht und der Bomben von Terroristen sterben. Und wir haben diese schrecklichen Praktiken unterstützt. Ja, verdammt, die geheime Regierung hat für derartige Praktiken *bezahlt*.

Aber das alles ist vorbei. Hören Sie gut zu. Das meine ich ernst. Wir erleben einen neuen Tag, und er ist bereits angebrochen. Wenn Sie glauben, die Generalstaatsanwältin Rowan würde sich die Zeit nehmen, mich heute zu begleiten und für Fotos zu posieren, haben Sie sich geirrt. Nein, sie ist in Washington und arbeitet an der größten Umwälzung in der Geschichte unserer Geheimdienste. Sie bringt sie dazu, Rechenschaft abzulegen. Das alles dauert seine Zeit. Es wird nicht über Nacht geschehen – Sie alle sind gut genug informiert, um das selbst zu wissen. Und Sie wissen auch, daß Sie nicht erleben werden, daß Bob Hazlitt diese geheimdienstlichen Aktivitäten ändern wird, bei denen unsere Leute immer Mist bauen und uns zur Zielscheibe des Spotts der ganzen Welt machen. Sie werden nicht erleben, daß er eine weltweite Friedensinitiative unternimmt – zu viel von seinem Reichtum und seiner Unterstützung stammt von Leuten, die von diesen alten Methoden profitieren. Für sie ist Krieg gut, verstehen Sie? Für uns andere ist Krieg nicht gut. Wir sind nicht mehr nur Nationen – wir gehören alle zusammen, wir hängen voneinander ab. Wir alle wollen, daß unsere Familien in der Zukunft sicher und gesund leben können. Das Leben ist nicht so einfach, wie Bob sagt, ganz gleich, was wir gern glauben würden. Ich wünschte, es wäre leicht.« Er blickte in die Runde. »Aber es ist nicht leicht. Doch für heute habe ich genug gepredigt, Leute. Maggie, Sie wählen, wen auch immer Sie wollen, aber wenn Sie heute abend ins Bett gehen, denken Sie daran, daß ich Ihr Präsident bin und für eine Welt arbeite, die Ihnen besser gefallen wird. Schenken Sie mir noch ein paar Minuten, Teuerste, und Sie werden für immer mir gehören.«

Maggie küßte ihn auf die Wange und schlang die Arme um ihn. Er hielt sie fest. Es war das stärkste Bild des Wahlkampfes: Charlie Bonner gibt sich als Mensch mit Fehlern und schließt eine Norman-Rockwell-Amerikanerin in die Arme, lächelnd, als wolle er ihr seine Kraft einflößen.

Mit absolut theatralischer Geste riß Maggie das Hazlitt-Plakat von der Wand und ließ sich, mit Tränen auf den Wangen, vom Präsidenten der Vereinigten Staaten ein Bonner-Abzeichen an die Weste stecken. Charles Bonner – ein Präsident für die gesamte Menschheit.

Der Augenblick war so überwältigend, daß alle Stammkunden im Laden Beifall klatschten. Auch viele Reporter klatschten unwillkürlich mit. Es war unwiderstehlich.

Man mußte es mit eigenen Augen sehen, und dank der Kameras würde die Nation es heute als Aufhänger der Abendnachrichten sehen.

Aus dem Augenwinkel sah Driskill, wie Ellen Thorn eine Träne wegwischte. »Also ehrlich, Ben, manchmal schafft er mich. Er ist unvergleichlich. Er greift einem direkt ins Herz. Ich bin Zynikerin, aber auch oft verdammt froh, wenn mir klar wird, daß ich nicht so zynisch bin, daß ich dafür nicht mehr empfänglich wäre.«

Sie verließen den Laden und versuchten sich von der Menge abzusetzen. »War das abgesprochen?« fragte Driskill. »Es war Fernsehen vom Feinsten, aber war es echt?«

»Sie glauben doch nicht ernsthaft, daß das abgesprochen war?« fragte Ellen empört.

»Nein, eigentlich nicht. Seine Instinkte sind einfach so verdammt gut.«

Alexandra Davidson, die Pressesekretärin, gesellte sich zu ihnen. »Gott soll mein Zeuge sein, Ben Driskill. Was wir gerade gesehen haben, gibt es heutzutage in Amerika kaum noch. Ohne Probe, reine Realität.«

Alle folgten, als Charlie und Linda zum Bus zurückgingen. Dann verließen sie Lincoln. Zum tausendstenmal war Driskill von der Vitalität des Präsidenten beeindruckt. Er konnte nicht verstehen, wie ein Mann unter so viel Druck stehen konnte und trotzdem Depressionen und Erschöpfung und die Aussicht auf eine peinliche Niederlage so abschütteln und einen Niagarafall von Charme versprühen konnte. Es war, als würde man einen großen Schauspieler sehen, der alle Register an Charakter und Können zog, um eine brillante Aufführung zu bieten. Es spielte keine Rolle mehr, ob es wahr war oder nicht. War überhaupt irgend etwas in der Politik wahr?

Driskill mußte trotzdem mit dem Präsidenten über Rachel Patton und den Geheimkanal sprechen. Jede sich bietende Gelegenheit war ihm dazu recht. Er fragte Bob McDermott, was Charlie den Rest des Nachmittag, tun würde und ob er ihn sprechen könnte. Mac blickte ihn nur an und lachte.

»Kommen Sie mit ins Haus, Kumpel. Wir quetschen Sie rein.«

Driskill stand am geschwungenen Fenster und betrachtete den Regen, der im Schein der Lampen glänzte, welche die Skiabfahrt beleuchteten. Weiter unten parkten die Übertragungswagen. Sie waren wegen des Regens kaum zu sehen. Die Sicherheitsleute gingen umher, in den Fertigbau des Hauptquartiers, das verschwinden würde, wenn Charlie Bonner nicht mehr Präsident war. In der Nachbarschaft gab es eine Menge Feuerwerk.

In dem riesigen Kamin, der einen Durchmesser von fünf Metern hatte, waren dicke Holzscheite mit Rinde sorgfältig aufgestapelt, damit ein perfektes Feuer brannte. Präsidenten hatte immer perfekte Feuer. Das kam mit dem Amt. Doch heute war es heiß und schwül. Feuer würde es erst im Herbst geben. Das Erdgeschoß war mit Möbeln, Bücherregalen und Wandschirmen wie eine Torte aufgeteilt. Die Schlafzimmer waren oben. Als Charlie Gouverneur von Vermont war, hatte der *Architectural Digest* dem Haus einen sechsseitigen Bericht gewidmet. Driskill drehte sich um, als der Präsident sprach.

»Ben, es kommt mir wie eine Ewigkeit vor, seit ich dich zum letztenmal gesehen habe.«

Der Präsident stand mit einem Glas in der Hand da, in dem wohl Eistee war. Er trug einen flaschengrünen Pullover, kein Hemd, Leinenhosen und Mokassins ohne Socken.

Er lächelte.

»Es ist drei Tage her.«

»Wie auch immer. Ich hatte verdammt viel zu tun, aber du warst ja auch ziemlich beschäftigt – mit allem, außer dem, worum ich dich gebeten hatte: nach New York zu fahren und dich ums Geschäft zu kümmern.« Er winkte ab, als wollte er sagen: Okay, das kann man jetzt nicht mehr ändern. »Mac hat gesagt, du wolltest mich sprechen. Ich halte meine Gedanken über LaSalle und seine Geschichte fürs erste zurück. Schieß los.«

Driskill erzählte ihm alles. Der Präsident hörte so aufmerksam zu, als würde er alles mit Großbuchstaben in sein Gehirn einbrennen.

Tarlows Versteck.

Brad Hokansen.

Tony Sarrabian.

Nick Wardell.

Driskill spielte seine Karten richtig aus. Er mußte sich zu Rachel Patton steigern. Das konnte er dem Präsidenten nicht ins Gesicht schleudern, ohne den Kontext herzustellen.

»So, und jetzt laß mich noch mal die Höhepunkte rekapitulieren.« Während Driskills Vortrag hatte Bonner keinerlei Regung gezeigt. Jetzt fing er an zu sprechen. »Tarlow. Du hast gewußt, daß er in Saints Rest ermordet wurde. Wir alle haben es gewußt. Im Versteck hast du einige Tatsachen herausgefunden, und die haben dich in Marsch gesetzt. Du hast ein Einschreiben von Hayes, das er selbst an sich aus Saints Rest geschickt hat, aber das ist nur eine schwachsinnige Linie – wir werden sie analysieren lassen. Sie muß wichtig sein, aber wir haben keinen blassen Schimmer, was sie bedeutet. Und du hast entdeckt, daß Hayes mit Brad Hokansen aus Boston zu tun hatte. Also bist du nach Boston gesaust.

Hokansen war ein Born an Informationen, hab' ich recht? Er hat eine Menge Geld von Mandanten in Heartland investiert, darunter auch vom DNC, und Drew Summerhays war der Vorsitzende des DNC, und Tony Sarrabian erzählt Hokansen, daß es bei Heartland Probleme gäbe, aber er unterstützt angeblich Quarles – wir haben also keine Ahnung, was los ist, hab' ich recht, Ben?«

Driskill nickte. »Bis jetzt schon.«

»Dann hört Hokansen noch mehr über Heartland – diesmal von dem Mann in Saints Rest, Herb Varringer. Er ist im Aufsichtsrat von Heartland und ein alter Kumpel Hazlitts. Und Hokansen kannte Varringer aus der Zeit, als er vor einigen Jahren bei Heartland investiert hat. Jetzt sagt Herb, daß er mit den Heartland-Aktivitäten echte Probleme hätte und einen Namen – ganz oben in der Regierung – brauche, um sein Wissen weiterzugeben. Und Hokansen reicht ihn an Drew Summerhays weiter. Und die beiden haben sich unterhalten, richtig? Und Drew hat Brad nicht gesagt, worüber er mit Varringer gesprochen hat, aber er meinte, es sei eine Aufgabe für Tarlow. Also schickt Drew Tarlow nach Saints Rest – und als nächstes wissen wir nur, daß Drew und Tarlow tot sind, ermordet innerhalb von vierundzwanzig Stunden.«

»Das ist alles.«

»Weißt du, Ben, das ist wie eine dieser Fragen beim Intelligenzquotiententest. Du kannst die Frage beinahe lösen, aber wenn du denkst, du hast die Antwort, entgleitet sie dir irgendwie; es ist schwierig, alle Faktoren beisammenzuhalten. Aber wir wissen, daß wir Sarrabian haben, und Summerhays und Tarlow, alle irgendwie durch seltsame Vorgänge bei Heartland verknüpft.« Er hatte einen Notizblock vom Couchtisch genommen und hakte jetzt die Notizen ab, die er sich bei Driskills Bericht gemacht hatte.

»Und dann hast du versucht, den Löwen Sarrabian in seiner Höhle in New York aufzusuchen – verdammt, Ben, manchmal erstaunst du mich. Aber du hast auch so Football gespielt. Alle Jungs aus dem Weg geschmissen, bis du den mit dem Ball hattest … Und Sarrabian war nicht zu Hause. Da hat er aber Glück gehabt.«

»Mir erscheint wichtig«, sagte Driskill, »daß so viele Menschen miteinander verknüpft sind. Sarrabian mit Hokansen, mit Varringer, mit Summerhays, mit Tarlow – alle durch diese Tips verbunden, daß bei Heartland etwas vorgeht, das stinkt. Und alle Spuren führen zu Hazlitt.«

»Aber sicher«, sagte der Präsident. »Alle scheinen mit Heartland und Hazlitt in Verbindung zu stehen. Das habe ich kapiert.«

»Und jetzt ist da noch etwas, und das ist der Grund, warum ich dich unbedingt heute sprechen mußte und nicht warten konnte, bis du eine freie Stunde hast. Es gibt da eine junge Frau. Sie heißt Rachel Patton …«

Fünfzehn Minuten später sagte der Präsident nachdenklich: »Laß mich sehen, ob ich das mit dem Geheimkanal richtig kapiert habe.« Sein Gesicht, sogar die Augen, schienen sich verfinstert zu haben. Er sprach sehr ruhig und rollte eine Zigarre zwischen den Fingerspitzen, um sich zu vergewissern, daß sie nicht zu trocken war. Er lehnte sich auf der Couch zurück und steckte die Zigarre mit einem klobigen Kristallfeuerzeug an. Seine Selbstbeherrschung kostete ihn viel Kraft. Rauch kräuselte sich empor. Draußen blies der Wind stärker, Regen trommelte gegen die Fenster.

»In *meinem* Weißen Haus wurden betrügerische Machenschaften durchgeführt. Und der Mann, dem ich am meisten vertraut habe, hat sie eingefädelt … Drew Summerhays. Und er hat dafür Tarlow und diese Rachel Patton angeworben.«

Driskill nickte, »Ja, Drew hat anscheinend das Ganze eingefädelt. Mit deinem Codenamen als Akronym. Von Drew ging die Leitung zu jemandem im Weißen Haus, den Rachel Patton den Spiegelmann nennt …«

»Was ist das eigentlich für eine Scheiße?« explodierte der Präsident. »Mein Weißes Haus? Spiegelmann? Was ist das, etwa *Das Phantom der Scheißoper*?« Er machte eine kurze Pause, ehe er weiterfuhr: *»Drew Summerhays?«*

»Ich habe dir gesagt, daß es dir nicht gefallen wird. Aber ich weiß nicht, wie ich es anders auslegen sollte ... jedenfalls im Moment. Rachel Patton war der Kurier, als sie noch im Justizministerium gearbeitet hat. Später dann fürs DNC.«

Der Präsident war aufgestanden und blickte Driskill wütend an. »Du bist ein Genie. Mir gefällt das alles *überhaupt* nicht. Was für ein Geheimkanal war das? Warum habe ich nichts davon gewußt? Warum haben sie mich umgangen? Was haben sie gemacht? Und warum? Eine Rentenkasse? Scheiße!« Er schleuderte sein Glas mit kräftigem Schwung in den Kamin. Der Aufprall klang wie ein Gewehrschuß.

Die Splitter flogen durch die Luft. Driskill wischte sich eine Scherbe von der Wange. Der Präsident starrte wütend in den Kamin und auf die Glassplitter auf dem Boden. Driskill ignorierte er.

»Na, wenigstens hast du nicht auf mich geschmissen«, sagte Driskill.

Der Präsident seufzte. »Glaubst du, daß diese Patton echt ist?«

»Ich glaube ihr. Charlie, sie hat schreckliche Angst. Du mußt ihr Personenschutz geben, bis die Sache vorbei ist ... wann immer das sein wird. Sie braucht Schutz. Sie ist zum jetzigen Zeitpunkt sehr wichtig für dich.«

»Ben, ich lasse sie sofort bewachen, du hast recht. Aber es ist verdammt kitzlig. Ich sage das nur ein einziges Mal. Der Präsident weiß nie, auf wessen Seite die Leute stehen. Es ist schwierig, jemandem zu trauen. FBI, Geheimdienst, die verfluchte CIA ... Wo ist diese Patton?«

»Ich bringe sie heute abend her.«

»Ja, bring sie her. Morgen früh fliegen wir zurück. Ich nehme sie mit. Wann hast du von alledem erfahren? Du hättest es mir sofort sagen müssen.«

»Ich habe es gestern gegen Mitternacht erfahren, Charlie. Also bloß keine Vorwürfe. Keiner schuftet mehr für dich als ich. Ich bin der einzige, der herauszufinden versucht, was los ist.«

Der Präsident schaute ihn nicht an und stieß mit dem Fuß eine Scherbe beiseite. »Ich weiß, ich weiß.« Er ging zum Fenster und starrte in den Regen hinaus. Der Himmel wurde heller. »Wo ist mein Eistee?«

»Du stehst drauf.«

»Ach so.« Er ging zum Tisch und schenkte sich noch ein Glas ein. Dann stellte er sich vor Driskill. »Ich werde einige Köpfe aufspießen, wenn ich weiß, was passiert ist. Darauf kannst du dich verlassen, Ben – danke, Kumpel.« Er nahm Driskills Hand und hielt sie einen Moment lang fest. »Ich weiß nicht, wo ich ohne dich wäre. Alles, was du getan hast …«

»Vergiß nicht, wie wütend du wegen LaSalle bist. Glaube mir, ich habe keine Ahnung, was da los ist.«

»Scheiß auf LaSalle. Damit befassen wir uns später.«

Driskill war auf dem Weg nach draußen, als der Präsident ihn bei den Schultern packte und umdrehte.

»Bring mir Rachel Patton, verdammt noch mal, Ben. Kapiert? Ich werde dieses Mädchen in die Mangel nehmen. Das schwöre ich dir.«

Beim Hinausgehen hörte er noch die Stimme des Präsidenten. »Bring mir Rachel Patton!«

Driskill machte die Tür der Suite im Middelbury Inn auf. Seine Frau stand mit geballten Fäusten da und zuckte erschrocken zusammen, als sie ihn sah.

»Was ist los?« fragte er, gleichsam automatisch.

»Ben … sie ist weg.«

»Rachel? Was meinst du?«

»Keine Ahnung.« Sie bebte vor Wut und Frustration. »Sie ist weg. Ich habe sie verloren. Einfach so. Nie hätte ich gedacht, daß sie mir das antun würde. Sie hatte doch solche Angst …«

»Wie ist es passiert?«

»Wir sind nach unten gegangen, um etwas zu essen. Ich war sicher, daß der Mann, der sie observiert hat, sie nicht gefunden hatte. Ich hatte sie völlig beruhigt. Dann – wir waren beinahe fertig – entschuldigte sie sich, um auf die Toilette zu gehen. Anne Furlong von Reuters kam zu mir herüber. Wir haben über den Parteitag und die Probleme des Präsidenten geredet. Dann habe ich gemerkt, daß fünfzehn Minuten vorbei waren und Rachel nicht zurückgekommen war. Ich bin sie suchen gegangen. Sie war weg. An der Rezeption hatte sie niemand gesehen. Ich bin wie eine Wahnsinnige nach oben gerannt. Sie war nicht in der Suite. Das war vor einer halben Stunde. Ihre Reisetasche ist auch weg. Ben, ich mache keine Witze: Sie ist weg!« Sie schlug mit der Faust auf den Schreibtisch, um ihren Worten Nachdruck zu verleihen. Der Aschenbecher fiel zu Boden. »Wie konnte mir das passieren? Sie ist einfach abgehauen, Ben. Ich habe ihr vertraut und habe nicht aufgepaßt – ich hätte nie gedacht, daß sie das tun würde.«

»Hat sie eine Nachricht hinterlassen?«

»O ja! Tut mir leid, daß ich mich wie eine Verrückte aufführe. Hier ist die Nachricht.« Sie las vor, was auf dem Briefpapier des Hotels stand. *»Er ist hier. Ich muß weg. Bitte, lassen Sie nicht nach mir suchen. Danke. R.«* Sie sank aufs Bett und gab ihm das Blatt. Das Wort bitte war dreifach unterstrichen. »Sie muß den Mann gesehen haben, der sie beschattet …«

»Oder sie hat nur gedacht, sie hätte ihn gesehen.«

»Oder vielleicht hat sie gedacht, sie sei allein sicherer. Kein Hinweis, wohin sie gegangen sein könnte. Ich muß weg. Ich weiß nicht, was ich denken soll, Ben. Aber es ist meine Schuld.«

»Hör zu, niemand hätte damit gerechnet, daß sie abhaut. Nun kreuzige dich nicht selbst.«

»Ich mache mir solche Sorgen. Was, wenn er tatsächlich

hier war und sie ihn gesehen hat …? Was ist, wenn er sie auf der Flucht erwischt hat? Mein Gott, Ben, sie könnte tot sein.«

»Das können wir unmöglich feststellen. Wir wollen doch nicht, daß ganz Vermont nach ihr sucht. Je früher jemand sie findet, desto früher weiß auch der Verfolger, wo sie ist. Am sichersten ist sie – falls er sie noch nicht erwischt hat – allein. Elizabeth, sie ist ein kluges Kind. Bemerkenswert klug; ich glaube, er hat große Mühe, sie aufzuspüren.« Er mußte Elizabeth Hoffnung machen. Sie war kurz vor einem Nervenzusammenbruch. Doch dann überraschte sie ihn.

»Aber ich habe mich auch gefragt«, sagte sie, »ob sie uns vielleicht nur benutzt hat? Denk an die Gerüchte, die seit Wochen überall umherschwirren. Wer sagt uns, daß sie uns nicht diesen Bären aufgebunden hat, weil sie hoffte, ich würde ihn drucken oder du würdest zum Präsidenten gehen und daß so alles herauskäme. Kannst du nicht die Schlagzeilen sehen. ›Präsident von eigenen Leuten im Weißen Haus hintergangen.‹ Vielleicht war sie nur ein Gespenst, Ben. Vielleicht war das alles nur ein schmutziger Trick, um Summerhays und Tarlow mit einem Komplott gegen den Präsidenten in Verbindung zu bringen, weil sie sich nicht mehr verteidigen können. Das wäre nur noch ein Punkt mehr zu dem, was die Leute über die Bonner-Regierung reden …«

»Wir haben keine Ahnung, ob sie die ist, für die sie sich ausgegeben hat«, sagte er nachdenklich. »Sie hat uns überzeugt. Mit ihrer Angst, mit ihren Bemerkungen über Drew und Hayes. Vielleicht ist sie nur eine großartige Schauspielerin? Und dann, als wir ernst gemacht haben und sie den Präsidenten sprechen sollte – da hat sie sich verdünnisiert. Vielleicht war das Ganze doch ein Trick.«

Driskill hatte das Gefühl, den Boden unter den Füßen zu verlieren. Er fand die Vorstellung ganz und gar nicht gut, daß er Rachel Patton nicht zum Präsidenten bringen konnte. Charlie war verdammt nahe am Ende der Fahnenstange. Das hatte er gespürt.

Wohin war sie gegangen? Warum?

Hatte sie ihnen lediglich ein Lügenmärchen aufgetischt?

KAPITEL 13

Die Straße lag im hellen Mondlicht wie eine Landebahn vor ihnen. Es war weniger Verkehr, als er erwartet hatte, aber es war spät. In der Nähe gab es keine Städte und nicht viele Nachtmenschen. Es war ein langer Weg nach Washington, aber sie waren in Sicherheit. Niemand konnte Ben finden, und im Auto gab es keine Fragen, keine Exklusiv-Interviews mit Ben Driskill, mit denen man den Präsidenten in Verlegenheit bringen könnte, und keine zermürbenden Gespräche mit Charlie. Sie hatten Rachel Patton verloren. Oder Rachel hatte sie verloren.

Durch das offene Fenster spürte man förmlich, wie das Gras pulsierte und wuchs. Die warme feuchte Luft stieg in dichten Wolken auf. Gelegentlich verdunkelte eine Wolke den Mond. Sie hörten einen Sender, der die ganze Nacht politische Beiträge brachte. Als Einführung zu den Höreranrufen verlas der Moderator einige Meldungen von Journalisten über die Vorwahlen und Charlies neues Angebot, Sherm Taylor nach Mexiko zu schicken, um dort zu helfen. Es erscheine unwahrscheinlich, so schloß der Moderator, daß Sherman Taylor antworten würde.

Nachdem Ben und Elizabeth bis zur Neige darüber gesprochen hatten, wer Rachel Patton war oder wer nicht und was sie wohl tun würde, hielten sie an einem Drive-In-Restaurant an, um sich mit Hamburgern und Cola zu stärken.

Sie saßen in dem gespenstisch unwirklichen Licht der Reklamen auf dem Parkplatz und warteten auf die Hamburger. Elizabeth brach das Schweigen.

»Ben, vielleicht ist sie tot. Vorher war diese Vorstellung irgendwie körperlos. Ich hatte Angst, aber sie war nicht real, sie hatte kein Gesicht. Jetzt hat sie ein schlagendes Herz.«

»Ich weiß nicht, was ich tun soll.«

»Larkie hat dir gesagt, du sollst vorsichtig sein. Die Generalstaatsanwältin hat dich gewarnt. Drew hat dir gesagt, daß er sich wegen der Situation des Präsidenten Sorgen machte – und dann wurde er umgebracht. Und Hayes ist für ihn nach Iowa gefahren und wurde umgebracht. Wenn Rachel echt war – und wenn man sie observieren ließ –, könnte man uns auch umbringen wollen.«

»Nein, wir dürfen nicht dem Verfolgungswahn anheimfallen. Aber wir haben viel mehr Fragen als Antworten. Wir wissen nicht, wer und was Rachel Patton ist und war, und wir wissen nicht, was Charlie tatsächlich plant.« Er hatte den Burger halb aufgegessen, als er nicht länger warten konnte. »Ach was, verdammt! Ich muß Mac anrufen. Da drüben ist eine Telefonzelle.«

»Aber verdrücke dich nicht wie Rachel, okay?«

»Ich bin gleich wieder da.«

Ben rief Mac im Sugar Bush an und weckte ihn. Mac klang benommen. Es war nach zwei Uhr morgens. »Ben, wo stecken Sie? Was ist los?«

»Sind Sie nüchtern, Mac?«

»Ha, ha! Sehr witzig. Was zur Hölle wollen Sie, Ben? Und wo sind Sie? Charlie sagte, Sie sollten sofort zu uns zurückkommen …«

»Es ist unwichtig, wo ich bin. Es geht um folgendes: Ich sollte dem Präsidenten heute abend etwas bringen, und das kann ich nicht. Der Gegenstand ist verschwunden.«

»O nein! Warum bringen Sie immer schlechte Nachrichten, Ben? Können Sie nicht … Hören Sie, das wird ihm bestimmt nicht gefallen, oder?«

»Gut geraten, Kumpel.«

»Ben, was Charlie betrifft, spielen Sie mit dem Feuer. Wegen der LaSalle-Geschichte ist er jetzt schon stinksauer auf Sie. Wo sind Sie? Er wird Sie erreichen wollen.«

»Ich bin unterwegs.«

»Vielen Dank, daß Sie es mir überlassen, Freude zu verbreiten. Herrgott, Ben!«

Driskill legte auf. Ein Bus mit Touristen hielt. Gähnend und die Augen reibend, stiegen sie aus, um etwas zu essen und zu trinken und zu pinkeln. Sie drängten sich vor den Türen zu den Toiletten neben der Telefonzelle. Ben ging zurück zu Elizabeth.

Wieder auf dem Highway, sagte Elizabeth in die Dunkelheit hinein: »Ben, ich habe Angst um dich. Du solltest ernsthaft erwägen, einen Anwalt zu nehmen.«

»Ich bin Anwalt.«

»Ja, und deshalb solltest du besser als andere wissen, wann du einen Rechtsbeistand brauchst.«

»Was wird denn deiner Meinung nach passieren?«

»Ben, LaSalle hat dich zum Tatort des Mordes an Drew gebracht. Wir wissen nicht, wie er das geschafft hat, aber das bedeutet, daß du einen Anwalt brauchst, der dich vertritt, der eine erstklassige Verteidigung ausarbeitet, wenn die Polizei oder ein Sonderstaatsanwalt bei dir auftaucht ...«

»Dadurch würde ich schuldig aussehen«, sagte er und lächelte. »Wenn man einen Anwalt nimmt, sieht man immer schuldig aus. Das weiß doch jeder.«

»Ben, ich meine es ernst. Und jetzt noch diese Sache mit Rachel Patton – wir haben keine Ahnung, was vor sich geht, wir wissen nicht, woher sie gekommen ist oder wohin sie uns führt oder wohin sie uns bereits geführt hat. Ich wiederhole: Du brauchst einen Anwalt.« Sie machte eine Pause, aber er wußte, daß sie noch nicht fertig war. »Ich werde nicht zulassen, daß du im Land herumläufst, während da jemand ist, der dich umbringen will. Und sage mir nicht, ich würde unter Verfolgungswahn leiden. Du trittst in die Fußstapfen von Toten.« Die Linien um ihren Mund wurden schärfer. Sie meinte es wirklich ernst. Offensichtlich hatte sie Angst. Sturmwarnung. »Jetzt, wo Charlie noch wütender auf dich werden wird, jetzt ist es Zeit, auszusteigen. Hast du gehört, was ich gesagt habe?«

»Du willst, daß ich mitmache … du willst, daß ich aussteige. Das ist verwirrend.«

»Ben …«, sagte sie. Keine Scherze mehr.

Er nickte und hielt die Augen auf die Straße geheftet. Selbstverständlich hatte sie recht. Alles war auf verrückte Weise miteinander verknüpft, aber er konnte das Muster nicht erkennen … und irgendwie war er verdammt nahe am Zentrum von allem. Er hatte das Gefühl, mitten in einem dieser englischen Irrgärten zu sein. Hecken überragten seinen Kopf. Er wußte, daß er vorsichtig sein und genau überlegen mußte. Das alles fiel einem schwer, wenn man wütend war. Und er war wütend.

Und er war allein.

Elizabeth würde an seiner Seite stehen und für ihn und mit ihm kämpfen, aber er durfte sie nicht in diesen Irrgarten hineinziehen. Er mußte sie draußen halten. Überall lauerten zu viele Gefahren, zu viele denkende Sprengköpfe. Sie fanden seine Freunde. Er wollte nicht, daß sie auch seine Frau fanden.

Im Morgengrauen näherten sie sich Washington. Da weckte eine Stimme im Radio wieder ihre Aufmerksamkeit. Es kam eine Erklärung Bob Hazlitts vor einem Interview bei *Good Morning, America* in einem Fernsehsender in Miami, wo er Delegierte hofierte. Er gab sich Mühe, ruhig zu sprechen, aber seine Wut klang echt.

»Lassen Sie mich klar und deutlich sagen: Niemals würde ich den Präsidenten der Vereinigten Staaten einen Verräter nennen. Aber wenn er ein Verräter wäre, könnte er die Werte und die Stärke seines Landes nicht effektiver verraten, als er es jetzt tut, indem er versucht, einen Mann wie Sherman Taylor dazu zu bringen, nach Mexiko zu gehen – für eine verlorene Sache. Es ist Ketzerei, und ich möchte sagen: nicht sehr klug. Im Januar hat er in seiner Kapitulationserklärung Amerika auf einen Kurs geführt, der diese Nation zu einer leichten Beute macht, buchstäblich ungeschützt! Die Festung Amerika ist eine alte Lady geworden, die auf einem dunklen Parkplatz spät abends darauf wartet, überfallen zu werden. Gute Männer und gute Frauen haben für die Sicherheit dieses unseres Landes gekämpft und ihr Leben gegeben. Sie sind nicht gestorben, damit wir jetzt in einem bodenlosen Meer von Hilflosigkeit versinken! Der Präsident hat gegen eine mysteriöse, unsichtbare, geheime Regierung gewettert. Er schreit von den Dächern, daß es einen Schwarzen Mann gäbe, den wir nicht sehen könnten ... und jetzt ruft er dazu auf, Sherm Taylor bei einem Himmelfahrtskommando zu opfern! Das ist wirklich ein billiger Trick, und er wird nicht funktionieren, weil jeder sehen kann, was er diesem Land antut. Wir sind alle gefährdet, meine Freunde – solange dieser Mann im Weißen Haus ist. Er hat recht: Es gibt keinen größeren Feind als den im Inneren – und sein Name lautet Charles Bonner!«

Es war Mittwoch.

Er wachte gegen Mittag auf, immer noch benommen, und erinnerte sich, daß sie in einem kleinen Hotel in Georgetown abgestiegen waren, um nicht von der Presse oder anderen Leuten in ihrer Wohnung am Dupont Circle niedergetrampelt zu werden. Als er richtig wach war, schaute er sich um. Wo war Elizabeth? Sie war nicht da. Er stützte sich auf die Ellbogen und griff zum Telefon. Er drückte auf die Null und bestellte beim Zimmerservice Kaffee und Saft. Er war wach – jedenfalls beinahe. Er schüttelte den Kopf wie ein großer Hund, der Spinnweben loswerden will. Dann wählte er seine Kanzlei in New York an. Helen antwortete.

»Helen, ich bin's – klinge ich wie ich?«

»Mehr oder weniger.«

»Okay.«

»Wo sind Sie?«

»Das wollen Sie gar nicht wissen.«

»Aber Dade Percival will es wissen. Ebenso Ihre Getreuen.«

»Sagen Sie Percival, er kann mich ...« Wegen Männern wie Dade Percival mußte man sich immer Sorgen machen. Er wünschte, er hätte im vergangenen Winter Percival nicht nach Washington geschickt, um mit dem Stab des Weißen Hauses an mehreren Gesetzestexten zu arbeiten. Er war zurückgekommen mit dem Gefühl, jetzt Washington genau zu verstehen und zu wissen, wie man Abhilfe schaffen könnte. Dade Percival. Ach was, zur Hölle mit ihm ...

»Das müssen Sie ihm selbst sagen.«

»Ist bei euch alles unter Kontrolle?«

»Die Presse ruft ständig an und sucht Sie. Das schafft echte Freude.«

»Tut mir leid, daß Sie das meinetwegen durchmachen müssen, Helen. Aber es wird nicht ewig dauern. Hat sonst jemand angerufen?«

»Zwei Mandanten. Nichts Wichtiges, ich habe ihnen gesagt, Sie seien beim Präsidenten. Das wirkt immer. Und Mr. Larkspur hat heute morgen angerufen – er wollte wissen, ob es Ihnen gutgehe.«

»Was haben Sie ihm gesagt?«

»Ich habe ihm gesagt, Sie seien ein Notre-Dame-Mann, und daher müsse es Ihnen gutgehen.«

»Sie angeln *tatsächlich* nach einer Gehaltserhöhung.«

»Und Sie haben offenbar Mr. Wardells Anruf am Montag nicht erwidert ...«

»Verflucht. Das habe ich vergessen. Keine Zeit.«

»Er hat heute morgen noch mal angerufen, aus Saints Rest, es hat ziemlich dringlich geklungen. Er wollte wissen, ob Sie seine Nachricht erhalten hätten. Ich habe ihm gesagt, wie beschäftigt Sie wären und daß ich ganz sicher sei, daß er auf Ihrer Liste stünde. Er meinte, ich sollte alle Hebel in Bewegung setzen, damit er ganz oben auf Ihre Liste käme ...«

»Okay.«

»Er sagte, es ginge um Mr. Summerhays und Mr. Tarlow ...«

»Warum hat er das nicht gleich gesagt! Gut, ich werde ihn anrufen. Mein Fehler, Helen. Ist das alles?«

»Ja. Ist Mrs. Driskill in New York oder in Washington?«

»Sie ist bei mir. Hören Sie, ich melde mich in ein oder zwei Tagen wieder bei Ihnen. Halten Sie die Stellung, Helen. Und jetzt geben Sie mir bitte Bert Rawlegh.«

»Sofort.«

»Ben?« Rawleghs Stimme kam ironisch, listig und freundlich durch die Leitung. »Wie geht's dem Präsidenten an diesem schönen Morgen?«

»Da fragen Sie den Falschen, Bert. Ich stehe zur Zeit nicht gerade hoch in seiner Gunst. Aber ich schätze, er ist guter Laune. Und sicherlich setzen heute all die zahllosen Helfer des Präsidenten die Delegierten massiv unter Druck.«

»Von Hazlitts Leuten gar nicht zu reden«, sagte Rawlegh. »Es ist wie eine Schlägerei in einem Bordell am Samstagabend.«

»Wie läuft's in der Kanzlei? Moral gut?«

»Ben, lassen Sie mich einen Moment ernst werden. Dade Percival leistet ganze Arbeit. Er spricht mit den Partnern in seinem Büro unter vier Augen. Er fragt sich, ob wir uns die Kontroverse leisten können, die Sie in die Kanzlei bringen. Er spricht über den guten Ruf der Kanzlei bezüglich der Diskretion. Heute morgen hat er von gewissen ›Bedenken‹ gesprochen, die er wegen des ›unklugen‹ Benehmens des Präsidenten hege, was immer das bedeuten soll. Wir haben Leute, die auf ihn hören.«

»Hm, könntest du nicht andeuten, daß ich ein ganz

übles Arschloch bin, wenn es um Kämpfe in der Firma geht.«

»Andeutungen sind möglicherweise nicht genug, Ben. Vielleicht braucht er eine Vorführung.«

»Wenn nötig, komme ich zurück. Aber versuchen Sie den Mistkerl in Schach zu halten. Und scharen Sie die Guten um sich.«

»Klar, Ben. Hören Sie, machen Sie sich wegen der Sache keine zu großen Sorgen. Sie haben bestimmt selbst genug zu kauen. Ich sage Ihnen Bescheid, wenn die Dinge hier außer Rand und Band geraten.«

Elizabeth erschien in der Tür. Sie war vollständig angezogen und hatte einen Stapel Zeitungen unter dem Arm. Hinter ihr kam ein Page mit einem Tablett. »Ich habe ihn abgefangen und Croissants zum Kaffee bestellt.«

Sie unterschrieb die Rechnung und ließ die Zeitungen aufs Bett fallen. Als sie den Kaffee eingegossen hatte, war Ben bereits in die Zeitungen vertieft.

Elizabeth schaltete den Fernseher ein. »LaSalles erste Show fängt gleich an. Ich kann nicht widerstehen.«

Auf dem Bildschirm war der Kopf des Präsidenten hinter einer Nahaufnahme von LaSalle zu sehen. Es war die erste der beiden täglichen Sendungen LaSalles. Allerdings ließ er die Morgensendung öfter von seinen Assistenten moderieren. Heute war er selbst da. Für gewöhnlich bedeutete das, daß er einen Knüller hatte. Der Hazlitt-Wahlkampf schoß nach der Bemerkung des Präsidenten über Taylor in Lincoln zurück. Vielleicht ging es aber um mehr. Im Augenblick ging es Schlag auf Schlag ohne wochenlange Abstände. Jetzt rechnete man in Stunden. Driskill fühlte, wie sein Magen sich verkrampfte. Über Bonners Gesicht stand in Großbuchstaben: LVCO. Rachel Patton hatte gesagt, daß sie mit Drew Summerhays wegen etwas, das mit LVCO zu tun hatte, zusammengebracht worden war. Er drehte die Lautstärke auf.

»Die Geschichte beginnt vor mehreren Jahren und mit

einer kleinen Firma, die zwei Männer in Delaware gründeten.« LaSalle trug sein ernstestes Gesicht. »Es war ein metallverarbeitender Betrieb. Sie stellten aus verschiedenen Metallen Dinge her, die andere Industrien entweder brauchten, damit ihre Maschinen liefen oder damit ihre Produkte funktionierten. In gewisser Weise war LVCO eine Maschinenfabrik. Sie hatte Erfolg. Sie bekamen zahllose Verträge und vergrößerten sich schließlich mit kleinen Fabriken in Massachusetts, Florida und Delaware. Später eröffneten sie noch einen Zweigbetrieb in Nordkalifornien. Und sie begaben sich auf ein weiteres Gebiet: geologische Gutachten. Auf ihrem Gebiet war die kleine Firma einzigartig. Sehr profitabel, aber ohne den Wunsch, mehr zu expandieren, als es für sie gut war. Hervorragendes Management. Konservative Firmenführung. LVCO.«

Auf dem Bildschirm sahen die Zuschauer jetzt kurz die Arbeit in der Maschinenfabrik, dann die beiden Gründer mit Kunden – einige trugen Uniformen –, die Verträge unterschrieben. LaSalle kommentierte alles. Für die neuen Operationen brauchte man neue Gebäude und mehr Mitarbeiter. Die Zuschauer sahen Diagramme der Aktiengeschichte der Firma, die steigenden Preise der Aktien, das wunderschön bewaldete Bergland von Nordkalifornien erhob sich hinter einem beeindruckenden Gebäude im Stil Wrights. Es war sehr viel größer als die kleine Maschinenfabrik. Ben Driskill fragte sich immer mehr, worauf der Bericht hinauslief. Was hatte diese Geschichte mit dem Präsidenten zu tun? LaSalle sprach weiter.

»All das in einem Vierteljahrhundert. Eine echte amerikanische Erfolgsgeschichte.

In den letzten Jahren hat die metallverarbeitende Abteilung der Firma sehr viele Regierungsaufträge erhalten und sich auf die Herstellung von Sprengköpfen für Raketen und besonders kompliziertes Zubehör für die Rüstungsindustrie verlegt. Die andere Abteilung war auf High-Tech-

Computer-Programmierung umgestiegen, mit deren Hilfe man sehr genaue dreidimensionale Modelle erstellen konnte. Es ging um die Wirkungen von Explosionen unter Wasser, sowohl von Menschen als auch von Vulkanen verursacht. Dabei wurden die tektonischen Verschiebungen der Kontinentalplatten analysiert. Für Sie und mich sind das Erdbeben. Diese Abteilung hat ebenfalls große Verträge von der Regierung und Privatfirmen erhalten.

Und warum erzähle ich Ihnen das alles?« fragte LaSalle und machte das äußerst besorgte Gesicht eines Ombudsmannes, der sich die Klagen von Mitbürgern anhörte. »In welcher Verbindung steht diese äußerst erfolgreiche amerikanische Firma zum Präsidenten der Vereinigten Staaten? Wir geben Ihnen die Antwort auf diese und andere beunruhigende Fragen gleich nach der Werbung.«

Als LaSalle wieder auftauchte, saß er in einem Studio vor einem Kamin mit loderndem Feuer und bemühte sich nach Kräften, wie ein Präsident auszusehen. Er hielt einen mit Papieren vollgestopften Ordner. Irgendeine Requisite. Zweifellos ein Symbol wissenschaftlicher Nachforschungen.

»Was hat das alles mit dem Präsidenten der Vereinigten Staaten zu tun?

Vor fünfundzwanzig Jahren investierte Charles Bonner etwas über zwanzigtausend Dollar in das Kapital einer metallverarbeitenden Firma. In den folgenden Jahren erhöhte er jährlich seine Investitionen, bis er Aktien im Wert von mehr als drei Millionen Dollar besaß. Nicht vom Kaufpreis her – ich möchte nicht, daß Sie mich mißverstehen. *Zu dem Zeitpunkt als er Präsident wurde, waren seine Aktien über drei Millionen Dollar wert.*

Er hat diese Aktien nie abgestoßen, obwohl die Firma direkt und indirekt in viele Regierungsaufträge verwickelt war. Im Gegenteil – uns liegen Informationen vor, die enthüllen, daß die Bonner-Investitionen während seiner Präsidentschaft weiterhin gewachsen sind. Offenbar ist der

Wert des Firmenkapitals gewachsen – *aber ich muß Sie darauf aufmerksam machen, daß der Präsident der Vereinigten Staaten weiterhin immer mehr LVCO-Aktien gekauft hat*. Mit Sicherheit ist es keine Ausgeburt der Phantasie, zu behaupten, daß das einen enormen Interessenkonflikt darstellt, wie es ihn in der langen Geschichte legaler Tricks in Washington noch nicht gegeben hat.«

Er machte eine Pause, als müßte er angesichts dieses Amtsmißbrauchs seine Kräfte sammeln.

»Das sind die Fakten«, sagte er schließlich. Die Kamera fuhr dicht an ihn heran. »Von LVCO haben wir keine Reaktion erhalten, aber das hält uns nicht auf. Wir wühlen in den SEC-Akten und Börsenberichten. Wir schicken Mitarbeiter zur United International Bank of Paraguay in Asunción, um dort Nachforschungen anzustellen, ebenso bei einer Privatbank in Belize City, bei Keystone Financial of Jamestown, New Hampshire, und mehreren Finanzfirmen in ganz Europa. Wir verfolgen die Spuren krimineller Machenschaften, alle verursacht von dem Mann im Weißen Haus. Und wir werden alle Antworten vorlegen ...«

Der Rest der Sendung waren nur Wiederholungen und ein Breittreten des Themas. Aber – wie Ballard Niles am nächsten Tag schreiben würde – die Glocke hatte geläutet, man konnte den Klang nicht zurückholen.

Elizabeth stand fassungslos da. »O mein Gott, Ben, das geht immer weiter und weiter. Es wird ein Atompilz. Jetzt stellt sich heraus, daß Charlie riesige Summen in eine Firma investiert hat, über die Rachel Nachforschungen angestellt hat. Drew war auch beteiligt.« Sie holte tief Luft. »Wieder ist ein Stück des Puzzles enthüllt worden, aber wir wissen nicht, wohin es paßt. Wir haben keine Ahnung. Aber da ist noch ein Grund, warum Drew und Hayes gestorben sind, warum Rachel Patton vielleicht tot ist und warum alle umgebracht worden sind: nationale Sicherheit, der Kampf um die Kontrolle über diese Regierung, vielleicht über das Land.«

»Ich weiß nicht, was ich sagen soll, Liebling.«

Er stand auf und wählte die Nummer in Iowa. Ein Mann meldete sich.

»Nick Wardell? Was kann ich für Sie tun?« fragte Driskill.

Wardell sagte es ihm ohne Umschweife.

KAPITEL 14

Es war beinahe fünf Uhr am Nachmittag eines voraussichtlich langen Tages, als das Flugzeug sich aus der glitzernden, brodelnden Hitze von O'Hare emporschraubte und Kurs nach Westen nahm, zum Mississippi. Driskill lehnte sich auf dem engen Sitz zurück und bemühte sich, zu vergessen, daß seine Knie in die Rückenlehne des Vordersitzes drückten. Die alten Doppelmotoren dröhnten laut. Er schloß die Augen. Vor achtundvierzig Stunden war er von New York nach Boston gefahren. Er hatte das Gefühl, als laufe er seitdem einen wahnwitzigen Marathon.

Er schreckte aus seinem Tagtraum hoch, als das Flugzeug flußaufwärts schwenkte und über den mächtigen, breiten und braunen Mississippi flog. An beiden Ufern sah man die üppige dunkelgrüne Vegetation. Die hohe Bogenbrücke, die über den Fluß nach Saints Rest führte, schimmerte in den Strahlen der Nachmittagssonne. Plötzlich riß eine Turbulenz das Flugzeug zur Seite, weg vom Fluß. Sie sausten über die Berge ständig nach unten. Das Flugzeug zitterte, sackte abrupt drei Meter in die Tiefe, landete dann etwas hart auf dem Rollfeld, schwankte wie ein angeschlagener Schwergewichtsboxer und rollte dann ruhig zu dem kleinen, aber schmucken Terminal. Der Pilot streckte den Kopf aus der Schiebetür und lächelte den Passagieren zu. »Wie ein Spatz auf einem Ast, Leute.« Alle lachten erleichtert. Er zog den Kopf wieder zurück ins Cockpit. Iowa. Ein gemütlicher, freundlicher Ort.

Die Sonne schmolz den Belag, so daß er weich und klebrig war. Hitzeschwaden stiegen auf. Der Flughafen wirkte wie eine Fata Morgana. Die Luftfeuchtigkeit war unerträglich. Driskill war sicher, daß der Mais wie wahnsinnig wuchs.

Nick Wardell wartete neben der Gepäckausgabe. Driskill erinnerte sich jetzt, daß er ihn im Wahlkampf vor vier

Jahren getroffen hatte. Rotarier, Jurastudium an der University of Iowa in Iowa City, Peace Corps nach dem Examen, verheiratet, zwei Kinder, Teenager. Nick war Stammbesucher im Golf and Country Club in Saints Rest. Er war schon als Schüler auf der High School 1968 in die Demokratische Partei eingetreten und hatte sich für Eugene McCarthy eingesetzt. Nach dem alptraumähnlichen Parteitag jenes Jahres – in Chicago – hatte er Hubert Humphrey unterstützt. 1972 hatte er Basisarbeit für George McGovern organisiert und danach als verläßlicher Arbeiter für den Bezirk und den Staat weitergemacht. Jetzt war er Landesparteivorsitzender. Ihm gehörte die Wardell-Agentur – Immobilien und Versicherungen, je nachdem, was man brauchte. Er war so, wie man sich den perfekten Delegierten vorstellte.

»Ich hätte eine Kapelle bestellen sollen, um ein hohes Tier wie Sie zu begrüßen.« Wardells Stimme war tief und voll.

»Sie lesen offenbar nicht dieselben Zeitungen wie ich.« Sie schüttelten sich die Hand. Wardells Handschlag war leicht, als hätten ihn die Leute gebeten, um Himmels willen sanft mit ihnen umzugehen. »Dieses hohe Tier ist im Augenblick tief in Verschiß, wenn Sie mir diesen Ausdruck verzeihen. Und was noch wichtiger ist: Dieses hohe Tier ist auf keinen Fall in Saints Rest. So ... wie geht es Ihnen, Nick?«

»Ich platze gleich. Ich bin froh, daß Sie so schnell gekommen sind.« Sie gingen über den Parkplatz vor dem Terminal. »Man hat Varringer gefunden. Er ist ziemlich angeknabbert – nach einer Woche im Fluß. Im Mississippi leben Biester, von denen Sie nicht mal geträumt haben, mein Freund. Na ja, sie bekamen Hunger und haben sich an Herb gemästet. Aber mein Freund, der Polizeichef, hat ihn ordnungsgemäß identifiziert.«

»Irgendeine Idee, wer es getan haben könnte?« Es war ein Schuß ins Blaue, aber Ben mußte ihn riskieren.

»In gewisser Weise schon, nehme ich an. Überraschung. Richtige Kriminalarbeit.« Wardells tiefe Stimme war seltsam tröstlich. »Und es ist ein bißchen unheimlich, Ben. Die Bullen haben herausgefunden, daß an dem Tag, an dem Tarlow ermordet wurde, ein Gast in einer Pension in Saints Rest gewohnt hat, der sich als Professor an der University of Missouri vorgestellt hatte und eine Kreditkarte mit demselben Namen benutzt hat, der aber gar nicht existiert. Sie haben bei der Universität nachgefragt. Diesen Mann gibt es dort nicht, in ganz Columbia, Missouri, nicht. Wir haben also einen Geist in der Stadt gehabt. Vielleicht war er ein Geist, weil er Tarlow und Varringer umgebracht hat.«

Das war der erste brauchbare Hinweis. Konnte derselbe Mann so kurz danach Drew Summerhays auf Big Ram ermordet haben? Konnte es das Chamäleon sein, das Rachel Patton beschattete?

Wardell fuhr einen Allrad-Geländewagen mit Ledersportsitzen, einer Fünftausend-Dollar-Stereoanlage und einer Ladefläche von der Größe eines Fußballplatzes. Er trug ein marineblaues Hemd des Golf-und-Country-Clubs von Saints Rest, Leinenhosen und schwarzweiße Slipper.

»Ich werde Ihnen zeigen, wo unser Freund Tarlow seinem Schöpfer begegnet ist. Dabei können wir uns unterhalten. Ich möchte auch gern wissen, was eigentlich los ist, Ben. Was ist zum Beispiel an der Sache dran, daß der Präsident in irgendwelche schmutzigen Börsengeschäfte verwickelt ist. Ich habe beim Herfahren im Radio einen Bericht darüber gehört.«

Driskill nickte. »Ich weiß über LVCO auch nicht mehr als das, was im Fernsehen gekommen ist.« Saints Rest erschien jetzt, als sie über eine Anhöhe fuhren. Die Stadt glänzte in der Sonne. Die goldene Kuppel des Gerichtsgebäudes funkelte. Die hohe Brücke glich einem Silberstreifen, der über den Mississippi nach East Saints in Illinois führte. Plötzlich waren sie in einem Industriegebiet, dann schaukelte ein Boot mit Spielcasino auf den Wellen im Hafen. Noch eine Biegung in Richtung Fluß. Ein Turm aus Backsteinen erhob sich. Eine riesige Plakatwand beherrschte die Gegend, das Porträt des lächelnden Bob Hazlitt, mit einem Flugzeug im Hintergrund und dem im Winde wehenden weißen Schal.

»Das sind die Heartland-Lagerhäuser«, erklärte Wardell. »Und dort drüben das Plakat von Bruder Hazlitt. Er hat in Saints Rest viele Anhänger, muß ich leider zugeben. Der Lieblingssohn. Dort drüben ist unser Schrotturm. Bürgerkrieg.« Er parkte den Wagen am Flutdamm. Sie gingen über den Kies. »Hier hat man Tarlow gefunden. Er hat am Fuß des Turms gesessen. Messer durchs Herz. Das letzte, was er gesehen haben muß, war wohl der grinsende Hazlitt.«

»Ist Hayes bei Ihnen gewesen?«

»Ich habe ihn vom Flughafen abgeholt und in der Stadt abgesetzt. So wollte er es. Er hat mir ein Loch in den Bauch gefragt über Heartland und Herb Varringer ...« Er schirmte mit der Hand die Augen gegen die Sonne ab und blickte zum Turm. »Ich habe ihm so viel gesagt, wie möglich war – viel Zeit hatten wir nicht. Ich habe ihm erzählt, daß Varringer und Hazlitt uralte Kameraden waren, daß Herb die Schlüsselfigur im Aufsichtsrat bei Heartland war und daß in letzter Zeit nicht alles glatt zu laufen schien.«

»Was meinen Sie?«

»Verdammt, ich kenne Herb Varringer. Er ist im Aufsichtsrat der First National Bank, und ich helfe Kunden, dort Hypotheken zu bekommen. Er ist auch im Vorstand des Country Club. Ich habe ihn mein ganzes Leben lang gekannt. Ich habe seine Versicherungen bearbeitet. Lebensversicherung. Krankenversicherung. Arbeitsunfähigkeit. Autos und Lastwagen. Haus. Hausrat – alles. Herb war kein Mann, der leicht aus sich herausging – freundlich schon, alte Schule, aber er hatte einen Haufen Geld, und das schafft irgendwie Abstand. Ihm gehörte die Zeitung.

Er verkehrte in seinem eigenen, kleinen Kreis ... ich bin nicht sicher, ob er das in letzter Zeit noch viel getan hat. Aber ich weiß, daß er sich wegen Heartland große Sorgen gemacht hat.«

Sie hatten umgedreht und gingen jetzt zur Unterführung, auf der die Eisenbahnschienen verliefen. Die Eisenbahnbrücke führte über den Fluß nach Wisconsin und Illinois. Die Hitze war drückend. Driskill hatte sein Leinenjackett über die Schulter gelegt. Sein Hemd war schweißgetränkt. Als er in den Schatten der Unterführung trat, hatte er einen Moment lang das Gefühl, in einen Kühlschrank zu kommen. Er holte tief Luft und hörte das laute Summen der Insekten im struppigen Gras.

»Es gibt Zeugen, welche die beiden auf dem Weg gesehen haben, vom Fahrstuhl an der Fourth Street bis zu dem Pub dort drüben.«

»Erzählen Sie mir von Varringer. Warum war er wegen Heartland so besorgt? Was hatten Sie damit zu tun?«

»Herb Varringer und ich sind mit Bekannten im vorigen Winter auf die Jagd gegangen. Sie wissen ja, wie es auf einem Jagdausflug so zugeht. Wir waren oben in Nordminnesota. Da ist es schweinekalt. Herb und ich saßen eines Tages vor dem Kamin der Jagdhütte. Alle anderen waren draußen auf der Jagd, aber uns war es zu verdammt kalt. Wir haben ein paar Gläser gelüpft, und Herb hat angefangen zu reden. Das bißchen Feuerwasser hatte ihm die Zunge gelöst, schätze ich. Und er hatte den Kopf voll, jawohl. Er hatte sein Leben Heartland und Bob Hazlitt geweiht, und jetzt war er, gelinde gesagt, tief enttäuscht. Er hat keine Details genannt, aber er hat gesagt, ich würde nie glauben, was für eine Scheiße bei Heartland liefe. Seiner Meinung nach kam alles daher, weil Heartland zuviel Geld hatte – Geld für dieses und jenes, Geld etwas zu bauen, von dem niemand auch nur geträumt hätte –, Geld in Hülle und Fülle und mehr Kredit, als Sie zählen könnten. Er meinte, er hätte selbst verdammt viel Geld für Heartland verdient, damit träfe ihn auch eine gewisse Schuld, und das gefiel ihm ganz und gar nicht. Können Sie mir so weit folgen?«

»Klar.« Driskill dachte an Brad Hokansen und das Geld, das ihm Sorgen bereitete, und daran, daß offenbar Sarrabian Hokansen einen Tip gegeben hatte, bei Heartland gründlich nachzubohren.

»Varringer redete weiter darüber, wie Heartland machtsüchtig und korrupt geworden sei und sich benehme, als gehöre der Firma die Welt, samt dem Weltraum darum. Er war unglücklich. Er fühlte sich ausgenutzt. So viele Jahre hatte er mit Hazlitt gearbeitet. Und jetzt machte Heartland aus Geldgier genauso schmutzige Geschäfte wie alle anderen.«

»Haben Sie Beispiele?«

»Nein.«

»Sicher?«

Nick Wardell blickte in die Wirbel des Mississippi, der vor seinen Füßen ans Ufer schlug. Man roch bei der Hitze den scharfen Geruch des Flusses. Er ballte eine Faust und dachte nach.

»Was noch, Nick?«

»Varringer traute Bob Hazlitt und allem, wofür er stand, nicht mehr. Ja, er haßte ihn. Nicht persönlich, sondern in größerem Rahmen. Er sagte zu mir: ›Wissen Sie, Nick, Bob ist kein so großes Arschloch, wie er klingt, wenn er zu den armen Irren spricht, die tatsächlich glauben, er hätte eine Lösung für jedes Problem. Bob will die Menschen überzeugen, daß allein Amerika wichtig ist und daß alles andere zum Teufel gehen kann. Aber Bob würde auch an eine Sache wirklich glauben: absolute nationale Sicherheit. Wenn die gewährleistet ist, kannst du allen Ausländern sagen, sie sollen dich am Arsch lecken – Bobs Worte.‹ Na ja, Herb meint auch, daß Bob ein Lügner sei, daß es eine Außenpolitik gäbe, die funktioniert, die aber nicht die Außenpolitik der Vereinigten Staaten von Amerika sei …

sondern Bobs, Heartlands. Ben, schauen Sie mich nicht so an. Ich kann nicht mehr sagen, weil ich nicht mehr weiß – mehr hat Herb damals nicht gesagt, und später hat er nie wieder mit mir über dieses Thema gesprochen. Damit bin ich bei meiner Frage an Sie: Wenn der alte Herb recht hatte, wenn Bob diese ganze Macht hat – müssen wir uns dann auf den Präsidenten Hazlitt gefaßt machen? Mit diesem blutrünstigen Sherm Taylor an den Rockschößen hängend?«

»Das können Sie mir besser sagen. Wie wird sich die Delegation aus Iowa entscheiden?«

»Leider muß ich sagen: drei zu eins für Hazlitt, den Mann aus Iowa.« Wardell zuckte mit den breiten Schultern. »Wir streiten uns, wie lang wir Hazlitt verpflichtet sind. Aber seine Leute haben hart gearbeitet und sind über die Demokratische Organisation wie ein Bienenschwarm hergefallen und haben ihre Delegierten gewählt. Wir haben aber ein paar loyale Anhänger Bonners. Ich bearbeite noch ein paar Leutchen und mache ihnen klar, daß sie – falls sie Hazlitt unterstützen und er nicht nominiert werden sollte – für den Rest ihres Lebens mit dem Sammelnamen Scheiße rumlaufen müssen, weil sie einen amtierenden demokratischen Präsidenten im Stich gelassen haben.«

Sie saßen in der Ecke des Pubs und genossen die kühle, nach Bier duftende Atmosphäre. Sie tranken Wild Boar. Ben betrachtete den Schrotturm, wo Hayes Tarlow gestorben war. Wardell entschuldigte sich. »Ich muß schnell mal telefonieren, Ben. Bin gleich wieder da.«

Die beiden Männer an der Bar baten den Barkeeper, den Fernseher einzuschalten. Es war Zeit für die Nachrichten. Driskill sah lustlos hin. Der Schlafmangel setzte ihm zu. Dann sah er plötzlich einen Werbespot …

Vor einer Woche hatte der Präsident Alec Fairweather aus Minneapolis angeworben, ein Enfant terrible der Werbung, der glaubte, daß das beste Fundament für den Versuch, etwas zu verkaufen, darin bestand, sich einen unfairen Vorsprung zu verschaffen. Fairweather brüstete sich damit, er könne es schaffen, daß ein Kindermassenmörder zum Vorstand der Schulbehörde gewählt würde, wenn man ihm nur eine Chance gäbe. Jetzt erschienen bei den Nachrichtensendungen die ersten Früchte seiner Arbeit.

Es war ein einziges Schwarzweißfoto. Die Kamera zeigte das ganze Bild. Dann bewegte sie sich langsam auf ein Gesicht zu.

Ein Mädchen, ungefähr zehn Jahre alt, stand ganz allein auf einer zerbombten Straße. Im Hintergrund loderten Flammen. Die Kleine trug einen zerrissenen Pullover und Jeans. Ihr Gesicht war beinahe ätherisch schön: die Knochenstruktur, die riesigen Augen, die Ponyfransen auf der Stirn von Blut verklebt. Blut floß auch über ihr Gesicht, als sie in die Kamera starrte. Auf dem Pullover waren ebenfalls Blutspritzer. Sie streckte die Arme vorwärts, in einer beschwörenden Geste, die wunderschönen, schlanken Finger waren mit Blut und Schmutz bedeckt.

Als ihr Gesicht den Bildschirm vollständig ausfüllte – die glänzenden, flehenden Augen im Zentrum –, kamen mehrere Zeilen mit roten Buchstaben, der einzigen anderen Farbe:

Mexico City heute.
Bob Hazlitt ist das egal.
Die geheime Regierung will es so.

Als die Worte verschwanden, hatte sich das Bild plötzlich in Hazlitt verwandelt. Er war von unten aufgenommen und stand wie ein angeberischer Faschist aus dem Jahre 1938 auf einer Bühne. Der Kontrapunkt der Kanonade zwischen den Lagern Bonners und Hazlitts war faszinierend: der Vorschlag des Präsidenten, Taylor nach Mexiko zu schicken, Hazlitt, der Bonner einen Verräter nannte, jetzt die Beschuldigungen wegen der LVCO und der gefühlsmäßig ungemein wirkungsvolle Gegenschlag dieses Werbespots.

Man mußte aufmerksam werden.

Driskill starrte immer noch auf den Fernseher. Die Macht der Worte und Bilder, die Fairweather zusammengefügt hatte, hielt ihn noch in ihrem Bann, als Nick Wardell mit den Fingern auf den Tisch trommelte. »Kommen Sie, Ben. Wir haben eine Verabredung.«

Zehn Minuten später bog er in eine von Bäumen gesäumte Allee ein und hielt auf dem kreisrunden Parkplatz unter Pappeln, Platanen und Eichen neben Tennisplätzen. Das weiße Schild mit den schwarzen Buchstaben, das am weißen Pfosten hing, erklärte dem Besucher, daß sich hier der *Saints Rest Golf and Country Club* befand. Das weiße Gebäude war niedrig. Blühende Büsche und Blumen standen davor. Es gab eine lange mit Fliegengittern geschützte Veranda und eine Terrasse über dem Swimmingpool. Das Becken war voll lachender und schreiender Kinder, die von ihren Müttern, Kinderfrauen und dem Bademeister überwacht wurden. Am Haus waren dunkelgrüne Fensterläden, aus dem Schindeldach ragten kleine Giebel heraus. Es war der vollkommen verwirklichte Traum eines Hollywood-Country-Club im Mittelwesten. Man roch das feuchte Gras, das sich wie ein Samtfeld erstreckte. Es gab Hügel und Wäldchen. Die verstreuten Punkte waren Mitglieder auf der Jagd nach dem kleinen weißen Ball.

Wardell ging über den Weg aus Feldsteinen um die große Veranda herum nach hinten zum Grill Room. Daneben war das Sportgeschäft für die Profis. Ein Kiesweg führte zum ersten Abschlag, wo mehrere Golfer warteten. Er ging nach oben, wo es ruhiger war.

Die ›neue‹ Bar war aus dunklem Holz, das auf Hochglanz poliert war, und stand neben einem riesigen Kamin, der aus Ziegeln in kunstvollem Muster gemauert war. Der Raum lag zum größten Teil in tiefem Schatten, obwohl durch die geöffneten Lamellen der Fensterläden Sonnenlicht hereindringen konnte. Die Bar war beinahe leer. In einer Ecke, gegenüber dem kalten Kamin, saß ein großer, habichtähnlicher Mann, mit kurzgeschnittenem grauem Haar, einem blauen Leinenblazer und einem gestreiften Polohemd mit offenem Kragen. Vor ihm stand ein Glas Bier.

Nick Wardell stellte ihn als Lad Benbow vor.

Benbow beugte sich vor und sah Wardell an, als wollte er fragen: Was soll das? Er schüttelte Driskill die Hand. »Driskill«, sagte er. »Über Sie habe ich in letzter Zeit viel gelesen.« Aufgrund dieser trockenen Bemerkung war Driskill klar, daß der Mann über den Ärger Bescheid wußte, den Ben mit dem Präsidenten und der Presse hatte. »Wie ich sehe, sind Sie immer noch ganz«, fügte er hinzu, als Driskill und Wardell ihm gegenüber am Tisch Platz nahmen.

»Zu dämlich, um zu wissen, wie ernst die Situation ist«, sagte Driskill.

»Ben, Lad war Herb Varringers Anwalt. Als der Polizeichef jemanden brauchte, um Herbs Leiche zu identifizieren, hat er sich an Lad gewandt, und Lad identifizierte einen Ring, eine Taschenuhr ... Na ja, Laddie hat mir angedeutet, es gäbe ein Problem mit dem Erben, aber das geht mich nichts an.«

Ben blickte überrascht auf, als der Erbe erwähnt wurde. »Ist denn nicht seine Frau die Gesamterbin?«

»Herb hat nie geheiratet«, erklärte Benbow. »Aber er hatte eine ... Person, die ihm nahestand.«

»Darf ich Ihnen ein paar Fragen stellen?«

»Sie können nach Herzenslust fragen, Mr. Driskill. Manchmal sind die Antworten aber schwierig zu bekommen.« Er nahm einen Schluck Bier und blickte Nick Wardell lange an. »Nick hat mich hinters Licht geführt. Ich hatte keine Ahnung, daß er Sie in diese Situation hineinziehen würde, die wirklich nichts mit Ihnen zu tun hat ...«

»Nun, man weiß nie, was einen anderen interessiert, stimmt's? Also die Angelegenheit von Varringers Erbe ...«

Benbow wartete stumm.

»Ich muß so viel wie möglich über Varringers mentalen Zustand herausfinden, was er in den letzten Wochen gedacht hat, was zu diesem Treffen mit Hayes Taylor geführt hat.« Benbow lächelte leicht, kam aber Driskill keinen Schritt entgegen. »Vielleicht weiß diese Frau, diese ›spezielle Person‹, etwas, das erklärt, warum Varringer Drew Summerhays um Hilfe gebeten hat.«

Benbow trank noch einen Schluck Bier und lehnte sich zurück. Unter dem grauen Haar war er sonnengebräunt. Seine Augen waren faszinierend: Ihr helles Grau schien aus weiter Ferne zu kommen, wie von einem Stern, der vor Millionen Jahren erloschen war.

»Was würden Sie sagen, Mr. Driskill, wenn unsere Positionen vertauscht wären? Sagen wir, irgendein hohes Tier aus Washington oder New York kommt in unsere hübsche kleine Stadt und schnüffelt in dem Mord an einem unserer prominentesten Bürger herum. Sie wissen, daß dieses hohe Tier eigennützige Zwecke verfolgt, aber Sie wissen verdammt noch mal nicht, ob er ein guter oder ein schlechter Mensch ist. Aber es finden Morde statt, und das Weiße Haus ist auf die eine oder andere Weise darin verwickelt, und der Präsident steckt bis zum Hals in der Scheiße ... und dieser Fremde möchte im Privatleben Ihres Mandanten herumstochern. Was würden Sie so einer Person sagen?«

»Das hängt davon ab. Wenn ich gemein wäre, könnte ich ihn zum Teufel jagen. Wenn ich aber ein besorgter, sensibler Mensch des ausgehenden zwanzigsten Jahrhunderts wäre, würde ich ihm in sein ehrliches Gesicht schauen und ihm alles sagen, was er wissen will. Was sind Sie, Mr. Benbow?« Driskill starrte in die eisgrauen Augen.

»Das ist zu leicht. Ich hin zweifellos der gemeinste Hund, den Sie je getroffen haben.«

»Ich habe einige echte Herzchen kennengelernt – und ich weiß, wer Sie sind, Mr. Benbow. Ich kenne Ihre Reputation. Ich weiß, daß Sie mit harten Bandagen kämpfen können. Ich bitte Sie nur um Hilfe.«

»Lassen Sie mich es so ausdrücken: Dieses gewaltbereite, verrückte Land geht geradewegs zum Teufel. Jeder Tag, an dem nicht etwas Schreckliches passiert, ist ein Grund, Gott zu danken. Ich schütze meine Mandanten, verstehen Sie? So wie Sie vielleicht den Präsidenten und die Regierung schützen. Sie sind doch sein neuer persönlicher Anwalt, oder nicht? Sie haben Ihre Wahl getroffen ... aber drei Menschen sind bereits tot, und ich denke nicht daran, ein unschuldiges menschliches Wesen zum Abschlachten preiszugeben.« Er lächelte immer noch. Driskill konnte das Lächeln nicht entziffern. Wollte er damit die Schärfe aus seinen Worten nehmen? Oder, was wahrscheinlicher war, nicht? »Keine Chance, Mr. Driskill. Herb ist tot, und meine Mandantin trauert. Meine Mandantin möchte anonym bleiben. Und so soll es bleiben.«

»Sehen Sie sich bitte das mal an«, sagte Driskill. Benbow wollte, daß er explodierte und den Bösen spielte. Es war nicht leicht, die Provokation zu schlucken. Er nahm den Umschlag aus dem Jackett und schob ihn über den Tisch.

Benbow öffnete ihn langsam und nahm das Blatt heraus. »Möchte ich das wirklich sehen, Mr. Driskill?«

»Es kann Ihnen nicht schaden. Niemand kann das gegen Sie auslegen.«

Benbow entfaltete das Blatt. Driskill beobachtete ihn scharf, als er es betrachtete. Dann drehte er es um, blickte nochmals drauf und ließ es auf den Tisch flattern.

»In Ordnung, ich habe es mir angesehen.«

»Sagt es Ihnen irgend etwas? Haben Sie es je zuvor gesehen?«

Benbow betrachtete ihn mit diesem Lächeln um die

Mundwinkel und schüttelte den Kopf. »Nein und nochmals nein.«

»Falls Ihnen irgendeine Bedeutung einfallen sollte, wäre ich Ihnen dankbar, wenn Sie mir Bescheid gäben.«

»Ach ja? Natürlich wären Sie das. Aber warum haben Sie mich gefragt?«

»Hayes Tarlow. Vielleicht war es das letzte, was er getan hat, als er dieses Blatt bei der Post aufgegeben hat. Er hatte den Nachmittag mit Ihrem Mandanten, Herb Varringer, verbracht. Und dann wurde er ermordet. Und Herb ebenfalls. Soweit ich weiß, ist dieses Stück Papier das einzige Souvenir, das wir haben. Er hat es sich selbst per Post zugeschickt, anstatt es bei sich zu behalten. Ich frage mich, warum. Das ist alles.«

Benbow zuckte mit den Schultern. »Keine Ahnung.« Er stand auf und streifte den Blazer ab. »Gentlemen, in fünfzehn Minuten fängt mein Golfspiel an. Bis dahin muß ich noch an meinem Slice arbeiten. Vorsicht, Nick, sobald ich die Gelegenheit habe, werde ich *dir* in die Stiefel pissen. Darauf kannst du dich verlassen! Du bist ein Gauner, weil du Mr. Driskill Hoffnung gemacht hast, ich könnte nützlich für ihn sein. Mr. Driskill, ich kann Ihnen nicht helfen. Aber ich bin sicher, daß Sie das verstehen. Wer weiß, vielleicht treffen wir uns mal wieder – aber im Moment finde ich, der Präsident sollte aufhören, seine Nase in unsere Angelegenheiten zu stecken, und lieber seinen Dreck in Washington wegschaffen. Er hat tote Berater, er hat das Problem mit den Aktien, das so aussieht, als sei es nur die Spitze eines Eisbergs, und seinen Job wird er auch bald los sein. Woher sollen wir wissen, ob er nicht versucht, seine eigenen Spuren zu verwischen?«

Driskill war vier Stunden und neunundzwanzig Minuten in Saints Rest gewesen, als Nick Wardell zum zweitenmal an diesem Tag den Flughafen ansteuerte. In fünfzehn

Minuten ging ein Flug nach Chicago, von dort aus konnte Ben einen Anschlußflug nach Washington erreichen.

»Ein kurzer Besuch, Ben«, sagte Wardell. »Es tut mir furchtbar leid, daß Benbow ein Schuß in den Ofen war.«

»Rein, raus – niemand verletzt.« Driskill dankte ihm für den Hinweis auf Lad Benbow. »Sie hatten trotzdem recht. Es war den Versuch wert.«

»Wissen Sie, Ben, da war noch etwas. Das ist mir gerade eingefallen. Vielleicht können Sie damit etwas anfangen.«

Sie standen am Schalter. Die Dame in Uniform stellte gerade das Ticket mit Driskills Kreditkarte aus. »Schießen Sie los. Versuchen wir's«, sagte er zu Wardell.

»Es war etwas, das Tarlow gesagt hat. Er hat mich an jenem Tag noch mal angerufen. Ich habe gerade Golf gespielt; es hat in Abständen immer wieder geregnet. Julie, meine Sekretärin, war unterwegs. Deshalb hat er auf den Anrufbeantworter gesprochen. Er sagte: Falls irgend etwas Seltsames passieren würde, während er in Saints Rest sei – ich habe mich gewundert, was er meinen könnte –, dann sollte ich eine bestimmte Person anrufen. Er wollte mir gerade die Telefonnummer nennen, da war das Scheißband voll und hat ihn abgeschnitten. Aber ich erinnere mich an den Namen – er ist mir gerade eingefallen. Ich hatte ihn noch nie gehört. Der Name lautete Rachel Patton.«

»Ich werde der Sache nachgehen, Nick. Und vielen Dank für alles.« Driskill hatte Gänsehaut an den Armen. Er schaute Nick nach, wie er zum Auto ging. Dann ging er zum Flugsteig.

Ben Driskill hatte soeben herausgefunden, daß Rachel Patton echt war. Sie gehörte zu den Guten …

Wo immer sie sein mochte.

KAPITEL 15

Die Menschenmengen in O'Hare hatten sich bereits verlaufen, als Driskill die Treppe vom Zubringerflugsteig hinaufkam und durch den Terminal zum Anschlußflug nach Washington ging. Es war irgendwie unheimlich, wie seine Schritte in den beinahe menschenleeren Fluren hallten. Vor vierundzwanzig Stunden waren er und Elizabeth von Fort Ticonderoga zurück nach Washington gefahren. Langsam fragte er sich, wie lange er das Tempo durchhalten konnte. Elizabeth hatte recht: Er war kein Jüngling mehr.

Am Flugsteig mußte er fünfzehn Minuten warten, ehe er an Bord gehen konnte. Er sah ein Telefon und wählte eine Nummer in Washington.

Teresa Rowan klang verärgert und müde, als sie verschlafen den Hörer abnahm. »Ben, Herrgott noch mal, wieviel Uhr ist es?« Sie murmelte etwas Unverständliches und beantwortete ihre Frage selbst. »O mein Gott, es ist erst zehn. Ich bin über meinen Akten eingeschlafen – oh, Mist!«

»Was ist los?«

»Ich bin kaputt. Das ist alles. Wo bist du?«

»Was für einen Unterschied macht das?«

»Ben, ich bin gerade aufgewacht und will wissen, wo du steckst, das ist alles. Kein Grund, mich so anzufahren. Du lieber Gott!«

»Chicago.«

»Vorarbeiten für den Parteitag?«

»Nein, nein ...«

»Es ist Iowa!« sagte sie triumphierend. »Du hast in Iowa umhergeschnüffelt, richtig? Das mußt du mir erzählen.«

»Ich erzähle dir kein verdammtes Wort«, sagte er freundlich.

»Bist du sicher, daß es eine gute Idee war, dahin zu fahren? Hast du das mit dem Weißen Haus abgeklärt?«

»Seltsamerweise bin ich immer noch ein amerikanischer

Bürger und kann überall hinfahren, wohin ich will – nicht nur dahin, wo der heilige Charlie mich fahren läßt. Erst sagst du mir, ich soll niemandem trauen, Charlie eingeschlossen, und daß ich auf meinen Rücken aufpassen soll – und jetzt sagst du mir, ich müßte meinen Terminplan von ihm absegnen lassen ...«

»Ich habe ihn weder einen Heiligen noch Satan genannt. Ich möchte nur, daß du heil aus der Sache rauskommst.«

»Was ist mit den Vorwürfen, die LaSalle gegen den Präsidenten wegen der Aktenkäufe erhebt? Ich habe nicht die ganze Geschichte mitbekommen – ist das die nächste Katastrophe?«

»Ben, alles erstunken und erlogen. Dieser Scheißkerl LaSalle.«

»Woher weißt du das? Oder spricht da dein Herz?«

»Der Präsident gibt morgen früh ein Dementi heraus. Er hat mir gesagt, wenn Drew da wäre, hätte der alle Antworten. Er meinte, Drew sei der Mann, der alles auf ein Sonderkonto eingezahlt oder gleich verkauft hätte.« Sie seufzte tief. *»Wenn Drew da wäre ...«*

»Zieht Charlie nur eine Show ab, oder ist er sauber?«

»Ben, wie soll ich das wissen? Aber wenigstens kann er dir für diese Sache nicht die Schuld geben. Übrigens, Landesmann sagt, er würde dir gerne das Fell über die Ohren ziehen – irgend etwas über eine Sendung, die du beim Präsidenten nicht abgeliefert hast. Ich habe keine Ahnung, wovon er redet, aber du bestimmt. Da wette ich.«

»Niemand in dieser Stadt kann die Klappe halten!«

»Noch etwas, Ben. Ich sage dir lieber gleich, daß die Burschen vom FBI bei mir waren. Sie wollen mit dir reden.«

»Aber ich habe nicht die geringste Lust, mit ihnen zu reden!« knurrte Ben.

»Nur eine Warnung: Wahrscheinlich wollen sie über LaSalles Bericht sprechen, daß du in der Nacht bei Drew draußen warst, als er umgebracht wurde.«

»Trotzdem will ich nicht mit ihnen reden.«

»Dann halte dich bedeckt, wenn ich dir raten darf.«

Plötzlich hörte er ein gedämpftes Piepsen. Einen Moment lang wußte er nicht, woher es kam. Dann erinnerte er sich: Das Handy! Elizabeth hatte ihm das kleine Ding aufgedrängt. Sie wußte, daß er das Eindringen der Technologie ins Privatleben nicht mochte, aber sie hatte Angst gehabt, ihn nicht jederzeit erreichen zu können.

Er holte es aus der Jackettasche.

»Sekunde mal, Teresa. Elizabeth will mich am Handy sprechen.«

Er drehte sich um und drückte das Handy ans Ohr. Er hörte kurz zu und sagte dann zur Generalstaatsanwältin: »Hör zu, tut mir leid, das ist wichtig.«

Er legte den Hörer auf und nahm wieder das andere Telefon. Scheiß-Technik. Er kam sich vor wie ein Clown.

»Ist bei dir alles in Ordnung?« fragte Elizabeth.

»Es ist mir schon besser gegangen.«

»Ich hole dich am Flughafen ab.«

»Ich kann doch ein Taxi nehmen.« Er fand es albern, daß er das gesagt hatte. Er wollte sie mehr als alles andere auf der Welt sehen.

»Ich möchte aber, Liebling. Ich muß dich sehen. Es ist etwas passiert.«

»Was?«

»Keine Angst. Aber ich muß es dir persönlich sagen.«

»In zwei Stunden bin ich da.«

Ein Wolkenbruch entlud sich ohne Vorwarnung aus der schwülen Atmosphäre, als Driskill in Washington landete. Er trank seinen Scotch mit Wasser aus. Ihm kam es vor, als habe er das Flugzeug eben erst bestiegen.

Elizabeth wartete an der Sperre auf ihn. Sie trug ein Georgetown-Sweatshirt und Jeans. Sie hätte sich als Studentin ausgeben können. Sie gab ihm einen Kuß. »Darf ich

Sie in Washington willkommen heißen, Sir? Und darf ich sagen, daß ich froh bin, daß Sie wieder da sind?«

Sie platzte fast vor nervöser Energie. Auf dem Weg zum Parkplatz sagte sie: »Ballard Niles wird morgen im *Financial Outlook* eine Geschichte bringen, die LaSalles Vorwürfe bestätigt. Er sagt, daß alles stimmt.«

»Wie hast du das herausgefunden?«

»Das ist der ganzen Stadt bekannt.« Sie waren auf dem Parkplatz. »So, und was ist in Saints Rest passiert?«

Er gab ihr auf der Fahrt eine Kurzfassung. »Und dann, ganz zum Schluß, ist Nick Wardell etwas Wichtiges eingefallen: Hayes hat Nick gesagt, daß er, falls ihm, Hayes, in Saints Rest etwas zustoßen sollte, eine bestimmte Person anrufen soll: Rachel Patton. Aber Nicks Anrufbeantworter hat ihre Telefonnummer abgeschnitten. Na, ist das ein Beweis, daß unsere Phantomlady echt ist? Jetzt haben wir Tarlows Wort dafür. Das bedeutet, daß dieser Geheimkanal absolut real ist. Vielleicht war sie gut genug, um uns hinters Licht zu führen, aber sie hätte nie Hayes täuschen können.«

»Dem Himmel sei Dank! Das wäre geklärt. Und was ist nun Varringer passiert?«

»Erstochen. Sie haben ihn flußabwärts gefunden.«

»O mein Gott.« Sie schauderte. »Das ist schrecklich … wohin wir auch gehen, überall ist jemand ermordet worden.«

»Da ist noch mehr. Wardell hat mir erzählt, daß Varringer sich wegen Hazlitt und Heartland Sorgen gemacht hat. Ich meine, er hatte Angst vor Heartland. Angst vor der Macht der Firma, Angst vor ihrer Rolle in der Regierung.«

»Wie es aussieht, hat er guten Grund gehabt, Angst zu haben.«

»Aber wir wissen immer noch nicht, ob Heartland etwas mit dem Mord an ihm zu tun hatte.«

»Oh, wir wissen es, aber wir können es nicht beweisen.«

Sie bog auf die Schnellstraße ein, um zu dem kleinen Hotel zu fahren, das vorübergehend ihr Heim war.

»Es ist eine Riesensauerei, Ben. Ich möchte, daß du da aussteigst.«

»Das ist nicht so leicht, wenn man mal drin ist. Ich bin involviert. Die Kanzlei ist involviert. Und einer meiner ältesten Freunde ist involviert. Ich kann nicht alle im Stich lassen, Elizabeth.«

»Ben, sieh es mal so: Es ist wie bei den Jesuiten. Du hast die Gesellschaft Jesu verlassen. Klar, du kannst versuchen, den Saustall auszumisten, in dem Charlie steckt – und soweit wir wissen, hat er selbst den Saustall verursacht. Du riskierst deinen Kopf, und er ist wegen des LaSalle-Berichts wütend auf dich, aber der loyale alte Ben marschiert in den Rachen des Todes, dicht hinter den anderen Opfern!« Sie bog auf den kleinen Parkplatz hinter dem Hotel ein. Ihr Gesicht war vor Ärger gerötet. »Ich habe Angst um dich. Die Sache ist es nicht wert, daß du dein Leben riskierst. Du *kannst* aussteigen. Nimm dir einen Anwalt, der dich vertritt … und ziehe dich in die Sicherheit der Wall Street und der heiligen Hallen der Bascomb-Kanzlei zurück.«

»Willst du, daß ich mich gegen Charlie wende?«

»Überlaß es dem FBI! Erzähle Teresa alles, sage ihr, daß du aussteigst und mit dieser Regierung nichts mehr zu tun hast …«

»Wie kann ich das? Meines Wissens könnte das FBI beteiligt sein.«

»Ben … das *FBI*?«

»Sieh mal, Elizabeth, du hast immer gewollt, daß ich mitmache. Laß mich jetzt nicht im Stich, wo ich bis zum Hals drinstecke. Das ist keine Sache, bei der man einfach aussteigen kann. Zum Beispiel sind wir die einzigen, die etwas von Rachel Patton wissen …«

»Charlie jetzt auch! Und was ist mit dem Mann, der sie observiert? Sie wissen auch Bescheid.«

»Aber jetzt habe ich wahrscheinlich mehr Informationen über Varringer und Tarlow als irgend jemand in Washington. Wir haben eine Verantwortung zu tragen, Elizabeth. Wir müssen helfen, daß die Wahrheit bekannt wird.«

»Bist du sicher?« Sie lehnte an der Tür und blickte ihn scharf an. »Überlege mal, was diese Wahrheit sein könnte. Bist du sicher, Ben ... wirklich sicher, meine ich? Wollen wir wirklich, daß die Wahrheit bekannt wird, ganz gleich, wie sie aussieht? Ich bin nicht so sicher. Nicht mehr. Es ist so verrückt, so kompliziert.«

»Ich kann nicht glauben, was ich höre.« Er stand von der Couch auf, ging zur Klimaanlage und trocknete sich mit einem Handtuch ab. »Du von allen Leuten, die furchtlose Journalistin, die Sucherin nach der Wahrheit ...«

»Du hast angefangen, dich wie ein religiöser Fanatiker zu benehmen, Ben. Das macht mir angst.«

»Du siehst die Hauptsache nicht. Es geht irgend etwas Schreckliches vor. Jemand versucht, diese Wahl zu kontrollieren und wer weiß, was noch. Versuchen sie Charlie zu vernichten? Oder macht er mit? Ich kann sie nicht einfach zum Teufel schicken! Und weggehen ...«

»Nein, du siehst die Hauptsache nicht, Ben. Charlie macht dich zu seinem letzten Soldaten – so wie Drew sein Soldat war und Hayes, *und beide sind tot*. Er kann dich nicht einfach in den armen Hayes Tarlow verwandeln, *es sei denn, du läßt ihn!*« Sie holte tief Luft. »Laß einen anderen das Land retten, Ben. Ich möchte, daß du aussteigst. *Ich möchte, daß du lebst!*« Sie machte eine Pause – ohne ihn aus den Augen zu lassen. »Und das ist das letzte, was ich zu diesem Thema zu sagen habe.«

»Elizabeth, Drew ist mehr der Grund als Charlie. Ich frage mich ständig, welche Rolle Drew bei dieser Sauerei gespielt hat. Ich bin noch zu keinem Ergebnis gekommen. Aber Drew und Hayes – es ist, als stünden sie neben mir und zeigten mir den Weg ...«

»Und genau das möchte jemand nicht. Du hast dir ein paar friedliche Wochen oder Monate verdient, in denen du im Wall Street Tower sitzt, ein Gentleman-Anwalt bist und *diese* Rolle von Drew übernimmst und schließlich ein großartiger alter Mann wirst. Begnüge dich damit, Ben. Um meinetwillen. Ich will nicht, daß dir etwas passiert. Es ist dein Leben nicht wert.«

»Ich habe mich mein Leben lang, Elizabeth, mein ganzes Leben lang, geweigert, mir Vorschriften machen zu lassen. Würde mein Vater noch leben, könnte er dir das bestätigen. Jetzt ist es zu spät nachzugeben. Tut mir leid, Elizabeth, ich kann kein anderer werden.«

»Du hast dein ganzes Leben damit verbracht, dich aus irgendeinem Schlamassel zu befreien. Du glaubst, du könntest dich aus allem herauswinden. Du hältst dich für Bugs Bunny! Aber du bist kein Kind mehr, und Bugs ist eine Zeichentrickfigur, Herrgott noch mal, er wird *nie* älter. Werde endlich gescheit, Ben. Ich sage nicht, daß du es nicht schaffen *kannst* – aber ich sage, daß es möglich ist, daß du es nicht schaffst. Die Chancen stehen gegen dich, mit jedem Tag mehr.«

Driskill wußte nicht, was er sagen sollte.

Elizabeth legte sich auf die Couch, blickte ins Leere und schloß schließlich die Augen.

Er schlief ruhelos eine Stunde, knapp unter der Bewußtseinsgrenze. Vom Adrenalin getrieben, wachte er auf. Sie schlief neben ihm. Er lächelte, legte den Arm um sie und schlief wieder ein.

Als er wieder aufwachte, war sie weg. Er stand auf und blickte auf den Fernseher, den sie eingeschaltet hatte, aber ohne Ton. Mit müden Augen betrachtete er die CNN-Nachrichten und schüttelte den Kopf, um die Spinnweben zu verscheuchen.

Von der Bettkante aus rief er Mac im Weißen Haus an.

Der Stabschef antwortete. Er klang nervös. »Ben, wo haben Sie sich rumgetrieben? Sie haben alle hier wahnsinnig gemacht, weil keiner weiß, welchen Blödsinn Sie als nächstes machen. Sie sind hier und da und nirgendwo, wie ein verdammtes Phantom!«

»Reißen Sie sich zusammen, Mac! Erinnern Sie sich, ich bin der Bursche, dem ihr gesagt habt, er soll abhauen und ...«

»Aber Sie sind nicht abgehauen, sondern in den Ring gestiegen und haben losgeboxt, ohne Rücksicht, wen Sie treffen. Na ja, der große Meister sitzt im Oval Office und benutzt Ihr Foto als Zielscheibe zum Pfeilewerfen. Wo ist diese Frau, die Sie zu Charlie bringen wollten? Haben Sie sie wiedergefunden, nachdem Sie sie verloren hatten?«

»Ach, halten Sie doch die Klappe, Mac, sonst lege ich auf, und das hilft Ihnen auch kein Stück weiter. Ich arbeite nicht für Sie, und ich arbeite nicht fürs Weiße Haus.«

»In Ordnung, in Ordnung. Gut. Weshalb rufen Sie mich an?«

»Ich muß mit dem Präsidenten sprechen. Ich will seine Geschichte über LVCO hören und mit ihm über Iowa reden. Er muß es von mir hören ... Informationen, die er noch nicht hat.«

»Aha, aber Sie wissen das alles, richtig?«

»Richtig.«

»Nicht noch mal, Ben.«

»Sprechen Sie lieber mit ihm. Er muß das von mir hören.«

»Ist Ihnen eigentlich aufgefallen, daß ich jedesmal in die Scheiße trete, wenn ich ihm eine Nachricht von Ihnen bringe? Ich sollte Gefechtszulage bekommen ...«

»Sie sollen ihm sagen, daß er mich verdammt schnell sprechen muß.«

»Ben, das wird ein Wahnsinnsschock für Sie sein, aber er hat im Augenblick genügend eigene Probleme. Er bereitet sich gerade auf eine Pressekonferenz wegen der LVCO-Aktien vor. Ich gebe ihm Ihre Nachricht, aber ich kann nicht garantieren, wann. Kapiert? Er ist von Alligatoren umzingelt. Ich kann nichts versprechen, Ben. Ich melde mich bei Ihnen.«

»Okay, Mac. Sie müssen ihn überzeugen.«

»Wo kann ich Sie erreichen? Es wäre einfacher, wenn ich Sie anrufen könnte ...«

»Für Sie vielleicht. Aber sagen wir, daß ich zur Zeit keine feste Adresse habe. Ich rufe wieder an.«

Er legte auf.

Er war wütend auf Mac und ging in die Küche. Elizabeth hatte einen Zettel hinterlassen. Auf dem stand ein Name. *Ben,* hatte sie geschrieben, *ruf ihn an. Er ist der Mann, der dich aus dem Schlamassel rausholen kann.* Name und Nummer gehörten Christian Brocken, einem Washington-Insider und bekannten Anwalt. Zumindest ist ihr klar – dachte er –, daß für Ben Driskill nur der Beste in Frage kommt.

Er hatte Hunger und wollte nicht mit dem Zettel herumsitzen und an Elizabeth denken und wie alles zwischen ihnen außer Kontrolle geraten war. Er duschte und ging aus.

Er parkte in der Nähe des *Willard.* Das Weiße Haus glänzte im Sonnenschein. Die Round Robin Bar würde noch nicht offen sein, aber Jimmy würde da sein und alles herrichten, polieren und sein Reich in Besitz nehmen. Er ging durch die Halle. Es war ihm egal, ob ihn jemand sah. Dann hob er das Samtseil vor dem Eingang zur Bar und trat ein. Jimmy überprüfte eine Kiste mit Wein. Er blickte auf und lächelte den Eindringling an.

»Mr. Driskill«, sagte er.

»Mir hängt der Magen bis in die Kniekehlen«, sagte Driskill. »Könnten wir ein paar Rühreier und Räucherlachs hierher schmuggeln und alles mit einem Gin Tonic herunterspülen?«

»Für Sie können wir das bestimmt bewerkstelligen.« Er ging kurz weg, um das Essen zu bestellen. Dann brachte er Driskill ein Glas frisch gepreßten Orangensaft. »Warum fangen Sie nicht damit an, Sir?«

»Sie denken wirklich an alles.«

»Wenn das nur wahr wäre«, sagte er leise.

Im kleinen Fernseher hinter der Bar lief wie immer CNN. Driskill sah das vertraute Bild einer Pressekonferenz des Präsidenten – wie Mac versprochen hatte. Dann betrat Charlie den Raum vom Hauptkorridor im Westflügel und ging mit Mac aufs Podium. Noch kam kein Ton. Der Nachrichtensprecher machte sich bereit.

Charlie hatte eigentlich keine andere Wahl, als eine Pressekonferenz einzuberufen. Dazu benutzte er den informellen Presseraum. Oft scherzten die Reporter, daß darin die größten Reserven der Welt an Aluminiumleitern seien, die man brauchte, um über die vor einem auf Klappstühlen Stehenden hinwegsehen zu können. Üblicherweise gab der Pressesekretär hier die täglichen Informationen bekannt. Der Präsident erschien nur selten für eine Pressekonferenz außerhalb der strengen, formellen Umgebung des Ballsaals im ersten Stock, wo die Gemälde mit Sperrholzplatten abgedeckt wurden, damit die Fernsehkameras beim Schwenken nicht die Leinwand durchbohrten. Im Ballsaal schritt der Präsident lächelnd auf dem roten Teppich herein. Manchmal hielt er ein paar Karten mit Notizen in der Hand und sah aus wie ein Mann in einer Filmkulisse. Heute war es anders. Ben nahm an, daß diese Bühne Larkspurs Inspiration gewesen war.

Um neun Uhr sechsunddreißig – fast ohne Vorwarnung – stand der Präsident neben dem Pult, das vorne sein Siegel trug, und blickte auf die bekannten Gesichter. Draußen schien die Sonne auf den Rasen. Touristen drängten sich auf der Pennsylvania Avenue und lugten durch den

Zaun, in der Hoffnung, jemanden zu sehen. Der Präsident nickte und lächelte kurz einem Journalisten zu, der seinen Blick aufgefangen hatte.

McDermott stand neben ihm. »Der Präsident möchte Ihnen ein paar Worte sagen. Er gibt nur eine Erklärung ab. Für Fragen haben wir leider keine Zeit. Der Terminplan heute morgen ist sehr eng.« Er blickte auf seine Armbanduhr. Der Regisseur gab ihm eine Anweisung, und Mac schaute in die Kamera. »Der Präsident der Vereinigten Staaten.«

Der Präsident trat ans Pult. Es war heiß im Raum. Er trug kein Jackett und hatte die Manschetten hochgerollt. Er war der erste Präsident, der in Straßenkleidung zu den Menschen sprach. Die Mehrheit der Leute fand das gut. Er wollte die Menschen wissen lassen, daß er einer von ihnen war und sich halb totschuftete.

»Arnaldo LaSalles neueste Vorwürfe, die er in einem Fernsehbericht vorgebracht hat, und Ballard Niles Kolumne im *Financial Outlook* heute waren eine unangenehme Überraschung. Es wäre sinnlos, das zu bestreiten. Allerdings bin ich enttäuscht, daß die übrigen Medien diese Vorwürfe verbreitet haben, als handele es sich dabei um tatsächliche Nachrichten – ohne sie unabhängig überprüft zu haben. Aber ich bin an derartige Praktiken gewöhnt. Tatsache ist, daß ich nicht die Zeit gehabt habe, mich durch den Wust von Papieren über die Aktienübertragungen und Treuhandfonds hindurchzuwühlen, aber meiner Meinung nach verdient das amerikanische Volk eine schnelle und offene Antwort von ihrem Präsidenten. Leider ist mein Finanzberater tot.« Er sprach frei. Keiner war darin besser. »Also – hier bin ich, und zu dieser LVCO-Aktien-Sache habe ich folgendes zu sagen:

Vor vielen Jahren – als ich noch als Anwalt in Vermont tätig war – hatte ich ein bescheidenes Aktienpaket, wobei auch ein paar Aktien der Firma waren, welche diesem Kraken, LVCO genannt, vorausging. Ich war kein Börsenspekulant. Ich habe keine Zeit damit verschwendet, den Markt zu beobachten. Ich habe mich auf einen Makler verlassen, der Käufe vorschlug. Ich erinnere mich noch an diese kleine Metallfabrik in Delaware. Mein Börsenmakler – das ist aber nur meine Erinnerung, und ich bin ein Mensch und kann mich irren – hat mir eines Tages, als wir Hot Dogs verdrückten, gesagt, daß diese Firma ein paar kleine Regierungsaufträge erhalten hätte und wie ein guter Kauf aussähe. Und, wie ich mich entsinne, sehr billig. Ein Dollar für zwei Anteile – so ungefähr.« Wer ihn täglich beobachtete, konnte sehen, daß er viel blasser als sonst war, aber seine Stimme klang kräftig und aufrichtig.

»Ich habe an diesen Aktienkauf nie wieder gedacht, bis das Fernsehen mich darauf aufmerksam gemacht hat.« Er brachte es nicht über sich, LaSalles Namen noch einmal auszusprechen. Sein Hemd klebte an ihm. »Ich wurde Kongreßabgeordneter, dann Gouverneur von Vermont. Meine Aktien gingen in einen Treuhandfond, und da der Gouverneur von Vermont in der metallverarbeitenden Industrie keine große Rolle spielt, waren diese Aktien unwichtig. Mein Buchhalter kümmerte sich um mein Aktienpaket, erledigte meine Steuererklärungen und ähnliche Sachen. In meinem Bewußtsein hatte diese kleine Firma aufgehört zu existieren. Als ich Präsident wurde, haben meine Anwälte und Mitarbeiter des Justizministeriums mein Aktienpaket durchgesehen, das – möchte ich hinzufügen – in den dazwischen liegenden Jahren nicht sehr gewachsen war. Sie versicherten mir, daß sie alles abgestoßen hätten, das auch nur im entferntesten von dem betroffen werden könnte, was ich als Präsident tun würde. Da der Präsident sehr viel Einfluß geltend machen kann, war das meiste, was ich besaß, verkauft worden – jedenfalls hat man mir das gesagt – und das Geld auf ein Blindkonto, über das ich keinerlei Verfügungsgewalt habe, mit Verzinsung auf einer New Yorker Bank deponiert worden.

Ich habe kein Interesse, Aktien zu kaufen oder zu verkaufen oder überhaupt irgend etwas mit der Börse zu tun zu haben. Aus diesem Grund bin ich nicht imstande, weitere Erklärungen abzugeben. Ich kann nur sagen, daß der Bericht im Fernsehen und die Artikel in den heutigen Zeitungen nichts weiter sind als die Fortführung der Attacken gegen mich, welche diesen Wahlkampf von Anfang an charakterisieren. Diese Vorwürfe entbehren jeglicher Grundlage. Ich würdige sie mit dieser Pressekonferenz nur deshalb, weil die ausgiebige Medienberichterstattung es nötig gemacht hat, daß ich mich jeder Lüge stellen und sie dementieren muß, ganz gleich, ob mir das schadet oder nützt. Selbstverständlich kann eine Lüge, die ins Fernsehen und in die Zeitungen gelangt, durch nichts mehr aus dem Bewußtsein der Menschen entfernt werden. Ich kann nur alles in meiner Macht Stehende tun, um die Angelegenheit zu klären. Danke für Ihre Geduld. Sobald ich weitere sachdienliche Informationen habe, werde ich sie dem Volk mitteilen. Darauf können Sie sich verlassen.«

Er lehnte sich vom Pult zurück, um zu zeigen, daß damit seine Erklärung beendet sei. Er war wütend, und man sah es. Mac beugte sich zum Mikrophon. »Das ist alles, danke, Leute.«

Bernard Shaw kam aus Atlanta. »Da der Präsident keine weiteren Fragen beantworten wird, müssen wir uns nun fragen, wo sein neuer Rechtsberater ist. Das ist doch Drew Summerhays' Kollege, Benjamin Driskill. Aber Mr. Driskill ist in den letzten Tagen telefonisch nicht erreichbar.« Ben schaute angewidert auf. Er war vor dem *Ritz-Carlton* in Boston zu sehen, als man ihn ohne sein Wissen aufgenommen hatte, nachdem er in die Vorgänge um Drew Summerhays' Tod ›involviert‹ worden war. Elizabeth hatte recht. Er wurde tiefer und tiefer in diese Affäre hineingezogen.

Jimmy stellte den Teller mit den Eiern und dem Räucherlachs vor Ben, dazu Toast und den Gin Tonic. »Haben Sie es satt, sich im Fernsehen anzuschauen? Das sind Ihre fünfzehn Minuten Ruhm, Sir.«

»Geben Sie mir ein Leben in Anonymität, Jim.«

»Es ist eine Binsenwahrheit, Sir, daß Politik ein rauhes Spiel ist, in Washington rauher als an irgendeinem anderen Ort in diesem Land.«

»Das hat meine Frau heute morgen mehr oder weniger auch gesagt. Sie will, daß ich aussteige und die Stadt verlasse. Raus aus der politischen Schlammschlacht. Raus aus allem.«

Jimmy nickte. »Ich würde sagen, daß sie nicht ganz unrecht hat. Es ist schwierig. Sie und der Präsident sind doch so alte Freunde … aber wenn ich Sie wäre, würde ich auf sie hören.«

»Sie sagte, sie möchte, daß ich lebend herauskomme.«

Jimmy beobachtete Driskills Gesicht. »Wissen Sie, nach dieser Kolumne habe ich mir einige Gedanken über Mr. Sarrabian gemacht. Was hatte Mr. Summerhays eigentlich mit ihm zu tun?«

Ben starrte ihn an. »Was haben Sie gerade gesagt, Jimmy?«

»Ich habe gerade an Mr. Summerhays und Mr. Sarrabian gedacht und wieso diese Aktiensache plötzlich aus dem Nichts auftaucht und den Präsidenten völlig überrascht. Für mich sieht es aus, als wollte jemand dieses Land zugrunde richten. Und zwar in großem Stil.«

»Ja, verdammt noch mal, so sieht's aus.« Summerhays. Rachel Patton. Charlie. LVCO.

Nach dem Frühstück rief er die Kanzlei in New York an. Helen war am Apparat.

»Hören Sie, Helen, könnten Sie persönlich Bert Rawlegh darum bitten, für mich etwas zu überprüfen …? Ja, genau, LVCO.«

Er ging in die Bar zurück und bestellte einen Virgin Mary. Der Anruf kam eine Stunde später. Es war das, was er hatte hören wollen.

Ben Driskill hatte keine Mühe, Tony Sarrabians Haus zu finden. Über die Villa hatten in den vergangenen achtzehn Monaten alle Illustrierten von der *Washington Post* bis zum *Architectural Digest* berichtet. Sarrabian hatte zwei riesige Herrenhäuser in ausgedehnten Parks über dem Potomac gekauft.

Dann hatte er die beiden Häuser durch einen langen Zwischenflügel verbunden, in dem jetzt ein Ballsaal sein sollte, wie es in ganz Amerika keinen zweiten gab: hundert Meter lang wie ein Footballfeld. Er lebte mit seiner Familie in der einen Villa, die andere war vollständig renoviert worden und diente als Gästehaus. Man konnte die Kosten abschreiben, was günstig für Sarrabian Associates war, da die Firma weitgehend wie ein kleines Land geführt wurde, wenn es darum ging, Bankette zu veranstalten, Staatsbesuche zu empfangen und die größten Parties des Jahres zu geben.

Driskill fuhr einen Mietwagen, einen offenen Chrysler. Die heiße Brise raschelte in den Bäumen. Ein Dunstschleier hing wie Spinnweben zwischen den Ästen. Die fünf Meilen lange Zufahrt zu dem Besitz zweigte von der doppelspurigen Straße ab und schlängelte sich dann, an beiden Seiten von einem makellos weißen Holzzaun begrenzt, unter Platanen und Pappeln dahin. In der Ferne sah Driskill auf den Weiden schwarzgraue Pferde. Mit Sicherheit wächst hier nur vierblättriger Klee, dachte Driskill. Alles hier, der gesamte Besitz war buchstäblich der Lohn der Sünde. Perfekt. Alles war perfekt.

Als Driskill ausstieg, kamen zwei Dalmatiner angelaufen. Wunderschöne Geschöpfe, die nichts gegen sein Kommen hatten, nur neugierig waren. Sie gehörten nicht zum Sicherheitssystem. Allerdings war Driskill sicher, daß er, seit er auf die fünf Meilen lange Privatstraße eingebogen war, gefilmt wurde. Er kniete nieder und sprach mit den Hunden, streichelte sie und kraulte sie hinter den Ohren. Tony Sarrabian stand in der Vordertür und lächelte. Er blickte Driskill an, als sei dieser einer seiner besten Freunde.

»Ich bin Ben Driskill.«

»Ich weiß, wer Sie sind. Kommen Sie herein. Es ist bescheiden, aber wir nennen es unser Heim.« Offenbar machte er diesen Scherz auf eigene Kosten gern.

»Vielleicht haben Sie einfach zu viel Geld.« Die Hunde sprangen übermütig herum.

»Sie sind nicht der erste Mensch, der mich darauf hinweist. Aber so kann ich Fred und Ginger« – er deutete auf die Dalmatiner – »ihr Schappi sichern. Kommen Sie, schauen Sie sich um.«

Sarrabian führte ihn durchs Erdgeschoß: Wohnräume, Vorratskammern, ein Speisezimmer, eine Bibliothek, ein Medienzimmer, ein Billardzimmer, eine Küche und schließlich das Arbeitszimmer, dessen eine Wand aus Fenstern bestand, durch die man über den Rasen hinab zum Potomac schauen konnte. Ein weißer Aussichtspavillon stand ungefähr fünfzig Meter entfernt. Zwei Damen hielten mit Hilfe einiger Kinderfrauen eine Schar von etwa zwanzig Kindern in Schach. Sie grillten Würstchen und schleppten Tabletts mit Getränken. Ein Kind weinte und wurde liebevoll getröstet.

Sarrabian betrachtete die Szene. »Meine Tochter hat eine Geburtstagsparty. Der Clown zieht sich gerade unten um. Meine Frau macht gern eine Riesensache aus solchen Gelegenheiten. Ich sage ihr, daß die Kinder sich nie daran erinnern werden, aber sie sieht mich nur an und meint, ich würde nicht wissen, wovon ich rede. Vielleicht hat sie recht. Ich bin in einem privilegierten, reichen Haus aufgewachsen. Aber, Mr. Driskill, was kann ich für Sie tun?«

»Es geht um Drew Summerhays.« Mehr sagte er nicht, ließ die Worte einsinken.

»Es tut mir schrecklich leid, daß er tot ist«, sagte Sarrabian nach kurzer Pause. »Aber ich habe ihn nicht sehr gut gekannt. Ich dachte, Sie seien der Experte in Sachen Drew Summerhays.«

»Er war ein guter Freund.«

»In meinem Land schätzen wir Freundschaft und Loyalität sehr«, meinte Sarrabian. Driskill fragte sich, welches Land er meinte. Sarrabians genauer Stammbaum lag irgendwie im dunkeln, und dabei beließ er es. Jede Menge Geschichten waren in Umlauf. Manche stimmten vielleicht. »Ich kann nicht sagen, daß ich wirklich überrascht bin, Sie hier zu sehen, aber es scheint, daß Sie zur Zeit selbst ein paar Probleme haben.«

»Meine Probleme sind meine Sache. Sie haben auch recht viele.«

»Verzeihung, aber ich sehe keine.«

»Niles To Go.«

»Niles To Go«, wiederholte Sarrabian mit offenkundigem Ekel den Namen der Kolumne. »Er ist schwul, müssen Sie wissen. Man hat mir gesagt, er sei HIV-positiv. Ich hoffe, daß das stimmt.«

»Was haben Sie gegen ihn?«

»Sie haben die Kolumne gelesen, Driskill. Es ist reines Gefasel. Lügen. Redefreiheit ist Schwachsinn – Sie dürfen mich gern zitieren. In diesem Land gibt es viele gute Dinge, aber Redefreiheit gehört nicht dazu.« Er hob die Stimme nicht, blieb ganz sachlich. Er setzte sich auf den Stuhl mit der hohen Lehne hinter dem Schreibtisch und lehnte sich zurück, damit er die Party seiner Tochter im Auge behalten konnte. »Das Problem mit Niles ist, daß die Leute diesem Hurensohn glauben. Die Welt wäre ohne ihn besser dran.« Seine dunklen Augen unter den dichten schwarzen Brauen funkelten.

»Er war nicht nett zu Ihnen, aber es war doch nur eine Kolumne. Ich habe *Bücher* über Sie gelesen, die mehr oder weniger denselben Standpunkt über Ihr Leben vertreten. Warum sind Sie jetzt so dünnhäutig? Sie müßten doch an eine schlechte Presse gewöhnt sein.«

»Organisator. Förderer. Schlichter. Ich bringe Menschen zusammen, arrangiere, daß Menschen mit gleichen Interessen sich kennenlernen und über die Dinge sprechen, die sie gemeinsam haben. Das ist doch nicht so schwer zu verstehen? Ich sorge dafür, daß sie sich wohl fühlen wie zu Hause. Ich versetze sie in eine Stimmung, in der sie miteinander Geschäfte abschließen. Jede große Institution in diesem Land – und in jedem Land – hat solche Leute. Wie werden denn Ihrer Meinung nach die riesigen Verträge des Verteidigungsministeriums abgeschlossen, Mr. Driskill? Sie sind doch schon lange in Washington. Sie wissen, wie es läuft. Wenn Menschen sich wohl fühlen und sich verstehen, machen sie Geschäfte. Sie wollen Raketen für die Regierung herstellen? Sie wollen die neuen U-Boote bauen? Sie wollen eine Mondrakete entwickeln? Ich habe in Übersee viele Bekannte, die hier solche Geschäfte machen wollen. Es gehört mehr dazu als ein Angebot auf einem Stück Papier – es geht nicht darum, was Sie wissen, sondern, wen Sie kennen und wohin das Geld fließt. Jede große Firma hat ein Bataillon solcher Burschen. Ich arbeitete selbständig, nur für mich; das ist der einzige Unterschied. Habe ich nicht recht? Warum sollte ich mich von der Presse oder sonst jemandem beschimpfen lassen?«

»Ich weiß nicht. Ich glaube, daß vieles, was Sie tun, außerhalb der Legalität ist – bitte, nehmen Sie das nicht persönlich.«

Sarrabian warf den Kopf zurück und lachte. »Ben, Ben, würde es nach den Buchstaben des Gesetzes gehen, wären wir alle auf dem Weg ins Bundesgefängnis. Aber so müssen die Dinge erledigt werden. Das Gesetz ist falsch. Es berücksichtigt die menschliche Natur nicht. Nach den Buchstaben des Gesetzes sind wir alle Gauner. So ist Politik nun mal. Als unabhängiger, arbeitender Mensch kann ich für meine Sicherheit sorgen – und ich bin sicher, das können Sie mir glauben, mein Lieber –, indem ich nur mit den besten, größten und mächtigsten Firmen und Menschen und ihren Regierungen zusammenarbeite. Verschwenden Sie keine Zeit mehr, sich meinetwegen Sorgen zu machen.«

»Für Niles reichte ein Foto aus, auf dem Summerhays mit Ihnen war, um Drew mit Dreck zu bewerfen. Und Brad Hokansen in Boston: Sie ließen ein Wort über Heartland in sein Ohr fallen, und er bekam praktisch einen Herzstillstand ...«

»Anwälten sollte die Wahrheit mehr bedeuten, Sir. Wenn ich auch nur einen blassen Schimmer hätte, wovon Sie sprechen, würde ich Ihnen sagen, daß Brad Hokansen nicht so leicht Angst bekommt – besonders nicht, wenn man ihm einen soliden Tip gibt.«

»Ihr Name taucht überall auf, Tony. Jetzt habe ich erfahren, daß er in direktem Zusammenhang mit dem Präsidenten genannt wurde. Und was soll man da nun denken?«

»Was reden Sie denn da? Ich habe mit dem Präsidenten nichts zu tun.«

Mit stummem Dank an Bert Rawlegh sagte Driskill: »Sie, mein Freund, besitzen die meisten Aktien der Firma LVCO, über die wir in letzter Zeit mehr hören mußten, als uns lieb war. Macht Sie das nicht ein bißchen nervös?«

»Ich verstehe nicht ... Der Präsident und ich haben in dieselbe Firma investiert.« Er zuckte abweisend mit den Schultern.

»Bis vor ein paar Monaten hatten Sie nicht investiert. Und dann haben Sie die Aktien unter elf verschiedenen Firmennamen gekauft, die alle Ihnen oder Gesellschaften gehören, die Sie kontrollieren. Der Präsident hat seit vielen Jahren Aktien. Und nun frage ich mich: Warum haben Sie plötzlich diese Aktien gekauft? Und warum bringt LaSalle gleich danach die Geschichte, daß der Präsident dort mehrfach Geld investiert hat und dadurch immer mehr Geld gescheffelt habe? Sie und Charlie Bonner ...«

»Mr. Driskill, ich muß schon sagen ...«

»Nein, lassen Sie mich ausreden. Sie werden das großartige Finale lieben. Ich bin nicht sicher, wie alles zusammenpaßt. Aber wir haben Drew Summerhays, den engsten Berater des Präsidenten, der sich um dessen Aktien gekümmert hat, seit er ein öffentliches Amt angetreten hat – und da sind der Präsident und LVCO. Wir haben Ihren Tip an Brad Hokansen über Probleme bei Heartland – das bedeutet Hazlitt –, und Hazlitt will versuchen, dem Präsidenten die Nominierung wegzunehmen. Ich ziehe jetzt einfach Linien zwischen den Punkten. Sie sind überall. Und so drängt sich mir der Gedanke auf, daß Sie eine Hauptrolle spielen ...«

»Das ist doch Blödsinn, mein Freund.«

»... bei Heartland und LVCO. Darauf wette ich.« Sarrabian ging ans Fenster, wandte Driskill den Rücken zu und starrte, mit den Händen in die Hüften gestemmt, auf den Clown, der seine kleine Tochter und ihre Gäste zum Lachen brachte. »So viel Unschuld«, sagte er nachdenklich. »Die letzten drei Präsidenten haben hier zu Abend gegessen. Ich tue Leuten Gefallen. Ich tue ihren Brüdern, Schwestern, Kindern, Nichten und Neffen Gefallen. Sie haben mir eine wirklich interessante Geschichte erzählt, Ben ...«

»Ich dachte, es wäre Blödsinn.«

»Sie sind Anwalt. Ich muß daher annehmen, daß Sie sich nicht zu wilden Mutmaßungen versteigen, zu Phantastereien. Ich kann mir nicht vorstellen, worauf Ihre Geschichte hinausläuft.«

»Oh, ich werde alles beweisen, ehe ich fertig bin. Ich weiß, daß Sie mit Heartland und LVCO involviert sind. Ich weiß nicht, wie der Präsident involviert ist ...«

»Der Präsident und ich sind *beide* involviert, weil wir Aktien derselben Firma besitzen? Mein Gott, das ist doch verrückt.« Er lächelte breit und drehte der Geburtstagsparty den Rücken zu. »Das alles ist so legal wie eine Hexenjagd.«

»Na ja, viele Hexen sind verbrannt worden. Denken Sie daran: Wir leben in einem Zeitalter des äußeren Scheins, nicht der Fakten. Ich glaube nicht, daß Charlie Bonner das Ganze für eine grundlose Hexenjagd hält. Nicht, wenn er erfährt, *wann* Sie angefangen haben, LVCO-Aktien zu kaufen, und *wann* Sie mit Brad Hokansen gesprochen haben. Das verknüpft er dann mit Ihrer Unterhaltung mit Summerhays hier draußen und daß Sie das Foto haben machen lassen. Sie, Mr. Sarrabian, sind das Verbindungsstück zwischen Heartland und LVCO. Sobald ich mehr weiß, wird sich der Präsident auch dafür interessieren.«

»Wovon sprechen Sie wirklich? Sie spielen mit mir. Was soll ich denken?«

»Ich spreche über den äußeren Schein. Die Zeitungen und das Fernsehen werden diese Geschichte aufgreifen. Die Sarrabian-Masche, werden sie es nennen. Die Medien werden begeistert sein. Dann rede ich mit dem Präsidenten, vielleicht auch mit den Leuten im Justizministerium. Tatsächlich habe ich gehört, daß sich die Justiz bereits sehr für Ihre Investitionen interessiert ...«

»Sie verschwenden Ihre Zeit, Mr. Driskill. Ballard Niles behauptet, ich sei mit den größten Hunden des Rudels im Bunde und darin beruhe meine Sicherheit. Und in diesem Punkt hat er recht, das versichere ich Ihnen. Sie sind in mein Haus gekommen und haben mich beleidigt, als wäre ich ein gewöhnlicher Dieb oder Börsengauner. Jetzt reicht es mir ...«

»Ich dachte, so wie Sie das Leben betrachten, wären wir alle Diebe und Schwindler, weil das nun mal der menschlichen Natur entspricht. Das glauben Sie doch, oder etwa nicht? Aber, es gibt Menschen, die das jetzt über den Präsidenten sagen – und er ist mein Freund. Und Drew Summerhays, der beste Mensch, den ich je gekannt habe, ist wegen alledem tot, und der Weg hat mich zurück zu Ihnen geführt. Ich wollte einfach mal herkommen und Ihnen das sagen. Vielleicht haben Sie noch Zeit, um sich vor einem teuflisch tiefen Sturz zu retten. Denken Sie nur mal an die Anwaltsgebühren. Und den Gesichtsverlust.« Driskill zuckte mit den Schultern. »Sie sind ein Mann, der Selbstinteresse versteht. Wenn Sie involviert sind, habe ich die Absicht, Sie leiden zu lassen.«

»Wir haben nicht dieselbe Wellenlänge. Das müssen Sie ein für allemal akzeptieren.«

Driskill hatte nicht gehört, daß die Tür geöffnet wurde. Sarrabian drehte den Kopf

»Mr. Driskill, ich muß mich wirklich auf der Geburtstagsparty zeigen. Jeffers wird Ihnen den Weg aus diesem Irrgarten zeigen. Es tut mir leid, daß ich Ihnen nicht helfen konnte, aber ich bin froh, daß wir Gelegenheit hatten, uns zu unterhalten. Leider habe ich das Gefühl, daß Sie ein völlig falsches Bild von mir haben.« Er grinste wie ein freundliches Raubtier.

»Es war riesig«, sagte Driskill und stand auf. »Jeffers, schreiten Sie voran.«

»Auf Wiedersehen, Ben. Denken Sie nicht soviel nach«, fügte Sarrabian zynisch hinzu. Dann ging er durch die Terrassentüren hinaus auf den Rasen. Ein kleines Mädchen löste sich aus einer Gruppe und lief ihm mit ausgestreckten Armen entgegen.

Driskill folgte Jeffers in die Eingangshalle. Dabei erhaschte er einen Blick in den Ballsaal. Impulsiv blieb er stehen. »Sagen Sie, Jeffers, dürfte ich mir den Ballsaal mal ansehen? Mr. Sarrabian wollte ihn mir zeigen, aber wir wurden abgelenkt.«

»Selbstverständlich, Sir. Es ist ein wunderschöner Raum. Der *Architectural Digest* hat darüber berichtet, Sir.«

»Wie schön.«

Der Saal war ganz in Gold und Weiß gehalten, mit ein paar Akzenten in Königsblau. An jedem Ende hätte ein Torpfosten locker Platz gehabt. Das gepflegte Parkett glänzte im Licht der Nachmittagssonne. Durch die Front der hohen Fenster sah man den Potomac. Die Geburtstagsparty war in vollem Schwung. Der Clown mit der roten Perücke und den riesigen Schuhen brachte die Kinder zum Lachen. Sarrabians Frau, ein zierliches, dunkelhaariges Wesen, half ihm, irgendein Spiel zu dirigieren.

»Und hier drüben«, erklärte Jeffers, »ist der Grund, warum der Saal im *Architectural Digest* stand. Er ist nach einem Raum in einem französischen Palast entworfen worden. Leider kann ich Ihnen nicht sagen, wie der Palast heißt, aber man hat sich größte Mühe gegeben.«

Driskill drehte sich um. An der langen Wand hingen Spiegel in Goldrahmen, die den Fenstern genau entsprachen. Wenn man in die Spiegel blickte, sah man die Party draußen auf dem Rasen. Die Spiegel waren riesig und verwirrend.

»Ein wunderschöner Spiegelsaal«, sagte er.

KAPITEL 16

Der *Rock Creek Croquet Club* war eine Art Dinosaurier, dessen Tradition in den dreißiger Jahren begonnen hatte und der bis heute an jedem Tag des Jahres ein Machtzentrum bildete. In jenen frühen Tagen pflegten sich Schriftsteller, Lobbyisten, Geldleute und Politiker zu treffen und bei einem dieser Männer vor dessen Herrenhaus über dem Rock Creek Park Krocket zu spielen. Hauptsächlich betranken sie sich, fielen hin und jagten den Ball den Abhang hinunter. Sie aßen zuviel und kritisierten ›diesen Mann im Weißen Haus‹, Franklin Delano Roosevelt, heftig. Roosevelt hatte sie alle überlebt und ihnen den Spaß bei ihren Zusammenkünften genommen. Der Krocketclub war verschwunden, ein weiteres Opfer des Krieges. Andere Menschen traten an die Stelle der ursprünglichen Mitglieder, mit neuen Entschuldigungen, sich zusammen mit einflußreichen Freunden zu besaufen.

Während der Nixon-Tage im Weißen Haus war der Club wieder zum Leben erweckt worden, allerdings wurde der viel zu gewöhnliche Nixon niemals eingeladen. Einige Mitglieder seiner Regierung schafften es, in den Club zu kommen, aber dann machten die Anklagen wegen Watergate ihre Anwesenheit woanders erforderlich. Trotzdem hielt sich der Club während der keineswegs stürmischen Jahre unter Ford und Carter am Leben. Als Ronald Reagan auf dem Washingtoner Parkett auftauchte, erreichte er wieder seinen früheren Glanz. Reagan war gelegentlich bei der Jahresversammlung erschienen – wahrscheinlich, wenn die Astrologin der First Lady ihre Zustimmung gegeben hatte. Während der Reagan-Jahre gelangte der Schuppen in seine jetzige Bahn und wurde – seltsamerweise – noch exklusiver.

Dann kauften die Bergstroms den Besitz, Walther und Invicta Bergstrom aus Stockholm. Zum Medienimperium der Bergstroms gehörte auch das Syndikat, für das Elizabeth Driskill arbeitete. Sie und Ben hatten eine immer gültige Einladung zu den Festivitäten. Obwohl Ben nie zuvor hingegangen war – und schon gar nicht ohne seine Frau –, weil er alles verabscheute, was dort die Gesellschaft, als die typischen Washington-Insider, symbolisierte, beschloß er auf dem Rückweg von Sarrabian, abends in den Club zu gehen. Er war sicher, daß einige Leute, mit denen er sprechen wollte, dort sein würden.

Haus und Grundstück waren mit Geheimdienstleuten überschwemmt. Im weichen Licht der Laternen passierte Driskill die Kontrolle und ging auf dem hellen Plattenweg ums Haus auf den hinteren Rasen. Vor ihm leuchtete ein großes Gewächshaus. Sofort stand vor seinem geistigen Auge Drews Gewächshaus, mit der im Regen und Sturm schwingenden Tür. Er spürte wieder den Kies unter den Sohlen, als er zu dem toten alten Mann ging. Hier säumten prächtige Blumenrabatten und Sträucher den Weg. Auf der riesigen Rasenfläche standen Bäume und fingen die leichte Brise ein. Rote, grüne und blaue japanische Laternen hingen an Schnüren um den Swimmingpool und die Pergola.

Es mußten an die zweihundert Menschen da sein. In Gruppen wogten sie vor den reich gedeckten Tischen hin und her und wieder auf den Rasen. Ein großer Springbrunnen im italienischen Stil spuckte Punsch aus seinen elegant geschwungenen Armen. Im Zentrum der Rasenfläche stand ein großes Zelt. Die meisten Menschen schienen dorthinzugehen. Driskill folgte der Menge. Überall sah er bekannte Gesichter. Die Medien waren ebenfalls vertreten, aber es war ein inoffizieller Abend, an dem sich alle amüsieren sollten.

Im Zelt hatten die Bergstroms Bäume aufgestellt und Ventilatoren, die das Laub in Bewegung hielten, um die Vorstellung zu erwecken, daß es nicht so heiß war, wie es tatsächlich war. Einige ihrer mehr oder weniger museumsreifen Stücke standen umher. Darunter drei Henry Moores und zwei Giacomettis. Ein riesiger Kampfschild, ein Werk des bekannten Bildhauers Tom Gibbs aus Iowa, hing an einem Pfeiler. Das Ding wog bestimmt zwei Tonnen.

Bob Hazlitt stand zwischen den Bergstroms im Zentrum der Menge. Alle klatschten. Hazlitt war kleiner, als er im Fernsehen dargestellt wurde: Ungefähr ein Meter fünfundsiebzig und untersetzt, wie ein guter Mittelgewichtsboxer, dreißig Jahre nachdem er die Meisterschaft erkämpft hat. Vor ihm stand auf einem Tisch ein ungefähr neunzig mal ein Meter fünfzig großes, maßstabgetreues Modell des Bostoner Hafens und der Back Bay Ende des achtzehnten Jahrhunderts. Auf dem topographischen Relief waren die Soldaten mit roten Uniformröcken, Rebellen, Städter, Kinder, Kanonen, Schiffe und Häuser aufgestellt, mit allem anderen, was sonst noch dazu gehörte, um in der Schlacht zu kämpfen.

Bergstrom sprach gerade: »Und wir möchten unserem lieben Freund Bob Hazlitt für dieses unglaubliche Geschenk an unser Museum danken: Ein maßstabgetreues Modell der Schlacht bei Bunker Hill, bis in alle Details historisch korrekt.« Er prostete Hazlitt mit dem Champagnerglas zu. Applaus füllte das Zelt.

Hazlitt nickte lächelnd und ergriff das Wort. Seine Stimme war tief und maskulin. Ein Journalist hatte von ihr geschrieben, sie »hätte Haare«.

»Das ist nur ein kleines Geschenk, Walther und Invicta. Es ist sehr freundlich von euch, es anzunehmen. Das Modell legt Zeugnis ab von einer meiner kleinen Besessenheiten: der lebensgetreuen Reproduktion der Schlacht bei Bunker Hill – oder, wenn ich so sagen darf, bei Breed's Hill. Ich kann stundenlang drum herumlaufen und mich in die Köpfe der Teilnehmer hineinversetzen. Ich habe viele tausend Stunden daran gearbeitet. Nun aber habt ihr es am Hals, Walther und Invicta, als Dank dafür, daß ihr uns allen hier einen so wunderschönen Abend schenkt.«

Höfliches Gelächter. »Ich habe in unseren Iowa-Büros gerade Guadalcanal fertig gebaut und in unseren Miami-Büros mit Omaha Beach angefangen … aber keine Angst. Sie müssen mein Hobby keineswegs so interessant finden wie ich. Doch wenn Sie in Dallas sind, sollten Sie vorbeikommen und einen Blick darauf werfen. Aber jetzt habe ich genug geredet. Danke für Ihre Nachsicht.«

Der frühere Präsident Sherman Taylor trat neben Hazlitt. »Ich bitte ihn dauernd, einige meiner besten Momente für die Nachwelt zu erhalten, aber bis jetzt hatte ich noch kein Glück.« Jetzt lachten alle schallend. Danach schlenderten die Leute, fröhlich plaudernd, hinaus ins Freie. Driskill mischte sich darunter. Dabei hielt er nach Elizabeth Ausschau. Er sah sie nirgends, aber das Aufgebot der Republikaner war beeindruckend. Price Quarles, der Präsidentschaftskandidat, war von einer Schar Anhänger und Reporter umringt, die Ehepartner oder Kind verkauft hätten, um auf den zweiten Platz seiner Liste gesetzt zu werden, obwohl es hoffnungslos war. Ballard Niles unterhielt sich mit Fernsehkorrespondenten für das Weiße Haus. Arnaldo war tief in ein Gespräch mit einer Frau vertieft, von der man munkelte, sie habe die größte Investmentbank der Hauptstadt und sei in einer Hazlitt-Regierung eine aussichtsreiche Kandidaten für das Finanzministerium. Oliver Landesmann war mit einem kurvenreichen Modell eingetroffen, das fünfzehn Zentimeter größer war als er. Der Größenunterschied schien ihn jedoch überhaupt nicht zu stören. Bob McDermott stand mit Ellen Thorn am Champagnerbrunnen. Der Vorsitzende eines Kammerausschusses plauderte mit einem Richter vom Obersten Gerichtshof über Baseball. Aber keine Elizabeth.

Die Gelegenheit war günstig. Daher ging Driskill zu Hazlitt und Taylor. Hazlitt sah ihn, dachte blitzschnell nach und schenkte ihm sein schönstes Lächeln. Das Weiße in den Augen hinter der Pilotenbrille war übernatürlich hell.

»Ja, wen haben wir denn da …? Kommen Sie zu uns, Mr. Driskill. Das ist mein Freund Sherman Taylor. Ich glaube, die Herren kennen sich. Sherm, Ben Driskill wagt sich auf feindliches Territorium vor.«

»Es ist nicht nötig, daß Sie weiterhin Ihr öffentliches Gesicht aufsetzen«, sagte Driskill.

Hazlitt lächelte wie ein Ausbund an Bescheidenheit. »Sie wären überrascht, wenn Sie wüßten, wie schwer es mir gefallen ist, diese Zweiteilung im Benehmen eines Politikers zu erlernen. In der Öffentlichkeit gehen sie sich an die Kehle, und unter vier Augen lachen sie über die Witze des anderen. In meiner Welt ist das anders. Aber ich schätze, so sind nun mal die Spielregeln.« Er machte aber immer noch die entschlossene Miene eines Mannes, der bereit war, einen harten Wahlkampf zu führen.

Sherman Taylor wirkte immer wie ein Eiswind, der ein Stück Arktis mit sich brachte, obwohl er sich bemühte, das nicht zu zeigen. Sein Gesicht schien aus völlig glatten Flächen gemacht zu sein. Die durchdringenden Augen waren dicht an der Oberfläche, seine Haut genau richtig gebräunt. Er wirkte wie ein Aristokrat, wie einst John F. Kennedy. Seine Haltung verriet den Marineoffizier, der dunkelblaue Zweireiher, den er an diesem glühendheißen Abend trug, glich einer Uniform. Er sah immer noch wie ein Präsident aus, oder vielleicht wie ein Mann, der es einfach nicht glauben kann, daß er nicht zum lebenslangen Kaiser gekrönt worden ist. Er drückte Ben fest die Hand.

»Ich freue mich, Sie zu sehen«, sagte er ruhig, mit soldatischer Aufrichtigkeit – die keineswegs aufrichtig gemeint war, sondern reine Höflichkeit bedeutete. »Sie sehen gut aus.«

»Sie auch, Mr. President …«

»Nicht doch. Es ist lange her, daß ich im Oval Office gesessen habe. Vier Jahre ist es her, seit wir uns ständig bei den Diskussionen getroffen haben. Wo ist die Zeit nur geblieben? Und jetzt stehen wir uns wieder gegenüber und bemühen uns, Charles Bonner von seinem Talisman zu trennen.«

»Er ist ziemlich gut in Form, in Anbetracht dessen, was ihr Burschen ihm antut.«

»Was immer passiert, hat er sich selbst angetan.«

»Wenn man nur genügend Schlamm schmeißt, muß etwas kleben bleiben.«

Jetzt war die letzte Spur freundlicher Höflichkeit verschwunden. Sie hatte nur fünf Sekunden gedauert. Sherm Taylor sagte: »Wie Sie wissen, bin ich kein Politiker, Ben. Ich habe diese Zweiteilung nie geschafft, von der Bob gerade gesprochen hat. Ich trage meine Gefühle offen – ohne Heuchelei.«

Bob Hazlitt warf die Hände hoch. »Also, ich bin über diese Flüsterkampagne einfach empört, unter der Sie und er zu leiden haben.«

»Flüsterkampagne? So nennen Sie das, wenn Sie LaSalle und Ballard Niles und weiß Gott wen noch mit diesem Müll füttern? Verzeihung, aber ich glaube kaum, daß ›flüstern‹ dafür der richtige Ausdruck ist. Ich habe übrigens mit Tony Sarrabian gesprochen.« Driskill bemühte sich, nicht die Beherrschung zu verlieren. Bis jetzt kämpften sie nur mit Worten und eher ironisch als wütend. Zu viele Leute standen in der Nähe.

Hazlitt versuchte es mit der volkstümlichen Masche. »Es ist doch sinnlos, darüber zu streiten, weil keiner den anderen überzeugen kann.« Sein Lächeln funktionierte nicht so recht. »Aber auf alle Fälle sind wir nicht verantwortlich, daß Drew sich mit Sarrabian getroffen hat, und wir sind auch nicht für Niles' Artikel verantwortlich. So, kann ich sonst noch etwas für Sie tun? Möchten Sie mir etwas mitteilen?«

»Was reden Sie denn?« fragte Driskill.

»Ich dachte, vielleicht hätte der Präsident die Zeichen an der Wand gelesen, und Sie würden mir, zum Wohl der Parteieinigkeit, seinen Rücktritt melden ...«

»Ich glaube, wir sollten ein paar Schritte gehen«, sagte Driskill. »Ich habe einiges zu sagen, stimmt. Aber lieber unter vier Augen.« Er deutete auf den Pavillon, der im Schatten riesiger Eichen ungefähr fünfzig Meter weit entfernt stand. Hier endete das Grundstück, und man blickte über die Schlucht und den Bach hinweg. Sie schlenderten an den Menschen vorbei, die verträumt neben dem Pool tanzten. Die japanischen Laternen schufen eine Atmosphäre, die direkt aus *The Great Gatsby* hätte stammen können.

Als sie sich so weit von der Party entfernt hatten, daß sie kaum noch die Musik hörten – gleichsam alles von einem Niemandsland aus betrachteten –, fragte Hazlitt: »Was haben Sie tatsächlich auf dem Herzen?« Taylor ging daneben und schwieg, getreu seiner Rolle als treuer Anhänger seines neuen politischen Freundes.

»Nun, ich habe einige Zeit in Iowa verbracht und das eine oder andere aufgeschnappt.«

»Ach wirklich?« sagte Hazlitt. »Ich vermisse Iowa täglich, wenn ich unterwegs bin.«

»Das kann ich verstehen.« Musikfetzen drangen herüber. Von den rustikalen Stühlen aus konnte man in die Schlucht hinabschauen und zu den Bäumen auf der gegenüberliegenden Seite, wo Häuser standen, in denen andere Menschen andere Leben führten. Fledermäuse huschten in der Dunkelheit durch die Bäume.

Sie gingen die Stufen zum Pavillon hinauf. Taylor lehnte sich ans Geländer, wartete und schwieg. Im Gebälk des Pavillons waren farbige Lampen angebracht. Ihr blaues Licht fiel auf die Gesichter. Um jede Glühbirne schwirrten Insekten. »Na schön, Ben«, sagte Hazlitt. »Hier sind wir unter uns, ohne Zeugen. Welchem Umstand verdanken wir diese Intimität?«

»Herb Varringer. Er ist der Grund.«

»Was für eine Überraschung. Er war ein Freund von mir.«

»Er war mehr als ein Freund, Bob. Er war lange Ihr Partner und danach in Ihrem Aufsichtsrat. Er stand Ihnen länger nahe als irgend jemand sonst, richtig? Und jetzt ist er tot. Leichen verschandeln die Landschaft, und zwar *Ihre* Landschaft.«

»Was wollen Sie damit sagen? *Meine* Landschaft?«

»Sie haben einen alten Freund verloren«, sagte Driskill leise. »Und ich habe Drew Summerhays und Hayes Tarlow verloren. Komisch daran ist, daß die drei miteinander zu tun hatten.«

»Das kann ich mir nicht vorstellen«, widersprach Hazlitt. Er war nicht imstande, seine Stimme ganz zu dämpfen.

»Na, dann haben Sie Glück, daß ich hier bin«, sagte Driskill. »Ich kann es Ihnen erklären. Es ist ganz einfach: Drew Summerhays und Hayes Tarlow wurden umgebracht, weil Herb Varringer mit ihnen gesprochen hatte – das Problem ist nur, daß die beiden nicht rechtzeitig genug ermordet wurden. Das ist Ihr Pech, fürchte ich.«

»Langsam bringen Sie mich auf die Palme, Ben – wie meine Mutter zu sagen pflegt. Ich bin nicht hergekommen, um mich beleidigen zu lassen.«

»Das glauben Sie, Bob – wie Groucho Marx zu sagen pflegt. Hayes Tarlow und Herb Varringer wurden in Ihrem Vorgarten ermordet, in Saints Rest, Iowa. Und warum war Hayes in Saints Rest? Weil Ihr Freund Varringer mit Drew telefoniert hatte und Drew ihm Hayes geschickt hat – um sich anzuhören, was Varringer zu erzählen hatte.«

»Ich habe keine Ahnung, worüber Sie reden. Meines Wissens wollte Varringer etwas für den Wahlkampf des Präsidenten spenden ...«

»Na, bestimmt wollte er nichts für Ihren spenden. Ja, er hat gespendet, stimmt, aber nicht so, wie Sie es darstellen. Varringer war sehr unglücklich über Sie und darüber, welche Rolle Heartland für das Land spielte. Es gefiel ihm ganz und gar nicht, daß so viel Macht in der Hand eines Mannes konzentriert war. In Ihrer Hand.«

Hazlitt nickte im blauen Licht. »Es stimmt, daß Herb sich von mir zurückgezogen hat – und von Heartland. Das war eine seiner Schwächen: Er war nicht für das große Geschäft gemacht. Er war ein Genie, hat damals seine eigene Firma aufgebaut; aber er erkannte auch, daß er mit eigener Kraft nur bis zu einem bestimmten Punkt gelangen konnte. George Bush hat von der Fähigkeit gesprochen, Visionen zu haben. Herb hatte diese Fähigkeit nicht. Aber er wußte, daß ich sie hatte. Und er ließ sich durch meine Vision zu einem sehr reichen Mann machen. Er hat die Aktienmehrheit der Zeitung in Saints Rest gekauft, aber dann konnte er die Verantwortung, die zu einem Großunternehmen wie Heartland gehört, nicht ertragen.« Hazlitt zuckte mit den Schultern. »Es stimmt. Er hat sich gegen mich gewendet, und ich konnte ihn nicht dazu bringen, einzusehen, was er verpaßte. Schließlich lautet die wichtigste Maxime im amerikanischen Geschäftsleben: Gib dein Bestes und expandiere! Am Ende lebte der alte Herb in einer Welt, auf die er nicht vorbereitet war … und dann ist er gestorben.«

»Sie sind wirklich Weltmeister im Faseln, Bob. Er ist nicht *gestorben*. Jemand hat ein Messer in ihn reingestoßen und ihn dann in den Mississippi geschmissen – und dann hat derselbe jemand dasselbe Messer in Hayes Tarlow gestoßen. Die beiden sind nicht *gestorben*, Herrgott noch mal. Sie wurden *ermordet!* Da ist ein Unterschied.«

»Wortklauberei«, sagte Hazlitt. »Ganz gleich, wie Sie es nennen – es ist eine sehr traurige Geschichte.«

»Traurig reicht nicht«, widersprach Driskill. »Er war nicht vom großen Geschäft enttäuscht. Er fand es zum Kotzen, was sich in *Ihrem* großen Geschäft abspielte. Er hatte das Gefühl, dem ein Ende bereiten zu müssen. Deshalb hat er sich an Drew Summerhays gewendet und um Rat gefragt – und Menschen fingen an zu sterben. Und jetzt sollten Sie sich selbst fragen, wer ein Motiv für diese Morde hatte?«

Plötzlich verengten sich Hazlitts Augen. Seine Kinnladen verkrampften sich vor Wut. »Sie sind ein elender Lügner«, rief er, außer sich vor Wut und stürzte sich auf Driskill, der einen halben Kopf größer als er war. Driskill streckte die flache Hand aus, um ihn abzuwehren. Doch Sherman Taylor war schnell zwischen die beiden Männer getreten.

»Also, jetzt geht der Scherz zu weit«, sagte Taylor ruhig. »Darüber kann niemand mehr lachen, Mr. Driskill.« Dann fügte er leise hinzu: »Es hat doch keinen Sinn, den Leuten heute abend eine nicht programmgemäße Vorstellung zu bieten, oder?«

»Hier kann uns keiner sehen oder hören«, meinte Driskill. »Keine Zeugen, genau wie Bob gesagt hat.«

»Sie Dreckskerl«, stieß Hazlitt hervor. »Sie sind ein elender Dreckskerl, Driskill.«

»Aber, Bob, so ist die Politik. Regen Sie sich ab!« sagte Taylor und wandte sich an Driskill. »Woher bekommen Sie diese abenteuerlichen Informationen, Ben?«

»Eine Menge kommt aus Iowa.«

»Das ist ziemlich allgemein. Sogar für einen New Yorker Anwalt.«

»Wie ich schon sagte, hat Hayes Tarlow die vollständige Geschichte von Varringer bekommen, aber er hat eine äußerst wichtige Information an die Ostküste geschickt. Diese habe ich jetzt. Nicht sehr schmeichelhaft für Sie, Bob.« Eine Eule schrie in den Bäumen. Etwas raschelte im Laub.

Hazlitt zog seinen Arm aus Taylors Griff. »Verdammt, reden Sie nicht solchen Scheiß, Mann! Während Sie herumrennen und einen Haufen Ärger aus buchstäblich nichts machen, bin ich bemüht, dieses unser Land zu retten. Sie pissen sich wegen Männern wie Tarlow und Varringer in die Hosen, die im großen Plan überhaupt keine Rolle spielen. Sie machen aus dem Ganzen einen Witz. Aber es ist kein Witz. Sie versuchen aus Amerikas Ehre und Verantwortungsgefühl einen Witz zu machen. Sie finden es vielleicht prima, wenn die Mexikaner sich weiterhin umbringen und sich amerikanisches Hab und Gut unter den Nagel reißen. Die Realität sieht aber ganz anders aus. Wir sollten das Scheißmexiko *annektieren* und ein paar echte amerikanische Werte durchsetzen und den Daumen draufbehalten. Aber früher oder später werden unsere Bürger die Wahrheit sehen und sich erheben. Es wird ihnen klar sein, daß Charles Bonner dafür sorgt, daß unsere Größe schwindet und schwächer wird und *stirbt* – und genau *darum* wird es beim demokratischen Parteitag gehen! Alles dreht sich nur um das eine: Kann Amerika groß sein, wenn es sich nicht gegen einen einzelnen großen Feind verteidigen muß? Und deshalb muß Charles Bonner abtreten. Wenn Sie diese Wahrheit nicht erkennen können, tun Sie mir leid. Wir sind nicht mehr eine Nation unter vielen gleichwertigen. Wir sind nicht *gleichwertig* – wir sind Amerika. Wir haben unbegrenzte Macht zur Verfügung. Wir haben ein Wertesystem, das Anstand und Integrität respektiert – und es gibt verdammt viele Nationen, wo das absolut nicht so ist. Wir sind die Hoffnung der Welt. Wir sind von Gott geweiht, diesen Planeten auf dem rechten Kurs zu führen!«

»Geweiht?« wiederholte Driskill leise. »Herrgott ... Können wir wieder zu Ihnen und Ihrem Anteil an den Morden an Drew und Hayes und Herb Varringer kommen? Da wäre als erstes eine seltsame Zeichnung, die Hayes uns nach dem Gespräch mit Varringer geschickt hat ...«

»Faszinierend«, sagte Hazlitt. Er triefte vor Schweiß und wischte sich das wegen Hitze und Wut gerötete Gesicht.

»Möglich. Hayes hielt sie offenbar für ziemlich wichtig. Ich werde sie dem Präsidenten und der Generalstaatsanwältin vorlegen.«

»Warum erzählen Sie uns das alles?« fragte Taylor. »Was wollen Sie damit bezwecken?«

»Das ist nicht alles«, erklärte Driskill.

»Was noch?« Hazlitt gewann seine Fassung wieder.

»Drew hat Tony Sarrabian in dessen Haus am Potomac besucht. Jetzt greift man den Präsidenten wegen einer Verbindung zu einer Firma an, bei der Sarrabian vor kurzem die Mehrheit erworben hat.«

»Ach ja?«

»Viel zu viele Zufälle. Wenn man genügend Zufälle hat, verwandeln sie sich in Verbindungen – mit eigener Logik.«

»Also, wie immer Sie das auch sehen mögen«, meinte Hazlitt, »für mich scheint Ihr Präsident in Schwierigkeiten zu stecken. Und nächste Woche werde ich am Abend der Nominierung in Chicago ihm so in den Arsch treten, daß er aus der Politik ganz raus ist. Darauf können Sie sich schon seelisch vorbereiten, mein Freund.«

»Gentlemen, es wird Zeit, sich etwas abzuregen«, mischte Taylor sich ein. »Der Präsident ist ein flexibler Mann, er wird sich schnell erholen – und am Ende werden wir alle den Mann unterstützen, den die Partei nominiert hat.« Die Worte kamen seltsam über seine Lippen, als wiederholte er nur etwas auswendig, das er im Augenblick für passend hielt.

»Seien Sie vorsichtig, Ben Driskill«, sagte Hazlitt. »Betrachten Sie das als Warnung.«

»Hören Sie auf, LaSalle und Niles und Ihren anderen Heckenschützen Lügen einzuflüstern. Stellen Sie sich alles, was ich gesagt habe, auf den Titelseiten vor. Sie könnten Arnaldo LaSalles neuer heißer Knüller sein.«

»Wollen Sie mir wieder drohen, Ben?«

»Allerdings, darauf können Sie Ihren Arsch verwetten, Flieger-As Bob.«

»Sprechen Sie für den Präsidenten?«

»Er ist zu sehr Gentleman. Ich spreche für mich. Ich kann die Nominierung nicht verlieren, weil ich für kein verdammtes Amt kandidiere. Sie können auch sicher sein, daß ich nicht Mister Freundlich werden will. Ich kann verflucht viel Ärger machen, damit Sie verlieren. Also, hüten Sie sich, Bob Hazlitt ... und mein Rat lautet – falls Sie daran interessiert sind ...« Er senkte die Stimme zu einem Flüstern. »Hören Sie auf, Menschen zu ermorden, okay?«

»Verschwinden Sie, Sie elendes Stück Scheiße!« Hazlitt sah aus, als wollte er sich wieder auf Driskill stürzen.

»Bob, was versuchen Sie zu tun? Ist es das alles wert?« Ben gab nicht nach.

Sherman Taylor ergriff das Wort. »Er versucht, die Nation vor Schwäche zu schützen, Ben, davor, daß wir unser Schicksal aufgeben ... Er will die Nation vor einem Mann retten, der sich weigert, unsere Nation stark ...«

»General, sagen Sie Ihrem Freund mit den Froschaugen, er soll seinen Verstand einschalten. Wir haben *Sie* beim letzten Mal in den Arsch getreten. Sie hätten die Lektion lernen müssen. Diesmal werden wir *ihn* in den Arsch treten – und zwar so kräftig, daß seine Großeltern es noch spüren werden. Dieses Säbelrasseln bringt nichts. Die Leute sind klüger geworden.«

»Also, Ben«, fing Hazlitt an und stieß mit dem Zeigefinger gegen Driskills Brust. Aber Taylor bedeutete ihm mit wahrlich herrschaftlicher Geste zu schweigen. »Das hat Amerika nicht gesagt, als ich gegen die islamischen Terroristen im Irak und im Iran vorgegangen bin.«

»Ich erinnere mich genau.«

»Ja, viele Amerikaner sind auf die Knie gesunken und haben Gott gedankt, daß Sherman Taylor nicht vor seiner Pflicht zurückgeschreckt ist«, sagte Taylor ruhig, als plaudere er mit Freunden.

»General, Sie haben an diesem Tag ungefähr zweihunderttausend Menschen verdampfen lassen, wenn man beide Angriffe rechnet ...«

»Und seitdem benehmen sich Irak und Iran einwandfrei, und im Nahen Osten ist es ruhig geworden, weil man jetzt weiß, daß Amerika keine Angst vor der eigenen Macht hat. Wissen Sie, wie man Sherman Taylor dort jetzt nennt? Ich sage es Ihnen: Sie nennen ihn Todesbote ... und wir können alle ruhiger schlafen, weil er seine Pflicht erkannt und erfüllt hat.« Taylor sah ihn an. »Es geht um Hoffnung, Ben. Amerika ist die Hoffnung der Welt. Wir können Frieden bringen – genau, was Charlie tun will und worauf alle Menschen hoffen, wenn sie klar denken können. Aber Bob Hazlitt weiß, daß wir der Welt den Frieden *aufdrängen* müssen – Pax Americana, wenn Sie es so nennen wollen. Hoffnung und Friede kommen durch Stärke und die Bereitschaft, diese Stärke einzusetzen ...«

»Sie führen sich auf, als wären unsere Stärke und unser Menschenpotential und unsere Waffen unendlich groß. Sie würden uns in zwei Minuten in Mexiko haben, und Sie würden dafür sorgen, daß Afrika kolonisiert würde und an unserer Leine gehen müßte, weil die armen Russen sich um nichts mehr kümmern ...«

»Klingt durchaus vernünftig«, sagte Taylor und lächelte, als nähme er an einer Debatte in Oxford teil.

Hazlitt hatte sich beruhigt. »Wir müssen für den Anschein einer moralischen Ordnung in der Welt sorgen, Ben. Das können Sie doch nicht bestreiten. Wir leiden unter einem verkrüppelnden Schwund an Selbstvertrauen. Das könnte tödlich sein, wenn wir nicht sofort aus diesem Sturzflug durchstarten. Wir müssen uns wieder auf unsere einstige Größe besinnen und daraus Kraft saugen. Wir müssen in der westlichen Hemisphäre Ordnung schaffen ...«

»Hoppla, leb wohl, Mexiko«, sagte Driskill.

»... und wir müssen den Glauben an uns wiedergewinnen. Wir müssen unserem moralischem Kompaß gemäß alles in Ordnung bringen. Die Geschichte lehrt uns, daß der schnellste und effektivste Weg zum Wohlbefinden ein Krieg für eine große Sache ist.« Um ein Haar hätte Flieger-As Bob Dixie gepfiffen. »Die Ordnung muß in Mexiko wiederhergestellt werden und in anderen Teilen der Welt, und Charles Bonner hat einfach nicht den Mut, seine Pflicht zu erkennen und sie, verdammt noch mal, zu tun. Warum gibt er nicht auf? Das ist meine Frage.« Hazlitt war wieder schweißüberströmt und schlug mit der Faust auf das Geländer des Pavillons.

Auf Sherman Taylors Gesicht lag ein so kühles Lächeln, als käme es aus der Umgebung des Neptun.

»Wie dem auch sei, laßt uns die Hitze runterdrehen«, sagte Taylor, der Friedensstifter. »Ben, warum gehen wir nicht ein paar Schritte und geben Bob Gelegenheit, sich zu beruhigen. Für ihn ist Politik neu. Er regt sich zu sehr auf. Der Wahlkampf, der Druck ... Als Tycoon ist er nicht gewohnt, angegriffen zu werden und sich verteidigen zu müssen – ach was, zum Teufel, Sie wissen ja, wie es ist. Vergessen Sie einfach, was er gesagt hat! Aber Sie, Ben, sind Anwalt und sollten es besser wissen, als Leute des Mordes zu bezichtigen, wenn Sie nicht verdammt sicher sind. Und Sie können nicht sicher sein, weil – seien wir doch ehrlich! – Bob Hazlitt keinen umbringt. Ich werde ihn schon beruhigen. Nichts für ungut. Sie und ich kennen politische Kriege und wissen, daß es ein Nahkampf ist. Aber ich würde zweimal nachdenken, ehe ich zum Fernsehen und zu den Journalisten und ins Justizministerium marschieren und eine Büchse Würmer aufmachen würde, die zu lange in der Sonne gestanden hat.«

Die drei Männer – Hazlitt hatte sich geweigert, zurückzubleiben – schlenderten langsam über den Rasen zurück. Als sie die ersten Partygäste erreichten, sagte Taylor: »Ah, noch späte Gäste.«

Die Kapelle spielte ›Hail to the Chief‹. Der Präsident und die First Lady standen oben an der Treppe, die zu dem sprudelnden Champagnerbrunnen führte.

»Ja, die ganze Bande ist jetzt da«, sagte Driskill, als er auch Ellery Larkspur und Elizabeth sah.

»Ich muß den Präsidenten begrüßen«, sagte Sherman Taylor. »Ich habe ihn eine Ewigkeit nicht gesehen.«

»Gehen Sie nur«, meinte Driskill. Er hielt sich im Schatten und beobachtete, wie seine Frau und die anderen von den Bergstroms und anschließend von Bob Hazlitt und Sherman Taylor begrüßt wurden. Die beiden Präsidenten schüttelten sich die Hand und lächelten so höflich, wie man es von ihnen erwartete.

Dann entdeckte er Larkspur, der abseits stand und auch die Menge beobachtete. Tony Sarrabian und Frau waren soeben gekommen.

»Larkie, es ist einfach zu heiß.«

»Also, *hier* bist du. Elizabeth konnte dich nicht finden. Sie hat mich angerufen und gefragt, ob ich wüßte, wo du steckst.« Er zuckte mit den Schultern. »Wußte ich natürlich nicht. Wo hast du dich rumgetrieben?«

»Elizabeth und ich brauchen ein bißchen Zeit für uns, Larkie. Aber du mußt mir einen Gefallen tun. Charlie ... ich muß mit ihm reden. Es ist wichtig, sehr wichtig. Und Mac ist sauer auf mich und hat mich abgewimmelt. Dann habe ich die LVCO-Pressekonferenz gesehen – ich kann ihm ein paar Sachen erzählen, die er wissen muß. Er darf nicht zum Parteitag fahren, ohne zuvor mit mir zu reden.«

»Was hast du herausgefunden, Benjamin?« Larkspurs Fliege hatte an diesem windstillen Abend irgendwie eine Brise erwischt. »Er hat eine Stinklaune. Ich hoffe, du hast was zu bieten. Er ist wegen der verschwundenen Dame, die du ihm versprochen hattest, und wegen des Geheimkanals immer noch wütend. Also, was hast du herausgefunden, Ben?«

Driskill zögerte und schüttelte den Kopf.

»Du meine Güte, Benjamin. Los, ich bin's, Larkie.«

»Tut mir leid, aber in diesem Fall würde ich nicht mal Mutter Theresa trauen – keinem. Ich muß mit Charlie reden.«

Larkie seufzte. »Du machst es mir nicht leicht, Ben. Aber ich tu', was ich kann. Ich will versuchen, später mit ihm zu reden. Rufe mich morgen früh an. Aber jetzt bestehe ich darauf, daß du zu deiner Frau gehst. Das ist doch albern: auf derselben Party zu sein und nicht ...«

»Laß gut sein, Larkie. Es ist nur ein Fall gereizter Stimmung. Ich habe das Gefühl, als hätte ich eine Woche lang nicht geschlafen. Ich hau' mich in die Falle, und keine Macht der Erde ...«

»Okay, Ben. Du wirst schon wissen, was du tust.« Er blickte auf die Menge. »Mein Gott, ist das heiß.« Er betupfte sich das Gesicht mit einem Hermes-Tuch und mischte sich unter die Gäste. Einerseits gab es die Sauerei mit Sarrabian und LVCO und den Vorwürfen wegen der Aktienschiebereien. Aber das war nur die Hälfte. Da gab es noch Rachel Patton und den Geheimkanal, an dem Drew beteiligt war und jemand aus dem Weißen Haus ...

Ben Driskill ging, ohne sich umzudrehen.

Was kam als nächstes? Das war die Frage.

KAPITEL 17

Er wachte aus dem Tiefschlaf auf. Die Klimaanlage hatte irgendwann den Geist aufgegeben. Laken und Kissen waren durchgeschwitzt. Sonnenschein fiel in undeutlichen Strahlen aufs Bett. Ihm wurde bewußt, daß er allein geschlafen hatte. Vor dem kleinen Hotel war die Alarmanlage eines Autos losgegangen. Die Sirene bohrte ein Loch in den oberen linken Quadranten seiner Stirn.

Er lag da und versuchte sich zu orientieren. Dann kroch er aus der Sonne und trank einen Schluck Wasser aus dem Glas auf dem Nachttisch. Er blickte auf die Armbanduhr. Es war kurz nach ein Uhr nachmittags. Seine biologischen Bedürfnisse waren noch nicht normalisiert. Es war so heiß, daß er sich eine halbe Stunde unter eine lauwarme und danach unter eine kalte Dusche stellte. Dann wurde ihm langsam bewußt, was er tat. Elizabeth ... Sie war wohl zur Wohnung am Dupont Circle gefahren. Das war okay. Die Presse war ja nicht hinter *ihr* her.

Er rief Ellery Larkspur im Büro an.

»Benjamin, ich habe schon auf deinen Anruf gewartet.«

»Na, jetzt bin ich dran. Hast du mit dem Präsidenten gesprochen?«

»Ehe wir darauf kommen, muß ich dich fragen, was, um alles auf der Welt, gestern bei der Party passiert ist. Mac hat heute morgen fürchterlich getönt, daß du mit Hazlitt und Sherman Taylor einen Brüllwettbewerb ausgetragen hättest.«

»Mann, das sind wirklich grauenvolle Nachrichten. Jemand aus dem Lager des Präsidenten streitet sich mit den Typen, die ihn in den Boden stampfen wollen! Nein, was für schlechte Manieren!« Er kratzte sich am Kopf, um sich zu vergewissern, daß dieses Gespräch tatsächlich stattfand und daß er lebte. »Und überhaupt hat keiner von den Gästen etwas gehört ...«

»Na, die Hazlitt-Leute fanden dein Benehmen anstößig. Ich habe den Eindruck, daß Flieger-As Bob selbst seinen Wahlkämpfer Herbie Rich angerufen und sich kräftig über dich beschwert hat. Herbie hat dann Mac angerufen ... und das war's dann.«

»Gut so. Glaubst du, daß die Tatsache, daß ich Hazlitt einen Mörder genannt habe, etwas damit zu tun hat, daß das Flieger-As sauer ist? Wahrscheinlich schon, oder? Und Sherm Taylor will, daß er in Mexiko einfällt und das Land annektiert. Diese Kerle sind verrückt, Larkie; darüber sollte Mac sich Sorgen machen, nicht darüber, daß ich den bekloppten Arsch ein paar Minuten am Haken habe zappeln lassen.«

»Nun, es geht nicht nur darum. Der Präsident ist offensichtlich auch stinksauer.«

»Larkie, er sollte die Klappe halten, verdammt noch mal, und sich mit mir treffen!«

»Du bist also der einzige Mensch, der sich zu benehmen weiß?« Larkie lächelte durch die Telefonleitung. Ihn erschütterte nichts.

»Langsam denke ich, ja. Jemand sollte mir sagen, daß es prima war, daß jemand diesen Typen mal ordentlich eingeheizt hat.«

»Du bist ein Träumer. Erinnere dich: In Washington bleibt keine gute Tat ungestraft. Aber ich habe mit dem Präsidenten geredet – er will wissen, ob du den Gegenstand gefunden hättest, auf den er wartet.«

»Nein! Aber es wäre besser, wenn er sich mit mir trifft, sonst kann er alles morgen in der *Post* lesen ...«

»Ist doch sinnlos, dem Präsidenten zu drohen, Ben.«

»Ich drohe nicht, das ist ein Versprechen. Das ist ein Unterschied. Ich habe hier genug Stoff, um alles andere von den Titelseiten zu blasen. Du weißt, daß die jeden Scheiß drucken, den man ihnen gibt, und diese Sache ist einfach zu heiß, um sie zu ignorieren. LaSalle hatte seine geheimen Quellen. So, und ich bin bereit, auf unserer Seite eine Quelle zu sein, und dann soll Gott entscheiden, wer recht hat, wenn sich der Rauch verzogen hat. Ich will ihn sehen. Ja oder nein?«

»Ich bin nicht sicher, Ben ...«

»Laß den Scheiß! Wenn er so langsam reagiert, soll er morgen die Zeitung lesen. Das kannst du ihm ausrichten.«

»Ich mache dir einen Vorschlag. Warum kommst du nicht in ungefähr einer Stunde in mein Büro. Müßte klappen. Wie wär's mit einer Tasse Pimm's? Wir haben genau das richtige Wetter dafür.« Er steckte Driskills Wutausbruch wohlwollend weg. Larkspur war dafür bekannt, daß er alles wegsteckte,

»Einverstanden, ich bin in einer Stunde bei dir«, sagte Driskill.

Larkspurs Büro in Georgetown, über dem Potomac, versetzte Driskill immer wieder in Erstaunen. Larkspur war so ein pausbäckiger Typ, daß man dunkle Täfelung und Bücherschränke mit in Leder gebundenen Wälzern, Orientteppiche, schwere Übergardinen und Ledermöbel erwartete. Aber man kam in einen minimalistisch ausgestatteten Raum. Alles in Weiß, in dem Möbel und Tische wie Inseln schwammen, indirekte Beleuchtung, durchsichtige Gardinen, Marmor- und Glastische, mehrere Stapel Zeitungen. Alles wirkte so, wie sich ein Filmregisseur das Vorzimmer zum Himmel vorstellte. Man hatte das Gefühl, eigentlich sollte man eine schneeweiße Toga tragen, eine Leier schwingen und ja nicht den heiligen Petrus verärgern.

Aber das übliche Staunen war nichts im Vergleich zu der Überraschung, die Driskill wie ein Blitzschlag traf, als er über den weißen Webteppich den drei Personen entgegenging.

Larkspur saß hinter seinem Schreibtisch, die langen

Beine gekreuzt, so daß die spiegelnden Spitzen der schwarzen Schuhe ins Zimmer ragten.

Elizabeth saß in einem weißen Sessel und trug ein blaßziegelrot-weißes Baumwollkleid, das an den Südwesten erinnerte.

Neben ihr saß eine junge Frau mit Jeans, ärmelloser Bluse und Sandalen. Sie hatte die Hände im Schoß gefaltet.

Rachel Patton.

»Willkommen, Benjamin!« sagte Larkspur und zeigte zur Karaffe, die auf dem Servierwagen aus Chrom und Glas stand. »Pimm's, wie versprochen … bestimmt kannst du jetzt einen Drink vertragen. Bitte, bediene dich.«

»Was ist das? Hat sich jemand eine nette Überraschung ausgedacht? Eine Party?« Er musterte alle mit finsteren Blicken, goß sich den Pimm's-Cocktail in einen Krug, in dem eine Gurkenscheibe und jede Menge Eiswürfel waren. »Ich bin so froh, daß ich eingeladen wurde.«

»Ben, *bitte* …«, sagte Elizabeth beschwichtigend.

»Miss Patton … Rachel … wie geht es ihnen? Sie haben uns so plötzlich verlassen …«

»Es tut mir so leid, Mr. Driskill. Wirklich …« Ihre Unterlippe bebte.

»Ach, wirklich? Mir auch. Wenn hier jemand anfängt zu weinen, dann sollte ich das sein.«

»Ich hatte solche Angst. Ich bin in Panik geraten, als ich ihn gesehen habe. Sind Sie enttäuscht, daß ich nicht tot bin?« Sie bemühte sich zu lächeln. Er wünschte, er könnte ihr ganz altmodisch den Kopf waschen.

»Larkie, was soll der Scheiß? Vor einer Stunde hast du mich gefragt, ob ich sie gefunden habe. Ich sage nein, und jetzt sitzt sie hier bei dir. Ich hasse diese Spielchen.« Er schüttelte den Kopf »Ach was, zum Teufel.« Er nahm einen großen Schluck. »Elizabeth, treibst du das alles nicht ein bißchen zu sehr auf die Spitze? Bin ich jetzt der Feind? Hatte ich mit der ganzen Rachel-Sache nichts zu tun? Verdiene ich keinen Anruf?«

»Ich bin gestern in die Wohnung gefahren«, antwortete Elizabeth. »Und da hat sie auf mich gewartet.«

»Ben, wir haben sie beruhigt«, sagte Larkie. »Wir haben ihr versichert, daß du nicht der Böse bist ...«

»Ach. Da bin ich aber kolossal erleichtert! Ja, ich fühle mich schon viel besser. Herrgott. Wir haben das schon in Vermont geklärt«, sagte Driskill wütend. »Jedenfalls habe ich das gedacht ...«

»Du hast keine Zeit, wütend zu sein«, sagte Elizabeth. »Es gibt viel zu tun.«

»Aber es ist genügend Zeit, um mich an der Kette durch ganz Georgetown zu zerren. Elizabeth, ich habe gedacht, deine Hauptsorge wäre, mich aus diesem Geschäft herauszuholen ...«

»Larkie scheint zu glauben, daß ich dafür zu spät dran bin.«

»Ach wirklich? Wer ist gestorben und hat Larkie das Kommando übertragen? Also, Larkie, ich weiß gar nicht, wie ich dir danken kann. Heute ist wohl mein Glückstag.«

»Ben«, sagte Larkspur, »willst du uns noch etwas von deinem Streit mit Hazlitt und Taylor erzählen?«

»Ja. Ich habe mich köstlich amüsiert. Es war das Beste, seit der ganze Scheiß angefangen hat.«

»Warum hast du dich mit ihnen angelegt, Ben?«

»Ursprünglich wollte ich ihnen eine Zeichnung zeigen, eine seltsame Linie, um herauszufinden, ob sie wüßten, was diese Linie bedeutete ...«

»Und was bedeutet sie?«

»Ich weiß es nicht.« Driskill nahm noch einen tiefen Schluck Pimm's, um sich zu beruhigen. »Hayes Tarlow hat sie am Tag, als er ermordet wurde, per Post an sich selbst geschickt. Und jetzt habe ich sie. Für Hayes war diese Zeichnung wichtig. Ich nehme an, er hat sie von Herb Varringer bekommen. Und dann wurden beide ermordet. Was bedeutet diese Scheißlinie? Das versuche ich herauszufinden. Ich behaupte, Bob Hazlitt weiß Bescheid. Vielleicht

geht es um Land, und es ist eine Grenzlinie, und Hazlitt dreht ein krummes Ding. Vielleicht ist es irgendwo ein Fluß, vielleicht eine Landstraße – ich habe keine Ahnung. Aber sie ist wichtig.«

»Probier dein Glück doch mal bei mir.« Larkspur streckte die Hand aus. »Ich weiß, daß ich auch keine Ahnung habe, aber einen Versuch ist es wert.«

»Na schön.« Ben holte das Blatt aus der Brieftasche und entfaltete es. Dann legte er es auf die leere Glasplatte vor Larkspur.

»Das sagt mir gar nichts«, sagte Larkspur. »Was *könnte* es bedeuten?« Driskill zuckte mit den Schultern. »Was hat Hazlitt gesagt?«

»Nichts. Ich habe es ihm nicht gezeigt. Er war zu beschäftigt, mich anzubrüllen.« Er blickte zu Rachel Patton.

»Nun, auf alle Fälle hast du einen außergewöhnlichen Abend verbracht«, sagte Larkspur. »Ich habe das unbestimmte Gefühl, daß Drew stolz auf dich wäre ...«

»Er wußte, wann es Zeit war, aktiv zu werden. Ob er das für den richtigen Zeitpunkt gehalten hätte, weiß ich nicht. ich bin weniger geduldig als Drew. Aber er hatte Zivilcourage und wußte, wann er bohren mußte.«

»Wir könnten jetzt seine Weisheit gebrauchen«, meinte Larkspur.

»Der Präsident, Larkie. Was ist los? Will er nicht mit Rachel so schnell wie möglich sprechen? Beim letztenmal hat er mir das brüllend verkündet.«

Larkspur saß da und kritzelte auf ein weißes Blatt.

»Mr. Driskill«, sagte Rachel leise. »Ich habe mich bei einer Studienfreundin in Pennsylvania versteckt. Ich hatte Angst, aber ich wußte, daß ich etwas tun mußte. Ich konnte mich nicht für immer verstecken. Ich bin zu Elizabeth gefahren. Ich kapiere nicht, wie der Mann mir folgen konnte. Es war nicht möglich. Gestern bin ich abends ... sehr spät hergekommen. Nachdem ich Middelbury verlassen hatte, ist mir noch etwas eingefallen, das ich Ihnen sagen muß. Hayes Tarlow meinte, das Geheimnis stecke tief in der militärischen Abwehr, aber ›sie haben keine Ahnung‹. Ich weiß nicht, was er gemeint hat. Er sagte, er und Drew ... *wollten es denen zeigen* ... ihnen die Augen öffnen ... irgendwie hat mir *das* angst gemacht. Aber eigentlich hatte ich dauernd Angst. Ich wußte nicht, was ich tun sollte, wie ich Ihnen bei der Suche helfen könnte ...«

»Vielleicht fällt Ihnen noch etwas ein«, sagte Larkspur beschwichtigend.

»Mr. Tarlow hat mich gefragt, ob ich wüßte, was bei der ISO – der Satelliten-Behörde – vor sich ginge. Ich wußte es nicht. Ich weiß es auch jetzt nicht. Aber vielleicht war da etwas.«

Driskill verdrehte die Augen.

»Ben«, sagte Larkspur. »Miss Patton hat mir die Geschichte vom Geheimkanal erzählt. Und natürlich habe ich auch Charlies Version gehört. Ich glaube, wir sollten ein Treffen arrangieren, damit sie mit ihm reden kann. Klingt das vernünftig?«

»Herrgott! Was habe ich denn die ganze Zeit gesagt? Selbstverständlich. Allerdings versichere ich dir, daß das alles für mich bis jetzt keinerlei Sinn ergibt. Deshalb möchte ich erst mit Charlie reden, ehe er Rachel hört. Du kannst bei ihrem Treffen ja Kindermädchen spielen. Aber ich will vorher zu ihm. Er wird es dir danken.« Der Sonnenschein hüpfte auf den Wellen des Potomac und spiegelte sich in den Fenstern und auf der gläsernen Schreibtischplatte. Driskill taten die Augen weh.

»Er ruft mich gleich an. Dann versuche ich, einen Termin für dich zu bekommen.« Larkspur blickte zu Rachel und Elizabeth. »Soll ich jetzt bei der Justiz Personenschutz anfordern?«

Elizabeth schaute zu Ben.

Er schüttelte den Kopf. »Kein FBI.«

»Ich bin jetzt nicht in Gefahr, Mr. Driskill. Der Mann, der

mich beschattet hat, kann unmöglich wissen, wo ich jetzt bin.«

»Mein Gott, Sie haben noch 'ne Menge zu lernen«, sagte Driskill. »Ruf mich unter dieser Nummer an«, sagte er zu Larkspur. »Das ist mein Handy. Ich möchte ihn so bald wie möglich sprechen, am besten heute abend.«

»Ich tue, was ich kann, Benjamin. Wunder kann ich nicht wirken.«

»Solltest du diesmal aber, Larkie.«

Tom Bohannon genoß seinen Drink in einem Café an der Promenade am Hafen in Washington, das am Spätnachmittag gut besetzt war. Eine Brise wehte ständig vom Wasser und ließ die Fransen an den Sonnenschirmen über den Tischen flattern. Hübsche Mädchen in sehr kurzen Röcken rutschten mit ihren niedlichen Hintern auf den Barhockern herum. Alle waren sonnengebräunt. Man hätte meinen können, in einem Schicki-Micki-Jachtclub zu sein, aber es war nur eine Bar, die sich nach Kräften bemühte, diesen Eindruck zu erwecken. Er trank einen Cubra libre – wenig Rum, viel Cola. Ja, hier war das süße Leben, das er aufgegeben hatte – oder das ihm nie vergönnt gewesen war. Schweißperlen standen auf seiner Stirn. Zur Zeit schwitzte er viel.

In Afrika hatte er auch viel geschwitzt, auch in Beirut. Es kam ihm vor, als hätte er immer viel schwitzen müssen, wo immer sie ihn hingeschickt hatten. Warum gab es nie ein Problem in Norwegen oder Finnland? Dort hätte er einen Schaffellmantel tragen können. Bei Hitze erinnerte er sich an zu viel, erinnerte sich, wie das Blut aus den zerquetschten Fingerkuppen lief, wo noch Sekunden zuvor seine Nägel gewesen waren ... erinnerte sich, wie sich der glühende Draht um seine Hoden zusammenzog und wie die Willenskraft das Blut aus seinem Gehirn gedrängt und so die Schmerzen und die Angst gemildert hatte. Er lächelte der hübschen Kellnerin zu. Aber nein, er wollte nicht noch einen Drink. Er legte eine Fünfdollarnote und zwei Einer unter die Untertasse, damit sie nicht weggeweht würden. Eigentlich hatte er in letzter Zeit verdammt gut verdient. Er nahm die beiden Einer zurück und legte noch einen Fünfer hin.

Dann kamen die drei aus dem Bürogebäude und blieben oben an der geschwungenen Treppe stehen, die auf die Plaza herabführte, wo er saß und sie beobachtete. Nach einem kurzem Gespräch folgten die Frauen dem Mann, Ben Driskill, nach unten und gingen in Bohannons Richtung. Er bedeutete ihnen nichts. Sie hatten ihn nie zuvor gesehen. Heute war er ein Geschäftsmann. Das lange dunkle Haar war nach hinten gekämmt und hing über den Kragen. Seine Augen waren dunkelbraun. Er trug einen bunten Schal von Nicole Miller mit Baseball-Bildern, ein gestreiftes Hemd, einen cremefarbenen Leinenanzug und Gucci-Schuhe. Mr. Arschloch. Werbefachmann oder Medienkäufer, ein arbeitsscheuer Schwachkopf, der etwas trank und die Mädels inspizierte, die halb so alt waren wie er. Seine Sonnenbrille, mit dicker schwarzer Fassung, hing an einer Kette, da er den dreien den Rücken zuwendete. Ach was! Sie hätten auch am Nebentisch sitzen können. Ihn störte das nicht im geringsten. Im Gegenteil.

Heute war ein richtiger Glückstag für ihn, weil das Mädchen bei Elizabeth Driskills Wohnung aufgetaucht war. Bei einer Ein-Mann-Beschattung gab es immer das Problem, daß es die reinste Hölle sein konnte, die Zielperson wiederzufinden, hatte man sie mal verloren. Man mußte den Ort im Auge behalten, von dem man glaubte, daß sie irgendwann dort wieder auftauchen könnte. Wenn man Geduld bewies, hatte man meistens Glück.

Sie saßen zwei Tische weit entfernt. Er nahm die Illustrierte *Ad Age* hoch und beobachtete sie über den Rand hinweg. Er war ausgebildet, genau zuzuhören.

Er hörte auch später, was sie redeten. Er hatte in Elizabeth' Auto eine Wanze angebracht.

»Fahr einfach weiter«, sagte Driskill. »Wie Touristen, die sich die Stadt ansehen. Nimm das Kennedy Center mit, wirf einen Blick aufs Smithsonian und gondele langsam weiter. Zieh den Abend in die Länge. Wir treffen uns dann bei Gepetto's auf eine Pizza. Vorher halte nicht an. Ich werde höchstens eine Stunde beim Präsidenten bleiben.«

»Wir müssen aber irgendwo mal anhalten«, widersprach Elizabeth.

»Spiele den Fliegenden Holländer, auf ewig verdammt ...«

»Schon kapiert.«

»Habe ich mich wirklich klar ausgedrückt?«

»Ben, sie hat gesagt, daß ihr niemand auf den Fersen sein kann.«

»Vielleicht nicht. Aber es wäre doch möglich, daß man die Wohnung observiert hat. Das weißt du nicht. Rachel ist sicher, daß er uns in Vermont gesehen hat. Wenn er sie dort verloren hat, heißt das nicht, daß er sie am anderen Ende nicht wiederfinden kann. Ich weiß verdammt wenig über diese Sachen, aber so viel schon. Also, geht ja nicht in die Nähe der Wohnung. Okay? Früher oder später braucht Rachel Personenschutz – aber vorher muß sie mit dem Präsidenten sprechen! Danach stellt sie keine Bedrohung mehr dar.«

Elizabeth fuhr den Wagen. »Möchte jemand einen Big Mac?«

»Ich könnte dafür morden«, antwortete Rachel Patton.

Während sie im McDonald-Restaurant saßen, läutete Driskills Handy.

»Larkie?«

»Es war nicht leicht, Benjamin. Aber es hat geklappt.« Er seufzte, als hätte er Menschenunmögliches vollbracht. »Es muß aber absolut unter uns bleiben, kapiert? Es darf nicht herauskommen, sonst sieht der Präsident wie ein Lügner, ein Pharisäer und ein Verschwörer aus, was zum gegenwärtigen Zeitpunkt äußerst ungünstig wäre.«

»Das macht nie einen guten Eindruck, Larkie.«

»Ihr trefft euch in der National Cathedral. Nimm um Mitternacht ein Taxi vom *Willard*, und laß dich bei der Kreuzung von Massachusetts Avenue und Cathedral Avenue Northwest absetzen. Geh zur Kathedrale. Die neuen Hochsicherheitstore werden offen sein. Geh bis direkt zur Kathedrale. An der einzigen Tür ist ein Licht – wo die ist, weiß ich nicht. Du mußt mir vertrauen. Geh hinein. Er wird drinnen auf dich warten.«

»Finde ich da die Überraschungsleiche?«

»Benjamin, mir fällt aus jüngster Vergangenheit nichts ein, das weniger geeignet wäre, darüber Witze zu reißen. Also verschone mich damit.«

»Ich mag es, wenn du so schwülstig daherredest. Nimm's leicht, Larkie. Denk an deinen Blutdruck.«

»Daran denke ich ja, danke. Ich könnte für eine Zigarette den Nächstbesten umbringen. Aber ich glaube ans Pflaster. Es wird mich befreien. Ich mache den Härtetest. Denk dran, daß du von dem Augenblick an, wo du durchs Sicherheitstor gehst, scharf bewacht wirst. Wandere nicht umher oder nimm die falsche Tür. Diese Männer sind ziemlich nervös. Der Präsident dürfte unter keinen Umständen dort sein. Ich hoffe, du weißt das zu schätzen, Benjamin.«

»Und ewig bleibt die Hoffnung.« Er wartete auf einen Tadel Larkspurs für diese unangebrachte flapsige Bemerkung, aber das andere Ende der Leitung blieb stumm. »Danke, Larkie. Ich weiß es wirklich zu schätzen, daß du dich so weit hinausgewagt hast.«

»Mmmm. Sei pünktlich, Benjamin.«

Um halb zwölf stieg Driskill vor dem *Willard* aus.

»Ben, beeile dich.« Elizabeth lächelte ihn an. Der Druck war weg. Irgendwie waren sie wieder auf derselben

Seite. Vielleicht, weil sie dazugehörte und nicht in einem Vakuum herumflog. Sie standen das gemeinsam durch.

»Okay. Es wird nicht lange dauern. Ich lasse mich hinterher absetzen; ein Mann vom Geheimdienst kann mich zu Gepetto's fahren. Ihr wartet einfach auf mich.«

»Klingt perfekt.«

Er küßte sie auf den Mund.

»Ich liebe dich«, flüsterte sie.

»Das sagst du zu allen Männern«, sagte Driskill. »Rachel, lassen Sie Elizabeth nicht aus den Augen. Bleibt zusammen.«

»Wie Sie wünschen, Mr. Driskill.«

Alles ging so, wie Larkspur es versprochen hatte. Die Nacht war schwül. Ab und zu kamen heftige Regenschauer. Die Scheinwerfer fingen den Regen auf der Wisconsin Avenue vor der Kathedrale ein. Die Reifen zischten auf der nassen Straße. Vor ihm ragte aus dem parkähnlichen Gelände hinter dem Hochsicherheitszaun, der die ständige Zahl der Vandalen entmutigen sollte, die Kathedrale auf. Der Glanz der Stadt fiel auf die neugotischen Sandsteintürme. Er gab dem Taxifahrer ein paar Scheine und stieg aus.

Als der Verkehr eine Lücke bot, ging er über die Straße. Das Zauntor stand offen. Es war keines der großen Tore, wie Larkspur gemeint hatte. Driskill würde es aber dem großen Mann nicht sagen, der zweifellos nur wiederholt hatte, was man ihm erklärt hatte. Jetzt beobachtete der Geheimdienst ihn durch die Nachtsichtgeräte. Driskill spürte die Blicke beinahe körperlich, als würden sich Finger in seine Rippen bohren, um ihn daran zu erinnern, daß er nicht allein war.

Das Licht über der Tür der Kathedrale war kein Problem – wie versprochen, gab es nur eins. Der Wind rauschte in den Bäumen. Die Zweige schüttelten das Wasser herab. Die Nacht roch nach frisch umgegrabener, fruchtbarer Erde. Er machte die Tür auf und trat ein.

Drinnen war es dämmrig, aber er konnte die Umgebung erkennen. Er lehnte sich an eine kalte Steinsäule. Nach ein paar Minuten sagte er mit unnatürlich lauter Stimme: »Herrgott noch mal, warum hast du mich mitten in der Nacht herbestellt? Sag was, Charlie. Sonst gehe ich, und das wird dir leid tun. Darauf kannst du dich verlassen. Ich riskiere mein Leben, auch wenn es im Gebüsch von Scharfschützen wimmelt.«

Eine Stimme ertönte aus dem Schatten – ganz in seiner Nähe.

»Eigentlich hatte ich vor, dich auf der Spur der Brotkrümel bis in die Krypta gehen zu lassen.«

»Mr. President, ich folge diesen Brotkrümeln seit einer Woche.«

»Das hat man mir gesagt. Komm, gehen wir ein paar Schritte.« Der Präsident ging los, Driskill im Gleichschritt neben ihm. »Ich liebe diesen Ort«, sagte der Präsident. »Wahrscheinlich kennst du die sechsundneunzig Engel nicht, die im Kreis um den Zentralturm stehen – im Gloria-in-Excelsis-Turm. Jeder Engel hat ein anderes Gesicht. Das gefällt mir. Dort drüben ist das Raumfahrtfenster, als Erinnerung an *Apollo* 11. Im Glas ist ein Stück Mondgestein eingelassen. Erzähle mir bloß nicht, daß du das gewußt hast – aber jeder sollte es wissen. Ich will nicht kitschig klingen, aber … ist unser Land nicht großartig?«

»Wir werden alle sechsundneunzig Engel brauchen.«

»Okay, fang an. Worum geht's? Warum sind wir hier?«

»Das ist die Frage: Warum muß ich mich mit dir um Mitternacht treffen? Was ist mit dir und dem Wahlkampf los? Diese LVCO-Sache – ich muß es wissen, weil ich dich nicht einfach auf den Müll werfen will …«

»Ben, ich weiß von diesen verfluchten Aktien wirklich

nichts. Das mußt du mir glauben. Selbst wenn ich in deinen Augen ein habgieriger, hinterhältiger Schurke wäre, kannst du mich unmöglich für so blöd halten, in der heutigen Zeit mit Arnaldo LaSalle und Ballard Niles so ein Ding zu drehen und zu glauben, daß niemand etwas erfahren würde. Herrgott, Ben, bleib auf dem Teppich. Du kennst mich doch. Ich habe sogar Angst, daß jemand den alten Howard Carruthers ausgraben könnte, den Hausmeister in der High School, der mich beim Wichsen in der Toilette erwischt hat, als ich vierzehn war.«

»In Ordnung. Du bist so unschuldig wie ein neugeborenes Kindlein. Aber LaSalle ist sich seiner Sache verdammt sicher. Oder er blufft. Fordern wir ihn doch auf, seine Karten auf den Tisch zu legen, seine Beweise. Stimmt es nicht, wird es ihm verflucht schwerfallen, Aktien und Fotokopien von Transaktionen zu zeigen – *falls* er dann noch die Sache weiterverfolgen will. Du sagst, du wärst sauber ... dann kann er doch nichts beweisen ...«

»Ach, zum Teufel, Kerle wie LaSalle können alles beweisen. Sie wedeln mit gefälschten Unterlagen – so wie der alte Joe McCarthy und diese Scheißkommunisten im Innenministerium. Schau, ich habe bereits in deiner Kanzlei Drews Unterlagen und den Blindfond durchsehen lassen. Der vorläufige Bericht lautet: Es gibt keine LVCO-Aktien.«

Ben schüttelte traurig den Kopf. »Charlie, Charlie ... du bist in diesem schmutzigen Geschäft lange genug, um zu wissen, daß es *immer* irgendein Papier gibt, auf dem steht, daß Drew dafür gesorgt hat, daß die Aktien verkauft oder in einen Blindfond deponiert wurden. Und ein Blindfond nützt uns im Augenblick wenig, da LVCO die ganze Zeit Regierungsaufträge kassiert hat und immer größer und fetter geworden ist ... und wer war das Staatsoberhaupt? Du, Charlie. Der Blindfond ist einen Scheißdreck wert. Du hättest trotzdem wissen können, daß LVCO sich die Verträge unter den Nagel gerissen hat. Glaube mir: Wenn die

Dokumente dich nicht stützen, kannst du dir denken, wo sie auftauchen werden …«

»In LaSalles Sendung«, sagte der Präsident niedergeschlagen. »Stimmt. Er klettert nicht so weit auf einen Ast, um dann auf den Arsch zu fallen.« Im Dämmerlicht der menschenleeren Kirche, wo es still und kühl wie im Grab war, wagte Driskill, kühner als sonst mit dem Präsidenten zu sprechen. In der Dunkelheit war Bonner vieler seiner üblichen Machtrequisiten beraubt und war nur ein Mensch, der tief in Schwierigkeiten steckte. »Charlie, in meiner langen Anwaltspraxis habe ich mit Familienstreitigkeiten über ein großes Erbe zu tun gehabt und wie Besitzer die eigenen Firmen ausrauben, mit den Gewerkschaften, die Pensionskassen für illegale Geschäfte zweckentfremdet haben. In dieser Zeit habe ich auch so einige Schiebungen gesehen. Gut, wir sind uns einig, daß du nichts gewußt hast. Jemand spielt hier mit einem hohen – unglaublich hohen – Einsatz. Und diese Leute sind sicher, daß sie dich total schuldig aussehen lassen können. LaSalle ist zu gerissen, um eine Geschichte zu bringen und danach zu hoffen, die Beweise dafür zu bekommen. Ihm ist scheißegal, wer Präsident ist. Du bist nur das arme Schwein, das gerade dieses Amt innehat – er ist hinter der Geschichte her. Jemand hat dich geleimt, Charlie. Wir müssen herausfinden, wer das ist.« Driskill holte tief Luft und sprach weiter.

»Noch was. Warum hat Nick Wardell mich aus Iowa angerufen? Du hast bereits gewußt, daß Hayes Tarlow tot war, als ich aus Big Ram ins Weiße Haus gekommen bin – du hast mir aber nichts gesagt. Nick muß dich angerufen haben – also: Warum hat er mich auch angerufen?«

»Er hat Clark Beckerman bei der DNC angerufen. Und Clark hat mich angerufen. Ich habe Clark gebeten, in meinem Namen zu bitten, dich anzurufen …«

»*Was?* Was redest du da? Du hast mich aus dem Verkehr gezogen, bei Hayes und allem anderen …«

»Ben, ich habe jemanden *gebraucht*! Jemanden, der für mich die Kartoffel aus dem Feuer holt. Kapierst du denn nicht: *Es gibt niemand, dem ich trauen kann ...* wirklich trauen. Ich hatte Angst, du würdest ablehnen, wenn ich dich darum bitten würde. ›Charlie, alter Kumpel, ich möchte bei deinen verdammt dreckigen politischen Intrigen nicht mitmachen.‹ Du hättest gesagt: ›Drew hat Hayes rausgeschickt, und der ist ermordet worden. Ich bin doch nicht verrückt und trete in seine Fußstapfen.‹ Das konnte ich dich nicht sagen lassen. Aber du bist so beschissen berechenbar. Ich habe dich aus dem Verkehr gezogen. Mir war klar, daß du dich so verdammt ärgern würdest, daß du die Sache selbst in die Hand nehmen wirst. Du warst dein ganzes Leben so ... Ich habe getan, was ich tun mußte.« Der Präsident stand mit den Händen in den Taschen da und lehnte sich gegen eine Säule. Er betrachtete Driskill mit – wie es diesem vorkam – besorgtem Lächeln. »Das ist die wahre Geschichte, Kumpel.«

»Herrgott. Du kannst mir direkt Angst einjagen ...«

»Ben, wer hat das Team bei Notre Dame eigentlich wirklich geführt? Der heiße Quarterback? Ich? Du hast immer so getan, als würdest du das glauben. Aber der wahre Führer, der Bursche, für den sie durch eine Ziegelmauer gerannt wären, warst du – weil sie wußten, daß du deine Zähne in den Feind senken und festhalten würdest. Und daß nur einer von euch weggehen würde. Entweder du gewinnst, oder du bist tot. Wir haben das gewußt. Wir haben gehört, wenn deine Bälle wie Gewehrschüsse geknallt haben. Wir haben gesehen, wie dein Gegner zu Boden ging und du wie ein wahnsinniger Urzeitmensch aus dem Schlamm gekrochen bist und ihn seinem Schöpfer überlassen hast. Diesen Ben Driskill habe ich gebraucht, jemanden, der nach der Wahrheit buddelt, jemanden, der die Wahrheit finden und meinen Arsch retten wird. Klar, Ben, nur die Wahrheit wird meinen Arsch retten, aber die Wahrheit scheint ständig wie durch Zauberei zu verschwinden, direkt vor unseren Augen. Und du tust das nicht für mich – ich bitte dich nicht, es für mich zu tun ...« Er blickte Ben ins Gesicht und legte die Hand auf Bens Ärmel. Schweiß glitzerte im schwachen Schein der Kerzen auf seinem Gesicht. »Ich bitte dich, es für den besten Mann zu tun, den wir beide je gekannt haben: Drew Summerhays. Und nicht nur für ihn. Ich bitte dich, es für unser Land zu tun. Das hätte Drew auch gewollt. Wir beide wissen das. Du mußt an meiner Seite bleiben. Das Team braucht dich, Sportskamerad. Für das größte Spiel aller Zeiten ...«

»Du Mistkerl. Du hast alle Karten ausgespielt, Charlie. Die Notre-Dame-Karte. Die Drew-Summerhays-Karte. Die Patriotismus-Karte ... Deine Hand ist leer.«

»Stimmt. Du hast mich da, wo du mich haben wolltest, Ben.«

»Was soll ich denn machen? Dir sagen, du sollst mich am Arsch lecken, weil du mir etwas verschwiegen hast?«

»Ich hoffe nicht. Ich möchte dich in meinem Team haben, Ben. Die Zeit für unseren letzten Einsatz auf der Ziellinie ist jetzt da ...«

»Schon gut, schon gut. Du reitest das Bild zu Tode. Ich bin im Team, ich bin im Team ... aber du mußt selbst auch verdammt schuften, diese Scheiße wegzuschaffen. In ein paar Tagen mußt du nach Chicago, und Bob Hazlitt wird dich mit Haut und Haar verspeisen.«

Der Präsident drehte sich um, ging ein Stück und blieb mit auf dem Rücken verschränkten Händen stehen und blickte zu den Engeln hinauf. »Ich muß ständig daran denken, daß dieser verdammte Geheimkanal direkt unter meiner Nase geflossen ist. Drew ... was hat er sich dabei gedacht? Tarlow. Wer war sonst noch beteiligt? Der Spiegelmann. Herrgott. Wenn jemand mich mit LVCO reinlegen will, Ben, dann, bei Gott, das sage ich wirklich nicht gern, dann muß ich erklären, daß Drew für mein Aktienpaket verantwortlich war. Drew hat bei diesem

Geheimkanal die Hände im Spiel gehabt ... Das ganze dicke FKAT-Geld! Tarlow hat für Drew gearbeitet, die Patton war nur Botenmädchen, und sie hat Angst, daß jemand sie umbringen will. Larkie erzählt mir, daß sie auf Elizabeth' Schwelle aufgetaucht ist. Und diese Kitschfigur, dieser Spiegelmann, ist er echt oder nur eine Erfindung? Ben, ständig denke ich das Undenkbare. Ich kann nichts dafür. Hat Drew mich reingelegt? Er hätte es tun *können*, er hätte gewußt wie. Er hatte Zugang ... er hätte es besser als irgend jemand anderer tun können, den ich kenne ...«

»Hör zu, Charlie. Sarrabian ist der Spiegelmann. Glaube mir.« Charlie sah ihn überrascht an. »Aber abgesehen von der Tatsache, daß deine Theorie absoluter Blödsinn ist – willst du mir etwa weismachen, Drew hätte dir schaden wollen? Daß er alles in Gang gesetzt hat und daß dann jemand – wer auch immer hinter der Sache steckt – Drew umgebracht und sich den Plan angeeignet hat? Ist das deine Theorie?«

»Aber das paßt doch alles zu dem, was wir wissen.«

»Aber da ist nirgends ein Motiv erkennbar. *Warum hätte Drew so etwas tun sollen?*«

»Ben, überlege mal. Vielleicht hat er mich für einen beschissenen Präsidenten gehalten. Vielleicht glaubte er, er müsse mich vernichten – als seinen letzten Akt als großer Staatsmann?«

»O mein Gott! Das ist doch paranoider Schwachsinn. Als nächstes erzählst du mir, daß er insgeheim einen Gehirntumor hatte und dieser ihn dazu brachte, seltsame Dinge zu tun ... Nein, nein. Drew war Drew. Wozu auch immer dieser Geheimkanal diente, auf keinen Fall wollte Drew dich damit in die Pfanne hauen. Wenn du das auch nur eine Sekunde lang denkst, bin ich nicht dein Mann.« Er wünschte, er wäre so sicher, wie er klang.

Der Präsident zuckte frustriert mit den breiten Schultern. »Ich sage nur, was zu den Tatsachen paßt. Ich sehe da

Drews Spuren. Die Sache ist kompliziert, sie ist genial, hervorragend geplant – na ja, vielleicht hat Drew in der Tiefe seines Herzens daran geglaubt. Entweder er hat daran geglaubt, oder er wurde erpreßt, mitzumachen. Das halte ich für möglich. Und dann haben sie ihn ermordet.« Er legte die Hand auf Ben Driskills Arm. »Du mußt die Wahrheit herausfinden, Sportskamerad.«

»Und was ist, wenn sie Ihnen nicht gefällt, Mr. President?«

Der Präsident lachte leise. »Aber du vergißt, Ben, die Wahrheit wird uns frei machen. So oder so. Stimmt's? Bist du dabei?«

»Wenn du es mich auf meine Art machen läßt. Blankovollmacht ...?«

»Alles, was du willst, Ben.«

»Dann bin ich dabei.«

Der Präsident blickte zu den dunklen Kirchenbänken. »Haben Sie das gehört, Larkie?«

Driskill drehte sich um. Larkspur kam aus dem Dunkel.

»Selbstverständlich, Mr. President. Ich habe Ihnen doch gesagt, Sie müßten nur an seine besseren Instinkte appellieren. Tatsache ist, daß Drew Summerhays tot ist. Aber dieser Bursche ist der Beste, den wir nach ihm finden können.«

»Ihr spielt verdammt rauh«, sagte Driskill. »Erst erschrickst du mich mit Rachel Patton, dann erschreckt *er* mich mit *dir* – ich habe Angst, was mich beim nächstenmal erwartet, wenn ich durch die Tür komme.«

»Du hast doch keine Angst, Ben«, sagte der Präsident. »Du doch nicht.« Er streckte die Arme aus, um das Blut schneller fließen zu lassen. »Und was ist mit Rachel Patton? Wann bekomme ich sie zu sehen?« Er blickte von Larkspur zu Driskill. »Wann?«

»Warum nicht gleich? Sie ißt mit Elizabeth in Georgetown bei Gepetto's Pizza. Wenn du mich von ein paar Geheimdienstlern hinfahren läßt, übergebe ich sie ihnen.«

»Perfekt. Sie schläft heute nacht im Weißen Haus! Das geht schon, Ben. Alles wird gut ausgehen ... und du wirst feststellen, daß ich kein Gauner bin.«

Larkspur lachte leise, als sie aus der Kathedrale gingen.

KAPITEL 18

Als sie durch die Straßen der Hauptstadt fuhr, hatte sie die Scheibenwischer wegen des Nieselregens auf Intervall gestellt. Er war hinter ihr und hörte aufgrund der Wanze alles. Sie hatte von Observierung keine Ahnung. Sie und die Zielperson waren unbeschwert, da sie sich in Sicherheit wähnten. Die Zielperson hatte ihren Beschatter nicht gesehen. Sie war sicher, er hätte aufgegeben, als sie untergetaucht war. Ihr Gespräch war erstaunlich bedeutungslos, blödes Geplapper. Die beiden waren alberne Gänse. Die Welt würde ohne sie ein besserer Ort sein. Jedenfalls ohne die eine. Sein Auftrag bezog sich nur auf diese. Das durfte er nicht vergessen. Die andere, Driskills Frau, beeindruckte ihn tatsächlich in mehrfacher Hinsicht. Deshalb war er jetzt über ihr hohles Geschwätz im Auto enttäuscht. Aber dann kam ihm die Erleuchtung: Sie bemühte sich, ihre Nerven unter Kontrolle zu halten. Sie machte sich Sorgen, ob die junge Frau das auch schaffte …

Er sah sie vom Lincoln Memorial kommen, das majestätisch und eindrucksvoll, aber verlassen im Regenschleier dastand. Er bewunderte Lincoln. Früher hatte er zehn verschiedene Miniatur-Lincolns besessen. Lang, lang ist's her …

Sie stiegen nicht aus. Er wartete hinter ihnen. Seine Gedanken wanderten.

Dann folgte er ihnen zum Jefferson Memorial, wo der einstige Präsident stumm dasaß und alles durch den Regenschleier beobachtete. Sie absolvierten die historische Stadtrundfahrt. Zeit totschlagen. Er behielt sie im Auge und wartete auf eine günstige Gelegenheit. Jetzt fuhren sie am Vietnam Memorial vorbei. Dieses Denkmal hatte für ihn eine ganz besondere Bedeutung. Sein Vater hatte dort gekämpft.

Er folgte ihnen weiter durch Georgetown. Am Kanal

entlang, dann die M-Street, wo zu dieser späten Stunde nicht mehr viel Verkehr herrschte. Es war kurz nach Mitternacht. Dann bogen sie bei einer Buchhandlung nach rechts ab, dann nochmals rechts. Jetzt waren sie im Gewirr der engen Straßen, die mehr oder weniger parallel zur M-Street verliefen. Es war dunkel. Es war still, und der Nieselregen legte sich auf die Windschutzscheibe. Die Pflastersteine waren rutschig …

»Ich parke nicht gern auf der M-Street«, sagte Elizabeth. »Manchmal kommen die Leute angetrunken aus den Bars. Vor ein paar Monaten wurde in diesen Wagen eingebrochen. Scheibe kaputt. CD-Spieler geklaut.«

»Ich finde es schrecklich, wenn so was passiert«, meinte Rachel Patton.

Hinter ihnen hatte ein Auto aufgeblendet und fuhr schwänzelnd die enge Straße hinab.

»Sehen Sie, was ich meine? Irgendein Besoffener will nach Hause fahren.«

Plötzlich wurde das Auto noch schneller und wollte überholen, obwohl die Straße dafür zu schmal war. Es brach aus und schoß wie verrückt hin und her. Dann hörte Elizabeth ein ekelhaftes metallisches Krachen und Knirschen, als der andere Wagen den Kühler in ihre Tür rammte und am Kotflügel entlangschrammte. Es klang wie eine Registrierkasse, auf der die Reparaturrechnung oder die Versicherungsprämie ausgerechnet wird – beides gleich unangenehm.

»Scheiße«, brüllte Elizabeth und beugte sich aus dem Fenster. »Sie Idiot!«

Sie bremste und fuhr langsam weiter. Der andere Fahrer sah, was er angerichtet hatte, riß das Steuer verwirrt in die falsche Richtung und schnitt sie. Elizabeth trat mit aller Kraft auf die Bremse. Sie rutschten über das regennasse Pflaster. Rachel Patton knallte gegen die Windschutzscheibe. Elizabeth wurde gegen das Lenkrad gedrückt. Sie hatte keine Airbags, um den Aufprall zu mildern.

Jetzt stand ihr Wagen, hatte aber den anderen seitlich erwischt. Rachel stöhnte und sank nach hinten. Ihr Kopf hatte die Scheibe in ein Spinnennetz mit einer Million Fäden verwandelt.

Elizabeth rang nach Luft. Ihr war übel.

Der betrunkene Idiot war ausgestiegen und schwankte zur Beifahrertür.

»O mein Gott, tut mir leid, Ladies ...« Er klang ziemlich betrunken. »Das Scheißgaspedal ist hängengeblieben ... verdammt ...« Sie erinnerte sich an den Kurs in Selbstverteidigung, den sie während ihrer Ausbildung im Orden absolviert hatte. Nonnen waren in Großstädten gefährdet. Sie hatte den einen oder anderen Trick gelernt.

»Sie haben mich geblendet ... Sie sind betrunken!« Dann fand sie keine Worte mehr. Sie beugte sich zu Rachel. »Ist alles in Ordnung?«

»Ja, ich schätze schon.« Rachel fuhr sich mit der Hand über die Stirn. »Mein Kopf tut weh.«

»Hören Sie«, sagte der Mann. Er stand knapp einen Meter vor Rachels Tür. »Lassen Sie mich das wiedergutmachen, okay? Ist doch nicht nötig, unsere Versicherungen zu bemühen ... Sie wissen schon.«

Elizabeth stieß mit einem kräftigen Ruck ihre Tür auf Sie stieg aus und funkelte den Kerl wütend über die Kühlerhaube an.

»Wir rufen die Polizei!« schrie sie. »Wir melden den Unfall! Sie sind betrunken und eine Gefahr für unsere Straßen.«

»Ich gebe Ihnen fünfhundert ... gleich hier ... in bar ... Sie können Ihren Wagen zu einem Freund von mir bringen. Er hat eine Karrosseriewerkstatt in Virginia ...« Er blickte zu Rachel Patton. »Sagen Sie, Miss, Sie sehen so blaß aus ... müssen Sie sich übergeben?« Er machte die Tür auf. Rachel taumelte heraus. Er stützte sie. »Mann, es tut mir so leid, meine Damen.« Dann schaute er Elizabeth an. »Ihrer Freundin wird gleich schlecht ...«

Rachel Patton entglitt seinem Griff, stieß ein gurgelndes Geräusch aus und sank auf die Knie. Gott sei Dank fing der Dreckskerl sie auf. Elizabeth hörte Rachel Patton stöhnen.

»Ganz ruhig, Miss«, sagte er und blickte wieder zu Elizabeth. »Ich glaube, sie sollte sich hinlegen.«

Elizabeth rang immer noch nach Luft. Sie ging hinten um ihren Wagen herum. Wieder hörte sie Rachel röcheln. Im Licht der Straßenlaterne sah sie, wie blutiger Schaum über ihre Lippen quoll und auf die Brust floß. Sie lag in einer Blutlache.

Da wußte sie Bescheid.

Der Mann über Rachel war einen Schritt zurückgetreten. »Sie sieht wirklich krank aus ... ich rufe neun-eins-eins ...«

Elizabeth stürzte sich auf ihn und rammte ihm die Faust in den Unterleib. Er taumelte zurück, aber sie rutschte auf der Blutlache aus und stürzte. Ihr Kopf schlug gegen einen hervorragenden Pflasterstein. Alles drehte sich. Sie hörte, wie der Mann den Wagen anließ und wie er fortfuhr. Dann wurde es schwarz um sie.

Ben konnte sie im Gepetto's nicht entdecken.

Die Männer vom Geheimdienst brauchten eine Stunde, sie mit Hilfe der Polizei zu finden. Driskill traf mit Herzklopfen und Magenkrämpfen kurz nach Bob McDermott im Saint Peter's Krankenhaus ein. Mac regelte alles. Teresa Rowan hatte Männer vom Geheimdienst geschickt, falls die Mächtigen nochmals angegriffen würden, die sich im Krankenhaus versammelt hatten, als der erste Lichtschein am östlichen Horizont dämmerte. McDermott sah Driskill im Wartezimmer vor der Notaufnahme. Er ging zu ihm und schlang instinktiv die Arme um ihn. »Geben Sie die Hoffnung nicht auf, Ben. Sie ist eine Kämpferin, und sie lebt. Wir haben eine Wanze in ihrem Auto entdeckt. Jemand hat sie abgehört. Ich weiß nicht, was ich sagen soll, Ben.«

»Und Rachel Patton?«

»Scheiße ... sie ist tot. Hatte keine Chance.«

»Ein Stich ins Herz, richtig?«

McDermott starrte ihn verblüfft an. »Wer hat Ihnen das gesagt?«

»Niemand. Ich habe es gewußt.«

»Ja, so ist es passiert. Wie bei Hayes Tarlow ...«

»Und bei Herb Varringer. *Seine* Methode.« Ben hatte das Gefühl, sich gleich übergeben zu müssen. »Ich muß mich setzen.«

Mac nahm neben ihm Platz. Im Krankenhaus wurde es lebendig. Nach den üblichen Notfällen während der Nacht ging man jetzt zur Alltagsroutine über. Überall läuteten die Klingeln. »Wo ist sie, Mac? Ich möchte sie sehen. Was sagen die Ärzte?«

»Sie ist noch im Operationssaal. Irgendein Blutgerinnsel im Kopf. Mein Gott, Ben, ich sage nur, was ich von einem Arzt gehört habe. Der Präsident ist auf dem Weg. Ben, jemand wird dafür bezahlen.«

Driskill lächelte müde. »Sie werden den Kerl nie finden. Niemand wird bezahlen, bis wir den Kerl nicht gefunden haben. Mac, dieses Schwein macht mir teuflisch angst ... Eine Wanze im Auto. Mein Gott, er wußte über jeden Schritt Bescheid, den sie tun wollten.« Tränen traten ihm in die Augen. Sie lebte noch. Daran mußte er sich klammern. Wenn sie starb, würde er durchdrehen. Haß und Rachedurst würden ihn verzehren, und das würde das Ende von Ben Driskill sein. »Haben die Zeitungen und das Fernsehen schon Wind bekommen?«

McDermott blickte auf die Uhr. »Die Nachrichten werden es um sechs bringen. Vielleicht auch mittags. Wahrscheinlich auch in den Spätausgaben der Zeitungen. Verdammt, alles ist über Polizeifunk gelaufen. Ben, sie ist eine bekannte Persönlichkeit. Das von Kriminalität heimgesuchte Washington hat diesmal ein prominentes Opfer. Es war unmöglich, die Sache geheimzuhalten.«

»Verstehe. Schon gut.« Er lehnte sich zurück und schloß die Augen. »Haben die Ärzte eine Prognose abgegeben?«

»Keiner wollte mir etwas Genaues sagen. Ich glaube, sie wissen es selbst nicht. Aber sie lebt, und das sind doch gute Nachrichten – finde ich.«

Der Präsident kam in Begleitung von Ellery Larkspur.

Bonner umarmte Driskill. »Hör zu, Ben. Sie ist bei dem Überfall nicht gestorben, also wird sie leben. Wenn Gott sie nicht hätte retten wollen, hätte er nicht die Polizisten rechtzeitig zu ihr geführt. Es wird alles gut. Das spüre ich.«

»Danke, Charlie. Ich bete, daß du recht hast.« Er biß sich auf die Unterlippe. Er war unfähig, im Augenblick mehr zu sagen. Überall schwirrten die Leute vom Geheimdienst umher. Draußen war ein Krankenwagen vorgefahren. Der Fahrer fluchte über die Staatskarossen. Er hatte einen Verletzten mit drei Kugeln im Hals. Die Karawane des Präsidenten brachte alles durcheinander. Schwestern und Assistenzärzte liefen wie aufgescheuchte Hühner herum.

Die Zeit verschwamm. Wenige Minuten später waren sie auf einem leeren Gang und sprachen mit einem Arzt, der bei der Operation dabeigewesen war.

»Mr. Driskill, ich kann Ihnen nichts Genaues über den Zustand Ihrer Frau sagen. Wir haben ein Loch in ihren Schädel gebohrt und das Blutgerinnsel abgesaugt … und dadurch den Druck auf ihr Gehirn gemindert. Ihr Hals ist ruhiggestellt. Sie erlitt mehrere Schläge gegen den Kopf – die Pflastersteine. Wir tun, was in unserer Macht steht. Sie hat sich mehrmals bewegt. Allerdings hat sie nicht das Bewußtsein wiedererlangt – doch das kommt nicht gänzlich unerwartet.« Er hob die Hände und die Brauen. »Das wäre alles. In ungefähr einer Stunde kommt sie aus dem Operationssaal und dann auf die Intensivstation.«

»Wird sie durchkommen?«

Der Arzt schüttelte den Kopf. »Schwer zu sagen. Meiner Meinung nach wird sie überleben. Aber in welchem Zustand, weiß niemand. Einen Schritt nach dem anderen. Ich wäre verrückt, wenn ich eine Voraussage machen würde. Aber ich glaube, sie wird es schaffen. Koma? Wahrscheinlich, aber man weiß nicht, für wie lange. Möglicherweise Tage … Ach, ich hatte einen Burschen, der über fünf Jahre im Koma lag, und dann eines schönen Tages aufgewacht ist und mehr oder weniger normal war – ihm haben nur fünf Jahre gefehlt. Man weiß es nie.«

»Wann kann ich sie sehen?«

»Sobald sie auf der Intensivstation ist. Sie wird nicht besonders hübsch aussehen, aber das geht weg. Ich kann Ihnen versichern, daß sie so schön wie früher sein wird.«

Driskill lächelte den Arzt an. »Für mich ist sie immer schön, solange sie lebt.«

»Verstehe. Ich wollte nur nicht, daß Sie wegen der Schwellungen und Verfärbungen erschrecken.« Er blickte auf die Uhr. »Lassen Sie uns noch ein oder zwei Stunden, okay?«

»Danke, Doc«, sagte Charlie Bonner. »Das war eine klare Information. Elizabeth liegt uns sehr am Herzen.«

»Mr. President, daran bin ich gewöhnt. Fast jeder liegt einem anderen am Herzen.«

Der Präsident sah ihm nach. Dann wendete er sich an Driskill. »Ben, ich muß mit dir reden. Ich habe gehört« – er deutete auf Larkspur –, »daß Rachel Patton auf die gleiche Art wie Hayes gestorben sei. Bist du derselben Meinung?«

»Ja. Mit Sicherheit war es kein Straßenräuber, der zufällig zugestochen hat. Dieser Mann ist ein Profi. Wieder wurde jemand ermordet, der etwas mit dem Geheimkanal zu tun hat.«

»Wenn es nicht dieser gottverdammte Geheimkanal ist«, schimpfte Bonner, »dann der gottverdammte Hazlitt. Allmählich denke ich, du hättest ihm im Krocketclub eins aufs Maul geben sollen – ach was, Scheiße! Ich lasse nur

Dampf ab. Larkie hat mir erzählt, daß du ihn angeklagt hast, Varringer und Tarlow ermordet zu haben. Hast du das wirklich getan, Ben? Das wollte ich dich schon gestern nacht fragen, habe es aber dann vergessen.«

»Jawohl, habe ich. Die Gelegenheit war zu günstig, um sie auszulassen. Ich wollte ihn aufrütteln und zu einem Fehler verleiten oder zu einem Geständnis, aber Taylor hat ständig beschwichtigt und wieder von Politik gesprochen, daß du Amerika zerstörtest und sie das Land retten müßten … die übliche Scheiße.«

»Mein Gott, ihnen muß leid tun, daß du je das Licht der Welt erblickt hast.«

»Ich hätte gern viel mehr Druck auf Hazlitt ausgeübt. Ich bin fest überzeugt, daß diese Morde irgendwie zusammenhängen, Charlie …«

»Aber Varringer hatte mit dem Geheimkanal nichts zu tun.«

»Ich weiß, ich weiß. Ich zerbreche mir ja den Kopf, okay?« Larkspur zupfte an seiner Fliege und verschränkte die Arme vor der Brust. »Ben, was hast du als nächstes vor?«

»Charlie hat mich gestern nacht aufgefordert, die Wahrheit ans Licht zu bringen. Du hast ihn gehört.«

»Ich bemühe mich, dich zu überzeugen, daß ich mit der ganzen Scheiße absolut nichts zu tun habe, Ben«, sagte der Präsident. »Ich brauche mich vor der Wahrheit nicht zu fürchten. Aber jetzt haben wir Rachel Patton tot und Elizabeth im Operationssaal.« Der Präsident blickte Driskill mehrere Sekunden forschend in die Augen. »Ben, du kannst von mir aus jederzeit aussteigen. Gestern hatte ich keine Ahnung, daß uns derartige Schicksalsschläge bevorstünden. Ich mache dir keine Vorwürfe – am liebsten würde ich selbst aussteigen.«

Driskill nickte. »Nicht jetzt«, sagte er und seufzte tief. »Jetzt möchte ich meine Frau sehen.«

Im Stationszimmer der Intensivstation waren sie bereits auf ihn vorbereitet.

»Selbstverständlich, Mr. Driskill«, sagte die Schwester und warf einen Blick auf die Uhr, die an einer Kette vorn an ihrer Schwesterntracht hing. »Wir haben Sie schon erwartet. Dr. Lucas hat die Erlaubnis erteilt, Sie zu Ihrer Frau zu bringen. Wir haben neben dem Bett einen Stuhl hingestellt. Es ist nicht allzu bequem dort. Tag und Nacht herrscht Unruhe.« Die schwarze Frau in mittleren Jahren lächelte, als wollte sie sich entschuldigen. Sie sprach mit einem leichten Jamaica-Akzent. »Aber Sie können so lange bleiben, wie Sie wollen.« Wieder lächelte sie.

»Wie geht es ihr?«

»Sie braucht viel Schlaf. Ihr Körper und ihr Verstand haben einen schrecklichen Schock erlitten. Ich sage immer: Wenn jemand im Koma liegt, wollen sich Körper und Verstand ausruhen. Haben sie genug geruht, wachen sie wieder auf.« Sie öffnete die Schwingtür zur Intensivstation. Die Atmosphäre hier war seltsam, wie eine andere Welt. Viele Betten und überall lebenserhaltende und diagnostische Apparate, Millionen von Dollar wert. Ein bläuliches Licht gestattete den Schwerkranken zu schlafen, während das Treiben um sie herum niemals aufhörte. »Dort drüben, Mr. Driskill. Da liegt sie.«

Elizabeth lag wie eine Statue im Bett. Nur das Heben und Senken der Brust verriet, daß sie lebte. Der Kopf war bandagiert, viele Leitungen führten zu den elektronischen Monitoren. Die Schwester ließ sie allein. Er beugte sich über das Bett und berührte mit den Fingerspitzen ihren Arm und küßte sie auf die Wange. Sie fühlte sich warm und weich an und roch sogar gut. Ihre Lider flatterten. Er glaubte, sie würden sich öffnen, aber das war eine Illusion. Nur ein Zucken. Er setzte sich, konnte die Augen aber nicht von ihr abwenden. Um die Augen waren Blutergüsse, aber sie sah besser aus, als er befürchtet hatte.

Ständig gingen Schwestern beinahe lautlos auf Gummisohlen umher, überprüften die Monitore und notierten die Ergebnisse. In der Intensivstation herrschte immer dieses unheimliche Licht. Pumpen ächzten, Maschinen tickten und sorgten dafür, daß niemand einfach wegstarb, wenn er noch nicht an der Reihe war.

Elizabeth.

Der weiße Verband war sauber und akkurat und zeichnete sich von dem jungfräulich weißen Kopfkissen kaum ab. Plötzlich sah er Bilder aus der Vergangenheit: Ein Foto von Elizabeth als junge Nonne, gerade in den Orden eingetreten, aufgenommen bei einer der seltenen Gelegenheiten, wo sie den schwarzen Habit getragen hatte. Ihr wunderschönes, unschuldiges Gesicht mit den großen Augen, so voller Hoffnung, eingerahmt von der gestärkten weißen Haube und dem schwarzen Schleier darüber ... jetzt sah er ihr Gesicht wieder in weißem Rahmen. Sie wirkte ungemein jung, als läge das ganze Leben noch vor ihr, während sie in dem Bett, inmitten der Apparate schlief, als warte sie auf ein Urteil, eine Entscheidung – würde sie weiterleben, oder würde Gott sie heimholen? Wieder küßte er sie auf die weiche Wange. Sie war still und atmete ruhig mit geschlossenen Augen. Ihre Hände waren schlaff. Er spürte die Tränen auf seinem Gesicht und ließ sie fließen. Wenn er nicht um Elizabeth weinen konnte, war es doch sinnlos, überhaupt zu leben, oder?

Er blieb lange neben ihrem Bett sitzen, sagte nichts, betrachtete sie nur und dachte darüber nach, was er tun mußte und wie er dabei vorgehen könnte ...

Als er aufwachte, lief der Fernseher. Eine Schwester hatte ihn offensichtlich für ihn eingeschaltet, als Ablenkung. An dem Morgen, als sich die Nachricht von Elizabeth Driskills Unfall verbreitete, geschahen in verschiedenen Teilen der Welt alle möglichen Dinge.

Der Chef der Polizeikaserne im Süden Mexikos war

durch eine Autobombe ermordet worden. Ein französisches Passagierflugzeug, das auf dem Mexico City International Airport hatte landen wollen, war mit 129 Menschen an Bord von einer SAM dicht über der Landebahn abgeschossen worden. Natürlich starben alle. Die Revolutionäre erklärten von ihrem Hauptquartier aus, daß diese neue Phase des Bürgerkriegs auch die letzte sein würde, da sie zum totalen Sieg führte.

Dann kam im Ausschnitt Sherman Taylors Rede vom gestrigen Abend in San Diego. Das Publikum tobte vor Begeisterung.

Sherman Taylor hatte immer seinen Platz im Pantheon ihrer Helden behauptet. Viele waren geschockt gewesen, als er Charles Bonner unterlag. So sehr geschockt und verbittert, daß mehrere gemäßigte Führer der Republikaner besorgt waren. Taylors glühende Verehrer vertraten keine bestimmte Ideologie. Sie beteten nur Taylors ewige Flamme an. Viele hatten unter ihm in Vietnam gekämpft und trauerten gemeinsam mit ihm wegen der – in ihren Augen schmählichen – Verweigerung der Regierung, sie diesen Krieg gewinnen zu lassen. Sie hatten mit ihm im Nahen Osten gekämpft und seinen Triumph geteilt. Sie betrachteten die Orden an seiner Brust eigentlich als *ihre*. Und sie haßten Charles Bonner bis ins Mark.

Als der ehemalige Präsident im Jack-Murphy-Stadion seine Ansprache hielt – die National League Padres hatten Auswärtsspiele –, war kein Platz mehr frei. San Diego und Orange County gehörten Taylor. Diesmal stellten sie ihm jedoch gewaltige Fragen: Warum hatte er Price Quarles im Stich gelassen, der seine Pflicht der Partei und der Nation gegenüber erfüllt hatte, um, Gott sei es geklagt, einen Demokraten zu unterstützen? Was sollten sie, die loyalen Anhänger Taylors, davon halten? Was ging vor?

Taylor ließ sie nicht lange warten.

»Immer wieder wurde ich gefragt, warum ich die Republikanische Partei verlassen habe und im Wahlkampf Bob

Hazlitt unterstütze. Warum habe ich der Partei den Rücken zugedreht, die ich repräsentiert habe, als ich im Weißen Haus amtierte? Nun, lassen Sie mich dazu ein paar Worte sagen.«

Er schilderte in knappen Worten, warum er Bob Hazlitt für den Mann hielt, der Amerika führen sollte. Hazlitt habe Erfahrung, und seine Werte seien harte Arbeit. Er habe eine klare Vision der Zukunft und sei seinem Land treu ergeben. Nach denselben Werten habe er, Sherman Taylor, ebenfalls zu leben versucht. Er erklärte der Menge, daß starre Ideologien der Vergangenheit angehörten.

»Wir müssen – *müssen* – über die alten Etiketten und die alten Denkweisen hinausgehen. Demokraten und Republikaner – diese Etiketten bedeuten nichts mehr. Das ist die Botschaft, die ich Ihnen bringe: Wir sind Amerikaner. Wir alle sind Amerikaner! Und wir müssen uns für den Mann entscheiden, der uns gemäß seiner Vision führt, was unser Land sein sollte. Charles Bonner glaubt an ein Amerika, das in den Reihen der Nationen einen anonymen Platz einnimmt, an ein Amerika, das sich den Entscheidungen anderer zu unterwerfen hat – Ausländern, denen nichts an dem liegt, wofür Amerika steht. Price Quarles wurde deshalb ausgewählt, mit mir im Wahlkampf anzutreten, weil er Anweisungen ausführt. Er ist ein kompetenter und anständiger Mann, der unsere Politik vertritt. Als Präsident würde er die Anweisungen und die Politik *anderer* ausführen, wer auch immer diese sein mögen. Wir alle müssen erkennen, *daß es der Mann ist, der wichtig ist.* Seine Integrität. Seine Vision Amerikas. Seine Leistungen. Und ich frage Sie? Was muß dieser Mann uns bieten? Was müssen seine Visionen sein?« Die Worte hingen wie schweres Parfüm über der Menge, während sie auf den Ruhmesschrei wartete. »Amerika triumphiert«, donnerte er. »Ein Amerika, das führt, das am Kopf des Tisches sitzt, ein Amerika, dem andere folgen – ein triumphierendes Amerika!«

Er hämmerte den Massen diese neue Botschaft ein. Dann forderte er sie auf, gemeinsam mit ihm Bob Hazlitt zu unterstützen. »Er ist … dieser … Mann! Und wir Amerikaner müssen die Fesseln eines veralteten Parteiensystems abstreifen und ihn unterstützen!«

Nachdem sich die Menge beruhigt hatte, fuhr er fort.

»Und jetzt möchte mich der Präsident aus dem Weg schaffen. Er will mich nach Mexiko schicken, als Leiter einer Friedensmission! Er möchte, daß ich mitspiele, wenn wir unsere Führungsrolle aufgeben, unsere souveräne Macht und unser Schicksal. Ja, vielleicht gehe ich sogar …« Erstauntes, bestürztes Raunen im Publikum. Ohne die Miene zu verziehen, stand er da. Dann hob er die Stimme: »… wenn wir eine Invasionsarmee hinschicken, um da unten für Ordnung zu sorgen!« Die Menge tobte vor Begeisterung. Sherman Taylor badete im lauten Beifall.

»Der Vorschlag Bonners ist der leicht durchschaubare, parteipolitische Versuch, mich davon abzuhalten, meinen Wunschkandidaten zu unterstützen. Um mich, Sherman Taylor, meiner konstitutionellen Rechte zu berauben, muß schon ein anderer als Charles Bonner kommen!« Er drückte auf die Knöpfe, und die Menge reagierte wie dressierte Ratten. Taylor fuhr fort: »Ich lasse mich nicht von diesem Präsidenten verscheißern, der vor nichts haltmacht, um die Wahl zu gewinnen und unsere Nation zu schwächen! Ich werde aus diesem Wahlkampf nicht aussteigen – nicht für Charlie Bonner – für keinen! Und ich werde kämpfen, bis Bob Hazlitt in Washington, D.C., seinen Amtseid leistet.«

Die Menge konnte sich kaum noch beherrschen.

Ben schaltete auf einen anderen Sender.

In Chicago liefen Arbeiter über Gerüste und saßen in den Hydraulikkränen beim Ernie Banks International Convention Center. Der grandiose achteckige Bau erhob sich auf der dreißig Hektar großen Landzunge, die man im Lake Michigan künstlich aufgeschüttet hatte. Bei einem

Arbeitsunfall war ein Elektriker hundert Meter in die Tiefe gestürzt, aber von einem Bündel mit Vinyl beschichteter Kabel abgeprallt, über dreißig Tonnen Torf geflogen und auf den eigenen Füßen gelandet. Als ihm bewußt wurde, daß er noch lebte und sich nur den Knöchel verstaucht hatte, wurde er ohnmächtig. Beim Interview im Krankenhaus erklärte er, er sei immer Demokrat gewesen und sein Überleben würde ihn darin bestärken. »Gott liebt uns Demokraten«, rief er, ließ sich aber nicht festlegen, ob er für Bonner oder für Hazlitt sei. Am nächsten Tag war er mit bandagiertem Knöchel wieder bei der Arbeit – und schrieb eifrig Autogramme.

Eine Haushaltsausstellung belegte die Hälfte des Ernie Banks Center, aber ansonsten wurde heftig daran gearbeitet, die Halle für knapp eine Woche in das Heim der Demokratischen Partei zu verwandeln. Dieser Juli sollte in Chicago – laut dem *Old Farmer's Almanach* – der heißeste seit fünfzig Jahren werden. Sechsunddreißig Meilen Elektrokabel wurden verlegt, eintausenddreihundert Heartland-Computer mit Pentium-Chips und mehr Gigabytes im Speicher als der Pentagon-Zentralrechner wurden installiert. Vierhundert Fernsehmonitore und der größte Innenbildschirm der Welt. Über die Hälfte der in der Welt bekannten Phonovision-Units wurden mit den Satelliten und Glasfaserkabel verbunden. Dreißigtausend Sitze wurden rot, weiß und blau gestrichen, nicht gerechnet die fünftausend im Parkett. Die Farbe für das Podium und die Wände hätte gereicht, die Golden Gate Bridge zweimal zu streichen. Vierzig Bühnenarchitekten arbeiteten an den verschiedenen Aspekten der Shows, die als Unterbrechung der Routineabläufe während der Woche gedacht waren. Die Bühne hinter dem Podium ruhte auf vier hydraulischen Aufzügen. Jemand behauptete, sie würde sechs gleichzeitige Aufführungen von *Cats* aushalten. Aber niemand schien daran interessiert zu sein, diese Hypothese auszuprobieren. Eine spezielle ›Umgebung‹

wurde für die sorgfältig geplanten Auftritte des Parteimaskottchens gebaut, selbstverständlich bei der Gala am Sonntag abend, wenn die Kuppel im Zentrum für das Brillantfeuerwerk auf dem Lake Michigan zurückgeschoben wurde. Irgendein Clown in einer Sternwarte in Kalifornien behauptete, das Feuerwerk könnte auch in der amerikanischen Raumstation, die den Mars umkreiste, gesehen werden. Die Organisatoren des Parteitags hatten angeblich sogar die Erlaubnis erhalten, eine begrenzte Menge des Feuerwerks innen abzubrennen. Es sollte beweisen, daß Knaller und Feuerschwänze und Kirschbomben und Grüne Engel und Goldene Geweihe und Rote Atomknaller für acht Millionen Dollar in der Tat ein sehr großes Feuerwerk ergeben würden.

Und der Parteitag sollte der Parteitag der Parteitage sein.

Das sagten alle.

Ben saß allein bei Elizabeth. Er hielt ihre Hand. Sie war warm und lebendig. Leider war es wohl nur ein Reflex, wenn sich ihre Finger um seine schlossen. Oder schickte sie ihm eine Botschaft der Hoffnung? Er sprach zu ihr während dieser langen Stunden, in denen er an ihrem Bett saß und sie betrachtete, wie sie schlief. Er sagte ihr einfach, was er fühlte, wie sehr er sie liebte und brauchte, wie sehr er sich auf die Jahre freute, die noch vor ihnen lagen, nachdem all das hier überstanden wäre. Er sagte ihr, daß er nie eine andere so geliebt habe, und erinnerte sie an ihre erste Begegnung in jener wilden Nacht in Princeton – nach dem Mord an seiner Schwester, Elizabeth' bester Freundin. Er wanderte durch ihr gemeinsames Leben, vorwärts und rückwärts. Manchmal lachte er laut, wenn ihm etwas Komisches einfiel. Einmal steckte eine Schwester den Kopf herein und lächelte. »Ihr beiden scheint euch ja gut zu amüsieren.«

»Ja, das sind wir: ›Die lachenden Driskills‹«, sagte Driskill.

»Sie hat viel Glück. So einen liebevollen Mann.«

»Ich kann Ihnen nur sagen, daß ich der eigentliche Glückspilz bin.«

Während er an ihrem Bett saß, rekapitulierte er die Ergebnisse seiner Nachforschungen: Die Menge der Informationen, die ihn quälten, gaben ihm das Gefühl, als versuche er sich einem wilden Tier zu nähern, das sich hinter dem Schleier der Lügen und Schutzbehauptungen verbarg. Dann erwischte Nick Wardell ihn endlich am Telefon.

»Sie sind wirklich schwer zu finden, Ben. Aber sagen Sie mir als erstes, wie es Ihrer Frau geht.«

»Ich sitze neben ihr, Nick. Sie schläft wie ein Baby. Eigentlich sieht sie ziemlich gesund aus.« Er biß die Zähne zusammen, um nicht von seinen Gefühlen übermannt zu werden. »Sie wacht nur nicht auf.«

»Der Schlaf heilt, Ben. Ich kenne hier einen Burschen, der – das müssen Sie sich mal vorstellen – zehn Jahre im Koma gelegen hat, nach einem Autounfall, bei dem sein bester Freund ums Leben kam. Zehn Jahre. Und, bei Gott, plötzlich ist er aufgewacht und ein paar Wochen später aus dem Krankenhaus spaziert. Das ist kein Märchen.« Alle hatten eine Geschichte, die ihm Mut machen sollte.

»Zehn Jahre ist eine lange Zeit«, sagte Driskill. »Ich hoffe, daß sie sich früher erholt.«

»Sie haben die Pointe nicht kapiert. Die Menschen wachen tatsächlich wieder auf. Darum geht's.«

»Ich danke Ihnen, Nick. Aber warum suchen Sie mich?« Die Delegierten strömten bereits nach Chicago. Die Prognose war so unsicher wie immer. Jeden Tag brachten die Sender die Ergebnisse der Meinungsumfragen bei den Delegierten im ganzen Land. Es gab Verschiebungen nach beiden Richtungen. Alle wußten, daß die Nominierung noch offen war.

»Ben, ich weiß nicht, wie ich das sagen soll. Vielleicht

sollte ich es einfach auf den Tisch legen. Sie erinnern sich doch an Lad Benbow?«

»Den Mann vergißt man nicht so leicht.«

»Also, er hat eine Hundertachtzig-Grad-Wendung gemacht und will nicht mehr querschießen. Ich weiß nicht, warum. Vielleicht wegen der Sache mit Elizabeth. Wie auch immer, er sagt, Varringers Kontaktperson würde jetzt auspacken.«

Driskill lief es kalt über den Rücken. Das könnte der Durchbruch sein. »Das ist prima, Nick. Sie ist der Schlüssel zu dem, was Varringer wirklich gedacht hat.«

»Na ja, ich weiß nicht. Meiner Meinung nach sitzen wir auf einer Kiste Dynamit, Ben, und wir zünden Streichhölzer an, um die Dunkelheit zu durchdringen. Und wenn es nun kein Dynamit ist? Was haben wir dann verloren? Ich weiß aber, daß Sie im Augenblick eine schwere Zeit durchmachen. Es ist Ihre Entscheidung, Ben.« Langes Schweigen.

»Ben?«

»Gut, Nick. Ich komme rechtzeitig zum Abendessen.«

KAPITEL 19

Wardell holte ihn wieder an dem kleinen Flughafenterminal ab. Sie fuhren über den Fluß nach Illinois, dann nach rechts hinunter zum Drover's Lake, der eigentlich ein Seitenarm des Mississippi war. Ein Kanal, auf dem Hausboote schwammen, war die Verbindung zum Fluß. Der Sommer verstärkte die vielen Düfte des Sees und der Erde. Musik drang von einem Boot herüber, auf dem ein Spielcasino war.

»Sie können wirklich froh sein, daß die Fischfliegen erst später im Sommer kommen. Jetzt gibt's Moskitos, und die Fische machen komische Geräusche, wenn sie Luft schnappen. Ein paar Kleintiere wandern im Dunkeln umher, aber wir haben keine Fischfliegen. Sie sind wirklich ein Glückspilz. Ich versuche nur, Sie aufzuheitern, Ben.«

Wardell parkte das Allradfahrzeug mit den Ledersitzen und der superprotzigen Stereoanlage nahe dem alten hölzernen Dock, wo Lad Benbows Hausboot lag. Es gab mehrere Docks, die meisten waren neuer und sahen stabiler aus als dieses. In der Dunkelheit hörte man die Hausboote ächzen und das Klatschen der Wellen gegen die Bordwände und die Docks.

»Ziemlich abgelegen«, sagte Wardell. »Lad ist verdammt nervös und will die Identität seiner Mandantin möglichst geheimhalten. Lad geht ein größeres Risiko ein, als er müßte. Komisch, Ben, die ganze Sache macht mich auch nervös. Ich habe nicht viel übrig für Hausboote, Wasser, Schlangen und dergleichen.«

Es war ein altes rechteckiges Boot ohne abgerundete Kanten oder Fiberglas. Nichts wies darauf hin, daß es schneller war, als ein Mensch zu Fuß vorankam. Das Holz war gut erhalten. Es gab mehrere Fenster – oder nannte man sie Bullaugen? Driskill war kein Seemann. Es sah so aus, wie es hieß: Ein kleines Haus auf einem größeren Rechteck aus Holz, das ein Boot war. Na schön. Er kletterte an Bord.

Lad Benbow kam heraus und begrüßte sie. Er hielt ein Glas in der Hand, in dem Eis klirrte.

»Driskill, schön, daß Sie so schnell kommen konnten. Sie verlieren keine Zeit. Es tut mir leid, was Ihrer Frau passiert ist.«

Driskill nickte. »Ja, das war Pech«, sagte er leise. »Ich fürchte, uns läuft die Zeit davon ...«

»In der Tat. Chicago ist beinahe zweihundert Meilen weit entfernt, aber man hat den Eindruck, man könnte hören, wie der Zirkus bald anfängt. Treten Sie ein, und nehmen Sie sich einen großen Gin Tonic.«

»Ist sie schon da?« fragte Driskill.

»Alles zu seiner Zeit. Immer mit der Ruhe. Ich hätte Sie nicht hierher gebeten, wenn es sinnlos wäre. Herrgott, es ist zu heiß, um hier draußen zu stehen.«

Fünf Minuten später saßen sie in bequemen Rattansesseln im Wohnraum, von dem Türen in ein Schlafzimmer und ein Büro führten. Lampen verbreiteten ein gelbliches Licht. Leise Musik kam aus der Stereoanlage. Drinnen war es etwas kühler als draußen. Die Luftfeuchtigkeit war auch geringer. Trotzdem herrschte immer noch eine Affenhitze.

Nick Wardell trug grünweiße Adidas-Tumschuhe aus Leder, dazu schwarzgrün karierte Golfhosen – irgendeine berühmte Marke natürlich. Die beiden unterschiedlichen Grüns taten den Augen weh. Unter den Ärmeln des Polohemds wölbten sich die dicken Arme mit den roten Haaren. Durch das kurzgeschnittene Haar schimmerte rosig die Kopfhaut. Er nippte an einem sehr großen Gin Tonic. Die Limonenscheibe schwamm zwischen den Eiswürfeln wie ein lüsterner Frosch.

Lad Benbow saß in einem weißen Rattansessel und hatte die Beine auf den Couchtisch gelegt. Er trug graue

Hosen und ein weißes, offenes Leinenhemd. Die Krawatte des *Royal St. Andrews Old Course Club* hing über der Lehne und wehte ab und zu im Luftzug der Klimaanlage. Auch er hielt ein großes Glas Gin Tonic mit Limone in der Hand.

Auf Wardells Drängen hin informierte Driskill die beiden über den aktuellen Stand der Ereignisse um den Präsidenten und den Wahlkampf. Er teilte ihnen seine Mutmaßungen über die Morde an Summerhays und Tarlow mit und wieviel er über die Gründe wußte, warum Tarlow Herb Varringer aufgesucht hatte. Er erzählte ihnen von Rachel Patton und daß der Präsident wegen der LVCO-Aktiengeschichte ehrlich verwirrt war.

Wardell hatte ihm gesagt, daß Benbow bezüglich der Informationen ein *quid pro quo* wünschte und nicht gleich die Karten auf den Tisch legen würde. Er verfügte über wichtige Informationen, die Driskill sich verdienen mußte. Driskill mußte das Zirkuszelt an einer Ecke lüpfen und ihm einen Blick auf die große Show ermöglichen.

Als Driskill mit seinem Bericht den gegenwärtigen Augenblick erreicht hatte, dankte ihm Lad Benbow für diese aufschlußreiche Führung. »Es gibt keinen Zuschauersport, der so brutal ist wie Politik. Darüber sind wir uns doch einig, oder? Der Präsident und seine Frau tun mir von Herzen leid. Aber andererseits hat ihn niemand gezwungen, diesen Job anzunehmen. Ich kapiere überhaupt nicht, warum jemand ihn haben will – vor allem jetzt in dieser Atmosphäre schlimmster Korruption und Unehrlichkeit und moralischen Verfalls. Aber einer will immer, stimmt's? Doch jetzt zum Thema: Ich habe mehrmals mit der Herb Varringer nahestehenden Person gesprochen, die mit gewissen Informationen zu mir kam, welche für die Obrigkeit hier in Saints Rest durchaus von Interesse sein könnten. Ob unsere Polizeibehörden gegen gewisse einflußreiche Kräfte in unserem Staat – und damit gegen den Kader von Firmenanwälten – etwas unternehmen werden, halte ich für höchst unwahrscheinlich. Ich kann es der Polizei nicht übelnehmen. Sie würde verlieren. Tatsächlich sind wohl der Präsident und seine Leute die einzigen, die das benutzen können, was Sie heute abend hören werden.«

Nick Wardell stand auf »So, Gentlemen, und an diesem Punkt verabschiede ich mich. Ich will nichts über Herbs Privatleben wissen. Das geht mich nichts an. Ben, wenn Sie fertig sind, kommen Sie doch zum Casinoboot. Ich bin an der Bar. Ich habe in einer phantastischen kleinen Pension Zimmer für uns bestellt. Aber allein werden Sie sie nie finden.« Sie hörten, wie er seitlich am Boot entlangging. Dann schwankte es leise, als er von Bord geklettert war.

»Sind Sie bereit?« fragte Benbow.

»Lassen Sie Ihren Überraschungsgast eintreten«, sagte Driskill. Plötzlich mußte er an Elizabeth denken. Schnell schob er ihr Bild beiseite.

Benbow griff zum Telefon und wählte eine Nummer. »Sie können jetzt hereinkommen. Nur Driskill und ich sind hier.«

Die Person, die Herb Varringer so nahegestanden hatte, sah in der Tat beeindruckend aus. Ein Meter achtzig, kurzes natürliches Blondhaar, große hellblaue Augen, Polohemd, lange Hosen, eine goldene Armbanduhr, ein goldener Ring, ein goldener Ohrring.

»Mr. Driskill? Wie geht es Ihnen? Ich bin Chris Morrison.«

»Jetzt verstehen Sie, warum Herb die Identität seines Geliebten – ja, sogar meine *Existenz* – unter allen Umständen vor der Öffentlichkeit verborgen hielt.« Morrison war ein schlaksiger Mann, Mitte Dreißig, mit ansprechendem, klugem Gesicht. Er war Professor für Englisch an einem kleinen College in Wisconsin.

»Ich bin alles andere als eine Schönheitskönigin, und Herb war der altmodische Typ des verkappten Homosexuellen, der alles absolut geheimhält. Er wußte, daß die Menschen heutzutage sexuelle Orientierung viel lockerer sehen. Aber in der Geschäftswelt ist es auch jetzt noch anders. Er war hauptsächlich wegen der Leute seiner Generation besorgt, wegen der Männer, mit denen er sein ganzes Leben lang Geschäfte gemacht hatte. Er hätte sich furchtbar erniedrigt gefühlt, wenn sie hinter seinem Rücken blöde Witze gerissen hätten. Ich war ihm nicht böse – unsere Beziehung war hauptsächlich freundschaftlich. Nicht ganz, aber hauptsächlich. Wir haben uns an Orten getroffen, die weit weg waren. In Banff oder St. Bart's oder in Europa. Wenn wir hier in der Öffentlichkeit auftraten, war Herb selbst die perfekte Tarnung. Kein Mensch bei klarem Verstand hätte Herb auch nur im entferntesten mit der Schwulenszene in Verbindung gebracht. Wir haben es also geheimgehalten, aber er hat mir gesagt, ich sei der einzige Mensch, dem er sich anvertrauen könnte, und in den letzten Monaten war die Last zu viel für ihn geworden. Er konnte sie nicht mehr allein tragen. Ich meine nicht unsere Beziehung. Nein, die ganze Bob-Hazlitt-Scheiße, die ihn seit Jahren belastete. Bei einem langen Wochenende in Evansville schüttete er mir sein Herz aus. Warum Evansville? Weil ich Don Mattingly für den besten Baseballspieler halte, den ich je gesehen habe. Wir wollten immer schon hinfahren und in seinem Restaurant essen. Natürlich wohnten wir in verschiedenen Zimmern, zwei Geschäftsleute bei einem Geschäftsessen mit Baseball als Hintergrund. Und damals hat er mir anvertraut, was ihn innerlich auffraß ...«

Driskill nickte. »Ich teile Ihre Meinung über den großen Don Mattingly. Reden Sie weiter.«

Über eine Stunde lang erklärte Morrison – mit allen grausigen Details – Herb Varringers Besorgnis wegen der zunehmenden Macht der Geheimsatelliten Heartlands und die effektive Kontrolle des Konzerns über den Fluß geheimster Nachrichten, die Heartland jederzeit abrufen konnte. So war Heartland imstande, die Geheimdienste zu kontrollieren, und hatte damit eine gewichtige Stimme beim Festlegen der Außenpolitik.

Er beschrieb, wie unvorstellbar reich der Konzern war. Er sprach von der alten Freundschaft zwischen Herb Varringer und Bob Hazlitt und wie Herb die Position im Aufsichtsrat bei Heartland angetreten hatte, als Heartland größer wurde, als sich jemand, der nicht zum engsten Kreis gehörte, vorzustellen vermochte. Er sprach darüber, wie Herb herausgefunden hatte, daß die Heartland-Satelliten den Punkt erreicht hatten, daß sie jegliche Telefonverbindung auf dem Antlitz des Planeten erfassen konnten, daß jetzt jede Telefonleitung und jeder Computer mit Modem von Heartland-Satelliten aus dreiundzwanzigtausend Meilen Entfernung aus dem Weltall abgehört werden konnte.

Er erklärte, wie Herb angefangen hatte zu glauben, daß Bob Hazlitt überzeugt war, er sei Amerika. Und wie Herb seine Bedenken Bob Hazlitt gegenüber geäußert hatte … und wie ihm dann klargeworden war, daß er zu weit gegangen war und er vielleicht sein eigenes Todesurteil unterschrieben hatte, als er Bob Hazlitt die alten Zeiten in Erinnerung gerufen hatte, da sie Freunde waren und offen und ehrlich miteinander umgingen. Morrison beschrieb, wie Herb Varringer zu der Erkenntnis gelangt war, daß sein Leben und sein Geschick unausweichlich mit einer Macht verknüpft waren, deren Größe allein bereits ihre Fähigkeit für das Böse definierte.

Als Chris Morrison mit seinem Bericht fertig war, wäre Driskill am liebsten aufgesprungen und hätte Beifall geklatscht. Morrison hatte sie mit seiner nüchternen und präzisen Schilderung in seinen Bann geschlagen.

Lad Benbow betrachtete intensiv seine glänzenden schwarzen Schuhe und die roten Socken. Dann schaute er

Driskill an. Seine ersten Worte überraschten Ben. »Ich bin halb tot vor Hunger. Lassen wir doch was vom Chinesen kommen.«

Während sie auf das Essen warteten, erzählte Driskill, wie Teresa Rowan kristallklar den entscheidenden wunden Punkt aufgezeigt hatte: Würden die Etats der Geheimdienste öffentlich bekanntgemacht, würde das zum größten Skandal in der Geschichte der Republik führen. Mit den zusätzlichen Informationen Morrisons war die Situation noch heikler geworden. Wenn die Öffentlichkeit erfuhr, daß Heartland Zugang zu allen Geheiminformationen der Satelliten hatte, die nur für die Regierung bestimmt waren, und Heartland durch die Filterung der Informationen eine eigene Außenpolitik führen und die Geheimdienste unter Druck setzen konnte, war es unmöglich vorauszusagen, wie dramatisch die Öffentlichkeit reagieren würde. Dieser politische Sprengsatz war ebenso gefährlich wie die Neutronenbombe. Die Untersuchungen würden sich über Jahre hinweg erstrecken.

»Also ist Heartland die Büchse der Pandora«, sagte Lad Benbow. »Sozusagen des Pudels Kern. Und das hier in Iowa.« Letzteres schien er etwas komisch zu finden.

»Die Generalstaatsanwältin hat recht«, sagte Driskill. »Sie können nicht zulassen – Heartland kann nicht zulassen –, daß diese Etats öffentlich gemacht werden. Und sie können unter keinen Umständen zulassen, daß Herb Varringers Beschuldigungen in die Öffentlichkeit gelangen.«

»Was wollen Sie damit sagen?« Benbow spielte mit einem Pfeifenreiniger.

»Sie müssen den Präsidenten umbringen, wenn sie ihn nicht besiegen können. Vielleicht müssen sie ihn ohnehin beseitigen, um sicherzugehen, und um jeden zu warnen, der so tollkühn ist, die Pläne auszuführen, die im Januar vorgetragen wurden.« Driskill spürte, wie das Hausboot leicht schwankte. »Es sei denn, jemand kann bei Heartland den Kopf, den Verstand, die Macht beseitigen …«

»Unser Problem ist«, sagte Benbow, »daß wir hier die ganze Nacht lang theoretisieren können und daß wir verdammt sicher sind, daß wir jetzt durchblicken, aber was nützt's? Wir wissen, warum Bob Hazlitt Präsident werden will. Er will ein für allemal seine und Heartlands Position festigen. Das Weiße Haus und Heartland in Personalunion. Vielleicht ist es nur Größenwahn – aber nachdem Bonner diese Rede zur Lage der Nation gehalten hatte, war es nicht mehr Größenwahn, sondern lebensnotwendig, den Präsidenten zu stoppen. Wir können theoretisieren, daß der Mörder, der frei herumläuft, irgendwie mit der Tatsache zu tun hat, daß Heartland unbedingt seine Macht geheimhalten will, daß er Menschen ermordet hat, die bei Heartland geschnüffelt haben – wie Tarlow und Herb Varringer. Wahrscheinlich ist ihm klargeworden, daß Tarlow zu viel wußte und daß er sein Wissen Summerhays mitteilen würde. Wir können davon ausgehen, daß Tarlow das berichten wollte, was Chris uns heute abend erzählt hat.«

»Innerhalb des Democratic National Committee und bei den Geheimdiensten ist verdammt viel Geld geflossen«, sagte Driskill. »Deshalb mußte der Skandal um Charlie kommen. Das DNC hatte große Summen investiert. Geld ging an LVCO – das weiß ich ganz sicher –, und da haben sie gedacht, sie könnten das gegen Charlie verwenden. Ich bin bereit, jeden Betrag zu wetten, daß von diesen Geldern viel von und zu Heartland gekommen ist, Schwarzgeld, das nirgendwo verbucht ist.«

»Ich frage mich«, sagte Benbow, »ob Tarlow gewußt hat, was dieser Geheimkanal im Weißen Haus, von dem Sie gesprochen haben, wirklich tat? Werden wir je herausfinden, wozu er gedient hat? Alle daran Beteiligten sind tot, abgesehen von ihrem Mr. Sarrabian und dem Mann, von dem wir nichts wissen, der angeblich im Weißen Haus sitzt – was, ehrlich gesagt, für mich so klingt, als könnten

Schweine fliegen, Ben.« Es klingelte an der Tür. Das chinesische Essen kam.

Chris Morrison war erschöpft, nachdem er seine Geschichte erzählt hatte. Er plauderte beim Essen nur allgemein über die politische Situation. Schließlich stand er auf. »Hören Sie, Gentlemen, es macht mich ein bißchen nervös, hier zu sitzen, während Sie sich über Interna in Washington unterhalten. Okay? Ich wollte helfen, aber jetzt glaube ich, sollte ich gehen. Falls Sie mich brauchen, Lad, wissen Sie ja, wo Sie mich finden können. Mr. Driskill, es war mir ein Vergnügen, Sie kennengelernt zu haben. Ich bin kein politischer Mensch, sondern sitze lieber in meinem Elfenbeinturm, wie man so sagt.« Er lächelte verlegen.

»Nur noch eins, Chris«, sagte Driskill. »Würden Sie bitte einen Blick darauf werfen. Vielleicht kommt es Ihnen bekannt vor.« Er holte das Blatt aus der Brieftasche und legte es auf den Couchtisch. »Hier, sagt Ihnen das etwas?«

Morrison kniete sich hin und betrachtete die Schlangenlinie auf dem Blatt. Dann schaute er kopfschüttelnd auf. »Keine Ahnung. Ist das ein Test?«

Driskill lächelte. »In gewisser Weise ja, glaube ich. Aber bis jetzt hat kein Schwein eine Lösung dafür gefunden.«

Lad Benbow nahm einen Schluck. »Danke, Chris. Ich melde mich bald bei Ihnen – schon wegen des Testaments.«

Sie tranken aus. Driskill hörte, wie Morrison mit seiner Corvette einen Kavaliersstart hinlegte, daß der Kies spritzte.

Als er mit Benbow das Hausboot verließ, regnete es wieder. Benbow fuhr zum Casinoboot und holte Wardell heraus. Er schlug vor, daß sich alle bei ihm zu Hause noch einen Schlummertrunk gönnen sollten.

»Sie sprechen meine Sprache, Lad«, sagte Wardell. »Hätten Sie Lust, Ben?«

»Ich bin dafür, Nick.«

Die Fahrt ging vom Zentrum Saints Rests in steilen Serpentinen über die Kalksteinklippen nach oben. Nach insgesamt fünfzehn Minuten hielten sie auf der kreisförmigen Auffahrt vor einer Villa aus dem neunzehnten Jahrhundert. Sie wirkte wie ein Traum, der über Nacht Wirklichkeit geworden war. Jagdgrün und cremeweiß, an den Dachrinnen und der Veranda viel Schnitzwerk. Driskill stand im Regen vor der Veranda mit einer wunderschönen Schaukel und blickte auf die Stadt hinunter. Da war die goldene Kuppel des Gerichtsgebäudes, die etwas verschwommene Silhouette des hohen Brückenbogens, über den sie gerade gekommen waren, der Zug fuhr auf der gegenüberliegenden Seite, in Illinois, dicht am Steilufer entlang. Sein Licht bohrte sich vorn in die dunkle regnerische Nacht. Ampeln leuchteten auf und verloschen: Grün, rot und gelb.

»Willkommen in meinem Haus und meinem Büro. Treten Sie ein.«

Die drei Männer gingen hinein. Benbow führte sie in einen großen achteckigen Raum, links von der Eingangshalle. Die Fenster gingen zur Veranda. Das Mobiliar war, milde ausgedrückt, extraordinär. Die einzige Lichtquelle war ein großer Fernseher. Es lief das Spiel Yankees gegen White Sox aus Chicago – ohne Ton. Benbow trat auf einen Fußschalter. Mildes Licht breitete sich bis in die Ecken aus. »Ich nehme lieber ein Cola. Wollen Sie etwas Alkoholisches?«

Beide schüttelten den Kopf, aber Wardell sagte: »Ich hätte gern ein Wild Boar, das Sie im Kühlschrank haben. Das ist doch kein harter Drink, oder? Wo ich herkomme, ist Lager passé.«

»Fünf Meilen weit weg«, meinte Benbow spöttisch. Er ging die Drinks holen.

»Lad ist kein übler Bursche. Diesmal bekommen Sie ein besseres Bild von ihm als beim letztenmal.«

Benbow kam mit zwei Bier und einem Cola zurück.

»Lad, Sie haben mich da ganz schön verscheißert. Sie haben mich immer in dem Glauben gelassen, es wäre eine ›Sie‹.«

»Stimmt, aber Sie hätten das auch im Interesse Ihres Mandanten getan. Ich will nicht, daß der Bursche ermordet wird, weil er zuviel weiß – er ist ein unschuldiger Zuschauer. Er hat nichts anderes getan, als Herb Varringer in den letzten Lebensjahren ein bißchen glücklich zu machen, und das ist kein Verbrechen, für das man gehängt werden sollte. Finden Sie nicht auch?«

»Stimmt ... aber ich bin beinahe in Ohnmacht gefallen.«

»Na ja, ich muß zugeben, daß ich meine kleine Überraschung genossen habe.«

»Ich wünschte, das Ganze wäre deutlicher, klarer definiert.« Benbow trank einen Schluck Cola. »Ich hatte mal einen ähnlichen Fall. Man kennt die ungefähre Gestalt eines Tieres unter einem Tuch. Man ist sich nicht absolut sicher, ob es ein Kamel oder ein Elefant oder ein Rhinozeros ist. Aber man weiß, daß etwas unter der Verhüllung ist und daß es vier Beine hat und ein Maul und zwei Augen und daß es aus irgendeinem Grund schuldig ist ... aber das zu beweisen, das ist eine ganz andere Sache.«

»Ich würde gern das Krankenhaus in Washington anrufen und mich nach Elizabeth erkundigen«, sagte Driskill.

»Auf dem Korridor steht ein Telefon.«

Driskill wählte die Nummer und wartete. Die Stationsschwester antwortete. Sie gab ihn weiter an einen Arzt, der Elizabeth betreute. In Washington war es jetzt kurz nach dreiundzwanzig Uhr. Er hörte genau zu, als der Arzt ihm mitteilte, daß ihre Lebenszeichen gut seien. Keine Komplikationen nach der Operation. Sie wurde ständig überwacht. Nein, sie hatte das Bewußtsein noch nicht wiedererlangt. Aber ihre Reaktion auf Schmerzstimulierung war vielversprechend gewesen: Sie hatte mit der Hand gezuckt. Driskills Herz raste, während er zuhörte. Er zwang sich, ruhig zu bleiben. Er wollte bei ihr sein. Er mußte nur hier alles erledigen, dann konnte er dorthin zurückkehren, wo er hingehörte.

Die drei unterhielten sich noch etwas, aber eigentlich war alles gesagt. Driskill war in Gedanken weitgehend woanders. Schließlich stand er auf, um sich zu verabschieden. Er bestand darauf, zu Fuß bis zur Pension in die Blut Street hinabzugehen.

Der Sommerregen fiel immer noch, als er Benbows Villa mit einem geborgten Schirm verließ. Er blieb stehen und blickte hinab auf den hübschen weißen Musikpavillon im Park vor dem Postamt. Die Straßenlaternen leuchteten im Regen unheimlich.

Es war Mitternacht.

Er ging oben auf den Kalksteinklippen entlang und schaute auf das große Gebäude, in dem die Zeitung war, dann auf die Bibliothek. Von den Bäumen tropfte das Regenwasser, wenn der Wind die Blätter bewegte. Er ordnete alles Gehörte in Gedanken. Das war verdammt schwierig. Alles war schlimmer, als er sich es je hätte vorstellen können. Aber alles, was er erfahren hatte, schien ihn zum selben Punkt zu führen. Jetzt hatte er eine Theorie zu dem Ganzen … nein, nicht über das Ganze. Ihm fehlte Drew Summerhays' Rolle darin. Da tappte er noch im dunkeln.

Er stand oben an der langen Treppe, die in einem Tunnel durch die Klippen schnitt und zum Stadtkern um die Bibliothek führte. Das Regenwasser rauschte in der Rinne neben den steilen Stufen hinab. Jetzt stand er direkt unterhalb Benbows Villa. Ein paar Fenster waren noch erleuchtet. Es goß immer noch in Strömen. Unten sah er nur das Licht am Ende des Tunnels. Er tastete nach dem Geländer und begann mit dem Abstieg … dem Licht entgegen …

Das Licht war furchtbar grell und schnitt wie ein Skalpell in seine Augen. Die Schmerzen waren beinahe unerträglich. Er schüttelte den Kopf – was alles nur schlimmer machte. Er hatte das Gefühl, auf dem Kopf zu stehen. Er war bis auf die Haut durchnäßt. Er hustete. Jemand beugte sich über ihn und flüsterte ihm etwas in einer ihm unbekannten Sprache zu. Sein Kopf tat so schrecklich weh. Ihm wurde übel. Die Stimme war so weit weg ... und so eindringlich ... und so seltsam ... Er hatte das Gefühl, ziemlich lange auf dem Gesicht über den Boden zu rutschen ...

Über den Klippen donnerte es. Blitze durchschnitten die Dunkelheit. Es regnete stark, doch ohne die Temperatur zu senken. Benbow stand auf der Veranda und blickte mit gespitzten Ohren auf die Lichter der Stadt. Vor dem Schlafengehen wollte er noch einen letzten Blick auf seine Stadt werfen. Es war ihm, als hätte er einen Schrei gehört. Der Regen prallte auf der Straße ab, was im Schein der Straßenlaternen wunderschön aussah.

Er blickte auf das dunkle Loch oben in den Klippen, wo die Treppe zur Blut Street hinabführte. Diese verdammte Treppe. Ständig stürzten dort Menschen. Sie war so glitschig wie ein Anwalt aus Washington. Die Klippen waren auch gefährlich. Gras und Felsen. Aber niemand hatte sich je die Mühe gemacht, ein Geländer anzubringen. Vor mehreren Jahren war ein Bursche ungefähr fünf Meter neben dem Treppentunnel abgerutscht – es wurde nie geklärt, ob es sich um einen Unfall oder um Selbstmord gehandelt hatte. Er hatte sich das Genick gebrochen. Scheiße, jetzt mußte er die Taschenlampe holen und nach dem Idioten suchen, der im Regen ausgerutscht und die Stufen hinuntergefallen war.

Benbow sah ihn unten auf der Treppe. Er lag da wie ein gefällter Baum. Benbow hielt sich am Geländer fest, um nicht das gleiche Schicksal zu erleiden, und stieg vorsichtig die Stufen hinunter. Durch den nassen Belag aus Lehm und Sand waren sie so glitschig wie Schmierseife. Er folgte dem Strahl der großen Taschenlampe.

Als er Driskill erreichte, sah er, daß dessen Gesicht auf einer Seite abgeschürft war. Außerdem hatte er aus der Nase geblutet. Er wirkte mehr tot als lebendig.

»Driskill … geben Sie mir ein Zeichen … sind Sie noch da?« Er richtete den Lichtstrahl aufs Gesicht. Die Lider flatterten. Die Augen öffneten sich. Es klang, als fluchte Driskill leise.

»Bewegen Sie die Hände, Mann …!« Benbow dachte einen Moment lang, es sei alles zu spät.

Da hob Driskill langsam eine Hand und zeigte Lad Benbow den Stinkefinger.

Nun war Benbow sicher, daß Driskill leben würde.

Lad Benbow musterte über den Rand der Kaffeetasse Driskills Gesicht, das übel zugerichtet war. Es hatte aufgehört zu regnen. Die Morgensonne überflutete die Veranda. Die Fenster des achteckigen Raums standen offen, um auch die leichteste Brise einzufangen. Bereits jetzt stieg die Temperatur ständig. In den Hitzeschlieren waberte die Kuppel des Gerichtsgebäudes.

Chris Morrison stand am Fenster und blies in seine Tasse, um den heißen Kaffee schneller trinken zu können.

Driskill hatte schlecht geschlafen, nachdem er sich notdürftig gesäubert hatte. Sein Gesicht war abgeschürft. Ihm tat der Kopf weh. Aber – wie seine Elizabeth gelegentlich zu sagen pflegte – er hatte wieder mal Glück gehabt.

»Also. Was ist passiert?« fragte Morrison.

»Erzählen Sie es ihm, Lad.« Er hatte das Gefühl, daß ihm beim Sturz über die Stufen ein Zahn abgebrochen war.

»Und dann hat er mir den Mittelfinger gezeigt, meine Hand genommen und ist aufgestanden«, beschloß Benbow seine Schilderung des Angriffs auf der Treppe. »Er meinte, ich solle mir mal den anderen ansehen.«

»Das Schwein ist weggerannt«, sagte Driskill. Sein Blazer und sein Hemd lagen zerrissen, aber ohne Blutflecken, über der Sessellehne. Er hatte die Nacht in einem von Benbows Gästezimmern verbracht.

Benbow saß hinter dem Schreibtisch, mit dem Rücken zum Erker, und rauchte eine Pfeife. »Ja, unser Freund Driskill hat Glück gehabt.«

»Ich dachte, ich sei in Sicherheit. Schließlich war ich in Iowa! Ich hatte die Hälfte dieser verdammten Stufen schon geschafft, als ich den Kerl hinter mir hörte. Ich drehte mich um. Dann schien er auf mich zu fallen. Ich schätze, er hat mich angesprungen. Er hatte ein Messer, aber komischerweise hatte er es nicht in der Hand – das habe ich beim Kampf gemerkt, sondern es kam aus dem Ärmel. Er griff mich an, da konnte ich ihn schlecht fragen … diesen elenden Hurensohn.«

Driskill schnürte die Wut die Kehle zu. »Er versuchte mir die Klinge in den Bauch zu rammen, damit er sie nur noch hochzuziehen brauchte, um mich aufzuschlitzen. Er konnte es kaum erwarten, mir die Eingeweide herauszureißen. Hätte er noch eine Sekunde länger gewartet, bis er ein Stückchen näher war …« Driskill zuckte mit den Schultern.

»Dann hätte er Sie allegemacht.«

»Er kann sich glücklich schätzen, daß er noch lebt, Lad. Ich bin größer als er und wahrscheinlich gleich stark. Er wollte mir das Messer reinstoßen, aber ich habe sofort zugeschlagen. Er ist mit dem Kopf gegen die Mauer geprallt. Dann hat er mir den Unterarm übers Gesicht gelegt. Die Schmerzen haben mich eine Minute lang geblendet. Herrgott, das war Scheiße … Dann habe ich mit dem Kopf zugestoßen. Er hat losgelassen, aber ich bin ausgerutscht und die Stufen hinuntergefallen. Er ist abgehauen. Ich bin auf der Schnauze gelandet.«

»Offensichtlich hat er Sie observiert und kannte Ihre Pläne.« Benbow ging zur Couch. »Er ist ein bezahlter Killer, und sein Auftraggeber war wohl der Meinung, daß Sie zu gefährlich geworden sind. Er hielt es für einfacher, Sie umbringen zu lassen und hinterher den Presserummel abzuwickeln, als Sie weiterbohren zu lassen. Sobald bekannt war, daß Sie auf dem Weg nach Iowa waren, haben die Kerle auf den Knopf des Schleudersitzes gedrückt. Sie kamen der Wahrheit zu nahe. Mir graut, wenn ich daran denke, was das für den Rest von uns bedeutet.«

Driskill drehte den steifen Hals. »Chris«, sagte er zu Morrison. »Ich dachte, Sie wollten weg, raus aus der ganzen Sache.«

Chris Morrison antwortete von seinem Standplatz am Fenster. Er trug Leinenhosen und ein weißes Hemd, die Ärmel über den braungebrannten Armen hochgerollt.

»Als Herb und ich uns nähergekommen waren, wollte er sich unbedingt um mich kümmern. Ich verdiene nicht viel Geld. Ich bin kein Geschäftsmann. Meine Eltern sind gestorben, und Herb, wie er nun mal ist – ich meine, *war* –, hat Lad gebeten, als sein Testamentsvollstrecker für mich etwas einzurichten, wodurch ich für den Rest meines Lebens ausgesorgt hätte. Herb war in diesen letzten Wochen sehr um seine Gesundheit besorgt. Er hat mir noch etwas anvertraut, das ich Ihnen gestern abend nicht erzählt habe. Ich wollte erst mit Lad unter vier Augen sprechen, ehe ich es sage. Vielleicht war ich übervorsichtig, aber es war das letzte, was Herb mir anvertraut hat ... und er war darüber sehr aufgebracht. Dabei war es im Prinzip nur ... Ja, mehr ist es nicht ... ein einziges Wort: *Gomorrha*. Er sagte, Heartland würde mit dem ›Projekt *Gomorrha*‹ beginnen und daß er nicht wüßte, wie er das verhindern könnte. Ich weiß jedoch nicht, worum es sich dabei handelt.« Morrison zuckte mit den Schultern und steckte die Hände in die Hosentaschen.

»Reden Sie weiter, Chris.«

Morrison blickte hinaus in den Sonnenschein. Seine Stimme klang emotionslos – wie aus weiter Ferne. »Herb hat mir gesagt, daß er mit Bob Hazlitt wegen *Gomorrha* geredet hätte und versucht hätte, das Projekt zu stoppen ... aber daß Bob Hazlitt ihm erklärt hätte, er würde *Gomorrha* einsetzen, und ein paar Menschenleben wären es wert, die Sache zum Brodeln zu bringen – so hat er sich Herb gegenüber ausgedrückt. Deshalb hat Herb sich danach an Drew Summerhays gewendet, und Summerhays hat Tarlow zu ihm geschickt. Das ist alles. Mehr weiß ich wirklich nicht. Niemand hat versucht, mit mir Kontakt aufzunehmen oder mir Angst einzujagen. Ich glaube daher, daß sie nichts von mir ahnen. Ich habe vor, mich weiterhin bedeckt zu halten. Ich kann nicht einmal zu Herbs Beerdigung gehen ...«

»Gomorrha«, wiederholte Driskill nachdenklich.

Benbow beugte sich vor und öffnete eine Aktentasche. »Ben, das Papier, das Herb Ihrer Meinung nach Tarlow gab. Das Blatt mit der Linie ...« Ben holte das Blatt aus der Brusttasche seines ruinierten Blazers.

»Hier ist es.«

»Würden Sie es auf den Tisch legen? Und etwas glätten? Dieses Blatt hat schon allerhand mitgemacht.« Er lachte leise. »So, da ist es. Sehen Sie es sich genau an ... Sie werden es nie wieder mit denselben Augen betrachten.«

Benbow holte aus der Aktentasche eine Ausgabe von *USA Today*, die ein paar Tage alt war. Er legte die Zeitschrift mit der Titelseite nach oben auf den Tisch. In der unteren rechten Ecke war eine farbige Landkarte abgebildet. »So, sehen Sie sich mal diese Karte an, Ben ... Chris ...«

Driskill sprach als erster. »Ich werde verrückt ... verdammt.« Lad Benbow lächelte und schüttelte den Kopf »Direkt vor unseren Augen!«

Die Karte zeigte den Verlauf der mexikanischen Grenze im Südwesten der Vereinigten Staaten.

Die krakelige Linie verlief auf mexikanischem Territorium beinahe parallel zur Grenze.

Es war die Verwerfungslinie eines Erdbebens.

KAPITEL 20

Konnte er dem Präsidenten sagen, was er plante?

Hatte Rachel Patton recht gehabt? Gab es im Weißen Haus jemand, der für Hazlitts Seite arbeitete? Hatte der Mörder ihm deshalb nach Saints Rest folgen können? Aber wem hatte er erzählt, daß er nach Iowa fliegen würde? Hatte er davon gesprochen, als er neben Elizabeth' reglosem Körper im Krankenhaus unentwegt geredet hatte? Hatte er es dem Präsidenten gegenüber erwähnt? Er konnte sich nicht erinnern, aber er glaubte, nein. Aber wieso hatte ihm jemand gestern folgen und ihn auf der Treppe überfallen können? Abhören durch Heartlands Satellitensysteme? Er hatte aber niemanden von seinen Plänen unterrichtet. Aber da war der Anruf Nick Wardells gewesen ... nur dieser eine Anruf ...

Nein. Jetzt durfte er niemanden anrufen. Kein Trost aus dem Weißen Haus. Auch nicht Nick Wardell oder Lad Benbow ... nirgendwo Verbündete.

Er mußte das ganz allein in Angriff nehmen.

Driskill nahm sich einen Mietwagen und fuhr von Saints Rest nach Westen, fort vom Mississippi, fort von den Klippen, durch Felder und bewaldete Hügel. Die Schatten der Schäfchenwolken zogen darüber hin. Dann wurde das Land flacher. Hitzewellen waberten über dem Hayway und verformten die endlosen Maisfelder in eine Art Meer. Die Maisstauden wogten in der Sonne. Er fuhr drei Stunden, ehe er sie sah. Ein gigantischer Magnet schien den Wagen vorwärts zu ziehen. Dann erhoben sich – anfangs nur wie eine Fata Morgana – aus den flimmernden Hitzeschleiern und dem Staub die Heartland Towers.

Zwei achtzig Stockwerk hohe Türme, jeder so groß wie ein quadratischer Häuserblock, ragten aus der Erdkruste empor. Auf halber Höhe waren sie durch ein achtgeschossiges Zwischenstück verbunden, um ein riesiges H zu bilden, das den Horizont wie kein anderes Gebäude der Welt beherrschte. Durch die flache Umgebung wirkte das H wie ein Schlag in die Magengrube. Hunderttausend Menschen – nur ein Bruchteil aller Arbeiter, die unter Heartlands weltweiten Bannern marschierten, wenn auch unter verschiedenen Namen – arbeiteten in diesen beiden Türmen und den unterirdischen Laboratorien, tief unter der unglaublich fruchtbaren Erde dieses fruchtbarsten Staates. Es war eine vertikale Welt, die sich wie zwei Raketensilos über Iowa erhoben, als wollten sie im Herzland der Nation eine neue und unabhängige Nation ausrufen. Vor Heartland, vor Bob Hazlitt hatte es im gesamten Land keinen privaten Konzern gegeben, der so groß war. Und dann war in relativ kurzer Zeit Heartland gekommen. Der Herzschlag der technologischen Welt des zwanzigsten Jahrhunderts.

Driskill fuhr vierzig Meilen. Die Türme wurden immer größer. Nach abermals zwanzig Meilen war er im riesigen Versorgungsbezirk. Städte. Bob Hazlitt hatte sie nach den neuesten Erkenntnissen menschlicher Ingenieurkunst errichten lassen: Schulen, Wohnungen, Freizeitparks, Parkplätze, Lebensmittelgeschäfte, Kaufhäuser und Ladengalerien. Heartland, Iowa.

Tief im Innersten war er sicher, daß Heartland hinter allem steckte, worin er verwickelt worden war, seit er aus Mitleid an jenem Abend zu Drew Summerhays nach Big Ram hinausgefahren war. Heartland. Und – bis jetzt war es nur eine Vermutung, aber er war sicher, daß er nicht sehr danebenlag – Heartland würde irgendwo hinter LVCO in Erscheinung treten, würde aus der Rauchfahne hinter Ballard Niles und Arnaldo LaSalle und Tony Sarrabian auftauchen, ob sie das wußten oder nicht. Heartland lag im Zentrum von allem.

Aber würde man am Ende wissen, wie viele Morde zum Wohl von Heartland ausgeführt wurden? Wer würde wissen, wie viele Menschen von Heartland korrumpiert und anschließend vernichtet wurden – alles zum Wohl von Heartland? Hatte das Wohl von Heartland einen Mann wie Drew Summerhays aufgefressen, der so lange unbestechlich geblieben war? War angesichts von Heartlands Appetit von menschlicher Integrität noch irgend etwas übrig? War Drew – vielleicht auch Charlie – von ihm verschlungen worden? Das war die alles entscheidende Frage. Bestimmte Teile des Sicherheitsapparats waren Heartlands Werkzeuge, mit Sicherheit die ISO, der Nachrichtendienst für Fernaufklärung durch Satelliten ... und diese Helfershelfer beeinflußten andere.

Anscheinend hatte Heartland Zugang zu den meisten Computern und Telefonen, die alle Geheimdienste und Geheimpolizeien der Welt miteinander verknüpften ...

Wie lange würde Heartland als die Verkörperung der geheimen Regierung, vor der Charles Bonner die Welt gewarnt hatte, weitermachen?

Konnte Heartland Einhalt geboten werden?

Beim Anblick der Türme aus Stahl und Glas kam Driskill plötzlich der Gedanke, daß sie hypermodern und gleichzeitig unvorstellbar alt waren, als seien sie einst Behausungen für Priester aus anderen Welten gewesen. Einen Moment lang überfiel Driskill tiefste Hoffnungslosigkeit. Was konnten Menschen im Schatten dieses Monolithen ausrichten?

Aber diese Türme waren Menschenwerk. Was der Mensch aufbauen konnte, vermochte er auch wieder einzureißen. Das war ein Elementargesetz, so wie die Schwerkraft.

Heartlands Schwachstelle war, daß es in sich den Geist und den Verstand eines Roboters barg. Er war bis zur Unendlichkeit kalibriert und konnte arbeiten aufgrund von Computern, die zehn Milliarden Berechnungen in einer Sekunde ausführten, ohne Wärme zu entwickeln. Er konnte für dich arbeiten, er konnte einen Roman lesen, er konnte ein Lied singen, ja, er konnte sogar eine Oper komponieren. Auf alle Fälle konnte er Krieg führen und den Tod in die Welt bringen. Vielleicht konnte er sogar Krebs und AIDS noch vor dem Mittagessen heilen, wenn man das ernstlich wollte ... falls diese Heilungen nicht die Pläne für die Zukunft zunichte machten, wie menschliche Wesen sie kannten.

Aber die Schwäche des Roboters war, daß er – ganz gleich wie sehr die Wissenschaftler sich auch bemühten – nicht die Stufen zum Rasen hinabgehen konnte, auch nicht über den Randstein die Straße überqueren konnte, ohne immer wieder hinzufallen und schließlich durch einen Kurzschluß aus Frustration zu verenden. Das Gehen war die Schwierigkeit, hinauf und hinab – hoppla, paß auf, da liegt ein Steinchen ... hoppla, da ist der Randstein ... aua, Scheiße, was ist das? ... Es ist weich und grün ... kein Teppich ... Scheiße, ich bin schon wieder hingefallen ... Scheiße, das ist Gras ... und – verdammt – ich kann nicht aufstehen.

Heartland war verletzlich, weil es die Schöpfung eines einzigen Mannes war.

Schlage den Kopf ab, und lehre es Manieren.

Nachdem Driskill sich in der benutzerfreundlichen Eingangshalle ausgewiesen hatte, wurde er von einem der Höflinge des großen Mannes herzlich begrüßt. Dann ging es in einem Aufzug nach oben, der gerade so schnell fuhr, daß man den Besucher vollständig röntgen, analysieren und auswerten konnte – einschließlich des Schweißes auf der Haut, der Weitung der Pupillen und seines Atemtempos. Alle diese Daten konnten dem Sicherheitsdienst verraten, ob es sich um einen Verrückten mit einer Bombe handelte, der den großen Magier sehen wollte. Vor einigen Jahren hatten sie einen Gentleman identifiziert und abgeführt, der glaubte, Heartland habe ihm mehrere Erfindungen gestohlen, und sich rächen wollte, indem er sich in eine lebende Bombe verwandelt hatte. Dazu hatte er aber keine Höllenmaschine umgeschnallt, sondern einen experimentellen Sprengstoff, ein Plastikderivat, verschluckt, den er zünden konnte, wenn er seine Gehirnwellen darauf konzentrierte, wie sehr er Bob Hazlitt haßte. Leider hatte sich nur der halbe Wunsch dieses selbstmörderischen Kellers erfüllt. Die Sensoren in diesem Fahrstuhl waren weit besser als die in Langley oder im Weißen Haus und hatten den Sprengstoff erfaßt, waren jedoch nicht sicher, was die Explosion auslösen würde. Man hatte den Mann – sehr höflich – in ein Zimmer geführt und ihm gesagt, er solle hier auf Mr. Hazlitt warten. Als ihm klar wurde, daß es kein normaler Büroraum, sondern eine Art *Zelle* war, regte er sich so furchtbar auf, daß er explodierte und dem Mann, der alles hatte, einen Schaden von über einer Viertelmillion Dollar zufügte. Bei zwei anderen Gelegenheiten – ein einsamer, völlig durchgeknallter Terrorist und ein enttäuschter Käufer eines Heartland-Software-Programms – hatte man die Wartezelle benutzt, aber nach Flieger-As Bobs Meinung hatte der Bombenschlucker die Kosten für die Zelle mehr als wettgemacht.

Eine gutaussehende Frau, Mitte Fünfzig, begrüßte Driskill. Sie hatte den Computer SearchNet bereits gelesen, während er im Fahrstuhl war. Der Fahrstuhl führte direkt in ihr Büro, das in gedeckten Farben, in Braun, Sandfarben und Stahl, gehalten war. Über ihrem Schreibtisch hing eine große eindrucksvolle Landschaftsszene aus Iowa, ein Meisterwerk Ellen Wagners. Die Seitenwände bestanden nur aus Glas und ließen die Weite des Horizonts herein. Man hatte das Gefühl, auf einem Fenstersims zu stehen und ewig in dieselbe Richtung zu blicken. Driskill hatte das Gefühl, die Erde von einer Raumstation aus zu betrachten.

Die Frau kam mit ausgestreckter Hand hinter dem Schreibtisch hervor. Sie begrüßte ihn warm und stellte sich als Mrs. Keating vor. Dann erzählte sie ihm, mit welcher Hochachtung Mr. Hazlitt von ihm gesprochen habe, und erkundigte sich mit sehr viel Feingefühl nach Mrs. Driskills Befinden. Sie gab der Hoffnung Ausdruck, daß die Blumen, die Mr. Hazlitt täglich ins Krankenzimmer schickte, nicht störten, aber: »Mr. Hazlitt glaubt so fest an die guten Vibrationen von Gottes schönster Schöpfung, der Blumen auf dem Felde, daß er ganz sicher ist, die Blumen werden Ihrer Gattin helfen, bald wieder bei uns zu sein.« Driskill hatte das Gefühl, auf einer Bühne gelandet zu sein, wo die Patienten eines Irrenhauses Theater spielten.

»Ich hatte gehofft, Mr. Hazlitt sprechen zu können«, sagte er und bemühte sich, ebenso überzogen freundlich zu klingen wie sie. »Ich würde mich freuen, wenn ich Gelegenheit hätte, ihm für seine Anteilnahme am Schicksal meiner Frau zu danken, aber hauptsächlich bin ich nach Iowa gekommen, um mit ihm zu sprechen, ehe wir alle zum Parteitag fahren. Sie können sich vorstellen, was für ein Irrenhaus Chicago sein wird, sobald die Kandidaten dort eingetroffen sind.«

»Ach ja, das wird ein Riesenspaß. Ich gebe mir immer noch Mühe, IHN zu überzeugen, seine getreue Privatsekretärin mitzunehmen, aber er hat darüber noch nicht entschieden. Sagen Sie, sind Sie als Abgesandter des Präsidenten gekommen?« Sie lächelte. Sie konnte einen der mächtigsten Männer der Welt, ihren Boß, einfach IHN nennen, so wie Mac vom Präsidenten als ›Charlie‹ sprach. Driskill merkte es sofort: Sie gehörte nicht dazu. Sie arbeitete hier nur und stammte noch aus der guten alten Zeit. Ihr Leben und ihr Herz waren Heartland geweiht, und sie war froh darüber. Ein schlichtes Gemüt aus dem Volk. Hätte sie von den üblen Machenschaften gewußt, hätte Hazlitt ihr längst den Stöpsel herausgezogen – so wie er es bei Herb Varringer getan hatte …

Sie trug ein blaues Kostüm mit hübscher geblümter

Bluse. Das Haar war kurz und grau meliert. Sie erinnerte Driskill an die Lehrerin, die auf seiner High School Politik unterrichtet hatte. »Bitte, Mr. Driskill, Sie können sich völlig auf meine Diskretion verlassen und mir alles sagen. Ich bin sozusagen Mr. Hazlitts letzte Verteidigungslinie.« Sie lächelte wieder. Hervorragende Prothese! Sie trug an den leicht geröteten Fingern mehrere hübsche Ringe. Eine gute Iowa-Hausfrau, die sich nicht vor der Hausarbeit scheute und auch das Geschirr mit der Hand spülte.

»Na ja, die Wahrheit ist, daß ich tatsächlich vom Präsidenten komme. Die Zeit läuft uns davon, stimmt's?«

»In diesem Fall bin ich ermächtigt, Ihnen einen Vorschlag zu unterbreiten.«

Driskill mußte unwillkürlich lächeln. »Und das alles, während ich im Aufzug war?«

»Das Tempo der modernen Kommunikation ist in der Tat unglaublich, nicht wahr? Selbstverständlich sind wir direkt am Puls – wenn etwas existiert, dann haben wir es hier in den Türmen. Ich habe Mr. Hazlitt gesagt, daß Sie hier sind. Er machte den Vorschlag, daß Sie morgen mit ihm und seiner Familie am hundertsten Geburtstag seiner Mutter teilnehmen. Es wird Ihnen gefallen, Mr. Driskill. Das verspreche ich Ihnen. Nur weil zwei Männer auf verschiedenen Seiten des politischen Zauns sind, heißt das noch lange nicht, daß sie nicht gut miteinander auskommen können. Hab' ich nicht recht? Und seine Mutter – wir nennen sie Lady Jane – ist ein wirklicher Schatz! Die Festivitäten finden draußen in Backbone Creek statt.« Sie ging zu ihrem Schreibtisch und öffnete eine Mappe. »Hier habe ich eine kleine Landkarte für Sie.« Sie reichte ihm das Papier und zeigte mit dem nicht lackierten Nagel. »Sie sind jetzt hier. Sie können in der Flieger-As-Bob-Lodge übernachten und morgen hinfahren. Es sind nur ungefähr fünfundvierzig Minuten. Er hat versprochen, Zeit für ein kleines Schwätzchen zu finden. Wirklich, er wäre schrecklich enttäuscht, wenn Sie nicht kämen.« Sie lächelte ihn beschwörend an.

»Selbstverständlich komme ich. Sagen Sie ihm, ich würde es für nichts in der Welt versäumen.«

»Oh, Sie sind sehr liebenswürdig, Mr. Driskill.«

»Es ist sehr anständig von ihm, sich für mich Zeit zu nehmen. So, glauben Sie, daß der Aufzug mich wieder auf die Erde befördern kann?«

»Da bin ich fast sicher«, sagte sie kokett. »Wir haben in letzter Zeit niemanden verloren.«

»Da bin ich aber erleichtert. Ich bedanke mich für Ihre Hilfe.«

»Das ist mein Job. Wenn Sie uns das nächste Mal besuchen, müssen Sie unbedingt vorbeikommen und mir guten Tag sagen. Ich wäre unglücklich, wenn Sie das nicht täten.«

»Niemals im Leben, Mrs. Keating. Bringen Sie mich sicher nach unten, und ich bin auf ewig der Ihre.«

Da er davon ausging, daß sie ihn observierten, bestellte er beim Zimmerservice einen Hamburger, sah sich einen Film im Fernsehen an und nahm ein ausgiebiges heißes Bad. Langsam wichen die Steifheit und die Muskelschmerzen aus seinem kriegsmüden Körper, die Nachwirkungen des nächtlichen Angriffs auf der Treppe. Ehe er ins Bett ging, rief er noch mal das Krankenhaus an. Nichts hatte sich verändert. Elizabeth' Zustand war stabil. Morgen würde sie vielleicht die Intensivstation verlassen dürfen. Vielleicht.

Der Morgen kam früh in Iowa. Vom Balkon vor seinem Zimmer – das siebenhundert Dollar pro Nacht kostete und sich Executive Suite nannte – blickte er auf einen Golfplatz, der so grün wie eine Flasche Tanqueray war und sich wie ein phantastischer Teppich ausbreitete. Er sah schneeweiße Sandkuhlen und Bunker und in einiger Entfernung Kirchtürme und von Bäumen beschattete Straßen, hübsche

Häuser der gehobenen Klasse mit blauen Swimmingpools und Jeeps und Luxuskarossen in den Auffahrten und am Straßenrand. Die Golfer waren bereits ausgeschwärmt und spielten zwischen den Sprinklern, ehe die Mittagshitze alles trocken und hart backte. Allerdings nicht diesen grünen Golfplatz. Das war Driskill klar. Obwohl alles echt war, wirkte es irgendwie unwirklich – wie eine Flucht aus der täglichen Realität. Aber was war daran falsch, fragte er sich. Das wünschten sich doch alle, und wer konnte ihnen das verübeln?

Keiner hatte etwas mit Giftmüll zu tun. Es würde auch nicht eines Tages alles in die Luft fliegen oder schmelzen. Es würde keine Generationen von kleinen Kindern ohne Arme und mit zwei Köpfen geben ... Die Menschen hier hatten nur mit Kommunikation und Information und Satelliten zu tun. Es war eine hübsche, saubere Welt.

Nun, dann war er wohl die Schlange. Willkommen im Garten Eden, Kumpel. Er mußte den heiligen Bob festnageln, und er hatte nur noch die *Gomorrha*-Karte. Die mußte er zücken und sie ihm wie einen Pflock durchs Herz stoßen.

Driskill frühstückte im Café der Lodge. Er bestellte ein ›Bauernfrühstück komplett‹ und entdeckte eine Besonderheit dieses Hotels: Man sagte der Bedienung genau, was man wollte: Zwei Eier, zwei Speckscheiben, zwei Pfannkuchen, ein kleines Glas frischen Orangensaft. Gebracht wurden vier Eier, vier Speckscheiben, vier Pfannkuchen, ein großes Glas eiskalter Orangensaft mit viel Fruchtfleisch. Der Trick war, daß die Bedienung doppelt soviel brachte, wie man bestellt hatte. »Das macht das Bauernfrühstück komplett«, erklärte die Kellnerin lächelnd und fügte ernst hinzu: »Hier im Heartland haben alle viel Hunger.«

»Sie stammen aus der Gegend?«

»Sicher. Wir alle. Mr. Hazlitt garantiert allen Schülern und Studenten ab der neunten Klasse Sommerjobs, wenn man einen haben will. Caddies, Gärtner, Platzwart auf den

Tennisplätzen, Parkwächter. Man kann auch bei der Lokalzeitung arbeiten oder im Pflegedienst bei Kranken und Alten in der Gemeinde. Hier lebt es sich wirklich großartig.«

»Und was tun Ihre Eltern?«

»Dad ist Zeitungsredakteur, und Mom leitet eine Säuglingskrippe.«

»Und Sie sind Cheerleader – wette ich.«

»Ich schätze, ich bin der richtige Typ dafür.«

»Ich nehme an, alle hier sind ziemlich begeistert, daß Hazlitt für die Nominierung der Demokraten kandidiert?«

»Na, würden Sie das nicht sein? Ich meine, er ist jemand, den wir kennen. Und wie Sie sehen, hat er für die Leute hier viel getan.« Sie mußte sich um die anderen Gäste kümmern. Driskill legte ihr ein großes Trinkgeld hin. Doppelt soviel, wie er normalerweise gab. Das kam ihm nur fair vor.

Er fand den Picknickplatz im Park am Ufer des Backbone Creek. Kein Problem. Mehrere hundert Autos und Übertragungswagen parkten dort. Die Medienleute standen in Gruppen umher, als warteten sie auf die Wiederkehr des Messias. Driskill mischte sich mühelos unter die Partygäste.

Die Sonne schien. Weiße Schäfchenwolken hingen am blaßblauen Himmel. Eine Brise aus der Ebene raschelte in den Wipfeln. Weiden neigten sich dem Wasser zu, Wasservögel sausten über die Oberfläche. Eichen, Ahorne, Pappeln und Platanen warfen Schatten auf die Wege. Ein paar Ruderboote zogen langsam auf dem Creek vorbei. Driskill folgte der Menge am Ufer entlang. Schließlich kam er zu einer mit Flaggen geschmückten Rednertribüne. Auf allen Seiten waren Fernsehkameras aufgestellt. Ungefähr tausend Klappstühle standen auf einem leuchtendgrünen Teppich. Gelbe Seile sperrten die Sitzplätze ab. Die Sicherheitsleute waren überall unauffällig verteilt. Zwischen zwei hohen Robinien hing ein handgeschriebenes Spruchband: HEUTE ABEND SPRICHT BOB HAZLITT KLARTEXT. Seine Rede wurde landesweit im Fernsehen übertragen. Ein letzter Schlachtruf am Abend vor dem Parteitag. Der Regisseur sprach auf dem Podium mit Technikern, um sicherzustellen, daß es keine Pannen geben würde. Kabel schlängelten sich zu einem Satelliten-Kontrollfahrzeug, das hinten im Wald stand.

Driskill ging weiter, durch Hunderte von Menschen, die Hot Dogs, Spare Ribs und Grillfleisch verdrückten, dazu noch tonnenweise Beilagen, unzählige Colas und Limonaden. Dann sah er, daß auf einer etwas höher gelegenen Lichtung, von Sicherheitsleuten abgesperrt, der Höhepunkt der Festivitäten stattfand: die Geburtstagsparty.

Die Sicherheitsleute trugen Sportbekleidung. Die weiten Hemden verbargen die Walkie-talkies und Handfeuerwaffen nur schlecht. Höflich hielten sie ihn an und überprüften ihn mit tragbaren Metalldetektoren. Er wies sich aus. »Oh, ja, Mr. Driskill. Selbstverständlich weiß ich, wer Sie sind.« Der große schwarze Wachposten lächelte. »Wir haben von Mr. Hazlitt Anweisung, Sie sofort zur Familie zu führen.« Er zeigte auf einen Monitor unter einer Schutzhaube. Driskills Gesicht füllte den Bildschirm. »Ich habe bereits auf Sie gewartet, Mr. Driskill. Bitte, kommen Sie mit. Ich bringe Sie hinein und werde gut für Sie sorgen.«

Picknicktische mit rotweiß karierten Tischdecken, Karaffen mit Limonade. Der Duft von Gegrilltem, Schüsseln mit Salat aus Weißkohl und Karotten, Obst, Götterspeise, Kartoffelsalat. Der Geruch von Sonnenöl und von gebackenen Bohnen – alles war perfekt. Einige spielten Softball. Kinder schrien und liefen umher. Driskill stand da und betrachtete alles. Es erinnerte ihn an Ray Bradbury, den großen Science-fiction-Autor, den Schöpfer der *Mars-Chroniken*. Ja, hier waren *Die Mars-Chroniken* zum Leben erwacht.

Er hatte das Gefühl, durch einen Vorhang getreten zu sein, als sei er einem Finger gefolgt, der ihn in einen seltsamen, die Zeit verschiebenden Basar gelockt hatte, und stünde jetzt wie ein Mensch außerhalb seiner Zeit in einer anderen Zeit, wo Männer Banjos spielten und ein Barbershop-Quartett ›Down by the Old Mill Stream‹ und ›Oh, Them Golden Slippers‹ sang. Er erinnerte sich, wie Bradburys Zeitreisende zurück in die alte Heimatstadt kamen und Mama auf sie wartete und alles genauso wie in ihrer Kindheit war: eine Welt vollkommener Gemütlichkeit, ohne Sorgen, wo nichts schiefging, wo alle Kleinstadthoffnungen noch ungebrochen existierten. Am Schluß siegte Mamas frischgebackenes Brot, der Duft des Herbstlaubs, das verbrannt wurde. Kinder, die in einem Autoreifen schaukelten, der an einem Ast aufgehängt war. Mama rief alle von der Veranda aus zum Abendessen. Dad saß mit der Abendzeitung in dem Ohrensessel. Alle Menschen waren gut und wünschten einander nur Gutes, weil es eine gute Welt war und dein Leben und das der Stadt zählten, nicht das, was in der Türkei oder in China oder in Sibirien geschah.

Driskill betrachtete die Szene: Das Softball-Spiel, der Grillduft und die Musik des Quartetts – alles war gut. Er wußte das, und jeder, der nur halbwegs bei Verstand war, würde ebenfalls sehen, wie gut es war. Es entsprach nur nicht mehr der Wirklichkeit. Es war alles künstlich geschaffen, um der alten Mutter des Multimillionärs eine Freude zu bereiten. Lady Jane glich einem schlaffen Säckchen mit Knochen und einem weißen Haarbüschel obendrauf. Sie saß im Rollstuhl und trug eine Art Matrosenbluse, einen marineblauen Rock und marineblaue Schuhe. Sie hing auf einer Seite. Ihr Mund war erschlafft, aber ihre Äuglein schossen in alle Richtungen. Deren blaßblaue Farbe konnte bedeuten, daß sie besonders gut sah oder beinahe blind war. Sie nickte mit dem Kopf wie ein aufgeregtes Huhn. Gelegentlich machte sie den Mund auf und schien zu lachen. Über aufgetürmten Heuballen hing ein Spruchband. *Viel Glück zum 100., Mama!!!* Die Krankenschwester neben ihr fütterte sie mit kleingeschnittenem Hamburger und Götterspeise. Als die Schwester zu schnell für Nachschub sorgte, schüttelte sie energisch den Kopf und schlug ihr den Löffel aus der Hand. Dabei beschimpfte sie die Schwester. Ihre Stimme klang trocken, rauh, scharf und sehr arrogant. Dann quäkte sie laut nach ihrem Sohn: »Bobby ... Bobby ... komm sofort her! Deine Mutter will mit dir reden. Sofort!«

Die Kameraleute filmten die traditionelle Familienszene möglichst unauffällig und bemühten sich, die verrückte alte Lady als dankbare Mutter darzustellen, die ihren Sohn vergötterte. Viele Leute waren wohl Verwandte. Jedenfalls ließ die Ähnlichkeit diesen Schluß zu. Hazlitt scharwenzelte um alle herum. Die meisten waren übergewichtige Männer und Frauen, die zweifellos alle für ihn arbeiteten oder sich das sehnlichst wünschten. Die Männer trugen Freizeitkleidung und schwitzten wie die Schweine. Die Frauen, in weiten Röcken und Bauernblusen, machten sich an den Picknicktischen zu schaffen, bis sie an der Reihe waren, der alten Frau die klauenähnliche runzlige Hand zu drücken, die einer Vogelkralle ähnelte, und ihr dann die Stirn zu küssen, ehe sie sie wegscheuchte.

Bob Hazlitt stand bei dieser Zeremonie mit über der Brust verschränkten Armen neben seiner Mutter. Er trug Leinenhosen und ein weißes Hemd. Sein Gesicht war von der Sonne gerötet. Er behielt die Kameraleute im Auge, die sich durch die Menge bewegten und endlose Aufnahmen von seiner Mutter machten. Nur wenige Meter davon würden in die Wahlkampfspots kommen, um – zusätzlich zu allem anderen – zu zeigen, wie sehr Bob Hazlitt seine arme alte Mutter ehrte! Jetzt sagte er etwas zu ihr. Er sprach direkt in ihr Hörgerät. Es war nicht zu übersehen, daß er sie immer noch wie seine Mutter behandelte, nicht wie die uralte Frau, die nicht mehr ganz mitbekam, was um sie herum geschah. Sie reagierte nicht auf seine Worte. Dann küßte er das dünne weiße Haar. Hazlitt schwitzte. Sofort tauchte eine Maskenbildnerin aus der Versenkung auf, trocknete ihn mit einem Handtuch ab und tupfte ihm Puder auf die Stirn. Diese Familienszene hätte von Horton Foote stammen können. In Wahrheit war es Tennessee Williams in Reinkultur: Die kranke Welt, wo jeder lügt und lügt und lügt – so lange lügt, bis er denkt, er spräche die Wahrheit. Alle schmachteten Hazlitt an, als wäre er Big Daddy aus *Die Katze auf dem heißen Blechdach.* Selbstverständlich war er Big Daddy – und noch mehr. Alle Menschen beim Picknick waren von ihm abhängig, von seiner Stimmung, von seiner Moral, von seinen Launen. Driskill wollte zu ihm gehen und Burl Ives zitieren: *Ich rieche den ekelhaften Gestank der Verlogenheit. Riechst du ihn auch, Schwester Weib?*

Hazlitt war Witwer, was er in diesem Wahlkampf nach Kräften ausgenutzt hatte. Aber er ließ sich oft mit einer attraktiven Filmschauspielerin sehen. Sie war Ende Vierzig und hatte nach einer mehr oder weniger erfolgreichen Karriere jetzt die Stellung der Frau an Hazlitts Seite gewählt, die ihr die Aufmerksamkeit der Öffentlichkeit sicherte, sie vielleicht sogar als First Lady ins Weiße Haus bringen würde, wenn sie ihre Karten richtig ausspielte. Sie hieß Marina Lavering und verbrachte viel Zeit damit, Arm in Arm mit Bob umherzuwandeln und ihn von den verrückten Wünschen seiner Mutter abzulenken.

Bob Hazlitt drehte sich um und sah Ben Driskill. Er machte sich von ihr frei und marschierte in Bens Richtung. Auf dem Weg blieb er mehrmals stehen, lachte und scherzte mit Verwandten, tätschelte ihnen den Rücken. Er hielt die Notizen für seine Rede in der Hand. Dann blickte er auf die Uhr und streckte Driskill die Rechte entgegen. Dabei ließ er sich nicht anmerken, wie sehr er sich bei ihrer letzten Begegnung geärgert hatte.

»Ben Driskill! Sie sind wirklich der letzte, den ich hier zu sehen erwartet hätte. Aber jetzt sind Sie da. Ist meine Mrs. Keating – sie heißt Flora – nicht ein Schatz? Haben Sie gut geschlafen? Ist alles in der Lodge zu Ihrer Zufriedenheit?« Er war stinksauer, wollte sich jedoch seinen großen Tag nicht ruinieren.

»Alles war prima. Mrs. Keating ist wirklich großartig. Und soweit ich das beurteilen kann, glauben die meisten Leute hier, daß Sie die Nominierung so gut wie in der Tasche haben.«

Hazlitt zuckte mit den Schultern. »Die Dinge fügen sich zusammen.« Er beobachtete Driskill mißtrauisch. »Es wird knapp werden. Wie nimmt der Präsident es auf?«

»Mit seinem üblichen Gleichmut natürlich. Die Tatsache, daß Sie ihn umbringen müssen, falls er nominiert wird, ist nicht unbemerkt geblieben. Man könnte sagen: Alle halten die Augen offen.«

»Sie sagen die beschissensten Sachen, Ben. Falls Sie hergekommen sind, um mir eine Botschaft zu bringen ... nun, warum bringen Sie's nicht hinter sich und lassen uns in Frieden. Ist Charlie raus? Zieht er seine Kandidatur zurück? Hat er Sie deshalb hergeschickt? Will er vor der Niederlage kneifen, die ich ihm in Chicago bereiten werde? Wollen Sie sich für Ihr Benehmen im Croquet Club entschuldigen? Wenn ja, hat er Sie geschickt, um Abbitte zu tun? Oder sind Sie aus eigenem Antrieb gekommen? Wollen Sie vielleicht das Lager wechseln?« Er lächelte. Es war das warme, leere Lächeln, das ihm im Lauf der Jahre viel eingebracht hatte.

»Er möchte, daß Sie das Rennen aufgeben, Bob. Gehen Sie mit Anstand, dann wird niemand die Wahrheit erfahren.«

»Ach, ist das alles?« Hazlitts Gesicht und seine Stimme waren plötzlich eisig. Seine Augen bohrten sich in Driskills. »Entweder hat er den Verstand verloren, oder ich werde taub. Was stimmt davon?«

»Sie sind erledigt, Bob. Es ist alles aus. Sie werden das Rennen aufgeben und auf dem Parteitag in einer Rede erklären, daß Sie eigentlich immer nur Einfluß auf die Politik nehmen wollten und daß Sie nach einem langen Gespräch mit dem Präsidenten das Gefühl hätten, daß er das verstanden hätte und daß er und Sie dieselbe Wellenlänge hätten und Sie deshalb als Sonderberater für den Präsidenten tätig werden.«

Hazlitt drehte sich langsam um und blickte zu einem Mann, der drei oder vier Meter entfernt stand. Der Mann beobachtete Hazlitt und Driskill. Er trug Kopfhörer. Driskill kapierte, daß Hazlitt ein Mikrophon trug und daß dieser Typ sein Leibwächter war. Er war ein typischer Sicherheitsbeamter, eine kleinere Ausgabe von Clint Eastwood. Die Augen leicht zusammengekniffen. Er fing Hazlitts Blick auf und nickte. Beim Gehen zog er das eine Bein etwas nach – aber so stolz, als sei das Hinken ein Orden oder als wollte er sagen, daß er es sich im Dienst für seinen Boß geholt habe. Über seinem Nasenrücken klebte ein kleines Pflaster. Er trug einen waschbaren, hellbraunen Sommeranzug. Über der Pilotensonnenbrille glitzerten Schweißtropfen auf der Stirn. Er mußte das Jackett tragen, um seine Artillerie zu verstecken. Der kurze Blickwechsel mit dem Leibwächter hatte Hazlitt gereicht, um die Fassung wiederzuerlangen.

»Drohungen auf der Geburtstagsparty meiner Mama zeugen von schlechten Manieren, Ben. Hoffentlich haben Sie eine plausible Erklärung. Moment mal.« Er ging zurück zu seiner Mutter, die offenbar eingeschlafen war. Die Schwester wischte ihr das Kinn ab. Hazlitt kniete neben ihr nieder, legte den Kopf an ihre Wange und flüsterte ihr etwas ins Ohr. Die alte Frau bedeutete ihm mit der runzligen Hand wegzugehen. Wieder zurück, fragte er: »Haben Sie eine Mama, Ben?«

»Nein, meine Mutter starb, als ich ein Kind war.«

»Ach! Aber es ist keine ungetrübte Freude, eine zu

haben, die hundert ist. Armes Ding … aber sie will leben, um zu sehen, wie ihr kleiner Junge Präsident wird.«

»Na ja, ich hoffe, Sie haben da draußen in der Pampas irgendwo einen kleinen Bruder, Bob; denn Sie werden es nie werden.«

»Sie müssen schon etwas deutlicher werden, ehe ich einfach kapituliere. Ich glaube, Sie geben nur heiße Luft von sich, Soldat.«

Hazlitt führte Driskill zu einem Waldweg, weg von der Menge. Sie gingen zum Fluß, wo die Trauerweiden sich neigten, um mit den Zweigen das Wasser zu berühren. Die Wolken hatten sich nach Osten verzogen. Der Himmel war blau. Selbst die untergehende Sonne brannte noch wie ein Laser. Der Leibwächter blieb dicht hinter ihnen und horchte angestrengt in die Kopfhörer. Hazlitt war mit Sicherheit verdrahtet. Wahrscheinlich wurde auch alles aufgezeichnet. Die Musik wurde leiser. Das Summen der Insekten nahm ihren Platz ein. Der Weg war staubig. Hazlitt schwieg und schwenkte einen Rohrkolben, als hätte er keinerlei Sorgen.

»Hier habe ich früher oft geangelt. Mein Großvater hat mich im Sommer mitgenommen – der Vater meiner Mutter, der ohne Ehrgeiz. Mein Vater hat in seinem Ingenieurbüro gearbeitet, in einem kleinen Betonblock am Rand von Edgewood. Wir haben hier prachtvolle Welse gefangen. Einfach den Wurm an den Haken, dicke Regenwürmer … Als kleiner Junge habe ich Regenwürmer vor dem Haus verkauft. Wenn es geregnet hat, bin ich nachts aufgestanden und habe die Würmer auf dem Gehsteig eingesammelt; ja, einen Penny pro Wurm. Eigentlich viel zu billig, wenn ich mir das jetzt so überlege.« Er lächelte und blickte auf den Fluß und die Erinnerungen, die vorbeirauschten. »Und jetzt werde ich Präsident sein. Nur in Amerika. Aber was haben Sie vorhin gesagt? Spucken Sie's lieber aus. Ehrlich gesagt, ist Ihre Verzweiflung nicht zu übersehen. Das Urgestein des Präsidenten wird ständig kleiner. Wir befragen die Delegierten – jeden einzelnen – zweimal täglich, und das Blatt wendet sich in meine Richtung. Sagen Sie, was Sie zu sagen haben, und hauen Sie dann ab. Ich muß bald meine Rede halten.« Seine Augen huschten zu dem Leibwächter, der lässig im Schatten stand.

»Wie ich schon sagte, Bob, Sie sind erledigt. Wir wissen alles. Wo soll ich anfangen?«

»Wie soll ich das wissen?« fragte er ungeduldig. Er wischte sich das Gesicht mit dem Taschentuch ab.

»Wir wissen, daß Sie Herb Varringer ermorden ließen, und wir wissen, warum. Sie haben bei ihm einmal zu oft die Klappe aufgerissen – und ihm hat nicht gefallen, was er gehört hat. Ihm hat die Kontrolle nicht gefallen, die Sie mit Ihren Satelliten über die Geheimdienste haben ...«

»Blödsinn. Herb hat das Satellitenprogramm immer kräftig unterstützt. Ich habe ihn mein ganzes verdammtes Leben lang gekannt. Und sein Vater hat für meinen Vater gearbeitet. Sein Tod war ein sehr trauriger Tag bei Heartland. Das kann ich Ihnen versichern.«

»Er wußte, daß es falsch war, daß Ihnen die Satelliten gehörten und Sie diese an sämtliche Geheimdienste vermieteten. Er wußte, daß Sie alles wußten, was vor sich ging – Sie haben kontrolliert, was die Geheimdienste wußten, weil Sie sämtliche nachrichtendienstlichen Quellen der Welt anzapfen konnten. Ihm hat die Vorstellung nicht gefallen, daß Bob Hazlitt die Außenpolitik der Vereinigten Staaten bestimmte.«

»Erwarten Sie tatsächlich, daß ich diese Anschuldigungen ernst nehme?«

»Das ist mir scheißegal, Bob. Ich hielt es nur für höflich, ihnen einen Fluchtweg zu bieten. Denn sonst – peng! – sind Sie weg vom Fenster, ganz gleich, ob Sie mich ernst nehmen oder nicht.«

»Ich wette, Sie haben keinen einzigen Beweis – wenn ich das ganz objektiv betrachte. Sie können gar keinen haben. Denn Sie saugen sich das alles aus den Fingern. Aber lassen Sie sich von mir nicht aufhalten. Es ist eine erstaunliche Geschichte.«

»Wir können ihnen haarklein Beweise für Ihren Einfluß auf die ISO und andere Geheimdienste nennen. Wir kennen die Amigo-Geschäfte mit den Satelliten. Wir wissen Bescheid über die Erpressungen von Drittländern und über die Art und Weise, wie Sie vorgegangen sind und die Dienste hier übernommen haben. Es ist alles Technologie – und die hatten Sie. Sie haben die Technologie durch Regierungsaufträge bekommen, die so groß waren, daß der Zweite Weltkrieg im Vergleich dazu wie ein Sandkastenspiel aussieht. Die Regierung hat Ihnen das Geld für die Entwicklung gegeben – und das zu einem Zeitpunkt, als alles privatisiert wurde. Das Defizit mußte vermindert werden. Endlich hatten die Politiker eine Lösung gefunden: Geld in Ihr Unternehmen pumpen, damit Sie ihre eigene Satellitenflotte bauen konnten. Oh, Amerika hat viel für sein Geld bekommen – aber es mußte alles mit Ihnen teilen.« Driskill holte tief Luft und betete um göttlichen Beistand. Er spielte eine Rolle, für die er mehr Proben gebraucht hätte.

»Jetzt hören Sie mir mal zu, Sie aufgeblasenes Arschloch!« Hazlitt hatte die Fäuste geballt. Sein Gesicht war purpurrot. Seine Augen blitzten. Der Leibwächter trat von einem Fuß auf den anderen – wie ein Bluthund an der Leine, der in sieben Meter Entfernung auf den Pfiff wartet. »Ich habe keine Ahnung, was Sie beabsichtigen, aber Sie haben mich beschuldigt, ich würde die Ermordung des Präsidenten planen ...«

»Das ist die reine Wahrheit, Bob. Sie können es sich nicht leisten – ich wiederhole: Sie können es sich absolut nicht leisten –, daß die Etats der Geheimdienste öffentlich gemacht werden. Sie müssen Charlie aus dem Amt verdrängen. Ganz gleich, wie die Bücher auch frisiert werden – es wird die Zeit kommen, wenn man im Kongreß Fragen stellt, wohin die Milliarden geflossen sind, die verschwunden sind … und alles ist zu Heartland gegangen, und Charlie Bonner kann das beweisen …«

»Charlie, der Börsenschwindler? Ich bezweifle stark, Ben, daß man ihn ernst nimmt.«

»Gut. Finden wir es heraus. Wir haben nämlich alles wie unter einem Mikroskop vor uns liegen. Wir wissen, wer für die Zerstörung des Präsidenten verantwortlich ist. Wir wissen, wie es …«

»Darüber kann ich nur lachen, Ben. Was wissen Sie schon?«

»Wir haben so viel Müll über Arnaldo LaSalle, daß er gar keine andere Wahl hat – er wird unsere Geschichten in seiner Sendung bringen. Er wird sich öffentlich gegen Sie stellen. Er war Ihr Laufbursche, und Sie haben ihm mit Ihren Lügen die Einschaltquoten verschafft, aber jetzt wird er Sie für eine größere und bessere Story in die Pfanne hauen. So ist das Leben heutzutage, Flieger-As Bob. Menschen lassen sich nun mal nicht auf ewig kaufen.« Er beobachtete, wie Hazlitts Gesicht sich um das Kinn herum verzog und wie er heftig schluckte. »Ebenso läuft es mit Ballard Niles. Seine Eier stecken im Schraubstock.«

»Ich glaube *kein einziges* Wort.«

»Und das ist noch nicht alles, Bob. Sie haben durch Ihren Killer Rachel Patton ermorden lassen, eine junge Frau, die völlig unschuldig in diese Sauerei, in diese Intrige, hineingeraten ist …«

»Intrige? Sie haben den Verstand verloren.«

»Wir wissen, daß Sie die Lügen über Charlie Bonner in die Welt gesetzt haben – diese angebliche Börsenmanipulation. Hat Ihnen die Ironie Spaß gemacht, den Präsidenten mit Regierungsgeldern zu verleumden? Er hat keine Aktien gekauft – das hat Tony Sarrabian getan, und Sie haben Zertifikate frisiert, um den Präsidenten zu belasten. Und dann wurden unschuldige Menschen wie Rachel Patton mit hineingezogen. Und als die Falle aufgestellt war, haben Sie alle ermorden lassen, die davon wußten: Hayes

Tarlow und Drew Summerhays und Rachel Patton ... Und dann haben Sie einen verteufelten Fehler begangen: Sie haben Ihrem Schergen befohlen, meine Frau umzubringen. Sie liegt im Koma, und Sie wagen es, mich ein elendes Arschloch zu nennen ...«

Er brach ab, weil er wußte, daß er nicht die Kontrolle verlieren durfte. Er schleuderte alles, was ihm einfiel, Hazlitt ins Gesicht, jede verrückte Idee, die ihm in der vorigen Nacht im Bett der Heartland Lodge eingefallen war. Er verließ sich auf ein einziges Prinzip: Irgend etwas mußte stimmen. Zumindest so weit, daß es eine Bresche in Hazlitts Verteidigung schlug. Er hatte das Gefühl, im Traum aus einem Flugzeug gesprungen zu sein – ohne Fallschirm –, und hoffte jetzt, alles ginge gut aus. »... und ihr Killer hat versucht, mich in Saints Rest zu ermorden. Aber ich bin trotzdem hergekommen und gebe Ihnen eine letzte Chance. Wir haben alles dokumentiert: eidesstattliche Erklärungen, Geständnisse auf Band. Und der Präsident hat mich eigens hergeschickt, um Ihnen einen ehrenvollen Rückzug zu ermöglichen. Er möchte nicht, daß Sie in Schande enden, weil das der Partei und Amerika Schande machen würde – zu einem Zeitpunkt, da der Präsident unter allen Umständen Ihre geheime Regierung beseitigen und eine zweite Amerikanische Revolution einleiten will ...«

»Sie müssen völlig verrückt sein, Ben. Es gibt keine amerikanische Regierung ohne Heartland – und es gibt kein Heartland ohne mich. Ben, obwohl Sie ganz normal wirken, muß ich Ihnen sagen, daß Sie anscheinend völlig den Verstand verloren haben.« Hazlitt warf einen flachen Stein über die Wellen. »Sie kommen hierher und ergehen sich in wilden Beschuldigungen ...«

»Aber sie sind nicht wild, Bob. Das wissen Sie genau. Und darum geht es. Sie wissen, daß alles stimmt. Und es geht nicht allein um mich. Da sind das Weiße Haus und das Justizministerium und die Beweise, die Herb Varringer zurückließ, die erst in den letzten Tagen ans Licht gekommen sind. Herb hat uns eine hieb- und stichfeste Dokumentation hinterlassen. Er war der schlimmste Feind, den Sie haben konnten. Er hatte an Sie geglaubt und wurde total desillusioniert. Sie können vor Wut schnauben und alles abstreiten, aber wenn Sie nicht – hier und jetzt – Vernunft annehmen, wird alles in den Zeitungen und im Fernsehen sein, weil der Präsident nicht warten kann, bis Sie sich ausgetobt haben. Er muß Sie jetzt runterholen, und das wird nicht hübsch aussehen. Die Anklageschrift ist fertig. Die Generalstaatsanwältin braucht sie nur herauszugeben. Morgen wird der Parteitag eröffnet, und spätestens am Dienstag morgen wird die Wahrheit über Bob Hazlitt in allen Zeitungen stehen und im Fernsehen gesendet werden. Denken Sie darüber nach, Bob. Sie werden verhaftet. Die Anklagen in allen Zeitungen und im Äther. Die Nation und die Welt werden Sie dann nur noch als Kriegsgewinnler sehen – aber der Krieg wurde nur für Heartland geführt, nur für Sie, für die Kontrolle über die Herzen und Seelen der Menschen –, Sie haben nicht auf fremdem Boden Feinde gegen unsere Nation bekämpft. Sie brauchten keinen Mut und keine Tapferkeit im Dienst für das Wohl der Allgemeinheit. Ich frage mich, was die Menschen, die an Sie glauben, sagen würden, wenn sie die Wahrheit wüßten: Daß Sie nur ein Mann sind, der sich – wie so viele vor ihm – rigoros bereichert hat, indem er über die Leichen besserer Menschen gegangen ist.

Der Mann, der für Sie die Morde erledigt – weiß er, was Sie sind? Weiß er, daß Sie nichts als ein geldgieriges Schwein sind, das die Macht will, über Leben und Tod anderer zu entscheiden? Was ist, wenn Ihr Killer Prinzipien hat? Wäre das nicht die Ironie des Schicksals? Wahrscheinlich ist er verrückt … und glaubt deshalb an Sie und an Ihren Kampf, die Verteidigung der Vereinigten Staaten zu retten, und an Ihren Kampf gegen die Ungläubigen, an Ihren Kampf, die alten Werte, die Amerika für ihn verkörpert, zu schützen, und an Ihren Kampf, Ihren Stiefel fest auf die Nacken der unteren Schichten zu stellen. Was wird er denken, wenn er erfährt, daß Sie nichts anderes wollten als Geld und Macht, daß Sie nur einer der Scheißpolitiker sind, die bereit sind zu morden, um gewählt zu werden? Ist Amerika bereits so weit gesunken? Herrgott ... es ist alles so ekelhaft: Sie und Ihre Verbündeten, Männer wie Niles, LaSalle und Sarrabian.«

Hazlitt betrachtete Driskill lächelnd. Dann blickte er auf die Uhr. »Ihre Zeit ist um, Ben. Ich muß Ihnen sagen, daß Ihr Bluff bei mir nicht zieht. Vielleicht können Sie andere rumschubsen und ihnen Angst einjagen, aber nicht Bob Hazlitt! Geht das nicht in Ihren Schädel? Ich bin ein Krieger. Ich habe für mein Land gekämpft ...«

»Ich an Ihrer Stelle würde es mir noch mal überlegen, Bob.«

»Ich weiß genau, welchem Kurs diese Nation folgen muß. Ich kann die Zukunft sehen und weiß, was wir tun müssen, um ihr gewachsen zu sein. Und ich habe keinen blassen Schimmer, worüber Sie reden. Killer, die das Land terrorisieren? Blödsinn. Anklageschrift? Mich auf dem Parteitag verhaften? Das bezweifle ich stark. Sie haben Ihre Karten ausgespielt, aber Sie können mich nicht aus dem Spiel bluffen. Ihre Fahrt hierher war umsonst. Wir sehen uns dann in Chicago wieder.« Er nickte dem Leibwächter zu. »Gehen wir, Leutnant.«

Sie gingen zurück, der Leibwächter dicht hinter ihnen. Da bemerkte Driskill ganz nebenbei:

»Ach ja, etwas habe ich vergessen zu erwähnen: Es wird eine Anklage wegen Massenmords geben. Bob Hazlitt wird ganz offiziell des Massenmords angeklagt werden.« Driskill lächelte. »Mein Gott, Bob, das reicht wohl, damit Ihnen das Blut in den Adern erstarrt, oder? Soviel ich weiß, suchen sie gerade nach dem entsprechenden Gesetzestext, um diese Anklage abzufassen.«

»Ich kann es nicht fassen, daß Sie mich immer noch vollquatschen, Driskill.« Insekten summten, Grillen zirpten, wie man es nur auf dem Land hörte. Unsichtbare Wesen bei der Arbeit. »Sie sind erledigt. Sie und der Präsident – ich hatte gedacht, Sie seien hergekommen, um eine Möglichkeit zu besprechen, wie der Präsident aussteigen kann, ohne zu viel Gesicht zu verlieren.«

»Nein, da haben Sie sich geirrt. Sehen Sie … wir wissen nämlich auch alles über Ihr großes Geheimnis … *Gomorrha.*«

»Wie bitte?« Hazlitt blieb wie angewurzelt stehen. Sonnenlicht drang durch das Blätterdach neben dem Fluß. Driskills Sinne arbeiteten auf Hochtouren. Schweiß lief ihm über den Rücken. Das Summen war beinahe ohrenbetäubend. Fliegen schwirrten durch die Luft. Ihre Augen funkelten blau und grün und schwarz. Die Sonnenstrahlen wurden durch den Staub gefiltert. Das Atmen des Leibwächters klang überlaut. Der Mann litt unter irgendeiner Allergie. Seine Nase war verstopft, er mußte durch den Mund atmen. »Wie bitte?« wiederholte Hazlitt.

»*Gomorrha*. Herb Varringer hat uns alles darüber hinterlassen. Sie haben ihn nicht mehr rechtzeitig beseitigt.«

»*Gomorrha* … klingt ja direkt biblisch.«

»Wir wissen, was es ist, und wir wissen, wie Sie es einsetzen. Auch wenn Sie alles, was ich bisher gesagt habe, als meine Hirngespinste abtun, müßte Ihnen jetzt, nachdem wir über *Gomorrha* Bescheid wissen, klar sein, daß wir auch alles andere wissen. Die Tatsache, daß der LVCO-Konzern am meisten Vorteile daraus zieht, und die Tatsache, daß der Präsident angeblich in LVCO investiert hat – ist es nicht eine köstliche Ironie des Schicksals, daß sich alles so zusammenfügt? War es Absicht? War es nicht ein bißchen riskant, LVCO in Ihren Plan, den Präsidenten zu vernichten, mit einzubeziehen? Es ist sinnlos, abzustreiten, daß LVCO von Heartland kontrolliert wird …«

»*Gomorrha*«, wiederholte Hazlitt. »Würden Sie mir das bitte näher erläutern?« Seine Lippen waren weiß, sein

Gesicht schweißüberströmt. Die Röte wich tiefer Blässe. Seine Stimme klang plötzlich schwach, wie die eines Mannes, der ausgetrocknet ist und sich mit letzter Kraft gegen eine Ohnmacht wehrt.

Seit dem Gespräch in Benbows Büro war Driskill alles unzählige Male im Geist durchgegangen. Er hatte es möglichst einfach ausdrücken wollen, aber jetzt hatten ihn die Hitze und Hazlitts Schwächeanfall so verwirrt, daß er Mühe hatte, sich an die genauen Worte zu erinnern.

»Sie und LVCO – irgendwie sind Sie verknüpft –, die besten Satellitenfachleute in den obersten Etagen von Heartland und LVCO haben einen Satelliten geschaffen, der *Gomorrha* heißt. Jedenfalls kannte Herb Varringer ihn unter diesem Namen. Dieser Satellit hat ihn dazu gebracht, sich vollkommen von Ihnen abzuwenden. Aus einer Höhe von Tausenden von Meilen können Sie jeden Punkt auf diesem Planeten angreifen. Nicht nur jeden belauschen – das sind die alten Satelliten. Wir sprechen von *Angriffssatelliten*. Ich will gar nicht so tun, als verstünde ich, wie das Scheißding funktioniert, aber der Nationale Wissenschaftsrat ist bereits alarmiert – und wenn wir diesen Experten erzählen, was wir über das Erdbeben in Mexiko wissen ... ja, bis jetzt ist noch niemand auf so eine Idee gekommen. Sie haben mit Hilfe von *Gomorrha* das Erdbeben in Mexiko ausgelöst, um Ihre politischen Ziele zu verfolgen, um ein derartiges Chaos zu schaffen, daß es für die Vereinigten Staaten von Amerika beinahe unmöglich ist, nicht ihre Streitkräfte einzusetzen. Sie wollen die Friedensinitiative des Präsidenten kaputtmachen. *Das* ist Heartlands Außenpolitik. Wenn alles herauskommt und der Präsident und der Wissenschaftsrat verkünden, daß Sie, Heartland und LVCO, für das Erdbeben verantwortlich sind – ja, dann wird man Ihnen alle Toten, alle unschuldig Abgeschlachteten, vor die Füße legen.«

Hazlitt starrte ihn mit offenem Mund an. Dann setzte er sich langsam auf eine Bank am Ufer. »Das dürfen Sie nicht enthüllen, Driskill – es ist das größte wissenschaftliche Wunder aller Zeiten. Niemand darf erfahren, was *Gomorrha* bewirken kann. Wir bei Heartland haben eine Art ultimativer Waffe geschaffen, die als Naturereignis getarnt ist. Es ist der Zorn Gottes, der vom Himmel herab unsere Feinde zerschmettert ...« Ihm versagte die Stimme, als habe alles keinen Sinn mehr. Der Leutnant, der Leibwächter, trat an seine Seite. Hazlitt sackte mit aschfahlem Gesicht zusammen. »Sie wissen nicht, was Sie tun! Ben, Sie dürfen das nicht rauslassen. Das ist ein Geheimnis, das ... unter allen Umständen ... gewahrt bleiben muß. Es verleiht Amerika die Macht über den gesamten Planeten. Wir können unsere Hände sauberhalten und trotzdem das Böse und unsere Feinde bestrafen. Der Mensch hat seit ewigen Zeiten von so einer Waffe geträumt. Bonner muß verstehen ...«

»Das liegt ganz bei Ihnen, Bob. Steigen Sie aus dem Rennen aus, und retten Sie die Welt. Einfacher geht's doch kaum. Teilen Sie mir heute abend Ihre Entscheidung mit. Ich werde den Präsidenten informieren, daß Sie aus dem Wahlkampf raus sind und ihn voll und ganz unterstützen.« Driskill merkte plötzlich, daß er außer Atem war. Er hatte das Gelobte Land beinahe erreicht. Es war beinahe geschafft. »Sie und er haben Gedanken ausgetauscht, bla, bla, bla, und waren sich plötzlich einig. Aber, Bob, ich brauche das schriftlich, von Ihnen unterschrieben, ehe ich das Recht habe, den Präsidenten anzurufen.«

Hazlitt rang nach Luft und brachte kein Wort heraus. Der Leibwächter beugte sich besorgt über ihn und wartete.

»Ist alles in Ordnung?« fragte Driskill.

Hazlitt stieß ein gequältes Lachen aus. »Warum sollte nicht alles in Ordnung sein? Sie haben mir gerade das Herz herausgeschnitten. Es geht mir hervorragend.«

»Es ist ein schmutziges Spiel. Niemand hat schmutziger als Sie gespielt. Das ist alles. Sie hätten diesen *Gomorrha*-Satelliten niemals entwickeln dürfen. Alles andere hätten wir vielleicht zurückhalten und das Risiko des Parteitags auf uns nehmen können.«

»Ich wurde schlecht beraten«, sagte Hazlitt leise. »Gehen Sie zurück in die Lodge. Ich melde mich.«

»Sherm Taylor wird verdammt unglücklich sein.«

Hazlitt schüttelte den Kopf. »Sherm Taylor«, wiederholte er gequält. »Bei Sherm Arschloch Taylor weiß man nie.« Er blickte seinen Leibwächter an. »Leutnant Bohannon, helfen Sie mir hoch.« Er klammerte sich an den Arm des Leibwächters und zog sich langsam hoch. In den letzten paar Minuten war er um Jahre gealtert.

Driskill sah ihm nach, wie er langsam am Arm seines Wachhunds zurück zur Geburtstagsparty seiner hundertjährigen Mutter ging.

Alles war ganz anders gekommen, als Bob Hazlitt geplant hatte.

KAPITEL 21

Driskill wartete im Hotelzimmer. So ganz hatte er noch nicht begriffen, daß sein Plan funktioniert hatte. So viel daran war Bluff gewesen – und ohne *Gomorrha* und die Schlangenlinie hätte er überhaupt nicht funktioniert. Je intensiver er darüber nachdachte, desto schneller schlug sein Herz. Hatte er es geschafft? Hatte er es tatsächlich geschafft? War Hazlitt erledigt?

Endlich kamen die Nachrichten. Die angekündigte Rede Bob Hazlitts von der Geburtstagsparty seiner Mutter war ersetzt durch eine Konserve einer Rede, die er vor wenigen Wochen in einem Maisfeld in Iowa gehalten hatte. Driskill hatte leise gestellt und blickte kaum hin. Er wünschte, er könnte das Weiße Haus anrufen und ihnen erzählen, was sich in Backbone Creek ereignet hatte und daß die Schlacht gewonnen war. Aber das Risiko war zu groß, daß die Hazlitt-Leute mithörten. Und man wußte nie, was als nächstes passierte – er bezweifelte es zwar, doch bestand immer die Möglichkeit, daß Hazlitt seine Meinung änderte und ausnutzte, daß Bonners Mannschaft sich in falscher Sicherheit wiegte. Er saß also da und hörte sich die Rede an. Es war das übliche Gewäsch, jetzt Wahlkampfgeschichte – *wenn* Hazlitt sein Wort hielt.

Schließlich rief er im St.-Peter's-Krankenhaus an und erreichte die Schwester, die er schon kannte. Er hörte die Resignation in ihrer Stimme. Die Vorstellung, Elizabeth zu verlieren, war einfach undenkbar; deshalb klammerte er sich verzweifelt an die Hoffnung, daß es nicht geschehen würde. Es durfte nicht geschehen. Sie hatten ein gemeinsames Leben. Es mußte alles gut werden …

Um dreiundzwanzig Uhr brachte ein Bote die Sendung von Heartland.

Es war der Mann, den Hazlitt nachmittags Leutnant Bohannon genannt hatte. Es war eine einfache Transaktion. »Mr. Hazlitt hat mich beauftragt, Ihnen auszurichten, daß er morgen nach Chicago fliegt. Er wird versuchen, morgen mit dem Präsidenten Verbindung aufzunehmen, und es ihm persönlich sagen. Doch das hier ermächtigt Sie, dem Präsidenten zu versichern, daß besagtes Schriftstück Mr. Hazlitts Absichten korrekt wiedergibt.« Er übergab Driskill einen Umschlag.

»Machen Sie schon lange beim Wahlkampf mit?« fragte Driskill.

»Lange genug, um zu wissen, daß Politik nichts für mich ist.« War das eine humorvolle Anwandlung? Oder nicht? Das Gesicht war ausdruckslos.

»Ich denke sehr ähnlich. Der Preis ist sehr hoch.«

»Jawohl, Sir. Darf ich Ihnen sagen, daß ich sehr betroffen war, als ich von dem Überfall auf Ihre Gattin gehört habe.«

»Das ist sehr freundlich von Ihnen.«

»Ich bete für sie, Sir.«

»Vielen Dank«, sagte Driskill. Er blickte dem Mann nach, als er den Korridor hinabging. Es war unmöglich, sein Alter einzuschätzen. Dreißig? Vierzig? Fünfzig? Einer dieser Typen. Er ging ins Zimmer und öffnete den Umschlag.

Das Schreiben ermächtigte ihn, dem Präsidenten der Vereinigten Staaten mitzuteilen, daß Bob Hazlitt nicht länger die Nominierung für das Amt des Präsidenten anstrebte. Weiterhin ermächtigte es Driskill, dem Präsidenten zu sagen, er, Hazlitt, lege nach ausführlicher Diskussion aller Punkte vertrauensvoll die Zukunft der Partei und der Nation in Bonners Hände. Das war's! Bob Hazlitt war aus dem Rennen. Jetzt konnte man sich in Chicago treffen und den Triumph eines Präsidenten feiern.

Driskill war erschöpft, aber auch voll Energie. Er wollte nicht die Nacht im Schatten der Türme verbringen. Er wollte fort, wie ein Mann, der vor einem radioaktiven Feld flieht. Jetzt mußte er sich zwar keine Sorgen mehr wegen Hazlitt machen, wohl aber wegen des Killers, der in seinen Ängsten immer wieder auftauchte. Er war immer noch da draußen – der Hund des Krieges. Der Mann, der versucht hatte, Elizabeth umzubringen, und dann ihn verfolgt hatte. War er abberufen worden? Oder war er noch da? Observierte er ihn weiter?

Er fuhr durch die heiße Mondnacht. Insekten klatschten gegen die Windschutzscheibe. Aus der Erde stieg die Luftfeuchtigkeit in Wellen auf. Mein Gott, es war alles so verrückt. Wie konnte man in einer logischen Welt *Gomorrha*, diese bösartige Waffe, bauen, um sie dann gegen den Präsidenten einzusetzen? Und dann mußten sie herausfinden, daß sich die Geheimwaffe gegen sie selbst gewandt hatte – wie auch gegen Hazlitt. Politik vernichtete alles, auch jedes Prinzip, nach dem ein ehrlicher Mensch eigentlich leben wollte. Hier war er, auf Teufel komm raus versessen, Charlie Bonner die gute Nachricht zu bringen, als wären die Konstruktion und der Einsatz von *Gomorrha* lediglich Teil einer politischen Kampagne, ohne eigenständige Bedeutung. Tatsache war, daß das einundzwanzigste Jahrhundert sich mit der Existenz einer Waffe befassen mußte, die bei weitem zerstörerischer war als jede Bombe vorher. *Gomorrha* konnte die gesamte Welt als Geisel nehmen: Kontrolle über diesen Killersatelliten kam dem Besitz einer übermächtigen Streitkeule am Himmel gleich. Die Welt würde eine Nation fürchten und hassen – ja, sogar eine Gruppe innerhalb dieser Nation. Als unausbleibliches Resultat würden Terroristen diese Nation herausfordern, ihre absolut wahnwitzige Macht zu benutzen. War irgend jemand imstande, *Gomorrha* bewußt als politische Waffe einzusetzen? Bob Hazlitt hatte es getan. Tatsächlich, die

Menschheit hatte den Zorn Gottes in die eigene Hand genommen.

Doch als er in einem Motel neben der Straße ins Bett ging, machte er sich vorm Einschlafen keine Gedanken darüber, in einer Welt mit *Gomorrha* zu leben, sondern über Drew Summerhays. Was hatte er geplant? Aus welchem Grund hätte er sich an einer Verschwörung gegen den Präsidenten beteiligt? Er dachte auch an den Killer, der irgendwo frei umherstreifte ... und an Elizabeth, die so tief schlief.

Driskill fuhr bei strahlendem Sonnenschein weiter nach Chicago, durch die hügeligen Äcker und Felder, vorbei an Fever River und der verschlafenen Kleinstadt Oregon und der Statue Blackhawks von Laredo Taft, dann ließ er den Rock River hinter sich und gelangte in die flache Ebene vor der Stadt, mit ihren riesigen Türmen und dem Dunstschleier über dem Lake Michigan.

Die Vorhut der Regierung hatte sich im neuen *Marlowe Hotel* eingenistet, von dem aus man auf den See blickte. Das Ernie Banks International Convention Center stand wie ein gigantischer Ballon aus Beton ein paar hundert Meter weiter am Ufer. Das Hotel bot ähnlich grandiose Shows wie in Las Vegas, allerdings einen Hauch ordinärer. Die Architektur, vor allem die riesige Pyramide, hatte bei den Kritikern weltweit Aufsehen erregt. Der Architekturexperte der Londoner *Times* meinte: »Falls nicht eine sehr prominente Persönlichkeit unter diesem Ding begraben liegt – wahrscheinlich samt Rolls, Butler, Dienerschaft und unzähligen Mätressen –, dann hat diese berühmte Persönlichkeit eine Menge verpaßt.« New-Age-Philosophen gerieten über die Pyramidenform und die großzügige Verwendung verschiedener Kristalle ganz aus dem Häuschen. Sie erklärten, es sei ein Ort mit ungeheuren Kräften – was mit Sicherheit stimmte, nachdem der Präsident eingezogen war. Als Ben Driskill vor einem der vier gleich wichtigen, protzigen Eingänge aus dem Auto stieg, war ihm das ziemlich egal. Für ihn war Chicago einfach viel zu heiß, um sich dort wohl zu fühlen. Es glich einem Hochofen.

Von der Wahlkampfmannschaft erwartete ihn niemand. Keiner hatte gewußt, wo er gewesen war. Das Kommunikationszentrum des Weißen Hauses verband ihn über Washington mit Ellery Larkspur. »Benjamin! Der verlorene Sohn ist zurückgekehrt. Komm rauf!«

»Komm du runter, und laß deine Beziehungen für mich spielen. So wie die Kerle sich aufführen, könnte man meinen, irgendein Prominenter würde hier wohnen. Ich brauche Ausweispapiere. Ich will mich in der gesamten Stadt bewegen können, okay?«

»Wie immer ist deine Bitte eine meiner leichtesten Übungen.« Larkspur lachte leise. »Sag mir jetzt, wo du bist.«

Zehn Minuten später kam Larkspur durch die Lobby. Riesige Pharaos blickten auf die Menschen herab. Er sah in seinem hellen Leinenanzug so perfekt und makellos aus wie an jenem Tag, als er Driskill an der Union Station in Washington abgeholt hatte, um ihn zu dem ersten Gespräch mit dem Präsidenten zu fahren.

»Wo hast du gesteckt?«

»Im Himmel.«

»Was soll das heißen?«

»Iowa.«

»Ha! Das ist doch dieser komische Staat, wo die Parteiausschüsse vor den Wahlen Politiker umbringen lassen.«

»Umwerfend komisch! Unser Messerheld hat versucht, mich in Saints Rest zu ermorden. Wie gefällt dir das, Larkie? Vierundzwanzig Stunden nachdem er Rachel Patton und Elizabeth aufgelauert hat. Wie konnte er wissen, wohin ich gefahren bin?«

»Heutzutage gibt es Millionen von Möglichkeiten«,

spottete er. »Offensichtlich hat er jede Menge Unterstützung – technisch gesehen.« Sie waren im Aufzug, auf dem Weg nach oben.

»Ist die Bande komplett?«

»Hmm. Na ja, Landesmann und Ellen sind im zwanzigsten Stock, einen unter mir und der Präsidentensuite. Der Vize ist im zehnten untergebracht, wo er niemanden stört. Wir haben ein paar Redenschreiber, PR-Leute, die meisten für die Kommunikation Verantwortlichen ... na ja, die üblichen Verdächtigen. Mac, selbstverständlich. Die hängen jetzt alle in Macs Suite herum und versuchen sich zu erinnern, was sie zu tun vergessen haben.«

»Wie sieht es deiner Meinung nach aus, Larkie?«

»Alle Meinungsumfragen der Delegierten ergeben, daß wir verdammt nahe an einer Pattsituation stehen. Hazlitt gewinnt Delegierte, aber es geht wie bei der chinesischen Folter. Langsam. Alles liegt bei den Unentschiedenen, und wir üben soviel Druck aus, wie wir können. Die LVCO-Sache hängt wie Senfgas über dem Schlachtfeld. Wir haben einen neuen Fairweather-Spot über die ›mysteriösen Morde in Iowa‹ lanciert. Das bringt uns eine Menge Sendezeit ein. Wenn wir ihn aber tatsächlich senden, bekommen wir später Ärger mit der Aufsicht über Wahlkampfaktivitäten. Und ...« Er seufzte. »Die offenkundige Schwäche Bonners wegen Mexiko ist auch keine große Hilfe. Viele Leute sind stinksauer. In der vorigen Nacht hat es Überfälle an der Grenze nach Texas und New Mexiko gegeben. Dieses miese Pack ...«

»Ich werde das alles ändern, Larkie.«

»Aber klar doch, Benjamin.«

Von der Suite aus blickte man auf Chicago hinunter. In der Nachmittagshitze glich der Dunst einem Nebel. In der Ferne kreisten ein paar Hubschrauber mit Journalisten. Sobald der Präsident im Hotel war, würde der Luftraum darüber gebleicht und gereinigt sein – wie man sagte.

Alle waren da. Mac, Ellen, Landesmann, mehrere Schreiberlinge und einige andere. Driskill sprach mit Larkie und dieser mit Mac. Alle, die nicht unbedingt bleiben mußten, wurden auf ihre Zimmer geschickt.

»Na schön, Ladies und Gentlemen. Ich kann nicht ins Detail gehen; die Geschichte ist sehr kompliziert. Aber es gibt einen Schlußsatz, den kann ich Ihnen sagen.« Er betrachtete die Gesichter. Keiner wußte, ob er hoffnungsvoll oder verängstigt dreinschauen sollte.

»Es ist alles vorbei. Bob Hazlitt zieht seine Kandidatur zurück.«

Pause. Den meisten fiel der Unterkiefer herunter. Sie schauten sich verwirrt an.

»Charlie Bonner wird nominiert werden.«

Alle waren so verblüfft, daß keiner auf die Idee einer spontanen Feier kam. Driskill schärfte ihnen ein, auch nicht die kleinste Andeutung anderen gegenüber fallenzulassen. »Wir müssen darauf ein oder zwei Tage sitzen bleiben ... aber, verdammt, ihr habt es verdient, Bescheid zu wissen. Ich kann den Brief nicht zeigen, weil der Präsident ihn noch nicht gesehen hat. Ich will ihm persönlich das Blatt Papier geben, auf dem Bob Hazlitt eigenhändig seinen Rückzug garantiert. Sobald Hazlitt nach Chicago kommt, wird er es bekanntgeben.«

»Okay, Klugscheißer«, sagte Ellen Thorn. »Was soll das Ganze? Wie wollen Sie das bewerkstelligen?«

»Na ja, ich will ja nicht wie ein Verschwörer klingen, aber ...«

»Keine Angst, das paßt zu Ihnen«, sagte Oliver Landesmann.

»Ein großes Lob aus dem Munde des Experten.« Irgendwie war die Atmosphäre im Zimmer albern und erleichtert. Das konnte keiner bestreiten. Die Sache war abgeschlossen. Es war die Mühe wert gewesen.

»Im Ernst – ich muß zuerst dem Präsidenten Bericht erstatten.«

Alle machten buh. Doch dann kamen die Fragen wegen Elizabeth. Wie Leutnant Bohannon beteten alle für sie.

Fünfzehn Minuten später traf Driskill in der Lobby zufällig Nick Wardell – inmitten der Sarkophage, Dattelpalmen, zusammengerollten Schlangen und feierlichen goldenen Löwen, die wie vergessene Filmrequisiten umherstanden. Die beiden Männer zogen sich in die Bar ›Mumien-Treff‹ zurück. Wardell pochte mit seinem dicklichen, kurzen Finger auf den winzigen Tisch. »Ich höre Gerüchte, wonach Bob Hazlitt aufgeben soll. Was haben Sie gehört, mein Freund auf höherer Ebene?«

»Ich würde ihn zu seinem guten Urteilsvermögen beglückwünschen und hoffen, daß die Gerüchte stimmen.«

»Die Leute in der Hazlitt-Delegation drehen völlig durch, aber Hazlitts Pressesprecher schwören auf einen Stapel Bibeln, daß nichts dran sei. Sherm Taylor ist bereits hier, und können Sie sich vorstellen, was er macht? Zum erstenmal in seinem Leben stolziert er unter den Demokraten umher – schmale Lippen, sehr präsidentenhaft, sehr nüchtern ... Wissen Sie, was ich denke, Ben? Der Wahlkampf hat an Tempo zugenommen, nachdem Sherm an Bord gegangen ist. Und jetzt hat Sherm seinen ganzen Pep verloren. Würde es für seinen Kandidaten rosig aussehen, wäre Sherm das bestangezogene Schwein in der Scheiße des ganzen bekannten Universums – aber jetzt sieht er nachdenklich aus.«

»Wie die Sphinx«, sagte Driskill und tätschelte die kleine Sphinx aus Keramik in der Tischmitte, die zwinkerte.

»Manche Leute schieben es darauf, daß er direkt vom General der Marineinfanterie zum Präsidenten aufgestiegen ist und in der Welt der Politik nicht herumgestoßen wurde – und er die nicht mag ...«

»Quatsch, die haben vergessen, was vor vier Jahren passiert ist. Charlie hat ihm einen gewaltigen Tritt versetzt – mindestens sechsundfünfzig Yard bis ins Ziel, würde ich sagen.«

Wardell nickte, »Wie dem auch sei, ich glaube, irgend etwas ist da im Busch …«

»Das ist es doch immer«, sagte Driskill.

Die Fernsehkameras standen auf dem Rollfeld bereit. Die Heartfield-Türme bildeten den perfekten Hintergrund, als Flieger-As Bob Hazlitt in seiner alten Fliegerjacke und der Mütze mit den Abzeichen und dem weißen Seidenschal sich für den Flug nach Chicago fertig machte. Es gelang ihm, mit den Kameraleuten zu scherzen und ihnen zu sagen, sie sollten sich beeilen, weil es für diesen Unsinn zu heiß sei. Kaum waren die Bilder im Kasten, riß er sich Schal und Jacke herunter und ging eine Runde um die P-38 Lightning, das mit seinem Doppelrumpf und den Schwänzen vielleicht markanteste Flugzeug des Zweiten Weltkriegs. Ein wunderschöner Vogel. Hazlitt hielt ihn für das beste Stück seiner Sammlung.

Hazlitt lehnte sich auf einen Flügel und wartete, mit dem Gesicht nach Osten, der Sonne entgegen, während einer seiner Assistenten Koffer und einen Seesack einlud.

»Alles verstaut, Leutnant?«

»Jawohl, Sir. Alles startklar.«

»Sie waren mir eine große Hilfe.«

»Danke, Sir.«

»Sie begeben sich auch direkt nach Chicago?«

»Ich werde am Dienstag dort sein, Sir.«

»Ich bin sicher, der General wird froh sein, Sie zu sehen. Ich treffe ihn schon heute abend … und morgen werde ich zum ganzen Land sprechen.« Er blickte zum Laderaum. »Alles drin? Ich will nicht ankommen und feststellen müssen, daß mein Frack oder irgendein anderer Scheißdreck fehlt.«

»Kann nicht passieren, Sir. Ich habe alles doppelt überprüft.«

Hazlitt kletterte ins Flugzeug und schloß die Führerkanzel. Er hob für die Fotografen beide Daumen hoch und rollte los. Tom Bohannon salutierte. Mit dem glänzenden Doppelrumpf ähnelte das Flugzeug einem prähistorischen Flugungeheuer. Als Hazlitt mit voller Geschwindigkeit an den Zuschauern vorbeizischte, winkte er und zog dann den Steuerknüppel an sich. Langsam hob der Vogel vom Rollfeld ab, so anmutig, daß man hätte weinen können.

Tom Bohannon hatte die Begegnung mit Driskill in eine dunkle Nische seines Bewußtseins gedrängt. Idiotisch. Er konnte nicht fassen, daß er versagt hatte – aber es war glitschig gewesen, und Driskill war ein verflucht kräftiger Dreckskerl, und alles war schiefgelaufen. Er lag in seinem Zimmer in der Flieger-As-Bob-Lodge und sah fern. Er hatte den Arbeiter gesehen, der hundert Meter tief beim Convention Center vom Gerüst gefallen war und mit einem verstauchten Knöchel überlebt hatte. Erstaunliche Geschichte. Absolut erstaunlich.

Er schlug die Biographie Tom Paines auf und hörte mit halbem Ohr zu, wie die Cubs in Pittsburgh im Fernsehen spielten. In Pittsburgh hatte es angefangen zu regnen, aber der Stadionsprecher war zuversichtlich, daß sie das Spiel zu Ende führen könnten. Bohannon fühlte sich hier wohl. Es war ruhig, es war bequem, für alles war gesorgt. Er schaute auf die Uhr. Dann las er weiter, wie Paine im Gefängnis in Frankreich auf die Nachricht wartete, ob man ihn köpfen würde. Die Regierung in Washington hatte ihn vollkommen verlassen. Die offizielle Politik lautete, daß jeder Amerikaner, der ein fremdes Land bereiste, völlig den Gesetzen des betreffenden Landes unterstand. Das arme Schwein! Er brauchte dringend Hilfe. Aber Tom Paine beschwerte sich nicht. Er behauptete von sich, ein Bürger der Welt zu sein – nicht einer einzigen Nation –, und war bereit, nach diesem Prinzip zu leben. Bohannon hatte Achtung vor Tom Paine, weil er an bestimmte Grundprinzipien glaubte – vor allem, daß man sich selbst unbedingt treu bleiben müsse. Darin fühlte Bohannon sich mit ihm seelenverwandt. Doch war Bürger Paine nur einer der vielen Helden, die in Tom Bohannons persönlichem Pantheon standen. Patrick Henry war nur ein grüner Junge gewesen, ein Amateurspion. Nicht seine Erfolge hatten durch all die Jahre hin weitergelebt, sondern die Art, wie er gestorben war, hatte als Standard für alle gedient, die für ihr Vaterland das Leben opfern mußten. Und Washington. Wenn Tom Bohannon an George Washington dachte, konnte er nur mit Mühe die Tränen zurückhalten. Und dann dieser Bonner! Ein Mann, der den Geheimdienstapparat seines Landes entwaffnete und damit die Nation inmitten einer feindlichen Welt, in der die Rassenschande ständig zunahm, schutzlos ließ, wagte es, die Erinnerung an Ethan Allan und die Green Mountain Boys heraufzubeschwören und sich selbst den Begründer einer neuen amerikanischen Revolution zu nennen. Das war für Bohannon glatte Blasphemie, bei der ihm die Galle hochkam.

Der Stadionsprecher brüllte, um die Menge zu übertönen. Die Cubs rannten um die Basen, rissen sich die Mützen vom Kopf und wirbelten Staub auf.

Es klopfte. Bohannon blickte auf die Uhr und öffnete.

Eine Hotelangestellte stand draußen.

»Mr. Clayton, Sir. Das ist gerade für Sie gekommen, Sir.«

Bohannon nahm den schlichten Briefumschlag und gab der Kleinen, die in ihrer Livree und den kurzen blonden Locken niedlich aussah, einen Dollar. »Danke.«

»Gern geschehen.« Sie legte die Hand an die Mütze und verschwand.

Er öffnete den Umschlag.

Halten Sie sich für die Verteidigung Amerikas bereit!

Ein Lächeln breitete sich auf seinem Gesicht aus. Er war stets bereit, Amerika zu verteidigen.

Er verließ das Hotel und ging zwei Blocks weiter zu einer Telefonzelle. Er steckte die Karte, die auf Andrew Clayton ausgestellt war, in den Schlitz und wählte. Es klingelte. Dann sagte eine Stimme: »St.-Peter's-Krankenhaus.«

»Hallo, hier ist Bob McDermott. Ich rufe aus dem Weißen Haus an. Würden Sie mich, bitte, mit der Station verbinden, auf der Mrs. Benjamin Driskill liegt?«

»Das ist Vier West. Einen Moment, bitte.«

Er hörte Klicken und wieder Klingeln. »Vier West.«

»Hallo, hier ist Bob McDermott aus dem Weißen Haus. Ich rufe im Auftrag des Präsidenten an. Er möchte sich nach Mrs. Driskills Zustand erkundigen.«

»Oh, Mr. McDermott, habe ich nicht vorhin mit Ihnen gesprochen?«

»Schon möglich. Drei oder vier von uns rufen ständig an, um auf dem laufenden zu bleiben. Wie geht es ihr? Irgendwelche Veränderungen?«

»Sie sind wirklich McDermott?«

»Ja, natürlich.«

»Tut mir leid. Ich kann Ihnen nicht mehr als vorhin sagen.«

»Nun, ich nehme an, keine Neuigkeiten sind gute Neuigkeiten. Wenigstens steht es nicht schlechter.« Er machte eine Pause, um nachzudenken. »Vergessen Sie nicht zu beten.«

»O nein, wir vergessen die Gebete nie. Ich schätze, wir Schwestern beten mehr als irgend jemand sonst außerhalb der Kirche.«

»Der Präsident ist mit Ihnen allen in St. Peter's sehr zufrieden. Gute Nacht.«

Als er wieder in seinem Zimmer war, war er froh, der Gluthitze entkommen zu sein. Er schaltete den Fernseher ein und schaltete durch die Kanäle. Dann ging er pinkeln. Als er den Reißverschluß hochzog, überschlug sich die Stimme des Reporters im Fernsehen.

Jemand war gestorben.

An Bord der *Air Force One* spielte der Präsident mit Arthur Finney von der *New York Times* und zwei Journalisten von *Newsweek* und Linda Poker. Sie hatte gerade mit einem Full House den größten Pott kassiert. Alle lachten und machten Späße. Der Präsident äußerte sich fatalistisch, was er tun würde, wenn er die Nominierung verlor. Nach Meinung der Journalisten war er erstaunlich guter Laune. »Besonders für einen Mann, der fünfunddreißig Dollar in den Miesen ist«, meinte Larry Thorson von der AP, der, kaum zu fassen, in Saints Rest geboren und aufgewachsen war.

Plötzlich kam der Copilot, den alle liebevoll Big Bill Posey nannten, zu den Kartenspielern nach hinten. Er war groß und kräftig, mit lockigem Haar. Jetzt machte er ein besorgtes Gesicht.

»Verzeihen Sie, Mr. President. Wir haben gerade von O'Hare und den Sicherungskräften der Absperrung um den Flughafen eine Meldung erhalten: ein Notfall auf der Landebahn. Genaues ist noch nicht bekannt. Aber wir bekommen erst Landeerlaubnis, wenn alles geklärt ist. Aber kein Grund zur Beunruhigung. Wir wollen von dem kleinen komischen Punkt auf dem Radarschirm möglichst weit wegbleiben.« Er schaute auf den Tisch. »Im Namen Amerikas möchte ich der First Lady gratulieren, Sir. Sie spielt großartig Karten.«

»Danke, Captain«, sagte Linda.

»Nur ein weiterer Beweis dafür, was für ein Glück diese Frau hat«, meinte der Präsident. »Danke für die Information. Halten Sie uns auf dem laufenden, Bill. Wie groß wird die Verspätung sein, Ihrer Meinung nach?«

»Eine halbe Stunde, vielleicht auch eine Stunde. Das kann ich erst sagen, wenn wir wissen, was unten los ist.«

»Okay, Bill, aber denken Sie dran: Wir haben einen engen Terminplan.«

Im Bonner-Kommandozentrum, im Hotel *Marlowe*, warteten Driskill, McDermott, Thorn und Larkspur auf das Eintreffen des Präsidenten, das im Fernsehen übertragen werden sollte. Es war immer ein beeindruckender Anblick, wenn die *Air Force One* mit dem Siegel an der Seite landete. Die Flagge wehte im Winde, Präsident und First Lady stiegen aus und wurden vom Gouverneur, dem Bürgermeister und allen, die eine Einladung ergattert hatten, mit viel Pomp begrüßt. Es war eine verdammt gute Show.

Während sie warteten, sahen sie sich den Bericht aus einem Zeppelin an, wie Bob Hazlitts P-38 Lightning über das von der Sonne verbrannte Illinois brauste, über die kleine Stadt Oregon, wo die Kamera die majestätische Blackhawk-Statue einfing. Dann kam sogar eine Nahaufnahme von Bob Hazlitt, wie er aus dem Cockpit der Fernsehkamera zuwinkte.

Als es passierte, brauchten die Millionen Zuschauer einen Augenblick, bis sie erfaßten und verstanden, was sie gerade gesehen hatten. Viele meinten später, es hätte sie an den Golfkrieg erinnert, als 1991 alles wie ein Videospiel ausgesehen hätte: Die Rauchwölkchen, Bomben wie Blitze – alles irgendwie nicht real. Andere, schon ältere Leute erinnerten sich an die Ermordung John Kennedys und die Lee Harvey Oswalds, die nur eine Nanosekunde später erfolgt war, als würde die Zeit beide Ereignisse in eines überblenden.

Die P-38 zischte dahin. Sie glänzte in der Sonne. Hazlitt winkte. Und dann war da plötzlich eine Rauchwolke –

ohne die dazugehörenden Geräusche wirkte sie fast harmlos –, dann ein Blitz. Danach explodierte das Flugzeug – nicht in Zeitlupe wie im Film. Brennende Wrackteile sausten durch die Luft. Dann war es verschwunden, ehe man es richtig gesehen hatte. Die Kamera aus dem Zeppelin fing es nochmals ein, als die Teile hinabstürzten und vor dem Hintergrund der Erde unten verschwanden.

Die Fernsehkamera schwenkte wild hierhin und dorthin, um irgend etwas zu erwischen, aber die Wrackteile waren meilenweit über dem Farmland und den Industriepark verstreut – ja, beinahe bis zum Flughafen. Bis zur Landung hatte Hazlitt noch elf Minuten gehabt. Erst nach fünf Tagen fand ein Kind, das mit der Familie aus den Sommerferien zurückgekommen war, Hazlitts linken Daumen im Napf seines Hundes Odin. Technisch gesehen, war es Odin, der die letzten sterblichen Reste des Flieger-Asses Bob gefunden hatte. Zum Glück war der kleine Ike gekommen, ehe Odin das Beweisstück gefressen hatte.

Den Tod Bob Hazlitts sahen mehr Menschen als den Tod irgendeines anderen Mannes in der Geschichte – Oswald eingeschlossen, da bei dessen Ermordung die Vereinigten Staaten viel kleiner gewesen waren, da Satelliten die Bilder noch nicht weltweit übertrugen.

Hazlitts Mutter teilte man das Hinscheiden ihres Sohnes nicht mit.

Die *Air Force One* landete auf O'Hare in einem Kokon unvorstellbarer Sicherheitsvorkehrungen. Beim Anflug hatten sie noch einige brennende Wrackteile gesehen. Captain Posey hatte den Präsidenten und seine Begleitung informiert, daß es sich wahrscheinlich um Bob Hazlitts Flugzeug gehandelt habe. Der Großteil der Nation war in einer Art Schockzustand. Die Reporter gaben sich größte Mühe anzudeuten, daß es sich um eine Art wahnwitzige

Verschwörung handeln könnte und man, wenn man nicht weiter zuhörte, eine Sensation verpassen würde.

Das Flugzeug des Präsidenten landete ganz am Ende einer nicht benutzten Landebahn. Zweihundert Polizisten hatten das Gelände abgesperrt. Ein Panzerspähwagen übernahm den Transport des Präsidenten und seiner Begleitung. Es gab keine Reden, keine Musik – jedenfalls konnte der Präsident keine hören. Als Ablenkungsmanöver fuhren Geheimdienstleute mit der Limousine des Präsidenten, die am Vortag zusammen mit acht weiteren Staatskarossen eingeflogen worden war, in die Stadt. Der Panzerspähwagen wurde von einer drei Meilen langen motorisierten Kavalkade begleitet, darunter Armeefahrzeuge, Polizeiwagen, motorisierte Spezialeinsatzkommandos und mehrere andere nicht identifizierbare, aber sehr beeindruckende Fahrzeuge. Oben drüber schwirrten Kampfhubschrauber und erklärten den Hubschraubern der Presse, sie sollten schleunigst abhauen, und zwar weit weg, wenn sie nicht runtergeholt werden wollten.

Die Pharaos auf dem Höhepunkt der Macht hätten das Chaos vor dem *Marlowe*-Hotel genossen.

Orchester der örtlichen Hochschulen, Tanzgruppen der Grundschulen, Pantomimen und alle möglichen Gaukler, Cheerleader mit Cowboyhüten und Spitzenhöschen – alle wollten sie nicht auf ihre Darbietungen zum Empfang des Präsidenten verzichten, nur weil irgendein Flugzeug abgestürzt oder in die Luft gejagt worden war.

Die wildesten Gerüchte schwirrten in der Menge und bei den berittenen Polizisten und den Urlaubern, die sich vordrängten, um einen Blick auf den Präsidenten und die Delegierten zu erhaschen: In O'Hare hatte es ein schreckliches Unglück gegeben. Ein Air-Force-Jet war in den Hauptterminal gestürzt. Hunderte von Toten und Verletzten. Eine Northwest 727 war ins Ameritech-Hauptquartier gestürzt. Bob Hazlitts Flugzeug war abgestürzt und der Kandidat dabei ums Leben gekommen … Niemand vor dem *Marlowe* wußte, welche Geschichte tatsächlich stimmte, aber alle wußten, daß das Flugzeug des Präsidenten heil war ... oder daß es bei der Landung von einer SAM-Rakete beschossen worden und in Flammen aufgegangen war.

Als sich die Kavalkade näherte, kam Bewegung in die Sicherheitsleute. Ein Schwall Schulkinder mit roten, weißen und blauen Ballons stürzte aus dem Hotel. Andere Gruppen schwenkten kleine Fähnchen mit dem AR-2-Logo. Die Stockton-High-School-Band aus Illinois spielte ›In the Cool, Cool, Cool of the Evening‹. Es folgte die Football-Mannschaft von Stockton High, welche die Staatsmeisterschaft gewonnen hatte. Alle wurden von der Polizei, zu Fuß und zu Pferd, und den Leuten des Geheimdienstes aus dem Weg gedrängt. Eine in der Sonne glänzende Tuba fiel klirrend aufs Pflaster. Dann stieg der Präsident aus dem Panzerspähwagen. Sofort scharten sich die Leibwächter um ihn und schoben ihn weiter. Doch der Präsident wehrte sich und blieb nach wenigen Schritten stehen. Wer in der Nähe stand, konnte ihn hören, wie er sagte: »Verdammt. Was macht ihr? Ihr werft ja die Menschen zu Boden. Glaubt ihr etwa, diese Kinder wollen mich abknallen? He, kleine Miss.« Er beugte sich zu dem kleinen Mädchen in der Uniform der Band, das seine Tuba aufheben wollte. Die Kleine hatte ihre Mütze verloren. Tränen liefen ihr übers Gesicht. »Na, alles in Ordnung, Miss?« Der Präsident legte die Arme um ihre Schultern und musterte den Leibwächter, der sie zu Boden gestoßen hatte, mit finsteren Blicken. Reporter drängten sich herbei. Sieben oder acht Kameras fingen ein, als Präsident Bonner sagte: »Wie heißt du denn? ... Julie? Also, Julie, diese Männer passen auf mich auf. Dan auch, der dich sozusagen überrollt hat. Das hat er aber nicht gewollt, nicht wahr, Danny?«

Danny schüttelte den Kopf. Dann wurde ihm bewußt, daß er im Fernsehen war, und er lächelte und sagte geistesgegenwärtig: »Der Präsident macht es uns manchmal nicht leicht, Julie. Aber wir wissen, daß er das nur tut, weil er gern mit den Menschen redet. Es tut mir wirklich leid, Julie.« Dann schaute er den Präsidenten an. Dieser sagte: »Also, Julie, die Regierung der Vereinigten Staaten wird dir eine neue Tuba besorgen. Darauf gebe ich dir mein Wort. Ich danke dir für den freundlichen Empfang und daß du eigens hergekommen bist, um mir guten Tag zu sagen.« Dann küßte er Julie, die jetzt strahlte, auf die Wange. Er winkte den Schülern zu und schüttelte viele Hände. So arbeitete er sich langsam zum Hotel vor. Das Bad in der Menge hätte jeden Mörder begeistert. Dann schrie jemand aus der Menge: »Haben Sie gehört? Bob Hazlitts Flieger ist gerade in die Luft geflogen?«

Der Präsident ging weiter ins Hotel und tat so, als hätte er nichts gehört.

Als erstes sprach der Präsident mit Ben Driskill.

Ben berichtete ihm von seiner Begegnung mit Hazlitt. Nach dem Bericht schwiegen beide eine Zeitlang. Der Präsident massierte sich mit den Fingerspitzen die Augen und blickte durch das Fenster auf Chicago, das in der Hitze waberte.

»*Gomorrha*«, sagte er. »Ben, das ist alles so wahnwitzig. Ist das wirklich wahr? Nein, Moment mal – früher oder später muß das alles rauskommen. Natürlich nicht in die Öffentlichkeit. Du weißt schon, was ich meine … Herrgott, habe ich Durst.«

Er seufzte und blickte sich nach der Bar um. Dann schenkte er sich ein Diät-Schweppes ein und gleich darauf noch eines, das er Ben gab.

»Ben, ich bin nicht sicher, daß ich begreife, was du mir erzählt hast. Du hast eine völlig neue, eine persönliche Politik erfunden. Du hast diesen Schweinen nichts erzählt, was irgendwie beweisbar wäre. Warum sind sie einfach zusammengebrochen?«

»Ich habe nichts erfunden, Charlie. Ich habe nur gelernt, wie sie spielen. Die Theorien, die wir aufgestellt haben, sind zufällig richtig. Hazlitt war aber überhaupt nicht beeindruckt, bis ich ihm sagte, daß wir über *Gomorrha* Bescheid wüßten. Überlege doch: Du hast die absolute Superwaffe und hast sie gerade mit so grauenvollen Resultaten, wie wir sie uns gar nicht vorstellen können, getestet – und dann kommt irgendein Arschloch zu dir und weiß über alles Bescheid ... Na ja, als er fiel, fiel er schnell.«

»Er mußte also niemanden um Rat fragen. Er hat einfach angenommen, wenn du wüßtest, daß das Erdbeben von seinem Satelliten verursacht wurde, gäbe es keine Möglichkeit mehr, zu leugnen. Er muß sich beschissen gefühlt haben.«

»Allzu gut hat er nicht ausgesehen, Charlie. Das kann ich dir garantieren.«

Ellery Larkspur war leise vom Nebenzimmer hereingekommen und stand jetzt an dem vom Boden bis zur Decke reichenden Fenster, das wie die Limousine schwarze Sicherheitsscheiben hatte. Er trug einen grauweiß gestreiften Leinenanzug und hätte sich gut als Model für eine Hochglanzreklame gemacht.

Er blickte auf die einer Fata Morgana ähnliche Kuppel des Ernie Banks Centers, die auf einer Wolke aus Luftfeuchtigkeit, Baustaub und brodelnder Hitze zu schweben schien. Er hatte die Hände in die Hosentaschen gesteckt. Sein Gesicht war noch rosiger als sonst. Er betrachtete die Welt mit finsteren Blicken.

»Na, Larkie, was meinen Sie?« fragte der Präsident. »Was sagt Ihr Bauch? Hazlitt ist aus dem Spiel raus. Was heißt das?«

»Wir müssen uns immer noch mit dieser LVCO-Sache befassen, besonders jetzt, nachdem die mexikanische Regierung LVCO hereingebracht hat, um die Erdbebensituation abzuschätzen. Es sieht so aus, als würden Sie von der Katastrophe *profitieren*.«

Er sah Bens erstaunten Ausdruck. »Du bist nicht auf dem laufenden, Benjamin. Es kam in LaSalles Sendung. Jetzt wissen wir, daß Tony Sarrabian die meisten Aktien von LVCO besitzt, aber erst seit kurzem. Die Generalstaatsanwältin muß etwas unternehmen und ihm so lange die Daumenschrauben anlegen, bis die Wahrheit ans Licht kommt. Egal, um welche Schweinerei es sich handelt, er ist mittendrin. Wenn Sarrabian richtig ausgepreßt wird, müßte etwas herauskommen. Dann ist der Präsident wahrscheinlich völlig rehabilitiert.«

»Damit kommen wir zu Hazlitts Tod«, sagte der Präsident. »Was machen wir?«

Larkspur nahm einen großen Schluck Eistee. »Sarrabian«, murmelte er, als hätte er den Präsidenten nicht gehört. »Ja, wir müssen uns mit ihm befassen.« Er klang nicht optimistisch.

»Es sei denn, jemand bringt ihn um«, sagte Driskill.

Larkspur fuhr fort: »Aber wer weiß, was der morgige Tag bringt? Ich jedenfalls nicht, obwohl ich mich eigentlich auskenne. Die Menschen versuchen sich an den Gedanken zu gewöhnen, daß Bob Hazlitt, der gestern noch unter uns war, jetzt nur noch eine Erinnerung ist. Seine Delegierten rennen kopflos herum und suchen Hilfe. Was machen wir? Sollen wir ihnen eine Bestechung vorwerfen, um sie an Bord zu ziehen – einen anderen Kandidaten haben sie jetzt nicht mehr. Sollten wir versuchen, sie an Land zu ziehen? Würden wir dann nicht ... unsensibel aussehen? Wenn wir kein Glück haben, könnte das äußerst peinlich werden.«

»Falls sie nein sagen.«

»Genau, Mr. President.«

»Was hat Hazlitt sich bei diesem *Gomorrha*-Ding nur gedacht? Herrgott noch mal – für mich klingt das, als hätte er sich von der Technologie verführen lassen und dabei den Verstand verloren.« Der Präsident sprach nachdenklich vor sich hin.

»Meiner Meinung nach wollten sie das Chaos da unten

vergrößern und dich als Feigling hinstellen, weil du nicht einmarschiert bist und den Krieg beendet hast«, sagte Driskill.

»Wie lange können wir das alles geheimhalten?« fragte der Präsident. »Können wir den Parteitag überstehen, ohne daß etwas rauskommt?« Er blickte die beiden ernst an. »Die Republikaner bringen uns um, wenn das vorzeitig bekannt wird. *Demokraten töten Tausende* – ich sehe die Schlagzeilen jetzt schon vor mir.«

Larkspur nickte. »Na ja, eine Weile können wir den Deckel noch drauflassen. Bis nach der Wahl. Die Typen, die *Gomorrha* für Heartland gebaut haben, haben keine Ahnung, daß wir Bescheid wissen und auch nicht, daß es im Wahlkampf eine Rolle spielt – ein Erdbeben ist ein Erdbeben. Scheiße, aber es passiert eben. Da es im Wahlkampf keine Rolle spielt, bleibt es nur zwischen Hazlitt und uns. Die Öffentlichkeit geht das alles nichts an. Ansonsten würde es zu einer riesigen Untersuchung kommen, die ewig dauert. Keiner kommt aus dem Wald gerannt und schreit: He, Leute, wir können Erdbeben machen! Jedenfalls keiner mit klarem Verstand.«

»Nach der Wahl können wir Beweise vorlegen«, sagte der Präsident. »Aber erst später in der zweiten Amtsperiode.«

»Aber, Sir«, sagte Larkspur. »Dann könnten wir es doch ganz und gar beerdigen. Wie das ganze UFO-Zeug und die Ergebnisse, die wir immer noch über die Entwicklung und Erprobung der Atombombe herausfinden. Wenn alles später irgendwann einmal heraussickert, kann uns das doch egal sein – und Ihr Platz in der Geschichte als Friedensstifter ist dann unbestreitbar.«

»Also mich macht das Ding nervös.« Der Präsident lächelte gequält. »Aber wir dürfen diesen Burschen, die *Gomorrha* abgefeuert haben, keine Chance lassen. Und wir dürfen unsere Untersuchungen unter keinen Umständen vertuschen. Aber im Augenblick weiß niemand, daß das

Erdbeben in Mexiko nicht ein ganz gewöhnliches Beben war. Ich wette, daß die Erdbebenbeobachter als erste etwas merkwürdig finden – glaubt mir, das werden sie. Und dann müssen wir unsere Antworten parat haben. Ab jetzt ist das die politische Richtung, die wir einschlagen.«

Larkspur strich sich mit seinen großen, mit Leberflecken übersäten Händen die Haare zurück und sagte: »Ich habe mir die Freiheit genommen, Mr. President, mit der Generalstaatsanwältin über das Problem mit den Heartland-Satelliten-Experten zu sprechen. Ich hatte natürlich keine Ahnung von dem Erdbeben, ich habe nur ein paar Dinge überprüft. Heartland hat über der gesamten Welt Satellitenstationen – aber ich nehme an, es spricht nichts dagegen, warum das Signal für *Gomorrha* nicht vom Sat-Com-Center in den Türmen in Iowa gegeben worden sein könnte ...«

»Sat-Com-Center«, wiederholte der Präsident. »Das klingt wie Peenemünde, Zweiter Weltkrieg.«

»Wir hätten den Zweiten Weltkrieg sehr viel früher beenden können, hätten wir Japan mit ein paar Erdbeben Stärke neun auf der Richterskala treffen können. Wir hätten am achten Dezember 1941 Schluß machen können. Wie auch immer, ich schlage vor, daß die Generalstaatsanwältin das FBI nach Iowa zu Heartland schickt und mit den Nachforschungen über Hazlitts Tod anfängt – und uns alle paar Stunden Meldung macht.«

»Danke, Larkie. Direkt in das Wespennest.« Er seufzte. »Okay. Hazlitt. Was werden sie machen? In Illinois etwas Erde zusammenkratzen und analysieren, ob ein Stück Hazlitt drin ist?«

»Wahrscheinlich werden sie ihn in einer Pyramide mit der Hälfte seiner Diener und Lieblingstiere begraben«, sagte Driskill. »Ihr hättet seinen Leibwächter sehen sollen. Könnte auf jedem Poster für die Marineinfanterie Reklame machen. Die ganze Show dort: die Party für seine Mutter; das Restaurant, wo man doppelt bekommt, was man bestellt hat; seine Sekretärin, die Bob anbetet, als sei er ein Gott ... Das war alles nicht echt – ich könnte euch nie verständlich machen, wie kitschig diese Bilderbuchparty für seine Mutter war.« Driskill schüttelte müde den Kopf.

»Was machen wir mit dem Brief?« fragte der Präsident.

»Du meinst – ob wir ihn veröffentlichen oder geheimhalten sollen?«

»Wir müssen auch Sherm Taylor in Betracht ziehen«, sagte der Präsident. »Sherm will bestimmt etwas sagen.«

»Klar! Am liebsten würde ich ihn sagen hören: *Scheiß auf all das, ich gehe zurück zu den Republikanern!*«

Der Präsident lächelte hoffnungsvoll. »Ich frage mich, ob wir ihn erpressen könnten, unsere Partei zu verlassen.«

Larkspur schüttelte den Kopf. »Wir haben nichts, womit wir ihm drohen können. Das ist das Problem. Klar, wir könnten zweifellos irgend etwas ausgraben – aber nicht rechtzeitig, um es auf dem Parteitag einzusetzen.«

»Es geht um seine Tapferkeitsmedaille«, sagte Driskill. »Er meint, er müsse so leben, daß er ihrer würdig ist.«

Der Präsident schaute von Driskill zu Larkspur. »Ich glaube, wir sollten den Brief veröffentlichen.«

»Wozu?« fragte Larkspur. »Wollen wir, daß die Leute denken, Sie hätten mit Hazlitt gemauschelt?«

»Herrgott, Larkie, was können wir sonst tun, um die Leute zusammenzubringen? Vielleicht funktioniert es – vielleicht nicht. Auf alle Fälle zeigt es, daß Hazlitt das Licht gesehen hat. Wir können erklären, daß wir lange telefoniert haben und er eingesehen hat, daß ich das Richtige tue, und daß er ein paar Punkte vorgeschlagen hat, bei denen wir zu einem Kompromiß gekommen sind. Schließlich hat er sich entschlossen, auf dem Parteitag seinen Rücktritt zu erklären und alle aufzufordern, mich zu unterstützen. Ich habe ihm einen Posten im Kabinett angeboten, falls er ihn haben will ... und damit ist er nach Chicago geflogen. Peng. Das ist das Ende von Bob Hazlitt. Klingt das nicht einleuchtend?« Der Präsident stand auf und lief hin und her. »Warum haben wir solche Angst, das Maul aufzumachen? Hazlitt ist tot, verdammt noch mal. Die Nominierung gehört uns! Wenigstens im engsten Kreis sollten wir himmelhochjauchzend jubeln.«

»So einfach ist es nicht, Mr. President«, widersprach Larkspur. »Wir stehen alle unter Schock – vielleicht ist uns noch nicht klar, was das alles im Klartext heißt: Ihre Nominierung. Wir sollten unsere Begeisterung lieber noch etwas zügeln – wenn wir etwas gelernt haben, dann, daß in der Politik nie etwas vernünftig ist.«

»Ich will nicht wie eine nasse Decke deinen Enthusiasmus dämpfen, Charlie«, sagte Driskill. »Vielleicht leide ich auch unter leichtem Verfolgungswahn – aber was ist, wenn jemand das Flugzeug in die Luft gejagt hat? Was ist, wenn in den nächsten Wochen herauskommt, daß Hazlitt vor zehn Millionen Zuschauern im Fernsehen ermordet wurde?«

»Müssen wir tatsächlich mit so etwas rechnen?« Der Präsident schaute Larkspur an.

»Na ja, wir sollten zumindest vorbereitet sein, falls jemand diese Fragen stellt. Aber wir glauben doch nicht im Ernst, daß die Sache stinkt, oder?« Larkspur tippte sich mit einem Kugelschreiber, auf dem das Siegel des Präsidenten war, gegen die Lippen – alles, um nicht zu rauchen.

»Nein, aber wir dürfen die Möglichkeit nicht außer acht lassen«, sagte Driskill. »Aber falls jemand ihn umgebracht hat – er hätte ein Motiv? Die Welt wird ihre Augen auf uns richten, Freunde. Wir sind schließlich die Nutznießer ...«

»Du lieber Gott, Ben!« Der Präsident brüllte beinahe. »Gib Ruhe. Wenigstens einen Moment lang. Wir haben auch ohne das viel zu tun. Wir müssen engen Kontakt mit der Flugsicherung und den Jungs vom FBI halten, die am Tatort sind. Der erste Hinweis muß an uns gehen – Larkie, können Sie dafür sorgen, daß das FBI das kapiert?«

»Selbstverständlich.«

»Dann laßt uns den Inhalt des Briefs bekanntgeben. Wie

sollen wir das am besten machen?« fragte der Präsident. »Vorerst nicht an die Masse. Vielleicht sollten wir ihn für die Delegierten aufheben. Möglich, daß ich ihn irgendwie verwende. Darüber muß ich noch nachdenken. Wir können Fotokopien des Briefes verteilen, richtig? Aber wir müssen noch den besten Zeitpunkt finden.« Er nahm den Brief vom Couchtisch und las ihn nochmals. »Das beschließen wir morgen früh. Entwickelt einen Plan … Männer, ich bin hundemüde. Larkie, Sie arbeiten etwas wegen der LVCO-Sache aus – noch ein klares Dementi von mir. Aber lassen Sie Ihre Leute weiter an Sarrabian arbeiten. Wir brauchen etwas Solides. Ich schlage vor, daß wir uns morgen früh um sieben wieder hier treffen.«

KAPITEL 22

Die Pressekonferenz fand am nächsten Morgen um acht Uhr statt. Sie wurde nicht im Ramses-Raum des Hotels abgehalten, der zu klein war, sondern im prächtigen Memphis-Ballsaal. Große Gemälde der demokratischen Präsidenten waren eigens für diesen Anlaß aufgehängt worden, mit den dazugehörigen gekreuzten Flaggen und Bildern der Staaten, aus denen sie kamen. Der Parkettboden glänzte. Die Spiegel in Goldrahmen schimmerten. Alles vom Feinsten. Man hatte das Gefühl, daß der Präsident persönlich betroffen und bemüht war, das Rätsel um Bob Hazlitts Tod zu lösen, weil er für die Pressekonferenzen das *Marlowe*, das sein Hauptquartier während des Parteitags war, gewählt hatte anstelle der für die Elektronik günstigeren Plätze im Ernie Banks Center.

Bob McDermott betrat als erster das Podium. Er wartete, bis Ruhe eingetreten war. Dann sprach er im Namen der Regierung und des Präsidenten und aller beim Parteitag anwesenden Demokraten der Familie und allen Anhängern Bob Hazlitts sein tiefstes Mitgefühl aus. Eine Gedenkfeier sollte am kommenden Samstag abend in der großen Versammlungshalle in Heartland, Iowa, stattfinden, an der auch der Präsident und die First Lady teilnehmen würden.

»Das anschließende Begräbnis wird im Familiengrab auf dem Land in der Nähe von Heartland sein, wo er aufgewachsen ist und das bemerkenswerte Leben begonnen hat, das gestern so abrupt endete. Als zweites haben wir eine für die Demokratische Partei und die Nation, ja für die gesamte Welt wichtige Erklärung abzugeben.« Er machte eine Kunstpause und fuhr dann fort: »Meine Damen und Herren, der Präsident der Vereinigten Staaten.«

Charles Bonner kam in Begleitung der Generalstaatsanwältin Teresa Rowan und seines persönlichen Beraters,

Ellery Dunstan Larkspur; Ben Driskill stand mit Mac seitlich des Podiums. Ungefähr neunhundert Reporter saßen auf den Klappstühlen. Draußen war es jetzt bereits über dreißig Grad, was bedeutete, daß es wahrscheinlich knapp vierzig werden würde. Im Ballsaal herrschte eine Temperatur wie in einer Sauna.

»Wie Sie sich denken können, bin ich über den Tod meines langjährigen Freundes und zeitweisen Gegners Bob Hazlitt äußerst betrübt. Wir ehren seine tapfere Haltung. Ende der Woche wird der Parteitag in einer besonderen Feierstunde seiner gedenken. Doch jetzt möchte ich Ihnen etwaige Ängste nehmen und Gerüchte, die im Umlauf sind, beseitigen. Alles, was ich von der Flugsicherheitsbehörde und dem FBI gehört habe, hat mich überzeugt, daß bei der tragischen Explosion, die Bob Hazlitt vor nicht ganz vierundzwanzig Stunden das Leben gekostet hat, keinerlei Verbrechen vorliegt.

Aber ich muß Ihnen allen etwas mitteilen, das bis jetzt ein Geheimnis war. Sie alle kennen Ben Driskill.« Er blickte in Driskills Richtung. »Vielleicht ist Ihnen aufgefallen, daß er in der letzten Woche nicht im Rampenlicht des Wahlkampfs stand – auf seinen ausdrücklichen Wunsch hin, um sich anderen ernsten, sehr dringlichen Aufgaben zu widmen. Er ging Vorwürfen nach, die gegen ihn und diese Regierung erhoben wurden. Mr. Driskill ist einer meiner besten Freunde und ein vertrauenswürdiger Partner. Er hat im Hintergrund gearbeitet, um diese großartige Partei zusammenzuhalten. Meinungsverschiedenheiten zwischen Menschen guten Willens können manchmal von Vermittlern, die reinen Herzens sind, aus dem Weg geräumt werden. Deshalb habe ich Ben Driskill nach Iowa geschickt, um mit Bob Hazlitt über die Zukunft der Partei und der Nation zu sprechen.«

Driskill mußte unwillkürlich grinsen: So viel dummes Geschwätz. Heiße Luft war das, reines Gefasel. Es war, als hätten weder LaSalle noch die übrige Presse und Hazlitts

Anhänger ihm Komplizenschaft bei einem Mord vorgeworfen, als ginge es bei den kleinen Problemen nicht um mehrere Morde, ein Komplott gegen den Präsidenten und die Machenschaften von Sarrabian, LaSalle, Niles und Hazlitt. Es klang, als seien ein paar Problemchen unter Freunden ohne Mord oder Erpressung oder Zwang beseitigt worden, und jetzt würde alles prima weiterlaufen. Es klang wie ein Werbespot von Alec Fairweather, wie der, den er heute morgen über die Ereignisse von gestern im Fernsehen gesehen hatte. Man hatte Charlies Gespräch mit der Tubaspielerin geschnitten und so bearbeitet, daß man den besten Kerl präsentieren konnte, der je in diesem großartigen Land Präsident war.

Der Präsident fuhr fort:

»Es ist Bob Hazlitt hoch anzurechnen, daß er sich am vergangenen Wochenende mit Mr. Driskill in Heartland getroffen hat, um ausgiebig über die Punkte zu diskutieren, die uns seit seinem Eintritt in den Kampf um die Nominierung getrennt hatten. Mr. Driskill war auf der Party anläßlich des hundertsten Geburtstages von Mr. Hazlitts Mutter.« Der Präsident konnte sich die poetische Schilderung nicht verkneifen. »Ben Driskill ging in der heißen Sonne Iowas am Ufer des Backbone Creeks mit Bob Hazlitt spazieren. Die beiden Männer stellten eine große gemeinsame Basis fest, wenn es darum geht, die Probleme zu lösen, vor denen unser Land steht … Am Ende übergab Bob Hazlitt Ben Driskill einen Brief für mich. Und heute wollte Bob Hazlitt gemeinsam mit mir in diesem Saal eine Erklärung abgeben.« Der Präsident musterte die Schar der Journalisten. Die Kameras summten. Alle murmelten aufgeregt. Der Präsident ließ sie – was allen wie eine Ewigkeit vorkam – warten, ehe er weitersprach.

»Heute wollte Bob Hazlitt sich aus dem Kampf um die Nominierung der Demokratischen Partei für das Amt des Präsidenten zurückziehen.«

Atemloses Schweigen, dann Geraschel. Keiner wollte

den Raum verlassen, solange Charlie Bonner sprach, aber alle wollten auf dem Sprung sein.

»Und dieser Parteitag sollte eine Feier gemeinsamer Überzeugungen werden, wie man die Probleme anpacken sollte und wie wir die starke Führungsposition halten, die nun mal uns Amerikanern zugefallen ist, ob wir es wollen oder nicht. Jetzt können wir diese gemeinsame Erklärung über unsere Zukunftspläne nicht mehr abgeben, aber ich werde mich in der kommenden Woche dafür stark machen, woran Bob und ich geglaubt haben. Und in der Zwischenzeit ...« Er hob endlich den von Hazlitt geschriebenen und unterzeichneten Brief hoch und schwenkte ihn. »In der Zwischenzeit haben wir diesen Brief, den Bob Hazlitt eigenhändig geschrieben hat. Wir haben für alle anwesenden Journalisten Kopien gemacht und werden nach dieser Konferenz den Inhalt an Journalisten im ganzen Land faxen. Sie werden sehen, daß Bob bereit war, gemeinsam mit mir ein neues Amerika zu errichten. So – mir ist klar, daß das eine wichtige und überraschende Meldung war und Sie viel zu tun haben. Es wird ein langer und heißer Tag. Falls Sie Fragen haben, wenden Sie sich bitte an Bob McDermott und seine Mitarbeiter; denn ehrlich gesagt, habe auch ich noch einiges zu erledigen. Ich danke Ihnen für Ihre Aufmerksamkeit.« Die Reaktion war heftig.

»Mr. President, haben Sie seit der Tragödie mit Sherman Taylor gesprochen?«

Der Präsident schüttelte den Kopf. Seine Stimme reichte nur wenige Meter weit, als er vom Podium ging, um Mac Platz zu machen.

»So«, sagte Mac. »Gibt es Fragen, bei denen ich helfen kann? Termine, Änderungen ... Ja, Barney Clay?«

»Hören Sie, Mac, wieso seid ihr so sicher, daß niemand eine Bombe in Hazlitts Flieger geschmuggelt hat?«

Ein anderer Journalist fragte: »Mac, ist dieser Wahlkampf sicher? Haben Sie eine Erklärung für die gewaltsamen Todesfälle, die in diesem Wahlkampf passiert sind?«

Mac lächelte auf das Meer der geröteten, schwitzenden Gesichter mit offenen Mündern hinab. Stifte griffbereit, Kameras surrten. »Was sollen wir nur mit euch machen? Die beiden Männer, die sich für die Nominierung unserer Partei beworben haben, erzielten eine Meinungsübereinstimmung, um die Partei davor zu bewahren, sich zu spalten. Wir einigen uns auf einen Kandidaten, und Sie können nur an Mord denken! Sehen Sie sich doch an – was sagt Ihnen das über sich?« Er lächelte. Er kannte seine Pappenheimer und sie ihn. »Ich habe das Flugzeug nicht beladen; wie soll ich derartige Fragen beantworten? Wir wissen nur, was das FBI und die Luftfahrtbehörde uns gesagt haben.«

»Wollen Sie damit sagen, daß eine Bombe an Bord des Flugzeugs gewesen sein könnte?«

»Ich sage, daß Sie jetzt ebensoviel wissen wie wir. Wir haben Ihnen weitergegeben, was die Untersuchungen bisher ergeben haben.«

Weitere Fragen kamen. Im Topf brodelte es. Dampf stieg auf.

Mac tat so, als könne er die Fragen nicht verstehen, und ging. Ein Assistent blieb auf dem Podium, um über Arrangements für Reporter, Terminänderungen und Gott weiß, was sonst noch, zu reden.

Mac traf Driskill auf dem Korridor. »Ist doch gut gelaufen, oder?«

»Das Fernsehen wird es lieben. Die Einschaltquoten werden wie eine Rakete steigen.«

»Du mußt ihnen geben, was sie wollen. Einen Thriller.«

Driskill hatte recht. Nach der Explosion des Flugzeugs hatte das Fernsehen pausenlos gesendet. Seit diesem entscheidenden Moment war der Parteitag zum am meisten kontinuierlich verfolgten Ereignis der jüngsten Zeit geworden. Aber das war noch gar nichts.

Über Nacht war ein Wunder geschehen.

Am Nachmittag klebten plötzlich in den heißen und belebten Straßen Chicagos und in der ›Parteitag-City‹ Plakate, auf denen stand, daß das Volk einen neuen Kandidaten für die Demokratische Partei hatte und an ihn müßten sich jetzt Partei und Nation in dieser Krise wenden:

Sherman Taylor.

Der General der Marineinfanterie. Der ehemalige Präsident dieser Vereinigten Staaten. Der Träger der Tapferkeitsmedaille des Kongresses, der sich den nimmermüden Bemühungen und der Entschlossenheit Bob Hazlitts, ins Weiße Haus einzuziehen, gebeugt hatte, jetzt jedoch willig war, seinem Land wieder im höchsten Amt zu dienen.

Er blickte aus den Schaufenstern. Die Menschen – sicher über zehntausend – beim Parteitagzentrum trugen bereits Plakate und Papierhüte mit seinem Bild. Straßenverkäufer boten einen Wandbehang – reine Wolle – für zwanzig Dollar an, auf dem Taylor mit grimmigem Gesicht herabblickte, bereit, es mit jedem aufzunehmen, zum Wohl Amerikas. Wie von Zauberhand erschienen überall farbige Porträts des großen Mannes, mit Fahne und glänzender Tapferkeitsmedaille und Marineinfanterie-Schwert …

Am späten Nachmittag berief Sherman Taylor eine Pressekonferenz im Medienzentrum ein, das dem Parteitagsgebäude gegenüberlag. Der Asphalt war von der Hitze aufgeweicht und schlug Blasen. Aber die Journalisten ließen sich nicht abschrecken und streuten irgendein Bindematerial darauf. Auf von Menschenhand errichteten Inseln – pittoresk, mit Palmen und Bambushütten – wurden Erfrischungen verkauft. Irgendwie paßten sie zu den auf dem großen Lake Michigan ankernden Jachten.

Tom Bohannon stand hinten im Raum und musterte die Gesichter. Er beobachtete die Ebbe und die Flut der Interessen der Reporter, während sie warteten, wie der frühere Präsident sich seinen Anhängern präsentieren würde. Sherman Taylor kam mit mehreren Begleitern herein. Er trug einen dunkelblauen Anzug mit sehr feinen Nadelstreifen. Sein gebräuntes Gesicht war wie versteinert. Die tiefen Falten neben dem Mund schienen von einem

Schweißbrenner herzurühren. Die Journalisten und Fernsehleute verstummten. Taylor wartete, bis es totenstill war.

»Ich habe nicht viel zu sagen, meine Damen und Herren. Über den Tod meines Freundes Bob Hazlitt bin ich sehr traurig. Ich habe selten einen Mann mit so viel Leben und Energie getroffen. Ohne ihn ist unser Land ärmer geworden.«

Er machte eine Pause. Seine Hände umklammerten das Rednerpult. Er blickte die Journalisten an, als wolle er sie mit seiner Willenskraft dazu bringen, jedes Wort zu glauben. Man hörte nur das Klicken der Kameras und das Surren der Tonbandgeräte.

»Vielleicht haben Sie die zu Herzen gehende Unterstützung für mich vor dem Zentrum und auf den Straßen Chicagos gesehen. Das zeigt – wie ich glaube –, daß die Amerikaner politische Lebewesen sind und außergewöhnlich widerstandsfähig. Und unter den Plakaten und Spruchbändern trauern sie um Bob Hazlitt ebenso wie ich. Doch sie wissen auch, daß die politische Maschinerie nicht angehalten werden kann, die vor vielen Monaten im schneebedeckten Iowa angeworfen wurde, als ich Bob Hazlitt gedrängt habe, sich dem Land zur Verfügung zu stellen. Ja, alle sind sich bewußt, daß dieser Prozeß nicht angehalten werden kann, bis wir die eine oder die andere Lösung haben. Auf Gedeih und Verderb. Bob Hazlitt würde als erster bestätigen, daß das Nominierungssystem der Demokratischen Partei auf Hochtouren läuft und einen Kandidaten hervorbringen wird.

Wir trauern um Bob Hazlitt, aber wir werden einen Kandidaten wählen, der seinen Platz einnehmen wird. Lassen Sie mich sagen, daß ich weder jetzt noch zu irgendeinem früheren Zeitpunkt ein Kandidat für diese Nominierung war oder bin. Nach meiner Militärzeit war ich beruflich immer mit der Republikanischen Partei verbunden. Ich wurde ein Demokrat, um meine Unterstützung für den Kandidaten Bob Hazlitt zu demonstrieren.

Ich kann diejenigen seiner Anhänger nicht ermutigen, die in der Nacht Plakate und Spruchbänder mit meinem Namen und Gesicht gemacht haben. Ich weiß ihre Mühe zu schätzen, aber ich muß ihnen sagen: Ich bin kein Kandidat für das Amt des Präsidenten. Wie die jungen Menschen sagen würden: null Bock.« Leises, respektvolles Lachen.

»Wir müssen in den nächsten beiden Tagen – zwei Tage ohne Schlaf, denn die Aufgabe ist gewaltig, und die Zeit ist gering – unsere Aufmerksamkeit auf die Frauen und Männer richten, die wir in dieser Partei gut kennen. Wir müssen nochmals Präsident Charles Bonner und die von ihm vorgeschlagene Haltung den Geheimdiensten gegenüber unter die Lupe nehmen, ebenso David Manders, seinen Vizepräsidenten. Wir müssen den beruflichen Werdegang und die Fähigkeiten der Generalstaatsanwältin Teresa Rowan betrachten. Wir müssen uns die Führer unter den Demokraten im Kongreß und im Senat ansehen und diejenigen, die zur Zeit nicht in der Regierung sind, die aber Gott dazu geschaffen hat, ein hohes Amt innezuhaben. Aber ich bitte Sie, nicht zu lange oder zu scharf Sherman Taylor anzusehen. Ich habe aus der Beziehung zu Bob Hazlitt keinen Vorteil schlagen wollen und möchte jetzt auch aus der Tatsache, daß er nicht mehr unter uns ist, keinen Nutzen ziehen. Aber ich stehe selbstverständlich mit Rat und Tat jedem Kandidaten zur Seite, der mich darum bittet. Sie müssen aber einsehen, daß ich die Kanditatur nicht suche. So, falls Sie noch Fragen haben, werde ich mich bemühen, sie zu beantworten.«

»Mr. President, was denken Sie …?«

»Bitte, nennen Sie mich *General* oder *Mister*, aber nicht Präsident. Wir haben einen Präsidenten, und meiner Meinung nach steht allein ihm diese Anrede zu. So, machen Sie weiter.«

»General, wie erklären Sie sich, daß diese Plakate so schnell in ganz Chicago aufgetaucht sind? Das sieht doch wie eine konzertierte Aktion aus, die auf finanziell guter Basis stehen muß – die Druckereien wollen bezahlt werden, man muß die Menschen organisieren, um das ganze Material so schnell zu verteilen ...«

»Ehrlich gesagt, Sam, habe ich von den Plakaten nur gehört. ich habe keine Ahnung, wer sie bestellt oder verteilt hat. Ich war nur von diesem Treuebeweis einem alten Gesicht gegenüber sehr gerührt. Ich bin sicher, daß die Hazlitt-Leute nach einem Platz suchen, wohin sie gehen können. Das ist die Entscheidung, die in den nächsten beiden Tagen gefällt werden muß. Viel Zeit bleibt uns nicht. Es gibt keinen Spielraum für Fehler – die Tragödie hat auch uns alle in ihren Bann gezogen.«

Margaret Bondurant von der *Chicago Tribune* war aufgestanden. Ihre Stimme übertönte das Stimmengewirr der übrigen Journalisten. »Was halten Sie davon, daß der Präsident Bob Hazlitts Brief herausgegeben hat? Hazlitt ist selbst aus dem Wahlkampf ausgeschieden; sein Tod macht daher in politischer Sicht keinen Unterschied. Sie müßten sich auch nach einem neuen Kandidaten umsehen, wenn Bob Hazlitt hier wäre – es sei denn, Sie stimmten mit ihm für Bonner.«

»Ja, dieser Brief«, begann Sherman Taylor. »Ich weiß nicht so recht. Für den Präsidenten kam er genau zum richtigen Zeitpunkt. Ein wahrer Glücksfall, oder? Ich war bei den Gesprächen, die laut dieses Briefes zwischen dem Präsidenten und / oder seinem Vertreter, Mr. Driskill, und Mr. Hazlitt stattgefunden haben sollen, nicht dabei – ich habe davon nichts gewußt. Das entsprach keineswegs Bobs Verhalten in den letzten Monaten. Wir waren wirklich ein Team. Er hat meinen Rat geschätzt. Ich war stolz auf seinen Mut, immer zu sagen, was gesagt werden mußte. Und plötzlich soll er mit der Gegenseite geheime Gespräche geführt und danach alles aufgegeben haben, wie der Präsident behauptet ... Nun, ich weiß nicht, was der Präsident zu ihm gesagt hat. Ich weiß nicht einmal, ob diese Gespräche tatsächlich stattgefunden haben. Der eine Mann bestätigt es, der andere Mann ist tot. Wir werden es wohl nie erfahren.«

Al Folger vom *Miami Herald* sagte: »Das klingt, als würden Sie den Präsidenten einen Lügner und Schurken nennen, General. Ist das nicht ein starkes Stück?«

»Ich sage nur, daß wir sicher sein müssen, was und wem wir glauben. Erst dann können wir uns für einen Kandidaten entscheiden, auf den wir stolz sind – mehr sage ich nicht. Wir müssen die Wahrheit über diese letzten Tage herausfinden. Was hat Bob Hazlitt vorgehabt? Was ist mit seinem Flugzeug passiert? Wenn wir diese Antworten haben, sind wir in einer besseren Position, um vorwärtszugehen. Aber jetzt müssen Sie mich entschuldigen. Ich habe einige wichtige Termine. Wie Sie sich vorstellen können, gibt es viel zu tun.«

»Wie sieht Ihr Terminplan aus?«

»Der ergibt sich von selbst. Morgen abend spreche ich zum Parteitag. Wir werden auch einen Film vorführen, in dem wir Bob Hazlitt ehren. Es wird ein wahrlich historischer Augenblick sein, denn der Präsident wird ebenfalls sprechen; zum erstenmal wird sich ein amtierender Präsident vor der Abstimmung an die Mitglieder des Parteitags wenden. Übermorgen abend ist dann die Abstimmung und die Nominierung. Am letzten Abend wird der von der Partei nominierte Kandidat sprechen … ein einfacher Terminplan. Aber jetzt muß ich wirklich gehen. Entschuldigen Sie mich bitte.« Er verließ das Pult.

Margaret Bondurants schrille Stimme setzte sich in dem Gemurmel durch. »Sagen Sie klipp und klar, daß diese Überraschungsanhänger ihre Zeit verschwenden? Heißt das, Sie würden unter keinen Umständen die Nominierung dieser Partei annehmen? Heißt das, die Tür ist zu, und keiner ist zu Hause?«

Taylor drehte sich um und lächelte. »Nein, Margaret, das sage ich nicht. Ich erkläre nur, daß ich mich unter keinen Umständen um die Nominierung bemühe, Ich werde nicht deshalb Delegierte bearbeiten. Ich werde nicht meine Prinzipien wegen privater Interessen …«

»Aber man könnte Sie überreden? Dann würden Sie annehmen?«

»Die Delegierten müssen absolut frei entscheiden. Ich danke Ihnen nochmals für Ihre Aufmerksamkeit, aber ich muß jetzt gehen.«

Als Ben Driskill die Medienhalle verließ, traf er einen Reporter aus Baltimore, dessen rotes, rundes Gesicht schweißüberströmt war. »Das hat wie bei Groucho Marx geklungen: ›Hallo, ich muß jetzt gehen.‹ Aber dieser Mistkerl Taylor ist im Rennen, Ben. Er steht direkt auf den sterblichen Überresten Bob Hazlitts.«

»Ja, Jack, so sieht's aus.«

»Logisch.«

Driskill bahnte sich einen Weg durch eine Gruppe Delegierter, die für eine staatliche Pressekonferenz hereinkamen. Es waren Demokraten aus dem großen Commonwealth Massachusetts, die sich hier mit der Presse ihres Heimatstaats verabredet hatten. Driskill betrachtete sie, wie sie, durchgeschwitzt, mit verklebten Haaren und Abzeichen und Ausweisen, hereinschoben. Er wartete, bis die Herde vorüber war. Als er sich umdrehte, stieß er mit dem Mann neben ihm zusammen.

»Was für ein Zufall«, sagte er zu dem Leutnant, der Hazlitts Leibwächter, Fahrer und Adlatus gewesen war.

»Ich habe gehört, daß es Zufälle nicht gibt, Sir.« Er streckte Driskill die Hand entgegen. Dieser schüttelte sie. »Es ist eigentlich doch logisch, daß wir uns hier sehen. Ich bin in General Taylors Stab. Er hatte mich vorige Woche an Mr. Hazlitt ausgeliehen.«

»Es tut mir wegen Hazlitt sehr leid«, sagte Driskill.

»Mir auch. Aber Politik ist Krieg – sagt jedenfalls der General. Da sind Todesfälle unvermeidlich.«

»Eine harte Betrachtungsweise.«

»Im Krieg gewöhnt man sich daran. Was gibt es Neues über Ihre Gattin, Sir?«

»Nicht viel. Sie ist nicht mehr … ach was …« Beinahe hätte er dem Leutnant Dinge anvertraut, als wären sie Busenfreunde.

»Geben Sie die Hoffnung nicht auf, Sir. Wenn ich etwas im Leben gelernt habe, dann, daß man niemals die Hoffnung aufgeben darf«

»Ich werde daran denken. Nein, ich glaube nicht, daß ich die Hoffnung aufgebe.« Sie gingen zum Eingang. In der Nähe der Tür war es noch heißer als drinnen. »Wie lange sind Sie schon bei Taylors Stab?«

»Ach, ich war vor vielen Jahren einer seiner Männer. Dann hatten wir mehrere Jahre keinen Kontakt. Doch als er mich gebraucht hat, hat er sich an mich erinnert. Er hat mich nie vergessen. Ich höre ihn jetzt noch …« Typisch Militär, dachte Driskill. Die Augen des Leutnants waren leicht verschleiert. Er trug Kontaktlinsen, und ein Auge tränte. »Wenn die Zeit kam, pflegte er zu sagen: *Holt mir Tommie!* Ich weiß nicht, wie oft mir Leute diese Geschichte erzählt haben – in Übersee, meine ich. Eine heikle Aufgabe … *Holt mir Tommie!*« Ein beinahe jungenhaftes Lächeln zeigte sich auf dem ernsten Gesicht. Driskill fragte sich wieder, wie alt der Mann sein mochte. Manchmal sah er wie fünfundzwanzig aus, ein anderes Mal doppelt so alt. »Es ist ein besonderes Vergnügen, einem Mann wie General Taylor zu dienen. Jetzt entschuldigen Sie mich bitte. Ich muß einiges für ihn erledigen.« Er trug die Uniform eines Offiziers der Marineinfanterie und salutierte kurz.

»Als er sich entschloß, Bob Hazlitt zu unterstützen, hat er gesagt: ›Holt mir Bohannon!‹ – so war doch Ihr Name, richtig?«

»Ich schätze, er wußte, daß es für mich viel zu tun geben würde, Sir. Ich war in der Tat sehr beschäftigt. Aber jetzt bitte ich Sie, mich zu entschuldigen.«

»Selbstverständlich. Wahrscheinlich treffen wir uns wieder. So ein Parteitag ist eine erstaunlich kleine Welt.«

Draußen traf Driskill die schwüle Hitze wie ein Schlag. Die Sonne ging unter und brannte durch den Smog, der wie ein Totenhemd über der Stadt lag. Er wählte auf dem Handy eine Nummer und blickte zum *Marlowe* Hotel hinüber. Mit geübtem Auge fand er das richtige Fenster. Das Telefon klingelte. Der Präsident samt Troß hatte sechs Etagen des Hotels belegt, vier für normale Menschen und zwei für den Geheimdienst – eigentlich keine Menschen, dachte Driskill. Dann hörte er eine Stimme antworten. »Ja?«

»Hier Erzengel«, sagte Driskill.

»Ach wirklich?« Es war Larkspur. »Wie sieht's denn in der realen Welt so aus, Erzengel? Heiß genug?«

»Blöde Frage. Ich habe aber die Antwort.«

»Und wie lautet die Antwort?«

»Ja, er wird kandidieren. Sein Wahlkampf läuft schon jetzt auf vollen Touren.«

»Nun, dann müssen wir die Köpfe zusammenstecken. Komm rauf.«

»Wird der Präsident tatsächlich morgen abend auf dem Parteitag sprechen?«

»Ja, er wollte mal reinschauen.«

Tom Bohannon schob sich durch die Menge mit den Plakaten, um den abgesperrten Platz unweit des Parteitagszentrums zu erreichen, wo teure Wohnwagen standen. Eigentlich war im Zentrum ausreichend Raum für alle, aber einige Kandidaten und reiche Anhänger zogen diese luftigen Plätze vor, um sich auszuruhen, Pläne zu schmieden, ihren exklusiven Whiskey zu schlürfen und Blödsinn zu treiben.

Der General war dicht hinter ihm, umringt von Offizieren der Marineinfanterie. Wenn ein ehemaliger Präsident und General den Kommandanten der Marineinfanterie zu sich ruft, kann man sich nicht wegen der Leibwächter streiten. Selbstverständlich sind es Marineinfanteristen. Bohannon wußte, daß er unter Gleichen sehr viel gleicher war. Er stand dem großen Mann sehr nahe. Sie waren gemeinsam im Krieg gewesen. Doch jetzt machte er sich Sorgen.

General Sherman Taylor ging in den Wohnwagen, der Rest wartete draußen. Als Bohannon dem General die Tür aufhielt, fühlte er sich einen Moment lang orientierungslos. Auf der Strandpromenade hatte man Oasen angelegt. Eigentlich sinnlos, aber hübsch. Er hatte gelesen, daß zehntausend Tonnen Sand hergeschafft worden waren. Palmen wiegten sich anmutig in der Brise unter der brennenden Sonne. In der Ferne lagen auf dem Lake Michigan Segelboote. Die Jachten der reichen und einflußreichen Parteimitglieder hatten an den Piers angelegt. Tony Sarrabian hatte seine Luxusjacht sogar mit einem Transportflugzeug *einfliegen* lassen. Dort waren auch Vertreter der großen Industriekonzerne, die für teures Geld eine Welt schufen, die niemand brauchte. Filmstars, die für die Partei und den Präsidenten auftraten. Ausländische Mächte, die Technologie und Waffen wollten. Sie brauchten sehr gute Freunde an oberster Stelle. Und alle die Menschen, die auch einen Fuß in die Korridore der Macht setzen wollten. Wenn man eine Jacht hatte, war das der richtige Ort. Die meisten hatten die Boote von erfahrenen Seeleuten aus Kalifornien oder von der Ostküste, von Marthas Vineyard, nach Chicago segeln lassen, um hier eine Woche in Luxus zu schwelgen und zu protzen. Bohannon erinnerte alles an den Zauberer von Oz: Nichts ähnelte der Realität, die er verstehen konnte.

Er dachte an Abu Dhabi und den Palast des Sultans von Brunei und an andere Orte, wo er gewesen war: Hongkong, Tokio und Damaskus, wo die mächtigen Reichen lediglich einen Wunsch zu äußern brauchten, und er wurde sofort erfüllt. Das hatte auch nichts mit der realen Welt zu tun gehabt. Er hatte einen Großteil seines Lebens an solch unwirklichen Orten verbracht und Dinge getan, die jeder Beschreibung spotteten. Ja, so war es nun eben.

Er ging in den Wohnwagen und wartete, während der General duschte. Er goß sich Tonic in ein Glas mit Eiswürfeln und ließ sich in einem Sessel nieder. Er wünschte, er wäre weniger freundlich zu Driskill gewesen. Andererseits hatte die Begegnung ihm bestätigt, daß Driskill ihn nur als Hazlitts Leibwächter kannte. Er war also sicher und brauchte sich wegen Driskills keine Sorgen zu machen. Diese Neigung, zu viel zu denken und sich unnötig Sorgen zu machen, war das einzige, was General Taylor an ihm mißfiel. »Ansonsten, Bohannon, sind Sie die perfekte Waffe«, pflegte er oft zu sagen. Gut, damals hatte er nicht aufgehört, nachzudenken oder sich Sorgen zu machen, als man ihm drei Monate nicht erlaubt hatte, Licht zu sehen, als er praktisch blind gewesen war, als er herauskam. Er war blind und hatte Angst vor Geräuschen und vor jeder Bewegung der Bettdecke in der Nacht, als würden die Ratten und Schlangen, mit denen er so lange in der stinkenden Finsternis gelebt hatte, durch den Vorhang seiner Phantasie bersten. Allein seine Fähigkeit zu denken hatte ihm den letzten Rest Verstand bewahrt; denn dadurch war er in der Lage gewesen, Bilder, Ideen und Spionagegeschichten zu erfinden – wenn er sich doch nur an all die Geschichten erinnern könnte, die er sich in der Finsternis ausgedacht hatte. Er könnte Schriftsteller sein oder seine Ideen als Drehbücher verkaufen. Aber wenn er sich die Handlung genau betrachtet hatte, war sie zu Staub zerfallen.

Er hatte gelernt, doppelt und dreifach zu denken, die Ideen zu verbiegen, bis sie um Gnade winselten. Und jetzt dachte er über den General nach und die verdammte Sonnenbrille. Man konnte nie erkennen, wohin er blickte. Er sagte etwas total Verrücktes, und man wußte nicht, ob es ein Scherz oder eine Lüge war. Man sah nur diese flachen dunklen Scheiben. Manchmal allerdings lächelte er. In Beirut hatte er Bohannon befohlen, einen Mann zu töten – alle drei hatten beisammengestanden: der General, Bohannon und der Bursche, der sie verraten hatte. Bohannon hatte gefragt: Was? Jetzt? Hier? Womit? Er hatte keine Waffe. Der General hatte dem Burschen ins Gesicht geblickt, der bereits ein toter Mann war, und hatte gesagt: Ach was, Tommy, bringen Sie ihn mit bloßen Händen um, oder zertreten Sie ihm die Kehle oder sonstwie. Ich habe leider dieses verfluchte Rückenleiden. Also machen Sie schon! Der Mann hatte Bohannon angeschaut, als wollte er sagen: Ist das wahr, oder ist der Kerl verrückt? Dann hatte Bohannon ihn umgebracht. Er hatte seinen Kopf gegen eine Steinmauer geschlagen, bis die Augäpfel zu Boden gefallen waren und das Opfer nicht mehr atmete. Aber die ganze Zeit über hatte er die Augen des Generals nicht sehen können. Was war, wenn er es nicht ernst gemeint hatte, sondern nur sehen wollte, ob Tommy es tun würde?

Aber das alles lag lange zurück. Es hatte keinen Sinn, über vergossene Milch zu weinen. Doch irgendwie mußte er jetzt wieder doppelt und dreifach denken. Ben Driskill hatte ihn irgendwie verunsichert. Wußte er – Bohannon –, was wirklich vorging, oder war er nur ein Werkzeug des Generals?

Der General war in letzter Zeit nicht sehr gesprächig gewesen, weil er immer noch wütend war, daß er wegen der glitschigen Stufen in Saints Rest versagt hatte. »Ich will nichts mehr darüber hören, Tommy. Mir ist klar, daß Sie älter geworden sind und nicht mehr so schnell wie früher. Wahrscheinlich haben Sie schon Arthritis, ohne es zu merken. Sie waren verdammt gut, Tommy, aber wenn die Kräfte nachlassen, kann man eben nichts machen. Vielleicht macht es Ihnen auch keinen Spaß mehr – wer könnte es Ihnen verübeln? Wenn wir das hier durchgestanden haben, können Sie einen langen schönen Urlaub antreten und einen anderen Job, mehr in der Verwaltung, nicht mehr als Aktiver. Na ja, Driskill ist ein Hüne und nicht so leicht zu überwältigen; es war immer schon so, wenn ich richtig gehört habe ...«

Bohannon dachte über die Worte des Generals nach. Er suchte eine Bedeutung zwischen den Zeilen. Mehr in der Verwaltung ... Er fragte sich, was das zu bedeuten hätte. Immer noch wünschte er, daß er mit Driskill im Medienzentrum nicht so freundlich gesprochen hätte. Er hatte angeben wollen, feststellen, wie nah er an die andere Seite herangehen könnte, ohne daß sie etwas wüßten. Angeberei, um Himmels willen! Dafür war es doch eigentlich zu spät.

Die Besprechung zwischen dem Präsidenten, Ben Driskill und Ellery Larkspur dauerte weniger als eine Stunde. Danach glaubten alle, Sherman Taylors Niederlage sei besiegelt – so oder so. Sie nannten es die ›Operation Zweiter Platz‹.

Der Präsident hatte bereits insgeheim den nationalen Wissenschaftsrat verständigt, mit dem Leiter der Ingenieursabteilung bei Heartland an der *Gomorrha*-Sache zu arbeiten. Der Mann hatte in der Nacht durch Boten des Geheimdienstes erfahren, daß eine Weigerung unmöglich war. Zwei separate Gruppen würden sich unter strengsten Sicherheitsmaßnahmen in der Duke University und der Washington University treffen. »Und«, hatte der Präsident gefühlvoll erklärt, »wir müssen diese Aktienangelegenheit in den Griff bekommen, Ben. Die Republikaner werden sie bestimmt wieder auf die nationale Tagesordnung setzen – vielleicht schon, ehe dieser Parteitag vorüber ist. Wir brauchen hieb- und stichfeste Antworten.«

»Charlie, in zwei Tagen können wir keine Wunder vollbringen«, sagte Driskill. »Ich habe bereits mit Sarrabian gesprochen. Er bestreitet alles. Ich arbeite an einer weiteren Möglichkeit. Gib mir etwas Zeit ...«

»*Wieviel* Zeit?« fragte der Präsident.

»Im Augenblick sollte unsere ›Operation Zweiter Platz‹ Vorrang haben«, meinte Larkspur.

Der Präsident nickte. Sein Nervenkostüm war sehr dünn geworden.

Der Tag endete, wenn man die Augen nicht mehr offen halten konnte, wenn das Adrenalin nicht mehr floß und man schlafen mußte. Und ehe man sich's versah, war die Nacht vorbei. Ein neuer Morgen war da, mit Dunst vor dem Fenster, Zeitungen vor der Tür, und das Tablett mit dem Frühstück – vor allem mit viel Orangensaft – stand da, ob man es wollte oder nicht.

Nachdem Driskill geduscht und den anderen Anzug angezogen hatte, verließ er das *Marlowe* und machte sich auf die Suche nach der Generalstaatsanwältin, die in einem Büro im Zentrum sein sollte. Im Westen donnerte und blitzte es über der großen Stadt. Der Sears-Turm und die anderen Hochhäuser flimmerten in der Hitze, die Regen versprach.

Am Vormittag pulsierte das Ernie Banks Center vor Leben. Wie ein großes Herz pumpte es gleichzeitig Menschen, Gerüchte, Begeisterung und Depression in alle Richtungen. Fernsehkameras schwenkten über die Strandpromenade zwischen dem *Marlowe* und dem Center. Prominente hatten ihre eigenen Territorien abgesteckt und ließen sich für die den ganzen Tag über gesendeten Kurzinterviews filmen. Überall hatten sich Neugierige angesammelt, um die berühmten Gesichter aus der Nähe zu betrachten. Hunderte von Bonner-Anhängern schwenkten Plakate mit seinem freundlichen Gesicht und dem AR-2-Logo *Unser Amerika wieder für uns!* Andere riefen im Sprechchor: »Wir wollen Sherm!« und trugen riesige Transparente mit dem Bild des Generals und den Worten: *Taylor … wieder*, in blutroter Schrift.

Schulkinder, angezogen wie Zeitungsjungen aus den dreißiger Jahren, boten überall die Zeitungen feil, die Alec Fairweathers Leute in den wenigen Stunden nach Driskills Treffen mit dem Präsidenten und Larkspur geschrieben und nachts aus Minneapolis mit der Fähre herbeigeschafft hatten. Die ›Operation Zweiter Platz‹ war die Schöpfung zweier Parteitagszeitungen, des *Convention Chronicle* und *The Trib*. Beide brachten Schlagzeilen wie: *Taylor bittet Präsidenten um zweiten Platz???* und *General als Vize? Er will das Amt!* Alle zwei Stunden erschienen neue Ausgaben der Zeitungen – was zeigt, was man mit einem unbegrenzten Budget alles machen kann. In der Ausgabe um achtzehn Uhr brachten die beiden Blätter ein mit Computer erstelltes Farbfoto, auf dem der Präsident den Arm um Taylors Schulter gelegt hatte und in die Menge strahlte, während Taylor verzückt den Präsidenten anstarrte. Die Schlagzeilen dazu waren *Ein glückliches Paar!* und *Der Präsident und sein Wunschkandidat!* Die Zeitungsjungen schrien: »Freiexemplare! Bonner nimmt Taylor als Vize. Greifen Sie zu!« Und alle zwei Stunden trafen wieder fünfzigtausend Zeitungen ein.

Im Tagungssaal, wo Tag und Nacht altmodische Begriffe geworden waren, warteten dreißigtausend Menschen, davon war ein Drittel im weltweiten Nachrichtengeschäft. Alle Plätze waren besetzt. Die Kapellen lieferten sich Duelle mit ›In the Cool, Cool, Cool of the Evening‹ und für Taylor ›The Marine's Hymn‹ – von den Hallen Montezumas bis zur Ewigkeit. Marineinfanteristen in Uniform mit bunten Ordensspangen schienen allgegenwärtig zu sein. Offenbar hatte Taylor sie als Ordner herbeordert. Es war wie im Irrenhaus, seit bekanntgeworden war, daß sowohl der Präsident als auch Sherman Taylor sprechen würden, ein noch nie dagewesenes Ereignis.

Seit Jess Holyoke den Parteitag offiziell mit einem Hammerschlag eröffnet hatte, hielten die Delegierten auf dem Podium endlose Reden, obwohl die Kollegen kaum zuhörten, sondern sich unterhielten oder ihren Kater bekämpften. Über die Frage des Abbaus der Geheimdienste war erbittert gekämpft worden. Die Generalstaatsanwältin hatte über dieses Thema zur Parteiversammlung gesprochen, aber die Delegierten wußten bereits, wo sie standen. Eine Gruppe aus Kalifornien hatte den Parteitag aus Protest verlassen. Ihre Ersatzleute mußten erst mühsam akkreditiert werden. Das Hauptinteresse aller galt jedoch dem Tod Bob Hazlitts und seinen Auswirkungen auf die Delegationen.

Driskill fand die Generalstaatsanwältin im Saal. Sie beendete gerade ein Interview mit CNN. Als sie fertig war, nahm er sie beiseite.

»Teresa, wenn du mich jemals geliebt hast …«

»O Mann, jetzt kommt's …«

»Du mußt den Dienstweg völlig vergessen. Ich brauche unbedingt schnellstens eine Computer-Überprüfung eines Marineinfanteristen. Tom Bohannon. Er hat unter Sherm Taylor in der Spezialeinheit gedient. Vor etwa fünfzehn Jahren. Wir brauchen alles, was wir über den Mann kriegen können.«

»Wer ist Tom Bohannon?«

»Keine Ahnung. Deshalb brauche ich die Überprüfung. Sieh dir alles genau an, auch ob die Akten gesäubert wurden. Okay? Du bist die Generalstaatsanwältin. Ich muß wissen, wer der Kerl ist.«

Das Fernsehen drehte pausenlos Interviews mit jedem Politiker und Experten, den es erwischte. Reporter holten die Delegierten aus Konferenzen heraus, um sie Arm in Arm mit Anhängern aus der Heimat zu fotografieren. Aber die Medien wurden von einem einzigen Thema beherrscht: Sherman Taylor. Und genau das hatte Charles Bonner beabsichtigt.

Ganz gleich, wer interviewt wurde, immer kam als erstes die gleiche Frage: »Sagen Sie uns bitte, ob Sherman Taylor tatsächlich hart um die Spitzenposition kämpft – was viele zu glauben scheinen – oder ob er überhaupt nicht kandidieren will – wie er selbst erklärt hat?« Unweigerlich schloß sich dann die nächste Frage an: »Hat er den Listenplatz hinter Bonner akzeptiert? Viele Insider behaupten, es sei bereits eine beschlossene Sache. Was ist Ihre Meinung dazu?«

Dann kam der Politiker oder Experte auf Touren und legte los. Niemand wußte Genaues. Aber Charles Bonner schien bester Laune zu sein. Wenn ihn ein Reporter in der Lobby entdeckte und ihm die Frage nach dem Vizepräsidenten zurief, lächelte er nur und sagte: »Ist doch eine Traumpaarung, oder?« Er lachte dabei, aber in den Frühnachrichten kam seine Antwort als Aufhänger.

Als das Fax eintraf, hatte Ben Driskill sich gerade aus dem Gewimmel des Parteitags zurückgezogen und trank in der Suite des Präsidenten eine Tasse Kaffee und aß einen Schokoladenkrapfen.

Thomas Bohannons Karriere hatte in der Marineinfanterie begonnen. Dann war er zur Spezialeinheit WI befördert worden und hatte eine Zeitlang unter General Sherman Taylor gedient, der für seine Kommandounternehmen mit kleinen Gruppen berühmt war. Er hatte geheime Rüstungsbetriebe angegriffen und den größtmöglichen Schaden angerichtet oder Geiseln befreit oder politische Morde ausgeführt. Das ›W‹ stand für ›wet‹ und bedeutete ›naß‹ – also Aktionen, bei denen Blut floß. Das ›I‹ hieß ›insurrection‹, also ›Aufruhr‹. Taylors Haufen wurde oft eingesetzt, um Revolutionen im Ausland zu unterstützen oder niederzuschlagen. Alles waren sehr gefährliche Himmelfahrtskommandos, von denen die meisten Leute hofften, es gäbe sie nur in Filmen. Tom Bohannon stand in dem Ruf, er könne sich nach Belieben in eine andere Person verwandeln. Als Beweis wurden mehrere Fotos durchgefaxt. Driskill betrachtete die Bilder Bohannons in verschiedenen Verkleidungen, aber keines davon zeigte den Mann, mit dem er soeben gesprochen hatte.

Aber die Akten, in die die Generalstaatsanwältin eingesehen hatte, meldeten noch etwas.

Leutnant Thomas Bohannon war vor siebzehn Jahren bei einer geheimen Mission in Nigeria in Gefangenschaft gestorben.

Ben Driskill hatte einen Geist gesehen.

Im Ernie Banks Center dröhnte die Musik. Überall waren Fernsehkameras und streckten ihm ihre hungrigen Schnauzen entgegen. Driskill wußte jetzt über Bohannon Bescheid. Er staunte über die abgebrühte Art, mit der Bohannon in den letzten Tagen mit ihm Kontakt aufgenommen hatte; immer auf der Schwelle, entlarvt zu werden, hatte er die Gefahr gleichzeitig gesucht und vermieden. Er hatte sein Schicksal herausgefordert, um zu sehen, ob Driskill sich an ihn erinnerte. Er hatte sich sogar zweimal besorgt nach Elizabeth' Befinden erkundigt.

Wartete Tom Bohannon jetzt auf die Herausforderung, den Präsidenten zu töten? Hatte er vielleicht Bob Hazlitt auf dem Gewissen? Er hatte Rachel Patton observiert – nur das stand für Driskill fest. Augen verschiedener Farbe … Aber was hatte er noch getan? Driskill konnte es vermuten und glaubte, sicher zu sein. Aber er konnte es nicht beweisen. Und diesmal mußte er hieb- und stichfeste Beweise haben.

Driskill hatte das Gefühl, als würde sich das Labyrinth,

in dem er herumgeirrt war, jetzt schließen, und er war keinen Schritt näher zum Ausgang gelangt als zuvor.

Er hatte Larkspur gedrängt, den Präsidenten um Himmels willen nicht heute abend ins Kongreßzentrum gehen zu lassen. Er mußte in Sicherheit bleiben, bis Bohannon gefaßt war, und durfte sich nicht vorher in der Öffentlichkeit zeigen. Die Partei – und das ist der Präsident. Punkt! – kontrolliert die Versammlung, hatte er gesagt. Laß durch Mac dem Taylor-Lager ausrichten, daß die Kandidaten am Abend nicht erscheinen werden, um Bob Hazlitt zu ehren. Aber Driskill war überstimmt worden – von der einzigen Stimme, die wirklich zählte, der des Präsidenten.

»Ben«, hatte er erklärt, »ich kneife nicht. Meine Chance, nominiert zu werden, ist zu gut, um sie nicht zu nutzen. Ich werde Taylor nicht die Ausrede zuspielen, ich würde den Parteitag überrollen und meinen Kopf durchsetzen. Wir machen weiter wie geplant. Wir werden heute abend die Nominierung bekommen und – mit etwas Glück – damit die Sache ein für allemal abschließen.«

Im Laufe des Nachmittags drängten sich achttausend Menschen im Parkett des Saals. Weitere fünfundzwanzigtausend füllten die Balkons. Und irgendwo in der Menge steckte Tom Bohannon – oder wer immer er in Wahrheit war. Ein Killer, dessen Gehirn sich vielleicht gerade entzündete und zu rauchender Glut wurde – Driskill wußte fast nichts über ihn. Welche Meinung hatte der Mörder über die Vorgänge? Ergaben sie für ihn einen Sinn? Nahm sein Gehirn irgend etwas außerhalb seines Auftrags wahr? Er war eine Tötungsmaschine – und was würde er nach dem Töten sein? Würde er bis zum Ende an der Seite des Generals bleiben? Oder würde alles plötzlich aufhören?

Gemeine Lügen hatten den Präsidenten von seiner scheinbar unangreifbaren Position als Führer der Mehrheitspartei in einen Wettstreit mit einem Mann aus den eigenen Reihen gebracht. Und diese Lügen wendeten sich jetzt gegen den Herausforderer. Vielleicht blieb ihm nicht die Zeit, sich davon zu erholen. Taylors große Hoffnung beruhte darauf, am heutigen Abend durch eine zündende Rede, die Eingang in die Geschichtsbücher finden sollte, sich die Versammlung zu erobern, so daß ihm alle zu Füßen lagen. Mit diesem Trompetenstoß wollte er zum logischen Kandidaten werden, als Nutznießer von Hazlitts Anstrengungen. Gab es eine solche Rede? Gab es einen Kopf, der eine derartige Rede verfassen konnte?

Der Nachmittag neigte sich dem Ende zu. Im Parkett hatte es noch einen erbitterten Kampf gegeben, ob man dem Gouverneur des Staates Neu Mexiko, Revolverheld Tony Granado, gestatten sollte, auf dem Parteitag zu sprechen, obwohl der Präsident und Sherman Taylor eine Rede halten wollten. Granados Anhänger hatten nie die Absicht, sich durchzusetzen. Sie wollten ihren Mann für eine Kandidatur in vier Jahren ins Gespräch bringen. Sie erreichten aber, daß der Parteitag anderthalb Stunden beschäftigt war und Granados Truppe Fernsehzeit bekam, die nicht zu bezahlen war.

Vor dem Tagungszentrum stand die Karawane Granados. Der Kandidat hielt eine Rede – ganz ›schlicht‹, wie er es ausgedrückt hätte. Er wies darauf hin, daß Taylor ein Scharlatan und ein Lügner sei und genau wie alle anderen Politiker nur in die eigene Tasche wirtschaften wollte. Er hätte zwar Hazlitt mit schönen Reden unterstützt und die Fahne geschwenkt, aber jetzt? Jetzt war er doch nur noch einer, der ein Stück vom Kuchen haben wollte. Tony Granado erklärte, es sei ein schreckliches Armutszeugnis für Amerika, wenn Männer wie Hazlitt und Taylor vor dem Mann im Weißen Haus kuschen würden, sobald es kritisch wurde. Warum um alles auf der Welt? Sie hätten doch Charlie Bonner mit Anklagen, wie sie noch gegen keinen Präsidenten erhoben worden waren, aus dem Feld geschlagen! Bonner war ebenso unfähig, die Demokratische Partei zu vertreten wie ... wie ... Er sei nicht halb so ein Kerl wie Tony Granado ... Die Fernsehleute waren begeistert.

Driskill zeigte an diesem Abend deutlich, daß er zu Bonners Wahlkampfmannschaft gehörte. Er betrat mit den anderen Wahlkampfhelfern die Kongreßhalle durch die Hintertür und lächelte. Im Wartezimmer hinter dem Podium waren alle versammelt: Ellen Thorn und Linda Bonner flüsterten in einer Ecke. Mac telefonierte mit dem Handy und befragte Getreue im Parkett. Ellery Larkspur redete mit dem Präsidenten, der sich von einer Maskenbildnerin die Stirn abpudern ließ. Larkspur sprach schnell und eindringlich. Sein Gesicht wirkte ungemein konzentriert. Ellen Thorn verließ Linda und kam zu Mac. Mitarbeiter standen vor den Graphiken mit den neuesten, sich ständig ändernden Ergebnissen der Meinungsumfragen.

Oliver Landesmann sah Driskill und kam mit seinem typischen sauertöpfischen Lächeln zu ihm. »Das ist doch alles Wahnsinn«, sagte er. »Wie kann man da den Überblick behalten?«

»Sie haben wenigstens etwas zu tun«, meinte Driskill. »Wie steht's denn?«

»Ellen hat mir gesagt, daß es immer noch sehr viele Unentschiedene gibt. Die ganzen Hazlitt-Leute ... die armen Teufel stehen immer noch unter Schock. Wie ich gehört habe, hat der Präsident eine Idee, wie er aus dem Durcheinander Nutzen ziehen kann, damit alle heute abend für ihn stimmen.«

»Ich bin nicht sicher, daß das eine gute Idee ist. Das könnte hundert Stimmen kosten.«

Landesmann und Konsorten, die zwar am Wahlkampf teilnahmen, aber nicht im Zentrum der Macht, wußten nichts von Bohannons Anwesenheit oder was diese bedeutete. Aber der oberste Sicherheitsbeauftragte des Präsidenten hatte sechzig Spezialagenten ausschwärmen lassen, um in der Menge nach ihm zu suchen. Ben nahm an, daß er nicht viel mehr tun konnte. Die Parteitagshalle war voll von Männern, die Bohannon sein konnten.

Driskill ging zum Fuß des Podiums und blickte in die Menge. Spotlichter fielen auf die vielen tausend Gesichter, Plakate und Delegierten. Hunderte von Marineinfanteristen in Uniform bildeten eine Art Phalanx für Taylor. Falls Bohannon seine Uniform trug ... Verdammt, Spekulationen führten zu nichts.

Auf der gigantischen Leinwand über dem Podium lief ein Film über die Ereignisse in Mexiko. Linda Bonner moderierte ihn und brachte das Leid menschlich nahe. Während der Film die Bildschirme im ganzen Land und im Kongreßzentrum füllte, beachteten ihn die Delegierten, Pressevertreter und sonstigen Besucher nicht. Das Parkett im Saal schien sich zu heben und zu senken, als wäre es lebendig. Alle waren wild entschlossen, sich auf etwas zu einigen, aber niemand wußte, worauf. Bonner-Leute schoben sich durchs Gedränge und bemühten sich, allen klarzumachen, daß es jetzt nur noch einen einzigen Vertreter der Partei gebe und Granado nur ein unqualifizierter Emporkömmling sei, daß Hazlitt nur noch in der Erinnerung existiere und Sherman Taylor ein Republikaner im Gewand eines Demokraten sei. Außerdem hätten sie aus berufenem Mund gehört, daß er Bonner überreden wollte, ihn als Zweiten auf die Liste zu setzen. Die Probleme waren jedoch vielfältig. Delegationen, die sich auf ihre Lieblingskandidaten festgelegt hatten, wollten abwarten, was geschehen würde, und waren in ihrer Position unumstößlich.

Der Film über Mexiko war für viele Fernsehregisseure zu grauenvoll. Deshalb wechselten sie auf Live-Interviews ihrer Korrespondenten im Parteizentrum. Die Spätausgaben echter Zeitungen trafen ein. Die *Chicago Tribune* verkündete: *Taylor behauptet: Alles Lüge!* Die *Sun-Time's* meinte:

Welches Druckmittel hatte Bonner bei Hazlitt? Wo immer sich Delegierte zu einem Gespräch trafen, ging es nur um diese Themen: Was durfte man glauben? Kannte irgend jemand die Wahrheit?

Driskill bahnte sich einen Weg zur Delegation aus Iowa. Nick Wardell trug ein bescheiden großes Bonner-Abzeichen im Knopfloch seines Jacketts. Schweiß lief über seine sonnengebräunte Stirn. »Ben, um Gottes willen, wir haben jede Menge Hazlitt-Leute hier. Alle trauern. Was sollen wir ihnen bloß sagen? Ist der Brief echt? Pfadfinderehrenwort?«

»Beim Grab meiner Mutter, Nick, er ist echt. Bob Hazlitt wollte aus dem Rennen aussteigen und den Präsidenten unterstützen. Das hat er mir ins Gesicht gesagt.«

»He, Leute, hört mal zu!« Wardell rief die Delegierten aus Iowa näher. »Ich weiß, daß viele von euch Bob Hazlitt sehr gemocht haben. Und mit gutem Grund. Ich kenne keinen Mann, der so viel für unseren Staat getan hat. Aber ... aber ... Jetzt möchte ich euch Ben Driskill vorstellen, der das letzte Wochenende mit Bob Hazlitt verbracht hat. Sie waren doch auf der Party zum hundertsten Geburtstag von Bobs Mutter, nicht wahr, Ben? Und Sie haben sich lange mit ihm unterhalten, und Sie sind nach Iowa gegangen, weil Sie sich gefragt haben, ob Sie nicht eine gemeinsame Basis für den Präsidenten und Bob Hazlitt finden könnten, habe ich recht, Ben? Und Sie haben Bob gesagt, daß der Präsident nicht mit irgendwelchen Ideen verheiratet sei, die Bob so störten – stimmt's?« Driskill nickte. Er war froh, daß Wardell sich so lautstark inmitten des Lärms äußerte. Er war allerdings nicht sicher, wie weit er die Delegierten belügen durfte.

»Also, der Präsident wollte Bob Hazlitt klarmachen, daß er nie die Absicht hatte, die Vereinigten Staaten mit einem geschwächten Geheimdienstapparat einer feindlichen Welt auszusetzen. Die Dienste sollten anders werden, doch keineswegs schwächer. Bob Hazlitt konnte ihm in diesem Punkt beistimmen. Damit war auch seine größte Sorge wegen der Wiederwahl des Präsidenten behoben. Am Schluß war er vollkommen überzeugt, daß eine Kampagne gegen einen amtierenden Präsidenten für die Partei nur in einer Katastrophe enden würde.«

Nick drückte Driskills Arm. »Danke, Ben. Ich weiß, daß Sie zu anderen Delegationen auch noch sprechen wollen. Danke vielmals.« Er zog weiter und erzählte der Delegation aus Iowa, daß es Zeit für die nächste Meinungsbildung sei.

Der Film über das Grauen in Mexiko näherte sich dem Ende. Irgendwo spielte eine Kapelle ›Happy Days Are Here Again‹. Das Rote Kreuz und Leute vom Chicagoer Gesundheitsamt waren zu sehen und bahnten sich einen Weg durch die Menge, um zu den Ohnmächtigen, Verletzten, Verdurstenden und sonstigen Opfern zu gelangen. Ständig hörte man das Grollen des Bebens. Es schien auch hier im Saal durch die Schuhsohlen zu dringen. Waren es die Generatoren und die Klimaanlage? Dann stampften die Menschen rhythmisch und riefen im Sprechchor:

WIR WOLLEN TAYLOR. WIR WOLLEN TAYLOR. WIR WOLLEN TAYLOR. WIRWOLLENTAYLORWIRWOLLENTAYLOR …

In diesem Augenblick kam Driskill der Gedanke, daß die Delegierten womöglich wirklich nicht Charles Bonner wollten, sondern einen anderen. Und wenn es nicht Bob Hazlitt sein konnte, dann eben Sherm Taylor …

BONNER BÖRSENSPEKULANT … BÖRSENSCHWINDLER … ER WIRD TAYLOR NIEMALS WIEDER SCHLAGEN … NIE WIEDER …

Driskill hatte gehört, daß derartige Dinge bei Parteitagen stattgefunden hatten. Plötzlich war eine Pattsituation durch die plötzliche, frenetische Unterstützung von Anhängern eines Kandidaten umgeworfen worden. Wie ein Virus, der in der Menge ausgebrochen war und die

Unentschiedenen erfaßt hatte, so daß sie den anderen folgen mußten … WIR WOLLEN TAYLOR! WIR WOLLEN TAYLOR! WIR WOLLEN TAYLOR!

Tom Bohannon stand im Wohnwagen mit dem Rücken zur Menge, die zu Taylor wollte. Die Marineinfanteristen hielten sie in Schach. Der General ging nach hinten in den Wohnwagen und zeigte auf eine Flasche Bourbon. »Genehmigen Sie sich einen, Tommy. Überall fallen die Generatoren aus – es ist einfach zu heiß in Chicago.«

»Na ja, ich glaube, wir haben schon Schlimmeres erlebt, General.«

»Da haben Sie allerdings recht.« Er legte die Hand auf Bohannons Schulter und blickte ihm in die Augen. »Sie waren immer zur Stelle, wenn es kritisch wurde. Sie haben einen Urlaub verdient.«

»Was soll ich als nächstes tun? Noch bin ich nicht fertig, oder?« Das mit dem Urlaub hatte er zuvor schon mehrmals gehört, und es gefiel ihm ganz und gar nicht.

»Sie haben sich eine lange Ruhepause verdient, Tommy. Sieg oder Niederlage – meiner Meinung nach haben Sie sich eine schöne Pension verdient. Wollen Sie nach Florida ziehen? Oder zurück nach Frankreich? Wie auch immer, Ihnen steht eine lange Ruhepause zu, Tommy.«

»Sie wollen mir doch nicht etwa das Gnadenbrot anbieten, General?«

»Na, eine Villa an der Riviera ist kein übles Gnadenbrot. Aber wenn Sie lieber in ein Haus in der Sierra Nevada ziehen möchten – es gehört Ihnen, wenn Sie wollen.«

»Das ist sehr großzügig von Ihnen, General.«

»Ohne Sie hätte ich das doch nie geschafft. Tarlow, Summerhays – meine Güte, das muß ja Wahnsinn gewesen sein auf Shelter Island und bei diesem Unwetter. Sie sind der Beste, Tommy, das ist nun einmal so.«

»Und jetzt bin ich Ihrer Meinung nach erledigt.«

»Aber, Sie wissen doch, das Problem mit Driskill auf der Treppe ... Ich will nicht, daß Ihnen etwas *passiert*, daß jemand Sie *umbringt*. So soll es nicht enden. Sie haben für unser Land und für mich großartige, schreckliche Dinge getan, Tommy. Sie verdienen jetzt, mal so richtig zu leben.«

»Es ist bloß eine traurige Tatsache, General, daß ich nur eine einzige Art zu leben kenne.«

»Sie waren der Beste, Tommy.«

Tom Bohannon merkte, daß dem General das Gespräch unangenehm wurde. Er las es in Taylors Augen.

»Na ja, General, dann gehe ich mal nach draußen und sorge dafür, daß unsere Leute bereit sind. Wenn ich Sie recht verstanden habe, möchten Sie, daß alle nach vorne stürmen und rufen: ›*Wir wollen Taylor. Wir wollen Taylor*‹, wenn Sie und der Präsident auf dem Podium stehen. Richtig?«

»Genau.«

»Ja, General, ich sehe Sie dann erst nach den Festivitäten wieder. Hoffentlich klappt alles.«

»Es wird ein wunderbarer Abend, Tommy. Wir sind am Ziel.«

»Und was ist, wenn Sie die Nominierung nicht gewinnen, General? Ich mache mir so meine Gedanken ...«

»So wie ich es sehe, habe ich genau die richtige Position für den zweiten Platz auf der Liste, und der Präsident muß ihn mir verdammt noch mal anbieten, wenn er meine Stärke bei den Delegierten sieht – er muß mir die Vizepräsidentenschaft anbieten, und ich werde zugreifen. Na ja, ich werde nicht der traditionelle Vizepräsident sein.« Er lachte. Seine Augen waren stahlhart. »Ich bin dann in der Regierung und habe gewisse Möglichkeiten und einige Leute ... Ich werde Präsident sein, noch ehe diese Amtszeit vorüber ist – so oder so. Ich war doch ein guter Lehrer, nicht wahr, Tommy?« Er legte die Arme um den Mörder, den er geschaffen hatte, und preßte ihn an sich.

»*Semper fidelis*, Tommy. Stets getreu, Tommy.«

»Klar, stets getreu, General.«

Dann ging Tom Bohannon wieder hinaus in die Menschenmenge und war bereit, sich seinem Schicksal zu stellen und das zu tun, wozu er ausgebildet worden war. Er hatte sein Handwerk gut gelernt. Er wußte, was er zu tun hatte.

KAPITEL 23

Die Begeisterung der Anhänger Sherman Taylors hatte bereits während des Hazlitt-Films Schockwellen ausgelöst. Es war unmöglich, ihre Zahl zu schätzen. Hauptsächlich beruhte ihr ungemein starker Eindruck auf den Marineinfanteristen, die einer gewaltigen Flutwelle der Loyalität für ihren General glichen. Das Stampfen und die Sprechchöre wurden immer stärker, als seien sie lebendig und beabsichtigten, den Parteitag zu übernehmen.

Driskill schob sich durch die verschwitzten Menschen. Er wollte zum Warteraum des Präsidenten. Die Nerven spielten nicht mehr mit: Er brauchte vertraute Gesichter und mußte sich überzeugen, daß mit Charlie alles in Ordnung war. Diese Menschenansammlung wirkte beunruhigend. So viele Männer der Marineinfanterie, die der Versammlung ihren Willen aufzwängten. Irgend etwas würde geschehen, aber was? Es gab Gerüchte, wonach der Parteitag aufgelöst werden sollte, daß Parteifunktionäre darüber mit Bonner und Taylor gesprochen hätten. Aber jeder, den Driskill gefragt hatte, war überzeugt, daß es nicht so weit käme, weil es viel zuviel zu tun gäbe. Aber was war, wenn Charlie jetzt zum Entscheidungsschlag ausholen wollte?

Driskill wurde von der Menge mitgerissen. Plötzlich stand er draußen vor Sherman Taylors Wohnwagen, der jetzt dreißig Meter vom Hintereingang des Kongreßzentrums entfernt parkte.

Tom Bohannon trat aus der Tür des Wohnwagens und blickte zu dem riesigen Monitor, auf dem der Film über Hazlitt dem Höhepunkt zustrebte. Man sah, wie Flieger-As Bob als junger Geschäftsmann und Vertreter der Handelskammer irgendeinem früheren Präsidenten die Hand schüttelte. Dann Bob beim Bau der Zwillingstürme in Iowa. Bob bei einem Besuch des russischen Präsidenten. Bob bei einer Parade in Iowa mit seiner Mutter im Auto ...

Bohannon stand wie gebannt da. Er schien Driskill nicht zu hören, als dieser seinen Namen rief. Dann verschwand er plötzlich in der Menge, ehe Driskill sich zu ihm vorarbeiten konnte. Er war fort.

Arbeiter rollten ein riesiges Plakat zu einer Rampe. Dann fing Driskill den Blick des Sicherheitsbeamten auf, der vor Taylors Wohnwagen Wache hielt. In Gedanken noch bei Bohannon, sagte er. »Ich komme vom Präsidenten. Es ist dringend.«

Jack Barlow, der Sicherheitsbeamte, öffnete die Tür des Wohnwagens und sprach mit jemandem drinnen. Dann winkte er Driskill, einzutreten. Der General stand vor einem Spiegel und knüpfte sich die Ausgehuniform zu. »Kommen Sie herein, Mr. Driskill, machen Sie sich's bequem. Da draußen sind anscheinend alle verrückt geworden.«

»Verrückt ist die richtige Bezeichnung, General.«

»Nun, was haben Sie auf dem Herzen, Ben?«

»Wir haben gehört, daß Sie den zweiten Platz auf der Liste annehmen würden – wenn er Ihnen angeboten würde.«

»Ich habe darüber nachgedacht. Aber diese Menschenmenge draußen ...« Der General lächelte seinem Spiegelbild zu. »Die will vielleicht nicht, daß Sherm Taylor sich mit dem zweiten Platz zufriedengibt.« Er legte den Kopf schief und lauschte. »Hören Sie das? Klingt so, als wollten die Leute den Hauptgewinn – aber der Vizepräsident ist nicht der Hauptgewinn. Wir werden sehen, was passiert. Ich habe für Menschen ein Gefühl, das habe ich schon immer für meine Männer gehabt ... Ich werde Bescheid wissen, sobald ich hinausgehe.« Er nahm die Tapferkeitsmedaille aus dem mit Samt ausgeschlagenen Etui. »Haben Sie so was schon mal aus der Nähe gesehen?« Er reichte Driskill den Orden. »Nehmen Sie ihn ruhig.«

Driskill betrachtete die hohe Auszeichnung. Die Tapferkeitsmedaille. Das war der Talisman des Generals, der alles überdauernde Beweis für die Opfer, die er seinem Land gebracht hatte.

»Ich frage mich, ob jemals ein Präsident so etwas gehabt hat«, sagte Taylor. »Ich muß der Sache nachgehen.« Dann nahm er Driskill den Orden aus der Hand.

»Warum hören Sie nicht mit diesem Theater auf, General? Wir wissen über *Gomorrha* Bescheid. Wir wissen, daß Sie das Projekt sanktioniert haben. Sie haben Hazlitt als Marionette benutzt ...«

»Wovon sprechen Sie? *Gomorrha*?«

»Sie verschwenden nur Zeit – Wir wissen auch alles über Tom Bohannon. Er ist wie mit Stahlbändern an Sie geschmiedet. Sie wissen das, und ich weiß das auch. Übrigens ist er gerade weggegangen ...«

»Wissen Sie, Driskill, ich würde Ihnen mit Freuden in den Arsch treten. Sie kennen Ihren Platz nicht, haben keine Ahnung, was für ein unbedeutendes Stück Scheiße Sie sind – Herrgott, jetzt, nachdem ich das gesagt habe, fühle ich mich besser.« Er lächelte. »*Gomorrha*«, sagte er und runzelte die Stirn. »Tom wer? ... Ach ja, Tommy Bohannon ... wo habe ich den Namen schon mal gehört?«

»General, das wissen Sie genau. Alles können Sie nicht wegwischen. Sie kennen den Namen und wissen verdammt gut, daß wir nicht bluffen.«

»Ich habe einen Tom Bohannon gekannt. Aber vor vielen Jahren. Er war ein Held, ist aber längst tot. Ich habe gehört, daß es ihn in Beirut erwischt hat, als dort alles drunter und drüber ging. Oder irgendwo in Afrika. Ein tapferer Mann. Mehr Mut als Verstand, wie man so sagt. Glauben Sie mir, Tom Bohannon hat nichts mit mir zu tun. Nichts. Sie reden doch nur, um sich sprechen zu hören. Das ist alles.«

»Hm. Aber er war bei der Geburtstagsfeier für Bob Hazlitts Mutter, und Hazlitt hat ihn mit seinem Namen angesprochen.«

»Vielleicht hat Bob sich geirrt ... oder Sie haben sich verhört. Wie soll ich das wissen?«

»Klar. Er hat auch versucht mich umzubringen.«

Sherman Taylor betrachtete sich im Spiegel. Dann hob er das Ordensband der Tapferkeitsmedaille und streifte es über den Kopf Dann rückte er den Orden gerade und lachte.

»Wenn mich meine Erinnerung an den Leutnant nicht trügt, dann hätte er nicht nur *versucht,* Sie umzubringen. Dann wären Sie tot … Leben Sie wohl, Ben!«

»Hören Sie zu, Sie verdammtes Schwein!«

»Nein, Sie hören mir zu, Driskill. Ich habe die Schnauze voll. Hauen Sie ab. Und noch etwas will ich Ihnen sagen: Wenn es so etwas wie dieses *Gomorrha* gibt, dann werde ich Ihnen damit das Maul stopfen. Und aus Charlies Arschloch werde ich LVCO rausholen … Jetzt sage ich Ihnen ein kleines Geheimnis: Wenn es *Gomorrha* gibt, haben die Jungs von LVCO es gebaut, nicht Heartland, und Ihr Freund Charlie Bonner steckt bis zum Hals in LVCO.«

»Das ist Ihre Version, General.«

Taylor warf noch einen zufriedenen Blick in den Spiegel. »Beweisen Sie bis morgen, daß ich mich irre, Driskill. Viel Glück. Und jetzt raus. Für Ihren Freund ist es aus.«

»Sie tun mir leid, Sie Dreckskerl«, sagte Driskill.

»Und warum?«

»In Ihrem Alter müßten Sie wissen, daß es *niemals* vorbei ist.«

Der Film endete damit, daß Bob Hazlitt auf einem Feld in Iowa dem Sonnenuntergang entgegenschreitet. Aaron Coplands Trompeten spielen für diesen ungewöhnlichen Mann, und Sherman Taylor erklärt mit brechender Stimme: »Ich kann es nicht fassen … so einen Mann … werden wir so schnell nicht wiedersehen.« Dann stimmte die Musik ›America the Beautiful‹ an. Brausender Beifall zu Ehren Bob Hazlitts. Dann Sprechchöre, die lautstark nach Sherman Taylor verlangten. Dann bat der Pfarrer der größten protestantischen Gemeinde in Chicago, ein Schwarzer mit der Ausstrahlung eines Don Juans, um eine Schweigeminute für den verstorbenen Führer. Anschließend sprach er ein Gebet für das Seelenheil aller verstorbenen Führer. Seine melodische Stimme füllte das Kongreßzentrum. Die Delegierten schwiegen ergriffen.

Nachdem er fertig war und die Lichter am Podium wieder eingeschaltet wurden, stellten Arbeiter das Riesenplakat auf. Die Fahne der Vereinigten Staaten und in der Mitte Bob Hazlitts Gesicht. Dann folgte ein Feuerwerk wie am Unabhängigkeitstag. Die leuchtenden Farben und der Rauch umrahmten Hazlitt. Jemand hatte beschlossen, seine offizielle Verabschiedung sollte nicht mit dem Gebet eines Pfarrers erfolgen, sondern *zisch, bumm – ah!* Die Zuschauer bewunderten mit offenen Mäulern das farbenprächtige Spektakel. Bobs weißer Schal schien inmitten der Funken zu wehen. Der lautstarke Applaus übertönte alles.

Driskill stand eingezwängt in der Menge und blickte zum Podium hinauf, wo große kugelsichere Scheiben den Sprecher am Rednerpult vor potentiellen Irren mit Mordgelüsten abschirmten. Der Projektor für den Laser stand hinter dem Podium, konnte aber die Reden auf die im Podium eingebaute Leinwand übertragen.

Mühsam bahnte Driskill sich einen Weg von einer Delegation zur nächsten. Seine Blicke konzentrierten sich auf die Marineinfanteristen. Und dann war er plötzlich direkt vor ihm: ein Soldat wie aus dem Bilderbuch. Das rosige Gesicht strotzte vor Gesundheit. Keinerlei Tarnung. Zuversichtlich, fast jungenhaft blickte er auf die Abteilung Marineinfanterie, die Sherman Taylor auf dem Weg zum Podium umringte. Im nächsten Moment war er in der Menge untergetaucht. Taylors Prozession bewegte sich langsam an ihm vorbei auf die explodierende Fahne zu …

Bohannon.

Driskill saß in der Falle. Er konnte ihn nicht erwischen. Wie ein Phantom bewegte sich Bohannon zwischen den

Soldaten. Wenn ein Mann in dieser Halle den Präsidenten der Vereinigten Staaten ermorden konnte, dann Bohannon. Er war ein wahrhaft Gläubiger, der sich vollkommen im Recht wähnte. Driskill durfte ihn nicht aus den Augen verlieren.

Plötzlich drehte Bohannon sich um, als hätte ihn jemand gewarnt, und musterte die Menge hinter sich. Als sein Blick Driskill streifte, zog dieser den Kopf ein. Doch als er wieder aufschaute, blickte Bohannon ihn direkt an. Seine Augen leuchteten und wirkten stahlhart und fanatisch. Driskill war sicher, daß Bohannon ihn entdeckt hatte, aber er schaute weiter in die Menge. Diese Augen ... Driskill erinnerte sich, daß Bohannon in Iowa mit den Augen Schwierigkeiten gehabt hatte. Er hatte Kontaktlinsen getragen, und seine Augen hatten getränt. Jetzt hatte er die Linsen herausgenommen, als sei ihm alles egal. Nach dem Motto: Hier stehe ich ... kommt und holt mich.

Bohannon schob sich durch die Menschenmenge. Durch seine Uniform fiel er unter den anderen Marineinfanteristen nicht auf. Er bewegte sich fort, unaufhaltsam wie das Schicksal. Die Saalbeleuchtung war nicht voll eingeschaltet. Rote, weiße und blaue Scheinwerfer glitten rhythmisch über die Szene. Driskill hatte verdammte Mühe, Bohannon im Auge zu behalten. Er kam ihm kaum näher. Welcher dieser Soldaten war er jetzt? Ach ja, dieser. Bohannon arbeitete sich immer weiter zum Podium vor. Plötzlich verließen die Delegierten ihre eingeteilten Plätze und drängten nach vorn. Irgend etwas tat sich auf dem Podium. Ein Beifallssturm brach los. Der Präsident der Vereinigten Staaten hatte ohne Vorwarnung das Podium betreten. Er winkte und lächelte so breit, daß man die Zähne im sonnengebräunten Gesicht sah. Er trug einen marineblauen Anzug. Als er sich mit den Fingern durchs blonde Haar fuhr, wirkte er viel zugänglicher, als ein Präsident normalerweise war. Hier sah er wie irgendein beliebiger Teilnehmer aus, der bei den Feierlichkeiten der

Demokratischen Partei mitmachen wollte – beinahe ein Mensch wie du und ich.

Driskill spürte die enorme Macht, die der Präsident über die Menschen hatte. Das war eine Tatsache, die im harten Kampf mit anderen, die ihm das Amt wegnehmen wollten, leicht vergessen wurde. Er winkte und zwinkerte der Menge zu und lächelte, als hätte er soeben alle abends zu sich ins Wohnzimmer eingeladen. Die Kapelle spielte ›In the Cool, Cool, Cool of the Evening‹. Die Menge schunkelte mit und sang begeistert … *sag ihnen, ich werde da sein …* Es ähnelte dem Auftritt eines Rockstars. Sein Charisma strahlte aus und streichelte die Menge. Nach einigen Minuten verschwand das Lächeln. Er hob die Arme und bat um Ruhe.

Bohannon drängte sich immer noch weiter nach vorn. Driskill war ihm ein Stück näher gekommen. Allerdings war er sich noch nicht klar, was er tun würde, wenn er ihn zu packen bekäme. Er wußte nur, *daß* er etwas tun mußte. Jetzt sprach der Präsident. Die Zeit wurde knapp. Jeden Moment konnte es geschehen. Es würde Bohannons letzter Mord sein, und er würde sichergehen wollen …

»Sie wissen, daß ich eigentlich heute abend nicht hier stehen sollte …« Donnernder Beifall unterbrach Bonner. »Aber es ist für mich ein ganz besonderer Moment. Ja, die Gerüchte, die Sie gehört haben, stimmen. Wir haben einige Änderungen im Terminplan gemacht. Heute abend werden die Reden zur Nominierung gehalten und anschließend wird abgestimmt – ganz gleich, wie lange das dauert. Und morgen wird der von Ihnen nominierte Kandidat an dieser Stelle zu Ihnen sprechen. Ich mußte aber heute herkommen, um einem feinen Amerikaner meinen Respekt zu zollen, der viel zu früh von uns genommen wurde, einem ehrenwerten Gegner, einem Mann, den ich stets geachtet habe, weil er vorwärts dachte und bereit war, sich auf ein neues Gebiet vorzuwagen, Risiken einzugehen und wichtige Entscheidungen zu fällen.« Er entwaffnete die

Anhänger Hazlitts und überschwemmte sie mit einer Woge ehrlich gefühlter Kameradschaft. Driskill dachte: Er ist sooooooo gut.

»Inzwischen haben Sie alle gehört, daß Bob Hazlitt und ich am vorigen Wochenende – aus unserer Liebe zu diesem großartigen Land und zu dieser großartigen Partei – das Kriegsbeil begraben hatten. Er war überaus lebendig, als wir telefonierten. Er fand die Gespräche, die Ben Driskill mit ihm in meinem Namen geführt hatte, äußerst konstruktiv und freute sich auf unsere Zusammenarbeit. Wir wollten gemeinsam in den kommenden Monaten meine zweite Amtsperiode vorbereiten. Wir haben über die Möglichkeit gesprochen, daß er auf meiner Liste als Vizepräsident kandidieren würde und der großartige Amerikaner David Manders Botschafter bei den Vereinten Nationen würde. Über diese Idee wollten wir in dieser Woche sprechen ... und dann haben wir ihn verloren. Das Schicksal hat zugeschlagen.«

Die Marineinfanteristen und Anhänger Taylors wurden unruhig. Einige stampften mit den Füßen und riefen nach Taylor. Der Präsident bat um Ruhe. »Vielleicht haben Sie auch gehört, daß General Taylor sich an uns gewandt hat, um Bob Hazlitts Platz auf der Liste der Demokraten einzunehmen, um uns alle zu einen ...«

Driskill war verblüfft, in welchem Ausmaß Charlie die Macht einer einfachen Lüge erfaßt hatte, wie er in den Köpfen der Zuhörer Verwirrung stiftete. Die Menge war jetzt zwiegespalten. Taylor-Anhänger winkten und schrien. Bonner-Anhänger brüllten im Chor: *Bonner – jetzt erst recht! Bonner – jetzt erst recht!* Eine Kapelle spielte irgendwo ›Happy Days Are Here Again‹. Es kam zu einer Prügelei. Ordner griffen ein.

Der Präsident ließ sich von alledem nicht erschüttern. »Ich weiß, daß Sie alle General Taylor hören wollen ...« Schreie, Applaus, Fäuste in der Luft. »Im Namen der Parteieinheit möchte ich ihn an diesem Abend, der in der politischen Geschichte Amerikas beispiellos ist, als neues Mitglied unserer Demokratischen Partei begrüßen und Ihnen Gelegenheit geben, seine Worte zu hören. Ich bitte um Applaus für den ehemaligen Präsidenten ... General Sherman Taylor!«

Jubel, Geschrei und Musik schwappten wie eine Flutwelle zum Podium. Der Präsident blickte in die Kulissen. Die Musik wurde noch lauter. Ein halbes Dutzend Kapellen spielten auf verschiedenen Standorten im Parkett. Es war wie eine Explosion. Das Chaos triumphierte. Die Scheinwerfer fuhren ziellos über die Menge. Reporter kämpften sich mit Mikrophonen vorwärts, um irgendwelche Kommentare einzufangen. Der riesige Bildschirm über dem Podium zeigte Nahaufnahmen, auf denen die Nasen der Menschen so groß wie Cadillacs waren. Eine Faust schoß vor, Blut spritzte aus einer Nase. Der Präsident blickte immer noch in die Kulissen. Dann entdeckte ein Scheinwerfer den General. Im dunkelblauen Anzug und weißem Hemd stand er da, die Tapferkeitsmedaille am hellblauen Band um den Hals. Er hatte die Arme ausgebreitet, als wolle er alle umarmen. Er lächelte höflich, aber väterlich. Inzwischen hatte die Schlägerei um sich gegriffen. Auch die Delegationen Ohios, Nevadas und Oklahomas waren dabei. Driskill blickte auf den Monitor. Es mußten ungefähr fünfhundert Menschen sein, die sich prügelten. Es floß viel Blut, aber in der Riesenmenge ging es unter.

Driskills Augen hafteten auf Bohannons Rücken. Dann drehte Bohannon sich um und musterte die Menge. Driskill sah wieder die Augen. Dann erfaßte ein Scheinwerfer Bohannon, und er legte schützend die Hand über die Augen. Aber Driskill spürte, daß Bohannon ihn gesehen hatte. Er kämpfte sich durch die Delegationen aus Alabama, Connecticut und Colorado näher ans Podium heran.

Dort stand Taylor und salutierte. Irgendeine Kapelle

stimmte die ›Marine's Hymn‹ an. Der Präsident streckte Taylor die Hand entgegen. Plötzlich wurden in der Nähe des Podiums mehrere riesige Plakate hochgehoben. *Bonner und Taylor – unsere Zukunft.*

Beide Gesichter im Profil schauten sich an. Dann ging Taylor auf den Präsidenten zu und schüttelte ihm – ohne zu lächeln – die Hand. Driskill hatte Bohannon eine Sekunde lang aus den Augen gelassen und zum Podium geblickt. Jetzt war Bohannon plötzlich verschwunden. Driskill stockte das Herz. Er rammte die Schulter gegen einen Delegierten und schob den nächsten mit seinen großen Händen aus dem Weg. Dann hatte er Bohannon wieder vor sich. Er stand inmitten von dreißig Marineinfanteristen, Taylors Leibwächtern, und schaute suchend nach hinten. Er wußte, daß ihm jemand folgte, aber er war nicht sicher, warum. Diese unheimlichen Augen glitten über die Gesichter in der Menge, auch über Driskills. Mein Gott! …

Bohannon hielt nach einem anderen Ausschau!

Noch jemand verfolgte ihn, aber *wer?* Wer wußte, daß er hier war? Er war ein Geschöpf des Generals. Jetzt hatte Sherman Taylor ein Mikrophon in der Hand und wartete auf eine Gelegenheit, sich in dem Lärm Gehör zu verschaffen. Nun konzentrierten sich die Scheinwerfer auf ihn. Er konnte sprechen.

»Es stimmt, daß ich heute abend hergekommen bin, um meinen großartigen Freund Bob Hazlitt zu ehren, der mich so sehr inspiriert hat.« Donnernder Applaus brach wie eine Lawine los. Auch die Marineinfanteristen klatschten. Bohannons Kopf blieb reglos. »Aber ich bin heute abend auch hergekommen, um etwas zu klären. Ich stehe hier … und bitte Sie um Unterstützung … wenn ich für das Amt des …« Es herrschte atemlose Stille im Saal. Man konnte sich beinahe denken hören. Die Stimme des Generals ertönte gewaltig aus den vielen Lautsprechern. Die Toningenieure hofften zu Gott, daß alles zu den Satelliten drang und weltweit übertragen werden konnte.

Nur zehn Menschen trennten jetzt Bohannon von Driskill. Plötzlich sprang Bohannon aufs Podium, zwischen den Präsidenten und General Taylor. Driskill konnte nicht genau sehen, was sich oben abspielte. Dann fiel der General steif wie eine Puppe nach hinten. Blut schoß aus der Wunde in der Kehle auf die Tapferkeitsmedaille und spritzte auf die kugelsicheren Scheiben, die Sherman Taylor nicht hatten schützen können. Der Präsident sprang zu Taylor, wollte ihn auffangen und kniete sich neben ihn auf den Boden. Dann blickte er – mit dem blutbesudelten Leichnam Sherman Taylors in den Armen – auf die Menge hinab. In seinen Augen stand unsägliche Trauer geschrieben, für alle Welt zu sehen. Später wurde es das berühmteste historische Foto in der Geschichte der Vereinigten Staaten von Amerika …

Ein sterbender, blutüberströmter Präsident in den Armen eines anderen Präsidenten.

Driskill wußte nicht, wie viele Sekunden er auf das unglaublich eindrucksvolle Bild auf dem Podium gestarrt hatte. Charlie war zwar mit Blut bespritzt, aber heil und gesund. Dann stürzten von allen Seiten Sicherheitsleute herbei. Mac und Oliver Landesmann wollten dem Präsidenten helfen. Landesmann rutschte auf dem Blut aus. Als Driskill sich dann nach Bohannon umsah, war dieser verschwunden. Niemand wußte bei der schwachen Beleuchtung, woher die Kugel gekommen war.

Plötzlich prallte ein Marineinfanterist mit Driskill zusammen. Ihre Augen trafen sich. Dann stieß der Soldat Driskill beiseite. In der anderen Hand hielt er ein blutiges Kampfmesser, nicht sehr groß. Driskill riß beim Sturz mehrere schreiende Delegierte mit. Dann sah er den Marineinfanteristen mit dem blutigen Messer wild mit den Fäusten um sich schlagen.

Driskill kapierte überhaupt nichts mehr. Taylor war

nicht mit einem verdammten Messer erstochen, sondern erschossen worden. Und der Schuß mußte aus den Reihen der Marineinfantenisten gekommen sein. Dann sah er Bohannon.

Kreidebleich rief er vier Marineinfanteristen zu, daß der Mörder durch den Seitengang gelaufen wäre. Delegierte schrien und zeigten ebenfalls in diese Richtung. Weitere drei Soldaten nahmen die Verfolgung auf. Da wußte Driskill, daß irgend etwas schiefgelaufen war. Bohannon hatte den General erschossen. Das stimmte, aber dann ...? Er hatte aufstehen wollen, da hatte sich Bohannon plötzlich auf ihn geworfen und geschrien: *»Unten bleiben, er hat eine Waffe!«* Alle Menschen warfen sich zu Boden. Jemand trat Driskill ins Gesicht. Im nächsten Augenblick war Bohannon verschwunden. Fluchend war Driskill aufgestanden, um ihn zu verfolgen ...

Die Menschenmassen waren so verwirrt, entsetzt und in Schock und Trauer, daß alle Sicherheitsmaßnahmen illusorisch waren. Die Gänge waren verstopft. Überall standen Fernsehkameras. Scheinwerfer beleuchteten das Chaos. Die Monitore und der große Bildschirm zeigten den Alptraum im Saal. Die Bilder wurden simultan in die gesamte Welt übertragen ...

Der Präsident stand auf. Sherman Taylor lag mit ausgestreckten Armen auf dem Rücken. Seine Augen blickten ins Leere. Er lag da, als hätte man ihn gekreuzigt. Alec Fairweather und seine Kameraleute hätten diese Pose geliebt. Dann ergriff der Präsident ein Mikrophon. Sein Gesicht und sein Hemd waren mit Blut bespritzt. *»Bitte, bewahren Sie Ruhe. Bleiben Sie auf Ihren Plätzen. Die Ärzte müssen zu General Taylor durchgehen können.«* Die Ärzte werden den Mistkerl auch nicht wieder zum Leben erwecken können, dachte Driskill und bahnte sich einen Weg zum Ausgang. Endlich stand er allein vor dem Kongreßzentrum und holte tief Luft ... und dann sah er Bohannon. Er lehnte an einer der Palmen, die so weit von ihrer Heimat im Sand herumstanden, und rang nach Luft. Erbrochenes tropfte ihm aus dem Mund. Er hielt die Hände auf die Knie gestemmt und bewegte den Kopf hin und her.

Driskill stand im Schatten der großen Statue Ernie Banks', der seinen Schläger schwang, als wollte er den Ball über den Lake Michigan schlagen. Krankenwagen und Polizeiautos fuhren mit eingeschalteten Sirenen auf der Spur für die Feuerwehr herbei. Aber Driskill hatte das Gefühl, daß die Sirenen weit weg waren ... die *Realität* war weit weg ... irgendwo hinter ihm lag in dem riesigen Gebäude ein toter früherer Präsident – oder rang mit dem Tod –, und Charlie Bonner war drinnen. Charlie Bonner, der nicht in Deckung gegangen war, der in die Feuerlinie gesprungen war, um seinen Feind aufzufangen, und der dann neben ihm gekniet hatte. Charlie Bonner hatte die Gelegenheit ausgenützt, eine Heldentat zu vollbringen, und hatte sich damit einen Platz in den Herzen seiner Mitbürger und den Geschichtsbüchern gesichert ... Und hier draußen schien Ben Driskill der einzige zu sein, der wußte, daß der Mörder unter einer Palme stand und sich übergab. Weder Polizei noch Sicherheitsleute hatten eine Ahnung. Sie sahen den Kerl nicht einmal, der drüben kotzte. Driskill fragte sich, was aus dem Marineinfanteristen mit dem blutigen Messer geworden war. Er verstand es nicht, aber er wußte, was der Mann getan hatte. Langsam, wie auf den verschlungenen Pfaden eines Labyrinths, wurden ihm die Zusammenhänge klar. Es war genauso wie damals, vor vielen Jahren, mit der Kirche: Intrigen, Gehirnwäsche, die Geheimnisse der Macht, die Weitergabe der Macht und die Anhäufung der Macht. Verdammt! Immer ging es nur um Macht!

Er ging langsam zu Tom Bohannon, aber vor seinem geistigen Auge tauchten andere Personen und andere Orte auf: Charlie in Vermont verlangt Rachel Patton zu sehen, die gleich darauf stirbt ... Drew Summerhays tot im Gewächshaus, während der Sturm über dem Atlantik tobt … Teresa Rowan warnt ihn, dem Präsidenten nicht zu trauen … Ellery Larkspur schüttelt den Kopf und bittet ihn, immer vorsichtig zu sein und niemals den Rücken zu kehren … Der Präsident um Mitternacht in der dunklen Kathedrale beschwört ihn, in seine Mannschaft einzutreten … Bob Hazlitts uralte Mutter in der grauenvollen Hitze … Bohannon mit auf dem Rücken verschränkten Armen am Fluß … Insekten schwirren … Weiden neigen sich dem Wasser zu … Bob Hazlitts alte P-38 geht in Rauch auf … Flügel und Schwanz fallen ab … Das rote sprudelnde Loch in Sherman Taylors Kehle … Der Präsident wirft sich nicht zu Boden, sondern läuft hin, um ihn aufzufangen … Elizabeth winkt ihm, zu ihr zu kommen …

Mit Gewalt versetzte er sich wieder in die Gegenwart. Er ging zu Tom Bohannon … Hier und jetzt liefen alle Fäden zusammen. Er wollte einen Mann fangen, der vor vielen Jahren gestorben war – einen Geist.

Beim Näherkommen hatte er den Eindruck, als winkte ihm Bohannon. Müde winkte er zurück. Dann sah er, daß Bohannon einen Revolver in der Hand hielt und auf ihn zielte. Er feuerte. Sand wirbelte knapp drei Meter vor Driskills Füßen auf. Der Schuß hatte aber die Aufmerksamkeit der Polizisten und Sicherheitsleute am Eingang der Halle erweckt.

»Tut mir leid«, rief Bohannon. *»Der Schuß ist zufällig losgegangen.«*

Driskill nickte. Dann fragte er: »Verlieren Sie viel Blut?«

»Was reden Sie denn für einen Blödsinn?«

»Mir brauchen Sie nichts vorzumachen«, sagte Driskill. *»Ich habe den Kerl mit dem blutigen Messer gesehen.«*

Bohannon hustete und lachte gequält. »Der Typ, der mich auf Befehl des Generals töten sollte?« Er hustete wieder. »Ist etwas zu spät gekommen. Immer hat er mich Krieger Nummer eins genannt. Nie hat er mir gesagt, daß er im Hintergrund noch einen … Krieger Nummer zwei hatte.«

Driskill stand jetzt so nahe, daß er das Blut roch.

»Ich komme mir vor, als sei ich tausend Meilen weit entfernt. Ich sterbe langsam ... ein natürlicher Prozeß ... keine Schmerzen, ich bin nur sehr müde.«

»Der General hat Sie zurückgeholt, damit Sie für ihn arbeiten, richtig?«

»Ja, der alte General ... und dann hat er tatsächlich diesen Kerl losgeschickt ... um mich zu töten. Ich habe es erst gemerkt, als es zu spät war ... als ich das Messer gespürt habe ... Ich habe immer gedacht, ich sei der einzige, dem er traut.«

»Die Menge hat ihn erwischt.«

»Das geschieht diesem Schwein recht.«

»Ich dachte, Sie wollten den Präsidenten ermorden.«

Bohannon hustete und hob die Waffe. Aber er hatte nicht mehr die Kraft, sie zu halten. Seine Brust und seine Beine waren blutdurchtränkt. »Ich habe so viele Menschen umgebracht ... also, wenn Sterben so ist, ist es gar nicht so schlimm.«

»Aber warum haben Sie sich gegen ihn gestellt? Warum sind Sie nicht einfach untergetaucht. Er hätte für Sie gesorgt.«

»Ich hatte das Gefühl, daß die Beziehung zwischen dem General und mir bald vorbei sein würde. Ich hatte alles für ihn getan, was ich konnte ... und ich wußte, was er zu tun hatte. Ich habe es selbst für ihn erledigt – im Krieg. Sobald der General die Menschen benutzt hatte, wurden sie zu einem Luxus, den er sich nicht leisten konnte ... Aber als mir klar wurde, daß er auch mich jetzt so abservieren wollte ... war das ein furchtbarer Schock.«

Bohannon blickte auf den Lake Michigan hinaus, auf die Positionslichter der Boote und auf die erleuchteten Jachten der Reichen. Er würde es nicht bis zu den Lichtern oder dem Wasser schaffen. Er konnte nicht mehr fliehen. »Wenn wir bei unseren Missionen Geiseln umbrachten, damit sie nicht mehr reden konnten, oder Geiseln befreiten oder an irgendeinem gottverlassenen Ort in der Hitze durch den

Sand krochen, pflegte der General zu sagen: Bohannon, Sie werden mal in einer Schießerei sterben, und keine Seele wird übrig sein, um Sie zu betrauern. Ich habe zu ihm gesagt: Sie genauso, Sie Hund. Er hat gelacht und gemeint: Blödsinn, ich sterbe als Held der Nation, Sie werden schon sehen ... und er hat noch gesagt: Sie werden tot sein, ehe Sie es merken ... Na ja, er hatte recht. Jetzt bin ich allein, und kein Mensch trauert um mich, und er ist ein Held. Ich habe ihn direkt über der Tapferkeitsmedaille erwischt ... kein übler Schuß, Driskill ...«

»Warum? Warum haben Sie ihn erschossen?«

Er versuchte zu lachen, aber es kam nur ein gurgelndes Geräusch. »Das ... betrifft ... die Marineinfanterie.« Blut quoll ihm über die Lippen.

Plötzlich waren sie in grelles Scheinwerferlicht getaucht. Die Fernsehleute hatten sie gefunden. Jetzt richteten sich alle Kameras auf sie. Driskill war klar, daß alle Nahaufnahmen machten. Aber sie konnten keinen Ton einfangen, denn Bohannon war so schwach, daß er nur mehr flüsterte. Er saß da, eine Hand im Sand. Die Waffe hatte er fallen lassen. Eine Blutlache bildete sich um ihn. Driskill wußte, daß es sinnlos wäre, ärztliche Hilfe zu holen. Jetzt verdiente es der Krieger, auf seinem Schild hinausgetragen zu werden. Er hatte alle Morde nur auf Befehl des ehrgeizigen Sherman Taylor ausgeführt. »Wer hätte gedacht, daß alles so ausgeht ... es hätte im Weißen Haus passieren sollen ...«

Mehr sagte er nicht.

Als die Polizei eintraf, lehnte Driskill neben Tom Bohannon am Baum. Er war zu erschöpft, um alles zu erklären. Er sagte nur, daß er hergekommen sei, um zu sehen, wer der Bursche sei ... Dann hätten sie sich unterhalten, und er glaube, der Mann habe Sherman Taylor erschossen.

Dann kam das übliche Gerangel zwischen Fernsehleuten, Polizei und Geheimdienst, wer nun zuständig sei. Driskill mußte warten, ehe er hineingehen und sehen konnte, was der Präsident tat. Die nervöse Erschöpfung trieb ihn wie einen Zeltpflock in den Sand. Plötzlich hörte er ein Telefon klingeln. Verblüfft blickte er umher und dachte: Was … Dann wurde ihm klar, daß das Klingeln aus seiner Jackentasche kam. Er war schweißgebadet. Außerdem hatte es angefangen zu regnen. Seine Hand war naß, als er das Handy hervorholte. »Hallo?« Er kam sich wie ein Idiot vor. Vielleicht eine Nachricht über Elizabeth. Das Krankenhaus hatte diese Nummer.

Aber es war nicht das Krankenhaus.

Er hörte zu.

KAPITEL 24

Alle hatten gedacht, der frühere Präsident, General Sherman Taylor, sei innerhalb von Sekunden in den Armen des Präsidenten Charles Bonner gestorben. Aber er lebte noch. Bei Tagesanbruch war er immer noch im Operationssaal und an lebenserhaltende Apparate angeschlossen. Anscheinend hatte ihm die Tapferkeitsmedaille das Leben gerettet. Die Kugel des Mörders hatte das Metall gestreift und war dadurch um Haaresbreite abgelenkt worden. An diesem dünnen Haar hing jetzt das Leben Taylors; an dieses Haar klammerte er sich. Die Menschen in der ganzen Welt, die geglaubt hatten, nach der Ermordung Kennedys könne sie nichts mehr erschüttern, mußten jetzt umdenken.

Ein Marineinfanterist, der laut Regierungsunterlagen vor zehn oder fünfzehn oder siebzehn Jahren in Beirut oder Afrika gestorben war – je nach Nachrichtenquelle –, hatte auf General Taylor geschossen, als dieser gerade auf dem Parteitag der Demokraten angefangen hatte zu sprechen. Die Kugel hatte den schmalen Saum zwischen den Schutzglasscheiben gefunden. Nicht Glück, sondern Können. Die Biographie des potentiellen Meuchelmörders warf einige Probleme auf. Angeblich hieß der Mann Tom Bohannon und wäre entweder dreiundvierzig oder sechsundvierzig Jahre alt – wenn er nicht längst gestorben wäre. Er war Waise und stammte entweder aus Florida oder aus Oklahoma – vielleicht aber auch aus dem Staat Washington. Tom Bohannon war General Taylors Spezialeinheit zugeteilt worden und hatte an mehreren Kommandounternehmen teilgenommen und sich dabei ausgezeichnet. Er hatte die grausame Folter überlebt, als er von einem Terrorregime gefangengenommen wurde. Er war geflohen, nachdem er die meisten seiner Bewacher getötet hatte. Über seine persönliche Beziehung zu General Taylor war wenig bekannt, abgesehen von einigen Briefen, in denen der General ihn für Auszeichnungen vorschlug. Aber der Mann, der General Taylor ermordet hatte, konnte nicht Tom Bohannon sein, denn Tom Bohannon war längst tot. Auf jeden Fall war der Mörder jetzt tot – wer auch immer er gewesen sein mochte. Allgemein glaubte man, daß es doch Tom Bohannon gewesen war und daß seine Akte aus undurchsichtigen Gründen von der Regierung gesäubert worden war. Oder vielleicht auch nicht.

Ein anderer Marineinfanterist – identifiziert als Floyd Marmot – habe Taylors Mörder bei dem Versuch, den General zu retten, umgebracht. So lautete die – zugegebenermaßen sehr spekulative – Analyse der Medien und des Regierungssprechers. Marmot sei danach von den Delegierten zusammengeschlagen und zu Tode getrampelt worden, weil sie ihn wohl für den Mörder an General Taylor hielten. Zu bemerken wäre noch, daß bei der Befragung im Saal die Hälfte der Menschen angenommen hatte, der Anschlag hätte Bonner gegolten und Taylor sei irrtümlich erschossen worden.

Die *Sun-Times* verkündete am Morgen:

ATTENTAT AUF TAYLOR – BONNER ÜBERLEBT.

Die Geschichte erfuhr auch nie, was der General hatte sagen wollen. Es gab zwei Denkschulen zu dieser Frage. Die einen glaubten, er habe auf dem Parteitag seine Kandidatur für das Amt des Präsidenten verkünden und an die Stelle seines Wunschkandidaten Bob Hazlitt treten wollen. Die anderen waren ebenso fest überzeugt, daß er Präsident Bonners Einladung zum zweiten Platz auf der Liste annehmen wollte.

Die *Chicago Tribune* schrieb unter dem Foto des Präsidenten mit dem verwundeten General in den Armen – das buchstäblich in jeder Zeitung der Welt erschien: ES IST BONNER – NOTGEDRUNGEN!

Es sah so aus, als würde der Parteitag nur einen Mann für das Amt des Präsidenten nominieren und durch Akklamation abstimmen. Dann konnte Charles Bonner den Kampf um seine zweite Amtsperiode aufnehmen und entweder am selben Abend oder am nächsten zur Nation sprechen.

Ich duschte, setzte mich vor die Klimaanlage und las die Zeitung. Dann rief ich meinen alten Freund Ellery Dunstan Larkspur an.

Er meldete sich mit: »Wer kann das denn sein?«

»Ich bin's, Larkie. Kann ich zu dir raufkommen?«

Kurze Pause. »Irgendein besonderer Grund, Benjamin?«

»Ja, schon.«

»Gut, dann komm gleich rauf.«

Larkspur logierte in der Etage des Präsidenten, wie es seinem Dienstalter und der persönlichen Beziehung entsprach. Ich klopfte. Eine der persönlichen Sekretärinnen Larkspurs machte die Tür auf. »Hallo, Ben«, sagte er leise. »Hast du so einen Abend schon mal erlebt? Ich habe dich im Fernsehen gesehen, draußen unter der Palme … es war absolut surrealistisch.«

»Stimmt«, sagte ich. »Wie geht's Charlie?«

»Sagen wir, er verfügt über enorme Kraftreserven, alles zu akzeptieren und sich von jedem Schlag schnell zu erholen. Er benimmt sich, als wäre gestern abend nichts passiert. Er ist wirklich unglaublich.«

»Oder vielleicht verrückt«, sagte ich.

»Diese Möglichkeit hatte ich vergessen.« Die Sekretärin huschte grinsend an mir vorbei auf den Korridor.

Von Larkies geräumiger Suite konnte man nach Westen zum See schauen und im Süden das Ernie Banks International Convention Center und die Türme am Chicago Loop sehen. Die schweren weißen Vorhänge waren zurückgezogen. Die Fenster standen offen. Eine herrlich frische Brise wehte durch die beiden Zimmer. Tief unten plätscherte der Brunnen des *Marlowe*. Der Himmel war verhangen. Die dicken weißen Wolken sahen aus, als könnte man sie mit dem Messer zerschneiden. Über den See glitten Segelboote. Ich trat an die offene Tür zum Balkon. Eine Palme stand neben einem weißen Tisch. Ihre großen Blätter bewegten sich im Wind.

Larkspur trug einen eleganten cremefarbenen Bademantel aus unglaublich weichem Frotteestoff. Auf der Brusttasche war ein marineblaues Wappen. Er war barfuß und hatte sich ein cremefarbenes Handtuch um den Hals gelegt. Die Haare hatte er nach hinten gekämmt. Offenbar war er gerade beim Friseur gewesen. Er trug eine Sonnenbrille mit dickem schwarzem Gestell, wie sie Mastroianni vor Jahrzehnten in *La Dolce Vita* getragen hatte. Manche Dinge kamen eben nie aus der Mode. Auf dem weißen Tisch lagen Zeitungen, darunter die *Washington Post* und die *New York Times*, morgens eingeflogen. Auf einem Servierwagen standen benutzte Gläser und Teller sowie Platten unter silbernen Hauben.

»Benjamin, setz dich. Du siehst nach dem anstrengenden gestrigen Abend ziemlich mitgenommen aus. Iß einen Happen. Was dein Herz begehrt, steht da. Ich war bei der Bestellung in Spendierlaune. Weißt du, wenn der Boden unter der Welt wegbricht, sollte man sich etwas gönnen, um sich zu beweisen, daß man noch lebt und zu den Überlebenden gehört.«

»Larkie, ich weiß nicht, wie ich das sagen soll. Ich bin mir nicht sicher, was ich tun werde …«

»Aber, aber, Benjamin. Bei deinem Larkie brauchst du dich doch nicht zu genieren. Wir machen weiter. Wir heilen das amerikanische Volk. Wir schaffen eine phantastische zweite Amtszeit für Charles Bonner – und wir bemühen uns nach Kräften, zu verhindern, daß die Vergangenheit im nachhinein krank und schlecht gemacht wird, damit sie nicht die Gegenwart ansteckt. Wir sind politisch denkende Menschen.«

»Ich weiß, daß du es warst. *Alles* geht allein auf dein Konto.«

Larkspur goß mir eine Tasse Kaffee ein und schenkte sich nach. Dann schob er die Sahne, den Zucker und den Süßstoff herüber. Er lächelte dabei wie ein Professor, der einen guten Studenten vor sich hat, der sich über Eintagsfliegen den Kopf zerbricht. »Ich fürchte, du mußt dich schon deutlicher ausdrücken. Was *alles* geht auf mein Konto?«

»Als Rachel Patton mir von dem Geheimkanal im Weißen Haus erzählte, konnte sie mir zwei Personen nicht mit Namen nennen: den Spiegelmann und den Mann im Weißen Haus. Ich habe herausgefunden, daß Sarrabian der Spiegelmann ist. Dazu brauchte ich nicht allzu viel Scharfsinn ... aber du erinnerst dich bestimmt, daß wir uns alle den Kopf zermartert haben, wer der Mann im Weißen Haus sein könnte, der gegen den Präsidenten intrigierte. Wir waren nicht mal sicher, ob er überhaupt existierte. Schließlich kam ich zu dem Schluß, der Mann sei ein Produkt von Rachel Pattons Einbildung. Aber dann hat mich jemand gestern nacht angerufen und mir den Namen des Manns im Weißen Haus gegeben. Der Name lautete Larkspur.«

»Aha, ich verstehe ... Und du glaubst diesem Jemand. Macht dir das so große Sorgen?«

»Ja, ich glaube ihm, Larkie. Er hat Beweise. Tonbänder ...«

»Nein, wirklich? Das muß ja ein ganz erstaunlicher Bursche sein!« Er trank einen Schluck Kaffee und blickte auf die Stadt. Man spürte jetzt die aufziehende Hitze. Es würde ein mörderisch heißer Tag werden. Die Zeitungen flatterten im Wind. »Sag mal, hat er von meiner Beziehung zu General Taylor gewußt? Wurde dieses Thema überhaupt erwähnt?«

Ich antwortete nicht. Jetzt war es Zeit, zuzuhören.

»Das kann nur Tony Sarrabian sein. Natürlich«, sagte er

ruhig. »Er will seinen Hintern retten. Kann ich ihm nicht übelnehmen.«

»Das meiste habe ich selbst herausgefunden. Hier ein Hinweis, dann noch einer. Wenn du hinter dem Geheimkanal steckst, liegt es auf der Hand, daß die Bemühungen, Charlie zu stürzen, auch auf dein Konto gehen. Wie, weiß ich nicht, und schon gar nicht, warum – aber du warst da. Ich habe früher gedacht, du wärst Drew Summerhays sehr ähnlich, aber jetzt halte ich dich für sein genaues Gegenteil.«

»Benjamin, du hast wirklich Nerven, mir das alles ins Gesicht zu sagen. Ich muß dich loben. Aber was wäre, wenn ich dich von meinen geheuerten Schlägern vom Balkon werfen ließe?« Er grinste. Der Siegelring auf dem kleinen Finger der rechten Hand fing das Sonnenlicht ein und glänzte wie ein verborgener Schatz.

»Das ist nicht dein Stil, Larkie. Ich bin überrascht, daß du nicht an die wichtige Frage gedacht hast – warum *ich dich* nicht runterwerfe? LANGJÄHRIGER INSIDER SPRINGT IN DEN TOD, WEIL ER PRÄSIDENT BONNER VERRATEN HAT. Wirklich, Larkie, ich könnte es tun, um Rache zu nehmen für alle: Hayes Tarlow und Drew Summerhays und Rachel Patton …«

»Deshalb würden sie nicht wieder lebendig werden.« Er strich Butter auf eine Toastscheibe, die er aus dem silbernen Gestell genommen hatte. »Manchmal glaube ich, daß wir alle nur unsere Rollen in einem Drama spielen, das vor langer Zeit geschrieben wurde. Manchmal glaube ich, daß wir überhaupt keinen freien Willen haben. Aber ich bin kein Philosoph, oder? Das ist nur so ein Gedanke: Alles, was geschieht, scheint vorbestimmt zu sein. Vielleicht gab es nie eine Möglichkeit, etwas zu vermeiden.« Er lächelte versonnen vor sich hin. »Weißt du, Sherman Taylor hat nie verwunden, daß er gegen Charlie verloren hat. Er hat an Amerika geglaubt und an das, was Amerika seiner Meinung nach sein sollte. Er war sicher, daß Charlie in die falsche Richtung marschierte und alles, was er mit Bob Hazlitt und anderen geleistet hatte, um insgeheim Amerikas Verteidigung zu stärken und seine Überlegenheit zu sichern, enthüllt würde. Alles hat mit dieser verfluchten Rede angefangen, die Charlie vorher keinem gezeigt hat. Damit ist alles ins Rollen gekommen, verstehst du das nicht? Charlie hat sich alles selbst zuzuschreiben. Das ganze Gerede über die Veröffentlichung der Etats … Darin hat Taylor den Samen der Zerstörung gesehen. Er hat befürchtet, daß alles, woran er glaubte, vollkommen zerstört würde. Und das wollte er nicht zulassen. Deshalb ist er zu mir gekommen. Am nächsten Tag, Benjamin. *Am nächsten Tag* … Wir kannten uns aus den alten Tagen, als er bis zum Hals in dem schwärzesten Job steckte, von dem ich je gehört habe. Er hatte ein Nugget, eine Idee, die zu einem Plan werden konnte – und für diesen Plan brauchte er mich. Natürlich hatte er Bohannon. Dieser bekam eine entscheidende Rolle in diesem Plan. Meiner Meinung nach waren die beiden ein tödliches Gespann. Findest du das nicht auch?«

»Tut mir leid, aber ich kann die Punkte nicht verbinden. Der Geheimkanal und der ganze Taylor-Bohannon-Hazlitt-Filz … es hat immer so ausgesehen, als wären das zwei verschiedene Spiralen, die ineinander gewickelt waren, sich aber nie berührten …«

»Das hast du so gesehen, weil du nicht von mir gewußt hast, Teuerster. Ich bin der Punkt, wo sie sich berühren. Verstehst du nicht?«

Ich schüttelte den Kopf. Nein, ich verstand es nicht.

»Na ja, vielleicht bist du schwer von Begriff, Benjamin. Ich bekam Zweifel wegen Charlies Kandidatur. Er wurde mir zu weich. Jedenfalls habe ich das befürchtet. Ich liebe den Mann und bin jetzt sehr stolz auf ihn. Er hat bewiesen, daß er ein alter Gauner sein kann. Bei seinen politischen Instinkten bleibt mir die Luft weg. Niemals hätte ich geglaubt, daß er diese Vorwahlen und den anschließenden

Grabenkrieg übersteht. Aber am Anfang – nach dieser gottverdammten Rede zur Lage der Nation – habe ich Taylors Meinung geteilt.« Das alles war sorgfältig ausgedacht. Wenn er sich warm gesprochen hatte, wurde seine Stimme rauh. Außerdem hatte er die Angewohnheit, mit dem Zeigefinger auf etwas zu pochen. Im Augenblick war es mein Knie. »So, Ben, und jetzt nimm Sherm ... Ich rechne Taylor nicht zu den Präsidenten, die am Steuer schlafen. Bestimmt nicht. Er sah vor langer Zeit, was Heartland plante, und hat Hazlitt geholfen, es auszuführen. Er hat sich mit Hazlitt verbündet, als er noch selbst im Oval Office residierte. Hazlitt tat etwas, das gut war für die USA – und auf lange Sicht auch für Sherm Taylor.«

Ich zuckte zusammen. Er nahm den Zeigefinger weg. »Tut mir leid, Benjamin. Aber ich werde furchtbar frustriert, wenn ich darüber nachdenke, wie alles gelaufen ist. Und jetzt höre genau zu: Charlie wurde schließlich klar, daß jemand die Geheimdienste *besaß*. Er wußte aber nicht, wer. Charlie erkannte, daß er ein heißes Eisen hatte, wenn er es für sich einsetzte. Er hatte schon lange gedroht, die Etats der Geheimdienste an die Öffentlichkeit zu bringen, aber ihm war nicht bewußt gewesen, *wie* stark er damit die Geheimdienste gefährdete. Da ich mit Bruder Taylor einer Meinung war, habe ich versucht, Charlie davon abzuhalten, auf seinem weißen Streitroß gegen die Geheimdienste vorzupreschen. Aber dann verfiel er auf diese Idee der geheimen Regierung. Er drohte, große Teile unseres nationalen Sicherheitssystems aufzudecken, indem er für jeden Penny Rechenschaft verlangte! Und das kann man in der realen Welt nicht machen. Aber du kennst Charlie ... er bekommt eine Idee und läßt sie nicht mehr los. Er hat keinem von uns seine Rede gezeigt – weil sie für uns ein rotes Tuch gewesen wäre!

Ich mußte mir dann etwas einfallen lassen, um Hazlitt und seine unglaubliche Macht loszuwerden. Eigentlich hatte ich nichts dagegen, daß ein Mann sie besaß, aber Bob

Hazlitt war in meinen Augen der falsche Mann … Er hatte mit Regierungsgeldern seine Satelliten entwickelt und mit Taylor zusammengearbeitet. Und nachdem er das Geld *benutzt* hatte, um seine Satelliten zu bauen, hatte er ihre gesamte Macht, und alle Informationen, die sie sammelten, *gehörten* ihm. Und wer war er schon? Ein Nichts. Nur ein Geschäftsmann, der in die richtige Latrine gefallen und mit Gold bedeckt wieder rausgekommen war. Er hatte keinen blassen Schimmer, wie man dieses Land oder die Welt regiert. Er war ein Einfaltspinsel, wenn man es genau betrachtet.

So … mir erschien es als die beste Möglichkeit, all unsere Probleme loszuwerden, wenn Sherm zunächst den bodenständigen populistischen Milliardär als Präsidentschaftskandidaten unterstützte. Wenn dieser Milliardär dann einen verfrühten Tod fand, konnte der ehemalige Präsident, vom Schmutz des Wahlkampfs unberührt, das Banner aufnehmen und sich in einem Sturm der Gefühle die Nominierung sichern. Aber, um eine lange Rede kurz zu machen: Wir hatten nicht mit der Tatsache gerechnet, daß dieser getreue Bohannon über unseren Plan stolpern würde und ihm klar wurde, daß er zu viel wußte und Sherm ihn erledigen mußte. Vielleicht hätten wir Sherm überreden können, Bohannon nach Italien oder Frankreich oder sonstwohin zu schicken, aber vielleicht wäre es uns nicht gelungen. Bohannon glaubte, es ginge ihm an den Kragen, und schlug vorher zu. Tja, wir werden nie genau wissen, was ihm gestern abend durch den Kopf ging. Krieger Nummer eins und Krieger Nummer zwei sind tot. Und falls der alte Sherm überlebt, wird er darüber kaum im Fernsehen reden oder enthüllende Memoiren schreiben.«

»Nur, um das festzuhalten«, sagte ich. »Bohannon wußte, daß der General ihn erledigen wollte. Er hatte ausgedient und mußte beseitigt werden. Deshalb hat der General diesen Marmot ins Spiel gebracht – um Hazlitt und Bohannon zu töten.«

»Nein, wirklich, Benjamin. Du hast tatsächlich alle Antworten! Aber ich hatte es mir schon gedacht: Er konnte Bohannon nicht laufenlassen. Der Mann wäre eine Zeitbombe gewesen. Gut gemacht, Ben, muß ich sagen.« Er aß den Toast auf und schmierte sich noch eine Scheibe. Diesmal strich er noch einen Klecks Chivers Orangenmarmelade oben drauf. Dann holte er tief Luft. »Ich muß sagen, es ist gut, daß wir diese ganze Doppelzüngigkeit hinter uns haben, oder? Und am Ende bekommen wir den bestmöglichen Präsidenten. Seltsam, wie die Dinge sich so entwickeln.«

»Charlie?«

»Ja, natürlich Charlie – wen sonst? Er hat seine Sache doch fabelhaft gemacht, und am Ende dieser Meisterstreich! Die Geschichte, daß Sherm den zweiten Listenplatz nehmen würde! Damit hat er Sherm alle Chancen versaut, ganz gleich, was Sherm der Parteiversammlung verkünden wollte. Nichts war mehr wichtig. Charlie hatte Sherm den Boden unter den Füßen weggezogen. Jetzt wird er das Richtige tun. Er wird verdammt erleichtert sein, wenn seine zweite Amtszeit unter Dach und Fach ist. Mach dir keine Sorgen, Benjamin. Ich weiß, wie man Charlie behandeln muß.«

Beim letzten Satz lief es mir kalt über den Rücken. Ich stand auf und ging ans Geländer und schaute auf das Kongreßzentrum und den Parkplatz und die Polizeiwagen hinab. Das Gelände war abgesperrt, als bestünden noch Zweifel, wer wen umgebracht hatte. Ich dachte über alles nach, was Larkie mir erzählt hatte, und fragte mich, wie alles zusammenpaßte. Ich wäre mir aber wie ein Idiot vorgekommen, wenn ich ihn gefragt hätte. Da frühstückte ich mit einem prominenten, geachteten Amerikaner, über den die Historiker später ruhmreiche Biographien schreiben würden, in denen nichts von dem stehen würde, was er mir an diesem Morgen erzählt hatte. Männer wie Ellery Larkspur hinterließen keine Spuren. Vielleicht würde eines

Tages ein Wissenschaftler, der sich mit Verschwörungstheorien befaßte, die erstaunlichen Ereignisse dieses Wahlkampfes analysieren und auf einen Beweis stoßen, daß Larkspur viele Jahre vor dem Wahlkampf mit Taylor zusammengearbeitet hatte. Möglicherweise führte die Durchsicht der Papiere zu der Erkenntnis, daß Larkspur Bohannon gekannt haben konnte. Wenn der Historiker dann noch weitere Stücke zusammenfügte, fand er vielleicht bei LVCO einen Hinweis, der ihn zu dem mexikanischen Erdbeben und zu einer Eintragung in irgendeinem Tagebuch über *Gomorrha* brachte. Dann dachte dieser Historiker vielleicht: *»Wahnsinn, da bin ich auf einen Knüller gestoßen.«*

»Was denkst du, Benjamin? Du bist schockiert, oder?«

»Nein, nicht schockiert. Entsetzt, daß ich hier mit dir frühstücke und plaudere, als ob es sich um ganz normale Politik handelte; dabei müßtest du nach jedem moralischen Standard auf ewig in der Hölle schmoren. Du bist der Killer, nicht Bob Hazlitt, wie ich ihm vorgeworfen habe. Du bist schlimmer als er, Larkie.«

»Na ja, aber mir geht's im Unterschied zu ihm prächtig. Ich lebe und fühle mich ausgezeichnet.«

»Du bist der Geist … des Bösen.«

»Aber, Benjamin, es gibt keine Unschuldigen. Wir müssen die Gesetze der Politik kennen. Das erste Gesetz lautet: Verschaffe dir Macht. Das zweite: Regiere so, daß du diese Macht behältst. Ich glaube an die alten Gesetze.«

»Willst du behaupten, du seist altmodisch?«

»Das sind die meisten der Besten.«

»Dadurch wirst du nicht weniger schuldig.«

»Also, was hast du gedacht? Du warst weit weg, Benjamin …«

»Ich habe an Kennedy gedacht. Seine Ermordung und an sämtliche Theorien, die in den Jahren danach entwickelt wurden.«

»Ich hoffe nur, daß du auf diesem Gebiet keine Hilfestellung geben möchtest.«

»Machst du Witze? Hast du jemals die Liste der Leute gelesen, die vielleicht dem Untersuchungsausschuß wichtige Informationen über den Kennedy-Mord hätten geben können und die in den darauffolgenden Jahren überraschend gestorben sind? Ich bin kein Narr ... ich bin auch nicht von gestern, Larkie.«

»Bestimmt nicht von gestern abend. Ich weiß.«

»Da ist nur noch etwas, das ich nicht verstehe: Drew. Welche Rolle hat Drew bei alledem gespielt? Wie konnte er sich gegen den Präsidenten stellen? Willst du mir weismachen, daß er wie du gedacht hat?«

»Nein, auf keinen Fall, Benjamin. Drew Summerhays war der Meister von uns allen. Er wußte, wie man dieses Spiel spielt. Drew war von uns allen der gescheiteste. Er fand sehr schnell heraus, was los war, und er fand heraus, daß wir – die Bösen – Charlie hineinziehen mußten, damit er tief stürzte, wenn es funktionieren sollte. Er hat Hayes nach Iowa geschickt, um das Hazlitt-Ende der Operation festzuklopfen, den Mord an Hazlitts altem Kumpel. Er wußte, was ich davon hielt, daß Charlie das Geschäft Hazlitt überließ, und er hat mir *ausdrücklich* zugestimmt, daß wegen Charlie etwas unternommen werden müßte. Er hat mich überzeugt, daß er zu unserer fröhlichen Bande gehörte. Aber er war uns immer acht oder neun Spielzüge voraus. Drew hat diesen Geheimkanal eingerichtet und diese Börsengeschichte in Gang gesetzt. Er hat die Käufe getätigt und dafür gesorgt, daß ich bis zum Hals drinsteckte ... *und dann hat er mich informiert, daß er mich durch die Geldtransfers in der Hand halte. Er hatte eine komplette Aufstellung von allem und erklärte mir, wenn ich nicht die ganze Taylor/Hazlitt-Geschichte abbliese, würde er ›seinem Mädchen‹, Teresa Rowan, alles übergeben. Sie würde mich vernichten, und am Präsidenten würde nichts hängenbleiben.*

Aber es war offenkundig zu spät, Taylor und Hazlitt loszuwerden, selbst wenn ich gekonnt hätte. Der General hatte Bohannon zu Drew nach Shelter Island geschickt, um ihm die Wahrheit zu sagen und ihm zu erklären, daß wir weitermarschieren würden. Sie haben sich unterhalten, dann hat Bohannon ihn umgebracht und alles so gemacht, daß es auf den ersten Blick wie Selbstmord aussah. Das ist alles sehr traurig, aber Drew war es besser gegangen, als es uns je gehen wird …

Jedenfalls hat Drew Summerhays dich nie hintergangen. Er war am Ende seines Lebens so brillant wie immer – aber er hat nicht erkannt, daß ich unter meiner feinen Schale kein echter Gentleman bin. Er war einer. Das Zeitalter der Gentlemen gehört der Vergangenheit an, fürchte ich. Heutzutage ist die Politik ein Ort ohne Werte, ohne Moral.

Ironischerweise hast du viel dazu beigetragen, daß Charlie erkannt hat, daß die Wahrheit nicht mehr zählt, sondern Lügen das Ergebnis bestimmen. Als Charlie zum Gegenangriff auf Hazlitt ansetzte, als er dich losgeschickt hat und erst später entscheiden wollte, was er mit den Informationen, die du gesammelt hast, tun würde, als er Alec Fairweather für die Wahlwerbespots angeheuert hat – da hat sich alles gewendet. Er wollte zurückschlagen. Er hatte die Handschuhe ausgezogen, stieß mit dem Stiefel direkt in die Weichteile und drehte dem Zeitalter der Gentlemen den Rücken. Da wurde Charles Bonner gemacht.«

»Da wurde Charles Bonner gemacht?«

»Ja, selbstverständlich.«

»Und die Waffe, Larkie … *Gomorrha*?«

»Ach, das gab es schon ewig auf dem Zeichenbrett. Schon während der ›Star-Wars‹-Zeit unter Reagan. Während Sherman Taylors Amtszeit war die Technologie bewältigt. Und jetzt ist es zufällig ins Leben gerufen worden.«

»Du weißt, was du bist, Larkie?«

»Klar. Ich bin, was man einen Königsmacher nennt, eine Macht im Hintergrund.«

»Du bist ein gemeiner Mörder. Du hast versucht, Elizabeth umzubringen ...«

»Nein, nein, niemals. Daran ist allein Taylor schuld. Er hat mit Bohannon gesprochen. Ich war schockiert und entsetzt, als ich erfuhr, daß Elizabeth betroffen war. Das war nie der Plan. Das mußt du mir glauben, Benjamin. Ich bete Elizabeth an ...«

»Also, das tröstet mich gewaltig.«

»Die Zeit heilt alle Wunden.« Er zuckte mit den runden Schultern. »Aber solange du dich wie ein Erwachsener benimmst und nicht daran denkst, etwas Übereiltes zu tun, wirst du nicht wie diese Leute nach dem Kennedy-Mord enden.« Er nahm meinen Arm und lächelte. »Das war nur ein Scherz, Benjamin.«

Ich hatte Ellery Larkspur nichts mehr zu sagen. Vielleicht würde ich den Rest meines Lebens über die richtigen Worte nachdenken. Larkie war tief in den Stoff des amerikanischen Lebens verwoben. Er war der Typ, der großartige Terminpläne aufstellte und auch dafür sorgte, daß sie eingehalten wurden – so oder so. Er war Amerikaner durch und durch. Niemand würde mir danken, wenn ich ihn fertigmachte – falls ich die Macht dazu hätte. Ich wußte ferner, daß Larkie aufgrund einer dieser moralischen Schwachstellen gut auf Charlie Bonner aufpassen würde und ihm bei der Präsidentschaft zur Seite stehen würde. Ich glaube, Larkie liebte Charlie tatsächlich. Die Idee, Charlie zu ermorden, war nie im Drehbuch aufgetaucht. Aber Charlie war der Grund, warum alles geschehen war. Er hatte Charlie für nicht genügend stark gehalten, um das Land zu regieren. Viele Menschen mußten sterben, aber nicht Charlie ...

Beim Weggehen drehte ich mich noch einmal um und schaute ihn an. Er saß in seinem weichen Bademantel da und schaute mir nach. Hinter ihm lag der Dunst des heißen Vormittags.

»Ehrlich, Benjamin. *Es war nur ein Scherz*«, sagte er. »Du

bist einer von uns ... und das waren die anderen eigentlich doch nicht, oder?«

»Ich gehe zum Präsidenten.«

»Wie du willst, Benjamin. Aber schraube deine Hoffnungen nicht zu hoch. Sarrabians Beweise werden nicht standhalten. Er ist selbst verdächtig. Und es wird ein schlechtes Licht auf Drew und die gute alte Kanzlei werfen.«

»Das Risiko gehe ich ein.«

»Selbstverständlich, und meines gleich mit.«

Dann sagte er noch etwas: »Kopf hoch, Ben. Es ist Showbusiness; so mußt du das sehen. Wir sind – wie alles andere – nur ein Ableger des Showbusiness.« Er lächelte. »Eigentlich ist es zum Lachen. Wir nehmen uns viel zu ernst.« Er winkte mir zu. »Geh schon, Ben. Geh und lebe dein Leben. Möge es dir immer gutgehen.«

Der Präsident fand nachmittags für mich Zeit. Er machte noch die letzten Änderungen an seiner Rede zur Annahme der Nominierung. Man hatte sich darauf geeinigt, daß der Parteitag eine Art Selbstreinigung brauchte. Heute abend wollten sie Charlie und David Manders nominieren. Dann sollte Manders sich kurz vorstellen, ehe Charles Bonner der Toten gedenken und sich an die Nation wenden würde, um die unterschiedlichen Menschen unwiderruflich an sich zu binden.

»Ben, du bist schon sehr lange mein Freund. Aber was du in dieser Woche für mich getan hast ...« Plötzlich versagte ihm die Stimme. Das hatte ich bei ihm noch nie erlebt. »Ich hätte nie geglaubt, so viel Freundschaft zu verdienen ... und vielleicht tue ich es nicht. Aber du hast sie mir gegeben ... Ich habe in dieser Woche mehrere Dinge gelernt, Ben. Ich habe herausgefunden, daß ich durch und durch ein Politiker bin. Wirf mich in einen Schmelzofen – die Schlacke ist reiner Politiker.« Er rieb sich die Nase mit einem schneeweißen Taschentuch. Wir waren allein. »Und du ... du bist ein großartiger Mann ... Ich kenne nur zwei solche Männer. Drew Summerhays und dich. Das ist alles, was ich dazu zu sagen habe und wohl je sagen werde. Doch ich werde nie vergessen, was Erzengel für mich getan hat.«

Sehen Sie, wie er es machte? Er hatte mich. Ich gehörte ihm. Er war in meine Brust gedrungen und hatte auf den richtigen Knopf gedrückt. Er kannte die Wahrheit über sich und gab sie ohne Schnörkel an mich weiter. Damit brachte er mich auf den Gedanken, daß seine Meinung über mich – ganz gleich wie heftig ich auch widersprechen würde – vielleicht doch richtig war.

»Ich will nicht mit dir streiten. Aber ich bin kein großartiger Mann, und es fällt mir verdammt schwer, ein guter zu sein. Im Augenblick geht es mir ziemlich dreckig. Ich müßte dir ein paar Sachen erzählen, aber, ich schwöre bei Gott, ich weiß nicht, warum; denn es würde keinen Unterschied machen ... Du bist, was du bist. Du hast alles ziemlich gut gemeistert. Man wird dir die Nominierung nicht mehr wegnehmen. Ich werde nie vergessen, wie du in die Schußlinie gesprungen bist, um Sherman Taylor aufzufangen. Ich frage mich, ob es noch einen Mann im öffentlichen Leben gibt, der das getan hätte, der jeden Selbsterhaltungsinstinkt bezwungen hätte, nicht in Deckung gegangen wäre, um dem verwundeten Widersacher zu helfen.« Jetzt war ich selbst den Tränen nahe. Ich fühlte mich wie der letzte Trottel. »Ich würde aber gern etwas wissen. Was hast du dir in diesem Moment gedacht?«

»Willst du das wirklich wissen, Sportsfreund?«

»Ja.«

»Genau kann ich es dir nicht sagen. Aber ich weiß, daß ich gedacht habe, was für ein verdammt phantastisches Foto das ergäbe. Damit würde ich in die Geschichte eingehen.« Um seine Augen bildeten sich Fältchen. Er schenkte mir sein Filmstarlächeln, wie einer aus *The Wild Bunch.*

»Bei Gott, Ben, ich bin ein oberflächlicher Schweinehund.« Die altbewährte Masche.

»Es gibt da Dinge, Charlie, darüber müßte ich aber mit dir reden.«

»Komm nach Washington. Nach dem Parteitag. Im Augenblick bin ich etwas abgelenkt.« Er zeigte auf die Papiere auf dem Tisch. »Und dann muß ich noch die Wahl gewinnen ... Ich habe aber endlich etwas Gescheites getan, Ben. Ich habe Larkie zum Leiter des Wahlkampfs gemacht. Er hat die natürliche Begabung dazu.«

»Du hast recht, Charlie. Und ich fahre nach Hause. Mir reicht's.«

Er lachte. »Ja, du hast 'ne Menge durchgemacht, das muß ich zugeben.« Kurze Pause. »Ach, übrigens, da ist ein Anruf für dich ...« Eine seiner Sekretärinnen war hereingekommen und hatte ihm ein Zeichen gegeben. »Ist das der Anruf für Mr. Driskill, Jane?«

»Ja, Mr. President. Mr. Larkspur hat ihn durchgestellt.«

Er zeigte zum Telefon auf seinem Schreibtisch und ging mit der Rede zum Fenster, damit ich ungestörter sprechen konnte.

»Hallo? Hier Ben Driskill.«

Ich hörte stumm zu. Tränen liefen mir übers Gesicht. Ich konnte kaum sprechen.

»Elizabeth«, würgte ich schließlich heraus. Es ging ihr besser, sie war aus dem Koma aufgewacht.

Ich legte auf. Der Präsident streckte mir die Hand entgegen. Ich ergriff sie. So standen wir eine Zeitlang stumm da. Als ich ging, rief ich ihm von der Tür aus zu:

»Einen Rat für heute abend. Bring sie dazu, daß sie dich lieben, Charlie.«

Als ich den Flughafen O'Hare erreichte, wurde es dunkel. Immer noch war es heiß – fast dreißig Grad – und so unerträglich schwül, daß man im Dunst über dem Rollfeld kaum atmen konnte. Im Westen türmten sich Gewitterwolken auf. Chicago im Sommer. Ich wanderte den Korridor zu meinem Flugsteig hinunter. Bis zum Abflug mußte ich noch eine Stunde warten. Urlauberfamilien drängten sich im Flughafen. Ich hörte Gesprächsfetzen. Gott sei Dank, nichts über Politik.

Ich setzte mich auf einen Hocker an der Bar, wo man Zeit totschlagen konnte. Erstaunlicherweise fühlte ich mich an der Bar wohl. Ich spürte, wie die Spannung von mir abfiel. Ich bestellte ein Bier, und der Barmann schob mir Erdnüsse herüber. Auf dem Fernseher über der Bar waren die Nominierungsreden vorbei. Man machte sich für die Abstimmung durch Zuruf bereit. Eigentlich sah alles nicht viel anders aus als bei früheren Wahlparteitagen. Gemessen an denen aus meiner Jugend, war der Trubel riesig, aber die in den letzten Jahren waren ähnlich gewesen. Ellery Larkspur und die übrigen hatten für eine perfekte Inszenierung gesorgt. Mac und Ellen ganz vorne. Im Augenblick war der Saal ein wogendes Meer der Unterstützung für den Präsidenten. Ein Besucher, der von den Vorgängen der vergangenen Woche nichts wußte, hätte nichts befremdlich gefunden. Unverwüstlich, diese Amerikaner.

Kapellen spielten. Menschen tanzten und schwangen Spruchbänder und Plakate. Jetzt stellte ich meine Ohren auf Empfang für die Gespräche der Männer neben mir, die ihr Bier tranken und Käse und Nüsse verdrückten. Einer sagte: »Der Punkt ist, daß es eigentlich scheißegal ist, wer die Wahl gewinnt. Alles Arschlöcher. Ich könnte mich totlachen, wenn ich höre, wie sie sich den Arsch aufreißen, um uns weiszumachen, daß es Unterschiede gibt. Demokraten, Republikaner. Höchstens ein winziger Unterschied. Die Republikaner senken meine Steuerlast ein bißchen, die Demokraten heben sie ein bißchen an. Und diesmal redet überhaupt keiner von Steuern. Alles ging nur darum: ›Du bist ein Arschloch‹ und ›Du bist ein noch größeres Arschloch‹, ›Du bist ein Mörder‹ und ›Du aber auch, du Scheißkerl‹. Das nennt sich politische Diskussion.« Er hatte die Schnauze voll.

»Und die ganze Scheiße, die CIA und die übrigen Geheimdienste abzuwracken. Alles blödes Gequatsche! Nichts wird sich ändern. Sie glauben doch nicht, daß wir draußen ohne Geheimdienste auskommen, die alle bespitzeln und die Bösen zum Teufel jagen? Wer sollte auf die Terroristen und das Nervengas aufpassen? Hazlitt soll verantwortlich gewesen sein, daß dieser Bursche ermordet worden ist ... der im Fluß, im Werbespot. Na und? Ich arbeite für eine Firma, die weltweit über eine Million Angestellte hat – und da will mir jemand weismachen, daß da nie einer umgebracht worden ist, der quergeschossen hat? Das gehört einfach zum Geschäft, hab' ich nicht recht?«

»Es gibt immer Probleme, die schnell gelöst werden müssen – und das ist der schnellste Weg. Wir leben in einer Welt der Großkonzerne, und die sagen, wo's langgeht, und wir müssen uns verdammt noch mal danach richten. So ist es doch ... Aber Bonner hat eine gute Rede gehalten.«

Die Männer hatten die Gewalt des Wahlkampfs auf die Kernpunkte zurückgeführt und vereinfacht. Aber letzten Endes war die Sache auch einfach.

»Und seien wir doch mal ehrlich: Die Wirtschaft ist okay. Bonner hat die Steuern unter Kontrolle gehalten. Meine beiden Kinder haben gute Jobs. Ich wohne nicht mehr in der Scheißinnenstadt – sie auch nicht. Wir exportieren mehr nach Japan, Indien und China. Alles gar nicht so übel, wenn man's genau nimmt. Von Drogen haben wir die Schnauze auch ziemlich voll. Das Problem nimmt ab. Meine Frau und ich wollen im Urlaub zum Golfspielen nach Arizona fliegen. Camelback.«

»Und dann quatschen sie den ganzen Wahlkampf über die Geheimdienste und daß Bonner uns verkaufen will und daß alles den Bach runtergeht. Herrgott noch mal! Uns gehört der Bach. Wir alle besitzen Bäche, wenn Sie wissen, was ich meine. Terroristen – die sind ein Problem! Aber haben sie Chicago in die Luft gejagt? Nein, verdammt! Was ist für diese Scheißpolitiker wirklich wichtig?«

»Na ja, diese Visionen, oder? Wenn man in die Scheiße in Washington reinkommt, hält man sie für wichtig ... Also, mein Rat ist: Zurück auf den Boden der Tatsachen! Alles wird gut. Es ist nicht leicht, Amerika zu unterdrücken. Wir sind ganz oben, und da bleiben wir auch! Ein paar Leute werden ermordet – Amerika überlebt, darauf können Sie sich verlassen!«

»Verdammt richtig. Noch weht die Fahne, mein Freund.«

»Darauf trinke ich. Noch weht die Fahne.«

Jetzt sollte die Rede des Präsidenten kommen. Nach dem Toast legten die Männer Geld auf die Theke und unterhielten sich über Rasenmäher. Dann füllte Charles Bonners Gesicht den Bildschirm.

»Liebe Parteifreunde ... ich nehme Ihre Nominierung an.«

Es folgten wieder Beifallskundgebungen. Ballons stiegen hoch. Musik. Ich bestellte noch ein Bier und schaute eine Zeitlang zu. Dann ging ich auf die Toilette. Als ich zurückkam, sprach der Präsident immer noch. »Selbstverständlich müssen wir den geheimdienstlichen Arm der Regierung starkhalten. Ich habe nie etwas anderes vorgeschlagen ... aber diese Organisationen müssen besser werden als früher. Und auf dieses Ziel ...« Die Männer an der Bar unterhielten sich immer noch, aber ich hörte nicht mehr hin. Jetzt fingen die Kameraaugen Teresa ein und die First Lady. Beide strahlten. Dann kam Larkspur. Er nickte ernst zu einer Bemerkung und lächelte über eine andere. Larkie sah jünger und gesünder aus als in den letzten Jahren. Er war wieder im Herzen der Dinge, das Adrenalin der Nation pulsierte wieder in ihm, als hätte die Jugend ihm einen Gegenbesuch abgestattet. Sein Gesicht strahlte

Zuversicht aus und das durchdringende Verständnis für die Bedürfnisse der Nation. Meine Aufgabe war noch schwieriger geworden. Larkspur war der Mann, dem man instinktiv vertraute.

Der Beifall war laut und lange. Die Menge lächelte und jubelte und war bereit, hinauszumarschieren und eine Wahl zu gewinnen. Bereits jetzt verblaßte die Erinnerung an den Tod Taylors und Hazlitts. Es war unwirklich: Die Schnelligkeit der Medien. Die Macht des Gesichts des Präsidenten auf Millionen von Bildschirmen. All das jagte dich und dein Leben und deinen Tod in die Vergangenheit. Man hatte das Gefühl, als würde das Wesen der Zeit in einsilbigen Wörtern erklärt und daß jedes Wort das passende Wort war. Ellery Larkspurs Name hatte Taylors und Hazlitts Namen bereits verdrängt ... klar, er lebte schließlich und spielte noch mit. Auf die anderen beiden traf die Redensart zu: Aus den Augen, aus dem Sinn. Die Wahrheit über Taylor und Hazlitt würde wie ein mäßig unangenehmes Virus ins Bewußtsein der Öffentlichkeit sickern, das man möglichst schnell loswerden wollte, ohne zu gründliche Analyse, da die Wahrheit etwas sein könnte, das man nicht brauchte, auch nicht hören oder wissen wollte. Die Öffentlichkeit schützte sich vor dem Verderb, indem sie mehr über die Gegenwart wissen wollte, über die Lebenden, nicht über die Toten, und indem sie über die Zukunft nachdachte, nicht über die Vergangenheit. Im großen und ganzen war das auch die beste Lebenseinstellung. Schließlich mußte man mit dem eigenen Leben machen, was man konnte – auch der Präsident und Tom Bohannon und Elizabeth Driskill –, und ich auch. Die Flutwelle kam früher als erwartet und riß dich zurück in die Vergangenheit, als hättest du nie gelebt. Ich nehme an, daß viele Menschen, wenn sie die sich nähernde Flut spürten, Zuflucht im Glauben an andere Dinge suchten. Ich trank mein Bier aus und sah mich im Spiegel hinter der Bar. Ich lächelte. Ein wenig zaghaft.

Der Barmann hatte mich beobachtet. »Wie gewonnen, so zerronnen«, sagte er.

Ich nickte zustimmend. Es war erstaunlich, aber alles war in Ordnung.

Ich fragte mich, ob es Sinn hätte, das Richtige zu tun. Die Chancen standen nicht gut …

Ich nahm meine Aktentasche und tauchte im Strom der Menschen unter, die zu den Flugzeugen eilten. Jeder war in sein eigenes Leben eingesponnen – und so sollte es auch sein. Falls ihnen die politische Seifenoper in der vergangenen Woche Spaß gemacht hatte, lag sie jetzt hinter ihnen. Es war alles geboten worden. Die Einschaltquoten waren sehr hoch. Und früher oder später würden wir alle herausfinden, ob das Ganze für unser Leben eine besondere Bedeutung gehabt hatte.

Jetzt fühlte ich mich in der Menge verloren; ein normaler Amerikaner wie jeder andere auch, jemand, der sein Land liebte und wußte, daß alles irgendwie auf ewig ein Geheimnis bleiben würde. Vor dem Durchgang zum Flugzeug blieb ich am letzten Fernseher stehen. Meine Kehle war wie zugeschnürt, als ich zu meinem alten Freund hinaufblickte. Sein Gesicht war ruhig und strahlte Vertrauen aus. Seine Augen sagten allen, daß alles gut werden würde. Ich schluckte, weil ich die Worte auswendig kannte, die jetzt kommen würden: der Ruf nach Ordnung und Taten. Sein Gesicht verschwamm etwas vor meinen Augen. Ich bemühte mich, meine Gefühle nicht allzu sehr zu zeigen. Aber ich bin nun mal der Mensch, dem eine Träne kommt, wenn die Fahne vorbeigetragen wird. Ich konnte nichts dagegen tun. Ich hörte die Worte und sah als erstes meine geliebte Elizabeth, dann sah ich Rachel Patton und Hayes und Drew und Varringer und Nick Wardell und Chris Morrison und Lad Benbow und all die anderen. Ich sah, wie sie zusammen lauschten. Ich sah sie alle und hörte die Worte. Ich biß die Zähne im Kampf gegen die alberne Gefühlsduselei zusammen, die mir in den Kopf stieg und die ich nicht kontrollieren konnte …

»Und nun müssen wir Bilanz ziehen und uns auf einen Wahlkampf vorbereiten, der uns mit Stolz erfüllen wird …

Wir müssen uns stets an die Prinzipien der Freiheit und der Demokratie erinnern, für die Amerikaner gestorben sind …

Ich nehme Ihre Nominierung in aller Bescheidenheit an. Ich werde mich mit der gesamten Kraft meines Körpers und meiner Seele bemühen, mich Ihres Vertrauens würdig zu erweisen …

Und nun ist es Zeit, Ihnen allen gute Nacht zu wünschen. Ich tue das mit den Worten, die so tief in das Herz eines jeden eingemeißelt sind, der dieses Amt innegehabt hat …

Gott sei mit Ihnen allen …

Und Gott segne Amerika.«

ENDE